ଗାଁ ଘରର ନକ୍ସା

ଗାଁ ଘରର ନକ୍ସା

ପ୍ରଦୋଷ ମିଶ୍ର

BLACK EAGLE BOOKS

2021

BLACK EAGLE BOOKS

USA address:
7464 Wisdom Lane
Dublin, OH 43016

India address:
E/312, Trident Galaxy, Kalinga Nagar,
Bhubaneswar-751003, Odisha, India

E-mail: info@blackeaglebooks.org
Website: www.blackeaglebooks.org

First International Edition Published by
BLACK EAGLE BOOKS, 2021

GAAN GHARARA NAKSHA
by **Pradosh Mishra**

Cover & Interior Design: Ezy's Publication

ISBN- 978-1-64560-177-7 (Paperback)

Printed in the United States of America

ଉତ୍ସର୍ଗ

ସରୋଜିନୀ ମିଶ୍ର (ବଡ଼ ଭଉଣୀ)

ସୂଚିପତ୍ର

ଗାଁ ଘରର ନକ୍ସା

ରୁନୀ ଆଖି ବନ୍ଦକରି କିଛି ଚିନ୍ତା କରୁଥିଲା। ବେଳେବେଳେ ପେନସିଲ୍‌କୁ କପାଳ ଉପରେ ଘଷିଦେଇ ସଫେଦ୍ କାଗଜ ଉପରେ ଗାର ଟାଣୁଥିଲା। କୁନୁ କହିଲା, "ଏତେ ଭାବୁଛୁ କଣ ବା। ସତେ ଯେପରି ଗୋଟେ ବିରାଟ ବଙ୍ଗଳାର ଡିଜାଇନ୍ କରିବାକୁ ପଡ଼ିବ। ତୋ ଆର୍କିଟେକ୍ ବୁଦ୍ଧିକୁ ଲଣ୍ଡନରେ ରଖିଦେ। ଛୋଟ ଛୋଟ ଦୁଇ ବଖରିଆ ଘରର ନକ୍ସା ତିଆରି କର। ଦୁଇଟା ସାଧାରଣ ଘର ଆଉ ଗୋଟେ ରୋଷେଇଘର। ପାଇଖାନା ବାଡ଼ିର ଶେଷ ମୁଣ୍ଡରେ ରହିବ। ଯେମିତି ଆଗରୁ ଥିଲା ଠିକ୍ ସେହିପରି। ଆଉଗୋଟେ ଦାଣ୍ଡଘର ଟିକେ ବଡ଼ କରି କରିବୁ। ଏକାଠି ଯେମିତି କିଛି ଲୋକ ବସିପାରିବେ। ଭିତର ବାରଣ୍ଡାଟା ଟିକେ ଓସାରିଆ ହେବ। ସପ ପକେଇ ଖରାଦିନେ ଗଡ଼ିହେବ ଯେପରି। ଦାଣ୍ଡପଟ ବାରଣ୍ଡାର ଦୁଇପଟେ ସିମେଣ୍ଟ ବେଞ୍ଚ ରହିବ। ଦକ୍ଷିଣା ପବନରେ ଗୋଡ଼ ଲମ୍ବାଇ ଆରାମରେ ବସିବାକୁ ଭଲଲାଗିବ।"

ରୁନୀ ଟିକେ ସମୟ ସାନ ଭାଇନାର ମୁହଁକୁ ଚାହିଁଲା। ତା'ର ମୁଖଭଙ୍ଗିରୁ ଜଣାଯାଉଥିଲା ସତେ ଯେପରି ସେ ଗାଁରେ ସାରା ପରିବାରକୁ ନେଇ ରହିବାର ଯୋଜନା କରିଛି। ସେ ଅଳ୍ପ ହସିଦେଇ ପୁଣି ଗୋଟେ ନକ୍ସା ବନାଇବାରେ ମନଦେଲା। ମଝିରେ ମଝିରେ ପୁରୁଣା ଦିନମାନଙ୍କର ସ୍ମୃତିକୁ ଫେରିଯାଇ, କିଛି ଅତୀତର ଛବିକୁ ମନେପକାଉଥିଲା।

ଆଗପଟ ବାଲ୍କୋନିରେ ବସିଥିଲେ ମଝିଆଁ ଭାଇନା। ଆରାମ ଚଉକିରେ ବସି ଅଳ୍ପ ଅଳ୍ପ ହଲୁଥିଲେ। ସୋଫା ଉପରେ ମଝିଆଁ ଭାଉଜ, ସାନ ଭାଉଜ ଆଉ ଲିତା ବସି ଗପ ଯୋଡ଼ି ଦେଇଥିଲେ। ତାଙ୍କ ସଙ୍ଗେ ବେଶ୍ ମଜା କରୁଥିଲେ ଖଣ୍ଡିଖଣ୍ଡି

ଓଡ଼ିଆ କହୁଥିବା ରିତେଶ, ଘରର ଏକମାତ୍ର ଜୋଇଁ। ସେମାନେ କଣ କଥା ହେଉଥିଲେ କେଜାଣି, ମନେ ହେଉଥିଲା ରିତେଶ ବୁଝି ନ ପାରୁଥିବା କଥା କହି ତାଙ୍କର ମଜା ଉଡ଼ାଉଥିଲେ। ଭାଉଜମାନଙ୍କ ଥଟ୍ଟାକୁ ଆନନ୍ଦରେ ଗ୍ରହଣ କରି ନେଉଥିଲେ ରିତେଶ। କୁନୁ ଆଉ ରୁନୀର କାମରେ କାହାର ଧ୍ୟାନ ନଥିଲା।

ସମସ୍ତେ ଅପେକ୍ଷା କରିଥିଲେ ସାନଭାଇ ମୁନୁ ପାଇଁ। କେତେବେଳେ ସେ ଫେରିବ ଭଗବାନଙ୍କୁ ଜଣା। ପିଲାଟା ସଦାବେଳେ ଇରେସ୍ପନସିବଲ୍। କେମିତି ଚାକିରି କରି ପରିବାର କଥା ବୁଝୁଛି କେଜାଣି। ରୁନୀ ବେଳେବେଳେ ବାହାରକୁ ଚାହିଁ ରାଗିଯାଉଥିଲା। ଆଜି ଆସିଲେ ଭଲକରି ଶୁଣାଇଦେବ। କଥା ଥିଲା ସକାଳ ଆଠଟା ସୁଦ୍ଧା ସମସ୍ତେ ବାହାରିବେ। ଏତେଗୁଡ଼େ ବାଟ ଯାଇ ଫେରିଲାବେଳକୁ ରାତି ହୋଇଯିବ। ବଡ଼ ଭାଉଜ ସାବଧାନ କରିଦେଇଛନ୍ତି, ସଞ୍ଜ ପୂର୍ବରୁ ବ୍ରିଜ ପାର ହୋଇଯିବା ଦରକାର। ବାଟରେ ହାତୀପଲ୍ଲ ହାବୁଡ଼ରେ ପଡ଼ିଗଲେ କଥା ଶେଷ। ଅନ୍ଧାରୀ ଜଙ୍ଗଲ ରାସ୍ତା। ଡେରି କରିବା ଠିକ୍ ନୁହେଁ। ବଡ଼ ଭାଉଜଙ୍କ ଛଡ଼ା ଆଉ କାହାକୁ ଏବେକାର ଗାଁ ବିଷୟରେ ସେତେଟା ଜଣାନାହିଁ। ଖାଲି ପଛକଥାକୁ ମନେପକାଇ ସମସ୍ତେ ଭୁରୁଡି ମାରୁଛନ୍ତି। ଯାହାହେଉ ପଛେ ଅନେକ ଦିନ ପରେ ସମସ୍ତେ ଏକାଠି ହୋଇଛନ୍ତି ଯେତେବେଳେ, ଏ ମୌକା ଛାଡ଼ିବାର ନୁହେଁ।

ବଡ଼ଭାଇନା ଅସୁସ୍ଥ ଥିଲେ ବି ସମସ୍ତଙ୍କ ସହିତ ଗାଁକୁ ଯିବାର ଆଗ୍ରହକୁ ଦମନ କରିପାରୁ ନାହାନ୍ତି। ଭାରି ଆକର୍ଷଣ ତାଙ୍କର ଗାଁ ପ୍ରତି। ଭାଇ ଭଉଣୀ, ଭାଉଜମାନଙ୍କୁ ଦେଖି, ସବୁ ଅସୁସ୍ଥତା ପଳେଇ ଯାଇଛି। ହେଲେ ପ୍ରକୃତରେ କଥାଟା ଅଲଗା। ସେ ଖୁବ୍ ଦୁର୍ବଳ ଦେଖାଯାଉଛନ୍ତି। ଧୀରେ ଧୀରେ କଥା କହୁଛନ୍ତି। ଜଣେ ଭାଇକୁ ଦେଖି ଆଉ ଜଣଙ୍କ ନାଁରେ ଡାକୁଛନ୍ତି। ଭାଉଜ ଅପେକ୍ଷାକୃତ ସୁସ୍ଥ ଥିଲେ ବି, ତାଙ୍କୁ ଧରି କୁଆଡ଼େ ବାହାରି ପାରୁନାହାନ୍ତି। ଅନେକ ଦିନରୁ ଗାଁକୁ ନ ଯିବାର ଦୁଃଖ ତାଙ୍କ ମନରେ ରହିଛି। କେଜାଣି କଣ ହେବଣି ସେଇ ପୁରୁଣା ଅଧାଭଙ୍ଗା ଘରର ଅବସ୍ଥା।

ବଡ଼ଭାଇନାଙ୍କ ବୟସ ପଚସ୍ତରୀ ଟପିଲାଣି। ସେତେବେଳର ଲୋକ ବୋଲି, ଏ ପର୍ଯ୍ୟନ୍ତ ଠିକ୍‌ଠାକ୍ ଥିଲେ। ଭାଇମାନଙ୍କୁ ଏକାଠି ଦେଖିଲେ ଭାରି ଖୁସି ହୋଇଯାଆନ୍ତି। ବଡ଼ ଭାଉଜ ବି ଠିକ୍ ତାଙ୍କ ପରି। ସେ କୁହନ୍ତି, "ସମସ୍ତେ ସମୟ ବାହାର କରି ଅନ୍ତତଃ ବର୍ଷକୁ ଥରେ ଏକାଠି ହେଲେ ଗୋଟେ ପରିବାର ପରି ଲାଗନ୍ତେ। ନନାଙ୍କ ଆତ୍ମାଟା ଖୁସି ହୁଅନ୍ତା।" ବୟସ ଗଡ଼ିଗଲେ ସବୁ ଲୋକମାନେ କୁଆଡ଼େ ପୁରୁଣା କଥା ବେଶି ମନେପକାନ୍ତି। ପିଲାଦିନ କଥା, ଭାଇଭଉଣୀଙ୍କ କଥା ସବୁଠୁ ବେଶି ମନେପଡ଼େ।

ଏଇ କିଛିଦିନ ତଳେ ରୁନୀ ଖବର ଦେଇଥିଲା ତା'ର ସବୁ ଭାଇଭାଉଜଙ୍କ

ସଙ୍ଗେ ମିଶିବାର ଇଚ୍ଛା ଅଛି। ହେଲେ ଏତେ କମ୍ ଦିନ ଭିତରେ ସମସ୍ତଙ୍କ ପାଖକୁ ତ ଆସିହେବନି। ବରଂ ଗୋଟେଦିନ ଠିକ୍ କରି ସମସ୍ତେ ଭୁବନେଶ୍ୱର ସାନ ଭାଇନାଙ୍କ ଘରକୁ ଆସିଗଲେ ଭଲ ହୁଅନ୍ତା। ସମସ୍ତେ ଏକାଠି ଗାଁକୁ ଯିବାର ଯୋଜନା କରନ୍ତେ। ନିଜ ଭିତରେ ଖୁସି ବାଣ୍ଟନ୍ତେ। ନହେଲେ କିଛିଦିନ ପରେ ଭୁଲିଯିବା ଯେ ଆମେସବୁ ଗୋଟେ ପରିବାରର ଲୋକ ବୋଲି। କେ'ଜାଣେ ସମୟ କାହାକୁ କେଉଁଆଡ଼େ ନେଇଯିବ। ସେ ସମସ୍ତଙ୍କୁ ଜଣଜଣ କରି ବାରମ୍ବାର ଅନୁରୋଧ କରିଥିଲା।

ରୁନୀ କଥାରେ କଣ ଥିଲା କେଜାଣି, ଖୁବ୍ କମ୍ ଆସୁଥିବା ମଝିଆଁ ଭାଇନା ବମ୍ବେରୁ ଆସି ହାଜର। ସାଙ୍ଗରେ ଭାଉଜ ବି ଆସିଲେ। ବଡ଼ଭାଇନାଙ୍କ ଖୁସି କହିଲେ ନ ସରେ। ସେ ଖୁବ୍ ଭଲପାଆନ୍ତି ମଝିଆଁ ଭାଇନାଙ୍କୁ। ପରିବାରରେ ସବୁଠୁ ଭଲ ଚାକିରି କରିଥିଲେ ବୋଲି ତାଙ୍କର ସବୁଠୁ ବେଶି ଗର୍ବ। ଆମ ଗାଁରେ ପ୍ରଥମେ ସେ କମ୍ପିଟେଟିଭ୍ ପରୀକ୍ଷାରେ ପାଇଥିଲେ। ହେଲେ ପୋଷ୍ଟିଙ୍ଗ୍ ହୋଇଥିଲା ମହାରାଷ୍ଟ୍ରରେ। ବମ୍ବେରେ ଇନ୍‌କମ୍‌ଟାକ୍ସ କମିସନର୍ ହୋଇ ଅବସର ନେଇଥିଲେ। ତାଙ୍କର ଏକମାତ୍ର ଝିଅ ସେଇଠି ବାହାହୋଇ ମହାରାଷ୍ଟ୍ରିଆନ ବନିଗଲାଣି। ତା'ର ଆମ ପରିବାର ସଙ୍ଗେ ଏତେଟା ଆତ୍ମୀୟତା ନାହିଁ। ଏତେଗୁଡ଼େ ଦିନ ଭାଇନା ବାହାରେ ରହିବା ହେତୁ ଗାଁର ସ୍ମୃତି ଆଉ ସମ୍ପର୍କ ମଳିନ ପଡ଼ିଯାଇଥିଲା। ହେଲେ ଏକମାତ୍ର ଭଉଣୀ ରୁନୀକୁ ସେ ଭାରି ଭଲ ପାଉଥିଲେ। ରିତେଶ ବି ତାଙ୍କର ଖୁବ୍ ଫେବରିଟ୍। କେଜାଣି କାହିଁକି ଚାକିରି କଲାପରେ ସେ ସମସ୍ତଙ୍କଠୁ କରଛଡ଼ା ଦେଇ ରହିଗଲେ। ଏପରିକି ଘରର କୌଣସି କାମରେ ବି ତାଙ୍କର ଆଗ୍ରହ ନଥିଲା। ସମସ୍ତେ ଭାବିନେଲେ ହଠାତ୍ ବଡ଼ ହୋଇଗଲେ ଏମିତି ବଦଳିଯିବାଟା ସ୍ୱାଭାବିକ୍।

ରୁନୀ ଅନେକ ଦିନ ପରେ ଭାଇନାଙ୍କୁ ଦେଖିଲା। ତା'ର ବିଦେଶ ଯିବା ପରଠାରୁ ଆଉ ତାଙ୍କ ସଙ୍ଗେ ଦେଖା ହୋଇନଥିଲା। ନା ସେମାନେ ଲଣ୍ଡନରୁ ଫେରିପାରିଲେ ନା କାହା ସଙ୍ଗେ ସମ୍ପର୍କ ରଖିହେଲା। ସେ ପୁରାପୁରି ପରଦେଶୀ ବନିଗଲା। ସବୁ ଜଞ୍ଜାଳ ତା'ର ସେଇଠି। ଏମିତିକି ସାନଭାଇ ମୁନୁର ବାହାଘରକୁ ବି କୌଣସି ଅସୁବିଧା ହେତୁ ଆସି ପାରିନଥିଲା। ସେଥିପାଇଁ ତା'ର ଅଭିମାନ ଆଜିଯାଏଁ ରହିଛି। ଯେତେ ବାଧ କଲେ ବି ସେ ଲତାକୁ ନେଇ ଲଣ୍ଡନ ଯାଉନି। ସେ ବ୍ୟସ୍ତ ଥାଏ ତା'ର କାରଖାନା କାମରେ। କେହି ଡାକିଲେ ସତରେ ହେଉ କିମ୍ବା ବାହାନା ଦେଖାଇ ମନା କରିଦିଏ।

ବଡ଼ଭାଇନା ଗାଁ ଛାଡ଼ିଲେଣି ଅନେକଦିନୁ। ଅବସର ନେବା ପରେ ସେ ପୁଅ ପାଖରେ ରୁହନ୍ତି। ପୁଅବୋହୂ ଦୁଇଜଣ ଚାକିରି କରୁଥିବାରୁ, ସେମାନଙ୍କର ସହାୟତା

କରୁକରୁ ବୟସ ଗଡ଼ିଯାଏ। ନନା ବୋଉ ଚାଲିଗଲା ପରେ ତାଙ୍କର ସମସ୍ତ ଦୃଷ୍ଟି କେବଳ ନିଜ ପରିବାର ଭିତରେ ହିଁ ଥାଏ। ନାତିନାତୁଣୀଙ୍କ ଗହଣରେ ରହି, ଗାଁ କଥା ବିଶେଷ ଚିନ୍ତା କରିବାକୁ ମନ ଡାକେନି। କେବେକେବେ ପୁରୁଣା ଆକର୍ଷଣ ଆସିଗଲେ ବି ଅନ୍ୟ ଭାଇମାନଙ୍କ ବିମୁଖତା ଦେଖି ଚୁପ୍‌ଚାପ୍ ରହିଯାଆନ୍ତି। ଶେଷ ଜୀବନରେ ଓଡ଼ିଶା ସାରା ପୁଅ ସହିତ ବୁଲି ବୁଲି ଭୁବନେଶ୍ୱରରେ ହିଁ ଅବଶିଷ୍ଟ ଜୀବନ କାଟିଦେବାର ବାସ୍ତବତାକୁ ଆପଣେଇ ନିଅନ୍ତି।

ରୁନୀର ଭାରି ଭକ୍ତି, ବଡ଼ଭାଇନାଙ୍କ ପ୍ରତି। ଭଗବାନଙ୍କର ଦ୍ୱିତୀୟ ରୂପ ଯେପରି। ଦେଖିବାକୁ ଶାନ୍ତ, ସରଳ, ସୁନ୍ଦର ଚେହେରା। କଥାଗୁଡ଼ାକ ବି ସେହିପରି ମଧୁର। ସତେ ଯେପରି ଆଶୀର୍ବାଦ ଝରିପଡୁଛି। ବୋଉର ମୁହଁ, ତାରି ଗୁଣ ନେଇ ଆସିଛନ୍ତି। ଭାଇଭଉଣୀଙ୍କୁ ଦେଖିଲେ, କୋଟିନିଧି ପାଇ ଯାଆନ୍ତି। ହେଲେ ଖୁବ୍ ଅଭିମାନ ଥାଏ, କେହି ସମ୍ପର୍କ ନ ରଖିବା ହେତୁ। କାହା ସଙ୍ଗେ ଦେଖାହେଲେ ଗାଁ କଥା, ନନା ବୋଉ କଥା କହି ମୁହଁ ଶୁଖାଇଦିଅନ୍ତି। କୁହନ୍ତି, "ଆମକୁ ସବୁ ମଣିଷ କରିପାରିଥିବା ହେତୁ ନନାଙ୍କର ଖୁବ୍ ଗର୍ବ ଥିଲା। ପ୍ରକୃତରେ ଆମେ କଣ ସେଥିପାଇଁ ଯୋଗ୍ୟ। ଆମେମାନେ ଗୋଟେ ଗୋଟେ ଅପଦାର୍ଥ, ସ୍ୱାର୍ଥପର। ନନାଙ୍କର ସବୁ ଆଶା ଆକାଂକ୍ଷାକୁ ନିଜ ସ୍ୱାର୍ଥର ଦୁନିଆ ଭିତରେ ରହି ନଷ୍ଟ କରିଦେଇଛୁ। କ'ଣ ପାଇଁ ସେ ଏତେ ଗର୍ବ କରୁଥିଲେ କେଜାଣି। ସବୁ ଜମିବାଡ଼ି ବିକ୍ରିକରି ସମସ୍ତଙ୍କୁ ମଣିଷ କଲେ। କେତେ କଷ୍ଟ ଲାଗିଥିବ ତାଙ୍କୁ, ନିଜର ଭୂସମ୍ପତ୍ତିକୁ ବିକ୍ରି କରିଦେଲା ବେଳେ। ଅନେକ ବର୍ଷ ତଳେ ଯେତେବେଳେ ଆମ ଘରେ ନିଆଁ ଲାଗିଗଲା, ଆଉ ସମସ୍ତ ଘର ପୋଡ଼ିଜଳି ପାଉଁଶ ହୋଇଗଲା, ସେତେବେଳେ ବୋଉ ବହୁତ କାନ୍ଦିଥିଲା। ସେ ବୋଧହୁଏ ଭାବି ନେଇଥିଲା ପରବର୍ତ୍ତୀ ଅବସ୍ଥା କଣ ହୋଇପାରେ। ନନା ତାଙ୍କର ଦୁଃଖକୁ ଚାପିରଖି ନିଜକୁ ସାନ୍ତ୍ୱନା ଦେଇଥିଲେ। ସେତେବେଳେ ପଡ଼ିଶା ଘର ଦୀନା କକେଇ ତାଙ୍କୁ ଥଟ୍ଟା କରି କହିଥିଲେ, "ଆଉ କଣ ତମେ ଏମିତି ଘର କରିପାରିବ ଭାଇନା ? ତମଘରଟା ଏମିତି ଅଧାଭଙ୍ଗା ହୋଇ ପଡ଼ି ରହିବ।"

ନନା ସେତେବେଳେ ଉତ୍ତର ଦେଇଥିଲେ, "ଆରେ ଦୀନା, ତୋ'ର ବୁଝିବାର ବେଳ ଆସିନି। ମୋ ପିଲାମାନଙ୍କ ଭିତରେ ଯେଉଁ ଘର ମୁଁ ତୋଳିଦେଇଛି, ତାକୁ ନିଆଁ, ପାଣି କିଛି କରିପାରିବନି। ଏ ପୁରୁଣାକାଳିଆ ଘରକୁ କଣ ସେମାନେ ରଖିଥାଆନ୍ତେ। ତୁ ଦେଖିବୁ ଏଠି କେତେ ଭଲ ଘର ସେମାନେ ତିଆରି କରିଦେବେ।"

ହେଲେ ପ୍ରକୃତରେ ହେଲା କଣ ? ଦୀନା କକେଇଙ୍କର ପୁଅମାନେ ତାଙ୍କରି ଆଗରେ କୋଠାଘର ତୋଳିଦେଲେ। ତାଙ୍କୁ ଆରାମରେ ରଖିଲେ। ନନାଙ୍କର ଆଶାଟା

ସେମିତି ଆଶାରେ ରହିଗଲା। ସେଇ ଦରଭଙ୍ଗା ଘରେ ରହି ସେମାନେ ସ୍ୱପ୍ନ ଦେଖିଦେଖି ଚାଲିଗଲେ। ତାଙ୍କର ସେଇ ଦୃଢ଼ୋକ୍ତି ଆଜି ବି ମୋ କାନରେ ଠନ୍‌ଠନ୍ ହୋଇ ଶବ୍ଦ କରୁଛି। ଘର କରିବା ତ ଦୂରେ ଥାଉ, ଦିନେ ବି କେହି ଗାଁ ଆଡ଼କୁ ମାଡ଼ିଲେନି।

ବଡ଼ଭାଇନାଙ୍କର ସେଇ କଥାକୁ ଶୁଣିବାକୁ କାହାର ଧୈର୍ଯ୍ୟ ନ ଥାଏ। ସବୁ ବୁଝି ବି ସମସ୍ତେ ଚୁପ୍ ରୁହନ୍ତି। ଜଣେ ଆଉଜଣଙ୍କ ମୁହଁକୁ ଚାହେଁ। ସବୁ ଭାବନା ଭିତରେ ଲାଭକ୍ଷତିର ଅଙ୍କ କଷାଯାଏ।

ଏବେ ବି ବଡ଼ ଭାଇନାଙ୍କ ସ୍ଥବିର ଶରୀର ଭିତରେ ନନାଙ୍କର ସେଇ ଅନ୍ତର୍ନିହିତ ଅଭାବବୋଧର ଉତ୍ତାପ ନିଶ୍ଚୟ ରହିଥିବ।

– ମୁନୁଟା ଏତେବେଳଯାଏ ଗଲା କୁଆଡ଼େ? ଗାଡ଼ିଟାଏ ଆଣିବାକୁ କଣ ଏତେ ସମୟ ଲାଗିଯାଉଛି। ରୁନୀ କାଗଜକୁ ଭାଙ୍ଗିଦେଇ ଟେବୁଲ ଉପରେ ରଖିଦେଲା। ସେ ସମସ୍ତ ପରିସ୍ଥିତିକୁ ବିଚାର କରି ଭାବୁଥିଲା; ପ୍ରକୃତରେ କଣ ସେମାନେ ସ୍ୱାର୍ଥପର? ସ୍ୱାର୍ଥ ଅପେକ୍ଷା ବୁଝାମଣାର କିଛି ଅଭାବ ରହିଛି। ସେ ଯଦି କୌଣସି ଉପାୟରେ କିଛିଟା ସମ୍ବେଦନା ସୃଷ୍ଟି କରିପାରନ୍ତା, ତେବେ ହୁଏତ ନନାଙ୍କ ସ୍ୱପ୍ନଟା ସାକାର ହୋଇପାରନ୍ତା।

ସେ ବାଲ୍‌କୋନି ଆଡ଼କୁ ଦୃଷ୍ଟିଦେଲା। ମଝିଆଁ ଭାଇନା ସେମିତି ଚୁପ୍‌ଚାପ୍ ହୋଇ ବସିଛନ୍ତି। କଣ ଭାବୁଛନ୍ତି କେଜାଣି। ତାଙ୍କୁ ବି ପଞ୍ଚଷଠି ଟପିଲାଣି। ଦେଖିବାକୁ ମୋଟା ଗୋରା ତକ୍‌ତକ୍ ଚେହେରା। ଦୂରରୁ ଦେଖିଲେ ଠିକ୍ ନନାଙ୍କ ପରି ଦେଖାଯାଉଛନ୍ତି। ତାଙ୍କ ପରି ଗମ୍ଭୀର ମୁହଁ ଉଜ୍ଜ୍ୱଳ ବ୍ୟକ୍ତିତ୍ୱ। କଥାରେ ବି ଆଦେଶ ଦେଲା ପରି ଭଙ୍ଗୀ। ଆଣ୍ଠୁରୋଗ ଯୋଗୁ ଚାଲିବାରେ କିଛିଟା ଅସୁବିଧା ହେଉଛି। କେଜାଣି କାହିଁକି ତାଙ୍କସଙ୍ଗେ କଥା ହେଲାବେଳେ, ସହଜ ମନେ ହୁଏନି। ଅଯଥାରେ ଭୟ ଲାଗେ। ବୋଧହୁଏ ପିଲାଦିନୁ ସେଇ ଭାବନା ମନରେ ରହିଯାଇଛି। ଖୁବ୍ କମ୍ ଅଥଚ, ଓଜନଦାର କଥା କୁହନ୍ତି। ହେଲେ ବାହାରକୁ ଯାହା ଦେଖାଗଲେ ବି ଭାଉଜଙ୍କ ଆଗରେ ତାଙ୍କର ବ୍ୟକ୍ତିତ୍ୱ ଫିକା ପଡ଼ିଯାଏ। ବୋଉ କହୁଥିଲା, "ତାଙ୍କ ପରି ପୁଅଟେ ଭାଗ୍ୟରେ ଥିଲେ ମିଳେ। ବାପା, ମା, ଭାଇ, ଭଉଣୀଙ୍କ ପ୍ରତି ଅଜସ୍ର ସ୍ନେହ। ତାଙ୍କର କର୍ତ୍ତବ୍ୟବୋଧ ଅନେକ ବେଶି।" ସେ ଆଦୌ ସ୍ୱାର୍ଥପର ନଥିଲେ। ଭଲ ପଢୁଥିଲେ। ହେଲେ ବଡ଼ ଅଫିସର ହେବାଦିନୁ ପୂରା ବଦଳିଗଲେ। ବମ୍ବେରେ ରହିଲେ ଯେ ରହିଲେ। ଆଉ ଆସିବାର ନାଁ ଧରିଲେନି।

ତାଙ୍କ କଥାରେ ରୁନୀର ଧ୍ୟାନ ଭାଙ୍ଗିଗଲା। ସେ କହିଲେ, "ଭାଇନା କଣ ଏତେବାଟ ଯାଇପାରିବେ? ବେକାରଟାରେ ତୁ ସାହାସ କରୁଛୁ। ଗତକାଲି ତାଙ୍କ

ପାଖକୁ ଯାଇଥିଲି। ମତେ ଦେଖି ଦୁଇଧାର ଲୁହ ବୋହି ଆସିଲା। ମୋ ମୁଣ୍ଡରେ ହାତରଖି କହିଲେ, 'ଭଲ ଅଛୁରେ କାହ୍ନୁ? ଦେହମୁଣ୍ଡ କେମିତି ଅଛି?' ଆଉ କିଛି କଥା କହି ପାରିଲେନି। ଭାରି ଦୁଃଖ ଲାଗିଲା। ତାଙ୍କର ଯେଉଁ ରୂପଟା ମନରେ ଧରି ଏତେ ବାଟରୁ ଧାଇଁ ଆସିଥିଲି, ତାକୁ ନିଜ ଭିତରେ ବଦଳାଇ ପାରୁ ନଥିଲି। ଭାରି କଷ୍ଟ ଲାଗିଲା, ଏବେକାର ଶୀର୍ଣ୍ଣ ରୂପକୁ ମନ ଭିତରେ ପରିବର୍ତ୍ତନ କରିଦେବା ପାଇଁ। ଆଉ ଜୀବନରେ କଣ ଅଛିରେ ମା। ଏଥର କେବଳ ଗୋଟିଏ ଜାଗାକୁ ଅପେକ୍ଷା। ଗୁଡ଼ାଏ ବ୍ୟସ୍ତତା ଭିତରେ ସବୁ କିଛି ଭୁଲି ହୋଇଯାଇଥିଲା। ଏବେ ସବୁ ଗୋଟିଗୋଟି ହୋଇ ଦେଖାଯାଉଛି ହୃଦୟ ଭିତରେ। କାହାକୁ କିଛି କହିବାର ନାହିଁ। ନିଜକୁ ଦୋଷୀ ଦୋଷୀ ଲାଗୁଛି। ମନେହେଉଛି, ବୟସଟା କିଛି ବାଟ ଖସି ଆସନ୍ତା ଯଦି ତେବେ ଅବା ପ୍ରାୟଶ୍ଚିତ କରିହୁଅନ୍ତା। ସବୁ ଭୁଲ୍ ଧାରଣା ରଖିଥିବା ଲୋକମାନଙ୍କୁ କହି ଦିଅନ୍ତି, "ଆମେ ସବୁ କେତେ ଯୋଗ୍ୟ ଆଉ ଆପଣାର।" ହେଲେ କିଛି ବି ଉପାୟ ନାହିଁ। ସମୟ ତା ବାଟରେ ଚାଲିଯାଇଛି। ଆମ ପରି ବୋଧହୁଏ ସବୁ ମଣିଷମାନେ ସମାନ। ବୟସ ଥିଲାବେଳେ ମୈଦାନ ଛାଡ଼ି ଦଉଡ଼ିଯିବା ପାଇଁ ପ୍ରୟାସ କରନ୍ତି, କିନ୍ତୁ ଶେଷବେଳକୁ ପଛକୁ ଦେଖିଲା ବେଳକୁ ପଡ଼ିଆଟା ଅନେକ ଦୂରରେ ଥାଏ। ସତରେ ରୁନୀ, ନନାଙ୍କର ଶେଷବେଳକୁ କେତେ ଅବସୋସ ରହିଥିବ, ତାହା ଏବେ ମୁଁ ବୁଝିବାକୁ ଚେଷ୍ଟା କରୁଛି। ମୋର ମନେହେଉଛି ଗାଁରେ, ଛୋଟ ଘରଖଣ୍ଡେ ହେଉ ପଛେ, ବନାଇଦେବା ଉଚିତ୍ ଥିଲା। ପ୍ରକୃତରେ କ'ଣ ଆମର ଟଙ୍କାର ଅଭାବ ଅଛି। ଆମେ କ'ଣ ଜୀବନରେ ସବୁ କଥାରେ ମାପିଚୁପି ଚଳୁଛୁ। ତେବେ କିଛି ଲାଭ ନ ଥିବା କଥା ଭାବି ଏ ସାମାନ୍ୟ କାମଟିଏ କରିବାକୁ ପଛେଇଗଲୁ କାହିଁକି? ଏବେ ସେ ଅଙ୍କ କଷିଲାବେଳକୁ, ଏକ ଭୁଲ ଫରମୂଲାରେ ଯାଇଥିବା ପରି ମନେହେଉଛି। ବୁଢ଼ା ବୟସରେ ଅସହାୟ ହୋଇଗଲେ, ବାପା, ମା, ଭାଇ, ଭଉଣୀ ବେଶି ମନେପଡ଼ନ୍ତି। ତା ସଙ୍ଗେସଙ୍ଗେ ବାଲ୍ୟ ସ୍ମୃତି ବି। ସେକଥା ଏବେ ବେଶି ଅନୁଭବ କରିହେଉଛି। ତୁ ତ ଆର୍କିଟେକ୍ ପଢ଼ିଛୁ। ଗୋଟେ ସୁନ୍ଦର ଘରର ନକ୍ସା କର ତ। ଆମେ ଚାରିଜଣଯାକ ମିଶି ଘର ବନାଇଦେବୁ। କେବେକେବେ ଇଚ୍ଛା ହେଲେ ଜନ୍ମସ୍ଥାନକୁ ତ ଯାଇହେବ। କହିହେବ ଯେ, ଏଇଟା ଆମ ଘର, ପୈତୃକ ଘର। ତା'ର ମାଲିକ ଆମେ, ନନାଙ୍କ ପାଞ୍ଚ ସନ୍ତାନ। ତୁ ଚେଷ୍ଟାକର। କୁନୁ ଭୁବନେଶ୍ୱରରେ ଅଛି। ସେ ସବୁକଥା ବୁଝୁ।"

କୁନୁ ଭାଇନା ରୁନୀଠାରୁ ଦୁଇବର୍ଷ ବଡ଼। ହେଲେ ତାକୁ ସେ ବଡ଼ ବୋଲି ଆଦୌ ଭାବେନା। ଅନ୍ୟ ଭାଇନାମାନଙ୍କ ପରି ତା'ଠାରୁ ସେ ସମ୍ମାନ ପାଏନି। ମଝିଆଁ ଭାଇନାଙ୍କ ଠାରୁ ସେ ଅନେକ ସାନ। ଡେଙ୍ଗା, ପତଳା ଚେହେରା।

ଭୁବନେଶ୍ୱରରେ ତା'ର ସ୍ଥାୟୀ ଚାକିରି। ହେଲେ ସ୍ୱଇଚ୍ଛାରେ ଅବସର ନେଇଯାଇଛି। ବିରାଟ ଘର ବନେଇଛି, ବଙ୍ଗଳା ପରି। ବେଶ୍ ଆନନ୍ଦରେ ସମୟ ବିତାଉଛି। ହେଲେ ଅଧାଦିନ ବିଦେଶରେ କଟୁଛି, ପିଲାମାନଙ୍କ ସାଥୀରେ। ତା'ର ସହଯୋଗ ପିଲାମାନଙ୍କର ଦରକାର ପଡୁଛି। ପୁଅ, ଝିଅ ଆମେରିକାରେ। କିନ୍ତୁ ପରିବାରର ଅନ୍ୟମାନଙ୍କ ପ୍ରତି ତା'ର ଅନେକ ଆକର୍ଷଣ ରହିଛି। ଯେଉଁ କେତେ ମାସ ରହେ ସମସ୍ତଙ୍କ ସଙ୍ଗେ ସମ୍ପର୍କ ରଖେ। ସବୁ ବନ୍ଧୁବାନ୍ଧବ ତାକୁ ବେଶି ଭଲ ପାଆନ୍ତି। ତା'ର କଥାଗୁଡ଼ା ଛୁରୀ ପରି ହେଲେ ବି ସେଥିରେ ଆଦୌ ଧାର ନଥାଏ। ଗାଁ ପ୍ରତି ତା'ର ବି ବେଶି ଆକର୍ଷଣ ରହିଛି। ପିଲାବେଳେ ବେଶି ସମୟ କଟାଇଥିବାରୁ, ବୋଧହୁଏ ଅଧିକ ମମତା ରହିଯାଇଛି। ତା'ର ସ୍ତ୍ରୀ ପୂଜା ବି ଠିକ୍ ସେମିତି। ସମସ୍ତଙ୍କୁ ନିଜର କରିନିଏ। ଗାଁ କଥା କହିଲେ ଆଗତରା ଗୋଡ଼ କାଢ଼ି ବାହାରିପଡ଼େ। କୁନୁର ଭାରି ଇଚ୍ଛା ଗାଁରେ କିଛିଦିନ କଟାନ୍ତା। ସେମିତି ଆଗଭଳି ଯା ତା ବାରଣ୍ଡାରେ ବସି ଗୁଲିଖଟି କରନ୍ତା। ତାସ ଖେଳନ୍ତା, ଗାଁ ଠାକୁରାଣୀ ମଣ୍ଡପରେ। ହେଲେ କଣ ଅସୁବିଧା ହୁଏ କେଜାଣି, କିଛି ବି ସେ କରିପାରେନା। ଗାଁରେ କେହି ପୁରୁଣା ସାଥୀ ନ ଥାନ୍ତି, ସ୍ମୃତିକୁ ଦୋହରାଇବା ପାଇଁ। ମନ ଅଟକିଯାଏ ଭଙ୍ଗାଘର ପାଖରେ। କିଏ ତିଆରି କରିବ ସେ ଘର। ସମସ୍ତଙ୍କ ମୁହଁ ତ ଅଲଗା ଅଲଗା ଦିଗଆଡ଼େ।

ମୁନୁ ଗାଡ଼ିଧରି ଆସିଗଲା ବୋଧହୁଏ। ତଳେ ଶବ୍ଦ ଶୁଣାଗଲାଣି। ରୁନୀ ତଳକୁ ଚାହିଁଲା। ଛୋଟ କାର୍‌ଟାଏ ଭିତରକୁ ପଶିଲା। ପାଞ୍ଚ ସିଟ୍ ବାଲା। ତା'ର ମୁହଁ ଶୁଖିଗଲା। କେତେ ଚେଷ୍ଟାକରି ସମସ୍ତଙ୍କୁ ଏକାଠି କରିଛି। ସମସ୍ତେ ବି ଏକାଠି ଅଛନ୍ତି। ଅଥଚ ମୁନୁଟା କେମିତି ପିଲା କେଜାଣି। କଥାର ଗୁରୁତ୍ୱ ଦେବା ଶିଖିନି। ସମସ୍ତଙ୍କଠୁ ସାନ ଥିବା ହେତୁ କାହାକୁ କିଛି କହିପାରେନି ସିନା, ହେଲେ ତା ନିଜ ବିଚାରରେ ମନମୁତାବକ କାମ କରିନିଏ। ଭାଗ୍ୟ ସଙ୍ଗେ ଲଢ଼େଇ କରି ସେ ମଣିଷ ହୋଇଛି। ଯେତେ ଅସୁବିଧା ଥିଲେ ବି କାହାକୁ କିଛି କହେନା କି ହାତ ପାତେନା। କାହାର ଦୟା ଚାହେଁନି। ନିଜ ରୋଜଗାର ଆଉ ଚେଷ୍ଟାରେ ପାଠ ପଢ଼ିଛି। ନନା ଚାଲିଗଲା ପରେ ଯେତେବେଳେ କେହି ତା ଆଡ଼କୁ ସହାନୁଭୂତିର ହାତ ବଢ଼ାଇ ନଥିଲେ, ସେତେବେଳେ ନିଜ ଶକ୍ତିରେ ଭାଗ୍ୟକୁ ବଦଳାଇ ଦେବାକୁ ସଂଗ୍ରାମ କରିବା ଭିତରେ ଭବିଷ୍ୟତ ପାଇଁ ଅଙ୍କ କଷିଚାଲିଛି। ଭାରି ଅଭିମାନ ତା'ର ସମସ୍ତଙ୍କ ଉପରେ। ହେଲେ ସେ ସବୁକୁ ନିଜ ଭିତରେ ଚାପିରଖି ନିରବ ହୋଇଯାଇଛି। କାହା ଉପରେ ରାଗ ନାହିଁ, ଅଭିଯୋଗ ନାହିଁ। ନିଜ ଭିତରେ ଦୁଃଖକୁ ଆପଣେଇ ନେଇ କଷ୍ଟ ପାଉଛି ବୋଧହୁଏ। ସେଥିପାଇଁ କେଉଁଥିରେ କିଛି ମତ ନ ଦେଇ ଚୁପ୍ ରହୁଛି। ହେଲେ

ଆଜିର ସବୁ ବିଚାର ଭିତରେ ତା'ର କାମଟା ରୁନୀକୁ କେମିତି ଖାପଛଡ଼ା ଲାଗିଲା। କିଛି ଭଲ କାମ କଲାବେଳକୁ ସେ ଅସହଯୋଗ କରୁନି ତ।

ରୁନୀ ଉପର ମହଲାରୁ ତଳକୁ ଓହ୍ଲାଇ ଆସୁଆସୁ ରିତେଶ ଅଟକାଇଦେଲେ। କହିଲେ, "ତମେ ଗାଁକୁ ନଗଲେ ଚଳିବନି? କାଲି ରାତିସାରା ଫ୍ଲାଇଟ୍। ବସିବସି ଅଣ୍ଟା ପିଠି ବିନ୍ଧିବ। ଏତେବାଟ ଗାଁକୁ ଗଲେ କୌଣସି କାରଣରୁ ଯଦି କିଛି ଅସୁବିଧା ହୁଏ? ମୋ ମତରେ ତମେ ନ ଗଲେ ଭଲ। ଆଉ ଛ ମାସ ପରେ ଆମର ଆସିବାର ଅଛି। ସେତେବେଳେ ବରଂ ଦେଖିବା। ତା' ଛଡ଼ା ତମର ଆଉ ଗାଁରେ କଣ ଅଛି। ତମ ବୟସର ସାଙ୍ଗ ସାଥୀମାନେ କଣ ଏପର୍ଯ୍ୟନ୍ତ ବସିଥିବେ। ଯିଏ ବା ଥିବେ, ତମକୁ ଚିହ୍ନି ପାରିବେନି। ତମେ ବରଂ ଯିବାର ଭାବନାକୁ ସ୍ଥଗିତ ରଖ।"

ରୁନୀର ମୁହଁ ଶୁଖିଗଲା। ସତକଥା କହୁଛନ୍ତି ରିତେଶ। ତେବେ ବି ପୈତୃକ ଗାଁର ଛବିଟା ଆକର୍ଷଣୀୟ। ଭାଇଭଉଣୀମାନେ ଏକାଠି ଯିବାର ମଜା ଅଲଗା। ଏମିତି ସୁଯୋଗ କଣ ଆଉ ଆସିବ। କେ'ଜାଣେ କାହାର ଅବସ୍ଥା କେମିତି ଥିବ, ଭବିଷ୍ୟତରେ। ଆଉ ଏକାଠି ହୋଇପାରିବେ କି ନାହିଁ। ଗତକାଲି ସାନଭାଇନା ସଙ୍ଗେ ଛାତ ଉପରେ ଗପିଲାବେଳେ, କେତେ ଉଚ୍ଛୁକ ଆବେଗଭରା ହୋଇଯାଇଥିଲା ତା'ର ମନ। ସେ କହୁଥିଲା, "ଯା ଭିତରେ ଗାଁର ରୂପଟା ବହୁତ ବଦଳି ଯାଇଥିବ। ଆମ ଗାଁ ବଡ଼ ପୋଖରୀଠାରୁ ଭିତରକୁ ଲମ୍ବି ଯାଇଥିବା ରାସ୍ତାଟା, ନିଶ୍ଚୟ ପକ୍କା ହୋଇଯିବଣି। ସେଇଠୁ କପିଳେଶ୍ୱର ମନ୍ଦିର ଯାଏ ଯିବାରେ ଆଦୌ ଅସୁବିଧା ନଥିବ। ସ୍କୁଲଘର ପାଖେ ଗାଡ଼ି ରଖି ଭଣ୍ଡାରୀ ଦଣ୍ଡାବାଟେ ଚାଲିଚାଲି ଯିବା।"

-ଉହୁଁ ଗାଡ଼ିଟା ପୁରା ଆମ ଘରଯାଏ ନେଇଯିବା। ନହେଲେ ଏତେ ବଡ଼ ଆଖିକରି ଲୋକମାନେ ଚାହୁଁଥିବେ, ଅଜଣା ଲୋକଙ୍କୁ ଦେଖିଲା ପରି। କିଏ କେତେ କଥା ପଚାରିବେ। ମତେ ଭଲ ଲାଗିବନି। ଆମ ଘର ଆଗରେ ରାସ୍ତାଟା ଏବେ କଣ ଅଣଓସାରିଆ ଥିବ? ସେଇବାଟେ ଆମେ ଆଣ୍ଠୁଏ ପାଣିରେ ପଶି ସ୍କୁଲ ଯାଉଥିଲେ । ବାଡ଼ିପଟ ହିଡ଼ ଉପରେ ଯାଇ ନଈବନ୍ଧରୁ ଡିଆଁ ମାରୁଥିଲେ। ଆଉ ଫେରିଲା ପରେ ନନାଙ୍କଠୁ ବତା ଫାଳିଆରେ ମାଡ଼ ଖାଉଥିଲେ।

-ହଁ ମନେଅଛି। ଦେଖୁନୁ ମୋ ପିଠିରେ ଏବେ ବି ଦାଗ ଅଛି। ବୁଝିଲୁ ରୁନୀ, ସେ ବାଡ଼ିପଟ ରାସ୍ତାଟା ଆଉ ନାହିଁ। ଦୀନା କକେଇଙ୍କ ପିଲାମାନେ ମାଡ଼ିବସିଲେଣି ବୋଲି ଶୁଣିଲି।

-ତମେତ କେହି ଯାଉନ। ଆଉ କଣ ହୁଅନ୍ତା? ପୂରା ଜାଗାଟା ବି ଦିନେ କିଏ ନେଇଯିବ। ହଁ ଦେଖ୍ ଭାଇନା, ତତେ ତ କିଏ ନା କିଏ ନିଶ୍ଚୟ ମନେ ରଖିଥିବେ।

କେତେବର୍ଷ ଭିତରେ କଣ ଏମିତି ବଦଳିଗଲା କି ତୋ ଭିତରେ। ବୟସ ଗଡ଼ିଗଲେ ବି ପୁରୁଣା ଲୋକମାନେ ଅନୁମାନ କରିନେବେ। ମୋର କିନ୍ତୁ ଭାରି ଇଚ୍ଛା ଥିଲା ଦୋଳଯାତ୍ରାକୁ ଯିବା ପାଇଁ। ପଟି ପକେଇ ନାଚ ଦେଖିବା ପାଇଁ। ଗୁଡ଼ିଆ ପାଖରୁ ସ୍ପେସିଆଲ ବରା ଆଉ ଆଳୁ ତରକାରୀ ଖାଇବା ପାଇଁ। ହେଲେ ସେ ସୁବିଧା ଭାଗ୍ୟରେ ଜୁଟିବନି। ତୁ କିନ୍ତୁ ଏଥର ମଦନା ଦୋକାନରୁ ମୋ ପାଇଁ ବରା ଆଣିଦେବୁ। ସେଥିରୁ କିଛି ମୁଁ ନେଇ ଆସିବି ରିତେଶଙ୍କ ପାଇଁ। ସେ ଖାଇକରି ବୁଝିଯିବେ ଆମ ଗାଁର ମହତ୍ତ୍ୱକୁ।

କୁନୁ ହସିଦେଲା କହିଲା, "ରୁନୀ, ତୋ ନିଜର ବୟସକୁ ନଜର ପକା ତ। ଆଉ ମତେ ବି ଚାହାଁ। ଆମେସବୁ ପରା ବୁଢ଼ା ହେଲେଣି। ଆମ ପିଲାଦିନେ ମଦନା ଅଧାବୁଢ଼ା ଥିଲା। ଏବେ ଯାଏ ସେ କଣ ବଞ୍ଚିଥିବ, ତୋ ପାଇଁ ବରା ଛାଣିବା ପାଇଁ।"

-ହଁ ଠିକ୍ କଥାତ। ହଉ ସେ ସବୁ ପରେ ବୁଝିବା। ହେଲେ ତୁ ମୁନୁକୁ କହିବୁ, ଗାଁକୁ ଯିବା ଆଗରୁ ପୋଖରୀ ପାଖରେ ଗାଡ଼ି ରଖିବ। ସେଇଠି ନନା ବୋଉଙ୍କ ଶେଷଯାତ୍ରା ଥିଲା। ମୁଣ୍ଡିଆ ମାରି ଯିବା।

ହେଲେ ଗତକାଲିର ସବୁ ଚିନ୍ତା, ଫସର ଫାଟିଗଲା ପରି ଲାଗିଲା। ପ୍ରଥମେ ତ ଛୋଟଗାଡ଼ି, ତାପରେ ରିତେଶଙ୍କ ତାଗିଦ୍।

ରୁନୀ ତଳକୁ ଯାଇ ମୁନୁ ପାଖରେ ଅଟକିଗଲା।

ମୁନୁ କହିଲା, "ବୁଝିଲୁ ନାନୀ, ବଡ଼ଗାଡ଼ି ମୁଁ ଜାଣିକରି ଆଣିନି। ବଡ଼ଭାଇନା ତ ଉଠିବା ଅବସ୍ଥାରେ ନାହାଁନ୍ତି। ସେ ଯିବେ କେମିତି ? ଭାଉଜ ମନା କଲେ। କହିଲେ, 'ତମେସବୁ ଯାଅ। ତାଙ୍କୁ ବାଧ୍ୟ କରନା। ଘର ନୁହେଁ ତ ଗୋଟେ ପଡ଼ିଆ ଦେଖିକରି ଆସିବ। ଗାଁ ପିଲା ସବୁ ଲୁଚକାଳି ଖେଳୁଥିବେ। ତମକୁ ଦେଖି ଖେଳିବାକୁ ଡାକିବେ। ଆଜିଯାଏ କଣ ଶୋଇଥିଲ ? ନନା ମୁଣ୍ଡ ପିଟିପିଟି ମଲେ। ଏତେବେଳକୁ ଗାଁ ପ୍ରେମ ବାହାରୁଛି। ତମେ ସବୁ ଯାଅ। ଭାଇନାଙ୍କୁ ଏ ଅବସ୍ଥାରେ ଆଉ କଷ୍ଟ କି ଦୁଃଖ ଦିଅନା। ମୁଁ ଜାଣେ, ମଝିଆଁ ଭାଇନା ଜମା ଯିବେନି, କାଲିଠୁ ଥମଥମ ହେଉଛନ୍ତି। ଭାଉଜଙ୍କ ମୁହଁକୁ ଚାହୁଁଛନ୍ତି। ତାଙ୍କ ବିନା ସମ୍ମତିରେ ସେ ଆଜିଯାଏ କିଛି କରିଛନ୍ତି କି ? ବାକି ରହିଲେ ଆମେ ପାଞ୍ଚଜଣ। ସେଥିପାଇଁ ଏ ଗାଡ଼ିଟା ଠିକ୍।"

ସବୁ ଭାବନା ପାଣି ଫଟକିଗଲା। ଦୁଇ ଭାଇ,ଭାଉଜ କମିଗଲେ। ଆଗ୍ରହ ବି କମିଗଲା।

ରୁନୀ କହିଲା, "ସମସ୍ତେ ନ ଗଲେ କଣ ଭଲ ଲାଗିବ ? ଏମିତି, ମୋର ବି କାଲି ଲମ୍ବା ଜର୍ଣ୍ଣି ଅଛି। ମୁଁ ନ ଗଲେ ଭଲ। ଏ ଛୋଟ ଗାଡ଼ିଟାରେ ଏତେବାଟ ଯିବା

ସୁବିଧା ହେବନି । ଭାରି କଷ୍ଟ ଲାଗିବ । ତମେ ସବୁ ଯାଅ । ଆରଥର ମୁଁ ଆସିଲେ ପ୍ଲାନ କରିବା । ସେତେବେଳେ ଘରଟାକୁ ସଜାଡ଼ିବାର ବ୍ୟବସ୍ଥା କରିବା । ତମେ ଏବେ ଯାଇ ଦେଖିଆସ ।"

କୁନୁ ଭାଇନା, ପୂଜା ଭାଉଜ ପୂରା ରେଡି ହୋଇ ବାହାରି ଆସିଲେ । ଭାଉଜ କହିଲେ, "ଗାଡ଼ି ଧୀରେଧୀରେ ଚଲାଇବ ମୁନୁ । ଭାଇନା ଆଗରେ ବସି ରାସ୍ତା ବତାଇବେ । ଦେଖାଯାଉ ସେ କେତେ ମନେ ରଖିଛନ୍ତି ।"

ମୁନୁ କହିଲା, "ଆଉ କାହାର ଅସୁବିଧା ନାହିଁ ତ ? କମିକମି ଚାରିଜଣ ହେଲେଣି ।"

ଲିତା ହାତ ଟେକିଲା । କହିଲା, "ଅସୁବିଧା ମୋର ଅଛି । ମୁଁ ତ ବେଶି ଜାଣେନି ତମ ଗାଁ କଥା । ଖାଲି ଯାହା ଶୁଣୁଛି ତମଠୁ । ମୋର ଅଣ୍ଟା ବେମାରି ଅଛି । କାହିଁକି ଏତେବାଟ ଯିବି । ତମେ ବରଂ ଦୁଇ ଭାଇଭାଉଜ ଯାଅ । ନାନୀଙ୍କର ବେଶି ଆକର୍ଷଣ ଗାଁ ପ୍ରତି । ତମେ ଯାଇ ବୁଲିଆସ । ଆରଥରକୁ ସମସ୍ତେ ଗଲାବେଳକୁ ଦେଖିବା ।"

କୁନୁ ଭାଇନା ଦୀର୍ଘଶ୍ୱାସ ନେଲେ । କହିଲେ, "ଥାଉ ମୁନୁ ଆଉ କେବେ ଯିବା । ସମସ୍ତେ ନ ଗଲେ ଭଲ ଲାଗିବନି । ମୋର ବି ବହୁତ ବୁଲାବୁଲି ହେଲାଣି । ଦୁଇଦିନ ପରେ ଆମେରିକା ଯିବାର ଅଛି । ତୁ ଗାଡ଼ି ଫେରାଇଦେ ।"

ମୁନୁ ହସିଦେଲା, କହିଲା, "ବାକି ରହିଲି ମୁଁ ଏକା । ବାଇକ୍‌ଟାଏ ଆଣିଥିଲେ ଭଲ ହୋଇଥାଆନ୍ତା ।"

ରୁନୀ ମୁହଁ ଶୁଖାଇଦେଇ କହିଲା, "ଘରର ନକ୍ସାଟା ଚିରିଦେ ମୁନୁ ।"

-ଉଁ, ହୁଁ ମୋ ପାଖରେ ଥାଉ । ଦୁଇ ତିନିଟା ତ ଆଗରୁ କରିଛୁ । ସେଗୁଡ଼ା ବି ମୋ ପାଖରେ ଅଛି । ଏଇଟା ତା ପାଖରେ ରଖିଦେବି । ଆରଥର ଭଲ ନକ୍ସାଟାଏ ଲଣ୍ଡନରୁ କରି ଆଣିଥିବୁ ।

ରୁନୀ କାନ୍ଦ କାନ୍ଦ ହୋଇଗଲା । ସତେ ଯେମିତି ସବୁ ଦୋଷ ତା'ର । ଫସର ଫାଟିଗଲା ସବୁ ଆୟୋଜନ ।

ମୁନୁ କହିଲା, "ତୁ କାହିଁକି ମନଦୁଃଖ କରୁଛୁ ନାନୀ । ଏମିତି ସବୁ ଘଟିବ ବୋଲି ତ ନନା ଚାଲିଯିବା ଆଗରୁ ଜାଣିପାରିଥିଲେ । ନିଜ ସ୍ୱାର୍ଥ ଭିତରେ ଯିଏ ଯେତେ ଅଙ୍କ କଷୁ, ହେଲେ ସମସ୍ତଙ୍କୁ ତ ଏକାଠି କରିବାର ବାହାଦୂରୀଟା ତୋ'ର । ସତରେ କଣ ଗାଁ'ରେ ଘର ହୋଇପାରିବ ? କିଏ ରହିବ ସେଠି ? ସମସ୍ତଙ୍କର ବୟସ ଗଡ଼ିଗଲାଣି । ଆମ ପିଲାମାନେ ଗାଁ ବିଷୟରେ କିଛି ଜାଣନ୍ତିନି । ତାଙ୍କର ଆକର୍ଷଣ

ଆସିବ କାହିଁକି ? କେହି ମୁହଁରେ କିଛି ନ କହିଲେ ବି ମନରେ ସେଇକଥା ରହିଛି। ଟଙ୍କା କଥା କହିଲେ ସମସ୍ତେ ପତ୍ନୀମାନଙ୍କ ମୁହଁକୁ ଚାହିଁବେ। ଦୀନା କକେଇଙ୍କ ଭାଷାରେ, ଆମେ ସବୁ ସତରେ ଗୋଟେଗୋଟେ କୁଳାଙ୍ଗାର, ସ୍ୱାର୍ଥପର। ହେଲେ ଗୋଟେ କଥା ତ ନିହାତି ସତ। ଆମେ ସବୁ ଅଲଗା ଅଲଗା ସମସ୍ୟା ଭିତରେ ଥାଇବି, ଯେତେବେଳେ ଏକାଠି ହେଉ, ଗାଁ'କଥା ଆଉ ଘରକଥାର ଭାବନା ଆଉ ଚର୍ଚ୍ଚା ହିଁ ଆମକୁ ଅଧିକ ଅନ୍ତରଙ୍ଗ କରିଦିଏ। ଆମେ ସମସ୍ତେ ଏକ ଅଭିନ୍ନ ପରିବାର ପରି ମନେହୁଏ। ଘର ତିଆର ହେଉ ବା ନ ହେଉ, ଏମିତି ତୁ ନକ୍ସା ବନାଉଥିବୁ, ଆଉ ଆମେମାନେ ନନାଙ୍କର ଚାଳଛପର ଘରକୁ ବଦଳାଇ ଦେଉଥିବୁ ମନ ଭିତରେ। ମନେହେଉଥିବ ସତେ ଯେପରି ଆମେ ବିତିଯାଇଥିବା ପିଲାଦିନ ପରି ସାଙ୍ଗ ହୋଇ ରହିଛୁ, ଗୋଟେ ଛାତ ତଳେ। ସେଇ ସମୟଟା କେତେ ଆତ୍ମୀୟ ମନେହେବ କହତ !"

ରୁନୀ ହସିଦେଲା। ସତରେ ମୁନୁଟା ଛୋଟ ହେଲେବି କେତେ ସମଝଦାର !!

■

ହଲେ ଜୋତା ପାଇଁ

ପିଲାଟା ଟିକେ ଉପରକୁ ଚାହିଁ ଅଳ୍ପ ହସିଦେଲା । ପାଖରେ ଥିବା କେତେ କ'ଣ ଡବା ଭିତରୁ ରଙ୍ଗ ବାହାର କରି ଜୋତା ଉପରେ ଲଗାଇଲା । ପାଦକୁ ଖଣ୍ଡେ ଉଚ୍ଚା ପଥର ଉପରେ ରଖିଦେଇ, କପଡ଼ା ଖଣ୍ଡେ ଧରି ସାଇଁ ସାଇଁ ଘଷି ଚାଲିଲା । ତା'ର ମୁହଁର ଦୋଳନ ସଙ୍ଗେ ସଙ୍ଗେ ଆଖି ଦୁଇଟା ବି ଲାଖି ରହିଥିଲା ଜୋତା ଉପରେ । ଏଥର ସିଏ ଇସାରା ଦେଲା ଆରଗୋଡ଼କୁ ଉପରକୁ ଉଠାଇବା ପାଇଁ । ସେମିତି ତଳକୁ ଚାହିଁ କହିଲା "ଜୋତାଟା ବହୁତ ଦାମିକା ନା ସାହେବ ? ନିଶ୍ଚୟ ଦୁଇହଜାର ଟଙ୍କା ଉପରକୁ ହୋଇଥିବ । ରଙ୍ଗ ମାରୁମାରୁ ଚମକି ଉଠୁଛି, କଳା ରଙ୍ଗର ଦର୍ପଣଟେ ପରି ।"

ତା କଥାରେ ମୁଁ କିଛି ଗୁରୁତ୍ୱ ନ ଦେଇ ଘଣ୍ଟାକୁ ଦେଖିଲି । ଆଉ କିଛି ସମୟ ପରେ ମିଟିଂ ଅଛି, ଯିବାକୁ ପଡ଼ିବ । କହିଲି, "ଶୀଘ୍ର କାମ ସାର । ସମୟ ନାହିଁ ମୋ ପାଖରେ ।"

– ହୋଇଗଲା ସାର୍ ଯାଆନ୍ତୁ ।

ମୁଁ ତା ଆଡ଼କୁ ଦଶଟଙ୍କିଆ ନୋଟ୍‌ଟେ ପକାଇ ଦେଇ, ଆଗକୁ ବଢୁ ବଢୁ, ସେ କହିଲା, "ନିଅନ୍ତୁ ସାର୍ ଆଉ ପାଞ୍ଚଟଙ୍କା ।"

ମୋ ପାଖରେ ଫେରିବାକୁ ବେଳ ନ ଥିଲା । କହିଲି, "ରଖ ପରେ ଦେଖିବା ।" ପିଲାଟାର ମୁହଁ ଆଉ କଥାରେ କଣ ବୈଶିଷ୍ଟ୍ୟ ଥିଲା କେଜାଣି, କିଛି ସମୟ ତା'ର ଛବି ମୋ ମନରେ ଲାଗି ରହିଲା । ବୟସ ବୋଧହୁଏ ବାର ବର୍ଷ ଭିତରେ ହେବ । ଠିକ୍ ମୋ ପୁଅ ବୟସର । ଚେହେରାଟା ବି କେଉଁ ବଡ଼ଘରର ପିଲା ପରି । ଭାଗ୍ୟ ତା'କୁ ଜୋତା ପଲିସ୍ କରିବାକୁ ବାଧ୍ୟ କରୁଛି । ପାଠ ପଢୁଥିଲେ, କେ'ଜାଣେ ହୁଏତ ବିଚକ୍ଷଣ ପିଲାଟେ ହୋଇଥାଅନ୍ତା ।

ସେଦିନ କାର୍ଯ୍ୟବ୍ୟସ୍ତତା ଯୋଗୁ ତା ସଙ୍ଗେ ଦୁଇପଦ କଥା ହୋଇପାରିଲିନି । ହେଲେ କେଜାଣି କାହିଁକି ମନଟା ତା' ପାଖରେ ଲାଖି ରହିଲା । ପିଲାଟା ସାଙ୍ଗରେ ଦୁଇପଦ କଥା ହୋଇଥିଲେ କ'ଣ ବା ହୋଇଥାଆନ୍ତା । ଦୁଇମିନିଟ୍ ଡେରି ହୋଇଥିଲେ ସେମିତି କିଛି ଅସୁବିଧା ନଥିଲା । ଆଉ କେବେ କଥା ହେବି ବୋଲି ଭାବି ଅଫିସ୍ ଭିତରକୁ ପଶିଗଲି ।

ତା' କଥା ହୁଏତ ମୁଁ ଭୁଲି ଯାଇଥାଆନ୍ତି କିମ୍ବା ଏମିତି ଏକ ସାଧାରଣ ସମ୍ବେଦନାକୁ ଗୁରୁତ୍ୱ ଦେଇନଥାନ୍ତି । ହେଲେ ପରିସ୍ଥିତି ମୋ ପାଇଁ ଅଲଗା ଥିଲା । ନୂଆ ହୋଇ ମୁଁ ଏ ଅଫିସ୍‌ରେ ଜଏନ୍ କରିଥିଲି । ଉପର ମହଲାରେ ମୋତେ ମିଳିଥିବା ଚାମ୍ବରଟାର ଝରକାର ପରଦାକୁ ହଟାଇଦେଲେ ଠିକ୍ ତାରି ଉପରେ ଦୃଷ୍ଟି ପଡୁଥିଲା । ବରଗଛ ମୂଳେ ବସିଥିବା ସେଇ ପିଲାଟିକୁ ବାରମ୍ବାର ଅନାଇବାକୁ ଇଚ୍ଛା ହେଉଥିଲା । ସେବାଟେ କେତେ ସବୁ ବାବୁମାନେ ଯାଉଥିଲେ । କେହି କେହି ତା'ର ଡାକକୁ ନଜର ନଦେଇ, ଆଗକୁ ଚାଲି ଆସୁଥିଲେ ତ କେହି କେହି ସାହେବି ଢଙ୍ଗରେ ଗୋଡଟା ପଥର ଉପରେ ରଖି ଦେଉଥିଲେ । ସେତେବେଳେ ପିଲାଟା ହସି ଦେଉଥିଲା । ଅନ୍ୟ ସମୟରେ ଗଛ ଉପରକୁ ଆଉଜି ପଡ଼ି ଡାକ ଛାଡୁଥିଲା ଚିରାଚରିତ ଭଙ୍ଗିରେ । ମୁଁ ତାକୁ ଭଲଭାବରେ ଲକ୍ଷ୍ୟ କରୁଥିଲି । ଅଧା ମଇଳା ହାପ୍‌ପ୍ୟାଣ୍ଟ ଓ ଦେହକୁ ଫିଟିଂ ନ ହେଉଥିବା, ବିଭିନ୍ନ ଜାଗାରେ କଳାରଙ୍ଗ ଲାଗିଥିବା ସାର୍ଟ ଖଣ୍ଡେ ହିଁ ତା'ର ପରିଧାନ ଥିଲା । ବେଳେବେଳେ ହାତରେ ଲାଗିଥିବା କଳାରଙ୍ଗକୁ ସାର୍ଟରେ ବୋଳିଦେଇ ସେ ଅଧିକ ବିକୃତ କରି ଦେଉଥିଲା । ପୋଷାକଗୁଡ଼ା ତାକୁ କେମିତି ଦେଖାଯାଉଥିବ, ସେକଥା ବୋଧହୁଏ ସେ ଚିନ୍ତା କରୁନଥିଲା । କେହି ଗରାଖ ନଥିଲା ବେଳେ ଗଛକୁ ଆଉଜି ପଡ଼ି ସେ ଆଶାୟୀ ଦୃଷ୍ଟିରେ ଚାହିଁ ରହୁଥିଲା ।

ତା'କୁ ଦେଖି ମୋ ମନରେ କେଜାଣି କାହିଁକି ଏକ ସମ୍ବେଦନା ଭାବ ଜାଗି ଉଠୁଥିଲା । ପିଲାଟା ନିଶ୍ଚୟ ଖୁବ୍ ଦରିଦ୍ର ହୋଇଥିବ । ଘରେ ତା'ର କିଏ ସବୁ ଥିବେ କେଜାଣି । ଯିଏ ଥାଉ ନା କାହିଁକି ତା'ର ରୋଜଗାର ଉପରେ ଭରସା କରୁଥିବେ । ବିଚରା ଏ ବୟସରେ କେତେ କଷ୍ଟ କରୁଛି । ଦେଖିବାକୁ ସାବନା ରଙ୍ଗର ଗୋଲଗାଲ ଚେହେରା । ଢଳ ଢଳ ଆଖି । ଏସବୁ ମଇଳା ପୋଷାକ ଖୋଲିଦେଇ ଭଲ ପୋଷାକ ପିନ୍ଧିଦେଲେ ବଡ଼ଘରର ପିଲା ପରି ଦେଖାଯିବ । ସ୍କୁଲ ଯାଉଥିଲେ ନିଶ୍ଚୟ ବଡ଼ଲୋକ ହେବାର ସ୍ୱପ୍ନ ଦେଖୁଥାଆନ୍ତା । ଭଗବାନ ଏସବୁ ପିଲାଙ୍କୁ ଏ ବୟସରେ କଷ୍ଟ କାହିଁକି ଦିଅନ୍ତି କେଜାଣି । ପିଲାଟା ମୋ ପୁଅ ସାଙ୍ଗର ହେବ । ଅଥଚ କେତେ ଫରକ ସେମାନଙ୍କ ଭିତରେ । ମୋ ପୁଅ ଲିଟୁ ଇଂରାଜି ମିଡିୟମ ସ୍କୁଲ ଯାଉଛି । ହାତରେ ଟିଫିନ ବାକ୍ସ

ନେଉଛି। ଭଲ ପ୍ୟାଣ୍ଟ୍‌ସାର୍ଟ ପିନ୍ଧୁଛି। ବେଳେବେଳେ କାରରେ ବି ତାକୁ ସ୍କୁଲରେ ଛାଡ଼ି ଦିଆଯାଉଛି। ଅଥଚ ଏ ପିଲାଟା ଭୋକ ଉପାସରେ ରୋଜଗାରକୁ ଚାହିଁ ପଡ଼ି ରହିଛି। ଘରୁ ସେ କ'ଣ ଖାଇ ଆସିଥିବ କେଜାଣି।

କିଛି ସମୟର ସମବେଦନା ପରେ ମୁଁ ଝରକାରେ ପରଦା ଟାଣିଦିଏ। ଅଫିସ୍ କାମରେ ମନଦିଏ। ମନରୁ ସେ ପିଲାଟା ଦୂରେଇଯାଏ।

ସଞ୍ଜବେଳକୁ ଫେରରିଲାବେଳକୁ ସେ ଆଉ ସେଠାରେ ନ ଥାଏ। ବରଗଛ ମୂଳଟା ନିଛାଟିଆ ଲାଗେ। ସତେ ଯେପରି ତା ମୂଳରୁ କିଛି ଏକ ଜିନିଷ ହଜି ଯାଇଥାଏ। ଏ ସମୟରେ ପିଲାଟାର ବୋଧହୁଏ ବ୍ୟବସାୟ ହୁଏନା। ବାବୁମାନେ ଅଫିସ୍‌ରୁ ଫେରିଲାବେଳେ ଜୋତା ରଙ୍ଗ କରିବା ଦରକାର ପଡ଼େନା। ସେ କେଜାଣି କେତେବେଳୁ ଘରକୁ ଚାଲି ଯାଇଥାଏ। ସେଠି ଖାଲି ପଡିରହିଥାଏ ଛୋଟିଆ ପଥର ଖଣ୍ଡେ, ଯାହାଉପରେ ବାବୁମାନଙ୍କର ଗୋଡ଼ ରଖିଦେଇ ସେ ଜୋତା ପଲିସ୍ କରୁଥାଏ।

ପିଲାଟାକୁ ଦେଖିଲାଦିନୁ କେଜାଣି କାହିଁକି ତା' ପ୍ରତି ଏକ ଦୁର୍ବଳତା ମୋ ମନରେ ରହି ଯାଇଥିଲା। କିଛି ଦରକାର ନ ଥିଲେ ବି ଅଧିକାଂଶ ଦିନ ତା ପାଖରେ ମୁଁ ଜୋତା ପଲିସ୍ କରାଉଥିଲି। ଅଥଚ ତା ସଙ୍ଗେ ଦୁଇପଦ କଥା ହୋଇ ପାରୁନଥିଲି, ଯଦିଓ ତା ବିଷୟରେ ଜାଣିବାର ଅନେକ ଆଗ୍ରହ ମୋ ଭିତରେ ଥିଲା। ସୁଯୋଗ ମିଳିଲେ ନିଶ୍ଚୟ ତା ବିଷୟରେ ପଚାରିବାର ମାନସିକତାକୁ ଧରି ରଖିଥିଲି।

ହଠାତ୍ ଦିନେ, ଅନ୍ୟ ଏକ ରୂପରେ ତା ସଙ୍ଗେ ମୋର ଦେଖାହୋଇଗଲା। ସେଦିନ ଦିନ ଦୁଇଟା ବାଜୁଥିଲା ବୋଧହୁଏ। ମୁଣ୍ଡ ଉପରେ ଧୁ ଧୁ ଖରା। ସହରର ଉତ୍ତାପ ଖୁବ୍ ବଢ଼ି ଯାଇଥିଲା। ମୋର କାର୍‌ରେ ମୁଁ ଘରକୁ ଲଞ୍ଚ ପାଇଁ ଯାଉଥିଲି। ହଠାତ୍ ଖଣ୍ଡେ ଦୂରରୁ ଦେଖିଲି ନିର୍ଦ୍ଧୁମ ଖରାରେ ପିଲାଟା ଏକାଏକା ରାସ୍ତାରେ ଯାଉଛି। କାନ୍ଧ ଉପରେ ମଇଳା ବ୍ୟାଗଟାଏ ଝୁଲିଛି, ଯେଉଁଥିରେ ତା'ର ରୋଜଗାରର ସମସ୍ତ ସାମଗ୍ରୀ ରହିଛି। ଖରାକୁ ଖାତିର ନକରି ସେ ଆଗକୁ ଆଗକୁ ମାଡ଼ି ଚାଲିଛି। ହାତରେ ଧରିଛି ଦୁଇଟା ଚପଲ। ପାଦଟା ସମ୍ପୂର୍ଣ୍ଣ ଖାଲି। ପିଚୁରାସ୍ତାରେ ତାତି ଯାଉଥିବାରୁ, କେବେ କେବେ ପାଦକୁ ଡିଆଁଇ ଡିଆଁଇ ଆଗକୁ ମାଡ଼ି ଚାଲିଛି। ତାକୁ ଦେଖି ମୋର କାର୍‌ର ଗତି ଧିମା ପଡ଼ିଗଲା। ସେ କୁଆଡ଼କୁ ନ ଦେଖିଲେବି ମୋର ନଜର ତା ଉପରେ ଲାଖି ରହିଲା। ନିଜର ମାନବିକତା ଆଉ ସ୍ଥିତିକୁ ନେଇ ସଂଗ୍ରାମ ଚାଲିଥିଲା ମୋ ଭିତରେ। ଏପରି ପିଲା ସଙ୍ଗେ ମୋ ଭଳି ଉଚ୍ଚପଦସ୍ଥ ଅଫିସରର ସମ୍ପର୍କ ବା କଣ। ସେ କଣ ମୋର କାର୍‌ରେ ବସିବା ଯୋଗ୍ୟ। ଏମିତି ଭାବିଲେ ତ ମୁଁ ରାସ୍ତାରେ ଯିବା କଷ୍ଟକର ହୋଇଯିବ। ତା'ପରି ଶହ ଶହ ପିଲା ତ ଏମିତି ସଂଗ୍ରାମ କରୁଥିବେ।

ତେବେ ବି ମୋ ଭିତରେ କେହି ପିଲାଟାକୁ ସାହାଯ୍ୟ କରିବାକୁ ପ୍ରବର୍ତ୍ତାଉ ଥିବାବେଳେ ଅନ୍ୟ ଏକ ସତ୍ତା ଅହଂକୁ ନେଇ ଯୁକ୍ତି କରୁଥିଲା। ଏପରି ଏକ ଦ୍ୱନ୍ଦ୍ୱ ଭିତରେ ମୁଁ କିଛି ସ୍ଥିର କରି ପାରୁନଥିଲି।

ଡାକିବି କି ପିଲାକୁ କାର୍ ଭିତରକୁ। ଛି, ତା'ର ପୋଷାକରୁ ରଙ୍ଗ ଲାଗି ମୋର ସିଟ୍ ଅପରିଷ୍କାର ହୋଇଯିବ। ତା ଛଡ଼ା ହାତରେ ଛିଣ୍ଡାବ୍ୟାଗ୍। ଏମିତି ପିଲା କଣ କାର୍‌ରେ ବସିପାରେ। କେହି ଦେଖିଲେ କଣ ଭାବିବ। ମୋ ପରି ଏକ ପଦସ୍ଥ ଅଫିସର, ତା' ଆଡ଼କୁ ଦୃଷ୍ଟି ଦେବା କଣ ଦରକାର। ତା'ପରି ତ ଶହ ଶହ ପିଲା ଏମିତି ସହରରେ ବୁଲୁଛନ୍ତି। ଗରିବ ଅସହାୟମାନଙ୍କୁ ଗଣି ବସିଲେ ନିଜେ କେବଳ ଦୁଃଖ ପାଇବା ସାର ହେବ।

ମୁଁ ଆଗକୁ କାର୍ ବଢ଼ାଇଲି। ତାକୁ ଡେଇଁକରି ଯାଉ ଯାଉ ସେ ଚିତ୍କାର କରି ଉଠିଲା। ଗୋଡ଼ରେ ତାତିଲା ପିଚୁ ଲାଗିଯାଇଥିଲା ବୋଧହୁଏ। ମୁଁ ଆଉ ଆଗକୁ ବଢ଼ି ପାରିଲିନି। କାର୍ ଅଟକାଇ ଝରକା ଖୋଲିଦେଲି। ପିଲାଟା ମତେ ଦେଖି ଚିହ୍ନି ପାରିଲା ବୋଧହୁଏ। କହିଲା, "ଚପଲଟା ଛିଣ୍ଡି ଯାଇଛି ଆଜ୍ଞା। ରାସ୍ତାଟା ଖୁବ୍ ଜୋରରେ ତାତିଛି।"

- ତୋ ଘର କେଉଁଠିରେ ?

- ଖଣ୍ଡେବାଟ ଗଲେ ଆଗ ବସ୍ତିରେ। ମୁଁ ପହଞ୍ଚିଯିବି। ଚପଲଟା ପୁରୁଣା ହେଲାଣିତ।

-ଆ, ମୋ ଗାଡ଼ିରେ ବସିପଡ଼। ଆଗରେ ଛାଡ଼ିଦେବି।

ପିଲାଟା ଏତେବଡ ଆଖିରେ ମୋ ଆଡକୁ ଚାହିଁ ରହିଲା, ସତେ ଅବା ଏକ ଆଶ୍ଚର୍ଯ୍ୟ କଥା ଶୁଣୁଛି। ତା ପରି ମଇଳା, ମ୍ଳେଚ୍ଛ ପିଲାକୁ କିଏ ଗାଡ଼ିରେ ବସିବାକୁ ଡାକିବ, ତାହା ସେ ବିଶ୍ୱାସ କରିପାରିଲାନି। କହିଲା "ନାଇଁ ବାବୁ ମୁଁ ଚାଲିଯିବି। ଆପଣଙ୍କ ଗାଡ଼ିରେ ମଇଳା ଲାଗିଯିବ। ମତେ କିଛି କଷ୍ଟ ହେଉନି। ଏଇଟା ତ ମୋର ନିତିଦିନିଆ ରାସ୍ତା। ଖରାରେ ଚାଲିଚାଲି ଅଭ୍ୟାସ ହୋଇଗଲାଣି।"

- ତୁ ଭିତରକୁ ଆସ। ଗାଡ଼ିର କିଛି ହେବନି।

ମୁଁ ଆଗପଟ କବାଟ ଖୋଲିଦେଲି। ପିଲାଟା କୁଣ୍ଠିତ ହୋଇ ଭିତରକୁ ଆସିଲା। ଜାକିଜୁକି ହୋଇ ଗାଡ଼ିରେ ବସି, ଗୋଡ଼ ଉପରେ ଛିଣ୍ଡାବ୍ୟାଗକୁ ରଖି ଦେଉ ଦେଉ କହିଲା, "କିଏ ଦେଖିଲେ କଣ ଭାବିବ ଆଜ୍ଞା। ମୋ ପରି ପଲାକୁ ଗାଡ଼ିରେ ବସାଇଲେ ଆପଣଙ୍କ ସମ୍ମାନ ରହିବନି।"

ମୁଁ ତା କଥାରେ ନଜର ନ ଦେଇ କହିଲି, "ତୋ ନାଁ କଣରେ ?"

- ବଟୁ। ପିଲାଟା ମୋ କଥାର ଉତ୍ତର ଦେଉ ଦେଉ ଗାଡ଼ିର ଚାରିଆଡକୁ ନଜର ବୁଲାଇ ଆଣିଲା। କହିଲା, "ଭିତରେ କେତେ ଥଣ୍ଡା ଲାଗୁଛି। ବାହାରେ ତାତି ଅଛି ବୋଲି ଜଣାପଡୁନି। ଭାରି ଆରାମ। ହେଲେ, ଆରାମଟା ଭାରି ଖରାପ କଥା। ମଣିଷକୁ ନିକମ୍ମା କରାଇଦିଏ। ଆମ ପାଇଁ ଆରାମଟା ଠିକ୍ କଥା ନୁହେଁ। ମନରେ ହେୟ ଭାବ ଆସିବ। ସତକଥା ବାବୁ। ବେଳେବେଳେ ନିଜ ଉପରେ ରାଗଲାଗେ। ମଣିଷଗୁଡ଼ା ଏମିତି ଅଲଗା ଅଲଗା କରି କାହିଁକି ଗଢ଼ା ହୋଇଥାଆନ୍ତି କେଜାଣି। କିଛି ଲୋକ ଆମ ପରି କଷ୍ଟ କାମ କରି ବି ଭଲରେ ନ ଥାଆନ୍ତି। ଆଉ କିଛି ଲୋକ କଷ୍ଟ ନ କରି ଆରାମ କରନ୍ତି। ଭାରି ରାଗ ଲାଗେ ଭଗବାନଙ୍କ ଉପରେ।"

-ହୁଁ, ଠିକ୍ କଥା। ତୋ ଘରେ କିଏ ଅଛନ୍ତିରେ ବଟୁ ?

- ଖାଲି ମା। ଶେଯରେ ଶୋଇଥିବ। କଷ୍ଟେମଷ୍ଟେ କଣ ଦି'ଟା ରାନ୍ଧିଥିବ। ହେଲେ ଭାରି ସୁଆଦିଆ ତା ରାନ୍ଧଣା। ମୋ ଫେରିବା ବାଟକୁ ଚାହିଁଥିବ।

- ତୋ ବାପା ?

- ମୋ ବାପା ନାହିଁ ଆଜ୍ଞା। କୁଆଡ଼େ ପଳେଇଛି, ମା'କୁ ଛାଡି। ତା'ର ପତ୍ତା ମିଳୁନି। କିଏ କହୁଚି ଦାଦନ ଖଟିବାକୁ ଯାଇଛି ତ, କିଏ କହୁଛି, ରୋଗିଣା ମା'କୁ ଛାଡ଼ି ଆଉ କାହା ସାଙ୍ଗରେ ଭାଗି ଯାଇଛି। ଅନେକ ଦିନ ହେବ ଗଲାଣି ଯେ ତା'ର କିଛି ଖବର ନାହିଁ।

- ତମେ ଥାନାରେ କହିଚ ?

- ମା କହୁଛି, ଥାନା ବାବୁମାନେ ଆମ କଥା ଶୁଣନ୍ତିନି। ସେ ଝାମେଲାରେ କିଏ ପଶୁଛି। ତା'ର ତ ଶ୍ୱାସରୋଗ। ଶେଯ ଭଲକୁ ସେ ଭଲ। ଯାଉ ଯୁଆଡେ ଯାଉଛି। ସେ ଥିଲେ କଣ ବା ଅଧିକ ହେଉଥିଲା। ଯାହା ରୋଜଗାର କରୁଥିଲା ସବୁ ମଦରେ ଉଡାଇ ଦେଉଥିଲା। ମା ପରଘରେ କାମ କରି, ଘର ଚଳାଉଥିଲା। ହେଲେ ତାକୁ ଶ୍ୱାସରୋଗଟା ମାଡ଼ି ବସିଲା ଯେ ସେ ଆଉ କାମ କରିପାରୁନି।

- ତୁ ସ୍କୁଲକୁ ଯାଉନୁ ବଟୁ ?

- ଯାଉଥିଲି। ସେଠି ଆରାମରେ ଗଣ୍ଡେ ଖାଇବାକୁ ମିଳୁଥିଲା। ହେଲେ ରୋଜଗାର କେଉଁଠୁ ଆସିବ। ମୁଁ ସବୁଦିନ ପେଟପୁରା ଖାଉଥିବି, ଆଉ ମା' ଉପାସରେ ବସିଥିବ। ସେ କଥା କ'ଣ ସରକାର ବୁଝିବେ। ଖାଲି ପିଲାଙ୍କୁ ଖାଇବାକୁ ଦେଲେ, କ'ଣ ସେମାନେ ପାଠପଢ଼ି ପଣ୍ଡିତ ହୋଇଯିବେ। ଏମିତି ଝୁମ୍ପୁଡ଼ିରେ ରହୁଥିବା ପିଲାମାନେ, ଖାଲି ନାଁକୁ ସ୍କୁଲ ଯାଉଥିବେ। ପାଠପଢ଼ାର ତ ନାଁ ଗନ୍ଧ ନାହିଁ। ଦିଦିମାନେ ସରକାରୀ କାମରେ ବ୍ୟସ୍ତ। କେତେବେଳେ ଭୋଟ କାମ ତ କେତେବେଳେ ଲୋକ

ଗଣିବା କାମ। ପିଲାମାନଙ୍କୁ ଗଣ୍ଡେ ଖାଇବାକୁ ଦେଇ କାମ ବଢ଼ାଇ ଦେଉଛନ୍ତି। ମତେ ସେ ସବୁ ଭଲ ଲାଗିଲାନି। ଏମିତି ପଢ଼ି ମୁଁ ବାବୁ, ସାହେବ୍ ବନି ପରିବିନି। ମା'ଟା ମରିଗଲେ ମୂଳରୁ ସବୁ ଯିବ। ସେଥିପାଇଁ ସ୍କୁଲ ଛାଡ଼ିଦେଲି।

- ତୁ କଣ ଜୋତା କାମ ଜାଣିଥିଲୁ ?

- ନା ବାବୁ,ଏବେ ବି ଜାଣିନି। ଅଫିସ ପାଖରେ ଖାଲି ପଲିସ୍ କରି ଯାହା ମିଳୁଛି, ସେଥିରେ ଚଳି ଯାଉଛୁ। ହେଲେ ମା'ର ଓଷଦ ଖର୍ଚ୍ଚ ମିଳିବାରେ କଷ୍ଟ ହେଉଛି। ଆମକୁ ଏତେ ଟଙ୍କା କୋଉଁଠୁ ମିଳିପାରିବ।

- ବସ୍ତି ଭିତରେ ତୋ'ର ଘର ଅଛି ?

- ଘର କ'ଣ ବାବୁ ମୁଣ୍ଡ ବାଜୁଥିବା ଝୁମ୍ପୁଡ଼ିଟାଏ। ଏମିତି କେତେ ଲୋକ ଆମ ପରି ଅଛନ୍ତି। ହେଲେ, ମତେ ସେଠି ରହିବାକୁ ଭଲ ଲାଗୁନି। ସେଠିକାର ଲୋକଗୁଡ଼ା ଭଲ ନୁହେଁ। କିଏ କେତେ କ'ଣ ଖରାପ କାମ କରୁଛନ୍ତି। କିଏ ମଦ ପିଉଛି ତ କିଏ ଗଞ୍ଜେଇ ଟାଣୁଛି। ଏମିତି ଜାଗାରେ ମା' କହୁଛି ମୁଁ ଭଲ ମଣିଷ ହେବି। ଆରେ ବାବୁ ସବୁ ଖରାପ ଭିତରେ ଜଣେ କଣ ଭଲ ରହିପାରିବ। ଭଲ ଥିଲେ ବି, ତାକୁ ସମସ୍ତେ ଖରାପ କହିବେ। ସେଠି ତ ସବୁବେଳେ ଜୁଲମ। କେତେବେଳେ ପୋଲିସ ଆସି କାହାକୁ ବାନ୍ଧିନେଲାଣି ତ କେତେବେଳେ ଗୁଣ୍ଡାମାନେ ଝାମେଲା କଲେଣି।

- ତମେ ସେଠି କାହିଁକି ରହିଛ ?

- ଆଉ କୁଆଡ଼େ ଯିବୁ। ଆମ ଭାଗ୍ୟରେ ସେୟା ଲେଖା ଅଛି। ଭଦ୍ରଲୋକଙ୍କ ପାଖରେ ରହିଲେ, ସେମାନେ ନାକ ଟେକିବେ। ତାଙ୍କ ପିଲାମାନେ ଆମ ସଙ୍ଗେ ମିଶିବେନି। ସତେ ଯେମିତି ଆମେ ମଣିଷ ନୁହେଁ। ପଶୁଙ୍କଠୁ ବି ହୀନ। ଏଠି ତ ରହିବାକୁ ହେବ। ମୁଁ ଟିକେ ବଡ଼ ହୋଇଗଲେ କେଉଁଠି ଭଲକାମ କରିବି। ସେତେବେଳେ ଏ ବସ୍ତି ଛାଡ଼ିଦେବି। ଭଲ ପ୍ୟାଣ୍ଟ୍‌ସାର୍ଟ ପିନ୍ଧିବି। ମା'କୁ ବି ବଡ଼ ଡାକ୍ତରକୁ ଦେଖାଇ ପାରିବି। ହେଲେ ଏବେ ତ କେଉଁଠି କାମ ମିଳୁନି। ସମସ୍ତେ କହୁଛନ୍ତି, ସରକାର କୁଆଡ଼େ ମନା କରିଛି ଆମକୁ କାମ ଦେବା ପାଇଁ। ସରକାର ତେବେ ଓଷଦ ଦେଉନାହାନ୍ତି, ଖାଇବାକୁ ଦେଉନାହାନ୍ତି ରୋଗିଣା ମା'କୁ। ମୁଁ ଆରାମରେ ପାଠ ପଢ଼ିବି।

- ହେଲେ ତୁ ପାଠପଢ଼ା ଛାଡ଼ିଦେବା ଠିକ୍ ହେଲାନି। ଦିନରେ ସ୍କୁଲ ଯାଇଥାଆନ୍ତୁ। ସଞ୍ଜବେଳେ କିଛି କାମ କରି ପାରିଥାଆନ୍ତୁ।

- ତମେ ଜାଣିନ ବାବୁ, ଏ ସରକାରୀ ସ୍କୁଲରେ କେହି ପାଠପଢ଼ି ସାହେବ

ହେବେନି। ତମେ ବାବୁମାନେ ତେବେ କାହିଁକି ନିଜ ପିଲାମାନଙ୍କୁ ସରକାରୀ ସ୍କୁଲରେ ପଢ଼ାଉନ ? ତମେମାନେ ଯେଉଁଦିନ ପଢ଼େଇବ, ସେଦିନ ସ୍କୁଲ ସୁଧୁରିଯିବ। ନହେଲେ ଆମ ପରି ଝୁମ୍ପୁଡ଼ି ପିଲାମାନଙ୍କ ପାଇଁ ହୋଟେଲ ବନି ରହିଥିବ।

ମୁଁ ହସିଦେଲି ବଟୁ କଥାରେ। ସତରେ ପିଲାଟା ଭାରି ସମଝଦାର। ପରିସ୍ଥିତି ତାକୁ ବୟସ ହେବା ଆଗରୁ ଦୁନିଆଁକୁ ଦେଖାଇ ଦେଇଛି।

ହଠାତ୍ ବଟୁ ଏକ ଅଦ୍ଭୁତ ପ୍ରଶ୍ନ କଲା। କହିଲା, "ସତରେ ବାବୁ ମୋର ବଡ଼ଲୋକ ହେବା ପାଇଁ ଭାରି ଇଚ୍ଛା। ହେଲେ ମା' କହୁଛି ବଡ଼ ହେବା ପାଇଁ ଦୁଇଟା ରାସ୍ତା ଅଛି। ବହୁତ ପାଠ ପଢ଼ିଲେ ତ ଭଲ। ଆଉ ଗୋଟେ ଉପାୟ, ଚୋରି କଲେ। ଆମ ଦେଶରେ କୁଆଡ଼େ ଚୋରି କରି ବଡ଼ମଣିଷ ହେବା ଲୋକ ବହୁତ ବେଶି। ସେମାନଙ୍କୁ ଏତେ ପାଠପଢ଼ି କଷ୍ଟ କରିବା ଦରକାର ପଡ଼େନି। କେବେକେବେ ରାତାରାତି ବଡ଼ଲୋକ ହେଇଯାଆନ୍ତି। ବହୁତ କମ୍ ଲୋକ ତ ଧରାପଡ଼ନ୍ତି। ବେଶି ଲୋକ ପଇସା ଦେଇ ଏ ପାଠୁଆ ଲୋକଙ୍କୁ ବି କିଣି ନିଅନ୍ତି। ଧରାପଡ଼ିଲେ ଚୋର, ନହେଲେ ଭଦ୍ରଲୋକ। କିଏ ଅନ୍ୟକୁ ଠକେଇ ବଡ଼ ହୋଇଛନ୍ତି ତ କିଏ ଲାଞ୍ଚ ନେଇ। ହେଲେ ଏମିତି ଉପାୟରେ ଯିଏ ଯେତେ ବଡ଼ ହେଲେ ବି ନିଜ ମନରେ ଛୋଟ ଲୋକଟିଏ ହୋଇ ରହିଥାଏ। କିଏ କହୁ ନ କହୁ ନିଜେ ତ ନିଜକୁ ଚୋର କହୁଥାଏ। ମା' ଭଲ କଥା କହୁଛି। ହେଲେ ମୁଁ କିଛି ଥଳକୂଳ ପାଉନି। ଜୋତା ପଲିସ୍ କରୁଛି। ଭଲରେ ଅଛି। ମା' ବି ଶାନ୍ତିରେ ଅଛି। ଦେଖାଯାଉ ବଡ଼ହେଲେ କଣ ହୋଇପାରୁଛି।"

ପିଲାଟାର ବସ୍ତି ପାଖେଇ ଆସିଲା। ସେ କହିଲା, "ଏଇଠି ଓହ୍ଲେଇଦିଅ ବାବୁ। ଏଇ ପାଖ ବସ୍ତିରେ ଆମ ଘର।" ପିଲାଟା ଗାଡ଼ିରୁ ଓହ୍ଲାଇ କହିଲା, "ଆପଣ ଭାରି ଭଲ ଲୋକ।" ଥରେ ପଛକୁ ଅନାଇ ହସିଦେଲା। ହାତ ହଲେଇ ତରତର ହୋଇ ଚାଲିଗଲା।

କେଜାଣି କାହିଁକି ପିଲାଟା ଉପରେ ମୋର ଦରଦ ବଢ଼ିଯାଇଥିଲା। ତା ପରି ଅନେକ ଗରିବ ପିଲା ଯେ ମୁଁ ନ ଦେଖିଛି ତା ନୁହେଁ, ହେଲେ ତା'ର ଆକର୍ଷଣୀୟ ବ୍ୟବହାର ନିରୀହ ମୁହଁ ମୋତେ ତା ଆଡ଼କୁ ଆକର୍ଷିତ କରି ନେଇଥିଲା। ତାକୁ କିଛି ସାହାଯ୍ୟ କରିବାର ଉପାୟ ମୁଁ ଖୋଜୁଥିଲି।

ତା' ପରଦିନ ଅଦରକାରୀ ଭାବରେ ଜୋତା ପଲିସ୍ କରାଉ କରାଉ, ଏକ ପ୍ୟାକେଟ୍ ଭିତରୁ ଦୁଇଟା ଜୋତା ବାହାର କରି ତା ଆଗରେ ରଖିଦେଲି, ଯାହା ମୋ ପୁଅ ପାଇଁ କିଛିଦିନ ଆଗରୁ କିଣାଯାଇଥିଲା। ମୁଁ ତ ଯେବେ ବି ତା' ପାଇଁ ଜୋତା କିଣିପାରିବି। ହେଲେ ଏ ପିଲାଟା ବିଚରା ଖରାରେ ଖାଲିପାଦରେ ଚାଲିବାର କଷ୍ଟରୁ

ବଞ୍ଚିଯାଉ । ତାହା ହିଁ ମୋର ଉଦ୍ଦେଶ୍ୟ ଥିଲା । ମୁଁ କହିଲି, "ବଟୁ, ନେ, ଏ ଜୋତା ଦୁଇଟା ରଖ । ଖରାବେଳେ ପିନ୍ଧି କରି ଯିବୁ । ଗୋଡ଼ ତାତିବନି ।"

ବଟୁ ମୋ ମୁହଁକୁ ଏତେବଡ଼ ଆଖିରେ ଚାହିଁ ରହିଲା । ବୋଧହୁଏ ଏପରି ଏକ ସହାନୁଭୂତି ସେ ଆଶା କରିନଥିଲା । ସେ ଅଧିକ କିଛି କହିବା ଆଗରୁ ମୁଁ ଅଫିସ୍ ଚାଲିଗଲି । ନିଜ ଭିତରେ ଖୁବ୍ ସାନ୍ତ୍ୱନା ପାଇଥିଲି । ସେଦିନ ଝରକାବାଟେ ବଟୁକୁ ଲକ୍ଷ୍ୟ କଲି । ବାରମ୍ବାର ସେ ଜୋତାକୁ ଖୋଲି ଦେଖୁଥିଲା । ତାପରେ ପ୍ୟାକେଟ୍ ଭିତରେ ଭରି ଦେଉଥିଲା । କଣ ଭାବୁଥିଲା କେଜାଣି ।

ତା'ପରଦିନ ବଟୁ ଆସିଲାନି । ଏମିତି କେତେଦିନ ବିତିଗଲା । ତା'ର ଦେଖା ମିଳିଲାନି । ତା ଜାଗାଟା ସେମିତି ଖାଲି ପଡ଼ିଥିଲା । ତା'ର କଣ ବା ଅସୁବିଧା ହୋଇଥାଇପାରେ । ତା ମା'ର ଦେହ ବେଶି ଖରାପ ହେଲାକି ! ଏତେଦିନ ରୋଜଗାର ନ କଲେ ତା'ର ପରିବାର ଚଳିବ କେମିତି । ଏମିତି ଅନେକ ଦୁର୍ଭାବନା ମୋ ଭିତରେ ମାଡ଼ି ବସିଥିଲା । ସତେ ଅବା ସେ ମୋର ଖୁବ୍ ଆତ୍ମୀୟ କିମ୍ବା ଖୁବ୍ ନିଜର ଲୋକଟିଏ ।

କିଛିଦିନ ଗଡ଼ିଗଲା । ତେବେ ବି ବଟୁ ଆସିଲାନି । ଏମିତି ଦୀର୍ଘଦିନ ପାଇଁ ନ ଆସିଲେ ତା ଜାଗାଟା ଅନ୍ୟ କେହି ମାଡ଼ି ବସିପାରେ ।

ବଟୁ ପରି ଏକ ସାଧାରଣ ପିଲାର କଥା କେତେଦିନ ବା ମୁଁ ମନେ ରଖିପାରନ୍ତି । ଜୀବନରେ ଏମିତି କେତେ କେତେ ଲୋକ ଆସନ୍ତି, ପୁଣି ଭୁଲି ହୋଇଯାଆନ୍ତି । ମୋ ମନରୁ ମଳିନ ପଡ଼ି ଆସୁଥିଲା ବଟୁର ସ୍ମୃତି । ତା'ର ଅସୁବିଧା ଦେଖି କେବେ ଯେ ତାକୁ ସାହାଯ୍ୟ କରିଥିଲି, ତାହା ମୋ ପାଇଁ ଏକ ବଡ଼ କଥା ନ ଥିଲା । କିନ୍ତୁ ସାଧାରଣ ଘଟଣାମାନେ ବେଳେବେଳେ ଏପରି ହୋଇଯାଏ ଯାହା ଜୀବନରେ ଏକ ଦାଗ ସୃଷ୍ଟି କରିଦିଏ ।

ୟା ଭିତରେ କେତେଦିନ ବିତି ଯାଇଥିଲା କେଜାଣି । ମୋର ଚାମ୍ବର ବି ବଦଳି ଗଲାଣି ଅନ୍ୟ ଜାଗାକୁ । ଝରକା ଖୋଲିଦେଲେ, ସେଠୁ ଆଗପରି ବାହାରର ଦୃଶ୍ୟ ଦୃଷ୍ଟିଗୋଚର ହୁଏନାହିଁ । ଦୃଷ୍ଟିରେ ପଡ଼େନାହିଁ ଖାଲି ପଡିଥିବା ବରଗଛ ମୂଳ କିମ୍ବା ରାସ୍ତାରେ ଯାଉଥିବା ଚଳଚଞ୍ଚଳ ଲୋକମାନଙ୍କର ଦୃଶ୍ୟ । ସହରର ଜନଗହଳି ଆଉ କୋଳାହଳ ଭିତରେ କେଜାଣି କେତେ ବଟୁମାନେ ଜୀବନ ସଂଗ୍ରାମରେ ଥକି ପଡୁଥିବେ । ସେମାନଙ୍କୁ ସମବେଦନା ଜଣାଇବାକୁ ସ୍ୱାର୍ଥାନ୍ୱେଷୀ ଲୋକମାନଙ୍କ ପାଖରେ ସମୟ ନ ଥିବ । ସେମାନଙ୍କ ପରି ମୁଁ ବି ନିଜ ଅଫିସ୍ ଆଉ ପରିବାର ଭିତରେ ଆତ୍ମକୈନ୍ଦ୍ରିକ ମଣିଷଟିଏ ବନି ଯାଉଥିଲି ।

ଏମିତି ଏକ ସମୟ ଭିତରେ ସ୍ମୃତିକୁ ଉଖାଡ଼ିଦେଇ ପୁଣି ଥରେ ଦେଖା

ହୋଇଗଲା ବଟୁ ସହିତ। କୌଣସି କାରଣ ହେତୁ ଗଛମୂଳେ କାର୍‌କୁ ରଖିଦେଇ ନିକଟସ୍ଥ ଦୋକନକୁ ଯାଇଥିଲି। ଫେରିଲାବେଳେ ଦେଖେ ତ ଡେଙ୍ଗା ହୋଇ କିଶୋରଟିଏ ମୋ ଗାଡ଼ି ପାଖରେ ଠିଆ ହୋଇ ରହିଛି। ବୋଧହୁଏ କେତେବେଳୁ କାହାକୁ ଅପେକ୍ଷା କରିଛି। ମୁଁ କିଛି ନ କହି ଗାଡ଼ି ଭିତରକୁ ଯାଉ ଯାଉ ସେ ମୋ ଉଦ୍ଦେଶ୍ୟରେ ମୁଣ୍ଡ ନୁଆଁଇଲା। ମୁଁ ତାକୁ ଭଲ ଭାବରେ ଲକ୍ଷ୍ୟ କଲି। କିଛିଟା ଚିହ୍ନା ଚିହ୍ନା ଲାଗିଲା।

ସେ କହିଲା, "ମୋତେ ଜାଣି ପାରୁ ନାହାଁନ୍ତି ସାର୍। ମୁଁ ବଟୁ, ଆପଣଙ୍କ ଅଫିସ ଆଗରେ ବସି ଜୋତା ପଲିସ୍ କରୁଥିଲି। ଆପଣ ମତେ ଜୋତା ହଳେ ଦେଇଥିଲେ।"

ମୁଁ ତାର ପରିଧାନକୁ ଚାହିଁଲି। ସେମିତି ମଇଳା ପୋଷାକ। ପାଦରେ ଚପଲ।

କହିଲି, "କେମିତି ଅଛୁ ବଟୁ। କଣ କାମ କରୁଛୁ?"

- କଣ ଆଉ କରିବି ଆଜ୍ଞା। ଏମିତି ଛୋଟ ମୋଟ କାମ କରି ବଞ୍ଚି ଯାଉଛି।

- ତୋର ତ ଅନେକ ପରିବର୍ତ୍ତନ ହୋଇଗଲାଣି।

- ପରିବର୍ତ୍ତନ ହୋଇଯାଇଥିଲା ଆଜ୍ଞା। ଟିକେ ସ୍ୱପ୍ନ ଦେଖିବା ଆରମ୍ଭ କରିଦେଇଥିଲି। ଏବେ ଠିକ୍ ଅଛି। ଖୁବ୍ ଗୋଟେ ଛୋଟ ଘଟଣା ଅନେକ କିଛି ବଦଳେଇ ଦେଲା। ଆପଣ ଖୁବ୍ ଭଲ ଲୋକ ସାର୍। କିନ୍ତୁ ଏତେ ପଢ଼ାଲୋକ ହୋଇ, ଗୋଟେ ଛୋଟ କଥାକୁ ବୁଝିପାରିଲେନି କେମିତି। କାହିଁକି ଆପଣ ମୋତେ ଦାମୀ ଜୋତା ଦେଉଥିଲେ? ଏପରି ଜୋତା ପିନ୍ଧିବାର ଯୋଗ୍ୟତା କଣ ମୋର ଥିଲା? ସେ କଥା ତ ଆପଣଙ୍କର ଭାବିବା ଉଚିତ୍ ଥିଲା। ସେଥିପାଇଁ ତ ବରଗଛ ମୂଳକୁ ଯିବା ଛାଡ଼ିଦେଲି।

କିଛି ବୁଝି ନ ପାରି ମୁଁ ତା ମୁହଁକୁ ଚାହିଁ ରହିଲି।

ହଠାତ୍ ସେ ମତେ ଏକ ଅଦ୍ଭୁତ ପ୍ରଶ୍ନ ପଚାରିଲା। କହିଲା, ଆପଣଙ୍କୁ ଯଦି କାର୍ ବଦଳରେ ଉଡ଼ାଜାହାଜ ଉପହାର ଦିଆଯାଏ, କଣ କରିବେ ଆପଣ? କେମିତି ଚଲାଇବେ ଉଡ଼ାଜାହାଜକୁ? ତାକୁ ଚଲାଇବା ପରି ସାମର୍ଥ୍ୟ ଯୋଗାଡ଼ କରିବାକୁ ହେବନା? ସେଥିପାଇଁ ଉପାୟ ଖୋଜିବାକୁ ପଡ଼ିବ।

ମୋ ପାଇଁ ଠିକ୍ ସେୟା ହେଲା ଆଜ୍ଞା। ଛିଣ୍ଡା ଚପଲ ଗୋଡ଼ରେ ଗଳାଉଥିବା ଲୋକଟା ଦାମୀ ଜୋତା ପାଇଲେ ଯାହାହୁଏ। ଦେହକୁ ଫିଟ୍ ନ ହେଉଥିବା ମଇଳା ପୋଷାକ ସହିତ କ'ଣ ଦାମୀ ଜୋତା ପିନ୍ଧି ହୁଏ। ସେଥିପାଇଁ ଭଲ ପୋଷାକ ତ ଦରକାର ନା। ସେପରି ପୋଷାକ କିଣିବାକୁ ମୋର ସାମର୍ଥ୍ୟ ନ ଥିଲା। କିନ୍ତୁ ଦାମୀ

ଜୋତା ପିନ୍ଧିବାର ଲୋଭକୁ ମୁଁ ସମ୍ବରଣ କରି ପାରୁନଥିଲି। ଅଫିସ୍ ଆଗରେ ପାଞ୍ଚଟଙ୍କାରେ ଜୋତା ପଲିସ୍ କରିଥିଲେ ସାରା ଜୀବନ ତ ବିତିଯାଇ ଥାଆନ୍ତା ଭଲ ପୋଷାକ କିଣିବା ପାଇଁ। ସେଥିପାଇଁ ସେ ଜାଗା ଛାଡ଼ିଦେଲି। ଉପାୟ ଖୋଜିଲି। ଠିକ୍ ସମୟରେ ଆମ ବସ୍ତିକୁ ଆସୁଥିବା ରାଜୁଭାଇ ସଙ୍ଗେ ଦେଖାହେଲା। ସେ ମତେ ଉପାୟ ବତେଇଦେଲା। କହିଲା, "ଚାଲ,ଷ୍ଟେସନ ପାଖେ ତତେ ବସେଇଦେବି। ସେଠି ଭଲ ରୋଜଗାର କରିବୁ। ବେଶି ଟଙ୍କା ମିଳିବ।" ତା କଥାରେ ମୁଁ ରାଜି ହୋଇଗଲି। ସେ ଷ୍ଟେସନ ପାଖରେ ମୋ ପାଇଁ ଜାଗା କରିଦେଲା। ସତରେ ଭଲ ରୋଜଗାର ବି ହେଲା। ହେଲେ ସେତେ ବେଶି ନଥିଲା ଯାହା ମୋର ଆଶା ପୂରଣ କରିପାରିବ।

ରାଜୁଭାଇ ଷ୍ଟେସନରେ କି କାମ କରୁଥିଲା କେଜାଣି। ମୋ ଉପରେ ଦୟା ଦେଖେଇଲା। ଦିନେ ହଳେ ଭଲ ପେଣ୍ଟ୍ସାର୍ଟ କିଣିଆଣି ମୋ ପାଖରେ ରଖିଦେଲା କହିଲା, "ନେ ପିନ୍ଧିବୁ। ହେଲେ କେବଳ ଏଇଥର ପାଇଁ ଦେଲି। ଆଗକୁ ନିଜେ ରୋଜଗାର କରିବୁ।"

- ପୁଣିଥରେ ଆଉ ଏକ ସ୍ୱପ୍ନ। ଥରେ ତ ମନରେ ଲୋଭ ଆସିଯାଇଥିଲା। ସେଇଟା ବଢ଼ି ଚାଲିଲା ରାଜୁଭାଇର କଥାରେ।

ସେ କହିଲା, "ମୁଁ ରାସ୍ତା ବତେଇଦେବି। ମୋ କଥା ମାନିଲେ ହେଲା।"

ରାଜୁଭାଇ କଥା ମୁଁ ତଳେ ପକାଇ ପାରିଲିନି। ସେତେବେଳକୁ କେବେକେବେ ଭଲ ପୋଷାକ ସହିତ ଜୋତା ପିନ୍ଧିସାରିଥିଲି। ମୋର ଲୋଭ ଆହୁରି ବଢ଼ିଗଲା। ରାଜୁଭାଇ ମତେ ଭାରି ସମଝଦାର ଆଉ ଭଲଲୋକ ପରି ଲାଗିଲା। ସବୁଦିନ ସେ କୁଆଡ଼େ ଯାଉଥିଲା କେଜାଣି, ବେଳେବେଳେ ମୋ ପାଖକୁ ଚାଲିଆସେ। ଗୋଟେ ବ୍ୟାଗ୍‌ରେ କଣ ରଖିଥାଏ ତା'କୁ ଜଣା। ମୋର ପୁରୁଣା ଥଳି ଭିତରେ ପୂରାଇଦେଇ ପୁଣି ଚାଲିଯାଏ। କହେ, "ବ୍ୟାଗ୍‌ରେ ମୋର କିଛି ଜିନିଷ ଅଛି। କାମ ସରିଲେ ଆସି ନେଇଯିବି। ତୁ ତାକୁ କେବେ ଖୋଲିବୁନି।"

ସତରେ ସଞ୍ଜବେଳକୁ ସେ ଆସି ନେଇଯାଏ। ମତେ ବକ୍ସିସ ୨୦୦ଟଙ୍କା ଦିଏ।

ରାଜୁଭାଇ ପ୍ରତି ମୋର ଦରଦ ଦିନକୁ ଦିନ ବଢ଼ିଗଲା। ଭାବିଲି ତାରି ସାହାଯ୍ୟ ନେଲେ ମୁଁ ଭଲ ରୋଜଗାର କରିପାରିବି। ହେଲେ ସେତେବେଳେ ମୁଁ ଭାବି ପାରିନଥିଲି ଯେ ସେ ଷ୍ଟେସନରେ କଣ କରେ। ଆଉ ମତେ ଯେଉଁ ପ୍ୟାକେଟ୍ ଦିଏ ସେଥିରେ କଣ ଥାଏ। ସେ ସବୁ ଭାବିବାକୁ ମୋର ମାନସିକତା ନଥିଲା। ମା'କୁ ବି ମୁଁ ସେକଥା କହିନଥିଲି। ନହେଲେ ଅବା ସେ ମତେ କିଛି ଉପଦେଶ ଦେଇଥାଆନ୍ତା।

ହଠାତ୍ ଦିନେ ଅଘଟଣ ଘଟିଲା। କିଛି ପୋଲିସ୍ ଗହଣରେ ରାଜୁଭାଇ ମୋ ପାଖରେ ପହଞ୍ଚିଲା। ସେମାନେ ମୋର ବ୍ୟାଗ୍ ଖୋଲିଲେ। ସେ ଦେଇଥିବା ପ୍ୟାକେଟ୍‌ରେ କିଛି ମୋବାଇଲ ଆଉ ପର୍ସ ଆଦି ଥିଲା। ମୁଁ ଘଟଣା କ'ଣ ବୁଝିବା ଆଗରୁ ସେମାନେ ମତେ ଧରିନେଲେ। ଚୋରି ନ କରି ବି ମୁଁ ଚୋର ବନିଗଲି। ମତେ ସେମାନେ ଜେଲ୍ ପଠାଇଦେଲେ। ବୟସ କମ୍ ଥିବାରୁ ମୁଁ ଅନ୍ୟ ଏକ ଜେଲ୍‌ରେ ପିଲାମାନଙ୍କ ପାଖେ ରହିଲି। ମୋର ପରିଚୟ ବଦଳିଗଲା। ମୁଁ ସବୁରି ଆଖିରେ ଚୋର ବନିଗଲି। କେତେଦିନ ମୁଁ ଜେଲ୍‌ରେ ରହିଲି କେଜାଣି। ହେଲେ ମୋର ମା' କେମିତି ଥିବ, କେମିତି ବଞ୍ଚୁଥିବ ସେକଥା ଜାଣିବାର ଉପାୟ ନଥିଲା। ଅନେକ ଦିନ ପରେ ଯେତେବେଳେ ମୁଁ ଜେଲ୍‌ରୁ ମୁକୁଳିଲି, ସେତେବେଳେ ମା' ଚାଲିଯାଇଥିଲା। ବସ୍ତି ଲୋକେ ତାକୁ ନେଇ ଦାହ କରିଦେଇଥିଲେ। ମତେ ସେକଥା ଖବର ବି ମିଳିନଥିଲା। ମୁଁ ଅନେକ କାନ୍ଦିଲି। ମୋର ଦୁଃଖରେ କାହାର ବି ସମବେଦନା ନଥିଲା। ଜେଲ୍ ଫେରନ୍ତା ଚୋର ବନିଗଲି ସମସ୍ତଙ୍କ ଆଖିରେ। ହେଲେ ମତେ ତ ବଞ୍ଚିବାକୁ ପଡ଼ିବ। ଆଉ ଥରେ ଅଫିସ ଆଗକୁ ଯିବାକୁ ସାହାସ ନଥିଲା। ଜୋତା ପଲିସ୍ କାମ ଛାଡ଼ିଦେଲି। ବଡ଼ କଷ୍ଟରେ ଏକ ଗ୍ୟାରେଜ୍‌ରେ ଗାଡ଼ି ଧୋଇବାର କାମ ମିଳିଛି ସାର୍। ଏଥର ମୋର ଆଉ ବଡ଼ ହେବାର ଲୋଭ ନାହିଁ। ମତେ ଯିଏ ଯାହା କହୁ ସାର୍, ମୁଁ କେବେ ଚୋର ନ ଥିଲି କି ଚୋର ହେବାକୁ ମୋର ଇଚ୍ଛା ନାହିଁ। ମନ ଭିତରେ ମୁଁ ଖୁବ୍ ଭଲ। ଖାଲି ଜୀବନରେ ଆଉ ଥରେ ଲୋଭ ନ ଆସିଲେ ହେଲା। ସେଥିପାଇଁ ଆପଣ ଦେଇଥିବା ଜୋତାଗୁଡ଼ା ଘର କାନ୍ଥରେ ଟଙ୍ଗାଇ ଦେଇଛି। ତାକୁ ଦେଖିଲେ ହୁଏତ ଆଉଥରେ କେବେ ଲୋଭ ଆସିଲେ ସେ ସାବଧାନ କରିଦେବ।

ବଟୁ ମୋ ଆଗରେ ମୁଣ୍ଡ ନୁଆଁଇ ଚାଲି ଯାଉଥିଲା। ତା'କଥା ଏ ଯାଏ ମୁଁ ମନ ଧ୍ୟାନଦେଇ ଶୁଣୁଥିଲି। ମୋର ମନେ ହେଉଥିଲା ଯେପରି ବଟୁ ପାଖରେ ମୁଁ ହିଁ ପ୍ରକୃତ ଦୋଷୀଟିଏ ବନିଯାଇଛି।

ମୁଁ କହିଲି, "ତୋର କିଛି ଦୋଷ ନାହିଁ ବଟୁ। ଚାଲ, ତତେ ଆଗରେ ଛାଡିଦେବି।"

ବଟୁ ହସିଦେଲା। କହିଲା "ନୂଆ ଜୋତା ପିନ୍ଧିବାର ଲୋଭ ଠାରୁ କାର୍‌ରେ ବସିବାର ଲୋଭ ଆହୁରି ଅଧିକ ନା ସାର୍? ମୁଁ ପାଦରେ ଚାଲିଚାଲି ଯାଇ ପାରିବି।"

ବଟୁ ଆଉଥରେ ପଛକୁ ନ ଚାହିଁ ଆଗେ ଆଗେ ଚାଲିଗଲା।

ମୁଁ କିଛି ସମୟ ତା ଆଡ଼କୁ ଚାହିଁ ରହି କଣ ଭାବୁଥିଲି କେଜାଣି।

■

ଫୁଲ ମା'ର ନାତୁଣୀ

ମୁଁ ଗୌରପୁରର ନେତି କହୁଛି। ନେତି ବାରିକ। ଆପଣମାନେ ମତେ ଚିହ୍ନିନଥିବେ, ଜାଣିନଥିବେ। କାହିଁକି ବା ଜାଣିବେ। ମୋ'ଠାରେ କଣ ଏମିତି ବିଶେଷତ୍ୱ ଅଛି କି ? ନା ମୁଁ ଗୋଟେ ବଡ଼ ଘରର ଝିଅ, ନା ମୋର ସେମିତି କିଛି ବିଶେଷ ଗୁଣ ଅଛି। ମୁଁ ତ ସାଧାରଣ ଗାଉଁଲି ଝିଅଟାଏ। ବାପା ଗରିବ। ମୂଲ ଲାଗି ଚଳୁଥିଲା। ସେମିତି କିଛି ଅଧିକ ରୋଜଗାର ନଥିଲା ତା'ର। ଇଚ୍ଛା ହେଲେ କାମ କରେ, ନହେଲେ ଗାଁ ମୁଣ୍ଡ ବରଗଛ ଚାନ୍ଦିନୀରେ ବସି ତାସ ଖେଳେ। ସରକାରୀ ଚାଉଳରେ ଦି'ମୁଠା ଖାଇବାକୁ ମିଳିଯାଏ। ପାଠ ବେଶି କିଛି ନାହିଁ କହିଲେ ଚଳିବ। କିଛିଦିନ ସ୍କୁଲ ଯାଉଥିଲି। ଯାହା ଦି' ଅକ୍ଷର ପଢ଼ିଥାଆନ୍ତି, ହେଲେ ଝିଅ ପିଲାଟେ ବୋଲି ମା' ଛାଡ଼ିଲାନି। ଘରେ ବସି ରହିଲି। ମୋର ଧୂଳିଖେଳ, ଶୈଶବ ଥିଲା କି ନଥିଲା କେଜାଣି, କିନ୍ତୁ ମୁଁ ମନେରଖିବା ଦିନୁ ହାଣ୍ଡି, ଚୁଲି, ଘରକାମ ହିଁ ମୋର ଚାରିପଟର ଦୁନିଆ ବନିଗଲା। ତା' ଭିତରେ ହିଁ ମୋର ଖେଳ ଆଉ ସଂସାର। ଦୁନିଆଟା ଯେମିତି ମୋ'ପାଇଁ ସେଇ ଉପାଦାନରେ ଗଢ଼ା। ରନ୍ଧାବଢ଼ା, ବାସନ ମଜା, ଘରଓଳା ହିଁ ମୋର ଯୋଗ୍ୟତା। ମୋର ଭାଗ୍ୟ ସେମିତି। କେଜାଣି କେଉଁ ଜନ୍ମରେ କିଛି ପାପ କି ପୁଣ୍ୟ କରିଥିଲି, ମଣିଷ ଜନ୍ମ ତ ନେଲି, ହେଲେ ମଣିଷ ହେବା ମୋ ଭାଗ୍ୟରେ ଲେଖା ହୋଇପାରିଲାନି।

ମୁଁ ନେତି ବାରିକ। ଏକ ଅନାମଧେୟ ଗାଁର ଅନାମଧେୟ ଝିଅଟିଏ। ମୋ କଥା କହୁଛି, ଟିକେ ଶୁଣନ୍ତୁ। ବିଶ୍ୱାସ କରନ୍ତୁ, ମୁଁ ମିଛ କହୁନାହିଁ। ଏ କାନରେ ପୂରାଇ ସେ କାନରେ ବାହାର କରିଦିଅନ୍ତୁ ପଛେ, ମୋ ଭିତରେ ଚାପିହୋଇ ରହିଥିବା କିଛି କଥା କହିଦିଏ। ମୁଁ ଜାଣେ, ଏବେ ଆପଣମାନେ ମୋ କଥାରେ ଧ୍ୟାନ ଦେବେନି।

ହେଲେ ଖୁବ୍ ଶୀଘ୍ର ବୁଝିଯିବେ, ଯାହା ଆଗରୁ କରି ପାରିନଥିଲି, ତାହା ଅନ୍ୟ ବାଟରେ କରି ଦେଖାଇଦେବି। ସେତେବେଳେ ମୋତେ ନେଇ ଆପଣମାନେ ରାଜନୀତି କରିଥାଆନ୍ତେ, ଖବରକାଗଜରେ ଲେଖିଥାଆନ୍ତେ, ଟିଭିରେ ଲମ୍ବାଲମ୍ବା ଭାଷଣ ଦେଇଥାଆନ୍ତେ। ହେଲେ ମୋର କିଛି ଲାଭ ହୋଇନଥାନ୍ତା କିମ୍ବା ମୋ ପରି ଗାଉଁଲି ନେତିମାନଙ୍କର କିଛି ପରିବର୍ତ୍ତନ ହୋଇନଥାନ୍ତା। ସେଥିପାଇଁ ନିଜ ବଳରେ ମୁଁ କିଛି କରି ଦେଖାଇଦେବି। ବିଶ୍ୱାସ କରନ୍ତୁ।

ହଁ, ଅସଲ କଥାଟା କହୁ କହୁ କୁଆଡ଼କୁ ଚାଲିଗଲିଣି। ମୂଳକଥାଟା ନ ଶୁଣିଲେ, କିଛି ବୁଝିପାରିବେନି। ଭାଗ୍ୟ ଯେତେବେଳେ ଖରାପ ପଡ଼େ ସେତେବେଳେ ମଣିଷ କୁଆଡ଼କୁ ଟାଣି ହୋଇଯାଏ କେଜାଣି। ଯେମିତି ମୁଁ ବି ପରିସ୍ଥିତିରେ ପଡ଼ି ଟାଣିହୋଇ ଆସିଥିଲି ଆଈଘର ଗାଁକୁ। ଆଈଘର ଆମ ଗାଁଠୁ ପାଞ୍ଚ ମାଇଲ ଦୂର, ଗୌରପୁରରେ। ସେଇଟା ଆମ ଗାଁଠୁ ଅନେକ ବଡ଼। କେତେ ଜାତିର ଲୋକ ଥାଆନ୍ତି କେଜାଣି। ସେଠି ବ୍ରାହ୍ମଣ ଶାସନଟା କିନ୍ତୁ ଖୁବ୍ ବଡ଼। ବହୁତ ଯାନିଯାତ୍ରା, ପୂଜାପାଠ ହୁଏ। ଗାଁର ଗୋଟେପଟରେ ବଙ୍କୁଲି ନଈ। ବଙ୍କେଇ ବଙ୍କେଇ ବହି ଯାଇଥିବାରୁ, ତାକୁ ବୋଧହୁଏ ଏମିତି ନାଁଟେ ଦିଆଯାଇଛି । ଆରପଟରେ ଛୋଟ, ନଣ୍ଡା ପାହାଡ଼। ସକାଳୁ ତାରି ଉପରୁ ସୂର୍ଯ୍ୟ ଉଠି ଆସିଲାବେଳେ ଭାରି ଭଲଲାଗେ ଦେଖିବାକୁ। ଦୁଇପଟେ ଆମ୍ବତୋଟା, ଆଉ କେତେବାଟ ଲମ୍ବିଯାଇଥିବା ଧାନକ୍ଷେତ। ଛୋଟ ଥିଲାବେଳେ କେଜାଣି କେତେଥର ଆସିଛି। ଅଜା ଥିଲାବେଳେ ହାତଧରି ଗାଁ ବୁଲେଇ ଆଣନ୍ତି। ଗୁଡ଼ିଆଘରୁ ବରାପିଆଜି ଖାଇବାକୁ ଦିଅନ୍ତି। ଜାତିରେ ବାରିକ ହେଲେ ବି ସେ କୌଳିକ କାମ କରନ୍ତିନି। ଘରେ ଦୁଇଟା ବଡ଼ବଡ଼ ଗାଈ ଥାଏ। ତାଙ୍କରି କ୍ଷୀର ବିକି ଚଳିଯାଆନ୍ତି। ଜମିବାଡ଼ି ବହୁତ କମ୍। ଅଜାଘର ମତେ ଖୁବ୍ ଭଲ ଲାଗେ। ହେଲେ ବେଶିଦିନ ରହିପାରେନି। ଫେରିଆସେ ଆମ ଗାଁକୁ।

ସତରେ ଭାଗ୍ୟଟା ହିଁ ବହୁତ ବଡ଼। ମଣିଷକୁ ସେ ନଚାଉଥାଏ ତା ବାଟରେ। ଯେମିତି ମୋ ଭାଗ୍ୟରେ ବେଶି କିଛି ପାଠ ପଢ଼ିବାର ତ ନଥିଲା। ସେଥିରେ ପୁଣି ବାପାକୁ କି ରୋଗ ହେଲା କେଜାଣି, କିଛି କାମକୁ ପାରିଲାନି। ଘର ଚଳେଇବା ପାଇଁ ମା' ପଦାକୁ ଗୋଡ଼ କାଢ଼ିଲା। ଯା ତା ଘରେ କାମ କଲା, ହେଲେ ଓଷଦ କିଣିବା ପାଇଁ କିମ୍ବା ଡାକ୍ତର ଦେଖାଇବାକୁ ପଇସା ନଥିଲା। ବାପା, ସେମିତି ପଡ଼ି ପଡ଼ି ଉପରକୁ ଚାଲିଗଲା।

ସେ ତ ଯିବାର ଥିଲା। ସେକଥା ଆଗରୁ ଜଣାଥିଲା। ହେଲେ ମୋତେ ଯେ ଗାଁ ଛାଡ଼ିବାକୁ ପଡ଼ିବ, ତାହା ମୁଁ ଭାବିନଥିଲି। ମତେ ଏକୁଟିଆ ଘରେ ଛାଡ଼ି ମା' କାମ କରିବାକୁ ଯାଇପାରିଲାନି। ମୁଁ ସେତେବେଳେ ବଡ଼ ହୋଇଯାଇଥିଲି। ମା' ମୁଣ୍ଡରେ

ବୋଝ ବନି ଯାଉଥିଲି। ବଞ୍ଚିବା ପାଇଁ ରୋଜଗାର ତ କରିବାକୁ ପଡ଼ିବ। କ'ଣ ଭାବି ସେ ମତେ ଆଈ ପାଖେ ଛାଡ଼ିଦେଲା। ଆମ ଘର ଅପେକ୍ଷା ଆଈର ଚଳଣି ଟିକେ ଭଲ ଥିଲା। ସେ କ୍ଷୀର ବିକି ସେ ବେଶ୍ ଦୁଇ ପଇସା ପାଉଥିଲା। ଦିନସାରା ଘରେ ବି ରହୁଥିଲା। ସେଠି ରହିଲେ ମୁଁ ଭଲରେ ରହିବି ବୋଲି ସେ ଭାବିଲା।

ମୁଁ ଏଥର ଆଈଘର ଅତିଥି ନ ହୋଇ ଏକ ସଭ୍ୟ ବନିଗଲି।

ମୋ ଆଈର ନାଁ କଣ ଥିଲା କେଜାଣି। ଗାଁ ଲୋକେ ତାକୁ ଫୁଲ ମା' ବୋଲି ଡାକୁଥିଲେ। ଆଉ ମୁଁ ବନିଗଲି ଫୁଲ ମା'ର ନାତୁଣୀ। ମୋର ଅସଲ ନାଁଟା କୁଆଡ଼େ ଲୁଚିଗଲା। ତାହା ହିଁ ମୋର ଗୌରପୁର ଗାଁରେ ପରିଚୟ। ଫୁଲ ମା'ର ନାତୁଣୀ। ଦେଖିବାକୁ ମୁଁ କୁଆଡ଼େ ଡଉଲଡାଉଲ, ସୁନ୍ଦର। କେହିକେହି ମଜାରେ କହନ୍ତି, ଫୁଲ ମା'ଟା କାଳୀକୋଟଟି, କଳିହୁଡ଼ି, ଦେଖିବାକୁ ରାକ୍ଷସୀ ପରି। ଏ ଝିଅକୁ ଦେଖିଲେ କିଏ କହିବ ତା' ନାତୁଣୀ ବୋଲି।। ତା'କୁ କ'ଣ କୋଉଠୁ ଚୋରେଇ ଆଣିଛି ନା କ'ଣ! ଆଈକୁ ଏମିତି କହିଲେ ମୁଁ ତ ରାଗିଯିବା କଥା, ହେଲେ ମୋର ପ୍ରଶଂସା ଶୁଣିଲା ପରେ ଆଈର କୁରୂପ କଥା ଶୁଣିବାକୁ ଖରାପ ଲାଗେନି। ବରଂ ନିଜ ଉପରେ ଭାରି ଗର୍ବ ଆସେ। ନିଜର ରୂପକୁ ବାରମ୍ବାର ଦର୍ପଣ ଆଗରେ ନିରେଖି ଦେଖେ। ନିଜକୁ ପଚାରେ, ସତରେ କଣ ମୁଁ ଏତେ ସୁନ୍ଦର, ଏ ଗାଁର ବ୍ରାହ୍ମଣ ଘରର ଝିଅମାନଙ୍କ ପରି। ଯେତେହେଲେ ବି ତ ମୁଁ ସେମାନଙ୍କ ସଙ୍ଗେ ସରିହେବିନି। ଭଗବାନ ମତେ ଗରିବ ଘରେ ଜନ୍ମ ଦେଲେ କାହିଁକି କେଜାଣି।

ହଁ, ଏଥର ଆସେ ଅସଲ କଥାକୁ। ଆଈ ବୁଢ଼ୀ ହେଲାଣି। ଆଉ କାମକୁ ପାରେନି। ମତେ ଆଣି ଘରେ ରଖିଲା ପରଠୁ ତା କାମ କେତେ ହାଲୁକା ହୋଇଗଲା। ସବୁ କାମ ମୁଁ କରିଦିଏ। ହେଲେ କ୍ଷୀର ଦୁହିଁବା ଆଉ କାହାକାହା ଘରେ ବାଣ୍ଟିବା ତା' କାମ। ସେ ମତେ ପଦାକୁ ଛାଡ଼େନା। ତେବେ ବି ସେ ନ ଯାଇପାରିଲେ, କେବେ କେବେ ବାଧ ହୋଇ ମତେ ଯିବାକୁ ପଡ଼େ। ମୁଁ ବାହାର ଦୁନିଆକୁ ଦେଖିନିଏ ସେଇ ଅବସରରେ। ଗଲାବେଳେ ନିଜ ପିନ୍ଧିଲା ଲୁଗାକୁ ସଜାଡ଼ି ଦିଏ। ମୁହଁରେ ପାଉଡର ମାରେ। କିଏ କିଏ ବାଟରେ ମତେ ଚାହିଁ ହସିଦେଲେ କିମ୍ବା ଏପଟସେପଟ କିଛି କହିଦେଲେ, ରାଗ ବଦଳରେ ଭିତରେ ଭିତରେ ଭାରି ମଜା ଲାଗେ।

କେବେ କେବେ ଆଈ ମତେ ଗାଁର ସରପଞ୍ଚ ଘରକୁ କ୍ଷୀର ଦେବା ପାଇଁ ପଠାଏ। ଆଗରୁ କହିଥାଏ, ସେମାନେ ବ୍ରାହ୍ମଣ ଘର, ଦେଖିଚାହିଁ ଯିବୁ। କାହାକୁ ଛୁଇଁବୁନି। ସତରେ ସେଠାକୁ ଗଲେ ମତେ ଭାରି ଡର ଲାଗେ। କେତେବଡ଼ କୋଠାଘର, ସେଥିରେ ପୁଣି ଦୁଇ ଦୁଇଟା ଖଞ୍ଜା। ଘରେ କିଏ ଲୋକ ଥିଲା ପରି

ଲାଗନ୍ତିନି। କେତେଥର ଡାକିଲେ କେହି ଜଣେ ସ୍ତ୍ରୀ ଲୋକ ଆସନ୍ତି। ମୋ ସଙ୍ଗେ କଣ ଦୁଇପଦ କଥା ହୋଇ କ୍ଷୀର ନେଇ ଚାଲିଯାଆନ୍ତି। ଆଉ କେହି ମୋ' ଆଖିକୁ ଦେଖା ଯାଆନ୍ତିନି। ସରପଞ୍ଚଙ୍କର କିଛି ପିଲାପିଲି ନାହାନ୍ତି ବୋଲି ଆଈ କହୁଥିଲା। ସେଥିପାଇଁ ଘରଟା ଖାଁଖାଁ ଲାଗେ ବୋଧହୁଏ।

ତାଙ୍କ ଘରଟା ଦେଖିବାକୁ ମତେ ଭାରି ଭଲ ଲାଗେ। ସେଥିପାଇଁ ଆଈ କହୁ କି ନ କହୁ ମୁଁ ଚାଲିଆସେ।

ମୋ ମନରେ କ'ଣ ପାଇଁ ଏତେ ଆଗ୍ରହ ଥାଏ କେଜାଣି। ନିଜର ଗରିବ ଆଉ ନିଃସ୍ୱତାର ରୂପକୁ ଅନୁଭବ କଲାପରେ, ଜୀବନନର ପ୍ରଥମ ପାହାଚରେ ଏ ଘରର ଛବି ମତେ ସ୍ୱପ୍ନ ପରି ଲାଗେ। ସେଥିପାଇଁ ବୋଧହୁଏ ବାରମ୍ବାର ତା'କୁ ଦେଖିବାକୁ ଇଛା ହୁଏ। ମଣିଷର ଏମିତି ସ୍ୱପ୍ନ ହିଁ ତାର ଶତ୍ରୁ ବନିଯାଏ। ଯାହା ମୋ ଜୀବନରେ ଘଟିଥିଲା। ଏମିତି ଦିନେ କ୍ଷୀର ଆଣିବାବେଳେ ସରପଞ୍ଚ ବାବୁଙ୍କ ସାଙ୍ଗେ ମୁହାଁମୁହିଁ ଦେଖା ହୋଇଥିଲା। ଗୋରା ତକ୍‌ତକ୍ ସୁନ୍ଦର ରୂପ, ବଳିଷ୍ଠ ଚେହେରା। ବୟସ କିଛି ଅଧିକ ହେଲେବି, ବେଶ୍ ସୁନ୍ଦର ଦେଖିବାକୁ। ଏମିତି ଏକ କୋଠାଘରେ ସେ ବେଶ୍ ମାନୁଥିଲେ। ଦେଖିଲେ ନୈଷ୍ଠିକ ବ୍ରାହ୍ମଣ ପରି ଲାଗୁଥିଲେ। ହେହରେ ଘିଅରଙ୍ଗର ପାଟ, କାନ୍ଧରେ ଗାମୁଛା, ଛାତିରେ ଲମ୍ବା ପଇତା, ଆଉ ପାଟିରେ କିଛି ଅବୁଝା ମନ୍ତ୍ର। ହାତରେ ଢାଳେ ପାଣି ଧରି ଠାକୁରଘରକୁ ଯିବା ବେଳେ ସେ ମତେ ଦେଖି ଅଟକିଗଲେ। ମତେ ପ୍ରଥମ ଥର ଦେଖିଲେ ପରା। ସେଥିପାଇଁ ଚହ୍ନି ପାରିଲେନି। ମାଲିକାଣୀ ଚିହ୍ନାଇଦେଲେ, ଇଏ ଫୁଲ ମା'ର ନତୁଣୀ। ଆଈ ପାଖରେ ରହୁଛି। ସବୁଦିନ କ୍ଷୀର ଦବାପାଇଁ ଆସୁଛି।

ଥରେ ମୋ ଆଡ଼କୁ ଚାହିଁଦେଇ ସେ ପୁଣି ମନ୍ତ୍ର ପଢ଼ିବାକୁ ଲାଗିଲେ। ହାତରେ ଟିକେ ଦୂରେଇ ରହିବାକୁ ଇସାରା ଦେଲେ। ସେଇଦିନ ତାଙ୍କ ସଙ୍ଗେ ମୋର ପ୍ରଥମ ପରିଚୟ। ଆଈ କହୁଥିଲା,ସେ ନେତା ଲୋକ, ଭାରି ଟାଣ କଥା ତାଙ୍କର। ରାଗି ଲୋକ। ଟିକେ ସାବଧାନ ରହିବୁ। ପୂଜାପାଠରେ ବ୍ୟାଘାତ ହେଲେ, କ'ଣ ବୋଲି କ'ଣ କହି ଗାଳି କରିବେ। ଠାକୁର ଘର ପାଖ ମାଡ଼ିବୁନି। ହେଲେ ମତେ କିଛିଟା ଭୟ ଲାଗୁଥିଲେ ବି, ସେମିତି କିଛି ଖରାପ ଲାଗିଲାନି। ବରଂ ଏମିତି ଘରେ ଏପରି ଜଣେ ବ୍ୟକ୍ତିତ୍ୱ ଥିବା ଉଚିତ୍ ମନେହେଲା।

ଆଈ ଯୁଆଡ଼େ ଯାଉଛି ଯାଉ, ମୁଁ କିନ୍ତୁ ତାଙ୍କ ଘରକୁ କ୍ଷୀର ଦେବାକୁ ବାହାରିପଡ଼େ।

ସବୁ ଦିନ ସମାନ ଯାଏନି। କେଜାଣି କ'ଣ ହୋଇଥିଲା ସେଦିନ। ମାଲିକାଣୀ

କ୍ଷୀର ନେବାକୁ ଆସିଲେନି। ତାଙ୍କ ବଦଳରେ ଆସିଥିଲେ ସରପଞ୍ଚବାବୁ। ତାଙ୍କ ହାତକୁ ଢାଳଟା ବଢ଼ାଇ ଦେଉ ଦେଉ ମୁଁ ଟିକେ ଦୂରେଇଗଲି। ତାଙ୍କୁ ଛୁଇଁବା ତ ଦୂର କଥା, ଛାଇ ପଡ଼ିବା ବି ମନା। ମାଲିକାଣୀ ଢ଼ାଳଟା ତଳେ ଥୋଇ ଦିଅନ୍ତି। ମୁଁ ସେଥିରେ କ୍ଷୀର ଢାଳିଦିଏ। କିନ୍ତୁ ଏ ଲୋକ ତ ଅଲଗା। ମତେ କହିଲେ, ଏମିତି ଦୂରେଇ ରହୁଛୁ କାହିଁକି ? ତୁ କଣ ଅଛୁଆଁ। ଆଜିକାଲି ସେ ସବୁ ବିଶ୍ୱାସ ଆଉ ନାହିଁ। ଯୁଗ ବଦଳି ଗଲାଣି। ସମସ୍ତଙ୍କ ଦେହରେ ସମାନ ଠାକୁର ଅଛନ୍ତି। ତୋ ମାଲିକାଣୀଟା କୋଉ କାଳର ଭାବନାକୁ ଧରି ବସିଛି। ତୋ ହାତରୁ କ୍ଷୀର ପିଇବ। ଠାକୁରଙ୍କୁ ଦେବ, ଆଉ ଛୁଇଁଲା ବେଳକୁ ମାରା ହୋଇଯିବ କେମିତି ? ଦେଖ୍ ମୁଁ ଏବେ ଠାକୁର ଘରକୁ ଯାଉଛି। ଆଉ ତତେ ଛୁଇଁଲି। କ'ଣ ହେବ ମୋର ?

ତାଙ୍କ କଥା ଶୁଣି ମୋ ମନର ଧାରଣା ବଦଳି ଯାଉଥିଲା।

– ଆସ, ଆମ ଠାକୁର ଘର ଦେଖିବୁ। ସେ ମୋ ହାତଧରି ଟାଣି ନେଇଗଲେ। ମୋ ଆଈଟା କିଛି ନ ଜାଣି କେତେକଥା କହୁଥିଲା। କାଇଁ ସେ ତ ଆଦୌ ରାଗୁ ନାହାନ୍ତି।

ଇଚ୍ଛା ଅନିଚ୍ଛାର ଦ୍ୱନ୍ଦ୍ୱ ଭିତରେ ଟାଣି ହୋଇଗଲି।

ଉପର ଖଞ୍ଜାର ଗୋଟେ କୋଣରେ ଠାକୁରଘର। ବଡ଼ ଘରଟାଏ। ତା' ଭିତରେ ପଥରରେ ତିଆରି ବଡ଼ ଖଟୁଲି। ବେଶ୍ ସଫା ସୁତୁରା। ତା ଉପରେ ଚକ୍‌ଚକ୍ କରୁଛନ୍ତି ପିତଳର ଠାକୁର। ଦେଖିବାକୁ ଜୀବନ୍ତ ଲାଗୁଛି। ଠାକୁରଙ୍କ ମୁଣ୍ଡ ଉପରେ ସଜଫୁଲ। ଆଗରେ ଭୋଗଥାଳି। ଏବେ ବୋଧହୁଏ ପୂଜା ସାରି ଆସିଛନ୍ତି ସରପଞ୍ଚବାବୁ। ସିଆଡ଼କୁ ଗୋଟେ ଦୃଷ୍ଟିରେ ଚାହିଁ ରହୁରହୁ, ମୋର ହାତ ଯୋଡ଼ି ହୋଇଗଲା।

ହଠାତ୍ କାହାର ସ୍ପର୍ଶରେ ମୁଁ ଚମକି ପଡିଲି। କିଛି ଚିନ୍ତା କରିବା ଆଗରୁ ମୁଁ ଚାପି ହୋଇଯାଉଥିଲି ଏକ ପ୍ରଶସ୍ତ ଛାତିରେ। ସରପଞ୍ଚବାବୁଙ୍କ ହାତଟା ବୁଲି ଆସୁଥିଲା ମୋର ଦେହ ଚାରିପଟେ। ମୁଁ ଥରୁଥିଲି ଗୋଟାପଣେ। ପାଟିରୁ କଥା ବାହାରୁ ନଥିଲା। ଏକ ଅପୂର୍ବ ଶହରଣ, ଅପୂର୍ବ ଅନୁଭବ।

ହଠାତ୍ ମୋତେ ଏକ ଭୟ ମାଡ଼ି ବସିଲା। ଏପରି ଅନୁଭବକୁ ଗ୍ରହଣ କରିବି ନା ନାହିଁ ଭାବି ପାରୁନଥିଲି। ମୁଁ ଛାଟିପିଟି ହୋଇ ଚାଲି ଆସିଲି। କେତେବେଳେ ଯେ ଘରେ ପହଞ୍ଚିଲି ଜଣା ନଥିଲା। ଆଈ ଘରେ ନଥିଲା। ମୁଁ ସପ ଉପରେ ଗଡ଼ି ପଡ଼ିଲି। କିଛି ସମୟ ପରେ ପ୍ରକୃତିସ୍ଥ ହେଲି। ଦେହ ଥରିବା ବନ୍ଦ ହୋଇଗଲା। ଦର୍ପଣ ଆଗରେ ଠିଆ ହେଲି। ନିଜକୁ ଭଲଭାବରେ ନିରେଖି ଦେଖିଲି। ମୁଁ ତ ସେଇ ଫୁଲ ମା'ର ନାତୁଣୀ। ସେମିତି ଦେଖିବାକୁ ସୁନ୍ଦର। କୌଣସି ପରିବର୍ତ୍ତନ ହୋଇନି ମୋ ଦେହରେ। ତେବେ ଏତେ ଭୟ କାହିଁକି ?

କେତେ ସମୟ ପରେ ଆଈ ଆସିଲା। କେଜାଣି କେତେ କଥା କହିଦେବି ବୋଲି ଭାବୁଥିଲି। ହେଲେ କିଛି କହିପାରିଲିନି। ସେମିତି ଘର କାମ କଲି। ସବୁ ଭୟ ଧୀରେ ଧୀରେ ଦୂରେଇଗଲା। ମୋ ଭିତର କଥା କ'ଣ ଥିଲା କେଜାଣି। ଭଲ କି ମନ୍ଦ କିଛି ବୁଝିପାରିଲିନି। ସବୁ ଘଟଣାକୁ ଭିତରେ ଚପାଇ ରଖିଦେଲି। ଜୀବନରେ ଏମିତି କିଛି ଘଟଣା, ଦୁର୍ଘଟଣା ଅସେ। ସେ ସବୁ କାନରୁ ଦୁଇ କାନ ହେଲେ ପ୍ରଘଟ ହୋଇଯାଏ। ବରଂ କଥାଟା ଗୁପ୍ତ ରହୁ। ମୋର କ'ଣ ବା କ୍ଷତି ହୋଇଯାଇଛି। ସେମାନେ ବଡ଼ଲୋକ। ତାଙ୍କ ନାଁରେ କିଛି ପାଟି ଖୋଲିଲେ ବିପଦ।

ସବୁକଥା ପୁଣି ସାଧାରଣ ଭାବରେ ଚାଲିଲା। ଆଈ କିଛି ନ ଜାଣିଥିବା ହେତୁ ମତେ ପୁଣି ତାଙ୍କ ଘରକୁ ପଠାଇଲା। ପ୍ରଥମେ ପ୍ରଥମେ ପାଦ ପଡୁନଥିଲା। ତେବେ ବି ବାଧ୍ୟ ହୋଇଗଲି। ସବୁଦିନ ପରି ମାଲିକାଣୀ ଆସନ୍ତି। ହସିହସି ଦୁଇପଦ କଥା ହୋଇ କ୍ଷୀର ନେଇ ଚାଲିଯାଆନ୍ତି। କେବେକେବେ ସରପଞ୍ଚ ବାବୁଙ୍କ ସାଙ୍ଗେ ଦେଖାହୋଇଯାଏ। ସେ ଆଡ଼ ଆଖିରେ ଚାହାଁନ୍ତିନି। ସତେ ଯେପରି କିଛି ଜାଣି ନାହାନ୍ତି ସିଏ। ଧୀରେ ଧୀରେ ମୁଁ ବି ଆଗପରି ଫୁଲ ମା'ର ନାତୁଣୀ ବନିଯାଏ। ମନ ଭିତରର ଅଳିଆକୁ ସଫା କରିଦେବାକୁ ଚେଷ୍ଟାକରେ। ପୁଣି ଓଠରେ ହସ ଖେଳାଏ। ବେଶ ପୋଷାକର ଯତ୍ନ ନିଏ। ଜୀବନରେ କିଛି ଗୋଟେ ସାଧାରଣ ଅଘଟଣ ଘଟି ଯାଇଥିଲା ଭାବି, ତା' ଉପରେ ଏତେ ଗୁରୁତ୍ୱ ନ ଦେବାପାଇଁ ଚେଷ୍ଟାକରେ। ମଣିଷର ମନଟା କେବେକେବେ ବୋଲ ମାନେନା। ସରପଞ୍ଚ ବାବୁ ଭଲ ଲୋକ, ନୈଷ୍ଠିକ ବ୍ରାହ୍ମଣ। ଏମିତି ଏକ ସାଧାରଣ ଘଟଣାରେ ତାଙ୍କୁ ଦୋଷ ଦେବା ଉଚିତ୍ ନୁହେଁ। ହୁଏତ ମନେମନେ ସେ ବି ଅନୁତାପ କରୁଥିବେ।

କିଛିଦିନ ଗଡ଼ିଗଲା ଧାରାବାହିକତା ଭିତରେ। ମୋର ବୟସ ବି ଆଉ ଟିକେ ଆଗେଇଗଲା। ଦିନକୁଦିନ ଅଧିକ ସୁନ୍ଦର ଲାଗିଲି। ସରକାରୀ ହିସାବରେ ନାଁ ବାଳିକା ଥିଲେ ବି ଭିତରେ ଭିତରେ ଯୁବତୀ ବନିଯାଇଥିବାର ଅନୁଭବ ଆସିଯାଉଥିଲା। ଆଈ ବି ଅଧିକ ବୁଢ଼ୀ ହୋଇଯାଉଥିଲା। ମଝିରେ ମଝିରେ ମା' ମତେ ଆସି ଦେଖିଯାଉଥିଲା। ମୁଁ ଭଲରେ ଅଛି ବୋଲି ଅନୁଭବ କରି ଶାନ୍ତି ପାଉଥିଲା। ମତେ ତା' ପାଖକୁ ନେବାକୁ କହିଲେ, ଆଈ ଏତେବଡ଼ ଆଖି କରି ଚାହିଁ ରହୁଥିଲା। ତା ବୁଢ଼ୀ ବୟସରେ ମୁଁ ହିଁ ତ ଏକମାତ୍ର ସାହାରା। ଏତେଦିନ ଏଠି ରହିସାରିଲା ପରେ ମୋର ବି ଯିବାକୁ ଆଗ୍ରହ ନଥିଲା। ଭାବିନେଲି ଯେ ଏଇ ଗୌରପୁରଟା ମୋ ନିଜ ଗାଁ। ଏ ଲୋକମାନେ ମୋର ଆପଣାର।

ଏମିତି କିଛିଦିନ ଗଡ଼ିଗଲା। ଧୀରେ ଧୀରେ ଅଧିକ ଆତ୍ମୀୟ ହୋଇଯାଉଥିଲି

ସରପଞ୍ଚ ବାବୁଙ୍କ ଘର ସହିତ। କେବେକେବେ ତାଙ୍କ ସ୍ତ୍ରୀ ମୋ ସଙ୍ଗେ ବସି ଗପ କରନ୍ତି। ତାଙ୍କର କିଛି କାମରେ ହାତ ବଢ଼େଇବାକୁ କୁହନ୍ତି। ମୁଁ ମନା କରିପାରେନା। ହେଲେ ସରପଞ୍ଚ ବାବୁଙ୍କୁ ଦେଖିଲେ ଭିତରେ ଭିତରେ ଭୟ ଲାଗେ।

ସେଦିନ କେତେବେଳ ହୋଇଥିଲା କେଜାଣି। ଘର ଭିତରକୁ ଯାଇ ଉପର ଖଞ୍ଜାରେ ଠିଆହୋଇ ରହିଲି। ମାଲିକାଣୀ ଆସୁନଥିଲେ। ବେଳେବେଳେ ସେ ଏମିତି ଡେରି କରିଦିଅନ୍ତି। ମୁଁ ବାରଣ୍ଡାରେ ଚକା ପକେଇ ବସିପଡ଼ିଲି। ସରପଞ୍ଚ ବାବୁ ଦାଣ୍ଡପିଣ୍ଡାରେ ବସିଗପ କରୁଥିଲେ। ତାଙ୍କୁ ଡାକିବାକୁ ମୋର ସାହାସ ନଥିଲା। ମୁଁ ଫେରିଆସିବି ବୋଲି ଚିନ୍ତା କରୁକରୁ କାହାର କଠିନ ସ୍ୱରରେ ଚମକି ପଡ଼ିଲି। ସରପଞ୍ଚ ବାବୁ କହିଲେ, ଆଗପଟ ଘର ପାଖରେ ରଖିଦେଇ ଯା। ସେ ଘରେ ନାହାନ୍ତି। ମୁଁ ଗାଧୋଇ ସାରିଲେ ରଖିଦେବି।

ପୁଣି ଥରେ ସରପଞ୍ଚ ବାବୁ ଏକା ଏକା। ମତେ ଭାରି ଭୟ ଲାଗିଲା। କଣ କରିବି ବୋଲି ଭାବି ପାରୁନଥିଲି। କିଛି ନ ଶୁଣି ଫେରିଯିବାକୁ ବାହାରିଲି। ସରପଞ୍ଚବାବୁ ମୋ ଆଡ଼କୁ ନଜର ନ ଦେଇ ଦାଣ୍ଡପିଣ୍ଡାକୁ ଚାଲିଗଲେ। ମୁଁ ଟିକିଏ ଆଶ୍ୱାସନା ପାଇଲି। ବୋଧହୁଏ ବଦଳି ଯାଇଛନ୍ତି ସିଏ। ଏତେ ବୟସ୍କ ଲୋକଟା। ତାଙ୍କର ନଜର ବଦଳି ଯାଇଥିବ।

ମୁଁ ଭିତରକୁ ଗୋଡ଼ ପକାଇଲି, ପ୍ରଥମ ଥର ପାଇଁ।

ଅଚାନକ ମନେହେଲା କେହିଜଣେ ମୋ ପାଖରେ ଠିଆ ହୋଇଛି। ଯାହାର ଆଖି ଦୁଇଟା ଦପ୍‌ଦପ୍ ହୋଇ ଜଳିବା ପରି ଲାଗୁଛି। ଯାହାର ଶରୀରଟା, ବିକଟାଳ ରୂପରେ ଉଭା ହୋଇଛି। ନଖ ଦାନ୍ତ ଗୁଡ଼ା ଆଗକୁ ବାହାରି ଆସିଛି।

ମୁଁ କିଛି କହିବା ଆଗରୁ ସେ ମତେ ସିଧାସିଧା ଟେକି ନେଇଗଲେ, ଶୋଇବାଘରକୁ। ମୋଟା ଗଦି ପଡ଼ିଥିବା ଶେଯ ଉପରେ ଫିଙ୍ଗିଦେଇ, ଅନାଇ ରହିଲେ। ମୁଁ ତାଙ୍କ ଆଡ଼କୁ ଚାହିଁପାରିଲିନି। ମନେହେଲା ମଣିଷ ଭିତରୁ ଆଉ ଗୋଟେ ଅମଣିଷ ବାହାରି ଆସୁଛି। ତାର ନଖ, ଦାନ୍ତରେ ମତେ କ୍ଷତବିକ୍ଷତ କରି ଦେଉଛି। ମୋ ମନରେ କିଛି ଶିହରଣ ନାହିଁ। ବାଧାଦେବାର ଶକ୍ତି ନାହିଁ। ଦେହରେ ବସ୍ତ୍ର ନାହିଁ, ପାଟି ଖନି ବାଜି ଯାଉଛି। ଦେହ ଥରୁଛି। ମୁଁ ନିଶ୍ଚଳ, ନିର୍ବିକାର, ସମ୍ପୂର୍ଣ୍ଣ ଭାବରେ ସମର୍ପିତ। ମୋ ଦେହରେ ଅନେକ ଅଜଣା, ଅନୁଭବ ନଥିବା ଯନ୍ତ୍ରଣା।

କେତେ ସମୟ ପରେ ମୁଁ ଉଠି ଆସିଲି। ପାଖରେ କେହି ନଥିଲେ। ଧୀରେ ଧୀରେ ଦାଣ୍ଡ କବାଟ ଖୋଲି ପଦାକୁ ଆସିଲି। ଗୋଡ଼କୁ ସ୍ଥିର କଲି, ଘରେ ପହଞ୍ଚିବା ଯାଏ। ଆଖିବୁଜି ଶେଯରେ ଗଡ଼ିଗଲି। ମୋ ଆଗରେ ଦୁନିଆଟା ବଦଳି ଯାଉଥିଲା।

କାହାକୁ କହିବି, କଣ କହିବି, ସେ ଚିନ୍ତାରେ ଅନେକ ସମୟ କଟିଗଲା। କିଛି ସ୍ଥିର କରିପାରିଲିନି। ନିଜେ ନିଜକୁ ଚୁପ୍ କରାଇଦେଲି। ଆଈକୁ କହିଲେ, କଣ ବା ସେ କରିଥାଆନ୍ତା। ତା ଆଖିରେ ତ ବଡ଼ଲୋକ ଆଉ ଛୋଟଲୋକର ପରଳ ପଡ଼ିଯାଇଛି। ମୁଁ କିଏ ଆଉ ସରପଞ୍ଚବାବୁ କିଏ। ତାଙ୍କର, ଜାତି, ପୂଜାପାଠ, ଆସନ, ଆଉ ବୟସ, ସବୁକିଛି ଆରୋପକୁ ପଛରେ ପକାଇଦେବ। ଶେଷରେ ସ୍ଥିର କଲି, ଯାହାତ ହେଲାଣି, ଆଉ ତାଙ୍କ ଘରକୁ ଯିବିନି। ଆଈ କଥା ଶୁଣିଲିନି। ସେ ବାରମ୍ବାର ପଛରୁ ଠେଲିଲା। ମୁଣ୍ଡ ଆଉଁସିଲା। ବୁଢ଼ୀଲୋକ, ଏତେବାଟ ଯାଇପାରିବନି ବୋଲି କହିଲା। ଅସଲ କଥା ଅନୁମାନ କରିବାର ଶକ୍ତି ତା'ର ନଥିଲା। କିଛିଦିନ ଅବଶ୍ୟ ମୋ କଥା ରହିଲା। ସେ ଥୁରୁଥୁରୁ ହୋଇ ତାଙ୍କ ଘରକୁ ଗଲା।

କେଜାଣି କାହିଁକି ଏତେବଡ଼ ଘଟଣାଟା ମୁଁ କାହାକୁ କହିପାରିଲିନି। କାହାକୁ ବା କୁହନ୍ତି ?

ଭାବିଥିଲି ଆଈକୁ କିଏ ମୋ କଥା ପଚାରିବ। ହେଲେ କେହି କିଛି ପଚାରିଲେନି। କିଛି ବଦଳି ଗଲାନି ଦୁନିଆ। ମୁଁ ଯେପରି ବାଟଘାଟରେ ଦେଖାହୋଇଥିବା ପଥିକଟିଏ। ଅନେକ ଭାବିଲି। କେତେଦିନ ଆଉ ଆଈକୁ କଷ୍ଟଦେବି। ଆଗେ ଖୋସାମତ କରୁଥିଲା। ଏବେ ରାଗିବା ଆରମ୍ଭ କଲାଣି। ଆମ ଗାଁକୁ ପଠାଇଦେବ ବୋଲି କହିଲାଣି। ମା ତ ଏବେ ନବାକୁ ଚାହିଁବନି। ହଜାରେ କଥା ପଚାରିବ। କିଛି କହିଲେ ସବୁ ଦୋଷ ମୋର ହେବ। ତାଙ୍କର କିଏ କଣ ବା କରିପାରିବ। ବେକାରରେ ଅଶାନ୍ତିକୁ ଡାକିଆଣିବା କଥା। କିଛି ଉପାୟ ନପାଇ ଶେଷରେ ଠେଲିହୋଇ ପୁଣି ଯିବାକୁ ପଡ଼ିଲା।

ଅସୁବିଧା କିଛି ହେଲାନି। ମାଲିକାଣୀ ଥିଲେ, ସବୁ ଭଲରେ ଭଲରେ ଚାଲେ। ସରପଞ୍ଚ ବାବୁ ନୈଷ୍ଠିକ ବନିଯାଆନ୍ତି। ମୋ ଆଡ଼କୁ ନଜର ଦିଅନ୍ତିନି। ହେଲେ ପିଲାପିଲି ନଥିବା ହେତୁ ସେ କେବେକେବେ ପାଖ ଗାଁରେ ଥିବା ତାଙ୍କ ବାପଘରକୁ ଚାଲିଯାଆନ୍ତି। ସେତେବେଳେ ହିଁ ମୋର ଭାଗ୍ୟ ଖରାପ ପଡ଼େ। କେବେ ଶୋଇବା ଘର ଦେଖିବାକୁ ପଡ଼େ ତ କେବେ ରୋଷେଇ ଘର, ଠାକୁର ଘର। ସବୁ କଷ୍ଟକୁ ସହିନିଏ। ଡର ଛାଡ଼ିଯାଏ। ବରଂ ଏକ ସମର୍ପଣ ଭାବନାକୁ ଆପଣେଇ ନିଏ। ଆସିଲାବେଳେ ଆଖିରୁ ଲୁହ ପୋଛିଦିଏ। କିଛି କରି ହୁଏନି। ଆଈର ଦେହ ଖରାପ ହେତୁ, ସବୁ କାମ ମତେ କରିବାକୁ ପଡ଼େ। କ୍ଷୀର ନ ବିକିଲେ ଚଳିବା ଅସମ୍ଭବ। କ'ଣ କରିପାରନ୍ତି ଆଉ। ଏ ଅନ୍ଧ ଦୁନିଆଠୁ କଣ ଆଶା କରିପାରନ୍ତି। ହେଲେ ଏମିତି ଆଉ କେତେଦିନ ?

ଯାହା ମୋର ଛୋଟ ମୁଣ୍ଡରେ ଦିନେ ଭାବି ନଥିଲି, ସେମିତି ଘଟିଗଲା।

ମନେହେଲା ମୋ ଭିତରେ କିଛି ପରିବର୍ତ୍ତନ ହେବାକୁ ଯାଉଛି। ଆଉ ଚେଷ୍ଟା କଲେ ବି ଲୁଚି ରହିପାରିବିନି। ବାଧ୍ୟ ହୋଇ ଆଈକୁ କହିଲି। ତା ମୁଣ୍ଡରେ ବଜ୍ର ପଡ଼ିଗଲା। ମୋତେ ତ ଦୁଇ ପାହାର ପକେଇଲା। କିନ୍ତୁ ନିଜକୁ କିଛି ଦଣ୍ଡ ଦେଇ ପାରିଲାନି। ଖାଲି ବାହୁନି ବାହୁନି, ଲୁଚିଲୁଚି କାନ୍ଦିଲା। ପରଦିନ ସେ ସରପଞ୍ଚ ଘରକୁ ପଚାରିବାକୁ ଯାଇଥିଲା। ସେ କୁଆଡ଼େ ତାକୁ ଅରେ ଗାଳିଦେଲେ। କେଉଁଠି ନାଁ ପକେଇଥିବା ନାତୁଣୀକୁ ତାଙ୍କ ସଙ୍ଗେ ଯୋଡ଼ିଲେ ଗାଁରୁ ବାହାର କରିଦେବାର ଧମକ ଦେଲେ। ସବୁ କିଛି ସରକାରୀ ସାହାଯ୍ୟ ବନ୍ଦ କରିଦେବେ ବୋଲି କହିଲେ। ତାଙ୍କ ପରି ନୈଷ୍ଠିକ ବ୍ରାହ୍ମଣ କାହାର ଛୁଆଁ ମାଡୁନଥିବା ବେଳେ ତାଙ୍କ ନାଁରେ ଆରୋପ ଲଗାଇଥିବା ହେତୁ ଛୋଟ ଜାତିର ଦ୍ୱାହି ଦେଇ ଅନେକ ବକିଲେ। ଶେଷକୁ ଦୁଇଟା ପାଞ୍ଚଶହ ଟଙ୍କିଆ ନୋଟ ଦେଇ କିଛି ବ୍ୟବସ୍ଥା କରିବାକୁ ଉପଦେଶ ଦେଲେ। କହିଲେ, ଯାହା ହେବାର ହେଲାଣି, ଚୋରାଲୁଚାରେ କେଉଁ ଡାକ୍ତର ପାଖକୁ ନେଇଯା। ଆଉ କିଛି ଦରକାର ପଡ଼ିଲେ ମୁଁ ସାହାଯ୍ୟ କରିବି। ଆମ ଗାଁର ସମ୍ମାନ ରଖିବା ମୋ କାମ। ଝିଅଟାର ଭବିଷ୍ୟତ ବି ବରବାଦ ହୋଇଯିବ। କିଛି ବ୍ୟବସ୍ଥା କର। ବେକାରରେ ମୋ ନାଁ ଯୋଡ଼ିଲେ, ତୋ ନିଜର କ୍ଷତି ହେବ। କୋଉ କୁଳକୁ ହେବୁନି। ଜାରଜ ଛୁଆ ଧରି ବୁଲିବୁ। ନାତୁଣୀକୁ ଧରି ରଖିବୁ ସବୁଦିନ ପାଇଁ। କାହାକୁ ମୁହଁ ଦେଖାଇ ପାରିବୁନି।

ଆଈ ବୋଧହୁଏ ବୁଝିଗଲା, ନିଜ ପାଦତଳର ମାଟିକୁ। ଆଗ ପଛକୁ। ମା'କୁ ଡକାଇଲା। ସାରା ରାତି ସେମାନେ ମୁଣ୍ଡ କୋଡ଼ି କାନ୍ଦିଲେ। ସକାଳ ନହେଉଣୁ ମୁଁ ଗୌରପୁର ଛାଡ଼ିଦେଲି, ସବୁଦିନ ପାଇଁ।

ତା'ପରେ କେତେଦିନ ଆମ ଗାଁରେ କେମିତି ଯେ କଟିଲା ତାହା ମୁଁ ଭାବି ପାରୁନି। ଦିନସାରା, ମା'ର କାନ୍ଦୁରା ମୁହଁ, ନିରୀହ ଆଖି ଆଉ ଉପାୟହୀନ ପରିସ୍ଥିତିକୁ ଦେଖି ମୁଁ ନିଜେ ବି କାନ୍ଦି ପାରିଲିନି। ଭାବିଲି କେଉଁଠି କୁଅକୁ ଡେଇଁ ପଡ଼ିବି କିମ୍ବା ଦଉଡ଼ି ଲଗାଇଦେବି। ଆଉ ମୋ ଜୀବନର କିଛି ମୂଲ୍ୟ ନାହିଁ। କିନ୍ତୁ ମତେ କିଏ ଯେପରି ପଛରୁ ଟାଣି ଧରିଲା। ମୋ ପରେ ଏ ବଂଶଟା ଲୋପ ପାଇଯିବ। ମୋ ମା'କୁ ବୁଢ଼ୀ ବୟସରେ ପଚାରିବ କିଏ। ଏଇଥିପାଇଁ କଣ ସେ ମତେ ଜନ୍ମ ଦେଇଥିଲା। ଭଗବାନଙ୍କୁ ଡାକିଲି। ବିନା ଦୋଷରେ ଏତେ ବଡ଼ ଦଣ୍ଡ କହିଁକି ଦେଲେ ? ଏବେ ସେ ସବୁ ଚିନ୍ତା କରି ଲାଭ ନାହିଁ। ଏତେସବୁ ଘଟଣା ଘଟି ସାରିଲାଣି ଯେତେବେଳେ, କିଛି ତ ଉପାୟ କରିବାକୁ ହେବ।

କିଛିଦିନ ପରେ ଅଚାନକ ଦାଦା ଆସି ପହଞ୍ଚିଗଲେ। ମା' ବୋଧହୁଏ ତାଙ୍କୁ

ଡକାଇଥିଲା କି କଣ। ସେ ଅନ୍ୟ କେଉଁ ରାଜ୍ୟରେ କି କାମ କରନ୍ତି କେଜାଣି। ଦାଦା ଆଉ ମା' ଏକାନ୍ତରେ ଅନେକ ସମୟ ଯାଏ କ'ଣ କଥାହେଲେ। ସେ ଅନେକ ଉପଦେଶ ଦେଲେ। କେତେ ପ୍ରକାରର ନିୟମ କାନୁନ କଥା କହିଲେ। ସଂଗ୍ରାମ କରିବା କଥା କହିଲେ। ହେଲେ ମା' କେଉଁଥିରେ ରାଜି ହେଲାନି। ଶେଷରେ କଥା ହେଲା ତାଙ୍କ ଜାଗାକୁ କିଛିଦିନ ପାଇଁ ଯିବା ପାଇଁ। ସେଠି ରହି କିଛି ବ୍ୟବସ୍ଥା କରିହେବ। କେହି ଜାଣିବେନି। ଘରେ ଯାହା କିଛି ସମ୍ଭବ, ମା' ବିକ୍ରି କରିଦେଲା। ଦିନେ ରାତିରେ ଆମେ ସବୁ ଗାଁ ଛାଡ଼ିଦେଲୁ, ଦାଦାଙ୍କର କାମ କରୁଥିବା ସହର ଉଦ୍ଦେଶ୍ୟରେ। ସେଠି କିଛିଦିନ ପରେ ମତେ ଜଣେ ଡାକ୍ତର ପାଖକୁ ନିଆଗଲା। ମୁଁ କଣ୍ଢେଇଟିଏ ପରି ମୁଁ ସବୁ କଥା ମାନିଗଲି। ଡାକ୍ତର କିନ୍ତୁ ଯେଉଁକଥା କହିଲେ, ସମସ୍ତଙ୍କର ମୁଣ୍ଡ ଖରାପ ହୋଇଗଲା। କହିଲେ, ଡେରି ହୋଇଗଲାଣି। ଜୀବନ ପ୍ରତି ବିପଦ।

ମା ମୁଣ୍ଡପିଟି କାନ୍ଦିଲା। କଣ କରିବ, ଝିଅଟାକୁ ତ ମାରିଦେଇ ପାରିବନି? ଜାରଜ ସନ୍ତାନକୁ ଧରି କହାକୁ ମୁହଁ ଦେଖାଇବ କେମିତି? ସେତେବେଳେ ମୋ ଅବସ୍ଥା ନ କହିଲେ ଭଲ। ମୋର ଜୀବନକୁ ଭୟ ନ ଥିଲା। କିନ୍ତୁ ଡାକ୍ତର ରାଜି ହେଲେନି। ଏଥର ମୋ ପାଖେ କେବଳ ଗୋଟିଏ ପନ୍ଥା। ଆତ୍ମହତ୍ୟା। ତା ବି ଏତେ ସହଜ ନଥିଲା। ସେଥିପାଇଁ ସୁଯୋଗ, ପରିସ୍ଥିତି ଦରକାର। ମା' ଗାଁକୁ ଫେରିବାକୁ ଚାହିଁଲାନି। ବରଂ ଏଠି ରହିଲେ କିଛି ବାହାନା ଦେଖାଇହେବ। ଦାଦା କିନ୍ତୁ ଆମକୁ ଆଉ ରଖି ବୋଝ ମୁଣ୍ଡାଇବାକୁ ଚାହିଁଲେନି। ଶେଷରେ ସେ ଏକ ପ୍ରସ୍ତାବ ଦେଲେ। ତାଙ୍କ ସଙ୍ଗେ କେବେ କାମ କରୁଥିବା ତେଲଗୁ ପିଲା ପ୍ରଭାକର କଥା କହିଲେ। ଅନେକ ଦିନୁ ବେମାର ପଡ଼ିଛି। କାମ କରିପାରୁନି। କମ୍ପାନୀ କାମ କରୁ କରୁ, ଦୁର୍ଘଟଣା ହୋଇଥିଲା। ସେଥିରୁ ସେ ବଞ୍ଚି ଯାଇଥିଲା। ହେଲେ ସବୁଦିନ ପାଇଁ ଅକର୍ମଣ୍ୟ ହୋଇ ଯାଇଥିଲା। ଘରେ ବସି ବସି କିଛି ଟଙ୍କା ପାଉଛି। ସେ ବେଶି ଦିନ ବଞ୍ଚିବନି। ତା' ସଙ୍ଗେ ବାହାଘର କରିଦେଲେ ଭଲ। ସେ କିଛି ପଚାରିବନି। ଅପବାଦରୁ ବି ମୁକ୍ତି ମିଳିବ। ସରପଞ୍ଚ ନେତା ଲୋକ। ଏବେ ପୁଣି ଏମଏଲଏରେ ଠିଆହେବ। ତା' ସଙ୍ଗେ ଲଢ଼େଇ କରିବା ସହଜ ନୁହେଁ। କ'ଣ ବା ଲାଭ ମିଳିବ ସେଥିରୁ। ଅପବାଦକୁ କେହି ନେଇଯିବେନି। ସବୁଠୁ ଭଲ ପ୍ରଭାକର ସାଙ୍ଗେ ବାହାଘର କରିଦେବା। ସେ ଯେତେଦିନ ବଞ୍ଚିବ ବଞ୍ଚୁ। ଏମିତି ଘରେ ରହିଥାନ୍ତା। ସେମିତି ବି ରହିବ। ହେଲେ ଅପବାଦ ମୁଣ୍ଡାଇବାକୁ ପଡ଼ିବନି।

ମା କ'ଣ ବା କୁହନ୍ତା। ତା' ପାଖେ କିଛି ଉପାୟ ନଥିଲା। ମୁଁ ଅନେକ ଚିନ୍ତା କଲି। ଗୁଡ଼ାଏ କଥା ମନକୁ ଆସିଲା। ମୋ ଭିତରୁ କେହି ଜଣେ ଯେପରି କହୁଥିଲା,

ତା'ର ମୁଖାକୁ ଖୋଲିଦେବା ପାଇଁ। ବିଦ୍ରୋହ କରିବା ପାଇଁ, ତଥାକଥିତ ବଡ଼ଲୋକଙ୍କ ବିରୁଦ୍ଧରେ। ହେଲେ ମୋ ପାଖରେ ଥିବା ବଳକୁ ଓଜନ କରିନେଲି। ହଁ ନାହିଁର ଦ୍ୱନ୍ଦ୍ୱ ଭିତରେ ପୁଣିଥରେ କଣ୍ଢେଇଟିଏ ବନିଗଲି।

ପ୍ରଭାକର କେମିତି ରାଜିହେଲା, କାହିଁକି ବା ରାଜିହେଲା ସେକଥା ମୋତେ ଜଣାନାହିଁ। ମୁଁ କିନ୍ତୁ ବିନା କିଛି ଗହଳିରେ, ବିନା ଉତ୍ସବରେ ବୋହୂ ବନିଗଲି। ମା' ଫେରିଗଲା କିଛି ଆଶ୍ୱାସନା ସହିତ। ତା'ର ମନ ଖୁସି ଥାଉ ବା ନ ଥାଉ ଅପବାଦରୁ ସେ ମୁକ୍ତି ପାଇଲା। ଦାଦା ବି କର୍ତ୍ତବ୍ୟ କରିପାରିଥିବା ହେତୁ, ଆତ୍ମତୃପ୍ତି ପାଇଲେ। ରୁଗ୍‌ଣ ପ୍ରଭାକରକୁ ଅଚାନକ ପତ୍ନୀ ମିଳିଗଲା, ସେବା କରିବା ପାଇଁ। ଆଉ ମୁଁ? ମୋର ମନର ମୂଲ୍ୟ କ'ଣ ବା ରହିଥିଲା। ସେ ମନକୁ ତ ତଥାକଥିତ କେହି ଜଣେ ବଡ଼ଲୋକ ହତ୍ୟା କରିସାରିଥିଲା।

କେତେଦିନ, ଏମିତି କଟିଗଲା। ପୁଣିଥରେ ଏକ ରୁଗ୍‌ଣ ଲୋକ ଦ୍ୱାରା ବାରମ୍ବାର ଧର୍ଷଣର ମୁକାବିଲା କରିନପାରୁଥିବା ନେଟିଟି ମରିସାରିଥିଲା ଅନେକଦିନୁ।

କେତେଦିନ କଟିଗଲା କେଜାଣି। ଯାହା ଘଟିବାର ଥିଲା, ତାହା ହିଁ ହେଲା। ମୋର ଭାଗ୍ୟ, ମୋର ଭବିଷ୍ୟତ ମୋତେ ଜଣାଥିଲା। କେହି ମୋ ପାଇଁ ମୁଣ୍ଡପିଟି କାନ୍ଦିଲେନି। କେହି ଦୁଃଖ କଲେନି। ମୋତେ ମା' ପାଖକୁ ଫେରିବାକୁ ପଡ଼ିଲା। ଏଥର କିନ୍ତୁ ଏକା ନୁହେଁ। ସାଙ୍ଗରେ ଥିଲା ଆଉ ଜଣେ, ଯିଏ ପୃଥିବୀରେ ଅସ୍ତିତ୍ୱ ଜାରି କରିବାକୁ ଅଳ୍ପଦିନ ବାକି ଥିଲା। ସାଇପଡ଼ିଶାର ଲୋକମାନେ ଘେରିଗଲେ। ଦୁଃଖ ପ୍ରକାଶ କଲେ। କେହି କେହି ସମବେଦନା ଜଣାଇ ଲୁହ ଗଡ଼ାଇଲେ। ମୁଁ କିନ୍ତୁ କିଛି ନ ଜଣାଇଲେ ବି ନିର୍ବିକାର ଥିଲି। ବଦ୍‌ନାମର କଳା ମୁଖାଟା ଆଉ ଆମ ପାଖରେ ନଥିଲା। ମୁଁ ସାଙ୍ଗରେ ଆଣିଥିଲି ପ୍ରଭାକରର ସନ୍ତାନକୁ। ସରପଞ୍ଚ ବାବୁର ନାଁ ଲୁଚିଗଲା। ଦୁଃଖରେ ହେଉ ପଛେ, ସମ୍ମାନ ମିଳିଲା। ମା' ସବୁ ଜାଣି ବି ଖୁସି ଥିଲା। ଯିଏ ହେଉ ପଛେ ବଂଶରେ ତ କେହି ଜଣେ ତା ନାଁ ନେଇ ରହିଲା।

କିଛିଦିନ ପରେ ଭୂମିଷ୍ଠ ହେଲା ପ୍ରଭାକରର ସନ୍ତାନ। ଝିଅଟିଏ। ଗୋରା ତକତକ। ଡଉଲ ଡାଉଲ। ପ୍ରଭାକରକୁ ଦେଖି ନ ଥିବା ଲୋକେ ତା' ସଙ୍ଗେ ତୁଳନା କଲେ। କେହି ଭାବିପାରିଲେନି କଳା କିଟ୍‌କିଟ୍, ରୁଗ୍‌ଣ, ଅସୁନ୍ଦର ପ୍ରଭାକରର ଅଦେଖା ମୁଖମଣ୍ଡଳକୁ। ମୁଁ ତା'କୁ ଦେଖି ଉଲ୍ଲସିତ ହୋଇପାରୁନଥିଲେ ବି ଦୁଃଖିତ ନଥିଲି। ମୋ ଆଗରେ ଜଣେ ବୟସ୍କ, ଉଚ୍ଚଜାତିର ନେତା ବୋଲାଉଥିବା ଲୋକଟିଏ ମୁଣ୍ଡଟେକି ଠିଆ ହୋଇଯାଉଥିଲା। ମୋ ମୁଣ୍ଡର ତନ୍ତ୍ରିମାନଙ୍କୁ ଦୋହଲାଇ ଦେଉଥିଲା।

ମା' ପାଖରେ କିଛି ସମ୍ପତ୍ତି ନଥିଲା। ନ ଥିଲା କିଛି ରୋଜଗାରର ମାଧ୍ୟମ।

ତିନି ତିନିଟା ଲୋକକୁ ଚଳାଇବା ଏକ କଷ୍ଟକର ବ୍ୟାପାର ଥିଲା। ତେଣୁ ସେ କେବେ କେବେ ଆଈ ଘରକୁ ଯିବା କଥା ଭାବୁଥିଲା। ହେଲେ କିଛି ଅଜ୍ଞାତ ଭାବନା ତା'କୁ ଅଟକାଇ ରଖିଥିଲା। ମୁଁ କିନ୍ତୁ ମନେ ମନେ ଦୃଢ଼ ହୋଇଯାଉଥିଲି। ଆଉ ଥରେ ସେଇ ଲମ୍ପଟର ଗାଁକୁ ଯିବାରେ ମୋର କିଛି ଆପତ୍ତି ନଥିଲା। ଭୟ ଛାଡ଼ି ଯାଇଥିଲା। ମା'କୁ ମୁଁ ବରଂ ପ୍ରବର୍ତ୍ତାଉଥିଲି।

ମା କିଛି ଚିନ୍ତା କରିବା ଆଗରୁ, ଆଈ ଚାଲିଗଲା। ତା ପାଖରେ, ଘର, କିଛି ସମ୍ପତ୍ତି, ଆଉ ଦୁଇଦୁଇଟା ଗାଈ ରହିଯାଇଥିଲେ। ସେ ସବୁର ଉତ୍ତରାଧିକାରୀ ମା' ହିଁ ଥିଲା। କିଛି ଇଚ୍ଛା ଅନିଚ୍ଛା କଥା ଆଉ ଭାବିବାକୁ ପଡ଼ିଲାନି। ପୁଣି ପାଦ ଦେଲୁ ଗୌରପୁର ଗାଁରେ।

ଗୌରପୁର-ଆଈର ଗାଁ। କେଜାଣି କେତେ ଅଲିଭା ସ୍ମୃତି। ସବୁ ଲୋକ ଜଣାଶୁଣା। ସେତେବେଳେ ମୁଁ ଫୁଲ ମା'ର ନାତୁଣୀ ଥିଲି। ଆଉ ଏବେ ବନିଗଲି କେବଳ ନେତି। ମୋ ଝିଅର ପରିଚୟ ବନିଗଲା, ନେତିର ଝିଅ। ପାଦକୁ ମୁଁ ଦୃଢ଼ କଲି। ଏଥର ମୁଁ ମା'। ମୋ' ଭିତରେ କେତେ ମମତା। ଆଉ କେତେ କୁହୁଳି ଉଠୁଥିବା ନିଆଁ।

ଅନେକ ଦିନ ପରେ କ୍ଷୀର ଡବା ଧରିଲି। ମା' କଥା ନଶୁଣି ଆଗକୁ ପାଦ ବଢ଼ାଇଲି।

ପୁଣି ଥରେ ସେଇ ସରପଞ୍ଚର ଘର। ଉଚ୍ଚା ବାରଣ୍ଡା, କୋଠାଘର। ସେମିତି ଆଗପରି ମୁଣ୍ଡଟେକି ଠିଆ ହୋଇଥିଲା। ପାହାଚ ଉପରେ ପାଦ ପକାଉ ପକାଉ, ଗୋଡ଼ ଥରିଉଠିଲା। କିଛିକ୍ଷଣ ଅଟକିଯାଇ ମନକୁ ସ୍ଥିର କଲି। ଏଥର ତ ମୁଁ ନେତି। ଫୁଲ ମା'ର ନାତୁଣୀ ନୁହେଁ। ଆଉ ଏକ ଝିଅ। ମୋ' ପାଇଁ କାହାର ପରିଚୟ ଯୋଡ଼ିବା ଦରକାର ନାହିଁ।

ଘର ଭିତରେ ପଶୁ ପଶୁ ଶୁଣାଗଲା ଏକ ପରିଚିତ ମନ୍ତ୍ରଧ୍ୱନି। ଯାହାର ତରଙ୍ଗ ମୋତେ ଏକ ରାକ୍ଷସର ବିକଟାଳ ରଡି ପରି ମନେହେଲା। ମୁଁ ମନେମନେ ଅନ୍ୟ ଏକ ରାମଚନ୍ଦ୍ର ବନିଗଲି। ଅଚାନକ ମୋ ଆଗରେ ଦେଖାଦେଲେ ସେଇ ଉପବିତଧାରୀ, ନେତା, ଭାଗ୍ୟବିଧାତା ସରପଞ୍ଚବାବୁ। ମତେ ଦେଖି ସେ ଅଟକିଗଲେ। ବୋଧହୁଏ ମୋର ଉପସ୍ଥିତିକୁ ବିଶ୍ୱାସ କରିପାରିଲେନି। ଗୋଟେ ଦୃଷ୍ଟିରେ ଚାହିଁ ରହିଲେ। ମନ୍ତ୍ରଧ୍ୱନି ସ୍ଥିର ହୋଇଗଲା। କେତେ ସମୟ ନିରେଖି ଚାହିଁଲେ। ମୁଁ କିନ୍ତୁ ନିର୍ବିକାର ଥିଲି। ସେ ବୋଧହୁଏ ଭାବୁଥିଲେ ପୁଣିଥରେ ମୁଁ କାହିଁକି। ଆଉଥରେ ସେଇ ସମର୍ପଣର ଭାବନା ନେଇ ପାଦ ଦେଇଛିକି!

ସେ ମୋ ଆଡ଼କୁ ଚାହିଁ ଅଳ୍ପ ହସିଦେଲେ। ଏତେବେଳ ଯାଏ ସ୍ଥିର ଥିବା ଦେହଟା ମୋର ଥରି ଉଠିଲା। ସେ ମୋ ଆଡ଼କୁ ଚାହିଁ ଅଳ୍ପ ହସିଦେଲେ। ଚାରିଆଡ଼କୁ ଆଖି ବୁଲାଇ ଆଣି କହିଲେ, ମୋ କଥା ମାନିଗଲୁନା? ଭଲହେଲା ଏଥର ତୁ ଅପବାଦରୁ ମୁକ୍ତି ପାଇଲୁ। ହେଲେ ପୁଣିଥରେ...?

ମୋ' ପଛରେ ଲୁଚିକରି ଠିଆ ହୋଇଥିବା ଝିଅକୁ ଆଗକୁ ନେଇ ଆସିଲି। କହିଲି, ଏଥର କେଉଁଠିକି ଯିବାକୁ ପଡ଼ିବ କହ? ଠାକୁରଘର, ରୋଷେଇଘର, ନା ତୋ ସ୍ତ୍ରୀର ଶୋଇବାଘର? କିଛି ଜୋର ଜବରଦସ୍ତି କରିବା ଆବଶ୍ୟକ ପଡ଼ିବନି। ମୁଁ ନିଜେ ନିଜେ ଚାଲିଯିବି। ହେଲେ ମୋ ସହିତ ଏ ଝିଅ ବି ଯିବ। ତା'ର ଛୋଟିଆ ଆଖିରେ ସେବି ଥରେ ଦେଖିନେଉ ତୋର ଅସଲ ରୂପକୁ।

ମୋର ବନ୍ଦ ଥିବା ପାଟିଟା ହଠାତ୍ ଖୋଲିଗଲା ମୁଁ ମନଖୋଲା ହସଟାଏ ଫିଙ୍ଗିଦେଲି। କହିଲି, ତୁ ଠିକ୍ କହିଛୁ। ମୁଁ ତ ଲୋକଲୋଚନରୁ ଲୁଚିଗଲି। ମୁକ୍ତ ହୋଇଗଲି ଅପବାଦରୁ, ପ୍ରଭାକରର ପତ୍ନୀ ବନିଯାଇ। ହେଲେ ଏଥର ତୋର ପାଳି। ତୁ କେମିତି ମୁକ୍ତି ପାଇବୁ ସରପଞ୍ଚ। ଏଇ ଝିଅକୁ ଦେଖୁଛୁ। ଭଲଭାବରେ ଦେଖ। କେହି ଜାଣି ନପାରିଲେବି, ତୁ ତ ଜାଣିପାରିବୁ। ତୋ ଝିଅକୁ ମୁଁ ମାରିଦେଇନି ସରପଞ୍ଚ। ସ୍ନେହରେ ବଞ୍ଚାଇ ରଖିଛି। ଖାଲି ତୋ ନାଁଟା ବଦଳାଇ ଦେଇଛି, ତା ଭାଗ୍ୟରୁ। ଭଲ ଭାବରେ ଦେଖ, ତୋ ପରି ମୁହଁ, ତୋ ପରି ଆଖି। ତୋ ପରି ଚେହେରା। ଆଉ ଟିକେ ବଡ଼ ହୋଇଗଲେ। ଠିକ୍ ତୋ ପରି ଦେଖାଯିବ। ତାକୁ ଦେଖୁଦେଖୁ ସମସ୍ତେ କହିବେ, ସରପଞ୍ଚ ପରି ଲାଗୁଛି। ସେତେବେଳେ କାହାର ପାଟି ତୁ ବନ୍ଦ କରିପାରିବୁ? ସେ ଯେତେବେଳେ ଧୂଳିରେ ଗଡୁଥିବ, ଗାଈ ଗୋବରରେ ଲଟର ପଟର ହେଉଥିବ, ପୁରୁଣା ପେଣ୍ଟ୍‌ସାର୍ଟ ପିନ୍ଧି ବୁଲୁଥିବ, ତୋ ଘରକୁ କ୍ଷୀର ନେଇ ଆସିଲାବେଳେ କଣେଇ କରି ଠିଆ ହେଉଥିବ, ଆଉ ତୋ ସ୍ତ୍ରୀର ବୋଲହାକ କରି ଘରର କିଛି କାମ କରୁଥିବ ସେତେବେଳେ ତୁ ସହ୍ୟ କରି ପାରିବୁ ତ। କେହି ନ କହିଲେ ବି ତୋରି ମନ, ତୋ ଆତ୍ମା ତୋ ମୁଣ୍ଡରେ ଅପବାଦର ବୋଝକୁ ଲଦି ଦେଉଥିବ। ତୁ ଜୀଇଁ ଥାଉ ଥାଉ ମରୁଥିବୁ। ମୁଁ ତ ସେତେବେଳେ ପ୍ରଭାକରର ଝିଅକୁ ନେଇ ଖୁସି ଥିବି। ମୋ ଝିଅ ବି ଖୁସି ଥିବ ତା ଦୁନିଆଁରେ।

ତୁ ଯେତେ ସାହାଯ୍ୟର ହାତ ବଢ଼ାଇଲେ ବି ମୁଁ ନେବିନି। କେତେଦିନ ମତେ କଷ୍ଟ ଦେଇଥିଲୁ। ମୁଁ ଗରିବ ଘରର ଝିଅ। କ'ଣ ବା ତୋର କରି ପାରିଥାଆନ୍ତି। କିଏ ଶୁଣିଥାନ୍ତା ମୋ' କଥା। ତୁ ସମସ୍ତଙ୍କୁ ଭୂଆଁ ବୁଲେଇ ଦେଇଥାଆନ୍ତୁ। ମୋ ପାଇଁ କୋର୍ଟକଚେରି ଯିବା ତ ସହଜ ନଥିଲା। ତତେ ବଳାତ୍କାରୀ ବୋଲି ପ୍ରମାଣ କରିବାକୁ

ଶକ୍ତି, ସାମର୍ଥ୍ୟ କିମ୍ବା ସାହାସ ନଥିଲା। କେହି କିଛି ଦେଖିନଥିଲେ। ତୁ ଯେଉଁ ଠାକୁର ଘରେ ପୂଜା କରୁଛୁ, ସେମାନେ ତ ମୂକ ଥିଲେ। ତୋ ସ୍ତ୍ରୀ, ଯାହାକୁ ହାତ ଧରି ଘରକୁ ଆଣିଥିଲୁ ଯିଏ ତତେ ଭଗବାନ ପରି ବିଶ୍ୱାସ କରୁଥିଲା ତା ଶଯ୍ୟା ଉପରେ ଆଉ ଗୋଟେ ନାବାଳିକା ଉପରେ ବଳାତ୍କାର କଲାବେଳେ, ତୋ ଘୃଣ୍ୟ ଦେହଟା ଛଡ଼ା ଆଉ କେହି ସାକ୍ଷୀ ନଥିଲେ। ସେକଥା ତୁ ଜାଣିଥିଲୁ। କିଏ ମତେ ସାହାଯ୍ୟ କରିଥାଆନ୍ତା। ହେଲେ ସବୁଠୁ ବଡ଼ କଚେରିର ସନ୍ଧାନ ମତେ ମିଳିଯାଇଛି। ସେ କଚେରି ତତେ ଆଜୀବନ କୟେଦୀ ବନାଇଦେବ। ତତେ କେହି ବଳତ୍କାରୀ ନ କହିଲେବି ତୁ ନିଜେ ନିଜକୁ କହୁଥିବୁ। ତୋ' ଘରେ କେହି ଦାୟାଦ ନ ଥିବା ବେଳେ ମୋ ଝିଅକୁ ଦେଖି ତୁ ମାନସିକ ଯନ୍ତ୍ରଣା ପାଉଥିବୁ। ଆଉ ତୋ ପରି ଯଦି କିଏ ମୋ ଝିଅ ଆଡ଼କୁ ଖରାପ ଦୃଷ୍ଟି ପକେଇଲା ସେତେବେଳେ, ତୁ ପାଗଳ ହୋଇଯିବୁ। ତୋ ମୁହଁରେ ସେତେବେଳେ ମୂକ ଠାକୁର ସ୍ୱୀକାର କରାଇଦେବେ କେତେ ଲୁଚାଛପା କଥା। କିଏ ଶୁଣୁ କି ନ ଶୁଣୁ ବାରମ୍ବାର ତୁ ହିଁ କହୁଥିବୁ, 'ମୁଁ ବଳାତ୍କାରୀ,ମୁଁ ବଳାତ୍କାରୀ।'

ତୋ ପାଗଳପଣ ଦେଖି, ମୁଁ ନେତି, ଫୁଲ ମା'ର ନାତୁଣୀ ହସୁଥିବି। ଆଉ ନିଜକୁ କହୁଥିବି ଏକ ପ୍ରତିଶୋଧର କାହାଣୀ।

ନେତି ଏଥର ଫେରି ଆସୁଥିଲା ବୀରଦର୍ପରେ। ତା' ଦେହ ଆଉ ଥରୁନଥିଲା। ହେଲେ ନାକରୁ ଖର ନିଃଶ୍ୱାସ ବାହାରୁଥିଲା, ଯାହା ହୁଏତ କାହାର ମନ ଭିତରକୁ ଦୋହଲାଇ ଦେବାକୁ ଯଥେଷ୍ଟ ଥିଲା।

ଅବିନାଶର ପ୍ରେମିକା

ଆଟାଚିକୁ ସିଟ୍‌ତଳେ ରଖିଦେଇ, ଚେନ୍‌ରେ ବାନ୍ଧିଦେଲେ ଅବିନାଶ। ଲାପ୍‌ଟପ୍ ବ୍ୟାଗକୁ ପାଖରେ ରଖି, ପଛପଟକୁ ଆଉଜି ପଡ଼ିଲେ। ଟିକେ ସମୟ ବିଶ୍ରାମ ନେଇ ଚାରିଆଡ଼େ ଦୃଷ୍ଟି ବୁଲାଇ ଆଣିଲେ। ନିଜକୁ ପ୍ରସ୍ତୁତ କରିନେଲେ ଦୀର୍ଘ କୋଡ଼ିଏ ଘଣ୍ଟାର ଯାତ୍ରା ପାଇଁ। ଏବେ ବି ସଂଜ ହେବାପାଇଁ ଆହୁରି କିଛି ସମୟ ବାକି ଅଛି। ଟ୍ରେନ୍‌ର ଏଇ ଦ୍ୱିତୀୟ ଶ୍ରେଣୀ ଏସି ବଗିଗୁଡ଼ା ବଡ଼ ଅଜବ। ବାହାର ଦୁନିଆଁକୁ ଦେଖିବାକୁ ସୁଯୋଗ ଦିଏନି। ଦିନ, ରାତି ସବୁ ସମାନ। ଭିତରଟା ପୂରା ନିର୍ଜନ। ଝରକାର ପରଦାଟା ଖୋଲି ନଦେଲେ, ବାହାରେ ଦିନ କି ରାତି ହୋଇଛି ଜଣାପଡ଼େନି।

କାନ୍ଥ ଉପରକୁ ଆଉଜି ପଡ଼ି ଝରକାକୁ ଅଳ୍ପ ଖୋଲିଦେଲେ ଅବିନାଶ। ବ୍ୟାଗରୁ ଅଧାପଢ଼ା ଉପନ୍ୟାସଟା ବାହାର କରି ପଢ଼ିବାକୁ ଆରମ୍ଭ କଲେ। କେଜାଣି କାହିଁକି, ସେଥିରେ ବି ମନ ଲାଗିଲାନି। କାହାସଙ୍ଗେ କିଛି ଗପ ଆରମ୍ଭ କଲେ ବି ସମୟ କଟିଯାଆନ୍ତା ଆରାମରେ। ସେ ଆଉଥରେ ଚାରିଆଡ଼କୁ ଚାହିଁଲେ। ଉପର ବର୍ଥ୍ ଦୁଇଟା ଖାଲି। ତଳେ କେହିଜଣେ ଚଦରରେ ମୁହଁ ଘୋଡ଼ାଇ ହୋଇ ଶୋଇ ଯାଇଛନ୍ତି। ବ୍ୟାଗ୍‌ରୁ ଲାପ୍‌ଟପ୍ ବାହାର କରି ଅଫିସ୍ କାମ କରିବେକି ? ସେଥିପାଇଁ ତ ଅନେକ ସମୟ ଅଛି। ବରଂ ମୋବାଇଲରୁ କିଛି ଗୀତ ଶୁଣାଯାଇପାରେ। ଇଅରଫୋନ୍ ଲଗାଇ ସେ ଗୀତ ଶୁଣୁଶୁଣୁ ନିଦ ଆସିଯାଉଥିଲା।

- ସାର୍ ଚା।

ୱେଟରର ଡାକରେ ତାଙ୍କର ନିଦ ଖୋଲିଗଲା।

ମୋର ଚା'ଟା, ସେଇଠି ରଖିଦିଅ। ଚାଦର ତଳୁ ଏକ ମଧୁର କଣ୍ଠ ଶୁଣାଗଲା।

ଅବିନାଶ ବୁଝିଗଲେ ତାଙ୍କର ସହଯାତ୍ରୀ ଜଣେ ମହିଳା। ଆଜିର ଯାତ୍ରାଟା ବୋରିଂ ହୋଇଗଲା। କେହି ଜଣେ ପୁରୁଷ ଲୋକ ଥିଲେ ବେଶ୍ ଆରାମରେ ଗପସପ କରି ସମୟ କଟିଯାଇ ଥାଆନ୍ତା। ସେ ପୁଣି ଗୀତ ଶୁଣିବାରେ ମନଦେଲେ।

ଚା, ଥଣ୍ଡା ହୋଇଯାଇଥିଲା। ତେବେବି ଭଦ୍ର ମହିଳା ଉଠି ନ ଥିଲେ। କିଛି ସମୟ ପରେ ୱେଟର ଆସି ପଚାରିଲା, ମ୍ୟାଡାମ୍ ଚା ପିଇବେନି କି ସାର୍?

- ଆଉ ଗୋଟେ ଗରମ ଚା' ଦେଇପାରିବ?

- ଠିକ୍ ଅଛି।

ହଠାତ୍ ଭଦ୍ର ମହିଳା ଉଠିପଡ଼ିଲେ। ଚାରିଆଡ଼କୁ ଚାହିଁଲେ।

ଅନିନାଶ କହିଲେ "ଆଉ ଗୋଟେ ହଟ୍ ଟି ଆଣିବାକୁ କହିଦେଇଛି ମ୍ୟାଡାମ୍।"

-ଓ, ସରି। ନିଦ ହୋଇଯାଇଥିଲା।

ହଠାତ୍ ତାଙ୍କର ମୁହଁକୁ ଚାହିଁ ଅବିନାଶ ଚମକି ପଡ଼ିଲେ। ଭଲ ଭାବରେ ନିରେଖି ଦେଖିଲେ। କହିଲେ, "ତମେ ଅଲିସା ନା? ଅଲିସା ପଟ୍ଟନାୟକ?"

ଭଦ୍ର ମହିଳା ଅଜଣା ଲୋକପରି ତାଙ୍କ ମୁହଁକୁ ଚାହିଁ ମୁଣ୍ଡ ହଲାଇଲେ।

- ମୁଁ ଅବିନାଶ। ଅବିନାଶ ଦାଶ। ଆମେ ଏକାସଙ୍ଗେ ଇଣ୍ଟରମିଡିଏଟ୍ ପଢୁଥିଲେ, ଆଠଗଡ଼ରେ।

ସେ ପଛକଥାକୁ ମନେପକାଇବାକୁ ଚେଷ୍ଟା କରୁକରୁ ମୁଣ୍ଡ ହଲାଇଲେ। କହିଲେ "ଏତେଗୁଡ଼େ ଦିନ ବିତିଗଲାଣିତ। ଠିକ୍ ଭାବରେ ମନେପଡୁନି। ଯା ଭିତରେ ଯେତେସବୁ ବନ୍ଧୁ ଆସିଗଲେଣି। ତା'ଛଡ଼ା ପୁରୁଣା ଚେହେରାରେ ବି ବହୁତ ପରିବର୍ତ୍ତନ ହୋଇଗଲାଣି।"

- ମଣିଷର ସମୟ ଆଉ ଅବସ୍ଥାର ଯେତେ ପରବିର୍ତ୍ତନ ହେଲେବି, ପୁରୁଣା ଘଟଣାମାନେ ତ ବଦଳି ଯାଇପାରିବେନି। ମୁଁ କିନ୍ତୁ ଭୁଲିନି। କଲେଜ ଛାଡ଼ିସାରିଲା ପରେ ବି ଅନେକ ଖବର ତମ ବିଷୟରେ ମୁଁ ରଖୁଥିଲି। ଇଣ୍ଟରମିଡିଏଟ୍ ପରେ ତମେ ମେଡିକାଲ୍ ଏଣ୍ଟ୍ରାନ୍ସରେ ପାଇନଥିଲ। ତା ପରେ ସାଇନ୍ସ ପଢ଼ି କମ୍ପିଟେଟିଭ୍ ପାଇଁ ପ୍ରିପେୟାର କରୁଥିଲ। ତା'ପରେ ସେ ସବୁ ଛାଡ଼ି ଫେସନ୍ ଡିଜାଇନ୍ ପଢ଼ିବାକୁ ବାଙ୍ଗାଲୋର ଚାଲିଯାଇଥିଲ।

- ଆରେ ଏତେକଥା ମନେରଖିଛ ମୋ ବିଷୟରେ। ଅଥଚ ମୁଁ ଜାଣିପାରୁନଥିଲି ତମକୁ।

ଅବିନାଶ ହସିଦେଲେ, କହିଲେ, "ତମେ ମତେ କାହିଁକି ବା ମନେରଖିବ। ମୋର ତ ସେମିତି କିଛି ବିଶେଷ ବ୍ୟକ୍ତିତ୍ୱ ନଥିଲା। ନା ମୁଁ ଭଲ ଛାତ୍ର ଥିଲି, ନା କିଛି

ଖେଳ କସରତ, ନା ଅନ୍ୟକିଛି ବିଶେଷ ଗୁଣ ମୋ ପାଖରେ ଥିଲା। କଲେଜରେ ଆଦୌ ମୁଁ ଫେମସ୍ ନଥିଲି। ତମେ ତ କଲେଜ କୁଇନ୍ ଥିଲ। ଭଲ ରେଜଲ୍ଟ ବି କରୁଥିଲ। ଡିବେଟ୍ ,ଏସେ, ସ୍ମାର୍ଟନେସ୍ ସବୁଥିରେ ଆଗୁଆ। ମୋ' ପରି ଏକ ସାଧାରଣ ପିଲାକୁ ମନେ ନ ରଖିବା ସ୍ୱାଭାବିକ୍ କଥା। ତେବେ ଗୋଟେ ଘଟଣା ତ ନିହାତି ମନେପଡ଼ିବ ତମର। ତମକୁ ଆଧାର କରି ଗୋଟେ ଗଳ୍ପ ମୁଁ ଲେଖିଥିଲି। କଲେଜ ମ୍ୟାଗାଜିନ୍‌ରେ ବାହାରିଥିଲା। ଯାହା ବିଷୟରେ କଲେଜରେ ଖୁବ୍ ଚର୍ଚ୍ଚା ହୋଇଥଲା। ତମକୁ କେହିକେହି କମେଟ୍ ବି କରିଥିଲେ। ସେଥିପାଇଁ ତମେ ପ୍ରିନ୍ସିପାଲଙ୍କୁ ଜଣାଇଥିଲ। ମତେ କଲେଜ ଲାଇବ୍ରେରୀ ଆଗରେ ସମସ୍ତଙ୍କ ସାମ୍ନାରେ ଲୋଫର, ମୂର୍ଖ, ଅଭଦ୍ର, ଆଦି କେତେ କଥା କହି ଗାଳି କରିଥିଲ। ମୁଁ ଚୁପ୍ ଥିଲି। ସେଥିପାଇଁ କିଛି ସାଙ୍ଗ ମତେ ଥଟ୍ଟା କରିଥିଲେ। କିନ୍ତୁ ତମର ଗୋଡ଼ାଣିଆ ପିଲା ଥିଲେ ବହୁତ୍ ବେଶି। କେହି ଜଣେ ତମ ଆଗରେ ମତେ ଚାପୁଡ଼ା ମାରି ବାହାଦୂରୀ ନେଇଥିଲା।"

ଓଃ! ମନେପଡ଼ିଲା ଏବେ। ହସିଦେଲା ଅଲିସା। କହିଲା, "ଅନେକ ଦିନ ହେଲାଣିତ, ଏ ସବୁ କିଛି କଥା ମଳିନ ପଡ଼ିଗଲାଣି ମନ ଭିତରୁ। ସେ ରାଗ ଏବେ ବି ଥିବ ତମ ମନ ଭିତରେ। ପିଲାବେଳର ଚପଳତାକୁ ଭାବିଲେ ଖୁସି ଲାଗେ। ହଉ ଏତେଦିନ ପରେ ମୁଁ ସେଥିପାଇଁ ଦୁଃଖ ପ୍ରକାଶ କରୁଛି।"

ଆହୁରି ବି କ୍ଷତି କରିଥିଲ ମ୍ୟାଡାମ। ତମର ବାପା ସବ୍ କଲେକ୍ଟର ଥିଲେ। ତା ଛଡ଼ା ମ୍ୟାନେଜମେଣ୍ଟର ପ୍ରଧାନ ବ୍ୟକ୍ତି। ମୁଁ ତ ଥିଲି ସାଧାରଣ ପରିବାରର ପିଲା। ତମ ସଙ୍ଗେ ଟକ୍କର ଦେଲାପରି ଶକ୍ତି ମୋର ନଥିଲା। ତାଙ୍କ ପ୍ରରୋଚନାରେ ମୋର ବାଇଲୋଜିକୁ, ତୃତୀୟ ବିଷୟରୁ କାଟି ଦିଆଗଲା, ବିନା କାରଣରେ। ମୋର ମେଡିକାଲ ପଢ଼ିବାର ସ୍ୱପ୍ନ ଭାଙ୍ଗିଯାଇଥିଲା।

ଓଃ, ସୋ ସରି।

ମୁଁ କିନ୍ତୁ ଭୁଲି ନଥିଲି ତମକୁ। ଖବର ରଖୁଥିଲି ତମ ବିଷୟରେ। ତମେ ଏମ୍‌ବିଏ କଲାବେଳେ ଜଣେ ଗୁଜୁରାତୀକୁ ଜବରଦସ୍ତ ପ୍ରେମ କରୁଥିଲ। ତା'ର କୁଆଡ଼େ ଇଚ୍ଛା ନଥିଲା। ତାକୁ କୋର୍ଟ ମ୍ୟାରେଜ୍ କରିବାକୁ ବାଧ୍ୟ କରିଥିଲ।

- ଏତେକଥା ଜାଣିଛ ମୋ ବିଷୟରେ। ହେଲେ ସେସବୁ ଅଳ୍ପ ସତ୍ୟ ଥିଲା।

- ସେ ସବୁ ଘଟଣା ଉପରେ କିଛି କାହାଣୀ ବି ଲେଖିଥିଲି। ଆଉ ଭୟ ନଥିଲା ତମର ବାପାଙ୍କୁ।

ଅଲିସା ଏଥର ସିଧାହୋଇ ମୋ ଆଗରେ ବସିପଡ଼ିଲା। କହିଲା, "ଏଥର ମୁଁ ଆଉ ତମକୁ ଅପମାନିତ କରିବିନି ଅବିନାଶ। ତମେ ଯେତେ ପାର କାହାଣୀ ଲେଖିପାର

ମୋ ଉପରେ। କିନ୍ତୁ ସବୁକଥା ନ ଜାଣିଲେ ଲେଖିବାରେ ମଜା ନଥିବ। ମୋ ଭିତରର କଥାକୁ ଖୋଲିଦେବାରେ ମୋର ଆଦୌ ଦ୍ୱିଧା ନାହିଁ। ତମେ ସେଇ ଗୁଜୁରାତୀ ପିଲା କଥା କହୁଥିଲନା। ଠିକ୍ ଶୁଣିଛ। ତମେ ତ ନିଶ୍ଚୟ ମୋର ଚରିତ୍ର ବିଷୟରେ କିଛି ଜାଣିଥିବ। କେହି ଜଣେ ମୋତେ ଆକୃଷ୍ଟ କଲେ, ଭଲରେ ହେଉ ବା ମନ୍ଦରେ, ମୁଁ ମୋର ଉଦ୍ଦେଶ୍ୟ ସାଧନ କରିବାକୁ ପ୍ରୟାସ କରେ। ତା'ର ଭଲମନ୍ଦର ଦିଗକୁ ମୁଁ ତର୍ଜମା କରିପାରେନି। ସେଥିପାଇଁ ବୋଧହୁଏ ସୁମନ ମୋ ନଜରକୁ ଆସିଯାଇଥିଲେ। ଏବେ ମୁଁ ଅନୁଭବ କରୁଛି ଯେ, ସେ ସବୁ ମୋର ଏକ ଦୁର୍ବଳ ଚରିତ୍ର ହିଁ ଥିଲା।"

– ଛାଡ଼ ସେକଥା। ଏବେ ତମେ କିପରି ଅଛ ଅଲିସା ?

ଅଲିସା ଟିକେ ସମୟ ଚୁପ୍ ରହିଲା। ଝରକାର ପରଦାକୁ କିଛିବାଟ ହଟାଇଦେଲା। କହିଲା, "ସଞ୍ଜ କେତେବେଳୁ ଗଡ଼ିଗଲାଣି, ଦେଖତ। ବାହାରଟା କେବଳ ଅନ୍ଧାର। ଭିତରର ଆଲୁଅରେ ତା'ର ଅସଲ ରୂପଟା ଠିକ୍ ଜଣାପଡୁନି।ଏ ଲାଇଟ୍‌ଟାକୁ ବନ୍ଦ କରିଦେବା ଅବିନାଶ। ଭିତର ବାହାର ସବୁକୁ ସମାନ କରିଦେବା। ଆଜିକାଲି ଏ ପ୍ରହସନଗୁଡ଼ା ମତେ ଆଉ ଭଲ ଲାଗୁନି। ଅଲିସା ଉଠିପଡ଼ି କ୍ଷୀଣ ଆଲୋକଟିଏ ଜଳାଇଦେଲା। ମୁଁ ତା ମୁହଁକୁ ଚାହିଁଲି। କେତେ ସୁନ୍ଦର ଦେଖାଯାଉଛି ଅଲିସା। ସ୍ୱଚ୍ଛ ଆଲୋକରେ କେତେ ନିରୀହ ଲାଗୁଛି ।

ଉପରେ ତେବେ ବି କେହି ଯାତ୍ରୀ ନଥିଲେ। ସେ ମୋର ଠିକ୍ ସାମ୍ନାରେ ବସିପଡ଼ିଲା। କହିଲା, "ତମପରି ଜଣେ ବନ୍ଧୁ ଆଗରେ ସବୁକଥା ମୁଁ କହିଦେବାରେ ଦ୍ୱିଧା ଅନୁଭବ କରିବିନି। ସେ ସବୁକୁ ନେଇ ତମେ କାହାଣୀ ଲେଖିପାର ଅଥବା ଉପନ୍ୟାସ। ନିଜ ବିଷୟରେ କିଛିବି କହିବାର ସାହସ ମୋର ଅଛି। ମୋ ନିଜ ମନର ଏକଛତ୍ର ମାଲିକ ମୁଁ ନିଜେ। କିଛି ବି ପାଇବାକୁ ହେଲେ ମୁଁ ନିଜକୁ ବାଜି ଲଗାଇପାରେ। ଯେମିତି ସୁମନ ପାଇଁ ମୁଁ ଏକ ଖେଳୁଆଡ଼ ବନିଗଲି, ଜୀବନର ଖେଳପଡ଼ିଆରେ।"

ସୁମନ ଆମ କଲେଜର ଅଧ୍ୟାପକ ଥିଲେ। ବେଶ୍ ସୁନ୍ଦର ଚେହେରା, ହସହସ ମୁହଁ। ଖୁବ୍ ଆକର୍ଷଣୀୟ ବ୍ୟକ୍ତିତ୍ୱ ତାଙ୍କର ଥିଲା। କଥା ବି କମ ହେଉଥିଲେ। ତାଙ୍କୁ ଦେଖିଲେ ମତେ ଖୁବ୍ ଭଲ ଲାଗୁଥିଲା। କେବେକେବେ ତାଙ୍କ ସଙ୍ଗେ କଥା ହେବାର ସୁଯୋଗ ମିଳିଲେ, ମନେହେଉଥିଲା ଏମିତି ଲୋକଟିଏ ଜୀବନରେ ଆସିବା ଦରକାର। କିନ୍ତୁ ତାଙ୍କ, ମୋ ଭିତରେ ଅନେକ ଫରକ। ସେ ଅଧ୍ୟାପକ ଆଉ ମୁଁ ଛାତ୍ରୀ। ତାଙ୍କ ଭିତରେ କାହା ପ୍ରତି ଦୁର୍ବଳତା ଯେ ଥାଇପାରେ ତାହା ମୁଁ ଅନୁଭବ କରି ପାରୁନଥିଲି। ତାଙ୍କର ବ୍ୟକ୍ତିତ୍ୱ ମୋତେ ଖୁବ୍ ଆକର୍ଷିତ କରିଥିଲା। ସେ କେବେ କୌଣସି ଅଧ୍ୟାପିକା କିମ୍ବା ଛାତ୍ରୀ ସହିତ ବିଶେଷ କଥା ହେବା, ମୋ ନଜରକୁ ଆସିନଥିଲା। ମୁଁ ନିଜ

ଭିତରେ ଏକ ଆହ୍ୱାନକୁ ଶୁଣିପାରିଲି। ଯେମିତିବି ହେଉ ମୋତେ ଲକ୍ଷ୍ୟ ହାସଲ କରିବାକୁ ହେବ।

ମୋର ଗୋଟେ ବର୍ଷ ସରିଯାଇଥିଲା। ତେବେ ବି ମୁଁ ତାଙ୍କ ସହିତ ମିଶିବାର ସୁଯୋଗଟିଏ ପାଉନଥିଲି। ଯେତେ ଦିନ ଗଡ଼ି ଯାଉଥିଲା, ମୁଁ ସେତେ ଅଧିକ ଅସ୍ଥିର ହୋଇଯାଉଥିଲି। ଶୁଣିଲି, ସୁମନ ଚାକିରି ଛାଡ଼ି ଆମେରିକା ଚାଲିଯିବେ। ଏକ ବଡ଼ କମ୍ପାନୀରୁ ତାଙ୍କ ପାଖକୁ ଅଫର୍ ଆସିଛି। ସୁମନ ଚାଲିଯିବେ ! ସେକଥା ମୁଁ ନିଜେ ଗ୍ରହଣ କରିପାରୁନଥିଲି। ଜୀବନରେ କିଛି ଏକ ସିଦ୍ଧାନ୍ତ ନେବାକୁ ସ୍ଥିର କଲାବେଳେ, କେହିଜଣେ ହାତରୁ ଖସି ଚାଲିଯାଉଛି। ତାଙ୍କ କଥା ଭାବି, ମୁଁ ମୋର କ୍ୟାରିଅରକୁ ଭୁଲିଗଲି।

ସେଦିନ ବୋଧହୁଏ ରବିବାର ଥିଲା। କେହିକେହି ସିନେମା, ମଲ, ପାର୍କ କିମ୍ବା ହୋଟେଲକୁ ଚାଲିଯାଇଥିଲେ। ମୁଁ ବି କୁଆଡ଼େ ଯିବି ବୋଲି ନିଶ୍ଚିତ ନ ହୋଇ ବାହାରିପଡ଼ିଲି। ନିଜକୁ ଯଥାସାଧ୍ୟ ହାଲକା ଭାବରେ ସଜାଇ ନେଲି। କୁଆଡ଼େ ଯିବି ଏକାଏକା ? ହଠାତ୍ ସୁମନ ରହୁଥିବା ଘର ଆଗରେ ଗୋଡ଼ ଦୁଇଟା ଅଟକିଗଲା। ଘରର ଆଗପଟଟା ଅନ୍ଧାର ଥିଲା। ଝରକା ଭିତର ଦେଇ କିଛି ଆଲୋକ ଛିଟିକି ଆସୁଥିଲା। ପରିବେଶ ନିର୍ଜନ ଥିଲା। ନିଜ ଭିତରେ କିଛି ଅଜବ ଭାବନା ଆସିଗଲା। ସୁମନ ସହିତ ଅନ୍ତରଙ୍ଗ ହେବାର ଅବ୍ୟର୍ଥ ଚିନ୍ତାଧାରା ମୋତେ ଆଚ୍ଛନ୍ନ କରିଦେଲା। ଚାରିଆଡ଼କୁ ଚାହିଁ ଗେଟ୍ ଖୋଲିଲି। କଲିଂବେଲରେ ହାତ ପଡ଼ିଗଲା।

ସୁମନ କବାଟ ଖୋଲୁଖୋଲୁ ମୁଁ ଭିତରକୁ ପଶିଗଲି। ସବୁ କିଛି ଭୟ ଦୂରେଇଗଲା। ସିଧାସିଧା ଯାଇ ସୋଫା ଉପରେ ବସିପଡ଼ିଲି। ଟେବୁଲ୍ ଉପରେ ଥିଲା ଗୋଟେ ବାଗ୍‌ପାଇପର ବୋତଲ। ଆଉ ଅଧାପିଆ ମଦଗ୍ଲାସ।

ସୁମନ ମୋ ଆଡ଼କୁ ବୋକା ପରି ଚାହିଁରହିଥିଲେ। ତାଙ୍କ ପାଟିରୁ କଥା ବାହାରୁ ନ ଥିଲା।

ମୁଁ କହିଲି, "ଆପଣଙ୍କ ସାଙ୍ଗରେ କିଛି ପ୍ରାଇଭେଟ୍ କଥାଥିଲା ସାର୍, ସେଥିପାଇଁ ଘରକୁ ଆସିଲି।"

ସେ କହିଲେ, "ରବିବାର, ଛୁଟିଦିନରେ ମୁଁ କାହା ସଙ୍ଗେ ସାକ୍ଷାତ କରେନି। ତା'ଛଡ଼ା ଘରେ ମୁଁ ଏକା ଅଛି। ଆପଣ ଚାଲିଯାଆନ୍ତୁ। କାଲି କଲେଜରେ ଦେଖାହେବ।"

– "କବାଟଟା ବନ୍ଦ କରିଦିଅନ୍ତୁ ସାର୍। କିଛି ଭୟ ନାହିଁ। ମୁଁ ଆପଣଙ୍କୁ ଆଦୌ ବଦ୍‌ନାମ କରିବିନି।"

ସୁମନ ଅନିଚ୍ଛା ସତ୍ତ୍ୱେ, ମୋ ଆଗରେ ବସିପଡ଼ିଲେ। ତାଙ୍କର ଆଖିଗୁଡ଼ା ଲାଲ ଲାଲ ଦେଖାଯାଉଥିଲା।

ସେ କହିଲେ, "ପ୍ଲିଜ୍, ପରେ କଥାହେବା। ମୁଁ ବର୍ତ୍ତମାନ ନିଜ ଭିତରେ ନାହିଁ। ଆଇ ଆମ୍ ଡ୍ରଙ୍କ୍।"

ମୁଁ ହସିଦେଲି। କହିଲି, "ମୁଁ ବି କେବେକେବେ ଡ୍ରିଙ୍କ୍ କରେ ସାର୍। ବ୍ୟସ୍ତ ହୁଅନ୍ତୁନି। ମୁଣ୍ଡରେ ନିଶା ଥିଲେ ହିଁ ମନର କଥା ବାହାରିଆସେ। ଆପଣ ଚାହିଁଲେ ମୁଁ ବି ସାଥ ଦେଇପାରେ। ହେଲେ, ମୋ କଥା କହିସାରିଲା ପରେ।"

- କୁହନ୍ତୁ। ଶୀଘ୍ର ସାରି ଦିଅନ୍ତୁ।

- ଶୁଣିଲି, ଆପଣ ବିଦେଶ ଚାଲିଯାଉଛନ୍ତି ?

- ଭଲ ଅଫର୍ ଆସିଛି। ତା'ଛଡ଼ା ମୋର ଇଣ୍ଡିଆରେ ରହିବାକୁ ଇଚ୍ଛା ନାହିଁ।

- ବାଃ ! ମୁଁ ବି ସେୟା ଚାହୁଁଛି। ଆପଣ ଚାହିଁଲେ ମୁଁ ବି ଚାଲିଯିବି। ଦେଖନ୍ତୁ ମୁଁ ଖୁବ୍ ସୁନ୍ଦର, ଇଡୁକେଟେଡ୍, ସ୍ମାର୍ଟ, ତା' ଛଡ଼ା ଅନେକଦିନୁ, ମୁଁ ଆପଣଙ୍କୁ ଭଲ ପାଉଛି।

- ଶୁଣୁଛନା ଅବିନାଶ। ଏଥର ପୂରା ଅନ୍ଧାର କରିଦିଅ। ତମ ମୁହଁ ଦେଖାଗଲେ କିଛି କଥା ଅକୁହା ରହିଯାଇପାରେ। ତମେତ ଏସବୁ କଥା, ତମ କାହାଣୀରେ ଲେଖିନଥିବ।

-ୱାନ୍ ସାଇଡେଡ୍ ଲଭ୍ ?

- ହୁଁ। ୱାନ୍ ସାଇଡେଡ୍ ଲଭ୍ ହିଁ ମଣିଷକୁ ଜିଦ୍‌ଖୋର ବନାଇଦିଏ। ତମର ହୁଏତ ସେଭଳି ଅଭିଜ୍ଞତା ନଥିବ। ମୋର କିନ୍ତୁ ଭାବନା ଥିଲା କିଛି ପାଇବାର। ସେଥିପାଇଁ କିଛି ବି କରିବାକୁ ମୁଁ ପ୍ରସ୍ତୁତ ଥିଲି, ଯଦିଓ ମୁଁ ଜାଣେ ସୁମନ କାହା କଥାରେ ଭଳିଯିବାର ଲୋକ ନଥିଲେ।

ସୁମନ ବେଶି ପିଇନଥିଲେ ବୋଧହୁଏ। ସେ କହିଲେ, "ନୋ ଲଭ୍। ମତେ କେହି ଭଲପାଇବା ଉଚିତ୍ ନୁହେଁ। ଆଇ ହେଟ୍ ଲଭ୍। ତମେ ବୋଧହୁଏ ମତେ ଠିକ୍ ଭାବରେ ଜାଣିନ। ମୋର ପତ୍ନୀ ମତେ ଡିଭୋର୍ସ କରିଛନ୍ତି। କାରଣ ମୁଁ ଜଣେ ହେଭି ଡ୍ରଙ୍କଡ୍। ଅନେକ ଝିଅଙ୍କ ସହିତ ମୋର ସମ୍ପର୍କ। ସତ କଥା। ହେଲେ, ସେମାନେ ତ ମୋ ପାଖକୁ ଆସିଥିଲେ। ମୁଁ ଜଣାଇ ଦେଇଥିଲି ମୋର ଉଦେଶ୍ୟ। କମ୍ ଆଣ୍ଡ ଗୋ। ମୁଁ ମାନିଗଲି କୋର୍ଟରେ। ସବୁରି ଆଗରେ ଦେଖାଯାଉଥିବା ସୁମନ ପ୍ରକୃତରେ ମୋ ଭିତରେ ନାହିଁ। ମୋ ପାଖରେ ଅନେକ ଦୁର୍ଗୁଣ ଅଛି। କିନ୍ତୁ ମୋର ପତ୍ନୀଙ୍କ ଅଧିକାର ଥିବା ଭଲପାଇବାଟା କାହାକୁ ମୁଁ ଦେଇନି।"

- ବାଃ ,ମନଖୋଲା ଲୋକଟିଏ ଆପଣ। ଡିଭୋର୍ସ ହୋଇଗଲେ କଣ ହେଲା। ମତେ ସେ ସବୁରେ କିଛି ଫରକ୍ ପଡ଼େନି। ମନ ନ ମିଳିଲେ କିଏ ବି କାହାକୁ ଡିଭୋର୍ସ କରିପାରେ, ଛାଡ଼ି ଚାଲିଯାଇପାରେ। ମୋର ବି ଫେସନ୍ ଡିଜାଇନ୍ ପଢ଼ିବାବେଳେ ଜଣେ ସହପାଠୀ ସହିତ ସମ୍ପର୍କ ଥିଲା। ସେଥିରେ ଅବଶ୍ୟ କିଛି ପ୍ରତିଶ୍ରୁତି ନଥିଲା। ତେଣୁ ପଢ଼ା ପରେପରେ ସମ୍ପର୍କ ତୁଟି ଯାଇଥିଲା।

ସୁମନ ଆଉ କିଛି ପେଗ୍ ନେଉନେଉ ମୋ ହାତକୁ ବି ଗ୍ଲାସ ବଢ଼ାଇଦେଲେ।

ମୁଁ ତାଙ୍କ ସହିତ ଡ୍ରିଙ୍କ୍ କଲାବେଳେ ଆଦୌ ବିଚଳିତ ନଥିଲି। ହଠାତ୍ ସେ ମୋ ହାତକୁ ଧରିପକାଇଲେ। ସେଥିପାଇଁ ମୁଁ ବୋଧହୁଏ ପ୍ରସ୍ତୁତ ଥିଲି। ଭାବିନେଲି, ଏହାପରେ ସେ ମୋ ପାଖରୁ ଆଦୌ ଖସିଯାଇ ପାରିବେନି। ମୁଣ୍ଡକୁ କିଛି ପରିମାଣରେ ନିଶା ଚଢ଼ିଯାଇଥିଲା। ମୁଁ ତାଙ୍କର ସବୁ କଥାରେ ରାଜି ହୋଇଯାଇଥିଲି। ମୋ ମୁଣ୍ଡରେ ଥିବା କିଛି ସ୍ୱାର୍ଥକୁ ତାଙ୍କ ପାଖରେ ରଖିଦେଇ ଅବସ ହୋଇଯାଉଥିଲି। ସେଦିନ ପରେ ମୁଁ ବହୁତ ଖୁସି ଥିଲି ଯେ କିଛି ଦେବା ବଦଳରେ, ମୁଁ ଅନେକ କିଛି ପାଇଗଲି।

ବିଦେଶ ଯିବା ଆଗରୁ ସୁମନ କହିଥିଲେ, "ମୋର ପଢ଼ା ସରିଲେ ଆମେ କୋର୍ଟମ୍ୟାରେଜ କରିନେବୁ। ତାପରେ ମୁଁ ବି ଚାଲିଯିବି ତାଙ୍କ ସାଙ୍ଗରେ। ସେ ନିଜକୁ ପରିବର୍ତ୍ତନ କରିନେବେ, ଆଗାମୀ ଦିନ ପାଇଁ।"

ମୁଁ ଚାହିଁଥିଲେ ସେ ଯିବା ଆଗରୁ କୋର୍ଟମ୍ୟାରେଜ୍ କରିବାକୁ ବାଧ୍ୟ କରି ପାରିଥାଆନ୍ତି। କିନ୍ତୁ କେଜାଣି କାହିଁକି ହଠାତ୍ କିଛି ଏକ ସିଦ୍ଧାନ୍ତରେ ପହଞ୍ଚି ଯିବାକୁ ଇଚ୍ଛା ହେଲାନି। ନିଜ ଉପରେ କିଛିଟା ଭରସା ଥିଲା ମୋର। ତାଙ୍କର କଥାକୁ ମୁଁ ରେକଡିଂ କରି ରଖିଥିଲି।

ସେ ଚାଲିଗଲେ, ଆରାଜୋନା। କେବଳ କଥାବାର୍ତ୍ତା ଥିଲା ଫୋନ୍ ମାଧ୍ୟମରେ।

ମୋର ପଢ଼ା ସରିଲା। ମୁଁ କ୍ୟାମ୍ପସରେ ପାଇଗଲି। ଖୁବ୍ ଭଲ ଦରମା। ଭଲ ଚାକିରି। ପୋଷ୍ଟିଂ ହେଲା ମୁମ୍ବାଇରେ।

ମନ ମୁତାବକ ଭଲ ଚାକିରି ପାଇସାରିଲା ପରେ ବିଦେଶ ଯିବାକଥା ଫିକା ପଡ଼ିଗଲା। ସୁମନ ବି ମୋ ପାଇଁ ସେତେ ଗୁରୁତ୍ୱପୂର୍ଣ୍ଣ ମନେହେଲେନି। ନିଜର ଆତ୍ମସମ୍ମାନ ଆଉ ସ୍ଥିତି ଉପରେ ବେଶି ଭରସା ଆସିଗଲା। ଦିନେ କ'ଣ ଭାବି ମୋବାଇଲର ସିମ୍ ବଦଳାଇଦେଲି। ତାଙ୍କ କଥାର ରେକର୍ଡିଂ ଲିଭାଇଦେଲି। କାମରେ ମନଦେଲି। ବ୍ୟସ୍ତବହୁଳ ଜୀବନ, ସମ୍ମାନ, ଆଉ ଅଧିକ ରୋଜଗାରର ମୋହ ମନକୁ ଆଚ୍ଛନ୍ନ କରିଦେଲା। ଅତୀତଟା ଗୋଟେ ପୁରୁଣା ରାସ୍ତା ପରି ମନେହେଲା। ସେ

ରାସ୍ତାରେ ତ କିଛି ପଥିକ ଭେଟ ହେବେ। ସେମାନଙ୍କ ଆଡ଼କୁ ଫେରି ଚାହିଁଲେ ଆଗରେ ଝୁଣ୍ଟିପଡ଼ିବାର ସମ୍ଭାବନା ରହିବ।

ଯେତେ ବୁଝାଇଲେ ବି ଅବସର ବେଳେ, ସୁମନ ମନ ଭିତରକୁ ପଶିଆସୁଥିଲେ। ମୋର ମନେହେଲା ସେ ହିଁ ମୋ ପାଇଁ ବାଟରେ ମାଡ଼ି ଦେଇଥିବା ଗୋଟେ ଶକ୍ତ କଣ୍ଟା। ସେ କ୍ଷତକୁ ଭଲ କରିବାକୁ, କାହାର ସାହାଯ୍ୟ ଦରକାର। ମନରେ ଏପରି ଭାବନା ଥିଲାବେଳେ, ପରିଚୟ ହୋଇଥିଲା ଆଶିଷ ସହିତ। ଆଶିଷ ଚକ୍ରବର୍ତ୍ତୀ। ଆମ ଅଫିସରେ ନୂଆ ଜଏନ କରିଥିବା ଆଇଆଇଟି ଇଂଜିନିୟର। ବେଶ୍ ଚଳଚଞ୍ଚଳ। ଛଳଛଳ ବ୍ୟକ୍ତିତ୍ୱ। ବୟସ ମୋଠାରୁ କିଛି କମ୍। କୌଣସି କଥାରେ ସ୍ଥିରତା ନାହିଁ। ଛୋଟ ପିଲାଙ୍କ ପରି ବ୍ୟବହାର। ମୋ କ୍ୟାବିନ୍‌ରେ ହିଁ ତା'ର ବେଶି କାମ। କେଜାଣି କାହାକୁ ଫୋନ୍ କରେ। ପୁଣି କାମ କରେ। ଘରକୁ ଫେରେ ଅନେକ ବିଳମ୍ବରେ।

ତା'ର ପିଲାଳିଆମି ମତେ ଭାରି ଭଲଲାଗେ। କେବେକେବେ ଆମେ ସାଙ୍ଗହୋଇ ଲଞ୍ଚ କରିବାକୁ ଯାଉ। ପୁଣି କେବେ ଅଫିସ ଆଗରେ ଥିବା ପାର୍କରେ ଗପ କରୁ। ସଞ୍ଜବେଳେ ସାଙ୍ଗହୋଇ ଚିନାବାଦାମ ଖାଉ। ରାସ୍ତାରେ ଚାଲିଲା ବେଳେ ସେ କେବେକେବେ ମୋ ହାତ ଧରିପକାଏ। ମୁଁ କିଛି କହେନା। ବରଂ ଭଲଲାଗେ ତା'ର ଚପଳତା। କେବେକେବେ ଛୁଟିଦିନରେ ମୁଁ ତାକୁ ଫୋରମ୍‌କୁ ଡାକେ। ସିନେମା ଯିବାକୁ କହେ। ସେ ମନା କରେନି। ହେଲେ ତାକୁ ହିନ୍ଦୀ ସିନେମା ବେଶି ଭଲ ଲାଗୁଥିଲା ବେଳେ ମତେ ଇଂରାଜୀ ସିନେମା ହିଁ ପସନ୍ଦ। ଆମେ କମ୍ପ୍ରମାଇଜ କରୁ ନିଜ ଭିତରେ। ଟସ୍ ପକାଉ। ରୋମାଣ୍ଟିକ୍ ସିନେମା ଦେଖିଲାବେଳେ ମୋର ହାତ ତା ଉପରେ ପଡ଼ିଯାଏ। ସେ ଝୁଲିପଡ଼େ ମୋ ଆଡ଼କୁ। ତା'ର ହାତର ସ୍ପର୍ଶ ବି ଖୁବ୍ ରୋମାଣ୍ଟିକ୍ ଲାଗେ।

ଆଶିଷ ଦିନକୁଦିନ ମତେ ଅଧିକ ଭଲ ଲାଗିଲାଗି ଆସେ। ତା'ର ସମସ୍ତ ଚଞ୍ଚଳତା, ଅସ୍ଥିରତାକୁ ମୁଁ ଆପଣାଇ ନେଉନେଉ ସୁମନ କେଉଁ ଦିଗ୍‌ବଳୟ ପଛପଟେ ଲୁଚିଯାଉଥାଏ। ମୁଁ ଅନୁଭବ କରେ ଏକ ନୂଆ ଜୀବନକୁ। ଏଇଠି ବୋଧହୁଏ ମୋର ଅଟକିଯିବାର ଅଛି। ଏଇଠି ବୋଧହୁଏ ମୋ ପାଇଁ ଶାନ୍ତି। ଯାହା ପାଖେ କିଛି ପ୍ରଶ୍ନ ନାହିଁ, ଯାହା ପାଖେ କିଛି ବୁଝିବାର ଆବଶ୍ୟକତା ନାହିଁ, ତା'ଠୁ ଭଲ ଆଉକିଏ ଥାଇପାରେ ?

ଦିନେ କ୍ୟାଣ୍ଟିନ୍‌ରେ ଖାଇଲାବେଳେ ଆଶିଷ କହିଲା, "ତମକୁ ରୋଷେଇ କରି ଆସେ ମ୍ୟାମ୍ ?"

- ଉହୁଁ ! ଓନ୍‌ଲି ଟି।

ମତେ କିନ୍ତୁ ଭଲ ରୋଷେଇ ଅସେ।

- ଦିନେ ତ ମୁଁ ନିଶ୍ଚୟ ତମ ହାତରନ୍ଧା ଖାଇବି।

- ଆସନ୍ତା ରବିବାର ମୋ ଘରକୁ ଆସନ୍ତୁ। ମୁଁ ମଟନ୍ ଆଉ ଫ୍ରାଏଡ୍ ରାଇସ ରାନ୍ଧିବି। ଦେଖିବେ, କେତେ ଭଲଲାଗିବ। ବାରମ୍ବାର ଖାଇବାକୁ କହିବେ।

ମଝିରେ କେତେଦିନ କେବଳ ଭାବିବାରେ ହିଁ କଟିଗଲା। ଆଶିଷର ଘର ହେଉ କି ସୁମନର, ମଝିରେ ତ ଗୋଟିଏ ସଙ୍କଟ। ପୁଣି ଥରେ ସେଇ ଖେଳୁଆଡ଼ର ଭାବନା ମତେ ଆକ୍ରାନ୍ତ କଲା। ଜୀବନକୁ ତା ବାଟରେ ଯିବାକୁ ଦିଆଯାଉ। ଆଶିଷ ବିଷୟରେ କିଛି ଅଧିକ ବି ମୋର ଜାଣିବା ଉଚିତ୍।

ରବିବାର ଦିନ ସଞ୍ଜ ନ ହେଉଣୁ ବାହାରିପଡ଼ିଲି। କିଛି ଏକ ଶକ୍ତି ମୋତେ ଆକର୍ଷିତ କରି ଟାଣି ନେଇଗଲା। ଭ୍ୟାନିଟି ବ୍ୟାଗରେ ଭରିଲି ହ୍ୱିସ୍କି ଆଉ ସୋଡ଼ା ବୋତଲ।

- ତମେ ଶୁଣୁଛ ନା ଅବିନାଶ। ଶୋଇପଡ଼ିଲ କି ? ମୁଁ ତମ ପାଖକୁ ଚାଲିଯାଉଛି। ଆଜି ମନଟାକୁ ଖୋଲିଦେଇଛି ଯେତେବେଳେ, ସବୁକିଛି ଖାଲି ହୋଇଯାଉ। ଫମ୍ପା ହୋଇ, ହାଲକା ହୋଇଯାଉ ହୃଦୟଟା। ତମର କାହାଣୀକୁ ବି ନୂଆ ଉପାଦାନ ମିଳିଯାଉ।

ଖୁବ୍ ଥଣ୍ଡା ଲାଗୁଥିଲା ବଗି ଭିତରଟା। ଅଲିସା ମୋ ଉପରେ ପଡ଼ିଥିବା କମ୍ବଳର ଆଧା ଅଂଶକୁ ନିଜ ଦେହରେ ଘୋଡ଼ାଇଦେଇ ପାଖକୁ ଲାଗିଆସିଲା।

- ସେଦିନ ଆଶିଷ ତା' ଘରକୁ ଭଲଭାବରେ ସଜେଇଥିଲା। ଭିତରୁ ଭାସିଆସୁଥିଲା ଗୋଲାପ ଫୁଲର ଗନ୍ଧ। ଗୋଟାଏ ବଖରା ଥିବା ଘର ତା'ର। ପାଖରେ ଛୋଟ ରୋଷେଇ ଘର, ଆଉ ଗୋଟେ ଟୟଲେଟ୍।

ମୁଁ ପହଞ୍ଚୁ ପହଞ୍ଚୁ ସେ କହିଲା, "ରୋଷେଇ ହୋଇସାରିଛି ମ୍ୟାମ। ଭିତରୁ ମଟନର ବାସ୍ନାକୁ ହଟାଇ ଦେଇଛି। ଏବେ ଖାଲି ଫ୍ରାଏଡ ରାଇସ।"

ଆଶିଷ ରାନ୍ଧିଲା। ମୁଁ ପାଖରେ ଠିଆହୋଇ ଦେଖିଲି, ତା'ର ଚଳଚଞ୍ଚଳ ହାତକୁ। ଅନୁଭବ କଲି ତା'ର ମନର ଆବେଗକୁ। ତା ଆଡ଼କୁ ଯେତେ ଦେଖିଲେ ବି ମନ ଭରୁ ନ ଥିଲା।

ମୁଁ କହିଲ. "ତମେ ଡ୍ରିଙ୍କ୍ କର ଆଶିଷ ?"

ସେ ମୋ ମୁହଁକୁ ବୋକା ପରି ଚାହିଁଲା।

- ମୁଁ କିନ୍ତୁ ଅକେଜନାଲି ଡ୍ରିଙ୍କ୍ କରେ। ତମେ ମୋର ସାଥ ଦେବ ?

- ଉହୁଁ, ନିଶାରେ ନିଜର ଚିନ୍ତାଶକ୍ତି ହଜିଯାଏ।

- କିଛି ଭୟନାହିଁ। ସୁମନ ସହିତ ବି ମୁଁ ଡ୍ରିଙ୍କ କରିଛି।

ସେଦିନ ଗପିବାପାଇଁ କିଛି ଘଟଣା ନଥିଲା। ମୁଁ କହିଲି, "ଅଳ୍ପ ନିଅ ଆଶିଷ। ତମେ ବୋଧହୁଏ ଅଭ୍ୟସ୍ତ ନୁହେଁ।" କିନ୍ତୁ ତା ଅପେକ୍ଷା ମୁଁ ଅଧିକ ମାତାଲ ହୋଇଯାଉଥିଲି। ନିଜ ଉପରୁ ବିଶ୍ୱାସ କମିଯାଉଥିଲା।

ଆଶିଷ ବୟସରେ ଛୋଟ ହେଲେ ବି ଭାରି ସୁଇଟ୍। ତା ସଙ୍ଗେ ମୋର କିଛି କଣ୍ଡିସନ୍ ନାହିଁ। କିଛି ଉଦ୍ଦେଶ୍ୟ ନାହିଁ। ଆମେ ସେଦିନ କେତେ ଖାଇଥିଲୁ କେଜାଣି। ଖାଦ୍ୟ ଭଲଥିଲା ନା ନାହିଁ ତା'ବି ମନେପଡୁନି। କିନ୍ତୁ ଖୁବ୍ ଶୀଘ୍ର ତା'ର ଛୋଟ ଖଟ ଉପରେ ମୁଁ ଗଡ଼ିପଡ଼ିଥିଲି।

ସକାଳୁ ନିଦ ଭାଙ୍ଗିଲା ବେଳକୁ, ମୁଁ ବିପର୍ଯ୍ୟସ୍ତ ଲାଗୁଥିଲି। ତା'ର ହାତ ମୋ ଛାତି ଉପରେ ପଡ଼ିଥିଲା। ସେ ଶୋଇଥିଲା ଆରାମରେ। କିଛି ବି ମୁଁ ମନେପକାଇ ପାରୁନଥିଲି।

ମୁଁ ଚଟାପଟ ଉଠିପଡ଼ିଲି।

ଆଶିଷ ବିଦାୟ ଦେଉଦେଉ କହିଲା, "ଆଇ ଆମ୍ ସରି ମାମ୍। ଆପଣ କିନ୍ତୁ ଖୁବ୍ ସୁଇଟ୍।"

ମୁଁ କହିଲି, "ଆଉଥରେ ମଟନ୍ ଖାଇବାକୁ ଦେବ ଆଶିଷ। ଏଥରର ଟେଷ୍ଟ୍ ମୋର ମନେନାହିଁ।"

- ଅବିନାଶ ଚୁପ୍‌ଚାପ୍ ବସିଥିଲେ। ମଝିରେ ମଝିରେ ଆଖି ବନ୍ଦ କରିଦେଉଥିଲେ। ଗ୍ରହଣ କରିନେଉଥିଲେ କିଛି ଆଶା କରିନଥିବା ବ୍ୟଥାକୁ। ତାଙ୍କର କହିବାର କିଛି ନଥିଲା। ଅଲିସା ସଙ୍ଗେ ଏଇମାତ୍ର ଥରେ ଦେଖା ଭିତରେ, କେତେ ଅନ୍ତରଙ୍ଗ ବନ୍ଧୁ ବନିଯାଇଛି। ନିର୍ଦ୍ଵନ୍ଦ୍ୱରେ ଖୋଲିଦେଉଛି ନିଜକୁ। ସେ ଏବେ ଏକ ନାରୀ ଅପେକ୍ଷା ଅଧିକତର ଅନ୍ତରଙ୍ଗ ସାଥୀଟିଏ ବନିଯାଇଛି।

ଅଲିସା ଉପରକୁ ଚାହିଁଲା। ତେବେ ବି କେହି ଅନ୍ୟ ଯାତ୍ରୀ ଆସିନଥିଲେ। ମଝିରେ କେବଳ ୱେଟର ଖାଦ୍ୟଦେଇ ଚାଲିଯାଇଛି। ଅନ୍ୟ କମ୍ପାର୍ଟମେଣ୍ଟରେ ଲୋକମାନେ କେତେବେଳୁ ଶୋଇ ପଡ଼ିଲେଣି ।

- ଆଉଥରେ ତମେ ଯାଇଥିଲ ?

- ଉଁ,ହୁଁ! ମୁଁ ଜାଣିସାରିଥିଲି ଯେ ମୁଁ ଖୋଜୁଥିବା ବ୍ୟକ୍ତିଜଣକ ଆଶିଷ ନଥିଲା। ତା'ପରଦିନ ସେ ଫୋନ୍ କରୁଥିବାବେଳେ କିଛି କଥା ଶୁଣିନେଲି। ତା'ର ବାହାଘର ଠିକ୍ ହୋଇସାରିଥିଲା। ନିର୍ବନ୍ଧ ସରିଯାଇଥିଲା। ଯାହା ସେ ମୋ ଆଗରେ କହିନଥିଲା।

ସେଦିନ ପ୍ରଥମଥର ପାଇଁ ନିଜକୁ ଦୋଷ ଦେଲି। କିଛି ନ ବୁଝି ଜୀବନକୁ ବାଜି ଲଗାଇବାଟା ଆଦୌ ଠିକ୍ ନଥିଲା। ଧୀରେଧୀରେ ତା ସହିତ ସମ୍ପର୍କ ତୁଟାଇଦେଲି। ଆଶିଷର ବି ଟ୍ରାନ୍ସଫର ହୋଇଗଲା ଚେନ୍ନାଇକୁ। ଗଲା ପୂର୍ବରୁ ସେ ଅବଶ୍ୟ ମୋ ସଙ୍ଗେ ସାକ୍ଷାତ କରିବାକୁ ଚାହୁଁଥିଲା। କିନ୍ତୁ ମୋ ପାଇଁ ସେ ଆଉଥରେ ସୁମନ ବନିଯାଇଥିଲା।

ଅଲିସା ଏଥର ଅଟକିଗଲା। କହିଲା, "ଚାଲ ଏକାସଙ୍ଗେ ଖାଇନେବା ଅବିନାଶ। ରାତି ଅନେକ ହେଲାଣି।"

ତା କଥା ଏପର୍ଯ୍ୟନ୍ତ ଧୈର୍ଯ୍ୟ ଧରି ଶୁଣୁଥିଲି। ହେଲେ ସେ ଏକ ଖରାପ ଝିଅ ବୋଲି ମୋର ମନେହେଉନଥିଲା। ହୁଏତ ତା'ର ପ୍ରଗଲ୍ଭତା ଆଉ ସ୍ପଷ୍ଟବାଦିତା ହେତୁ, ମୋ' ପରି ଏକ ପୁରୁଣା ବନ୍ଧୁ(ଭୁଲିଯାଇଥିବା) ଆଗରେ, ନିଜକୁ ଖୋଲିଦେବାରେ ସେ ଦ୍ୱିଧା ଅନୁଭବ କରୁନଥିଲା। ଯାହା ସତ୍ୟ, ତା'କୁ ଲୁଚାଇ ପ୍ରହସନ କରିବା ହୁଏତ ସେ ଶିଖିନାହିଁ। କିଛି ନ କହିଥିଲେ, ସେ ତ ନିଜ ଭିତରେ ବଦଳି ଯାଇନଥାନ୍ତା।

ଏବେ ବି ତମେ କଣ ଆଶା କରୁଛ ଅଲିସା ? ନିଜ ଜୀବନକୁ ନେଇ ଏମିତି ପରୀକ୍ଷାନିରୀକ୍ଷା କରି ଚାଲିଥିବ ?

- ଉହୁଁ! ଅନେକ ହୋଇଗଲା। ମୁଁ କିନ୍ତୁ ହାର ମାନିବା ଝିଅ ନୁହେଁ। ଏଥର ମୋର ଶେଷ ଅନ୍ୱେଷଣ। ଆଖିରେ ନ ଦେଖି ହୃଦୟରେ ଦେଖିବି। ମୋର ସବୁକଥା ଜାଣି ବି, ଯିଏ ମତେ ହିଁ ଭଲ ପାଉଥିବ। ସେଇଠି କେବଳ ମୁଁ ଥିବି। ନା ଥିବ ମୋର ଇତିହାସ, ନା ଭୂଗୋଳ।

ଖାଇବା ସରିଯାଇଥିଲା। ଆଖିକୁ ନିଦ ଆସୁନଥିଲା। ଅଲିସା କହିଲା, "କେଜାଣି କାହିଁକି ମତେ ବି ନିଦ ଆସୁନି। ମୋ କଥା କେତେ ଶୁଣିବ ଅବିନାଶ। ଏଥର ତମେ କୁହ। ତମେ କାହାକୁ ଭଲ ପାଇନ ? ଭଲପାଇବାର ପ୍ରହସନ କରିନ ?"

ପ୍ରହସନ କ'ଣ ମତେ ଜଣାନାହିଁ ଅଲିସା। ସେସବୁ କରିବାକୁ ସାହାସ ବି ଦରକାର। ତେବେ ଭଲପାଇଛି ନିଶ୍ଚୟ। ତମେ ତାକୁ ଆକର୍ଷଣ କହିପାର, ହେଲେ ମୋ' ପାଇଁ ତାହା ପ୍ରେମ ଥିଲା। ଏକପାଖିଆ ପ୍ରେମ। କାରଣ ମୁଁ ଜାଣିଥିଲି, ସେ ମୋତେ ଆଦୌ ପସନ୍ଦ କରେନି।

- କିଛି କଥା ହୋଇନ ତା ସାଙ୍ଗରେ ?

- ସାହସ ନଥିଲା। ଦରକାର ବି ନଥିଲା। ଏକତରଫା ହେଉପଛେ ପ୍ରେମ ତ ସଦାବେଳେ ଅନ୍ଧ, କାଲା ଆଉ ମୂକ ବି ବନିଯାଏ। ତା ପାଇଁ ଭାଷା ଥାଏ, ହୃଦୟ ଭିତରେ। ସେସବୁ ବାହ୍ୟ ଶବ୍ଦମାନଙ୍କରେ କ'ଣ ବା ଗୁରୁତ୍ୱ ଅଛି। ଏବେ ବି ତାହା ଅକୁହା ରହିଯାଉ।

- ଭାରି ଭୀରୁ ତମେ ସତରେ ।

- ଛାଡ଼ ସେକଥା । ଏବେଯାଏ ଖାଲି ମୋ କଥା କହିଲି । ତମେ କଣ କର ଦିଲ୍ଲୀରେ ?

- ସାଇଣ୍ଟିଷ୍ଟ୍ । ରିସର୍ଚ୍ଚ ଲାବ୍‌ରେ ।

- ତମେ ତ କହୁଥିଲ, ଭଲ ପଢୁନଥିଲ ବୋଲି ?

- ହୁଁ । ଠିକ୍ କଥା । ହେଲେ ପ୍ରେମ କରି ମୋର ବହୁତ୍ ଲାଭ ହେଲା । ନିଜକୁ ପ୍ରତିଷ୍ଠା କରିବାର ଚେଷ୍ଟାରେ ସବୁ କିଛିର ପରିବର୍ତ୍ତନ ହୋଇଗଲା । ବଦଳିଗଲା ମୋର କ୍ୟାରିଅର । ମୁଁ ଲଣ୍ଡନରେ ପୋଷ୍ଟ ଡକ୍ଟରେଟ୍ କଲି ।

ଅଲିସା କହିଲା, "ମୋର ବି ନୋଇଡାରେ ପୋଷ୍ଟିଂ ହୋଇଛି । ନୂଆ କମ୍ପାନିରେ । ଦେଖାହେବ ନିଶ୍ଚୟ ।"

- ହେଲେ ସୁମନ କିମ୍ବା ଆଶିଷ ପରି ବ୍ୟକ୍ତିତ୍ୱ ମୋର ନାହିଁ ।

ଓ ! ଅବିନାଶ ! ମୁଁ ତ ସେମାନଙ୍କୁ କେବେ ବି ପାଖରେ ପଶିବାକୁ ଦେବିନି । ତମେ ତ ଅବିନାଶ ହୋଇ ରହିବ । ମୋର ପୁରୁଣା ବନ୍ଧୁ ହୋଇ ।

ଅଲିସା ମୋ ପାଖକୁ ଆଉଟିକେ ଲାଗି ଆସିଲା । ଅନ୍ଧାରରେ ତା'ର ଅସ୍ତିତ୍ୱ କିଛିବି ଜାଣି ହେଉନଥିଲା ।

କହିଲା, "ମୋ ପାଖରେ ଆଉ କିଛି କହିବାର ତ ନାହିଁ । ଏଥର ଶୁଣିବାକୁ ଇଚ୍ଛା ହେଉଛି ତମଠୁ । କେବେ ତମକୁ ମୂର୍ଖ କହୁଥିଲି । ହେଲେ ଏବେ କାନ ଧରୁଛି । ପାରିବ ଯଦି ମୋତେ ଏକ ନଷ୍ଟ ଚରିତ୍ର ଭାବି କାହାଣୀ ଲେଖ । କିନ୍ତୁ ପ୍ଲିଜ୍ ମତେ ଘୃଣା କରନି । ଆଇ ଆମ ସରି ।"

- ତମକୁ ମୁଁ କେବେବି ଘୃଣା କରିପାରିବିନି । ବରଂ ତମେ ସେମାନଙ୍କ ଭିତରେ ନାହଁ, ଯେଉଁମାନେ ନିଜକୁ ଲୁଚାଇ ଦେଇ ପ୍ରହସନ କରୁଥାନ୍ତି ।

ଅଲିସା କହିଲା, "ତମେ ଭଲପାଉଥିବା ସେ ଝିଅଟି କେଉଁଠି । ମୋର ଭାରି ଈର୍ଷା ହେଉଛି ତା ଉପରେ ।"

- ମୋ ଭିତରେ ।

- ଏବେବି ସେ ତମକୁ ଭଲ ପାଉନି ?

- ମୋର ତ ୱାନ୍ ସାଇଡେଡ୍ ଲଭ ।

ରାତି ଅନେକ ହୋଇଯାଇଥିଲା । ଅଲିସା ଢୁଳାଇ ପଡ଼ିଥିଲା ଅବିନାଶ ଉପରେ । କେଜାଣି କାହିଁକି ତାକୁ ଉଠାଇବାକୁ ଚାହିଁନଥିଲା ଅବିନାଶ । ତା ଭିତରୁ କେହି ଜଣେ ବି ଆତ୍ମପ୍ରକାଶ କରୁନଥିଲେ । ନା ଆଶିଷ ନା ସୁମନ ।

- ସାର୍ ଚା। ଦୁଇଥର ଫେରିଗଲିଣି।

ଅବିନାଶ ଧଡ଼ପଡ଼ ହୋଇ ଉଠିପଡ଼ିଲେ। ଚାରିଆଡ଼କୁ ଚାହିଁଲେ। ଉପରେ କେହି ବି ଯାତ୍ରୀ ନାହାନ୍ତି। ଆଗପଟ ପର୍ଦ୍ଦାଟା ଖୋଲାଅଛି। ଅଲିସା ନିଶ୍ଚିତରେ ଶୋଇପଡ଼ିଛି ତାଙ୍କରି ପାଖରେ। ତା'ର ଖାତିର ନାହିଁ କାହାର ଭାବନାକୁ।

ଓଃ ସକାଳ କେତେବେଳୁ ହୋଇସାରିଲାଣି। ଏଥର ତାଙ୍କୁ ଓହ୍ଲାଇବାକୁ ହେବ ଆଗ୍ରାରେ। ଅବିନାଶ ଧୀରେଧୀରେ ଘୁଞ୍ଚିଗଲେ ଅଲିସା ପାଖରୁ। କେତେ ସରଳବିଶ୍ୱାସୀ ଏ ଝିଅଟା। ନ ହେଲେ କେହି କଣ ନିଜର ମନକୁ ଖୋଲି ଦେଇପାରେ ଅନ୍ୟ ଆଗରେ। କେତେଥର ଧୋକା ଖାଇବି ଧୈର୍ଯ୍ୟ ହରାଇନି।

ନିଜର ଜିନିଷପତ୍ର ସଜାଡ଼ିନେଲେ ଅବିନାଶ। ଆଗ୍ରାରେ କିଛି କାମ ସାରି ଦିଲ୍ଲୀ ଫେରିବାକୁ ହେବ।

ସେ ଅଲିସା ଉପରେ ହାତ ପକାଇଲେ। ହଠାତ୍ ଆଖି ଖୋଲିଗଲା।

- ଆରେ ତମ ଶେଜରେ ମୁଁ ଶୋଇ ପଡ଼ିଥିଲିନା ?

- ନୋ ପ୍ରୋବ୍ଲେମ୍। ମୁଁ ସୁମନ କି ଆଶିଷ ନଥିଲି।

ଗାଡ଼ି ଅଟକିଗଲା ଆଗ୍ରା ଷ୍ଟେସନରେ। ଅବିନାଶ ଓହ୍ଲାଇପଡ଼ି ହାତ ହଲାଇଲେ।

ଅଲିସା କହିଲା, "ଖୁବ୍ ଭଲପାଉଥିଲ ନା ତମର ପ୍ରେମିକାକୁ? ହେଲେ ମତେ ତ କିଛି କହିଲନି।"

"ୱାନ୍ ସାଇଡେଡ୍ ଲଭ ପରା ! ଇଣ୍ଟରମିଡିଏଟ୍ ବେଳର। କିଛି କହି ପାରୁନଥିଲି ବୋଲି ତ ସେ ମୋ କାହାଣୀର ନାୟିକା ଥିଲା।"

ଟ୍ରେନ ଦୂରେଇ ଯାଉଥିଲା ଧୀରେଧୀରେ।

ଅଲିସା କିଛି ବୁଝିଯିବା ବେଳକୁ ଅବିନାଶ ଦୂରେଇ ଯାଇଥିଲେ। ସେ ଚାହିଁରହିଥିଲା, ତାଙ୍କର ଶେଷ ଛବିଟା ଅଦୃଶ୍ୟ ହେବା ଯାଏ।

■

ନିଃଶ୍ୱାସ

ମାର୍ବଲ ଚଟାଣ ଉପରେ ଚଦର ଖଣ୍ଡେ ବିଛେଇଦେଇ ଯିଏ ଯେମିତି ଶୋଇପଡ଼ିଥିଲେ। ମନେହେଉଥିଲା ସେମାନେ ଯେପରି କେଉଁ ଏକ ଭାରତୀୟ ରେଲୱେ ପ୍ଲାଟଫର୍ମରେ ଶୋଇଥିବା କିଛି ବାସହୀନ ଭିକାରୀ। କେହି କେହି ଗାଢ଼ ନିଦରେ ତ, କେହି ଅଧା ନିଦରେ ଶୋଇ, ମଶା ଘଉଡ଼ାଇବା ପାଇଁ ହସ୍ତଚାଳନା କରୁଥିବାବେଳେ ଅନ୍ୟମାନଙ୍କ ବିଶ୍ରାମରେ ବ୍ୟାଘାତ ସୃଷ୍ଟି ହେଉଥିଲା। ସମ୍ପୂର୍ଣ୍ଣ ପରିବେଶଟା ଥିଲା ନିରୀହ, ନିସ୍ତବ୍ଧ। ବେଳେବେଳେ କାନ୍ଥରେ ଲାଗିଥିବା ସ୍ପିକର୍‌ର କର୍କଶ ସ୍ୱର ନିରବତାକୁ ଭାଙ୍ଗି କାହାର ନାମ ଘୋଷଣା କରୁଥିଲା। ହଠାତ୍ ନିଦ ଖୋଲି ଯାଉଥିଲା। କେହି ଜଣେ ଧାଇଁ ଯାଉଥିଲେ ଅନେକ ଆଶଙ୍କା ଭିତରେ। ଭଲ, ମନ୍ଦ କିଛି ବି ଶୁଣିବାର ଆବେଗରେ। ମନେହେଉଥିଲା ସେଇ କଥା କହୁଥିବା ଯନ୍ତ୍ରଟା ଯେପରି ତାଙ୍କର ଭାଗ୍ୟବିଧାତା।

ସରୋଜଙ୍କର ସେ ସବୁ ଆଡ଼େ ଦୃଷ୍ଟି ନଥିଲା। ଗୋଟେ ପଟରେ ପ୍ଲାଷ୍ଟିକ ଚଉକି ଉପରେ ବସି, ସେ ଚୁପ୍‌ଚାପ୍ ଚାହିଁ ରହିଥିଲେ। ସାରା ଦୁନିଆଟା ତାଙ୍କ ଆଗରେ ସ୍ଥିର ହୋଇଯାଇଥିଲା। ମନେହେଉଥିଲା ଯେପରି ସମୟଟା ଗତି କରିବାର କ୍ଷମତା ହରାଇଛି ଆଉ ତାଙ୍କ ମନ ଭିତରେ ଅନେକ ବ୍ୟତିକ୍ରମ ସୃଷ୍ଟି କରିଦେଇଛି। ଅତୀତ, ବର୍ତ୍ତମାନ, ଭବିଷ୍ୟତ ସବୁକିଛି ଗୋଟିଏ ସ୍ଥାନରେ ଅଟକି ଯାଇଛି। କିଛିବି ଭାବି ପାରୁନାହାନ୍ତି ସିଏ। ଏପଟସେପଟ ଚାହୁଁଛନ୍ତି। ସବୁଆଡ଼େ ଖାଲି ଶୂନ୍ୟତା। କେତେ ଆଶାଭରସା ଆଉ ସୁନ୍ଦର ଯୋଜନାମାନେ ଦିଗହରା ହୋଇଯାଉଛନ୍ତି।

ସରୋଜ ଚଉକି ଛାଡ଼ି ଉଠି ପଡ଼ିଲେ। ରାତି କେତେ ହେଲାଣି କେଜାଣି। ଘଣ୍ଟା ଦେଖିବାକୁ ତାଙ୍କର ଇଚ୍ଛା ନଥିଲା। କେବଳ କାନ୍ଥରେ ଲାଗିଥିବା ନିଷ୍ଠୁର ସ୍ପିକର୍

ଆଡ଼କୁ ନିରୀହ ଦୃଷ୍ଟିରେ ଚାହିଁ ରହିଥିଲେ। କେତେବେଳେ ହୁଏତ ତାଙ୍କ ନାଁଟା ଶୁଣାଯାଇପାରେ, ତା'ର ଆସୁରିକ ପାଟି ଭିତରୁ। ନିଜ ଭିତରେ ସେ ଖୁବ୍ ଅସ୍ଥିର ଅନୁଭବ କଲେ। ଆରପଟ ଝରକା ବାଟେ ବାହାରର କିଛି ଅଂଶ ଦେଖାଯାଉଥିଲା। ସେ ବନ୍ଦୀଶାଳା ଭିତରେ ରହି ଅଣନିଃଶ୍ୱାସୀ ହୋଇଯାଉଥିଲେ। ଚଉକି ଛାଡ଼ି ଆଗକୁ ବଢ଼ିଲେ। ଲୋକମାନଙ୍କ ଅବିନ୍ୟସ୍ତ ଗହଳି ଭିତରେ କିଛି ଜାଗା ଦେଖି ପାଦ ପକାଇଲେ।

ଧେତ୍ ସାରା ଆକାଶଟା ବି ଅନ୍ଧାର। ଛୋଟଛୋଟ ତାରାଗୁଡ଼ା କେବଳ ଆଖିମିଟିକା ମାରି ଜାଣିଛନ୍ତି। ଆଲୋକ ଦେବାର ଭ୍ରମ ସୃଷ୍ଟି କରୁଛନ୍ତି। ଅଦୂରରେ ରାଜରାସ୍ତାର ନିଶବ୍ଦ, ଦୃଶ୍ୟ। ସତେ ଯେମିତି ଘୁମେଇ ପଡ଼ିଛି, ଦିନ ସାରାର କୋଳାହଳ ଜନିତ ଅବସାଦ ପରେ। ବିଜୁଳି ଆଲୁଅଗୁଡ଼ା ଚୁପ୍‌ଚାପ୍ ବିଛେଇ ହୋଇ ପଡ଼ିଛନ୍ତି, ଠିକ୍ ତାଙ୍କର ମନ ପରି। ରାସ୍ତାକଡ଼ର ଗଛମାନେ ବି ସ୍ଥିର। ଏମିତି ବି ସମୟ ଆସେ ମଣିଷ ଜୀବନରେ।

ସେ ଦୀର୍ଘଶ୍ୱାସ ନେଲେ। ଚୁପ୍‌ଚାପ୍ ପଛକୁ ଫେରିଆସିଲେ। ଗୋଟେପଟେ ଚଉକି ଉପରେ ଢୁଳାଇ ପଡ଼ିଛନ୍ତି ଅନିତା। କାନ୍ଧ ଆଡ଼କୁ ଝୁଙ୍କି ପଡ଼ିଛନ୍ତି। କେଶ ଅବିନ୍ୟସ୍ତ। ମୁହଁକୁ ଦେଖିଲେ ଅଶ୍ୱସ୍ତିର ଛାୟା ବାରି ହୋଇପଡୁଛି। ଅନେକ ଚିନ୍ତା ଭିତରେ ବି ସେ ଧୈର୍ଯ୍ୟ ହରାଇ ନାହାନ୍ତି। ବେଶ୍ କିଛିଦିନ ହେବ ଅପେକ୍ଷାରେ ଅଛନ୍ତି, କେତେବେଳେ ହଠାତ୍ ଦୁଃଖଦ ଖବରଟିଏ ଆସି ପହଞ୍ଚିଯିବ। ସବୁ ମୁହୂର୍ତ୍ତରେ ଡାକ୍ତରଙ୍କର ଅପ୍ରିୟ କଥାଟିଏ ଶୁଣିନେବାର ମାନସିକ ପ୍ରସ୍ତୁତି ସେ କରିସାରିଛନ୍ତି। ସେଥିପାଇଁ ତ ଘରେ ରହି ପାରୁନାହାନ୍ତି। ସରୋଜକୁ ସାଥୀ ଦେବା ପାଇଁ, ଧୈର୍ଯ୍ୟ ଦେବା ପାଇଁ ସାଙ୍ଗରେ ଚାଲିଆସିଛନ୍ତି।

ଏଇ କିଛିଦିନ ତଳେ ସେ ଫ୍ଲୋରିଡାରୁ ଆସି ପହଞ୍ଚିଛନ୍ତି। ସରୋଜ ଖବର ଦେଇଥିଲେ, "କେଉଁ ମୁହୂର୍ତ୍ତରେ ବାପା ଚାଲି ଯାଇପାରନ୍ତି। ହୁଏତ ଏବେ ବି ଘଟିପାରେ। ସେ ତାଙ୍କୁ ଛାଡ଼ି ଯାଇ ପାରୁନାହାନ୍ତି। କର୍ମକ୍ଷେତ୍ରରୁ ସତର୍କ ଘଣ୍ଟି ଶୁଣାଗଲାଣି। ସେ କିଛି ବି ସମୟ ମାଗି ପାରୁନାହାନ୍ତି। ମୁଣ୍ଡ କିଛି କାମ କରୁନି। ଏପରି ଅସୁବିଧା ସମୟରେ ମା'ଙ୍କୁ ତ ଏକା ଛାଡ଼ି ଚାଲିଯାଇ ପାରିବେନି। ସେ ସବୁ କଥାରେ କେବଳ ନିରବ ରହୁଛନ୍ତି। ଖାଇବାପିଇବାରେ ଠିକଣା ନାହିଁ। ଖାଲି ନିରୀହ ଭାବରେ ଚାରିଆଡ଼େ ଚାହୁଁଛନ୍ତି। ସଦାବେଳେ ସେଇ ଡାକ୍ତରଖାନାରେ ପଡ଼ି ରହୁଛନ୍ତି। ତାଙ୍କର ଅବସ୍ଥା ଦେଖି କିପରି ଚାଲି ଯାଇପାରିବେ। କିଏ କଣ କହିବ ତା ତ ଦୂରର କଥା, ନିଜକୁ ତ ଆଦୌ କ୍ଷମା ଦେଇ ପାରିବେନି।"

ପ୍ରତିଦିନ ଅନିତା ଫୋନ କରି ପଚାରୁଥିଲେ, "କେମିତି ଅଛନ୍ତି ବାପା ?" ହେଲେ ଉତ୍ତର ଥାଏ ସେଇ ଗୋଟିଏ ପ୍ରକାରର। ଡାକ୍ତର କହୁଛନ୍ତି, ଭଗବାନଙ୍କ ଉପରେ ଭରସା କର।

ଅନିତାଙ୍କର ନୂଆ ଚାକିରି। ଏଇ ମାତ୍ର କିଛିଦିନ ହେବ ସେ ଜଏନ୍ କରିଛନ୍ତି। ପୁଅ ଟିକେ ବଡ଼ ହେଲାପରେ ଡେ' କେୟାରରେ ଛାଡ଼ି, ନିର୍ଦ୍ଦୟ ଭାବରେ ତା'ର ଲୁହଭରା ଆଖିକୁ ନଚାହିଁ, ଚାଲିଯାଉଛନ୍ତି କର୍ମକ୍ଷେତ୍ରକୁ। ଅଫିସ୍‌ରେ ଏ ସବୁର ମୂଲ୍ୟ କିଏ କାହିଁକି ବୁଝିବ। ବୁଝିବାର ଆବଶ୍ୟକତା ବା କଣ। ଅନେକଙ୍କର ଅବସ୍ଥା ତ ସେମିତି। ଆଖିର ଲୁହ, ଅନ୍ତରର କୋହକୁ ଭିତରେ ରଖି କାମରେ ମନଦେବାକୁ ବୃଥା ଚେଷ୍ଟା କରନ୍ତି ଅନିତା। ଆଖିରେ ନାଚି ଯାଉଥାଏ ଘରର ଯାବତୀୟ ସମସ୍ୟା, ଅନିଶ୍ଚିତ ଭବିଷ୍ୟତ। ସବୁକିଛି କର୍ତ୍ତବ୍ୟବୋଧ ଆଉ ଅନୁଶାସନ ଭିତରେ କେଉଁଠି ଲୀନ ହୋଇ ଯାଉଥାଏ। ଅନେକ ପାଠ ପଢ଼ିଛନ୍ତି ସିଏ। ଏମ୍‌ଏସ କରିଛନ୍ତି କ'ଣ ପାଇଁ । ଯୋଗ୍ୟତାମାନଙ୍କୁ ଭିତରେ ରଖି ସେ ଘରେ ବସି ରହିବାକୁ ଚାହିଁଲେନି। ତା' ଛଡ଼ା ଆଜିକାଲି ଏପରି ଦୃଶ୍ୟ ତ ସବୁଆଡ଼େ। ସବୁ କିଛି ଅନାତ୍ମୀୟ ଅବସ୍ଥାରୁ ଆତ୍ମୀୟତାର ସନ୍ଧାନ କରିବାକୁ ପଡ଼େ। ନିଜକୁ ବି ସେ ଦୋଷ ଦେଇ ପାରୁନାହାନ୍ତି।

ଠିକ୍ ଏମିତି ଏକ ସମୟରେ ବାପାଙ୍କ ଦେହ ଖରାପ ହେବାର ଥିଲା। ପ୍ରଥମେ କିଛିଦିନ ହାଲୁକା ଭାବରେ ଗ୍ରହଣ କରି ନେଇଥିଲେ ସେମାନେ। ଭାବିଥିଲେ ସବୁକିଛି ମା' ସମ୍ଭାଳିନେବେ। ହେଲେ ପ୍ରତିଦିନ ତାଙ୍କର ଧୈର୍ଯ୍ୟହୀନ ପ୍ରଳାପ ଆଉ ଆଶାୟୀ ବକ୍ତବ୍ୟରେ ଅସ୍ଥିର ବୋଧ କରିଥିଲେ। ବାପା ଅସୁସ୍ଥ, ଆଇସିୟୁରେ ଅଛନ୍ତି, ଭେଣ୍ଟିଲେଟର ଲାଗିଲାଣି।

ସତରେ ଏକା ଏକା କଣ କରୁଥିବେ ମା। ସାନ୍ତ୍ୱନା ଦେବାକୁ ବି କେହି ପାଖରେ ନଥିବେ। ଦିନେ ବି ବାହାର କାମରେ ହାତ ଦେଇନଥିବା ମା, ହୁଏତ ଦିଗହରା ହୋଇ ଯାଉଥିବେ। ସରୋଜ ଆଉ ଧୈର୍ଯ୍ୟ ଧରି ରହି ପାରିନଥଲେ।

କମ୍ପାନୀରେ ସମସ୍ୟା ଚାଲିଛି। ପ୍ରୋଜେକ୍ଟ ସରୁନି, କାମ ବଢ଼ିଯାଇଛି, କେହି କିଛି ଶୁଣିବାକୁ ନାରାଜ। ଦୁଇଟା ଦାୟିତ୍ୱ ବୋଧର ତରାଜୁକୁ ନିରେଖି ଦେଖିଲେ ସରୋଜ। ମ୍ୟାନେଜର ଆଗରେ ହାତ ଯୋଡ଼ିଲେ। ଭାରତୀୟ ସମ୍ବେଦନା, କର୍ତ୍ତବ୍ୟବୋଧ ଆଉ କାର୍ଯ୍ୟକଳାପ କଥା କହିଲେ। ହେଲେ ଯେଉଁମାନଙ୍କ ପକ୍ଷରେ ଏସବୁ ଗୌଣ ସେଠି କିଛି ଆଶା କରିବା ବୃଥା। ତେବେ ବି ସେ ଖୁବ୍ କମ୍‌ଦିନ ପାଇଁ ଛୁଟି ନେଇ ଚାଲିଆସିଥିଲେ। ଅନିତା ଏକାଏକା ରହିଥିଲେ। ସରୋଜ କହିଥିଲେ, "ଦରକାର ପଡ଼ିଲେ ତାଙ୍କୁ ଡାକିବେ।"

ବେଶ୍ କିଛିଦିନ ବିତିଗଲା ଅପେକ୍ଷାରେ। ନା ଡାକରା ଆସିଲା ନା ସରୋଜ ଫେରି ପାରିଲେ। ସବୁବେଳେ ସେଇ ଗୋଟିଏ କଥା। କିଛି ଉନ୍ନତି ନାହିଁ। ନିଶ୍ଚଳ ବାପା ସେମିତି ପଡ଼ିଛନ୍ତି ଆଇସିୟୁର ଶରଶଯ୍ୟାରେ।

ଏକୁଟିଆ ଘରେ ରହିବାକୁ ଭଲ ଲାଗିଲାନି ଅନିତାଙ୍କୁ। ତାଙ୍କର ବି ବାପାଙ୍କ ପ୍ରତି କିଛି କର୍ତ୍ତବ୍ୟ ରହିଛି। ସେଥିପାଇଁ ଯେତେ ମନା କଲେ ବି ସବୁ ସମସ୍ୟାକୁ ପଛକୁ ପକାଇଦେଇ ସେ ଧାଇଁ ଆସିଲେ। ସରୋଜଙ୍କର ଇଚ୍ଛା ଥିଲା ସେ ଫ୍ଲୋରିଡାରେ ଥାନ୍ତୁ। କିଛି ଅଘଟଣ ଘଟିଲେ ତାଙ୍କୁ ଖବର ଦେବେ। ଏଠାକୁ ଆସିଲେ ଭାରତୀୟ ଜଳବାୟୁରେ ପୁଅର ଦେହ ଭଲ ନ ରହିପାରେ। ସେଠିକାର ପରିବେଶରେ ସେ ବଢ଼ି ଆସିଲାଣି। ହେଲେ ଅନିତା ତାଙ୍କ କଥା ଶୁଣିଲେନି। ବାପା ଆଇସିୟୁରେ, ପୁଣି ଭେଣ୍ଟିଲେଟରରେ, ଆଉ କଣ ଅଧିକ ସମସ୍ୟା ଥାଇପାରେ।

ସତ କହିବାକୁ ଗଲେ ସମସ୍ତଙ୍କର ଭାବନା ସେହିପରି ଥିଲା। ଯେତେ ମନକୁ ବୁଝାଇଲେ ବି, ତାଙ୍କ ବାପାଙ୍କ ଉପରେ କିଛି ଆଶା ନଥିଲା। ସମସ୍ତେ ଧୈର୍ଯ୍ୟ ସଂଗ୍ରହ କରୁଥିଲେ ଘଣ୍ଟାର କେଉଁ ଏକ ଶେଷ ସମୟକୁ। ଡାକ୍ତର କିଛି କହୁନଥିଲେ। କଣ ବା କୁହନ୍ତେ। କେବଳ ସେଇ ଗୋଟିଏ ଶବ୍ଦ, 'ଶୁଭ ଚିନ୍ତା କରନ୍ତୁ।' କେହି କେହି ବନ୍ଧୁ ଦୀର୍ଘଶ୍ୱାସ ପକାଇଦେଇ କହୁଥିଲେ, "କାହିଁକି ଆଉ ଅଯଥାରେ ଟଙ୍କା ଶ୍ରାଦ୍ଧ କରୁଛ। ପରେ ପରେ ଅନେକ କାମ କରିବାର ଅଛି। ଭବିଷ୍ୟତର ଯୋଜନା କର।"

ମନ ମାନୁନଥିଲା। ଦିନ ଗଡ଼ିଚାଲୁଥିଲା। ସରି ଆସୁଥିଲା ଛୁଟିର ଅବଧି। ଡାକରା ଆସୁଥିଲା ଅସମ୍ବେଦନଶୀଳ ବସ୍ ପାଖରୁ। ଖାଲି ଡାକରା ତ ନୁହେଁ, କିଛି ଅପ୍ରିୟ ଶୁଣା ଯାଉଥିବା ଶବ୍ଦ ମଧ୍ୟ। ସରୋଜ ସେ ସବୁକୁ ଗ୍ରହଣ କରି ନେଉଥିଲେ। ଆଜିର ବସ୍‌ମାନେ ତ ସେମିତି। ସେମାନଙ୍କର ଦୃଷ୍ଟି କେବଳ ଗୋଟିଏ ଦିଗକୁ। ଖାଲି କାମ ଆଉ କାମ। ଦୁନିଆରେ ଯେପରି ଆଉ କିଛି ସମସ୍ୟା ନଥାଏ।

ଫୋନ ଆଉଥରେ ବାଜିଉଠିଲା। ଥରଥର ହାତରେ କାନ ପାଖକୁ ନେଲେ ସରୋଜ। ଏବେବି ସୂର୍ଯ୍ୟ ବୁଡି ନଥିବେ ଫ୍ଲୋରିଡାରେ। ଅଫିସ୍ ଚାଲିଥିବ। ହାଲୋ- ସରୋଜ ଖାଲି ଶୁଣି ଚାଲିଥିଲେ। କିଛି ଉତ୍ତର ନଥିଲା ତାଙ୍କ ପାଖରେ। କଣ କୁହନ୍ତେ ସିଏ। କହିପାରନ୍ତେ କି, "ବାପା ଖୁବ୍ ଶୀଘ୍ର ଚାଲିଯିବେ, ଆଉ ସେ ଦାୟିତ୍ୱ ମୁକ୍ତ ହୋଇଯିବେ।" ଓଃ କି ଭୟଙ୍କର ଉଚ୍ଚାରଣ। ପାଟି ଫିଟିଲାନି ତାଙ୍କର। ବାପାଙ୍କ ପାଇଁ ଅପ୍ରିୟ କଥାଟିଏ କହିଦେବାର ଶକ୍ତି ସେ ଜୁଟାଇ ପାରିଲେନି। ଖାଲି ଶୁଣି ଚାଲିଲେ, ବିନା ଉତ୍ତରରେ। ଆଖିବୁଜି ଶେଷ ନିଷ୍ପତ୍ତି ଶୁଣିବା ଆଗରୁ ଫୋନ୍ ବନ୍ଦ କରିଦେଲେ। ଲଥ କରି ବସିପଡ଼ିଲେ ଚଟାଣ ଉପରେ। ହଠାତ୍ କାହାର ସ୍ପର୍ଶରେ ତାଙ୍କର ଧ୍ୟାନ

ଭାଙ୍ଗିଲା। ଅନିତା କେତେବେଳୁ ତାଙ୍କୁ ଲକ୍ଷ୍ୟ କରୁଥିଲେ ବୋଧହୁଏ। କହିଲେ, "ତମେ ବ୍ୟସ୍ତ ହୁଅନି ସରୋଜ, ମୁଁ ତ ତମ ସାଙ୍ଗରେ ଅଛି। ବାପାଙ୍କର କ'ଣ ତମେ ଏକା ସବୁକିଛି। ମୁଁ କିଛି ନୁହେଁ। ତମେ ବରଂ ଗୋଟେ କାମକର। କାଲି ଚାଲିଯାଅ। ମୁଁ ରହୁଛି। କିଛି ଦରକାର ହେଲେ ଖବର ଦେବି। ମୋର ତ ନୂଆ ଚାକିରି। ଚାଲିଗଲେ ଯାଉ। ପୁଣି ଖୋଜିବା। ଦୁଇଜଣଙ୍କର ଅସୁବିଧା ହେଲେ, କରିବା କଣ? ମୁଁ ସମ୍ଭାଳି ନେବି ସବୁ କିଛି।"

– ହେଲେ ମା'ଙ୍କର ଯେଉଁ ଅବସ୍ଥା, ସେଥିରେ ମୁଁ ଯାଇପାରିବି କିପରି?

ଅନିତା ତାଙ୍କର ମୁଣ୍ଡ ଆଉଁସିଦେଲେ। କହିଲେ, "ତମେ ମା'ଙ୍କର ଏକମାତ୍ର ପୁଅ ଥିଲ। ଏବେ ତ ମୁଁ ତମସାଙ୍ଗେ ଯୋଡ଼ି ହୋଇଗଲି। ତା' ଛଡା ସେ'ତ ମା। ସବୁ କିଛି ବୁଝିନେବାର ଶକ୍ତି ତାଙ୍କର ଅଛି। ଆଉ ସହିନେବାର ଧୈର୍ଯ୍ୟ ବି ଭଗବାନ ତାଙ୍କୁ ଦେଇଛନ୍ତି। ତମେ ଚିନ୍ତା କର ନାହିଁ। କାଲି ଚାଲିଯାଅ।"

– ଆମ ପୁଅ? ତାକୁ ଏ ପରିସ୍ଥିତିରେ ସମ୍ଭାଳି ପାରିବ?

– ସବୁ ଠିକ୍ ହୋଇଯିବ।

ସରୋଜ ଆଖି ବୁଜିଲେ। କେତେ ମହାନ ଏ ଝିଅଟା। ନିଜ କଥା ଚିନ୍ତା ନାହିଁ। ସମସ୍ତଙ୍କୁ ବେଶ୍ ଆପଣାଇ ନେଇଛି। ବୋହୂ ଶବ୍ଦକୁ ଝିଅରେ ପରିବର୍ତ୍ତନ କରି ମହାନ ସ୍ତରକୁ ଚାଲି ଯାଇଛି।

ଏକ ଦୀର୍ଘଶ୍ୱାସ ନେଲେ ସରୋଜ। ଆଜି ହୁଏତ ମା' ଟିକିଏ ବିଶ୍ରାମ ପାଇଥିବେ। କେଜାଣି କେତେଦିନ ହେବ ଏଠି ପଡ଼ିରହି କଷ୍ଟ ପାଉଥିଲେ। ଅନିତା ଜୋର କରି ବିଦାୟ କରିଦେଇଛନ୍ତି। ନାତିକୁ ନେଇ ସେ ଘରକୁ ଚାଲିଯାଇଛନ୍ତି, ଏକ ଗୁରୁଦାୟିତ୍ୱ ଛାଡ଼ିଦେଇ।

ହଠାତ୍ କାହାର ଡାକରେ ତାଙ୍କର ଧ୍ୟାନ ଭାଙ୍ଗିଲା। ସେ ଧାଇଁଗଲେ, ସଦ୍ୟ ବାହାରିଥିବା ଆଇସିୟୁର ଡାକ୍ତରଙ୍କ ପାଖକୁ। କିଛିବି ଖବରକୁ ଅପେକ୍ଷା ରଖିଥିବା ଅନିତା ପାଖରେ ଚୁପ୍‌ଚାପ୍ ଠିଆ ହୋଇ ରହିଲେ ।

– କେମିତି ଅଛନ୍ତି ବାପା?

ଡାକ୍ତର ହସିଦେଲେ ଫିକା ହସ। ଯାହାର ଅର୍ଥ ସରୋଜ ବୁଝି ପାରୁଥିଲେ।

– ସାର୍ ବାପା ଆଉ କେତେଦିନ ଭେଣ୍ଟିଲେଟରରେ ରହିବେ?

– ଯେତେଦିନ ତାଙ୍କର ନିଃଶ୍ୱାସ ଚାଲୁଥିବ, ଆଉ ତମ ପକେଟରେ ଟଙ୍କା ଗଚ୍ଛିତ ଥିବ।

ଏ ସବୁ ଶବ୍ଦକୁ ଗ୍ରହଣ କରି ହେଉନଥିଲେ ବି ସେ ଶୁଣିଲେ। ଆଗରେ ତ

ଠିଆ ହୋଇଛନ୍ତି ଅନ୍ୟ ଏକ ଭଗବାନ। ଆରମ୍ଭ ତାଙ୍କ ହାତରେ, ଆଉ ସେ ଚାହିଁଲେ-

- ଛୁଟି ସରିଗଲାଣି ସାର୍। ଚାକିରି ନ ରହିପାରେ। ବସ୍‌ମାନେ ନିର୍ଦ୍ଦିଷ୍ଟ ଦିନ ପଚାରୁଛନ୍ତି।

- ଦରକାର ପଡ଼ିଲେ ଆସିପାରିବ ?

ସତେ ତ ସେକଥା ଭାବିନାହାନ୍ତି ସରୋଜ।

- କେବେ ଦରକାର ପଡ଼ିବ ସେକଥା ତ ମୁଁ କହିପାରିବିନି। କିନ୍ତୁ ଆଉ ଥରେ ପୂର୍ବ ଅବସ୍ଥାକୁ ଫେରି ଆସିବାର ସୂଚନା ମୁଁ ଖୋଜି ପାଉନି। ତମେ ଚାହିଁଲେ ଭେଣ୍ଟିଲେଟର ଖୋଲି ଦେଇପାରିବ। ଚାକିରି ବଞ୍ଚିବ, ଆଉ ସମୟ ବି। ଆମ ସମାଜରେ ଅନେକ କିଛି ଦାୟିତ୍ୱ ରହିଛି ଭାଇ। ବଞ୍ଚିଥିଲା ସମୟରେ ନିଜ ପାଇଁ, ବେମାର ସମୟରେ ତାଙ୍କ ପାଇଁ, ଆଉ ଚାଲିଗଲା ପରେ ସମାଜ ପାଇଁ।

ଡାକ୍ତର ଚାଲିଗଲେ। ପରୋକ୍ଷରେ ଅନେକ ନିଷ୍ଠୁର ଅଥଚ ଅପ୍ରିୟ ସତ କଥା କହି ଦେଇଗଲେ।

ସରୋଜ ଚାହିଁଲେ ଅନିତାଙ୍କ ମୁହଁକୁ। ସେ ଦୃଷ୍ଟିରେ ଅନେକ ଅକୁହା ପ୍ରଶ୍ନ ଲୁଚି ରହିଥିଲା। ଅନିତା ନିଶବ୍ଦ ଥିଲେ। ଦୁଇଟି ମନର ନିରବତା ଭିତରେ ଅନେକ ପ୍ରଶ୍ନ ଆଉ ଉତ୍ତର ବିନିମୟ ହେଉଥିଲା। କିଛି ଉଚିତ୍ ଅନୁଚିତ୍, ଠିକ୍ ଆଉ ଭୁଲର ଦ୍ୱନ୍ଦ୍ୱ , ମାନସିକ ଯୁଦ୍ଧ, ସମ୍ବେଦନା ଆଉ ସତ୍ୟର ତର୍କ ଚାଲିଥିଲା।

ଅନିତା ଆଉଟିକେ ପାଖକୁ ଲାଗିଆସିଲେ। ସରୋଜଙ୍କ ଛାତିରେ ମୁହଁ ଜାକି କିଛି ଶୁଣିବାକୁ ଚାହୁଁଥିଲେ।

ଦୁଇଟୋପା ଅଶ୍ରୁ ଝରିପଡ଼ିଲା ତାଙ୍କ ମୁଣ୍ଡ ଉପରେ। ଏକ କ୍ଷୀଣ ଶବ୍ଦ ଶୁଣାଗଲା, ସତରେ କଣ ଫେରିଆସିବେ ବାପା ?

- ସେ କିଛି କହି ନ ପାରିଲେ ବି ଭିତରେ କଷ୍ଟ ପାଉଥିବେ।

- ସେ ଏ ଜଗତର ସତ୍ୟ ଭିତରେ ନ ଥିବେ। ଶାରୀରିକ ଭାବରେ ଥିଲେ ବି ମାନସିକ ସ୍ତରରେ ଜଡ଼ ପାଲଟି ଯାଇଥିବେ।

- ଡାକ୍ତର କ'ଣ ସୂଚନା ଦେଲେ ?

ସମସ୍ତେ ସବୁ ବୁଝି ଯାଇଥିଲେ। ଅଥଚ ଅପ୍ରିୟ କଥାଟିଏ କହିବାକୁ କାହାର ସାହାସ ନଥିଲା।

ରାତି ପାହି ସକାଳ ହୋଇଯାଇଥିଲା। ତେବେ ବି ବିଚାର ଚଲିଥିଲା ନିଜ ଭିତରେ ନିରବରେ।

- ଭେଣ୍ଟିଲେଟର ଖୋଲିଦେବା ? ଅନେକ ସମୟ ପରେ କହିଦେଲେ

ସରୋଜ। ସବୁ ସମସ୍ୟାର ଶେଷ। ଭେଣ୍ଟିଲେଟର ଭିତରେ ଆଉ ବାହାରେ, କେବଳ ନିଃଶ୍ୱାସଟିଏର ଫରକ। ଆଉ ତ ସବୁ ସମାନ।

ଅନିତା ମୁଣ୍ଡ ହଲାଇଲେ। କହିଲେ, "ଚାଲ ଘରକୁ ଯିବା।"

ଘର ଭିତରେ ଅନେକ ଶୂନ୍ୟତା। ପୁଅ ଶୋଇଥିଲା ଖଟ ଉପରେ। ମା' କ'ଣ ସବୁ କାଗଜ ଖେଳାଉଥିଲେ, ଆଲମିରା ଭିତରୁ। ଖୋଲା ପଡ଼ିଥିଲା ବାପାଙ୍କ ଆଲମିରା, ଯାହା କେବଳ ତାଙ୍କର ଏକକ ଅଧିକାର ଥିଲା। ସେଠି ଆଉ କାହାର ପ୍ରବେଶ ନଥିଲା। ଏବେ କିନ୍ତୁ ମା' ଖୋଲି ଦେଇଛନ୍ତି। ବାରଣ କରିବାକୁ କେହି ନାହିଁ। ରାତିସାରା ଶୋଇନାହାନ୍ତି ବୋଧହୁଏ। କ'ଣ ଖୋଜୁଛନ୍ତି ମା? ଆଖି ତାଙ୍କର ଫୁଲିଯାଇଛି। ଲୁହ ଶୁଖିଯାଇଛି ଗାଲ ଉପରେ। ତେବେ ବି ଖୋଜୁଛନ୍ତି।

ସରୋଜ ଆଉଟିକେ ପାଖକୁ ଲାଗିଆସିଲେ। ତାଙ୍କ ଆଗରେ କିଛି ଏକ ଅପ୍ରିୟ କଥା କହିଦେବାକୁ ସାହାସ ଜୁଟାଇ ପରିଲେନି। ପାଟି ଖନି ବାଜିଗଲା। ମନେହେଲା ସେ ଯେପରି କଥା କହିବାର ଶକ୍ତି ହରାଇଛନ୍ତି।

ମା' ତାଙ୍କ ଆଡ଼କୁ ଧ୍ୟାନ ନ ଦେଇ କିଛି ଖୋଜି ଚାଲିଛନ୍ତି। ମନଧ୍ୟାନ ଦେଇ ପଢ଼ି ଚାଲିଛନ୍ତି, ଗୋଟେ ପରେ ଗୋଟେ ସାଇତା କାଗଜ। କିଛି ସମୟ ପରେ ସେ କହିଲେ, ତମେମାନେ ଟିକେ ବିଶ୍ରାମ ନିଅ। ସେ ଏକା ଅଛନ୍ତି। ମୁଁ ଶୀଘ୍ର ଚାଲି ଯାଉଛି।

- ମୁଁ କଣ କହୁଥିଲିକି ମା -।

- ଦେଖତ, ସେ କେଉଁଠି କ'ଣ ରଖିଛନ୍ତି, କିଛି ବି କହୁନଥିଲେ। ଗୋଟେ ଡାଇରୀ ଅଛି ବୋଲି ଶୁଣିଥିଲି। ହେଲେ ସେଇଟା ଗଲା କୁଆଡ଼େ? ଏଇ ଦେଖ୍, ତୋର ଷ୍ଟଡିଲୋନ କାଗଜ। ସବୁ କରଜ ବାପା ସୁଝି ଦେଇଛନ୍ତି। ଚାକିରିବେଳେ ଗୋଟେ ଜାଗା କିଣିଥିଲେ। ଭାରି ଆଶା ଥିଲା ତାଙ୍କର, ସେଠି ଘରଖଣ୍ଡେ କରିବା ପାଇଁ। ହେଲେ ସେଇଟା ବିକ୍ରି କରିଦେଲେ। କହିଲେ, "ମୋ କର୍ତ୍ତବ୍ୟ ମୁଁ କରିବି। ପିଲାମାନଙ୍କ ଉପରେ ବୋଝ ଲଦିଦେବି କାହିଁକି? ଠିକ୍ କଥା। କ'ଣ ହୋଇଥାନ୍ତା ସେ ଜାଗା। ତୁ ତ ଆମେରିକାରେ ରହିଲୁ। କିଏ ଜାଣେ ଭାରତ ଫେରିବୁ କି ନାହିଁ। ଛାଡ଼୍ ସେକଥା, ତୁ ବହୁତ ହଇରାଣ ହୋଇଗଲୁଣି । ବାପା ଶୁଣିଲେ ସହିପାରିବେନି। ତୋ ପାଖେ ଏତେ ଟଙ୍କା ଆସିବ କେଉଁଠୁ? ହେଲେ କିଛି ଚିନ୍ତା ନାହିଁ । ଅସୁବିଧାବେଳେ ଦରକାର ହେବ ବୋଲି ସେ କିଛି ଫିକ୍ସ ଡିପୋଜିଟ କରିଥିଲେ। ସେ ସବୁ ଉଠାଇ ଆଣ। ଏବେ ଯଦି କାମରେ ନ ଆସିବ। ତେବେ ସେ ଟଙ୍କାର ମୂଲ୍ୟ କ'ଣ।"

ସରୋଜ ଦୀର୍ଘ ନିଃଶ୍ୱାସ ନେଲେ। ବହୁତ ସାହସ ସଞ୍ଚୟ କରି କହିଲେ "ମୁଁ ଭାବୁଥିଲି-।"

ମା'ଙ୍କର କିନ୍ତୁ ତାଙ୍କ କଥାରେ ଧ୍ୟାନ ନଥିଲା।

- ଏଇ ଦେଖ ମେଡିକାଲ ବିଲ୍। ତୋ ପିଲାବେଳର। ଆଜିଯାଏ ସାଇତି ରଖିଛନ୍ତି। ଡାକ୍ତର କହୁଥିଲେ ତୋର କୁଆଡ଼େ ବଞ୍ଚିବାର ଆଶା ନ ଥିଲା। ଏ ଡାକ୍ତରମାନେ କାହିଁକି ଏମିତି କହନ୍ତି କେଜାଣି। ଟଙ୍କା ପାଣି ପରି ଖର୍ଚ୍ଚ ହୋଇଯାଉଥିଲା। ସେତେବେଳେ ଭାରି ଅଭାବ ଥିଲା ଆମର। ସହଜେ ତ କିରାନି ଚାକିରି। କେତେ ବା ଦରମା ମିଳୁଥିଲା। ସେଥିରେ ପୁଣି ଘରର ଅନେକ ସମସ୍ୟା। ପ୍ରତି ମାସରେ ତାଙ୍କ ବାପାଙ୍କ ପାଖକୁ ଟଙ୍କା ପଠାଇବାକୁ ପଡୁଥିଲା। ବାପା ତୋ ପାଇଁ ସବୁ ଟଙ୍କା ପ୍ରୋଭିଡେଣ୍ଟ୍ ଫଣ୍ଡ୍ରୁ ଉଠାଇଥିଲେ। ବିକ୍ରି ହୋଇଯାଇଥିଲା ମୋର ସବୁ ଗହଣା। ହେଲେ ତତେ ଯମ ପାଖରୁ ଛଡ଼ାଇ ଆଣିଲେ। ଡାକ୍ତରଙ୍କ କଥା ମିଛ ହୋଇଗଲା।

ମା' ପାଗଳ ହୋଇଗଲେ ନା କଣ। ସରୋଜ ତାଙ୍କ ଆଡ଼କୁ ଚାହିଁ କିଛି ବି କହି ପାରୁନଥିଲେ। ତେବେ ବି ବହୁତ ସାହାସ କରି କହିଲେ, "ମୋ ମ୍ୟାନେଜର ଆମେରିକାରୁ ଫୋନ କରିଥିଲେ।"

ମା' ତାଙ୍କ ଆଡ଼କୁ ନଜର ନଦେଇ କହିଲେ, "ବାପାଙ୍କ ଚାକିରି ଚାଲିଯିବାର ଧମକ ଦିଆଗଲା। ପ୍ରମୋସନ ବନ୍ଦ କରିଦିଆଗଲା। ସେ କିନ୍ତୁ କାହା କଥା ଶୁଣିଲେନି। ତତେ ଧରି ସିଧା ସିଧା ଚାଲିଗଲେ, ଦିଲ୍ଲୀ, ବଡ଼ ଡାକ୍ତରଖାନା। ହଁ କଣ କହୁଥିଲୁ ? ତୁ ଗୋଟେ କାମ କର। ଆମେରିକା ଫେରିଯା'। ମୁଁ ତ ଅଛି ଭୟ କ'ଣ। କିଛି ହେବନି ତାଙ୍କର। ଦରକାର ପଡ଼ିଲେ ଡକାଇବି। ଅନିତାକୁ ନେଇଯା। ପିଲାଟାକୁ ଧରି ସେ ହଇରାଣ ହେଉଛି।"

-ଆରେ ଦେଖ୍ ଏଇଠି ଡାଇରୀଟା ଅଛି। ମୁଁ କେତେ ଖୋଜିସାରିଲିଣି। ମୁଣ୍ଡ କାମ କରୁନି ପରା। ମତେ ଶୀଘ୍ର ଯିବାକୁ ପଡ଼ିବ। ସେ ଏକୁଟିଆ ଅଛନ୍ତି। କିଛି ଦରକାର ପଡ଼ିପାରେ। କେତେବେଳେ ଚେତା ଫେରି ଆସିଲେ, କାହାକୁ ଖୋଜିପାରନ୍ତି।

ମା ଉଠିଗଲେ ତରତର ହୋଇ। ଅନିତା ଶୋଇ ପଡ଼ିଥିଲେ ପୁଅ ପାଖରେ। ସେ ଜମା ରାତି ଅନିଦ୍ରା ହୋଇପାରନ୍ତିନି। ଡେରି ହେଲେ ଛୋଟ ପଲାଙ୍କ ପରି ଢୁଳୋଉଥାନ୍ତି। ହେଲେ ଏଠି ତ ବେଶ୍ ଚାହିଁପାରୁଛନ୍ତି।

ସରୋଜ ବାପାଙ୍କ ଶୋଇବା ଘର ଭିତରକୁ ପଶିଲେ। ଏବେ ବି ସୁନ୍ଦର ଭାବରେ ସଜା ହୋଇରହିଛି। ନୀଳ ରଙ୍ଗର ବେଡସିଟ୍। ମ୍ୟାଚିଂ ତକିଆ। କେଉଁଠି ଟିକେ ଭାଙ୍ଗ ପଡ଼ିନି। ଖଟକଡ଼ରେ ଲମ୍ବ ହୋଇ ପଡ଼ିଛି ଲାଲ ରଙ୍ଗର କୁସନ। ପାଖରେ

ଘିଅ ରଙ୍ଗର କାଶ୍ମୀର ସାଲ, ଯେଉଁଟା ସେ ଆଣିଥିଲେ, ତାଙ୍କର ପ୍ରଥମ ଚାକିରି ସମୟରେ, ଦିଲ୍ଲୀରୁ। ବାପା ସେଇଠି ଆଉଜି ପଡ଼ି ବହି ପଢ଼ନ୍ତି, ଖବରକାଗଜ ପଢ଼ନ୍ତି। ଗୋଟେ ପାଖରେ ଛୋଟ ଆଲେଣାଟାଏ। ସେଥିରେ ଲମ୍ବ ହୋଇ ଟଙ୍ଗାଯାଇଛି ତାଙ୍କର ପଞ୍ଜାବୀ, ସେ ସଦାବେଳେ ପନ୍ଧୁଥିବା ଧଳା ରଙ୍ଗର ପ୍ୟାଣ୍ଟସାର୍ଟ। ସବୁ ସଫା ହୋଇ ଇସ୍ତ୍ରୀ କରାଯାଇଛି, କିଛିଦିନ ଆଗରୁ। ମନେହେଉଛି ସେମାନେ ଯେପରି ଅପେକ୍ଷା କରିଛନ୍ତି ବାପାଙ୍କ ଫେରିବା ବାଟକୁ। ସେ ଆସିଲେ ପିନ୍ଧିବେ। ବାହାରି ପଡ଼ିବେ ପ୍ରାତଃଭ୍ରମଣ ପାଇଁ।

ଘରର ଗୋଟେ କୋଣରେ ଟେବୁଲ୍, ଆଉ ବୁଲିପଡୁଥିବା ଚଉକି। ଟେବୁଲ୍ ଉପରେ କେଜାଣି କେତେ ବହି, କାଗଜ, କଲମ। ଏ ସବୁ ବହି ସେ ନିଜେ କିଣିଛନ୍ତି। ତାଙ୍କର ଫେରିବା ବାଟକୁ ସମସ୍ତେ ଯେପରି ଚାହିଁ ବସିଛନ୍ତି। କିନ୍ତୁ ସେ ନିଜେ କାହିଁକି ଏତେ ଚିନ୍ତିତ!

ସରୋଜ ସୋଫା ଉପରେ ବସି ପଡ଼ିଲେ। କ'ଣ କହିବେ, କେମିତି ଆରମ୍ଭ କରିବେ କିଛି ବୁଝି ପାରୁନଥିଲେ। ମନେହେଉଥିଲା ସାରା ପୃଥିବୀଟାର ଓଜନ ଧରି ସେ କେବଳ କଷ୍ଟ ପାଉଛନ୍ତି। ମା'ଙ୍କର ତରତର ହୋଇ କାମ କରିବାର ଶବ୍ଦ ଶୁଣାଯାଉଛି। ଶୀଘ୍ର ଶୀଘ୍ର କାମ ସାରୁଛନ୍ତି। ସେ ହିଁ କେବଳ ଅଶ୍ୱସ୍ତି ଅନୁଭବ କରୁଛନ୍ତି। ଅନିତାଙ୍କୁ ଡାକିବେକି, ଟିକେ ସାହାସ ଦେବାପାଇଁ। ହେଲେ ସେ ବି ଘୁମାଇ ପଡ଼ିଛନ୍ତି, କ୍ଳାନ୍ତ ହୋଇ। ସରୋଜ ଗ୍ୟାସ ଲଗାଇ ଚା' ବସାଇଲେ।

ମା' ଶାଢ଼ୀ ପିନ୍ଧି ବାହାରୁ ବାହାରୁ କହିଲେ, "ଅଟୋଟାଏ ଡାକିଦେ ବାବା। ଡେରି ହେଲାଣି। ବାପାଙ୍କର ଚେତା ଅସିଗଲେ ହୁଏତ କାହାକୁ ପାଖରେ ଦେଖିବାକୁ ଚାହିଁବେ।"

- ମୁଁ କଣ କହୁଥିଲି କି ମା' ଆଉ କିଛିଦିନ ଛୁଟି ବଢ଼ାଇବାକୁ ମୁଁ ମ୍ୟାନେଜରଙ୍କୁ ଅନୁରୋଧ କରିଛି।

-ଭଲକଥା, ଯାହା ଭାବୁଛୁ କର।

-ଡାକ୍ତର କହୁଥିଲେ, "ବାପାଙ୍କ ଅବସ୍ଥା ଖୁବ୍ ଖରାପ୍। ଭେଣ୍ଟିଲେଟର, ଆଇସିୟୁର ଖର୍ଚ୍ଚ ବି ବହୁତ ବେଶି।"

- ଟଙ୍କା ମିଳିଯାଇଛି ବାବା। ତୁ ଫିକ୍ସ ଡିପୋଜିଟ୍‌ଟା ଉଠାଇଆଣ।

ସରୋଜ ପୁଣି ଥମିଗଲେ। ପାଟିରୁ ଖସି ଆସିପାରିଲାନି ତାଙ୍କର ଭାବନା।

ମା' ଦର୍ପଣ ପାଖେ ଠିଆ ହୋଇଥିଲେ। ମୁଣ୍ଡରେ ଲଗାଉଥିଲେ ସିନ୍ଦୂର ଟୋପା। ଏ ଟୋପାଟା ଲଗାଇଲାବେଳେ ସେ ଆଦୌ ଅନ୍ୟମନସ୍କ ହେଉନଥିଲେ। ମନ

ଭିତରୁ ଏକ ଦୃଢ଼ତା ବାରି ହୋଇପଡୁଥିଲା। ସତେ ଯେପରି ଏଇ ଟୋପା ଭିତରେ କେଉଁଜଣେ ଅତ୍ୟଧିକ ଘନିଷ୍ଠ, ଅନ୍ତରଙ୍ଗ,ଆଉ ଆଶ୍ୱାସନା ଦେଉଥିବା ଲୋକକୁ ଥାପି ଦେଉଛନ୍ତି।

- ମୁଁ ଭାବୁଥିଲି-

- କହ, ଶୀଘ୍ର କହ। ମା' ତାଙ୍କ ଆଡ଼କୁ ବୁଲି ପଡ଼ିଲେ।

- ସରୋଜ ଲକ୍ଷ୍ୟ କଲେ ମା'ର ମୁହଁକୁ। ମନେହେଲା ଏତେବର୍ଷ ଧରି ଯାହାକୁ ନିବିଡ଼ ଭାବରେ ଦେଖିଆସିଥିଲେ, ଏହା ଯେପରି ସେଇ ମୁହଁ ନୁହେଁ। ବିମର୍ଷ ହେଲେବି, ଶୀତଳ ଆଲୋକ ଝରି ପଡୁଛି। ଶାନ୍ତ,ସ୍ନିଗ୍ଧ ଚେହେରା। ଆଖିରେ ଆଖିଏ ଆଶା ଆଉ ଦୃଢ଼ତା। କପାଳରେ ଚକ୍‌ଚକ୍ କରୁଥିବା ସିନ୍ଦୂର ବିନ୍ଦୁ। ଏଇ ଲାଲଟୋପାଟା କେତେ ମାନୁଛି ମା'ଙ୍କୁ। ମନେ ହେଉଛି କୌଣସି ଦେବୀ ପରି। ସେ ଆଉଥରେ ଅନାଇ ରହିଲେ ମା'ଙ୍କର ମୁହଁକୁ। ଆଉ ତା' ଉପରେ ଲାଗି ରହିଥିବା ସେଇ ଉଜ୍ଜ୍ୱଳ ଲାଲବିନ୍ଦୁକୁ। ମନେହେଲା କେହି ଜଣେ ଆଶୀର୍ବାଦର ହାତ ବଢ଼ାଇ ଦେଉଛି ତା ଭିତରୁ। ଜଳଜଳ ହୋଇ ସେ ବିନ୍ଦୁଟା ତାଙ୍କ ଆଡ଼କୁ ଚାହିଁରହିଛି। ସେ ଆଖି ବନ୍ଦ କରିଦେଲେ। ଚାହିଁ ପାରିଲେନି। ମନେହେଲା ଯେପରି ତାଙ୍କର ହାତଟା ଲମ୍ବିଯାଇ ସେଇ ବିଶ୍ୱାସର ନାଲିଟୋପାକୁ ପୋଛିଦେବାକୁ ପ୍ରୟାସ କରୁଛି। କି ନିଷ୍ଠୁର ସେ କାର୍ଯ୍ୟ। ତାଙ୍କ ଭିତରୁ କେହିଜଣେ ନିରବରେ ଚିତ୍କାର କରି ଉଠିଲା।

ଏ ବିନ୍ଦୁଟାକୁ ଜାଣି ଜାଣି ସେ କିପରି ପୋଛିଦେବେ। ଏଇଠି ତ ବାପାଙ୍କର ଖର ନିଃଶ୍ୱାସ। ବଞ୍ଚିଥିବାର ଉଜ୍ଜ୍ୱଳ ସନ୍ତକ। ସେ କଥା କହୁଛନ୍ତି ତା' ଭିତରୁ। ଏ ଜୀବନ ନାଟିକାକୁ ମା' ସାଇତି ରଖିଛନ୍ତି ଅତି ଯତ୍ନରେ। ଏହାକୁ ଲଗାଇଲାବେଳେ ମୁଣ୍ଡ ଟେକି ଦେଉଛନ୍ତି। ବଢ଼ିଯାଉଛି ଆତ୍ମବିଶ୍ୱାସ। ବଞ୍ଚିବାର ମୂଲ୍ୟବୋଧ, ସୁରକ୍ଷା କବଚ। ସେ କିପରି କହିବେ, ଏଇଟାକୁ ପୋଛିଦେ ମା'। କିପରି ଜାଣି ଜାଣି ଡାକ୍ତରଙ୍କୁ କହିବେ ଖୋଲିଦେବା ପାଇଁ ଭେଣ୍ଟିଲେଟର।

ଓଃ ! ପୁଣି ସେଇ ଫୋନ। ଏକ ରାକ୍ଷସର ଆହ୍ୱାନ। ସରୋଜ କହିଲେ "ମୁଁ କିଛି ସମୟ ପରେ ଜଣାଉଛି ସାର୍।" ସେ କିଛି ଦୂରରେ ଅସଜଡ଼ା ଭାବରେ ପଡ଼ିଥିବା କାଗଜମାନଙ୍କୁ ଚାହିଁଲେ। ମା' ଛାଡ଼ିଦେଇ ଯାଇଛନ୍ତି ଟେବୁଲ ଉପରେ। ସେମାନେ ସମସ୍ତେ ତାଙ୍କୁ ଜଳଜଳ ହୋଇ ଚାହିଁରହିଛନ୍ତି। ପଚାରୁଛନ୍ତି ଅନେକ ପ୍ରଶ୍ନ। ସେ ହଠାତ୍ ଉଠିପଡ଼ିଲେ। ଏଇ ତ ଉପରେ ଥିବା କାଗଜରେ ରହିଛି ତାଙ୍କର ଜୀବନ ପାଇବା ପାଇଁ ଅଦମ୍ୟ ଚେଷ୍ଟାର ପ୍ରମାଣ। ଏତେଦିନର ବ୍ୟବଧାନ ପରେ ବି ତାଙ୍କର ଯେଉଁ ନିଃଶ୍ୱାସ ଟିକକ ଚଳପ୍ରଚଳ ହେଉଛି, ସେଥିପାଇଁ କିଛି ତ୍ୟାଗ କରିଥିବା

ଲୋକଟିର ପ୍ରଚେଷ୍ଟା ଆଉ ଦୃଢ଼ ବିଶ୍ୱାସ। ତାପରେ ରହିଛି କିଛି କରଜ କରି ନିଃସ୍ୱ ହୋଇ ସାରି ବି ଅନୁଶୋଚନା ନ ଥିବା ମଣିଷର ଦସ୍ତାବିଜ। ଦିନେ ତ କେହି ତାଙ୍କୁ ପ୍ରଶ୍ନ କରିନି। କିଛି ବି ଆଶା କରିନି ତାଙ୍କ ପାଖରୁ।

ସେ କାନ୍ଥ ଉପରେ ଲାଗିଥିବା ବାପାଙ୍କର ଫଟୋକୁ ଚାହିଁଲେ। ଆଉଥରେ ଆଖି ବନ୍ଦ କଲେ। ତାରି ଭିତରେ ଅନୁଭବ କଲେ ଏବେ ବି କିଛି ଆଶା ରଖି ନଥିବା ବାପାଙ୍କର ଅସ୍ତିତ୍ୱକୁ। ଯାହାର କେବଳ ନିଃଶ୍ୱାସଟିଏ ହିଁ ବଞ୍ଚିଥିବାର ପ୍ରମାଣ ଦେଉଛି । ଏ ନିଃଶ୍ୱାସଟି ଚାଲିଥିବା ଯାଏ ସେ ତ ପୁଅଟିଏ ହୋଇ ରହିଥିବେ। ମନେ ହେଉଥିବ ତାଙ୍କ ଉପରେ ଆଶ୍ୱାସନାର, ଭଲ ପାଇବାର ଛତ୍ରଛାୟାଟିଏ ଝୁଲି ରହିଛି। ସେଇଟା ବନ୍ଦ ହୋଇଗଲେ, ସେ ତ ନିଃସ୍ୱ ବନିଯିବେ। ଏପରି ଏକ ଛାୟା ହେଉଥିବା ବିରାଟ ବଟବୃକ୍ଷକୁ କିପରି ଜାଣି ଜାଣି କାଟି ଦେଇପାରିବେ। ଯିଏ ତାଙ୍କୁ ଦିନେ ନିଃଶ୍ୱାସଟିଏ ଆଣିଦେଇଥଲା, ତାଙ୍କର ଚଳପ୍ରଚଳ ହେଉଥିବା ପବନକୁ କିପରି ଜୋର କରି ବନ୍ଦ କରିଦେବେ।

କାନ୍ଥ ଉପରେ ଥିବା ଫଟୋକୁ ଚାହିଁ ସରୋଜ କାନ୍ଦି ଉଠିଲେ ଆଉ ବାଚାଳ ପରି କ'ଣ କହି ଚାଲିଥିଲେ। ହଠାତ୍ ମା'ଙ୍କର କୋମଳ ସ୍ପର୍ଶରେ ସେ ପଛକୁ ଚାହିଁଲେ। ଅସଜଡ଼ା ଲୁଗାକାନିଟିଏ ପୋଛି ଆଣୁଥିଲା, ତାଙ୍କର ଝରିଆସୁଥିବା ଅଶ୍ରୁକୁ। ଅନିତା ଠିଆ ହୋଇ ରହିଥିଲେ ତାଙ୍କ ପଛରେ।

ସମସ୍ତେ ପରସ୍ପରକୁ ବୁଝି ପାରୁଥିଲେ।

ସରୋଜ ଫୋନ ଲଗାଇଲେ ଏୟାର ଆମ୍ବୁଲାନ୍ସ ପାଇଁ। ଏଥର ଏତେଦିନ ପରେ ତାଙ୍କର ପାଳି।

ଡାକ୍ତରମାନେ କ'ଣ ସଦାବେଳେ ଠିକ୍ କୁହନ୍ତି ? ସେମାନେ ତ ଭଗବାନ ନୁହଁନ୍ତି।

ସେକଥା ବି ବାପା ଦିନେ କହିଥିଲେ, ତାଙ୍କର ପିଲାବେଳେ।

■

ଜେଜେଙ୍କ ଗାଁ

ଜେଜେଙ୍କ ଅନ୍ତର ଭିତରେ କ'ଣ ଥିଲା, କ'ଣ ଥିଲା ତାଙ୍କର ଭାବନା ଆଉ କାମନା, ସେକଥା ବୁଝିବାର ଶକ୍ତି ଆମର ନଥିଲା। ତେବେ ବି ଗୋଟିଏ କଥା ବୁଝି ହୋଇଯାଉଥିଲା, କେତେ ଭଲ ପାଆନ୍ତି ସେ ତାଙ୍କ ଗାଁକୁ, ଯାହାକୁ କେଜାଣି କାହିଁକି ଆମେ ଜେଜେଙ୍କ ଗାଁ ବୋଲି କହୁଥିଲୁ। ସେଠି ଆମର ଅବସ୍ଥିତି କିମ୍ବା ଆତ୍ମୀୟତା ନ ଥିବା ଦ୍ୱାରା ବୋଧହୁଏ ସେଇ ନାଁରେ କହିବାକୁ ଭଲ ଲାଗୁଥିଲା। କେବେ କେମିତି ପାଠପଢ଼ାରୁ ମୁକ୍ତି ମିଳିଲେ କିମ୍ବା ଛୁଟିଦିନମାନଙ୍କରେ, ଜେଜେ ହିଁ ଆମର ସାଙ୍ଗ ବନି ଯାଉଥିଲେ। ଆମକୁ ଶୁଣାଉଥିଲେ ଗାଁ ଆଉ ତାଙ୍କ ଘର କଥା, ଯାହାକୁ ନିଜର ଅପାରଗତା ଯୋଗୁ ତାଙ୍କୁ ଛାଡ଼ିବାକୁ ହେଲା। ତେଣୁ ବାଧ୍ୟହୋଇ ତାଙ୍କୁ ଆମମାନଙ୍କ ପାଖକୁ ଆସିବାକୁ ପଡ଼ିଲା। ତାଙ୍କର ମନକଥା ଶୁଣିବାକୁ କିଏ ବା ଆଉ ଥିଲା? ବାବା, ମା ତ ନିଜ କାମରେ ବ୍ୟସ୍ତ। ତାଙ୍କ ପାଖରେ ସମୟର ଅଭାବ। କେବଳ ରୁନୀ ଆଉ ମୁଁ ହିଁ ତାଙ୍କର ସାଥୀ ଥିଲୁ। ସିଏ ଗପିଲାବେଳେ ଆମେ ମନଦେଇ ଶୁଣୁଥିଲୁ। ସେ ଏକାଗ୍ର ଭାବରେ କହୁଥିଲେ ତାଙ୍କ ଗାଁ କଥା। ଜେଜେମା'ଙ୍କ କଥା କହିଲେ, ହୁଏତ ଆମର ଉପଲବ୍‌ଧି ଅଲଗା ହୋଇଯିବ କିମ୍ବା ସେ ଭାବପ୍ରବଣ ହୋଇଯିବେ, ସେଥିପାଇଁ ବୋଧହୁଏ ତାଙ୍କର ଗାଁ କଥା ନ ଗପିବା ବ୍ୟତୀତ ଅନ୍ୟ କିଛି ଉପାୟ ନଥିଲା। ସତରେ ଜେଜେଙ୍କର ଗାଁ କଥା ଥିଲା ଖୁବ୍ ମଜାଦାର। ରୁନୀକୁ ତ ଭୋକଶୋଷ ନଥିଲା। ମୁଁ ତା'ଠୁ ଟିକେ ବଡ଼ ହେଲେବି ଉଠି କରି ଯାଇ ପାରୁନଥିଲି।

ରୁନୀ କହେ, "ତମେ ସେ ସାପୁଆ କେଳା କଥା କୁହ ଜେଜେ, ଆଉ ପୁଅପିଲାଙ୍କ ନାଚକଥା। କାଲି ତ ସନ୍‌ଡେ । ସ୍କୁଲ ଛୁଟି। ଆଜି କହିବାକୁ ହେବ।"

ଜେଜେ ପାକୁଆ ପାଟିରେ ହସି ଦିଅନ୍ତି। ଭଙ୍ଗା ଗୋଡ଼କୁ ସଜାଡ଼ି ଦେଉ ଦେଉ ଆଉଜି ପଡ଼ନ୍ତି ଖଟ ଉପରେ।

ଆମେମାନେ ପ୍ରସ୍ତୁତ ହୋଇଯାଉ। ଏଥର କଥା ଆରମ୍ଭ ହେବ -

ସେ କିଛି ସମୟ ଆଖିବୁଜି କଥା ଆରମ୍ଭ କରନ୍ତି - ନଟିଆ କେଳା କେଉଁଠୁ ଆସେ କେଜାଣି। ସେକଥା ତାକୁ ଆମେ କେହି ପଚାରିନୁ। ହେଲେ ସେ ଆସିବା ଆଗରୁ ହଲ୍ଲା ହୋଇଯାଏ ଗାଁ ସାରା। ତା ଆସିବାର ଶବ୍ଦ କାହାକାହା କାନରେ ବାଜିଯାଏ। ଘରର କାମ ସରିନଥିଲେ ଶୀଘ୍ର ଶୀଘ୍ର ସାରିବାକୁ ପଡ଼େ। ବାହାରେ କାମ ଥିଲେ କିଛି ସମୟ ଗଡ଼େଇ ଦିଆଯାଏ। ଛୋଟଛୋଟ ପିଲାମାନେ ଧାଇଁଯାଆନ୍ତି, ପୋଖରୀ ପାଖ ରାସ୍ତା ଆଡ଼କୁ। ତା' ଡମ୍ବରୁର ଶବ୍ଦ ଗାଁ ଭିତରକୁ ଡିଆଁମାରି ପଶି ଆସେ। ଗୁଡ଼ାଏ ପିଲାଙ୍କ ଗହଳରେ ନଟ ଗାଁ ଭିତରକୁ ପଶିଆସେ ବୀରଦର୍ପରେ। ଯେତେ ପିଲା ଜମିବେ ସେତେ ଭଲ। ସେଥିପାଇଁ ତ ସେ ସ୍ୱାଗତ କରେ ସେମାନଙ୍କୁ। ତାଙ୍କ ମାଧ୍ୟମରେ ବାପା ମା'ମାନେ କିଛି ଦେବାକୁ କୁଣ୍ଠାବୋଧ କରିବେନି। କାନ୍ଧରେ ଥାଏ ତା'ର ଗୋଟେ ବାଉଁଶ ଦୋଳା। ଦୁଇମୁଣ୍ଡରେ ଦୁଇଟା ଶିକା ଝୁଲୁଥାଏ। ତା' ଭିତରେ ଥାଏ, କେତେ ମାଟିଲେସା ପେଡ଼ି। ସଭା ଉପରେ ଗୋଟେ ଜାଲି ଭିତରେ ମୂଷାଟାଏ ଜଳଜଳ ହୋଇ ଚାହିଁଥାଏ। ଏପଟ ସେପଟ ହେଉଥାଏ। ପିଲାଏ ତା'କୁ ତାଳି ମାରି ଖତେଇ ହୋଇ ଯେତେ ଚିଡ଼ାଇଲେ ବି ସେ ବିରକ୍ତ ହୁଏନା। ନିଜର ସ୍ଥିତି ଉପରେ ତା'ର ବେଶ୍ ଅଭିଜ୍ଞତା ଥାଏ। ପିଲାଗୁଡ଼ା ତା'ର କିଛି କରିପାରିବେନି ବୋଲି ସେ ନିଶ୍ଚିତ ଥାଏ। ନଟ ବେଳେବେଳେ ଗୋଟେ କାନ୍ଧରୁ ଆର କାନ୍ଧକୁ ବାଉଁଶ ଫାଳିଆକୁ ରଖିଦେଇ ଆହୁରି ଜୋରରେ ଡମ୍ବୁରୁ ବଜାଏ। ପିଲାଙ୍କ କୋଳାହଳ ସଙ୍ଗେ ଡମ୍ବୁରୁ ଶବ୍ଦ ମିଶିଯାଇ ଏକ ଅଜବ ବାତାବରଣ ସୃଷ୍ଟିକରି ଗାଁକୁ ଚମକାଇ ଦିଏ। ପିଲାଏ ନଟକୁ ଏପଟ ସେପଟ ଟାଣି ନିଜ ଘର ଆଡ଼କୁ ଆସିବାକୁ କହୁଥାଆନ୍ତି, ହେଲେ ଆମ ଗାଁ ସଙ୍ଗେ ଭଲଭାବରେ ପରିଚିତ ନଟକୁ ଠିକ୍ ଜଣାଥାଏ ତା'ର ରାସ୍ତା। ସେ କାହା କଥା ନ ଶୁଣି ସିଧା ସିଧା ଚାଲିଆସେ ଆମରି ଘର ଆଗରେ ଥିବା ମଣ୍ଡପ ପାଖକୁ। କାନ୍ଧରୁ ବାଉଁଶ ଦଣ୍ଡାକୁ ତଳକୁ ଓହ୍ଲାଇଦେଇ ଭିନ୍ନ ଏକ ତାଳରେ ଡମ୍ବୁରୁ ବଜାଏ। ଘାଗରା ସ୍ୱରରେ ଗୀତ ଗାଏ- ରାମ ଯେ, ଲଇକ୍ଷଣ ହୋ, ଗଲେ ବନବାସ -

ବିଶି ଆଙ୍ଗୁଠି ଆଗରେ ଧୂଳିରାସ୍ତା ଉପରେ ଗୋଲଟେ ବୁଲାଇଆଣେ। ତାଗିଦ କରିଦିଏ, ଯା ଭିତରକୁ କେହି ଆସିବନି ବାବୁମାନେ। ଏଥର ଅମାନିଆ ନାଗଟା ଆସିଛି। କଥା ମାନୁନି ବେଳେବେଳେ।

ପଲାମାନେ ଡରିଯାଇ ଦୂରକୁ ହଟିଯାଆନ୍ତି। ନିଜ ଭିତରେ ଠେଲାପେଲା ହୁଅନ୍ତି। ତେବେ ବି ପେଡ଼ି ଖୋଲା ଯାଏନି। ନଟକୁ ଠିକ୍ ଜଣା, କେବେ ଖେଳିବାର ସମୟ। ଗାଁର ବୟସ୍କା ମାଇପେ ମୁଣ୍ଡରେ ଅଧା ଓଢ଼ଣା ଦେଇ, ବାରଣ୍ଡାରେ ଠିଆ ହୋଇଯାଆନ୍ତି। ଅଭିଆଡ଼ୀ ଝିଅଗୁଡ଼ା ସେମାନଙ୍କୁ ଠେଲିଦେଇ ଆଗକୁ ମାଡ଼ି ଆସନ୍ତି। ଆଉ ଘର ଭୁଆଶୁଣୀମାନେ ବେଶି ଘର ଭିତରେ ଅଛଟିକେ ବାହାରେ ରହି କିମ୍ବା ଝରକା ଫାଙ୍କରେ ଅନାଇ ରୁହନ୍ତି। କିଛି ମାମଲତକାରିଆ ଲୋକ ତା ସଙ୍ଗେ ଦୁଇପଦ କଥା ହୋଇ କହନ୍ତି, "ଦେ ଆରମ୍ଭ କର। କେତେ ରଙ୍ଗ ବାହାର କରୁଛୁ।"

ନଟ ନିଜର ସାପମାନଙ୍କ ବର୍ଣ୍ଣନା ବନ୍ଦ କରି, ଆଣ୍ଠୁକୁ ଉପରକୁ ଟେକିଦେଇ ବସିପଡ଼େ। ପ୍ରଥମେ ଉଠାଇ ଆଣେ ଛୋଟ ପେଡ଼ିଟା। ତା ଉପରେ ଦୁଇଥର ଠକ୍ ଠକ୍ ଆବାଜ କରି, ପେଡ଼ିଟା ଖୋଲିଦେଉ ଦେଉ ଭିତରୁ ଫଣା ଟେକିଦିଏ ହଳଦୀ ରଙ୍ଗର ଗୋଖର ସାପଟାଏ। ଗୋଟେ ହାତରେ ସେ ତା'ର ମୁଣ୍ଡକୁ ଧରି ଆର ହାତରେ ବାହାରକୁ ଟେକିଆଣେ। ସାପ ଫଣା ହଲାଇ ଶବ୍ଦ କରେ। ନଟ ଦୁଇ ହାତରେ ଆଣ୍ଠୁକୁ ବାଡ଼େଇ ପାଟି କରେ, ଭାଲା-ଭାଲା-। ରହ ରହ ବେଟା- ତୁ କଣ କରିବୁ ମୋର। ଚୁପ୍‌ଚାପ୍ କଥା ମାନି ଯା। ତୋ ଘର ନୀଳଗିରି ପର୍ବତ। ସେଇଠୁ ଧରାହୋଇଛୁ ଏ ପାଟିରେ କେତେ ମୂଷା ବେଙ୍ଗ ଖାଇ ହଜମ କରିଛୁ। କେତେ କାହାକୁ ଆରପାରି ଦେଖାଇଛୁ। ଏବେ ଧରାପଡ଼ିଛୁ ମୋ ପାଖରେ। ଆଗ ରଙ୍ଗ ଆଉ ଦେଖାନା। ସାପଟା ସବୁ ବୁଝିଲାପରି ତା'ଆଡ଼କୁ ଜଳ ଜଳ ଚାହିଁ ଝୁଙ୍କିପଡେ। ନଟ ତା ବେକକୁ ଖପ୍ କରି ଧରିପକାଇ କହେ, "କିଛି କରି ପାରିବୁନି। ଚୁପ୍ ଚାପ୍ କଥା ମାନିଯା।" ସେ ଫେରିଯାଏ ତା ଜାଗାକୁ। ନଟ ଗୀତ ଗାଏ। ଡମ୍ବୁରୁ ବଜାଏ। ତାପରେ ତୂରୀଟାଏ ବାହାର କରି, ନାଗିନୀ ସ୍ୱର ତୋଳେ, ମନ ଡୋଳେ-- ସାପ ଦୋହଲୁଥାଏ ତାଳ ସହିତ। ସିଏ ତୂରୀକୁ ବୁଲାଇଲାବେଳେ ସାପ ବି ଫଣା ବୁଲାଏ।

କିଛି ସମୟ ପରେ ତା'ର ଖେଳ ସରିଲେ ନଟ ତା' ଚାରିପଟ ଗୋଟେ ଗୋଲ ବୁଲାଇଦିଏ । କଥା ମାନିଲା ପରି ସେ ସେଇ ଜାଗାରେ ସ୍ଥିରହୋଇ ରହିଯାଏ। ନଟ କହେ ମନ୍ତୁରା ଜାଗାରେ ବାବୁ, ଯିବୁ କୁଆଡ଼େ। ଚୁପ୍‌ଚାପ୍ ଚାହିଁଥା।

ତାପରେ ପେଡ଼ିରୁ ବାହାର କରେ ଆଉ ଗୋଟେ ସାପ। କଳା କିଟ୍‌କିଟ୍। ସେ ବୀରଦର୍ପରେ ଉପରକୁ ଉଠି ଚୋଟେ ପକାଇବା ଆଗରୁ ଧରା ପଡ଼ିଯାଏ ନଟର ପାପୁଲିରେ। ଭାଲା ଭାଲା କହି ସେ ପାଟିକରେ, "କହେ କିଛି କରିପାରିବୁନି । ଚୁପ୍ ଚାପ୍ ଚାଲିଆ। ବାବୁମାନଙ୍କୁ ଦେଖିନେ। ମୁଣ୍ଡ ହଲାଇ ମାଗିନେ ତୋ ଖାଇବା ଖର୍ଚ୍ଚ। ବାବୁମାନେ ଖୋଲାହାତରେ ଦେଇଦେବେ ନହେଲେ ରାତିଅଧରେ ଡରେଇବୁ।"

ନଟ କଥା ମାନି ସେ ସସମ୍ମାନେ ପଦାକୁ ଆସି ଆର ସାପ ପାଖରେ ପହଞ୍ଚିଯାଏ । ସେ ବୋଧହୁଏ ତା'ର ବନ୍ଧୁର ଦଶା ଦେଖି ଆଉ ଅମାନିଆ ହୁଏନା । ହେଲେ ଆଗ ସାପଟା ପରି ସେ ଖେଳିପାରେନି । ନଟ ଓଲଗି ହୋଇ କହେ, "ଏଇଟା ଭଲ ଖେଳ ଶିଖି ପାରିଲାନି ବାବୁମାନେ । ଆରସନକୁ ପକ୍କା ଖିଲାଡି ବନିଯିବ ।" ସେ ସିନା ଭଲ ଖେଳେନି ନଟର ଡମ୍ବୁରୁ କି ତୂରୀ ସାଙ୍ଗରେ, ହେଲେ ଅବୋଲକରା ହୁଏନି । ସେମିତି ପୁରୁଣା ବନ୍ଧୁପରି ଚକ୍କାମାରି ଚାହିଁରହେ । ନଟର ନଗିନୀ ସ୍ୱର ଫେଲ୍ ମାରେ । କେହିକେହି କୁହନ୍ତି, "ଆରେ କିଛି ନୂଆ ଆଣିଛୁ ତ ଦେଖା । ସେ ସବୁ ପୁରୁଣା ମାଲ ଦେଖି ଲାଭ କଣ ।" ନଟ ହସିଦେଇ କହେ, "ଅଛି ବାବୁ, ଟିକେ ଧଇର୍ଯ୍ୟ ଧର ।" ସେ ପେଡ଼ିରୁ ଗୋଟାଏ ବିରାଟ ସାପ ଦୁଇ ହାତରେ ଟେକିଆଣେ । କହେ, "ଏଇଟା ଅଜଗରଟାଏ । ଭାରି ଅଳସୁଆଟାଏ । ଖେଳି ଜାଣେନି । ଖାଲି ଚେହେରା ରଖିଛି । ଶିକାର କରିବାକୁ ବି ଯାଏନି । ପାଖକୁ ଆସିଲେ ଗୁଡ଼ାଇଧରି ଗିଳିଦିଏ । ଗଲା ସନ ଧରା ପଡ଼ିଥିଲା । ଗୋଟାଗୋଟା ଛେଳି ମେଣ୍ଢା ଗିଳିଦେବ ଆଜ୍ଞା । ଗିଳିଦେଇ ଗଛଗଣ୍ଡିରେ ଗୁଡ଼େଇ ହୋଇଯିବ ଏମିତି ବାଗରେ ଯେ, ତା'ର ହାଡ଼ଗୋଡ଼ ସବୁ ଚୂନା ହୋଇଯିବ ।"

ଲୋକମାନଙ୍କୁ ସେ ତା' ସତମିଛ ଭାଷଣରେ ମଜାଇଦିଏ । ପିଲାମାନେ ଦୂରରେ ରୁହନ୍ତି । ତା'ପରେ ଯେତେ ସବୁ ସାପ ବାହାରେ ରଖିଥାଏ, ସବୁ ଭିତରେ ରଖେ, କେବଳ ପ୍ରଥମକୁ ଛାଡ଼ିଦେଇ । କହେ ଏଥର ଦେଖେଇବି ବାବୁ ଭଲ ଜିନିଷଟେ । କାହା ପାଖରେ ନଥିବ । ଘୁଞ୍ଚିଯାଅ ପିଲାଏ । ଭାରି ଅମାନିଆଟା । ସାପଙ୍କର ରାଜା ତ ସେଥିପାଇଁ ଭାରି ଗର୍ବ । ହେଲେ ନଟ ଆଗରେ ସେ ଗର୍ବ ଦେଖାଇ ଲାଭ କ'ଣ । ନାଁ'ଟି ତା'ର ଅହିରାଜ । ପିଲାମାନେ ଆହୁରି ପଛକୁ ଚାଲିଯାଆନ୍ତି । ମା'ମାନେ ଅମାନିଆ ପିଲାକୁ ଟାଣି ନିଅନ୍ତି । ସେ କହେ, "ମୁଁ ପରା ଅଛି, ଭୟ କଣ । ମନ୍ତ୍ର ଶିଖିଛି । ସେ ଗର୍ବ କଲେ, ହଲିପାରିବ କେଉଁଠି ।" ତା'ପରେ ସେ ମନେମନେ କ'ଣ ସବୁ ପଢ଼ି ବଡ଼ ପେଡ଼ିରୁ କଳାଧଳାମିଶା ସୁନ୍ଦରିଆ ସାପକୁ ଟେକିଆଣେ । ଅଣ୍ଟେ ଉଚ୍ଚଯାଏ ସେ ଫଣାଟେକି, ଆଖି ଲାଲଲାଲ କରି ନଟ ଆଡ଼କୁ ଚାହେଁ, ସତେ ଯେମିତି ଗିଳି ପକେଇବ । ନଟ ଅଣ୍ଟାର ଖୋଷଣୀକୁ ବାନ୍ଧିଦେଇ ଠିଆ ହୋଇପଡ଼େ । କହେ, ତୋ ଚେହେରା ଦେଖେଇ ଦେ ବାବୁମାନଙ୍କୁ । ତୋ' ଘର ମଣିଚୂଡ଼ ପର୍ବତରେ । ସେଠି ଭାଇ, ବନ୍ଧୁ, ମା' ମୋହ ଛାଡ଼ି ଆସିଛୁ । ଭାରି ରାଗ ତୋର ନା ? – ଏଇଟା ଛୁଆଟାଏ ବାବୁମାନେ । ମାତ୍ର ଚାରିମାସର । ବଡ଼ହେଲେ ଦଶ, ବାର ହାତ ବନିଯିବ । ସେତେବେଳେ ତା'ର ରଜାପଣ ଦେଖେଇବ । ଏବେ କିଛି କରିପାରିବନି । ମୁଣ୍ଡର ମଣି, ପାଟିର ବିଷଦାନ୍ତ ସବୁ ଯାଇସାରିଛି । ଆଉ ତେଜ ଆସିବ କୁଆଡୁ । ନଟ କିଛି

ସମୟ ଏମିତି ବଡ଼ବଡ଼ କଥା କହି, ତା'କୁ ନେଇ ପେଡ଼ିରେ ପୂରେଇଦିଏ। ତା' ଖେଳ ଶେଷ। ଏଥର ସମସ୍ତେ ବୁଝିଯାଆନ୍ତି, ନଟ ସାପର ମାଷ୍ଟର ନ ହୋଇ ମୂଷାର ମାଷ୍ଟର ବନିଯିବ। ପାଖକୁ ଲାଗି ଆସିଲେ କ୍ଷତି ନାହିଁ। ବଡ଼ଙ୍କ କଥା ନ'ମାନି ପିଲାଏ ଲାଗିଆସନ୍ତି। ନଟ ତା'ର ଘୋଷା ଭାଷାରେ ମୂଷାକୁ ବାହାର କରେ। ତା' ବେକରେ ବାନ୍ଧିଥାଏ ଛୋଟ ଡୋର ଖଣ୍ଡେ। ଅଣ୍ଟାରେ ଛିଟକନା। ମୂଷା ଦୁଇଗୋଡ଼ ଉପରକୁ ଟେକି ସଲାମ ମାରେ ସମସ୍ତଙ୍କୁ। ଚାରିଆଡ଼େ ବୁଲି ଆସେ। ତା'ପରେ ଖେଳ ଦେଖାଏ, ଦୁଇ ଗୋଡ଼ରେ ନାଚ କରି। ନଟ କହେ, "ଆଲୋ ହେ, ତୁ ପରା ନୂଆବୋହୂ। ତୋ ଦେଢ଼ଶୁର ଆସିଲାଣି, ଲୁଚିପଡ଼।" ସତରେ ମୂଷାଟା ମୁଣ୍ଡ ନୁଆଁଇଦିଏ। "ଏଇ ତୋ ଦିଅର ଆସିଲାଣି, ଜଲଦି ଜଲଦି କୂଅରୁ ପାଣି ଆଣି ତାକୁ ଖାଇବାକୁ ଦେ।" ମୂଷାଟା ଆଗରୁ ରଖାହୋଇଥିବା ଛୋଟ ରସିଲଗା ଆଲୁମିନିୟମ ଢାଳଟେ ଧରି ପାଣି କାଢ଼େ, ଆଗରେ ଥିବା କୁଣ୍ଡ ଭିତରୁ। ନଟ ପାଟିକରେ ଜଲଦି ଆହୁରି ଜଲଦି। ମୂଷା ଜୋରରେ, ତରତର ହୋଇ ପାଣି କାଢ଼େ। "ଦେ ଶୀଘ୍ର, ତୋ ଦିଅରକୁ ଖାଇବାକୁ ଦେ। ସେ ବିଲକୁ ଯିବ ପରା।" ମୁଷା ଛୋଟଛୋଟ ଗିନା ଥାଳି ଆଗରେ ରଖିଦିଏ। "ଆଲୋ ହେ, ତୋ ବର ଆସିଲାଣି ପରା। ଲାଜ କରି ଶିଖିନୁ। ଅଲାଜୁକୀ ଛୋପରୀଟାଏ।" ମୂଷାଟା ଦେହରେ ଗୁଡ଼ାହୋଇଥିବା କାନିକୁ ମୁଣ୍ଡ ଉପରକୁ ଟାଣି ଦିଏ। ପିଲାମାନେ ମଜାରେ ତାଳି ମାରନ୍ତି।

ଏଥର ଆରମ୍ଭ ହୁଏ ଦୋସ୍ତିର ଖେଳ। ସେ କହେ, "ତୋ ସାଙ୍ଗ ଆସିଛି, ଯା ଗପିବୁ।" ମୂଷା ଡରିମରି ଆଗରୁ ସେଠିଥିବା ସାପ ପାଖକୁ ଯାଏ। ଖାଦ୍ୟ ଯାଏ ଖାଦକ ପାଖକୁ। ତା ମୁହଁରେ ଡରଡର ଭାବ ବାରି ହୋଇଯାଉଥାଏ। ହେଲେ ମାଲିକ କଥା ଅମାନ୍ୟ କରିପାରେନା। ସାପର ଚକା ଉପରେ ହାତଦେଇ ବସିପଡ଼େ। ବେଳେବେଳେ ହଟି ଆସୁଥାଏ। ପୁଣି ନଟକୁ ଚାହିଁଦେଇ ବସି ପଡୁଥାଏ। ଖେଳ ସରେ। ମୂଷା ଯାଏ ଜାଲି ଭିତରକୁ।

ନଟ କହେ, "ଦେଖ ବାବୁମାନେ, ଖେଳ ଦେଖିକି କେହି ଭାଗିବନି। ସାପ ସପନରେ ଆସି ଡରାଇବ। ମୋ ନାଁ ମନେ ପକାଇଲେ ପଳେଇବ। ହେଲେ କିଛି ନ ଦେଲେ ମୋ ମନ୍ତ୍ରକାମ କରିବନି। ମା, ଭଉଣୀମାନେ, ମୋ ଛୋଟ ଛୋଟ ପିଲା ଆଉ ଏ ଜନ୍ତୁଙ୍କ ଆହାର ପାଇଁ କିଛି ଆଣ।" ସେ ମଇଳା କୋଚଟିଆ ଲୁଗାଖଣ୍ଡେ ତଳେ ବିଛେଇ ଦିଏ। ତା'ରି ଉପରେ ଖସିପଡ଼େ ପାଞ୍ଚ, ଦଶ ପଇସା, ଚାରଣା। ଚାଉଳ, ଡାଲି ଆଉ କେତେ କଣ। ତା' କଂସା ତାଟିଆରେ, କାହା ଘରର ପଖାଳ, ତରକାରି ଆଦି।

ନଟର ଡମ୍ବୁରୁ ବନ୍ଦହୁଏ। ସାପ ଭିତରକୁ ପଶେ। ଏଥର ସେ ବାହାର କରେ ଗଦ, ଆଉ ଲାଲରଙ୍ଗର ଚିକ୍‌ଚିକ୍ ପଥର। ଯାହାକୁ ସେ ମଣିବୋଲି କହେ। ଗାଁ ଟୋକାଏ ଆଗକୁ ମାଡ଼ି ଆସନ୍ତି। ନଟ ବୁଝାଏ, ଗଦ ଥିଲେ ସାପ ପାଖ ମାଡ଼ିବନି। ଆଉ ଏଗୁଡ଼ାକ ମଣିଚୂଳ ସାପର ଅସଲି ମଣି। ବଡ଼ କଷ୍ଟରେ ଆଣିଛି। ଘରେ ରହିଲେ ଧନ, ଜନର ଅଭାବ ରହିବନି। ଆପଣ ବାବୁମାନେ ଜଣାଶୁଣା ନିଜର ଲୋକ। ବେଶି ପଇସା ନେବିନି। ଏ ଜିନିଷର ଭାରି ଚାହିଦା। ଖାଲି ତମ ଗାଁ ପାଇଁ ଆଣିଛି। ତା' କଥାରେ କ'ଣ ଥାଏ କେଜାଣି। କେହି କେହି ବଡ଼ ଲୋକ ହେବା ଆଶାରେ ଟଙ୍କେ ଦୁଇଟଙ୍କା ଦେଇ ନାଲି ପଥରଗୁଡ଼ା କିଣି ନିଅନ୍ତି।

ବୁଢ଼ୀ ଲୋକମାନେ ପାଖକୁ ଆସି କୁହନ୍ତି, "ଏଥର ତାବିଜ ଆଣିନୁକି ନଟ ?" ନଟ ହସିଦିଏ। କହେ, "ମତେ ଜଣା, ତମେ ଆପଣ ସେଇକଥା ପଚାରିବେ। କେମିତି ତମ ପାଖେ ଦୋଷୀ ହେବି କୁହ। ଆଣିଛି ମନ୍ତୁରା ତାବିଜ। ଅସାଧ୍ୟ ରୋଗ ହେଉଥିଲେ ବି ଭଲହେବ। ପିଲାମାନଙ୍କ ଉପରେ କାହାର ନଜର ଲାଗିବନି। ଭୂତପ୍ରେତ ପାଖ ମାଡ଼ିବେନି। ବଡ଼ପିଲାମାନଙ୍କର ଭାଗ୍ୟ ବଦଳିଯିବ। ପାଠୁଆ ହୋଇ ବାବୁ ବନିଯିବେ।"

ନଟ ଚାରିପଟେ ଲୋକାରଣ୍ୟ। କାହାର ତାବିଜ ଦରକାର ତ କାହାର ମଣି କିମ୍ବା ଗଦଟିକେ। କିଏ କେତେ ପ୍ରଶ୍ନ ପଚାରି ଚାଲନ୍ତି। ସେମାନଙ୍କ ବିଶ୍ୱାସକୁ ଦୃଢ଼ କରିବାର ବେଶ୍ କଳାଜଣା ନଟକୁ। ପାଖରେ ଥିବା ଜଣେ ହୃଷ୍ଟପୁଷ୍ଟ ଯୁବକକୁ ଧରିଆଣି କହେ, "ଧର, ବାବୁ ମୁଠାରେ ଭଲଭାବରେ ତାବିଜକୁ ଧରିଥା।" ସାପଟାଏ ବାହାର କରି ତା ବେକ ଚାରିପଟେ ଗୁଡ଼ାଇଦିଏ। କହେ, "ଦେଖ ବାବୁମାନେ ଏ ବିଷଧର ସାପ କେମିତି ଛାଟିପିଟି ହେଉଛି ପଳେଇ ଯିବାପାଇଁ। କିଛି ହାନି କରି ପାରିବନି।" ତା ହାତମୁଠାଟା ସାପର ମୁହଁ ପାଖକୁ ଲଗାଇଦିଏ। ସତରେ ସାପଟା ମୁହଁ ବୁଲାଇଦିଏ।

ଆଉ ଅବିଶ୍ୱାସ କରିବାର କଣ ରହିଲାକି ? ତା'ପରେ ଚାଲେ ଗୋଟେ ପରେ ଗୋଟେ ବିକ୍ରି। ନଟ କହେ, "ଏ ସୁଯୋଗ ଛାଡ଼ନ୍ତୁନି ବାବୁ। ଏ ସନ ଆଉ ଦେଖାହେବନି। କିଏ ଜାଣେ କାହାର ଭାଗ୍ୟ କୁଆଡ଼କୁ ଟାଣିନେବ।"

ନଟ ବେଶ୍ କିଛି ଚାଉଳ ପଇସା ଝୁଲା ମୁଣିରେ ରଖିଦେଇ, ପେଡ଼ିକୁ ଗୋଟେ ପାଖରେ ରଖି, ସିଧା ଚାଲିଯାଏ ଆମ ଗୁହାଳ ଘର ପାଖକୁ। ଆମ ଘରୁ ବେଶ୍ କିଛି ଭୋଜନ ମିଳିଯାଏ। ସେ ବୋଉ ସଙ୍ଗେ କେତେ କ'ଣ ଗପ ଯୋଡ଼ିଦିଏ। ତା' ହାତରେ ଗୋଟେ ତାବିଜ ଧରାଇଦେଇ କହେ, "ନେ' ମା, ନଟ କେବେ କାହାର ଧାରୁଆ ହେବନି। ଏଇଟା ସାନବାବୁଙ୍କୁ ସୋମବାର ଦିନ ତାଙ୍କ ଡାହାଣ ହାତରେ କି

ବେଳରେ ପଢାଇଦେବୁ। ନ ଆସୁଥିବା ପାଠ ଆସିଯିବ। ଭଲ ଚାକିରି ମିଳିବ। ଭଲ ବୋହୂ ପାଇବୁ। ଧନଜନ ଭରପୁର ମିଳିବ।"

ରୁନୀ କହିଲା, "ତେବେ ନଟ ବଡ଼ଲୋକ ନ ହୋଇ ଗାଁ ଗାଁ ବୁଲୁଥିଲା କହିଁକି ? ତା ପାଖରେ ତ ବହୁତ ତାବିଜ ଥିଲା ?"

- କେଜାଣି ସେତେବେଳେ ସେ କି ଉତ୍ତର ଦେଇଥାଆନ୍ତା।

ନଟ ପେଟେ ପଖାଳ ଖାଇ ସେଇଠି ଟିକେ ଆଉଜି ପଡ଼େ। ବୋଉ, ଖୁଡ଼ୀ, ବଡ଼ ଭାଉଜ, ନାନୀମାନେ ତାକୁ ଘେରିଯାଇ କେତେ କ'ଣ ପଚାରନ୍ତି। ଏକ ସର୍ବଦ୍ରଷ୍ଟା ପରି ସେ ଉତ୍ତର ଦେଇଚାଲେ। ନଟ ଲଗେଇ ଜୁଟେଇ କେତେ କଥା କହେ। ଶୁଣିବାକୁ ମଜା ଲାଗେ। ଶେଷରେ ତା' କଥା କହେ। ତା ପିଲାପିଲି, ଭାରିଜ ଆଉ ଗାଁ, ଗାଁ ବୁଲିବା କଥା।

ନନୀ ପଚାରେ, "ଏ ଅହିରାଜ ସାପ ତୁ କେଉଁଠୁ ପାଇଲୁ ନଟ ?"

ନଟକୁ କଥା କହିବାର ସୁଯୋଗ ମିଳିଯାଏ। ସେ କହେ, "ମଣିନାଗ ପର୍ବତରୁ ମା'। ଆମ ଘରଠୁ ବହୁତ ଦୂରରେ। ସେ ପାହାଡ଼ରେ ଖାଲି ସାପ ଯେ ସାପ। ମଣିଚୂଳ, ଅଜଗର, ଅହିରାଜ, ଏମିତି କେତେ। ପାହାଡ଼ କଡ଼େ କଡ଼େ ଝରଣାଟେ ବହି ଯାଉଛି କୁଳୁକୁଳୁ ହୋଇ। ଭାରି ସୁନ୍ଦର। ହେଲେ ହେଲେ ସାପ ଡରରେ କଦବା କେମିତି କିଏ ଆମ ପରି ସାହାସୀ ଲୋକ ଯାଉଥାଏ । ମୋ ଭାଇ ମୋ'ଠୁ ବେଶି ସାହାସୀ। ସବୁ କଥାରେ ଆଗଚଲା। ସବୁ ସନ ଆମେ ସାପ ଧରିବାକୁ ଯାଉ। ଗଛ ଉପରେ ମଞ୍ଚା କରି ରାତିସାରା ଜଗିରହୁ। ଝରଣା ପାଣି ସେମାନେ ପିଇବାକୁ ଆସିଲାବେଳେ ସୁଯୋଗ ଦେଖି ଧରିନଉ। ହେଲେ ଥରେ ଗୋଟେ ଅଘଟଣ ଘଟିଲାରେ ମା'। ଏଇ ଯେଉଁ ଅହିରାଜଟା ଦେଖୁଛ ତାରି କଥା କହୁଛି। କହୁ କହୁ ନଟ କାନ୍ଦି ପକେଇଲା। ଆମେ କାନ୍ଥକୁ ଆଉଜି ତା ଆଡ଼କୁ ଚାହିଁ ରହିଲୁ। ସେ କହିଲା, କଣ ଶୁଣିବରେ ମା' ମୋ ଦୁଃଖ କଥା। ଛାତି ଫାଟିଯିବ। ତମେ ତ ବାବୁମାନେ ଆରାମରେ ଖାଲି ଦେଖୁଛ। ହେଲେ ମୋ ଭିତରଟା ଫାଟି ଯାଉଚି। ତମେ ଯୋଉ ଅହିରାଜକୁ ଦେଖି ଖୁସି ହେଉଛ ତା ପଛର କାହାଣୀ ଭାରି ମରମଫଟା। ଗଲା ସନ ଖରା ଦିନଟାରେ ହାଉ ହାଉ ଜଳୁଥାଏ ପୃଥିବୀ। ଆମେ ଭାଇର ମୋର ବାହାରିଲୁ ସାପ ଧରିବାକୁ। ଭାଇର ଗୋଟେ ଜିଦ୍ ଏଥର ମଣିନାଗ ପର୍ବତକୁ ଯିବା। ଅହିରାଜ ଧରିବା। ହେଲେ ମତେ ତ ସେ କୌଶଳ ଜଣାନାହିଁ। ସେ କହିଲା, "ତୁ ଚାଲ ମୋ ସାଙ୍ଗରେ। ଯାହା କହିବି ତା କରିବୁ। କିଛି ବଡ଼ ଜିନିଷରେ ହାତ ନ ମାରିଲେ କି କେଳା ହେବୁ।" ତା ସଙ୍ଗେ ଚୂଡ଼ା ଚାଉଳ ଧରି ବାହାରିଲି। ଦୁଇଦିନ ପରେ ବେଳ ଥାଉଥାଉ ସେଠି ପହଞ୍ଚିଗଲୁ।

ଝରଣା ପାଖରେ ବଡ଼ ଜାମୁଗଛଟାଏ ଦେଖି ତା ଉପରେ ମଞ୍ଚା ବାନ୍ଧିଲୁ। ଚାରିପଟେ ତାଳପତ୍ର ଦେଇ ନିଜକୁ ଲୁଚାଇଦେଲୁ। ଭାଇ କହିଲା, "ଏ ମଣିଚୂଳ ଗୁଡ଼ା ଭାରି ଚାଲୁ। ଚାରିଆଡ଼କୁ ତାଙ୍କର ନଜର। ସେମାନେ ସବୁ ଦଳଦଳ ହୋଇ ଆସିବେ। କିଛି ପାଟି କରିବୁନି, କାଶିବୁନି କି ଛିଙ୍କିବୁନି। ଭାରି ବଦମାସ୍ ଗୁଡ଼ା। ତାଙ୍କ ଉପରେ ଆମର ନଜର ନାହିଁ। ଆମର ଦରକାର ଅହିରାଜ। ଧଇର୍ଯ୍ୟ ଧରିବାକୁ ହେବ।" ତା କଥା ନ ମାନିବା ଛଡ଼ା ରାସ୍ତାନାହିଁ। ଚୁପ୍‌ଚାପ୍ ଗଛରେ ବସି ରହିଲୁ। ବେଳ ଗଡ଼ି ସଂଜ ଆସିଲା। ଜହ୍ନ ଆଲୁଅ ବି ପଡ଼ିଗଲା। କେତେବେଳକୁ ପାହାଡ଼ ଆଡୁ ଖସ୍‌ଖସ୍ ଆବାଜ ଶୁଣାଗଲା। ଭାଇ କହିଲା, "ଆସିଗଲେ ଚୁପ୍ ହୋଇ ଯା।" ସତକୁ ସତ ଦଳଦଳ ହୋଇ ସାପ ମାଡ଼ି ଆସିଲେ। କେଜାଣି କେତେ ଜାତିର। ତାଙ୍କ ମଣିର ଆଲୁଅରେ ଚାରିଆଡ଼ ଉଜ୍ଜ୍ୱଳ ଦେଖାଗଲା। ଅନ୍ଧାରରେ ଦେଖା ନଯାଉଥିବା ଜିନିଷ ବି ବାରିହୋଇଗଲା। ସେମାନେ ଚାରିଆଡ଼କୁ ଚାହିଁ ଝରଣା ପାଣି ପିଇସାରି ସେମିତି ଦଳଦଳ ହୋଇ ଫେରିଗଲେ। କିଛି ସମୟ ଗଡ଼ିଗଲା ଭାରି ଅଧର୍ଯ୍ୟ ଲାଗୁଥାଏ। ହେଲେ ଭାଇକୁ ଠିକ୍ ଜଣା। ପୋଖତ୍ କେଳା ସିଏ। ହଠାତ୍ ପାହାଡ଼ ଉପରୁ ଜୋର ଶବ୍ଦ ଶୁଣାଗଲା। ଭାଇ କହିଲା, "ଆସିଗଲେ। ଏଗୁଡ଼ା ଅହିରାଜ ଆସିବାର ସୂଚନା।" ସତକୁ ସତ ଅହିରାଜମାନେ ଦଳ ଦଳ ବଳ ଧରି ଆସିଗଲେ। ଇସ୍ କି ଦୃଶ୍ୟ। ମୋର ତ ପିଳେହି ପାଣି। ଏତେ ବଡ଼ ବଡ଼ ସାପ। କିଏ ଦଶହାତ ତ କିଏ ଆହୁରି ବେଶି। ପାଞ୍ଚ ଛ' ହାତ ଉପରକୁ ମୁଣ୍ଡ ଟେକି ଆସୁଆଛନ୍ତି, ରାଜାମାନେ ଥାଟ ପଟୁଆର ଧରି ଆସିଲା ପରି। ସେମାନେ ସବୁ ଝରଣା ପାଖରେ ବେଶ୍ କିଛି ସମୟ ରହିଲେ, ମନଇଚ୍ଛା ଖେଳିଲେ ପାଣି ପିଇଲେ। ଶେଷରେ ସେମିତି ଫେରିଗଲେ। ଶେଷବେଳକୁ ରହିଗଲା ଗୋଟେ ଛୁଆ। ସେ ଏକୁଟିଆ ପଡ଼ିଗଲା। ଭାଇ କହିଲା, "ବଢ଼ିଆ ମଉକା। ଆ ତଳକୁ।" ଗୋଟେ ବାଉଁଶ ଦଣ୍ଡା ଧରି ସେ ଓହ୍ଲାଇ ପଡ଼ିଲା। ଖପ୍ କରି ମାଡ଼ି ବସିଲା ସେ ଛୁଆଟାକୁ। ମତେ କହିଲା, "ଆରପଟକୁ ଜୋରରେ ଧରିଥା।" ସାପଟା ଛାଟିପିଟି ହେଲା। ହେଲେ ପାରିଲାନି। ଶେଷକୁ ଥିଲା ଥିଲା, ସୁ ସୁ ଗର୍ଜନ କଲା। ଆମେ ଆହୁରି ଜୋରରେ ମାଡ଼ିବସିଲୁ। ହଠାତ୍ ଏକ ଅଘଟଣ ଘଟିଲା। ଆଗପଟୁ ପୁଣି ସେଇ ଖସ୍‌ଖସ୍ ଶବ୍ଦ ଶୁଣାଗଲା। ପଳେଇ ଯାଉଥିବା ସାପମାନେ ପୁଣିଥରେ ତା' ଡାକ ଶୁଣି ଫେରି ଆସିଲେ। ସେଦିନ ପ୍ରଥମଥର ଭାଇକୁ ଭୟରେ ଥରିଉଠିବାର ଦେଖିଲି। ମୁଁ କିଛି ବୁଝି ପାରୁନଥିଲି। ଭାଇ କହିଲା, "ନଟ ତୁ ଗଛ ଉପରକୁ ପଳା। ନହେଲେ ଦୁଇଜଣ ଯାକର ପ୍ରାଣ ଯିବ।" ମୁଁ ତା'କୁ ଛାଡ଼ି ଆସି ପାରୁନଥିଲି। ସେ ପାଟିକରି କହିଲା, "ପଳା କହୁଛି। ଦଣ୍ଡା ଛାଡ଼ିଦେଲେ,ଏ ସାପଟା ଖାଇବ, ନ ଛାଡ଼ିଲେ ବି

ଆଉ କିଏ ଖାଇବ। ତୁ ସେପଟେ ପଥରଟେ ରଖିଦେଇ ପଳା।" ମୋ ପାଖେ ଆଉ କିଛି ବାଟ ନଥିଲା। ପଥରଟେ ରଖିଦେଇ ଭାଇକୁ ଛାଡ଼ି ପଳେଇ ଆସିଲି। ଓଃ, ତା' ପରର ଦୃଶ୍ୟ କଣ କହିବି। ଅହିରାଜ ଗୁଡ଼ା ଛୁଆର ଡାକ ଶୁଣି ଫେରି ଆସିଲେ। ତାଙ୍କ ଭିତରୁ ଗୋଟେ ମଣିଷ ଉଚ୍ଚରେ ଉଠି ଝାମ୍ପିନେଲା ମୋ ଆଖି ଆଗରେ। ଭାଇର ମୁଣ୍ଡଟାକୁ ଧରି ଟେକିନେଲା ଶୂନ୍ୟେ ଶୂନ୍ୟେ। ମୁଁ ଇଚ୍ଛା କରିବି କାନ୍ଦି ପାରିଲିନି। ଭୀରୁ ପରି ମଞ୍ଚାରେ ବସି ରହିଲି। ସେମାନେ ଫେରିଗଲେ। ରାତି ପାହି ସକାଳ ହେଲା। ମୁଁ ଦେଖିଲି ସେ ସାପଟା ପଡ଼ିରହିଛି। ପଥର ଚାପରେ, ହାଲିଆ ହୋଇ ଯାଇପାରୁନି। ଗଛରୁ ଓହ୍ଲେଇଲି। ତାକୁ ପେଡ଼ିରେ ପୂରାଇ ଏକୁଟିଆ ଫେରିଲି।

ନଟ ଆଖିରୁ ଲୁହ ଝରି ଆସିଲା। ସେ କିଛି ସମୟ ପରେ ପାଣି ପିଇ ବାହାରି ପଡ଼ିଲା। ନାନୀ କାନ୍ଦ କାନ୍ଦ ହୋଇଗଲା । ସମସ୍ତେ ଚୁପ୍ ଚାପ୍ ଫେରିଲେ।

ମୁଁ ବୋଉକୁ ପଚାରିଲି, ତା ପାଖରେ ତାବିଜ ନଥିଲା ?

ବୋଉ କହିଲା "କେଜାଣି।"

ନାନୀ କହିଲା, "ତୁ ବୋକାଟା କିରେ! ନିଜ ଜିନିଷ କଣ ନିଜକୁ କାମ କରେ। ନହେଲେ ତ ସେ ଧନୀ, ପାଠୁଆ ହେଇଥାଆନ୍ତା। ଗାଁ ଗାଁ ବୁଲୁଛି କାହିଁକି। ବୁଝିଲ ଓଲୁ ?"

ମୁଁ କହିଲି "ହଁ।"

- ରୁନୀ ଆଖିବୁଜି ପଡ଼ିରହିଥାଏ। ତା'କୁ ଗପଟା ମଜା ଲାଗିଲେ ବି ଡର ଲାଗୁଥାଏ। ରୁନୀ ପଚାରିଲା, "ସେ ତାବିଜଟା ତମେ କ'ଣ କଲ ଜେଜେ ? ତମର ଭଲ ପାଠ ହେଲା ? ଫାଷ୍ଟ୍ ହେଲ ସ୍କୁଲରେ ? ତମ ପାଖରେ ତ ବେଶି ଟଙ୍କା ହୋଇ ଯାଇଥିବ। ତମ ଗାଁକୁ ଗଲେ ଆମେ ମଣିଟା ନିଶ୍ଚୟ ଖୋଜିବୁ।"

ମୁଁ ଉଠିପଡ଼ି କହିଲି, "ତମେ ପିଲାବେଳେ ଭାରି ଦୁଷ୍ଟ ଥିଲ ନା ଜେଜେ ?"

ଜେଜେ ହସିଦେଲେ। କହିଲେ, ମୁଁ ତ ଦୁଷ୍ଟ ଥିଲି। ହେଲେ ନାନୀଟା ଭାରି ସାହସୀ ଥିଲା। ନନାଙ୍କୁ ଲୁଚି ନଈତୁଠକୁ ଚାଲିଯାଏ। ମୁଁ ନାଙ୍ଗୁଡ଼ ପରି ତା' ପଛରେ ଧାଏଁ। ଆମଘର ବାଡ଼ିପଟରୁ ସରୁ ରାସ୍ତାଟେ ନଈଯାଏ ଲମ୍ବି ଯାଇଥିଲା। ସେଇଟା ନନା ନିଜେ କିଣିଥିଲେ। ଦୁଇକଡ଼େ ଧାନକିଆରୀ। ରାସ୍ତା ପୂରା ଖାଁ ଖାଁ। ଅବେଳରେ ନାନୀ ନଈକୁ ବାହାରିପଡ଼େ। ବେଳେବେଳେ ସେ ମତେ ସାଙ୍ଗରେ ନିଏ । ଆଉ ବେଳେବେଳେ ଲୁଚିକରି ଚାଲିଯାଏ। ନଈର ଏପାରି ସେପାରି ହୋଇ ମନ ଇଚ୍ଛା ପହଁରେ। ମୁଁ ଗଲା ଦିନ ମତେ ଜଗୁଆଳି କରି ପଠା ଉପରେ ଠିଆ କରେଇଦିଏ। ଲୁଗାକାନିକୁ ଅଧା ଅଣ୍ଟାରେ ଗୁଡ଼ାଇଦେଇ ଆରପଟକୁ ଦୁଇ ହାତରେ ଧରି କାନି ଖିଅ

ଦିଏ। ମାଛ ଧରେ। କେବେକେବେ ଚୂନାମାଛ ଦି'ଟା ପଡ଼ିଗଲେ ମୋ ଆଡ଼କୁ ଫିଙ୍ଗିଦିଏ। ନାନୀ ମାଛ ଧରିଲାବେଳେ ମତେ ସାବଧାନ କରିଦିଏ। କହେ, "ଚାରିପଟକୁ ଚାହିଁଥା। କିଏ ଆସିଲେ ତାଳି ମାରିଦେବୁ। ନନା ଜାଣିଲେ ଦୁଇଜଣଜାକ ମାଡ଼ ଖାଇବା। ମୁଁ ତ ସହିନେବି। ତୋ ପିଠିରୁ କିନ୍ତୁ ରକ୍ତ ବାହାରିବ।"

ମୁଁ ଆହୁରି ସାବଧାନ ହୋଇଯାଉଥିଲି। ଆଉଟିକେ ଉପରକୁ ଉଠି ଯାଉଥିଲି ଦୂରରୁ କିଏ ଦେଖାଗଲେ ତାଳି ମାରି ଦେଉଥିଲି। ନାନୀ ଦେହରେ ଲୁଗା ଗୁଡ଼ାଇ ଉପରକୁ ଉଠି ଆସୁଥିଲା। ବେଳେବେଳେ ମାଛଧରା ବନ୍ଦ କରି ମୋ ଅଣ୍ଟାରେ ଲୁଗା କାନିକୁ ଗଣ୍ଠି ପକେଇ, ନଈ ଭିତରକୁ ଠେଲିଦିଏ କହେ, "ଡରନା ବୁଡ଼ିଗଲେ ମୁଁ ଟାଣି ଆଣିବି। ପହଁରିବାକୁ ଚେଷ୍ଟାକର।" ଦୁଇ ଚାରି ଢୋକ ପାଣି ପିଇଦେଇ ମୁଁ ଗୋଡ଼ ହାତ ବାଡ଼ାଏ। କେତେଟା ଦିନ ଭିତରେ ତା ପରି ପହଁରା ଶିଖିଗଲି। ସେ ମୋର ଗୁରୁ ବନିଗଲା। କେତେ ସମୟ ପରେ, ଫେରିଲାବେଳକୁ ନଜର ପଡ଼େ ସୋରିଷ କିଆରି ଉପରେ। ବିଲ ସାରା ହଳଦୀରଙ୍ଗର ଫୁଲରେ ପଡ଼ିଆ ପରି ଦେଖାଯାଉଥାଏ। ନାନୀ ମନଇଚ୍ଛା ଫୁଲ ତୋଳି କାନିରେ ବାନ୍ଧି ଘରକୁ ଆସେ। ବୋଉଠୁ ଗାଳି ଶୁଣେ। ନନାଙ୍କ ଯାଏଁ କଥା ଯାଏନି। ବୋଉ ଚୂନାମାଛ କେତେଟା ଆଉ ସୋରିଷଫୁଲକୁ ଲୁହା ଡଙ୍କିରେ, ଚୂଲି ଭିତରେ ପୂରାଇ ଭାଜିଦିଏ। ଭଲ ଲାଗେ କି ନାଇଁ କେଜାଣି, ହେଲେ ଖୁବ୍ ଆନନ୍ଦ ଲାଗେ। ପିଲାଦିନେ ନାନୀଟା ମୋର ଭଲ ସାଙ୍ଗଥିଲା। ହେଲେ ସବୁ କଥାରେ ମତେ ଖାଲି ଆଦେଶ ଦେଉଥିଲା। ମୁଁ ବାଧ୍ୟ ପିଲାଟି ପରି ସବୁ ମାନିନେଉଥିଲି। କିନ୍ତୁ ଆଉଟିକେ ବଡ଼ ହୋଇଗଲା ପରେ ସେ ଆଉ ନଈକୁ ଗଲାନି। ମୁଁ କିନ୍ତୁ ତା'ଠୁ ପହଁରାରେ ବେଶି ଧୂରନ୍ଧର ହୋଇଗଲି। ଏଥର ଖାଲି ବୋଉ ନୁହେଁ, ନାନୀ ବି ସୋରିଷ ଫୁଲ ଚୋରାଇବାକୁ ମନାକଲା।

- ବାଃ ଭାରି ମଜାରେ ଦିନ କାଟୁଥିଲ ଜେଜେ। ଆମେ ସବୁ ଗାଁରେ ଥିଲେ ଭଲ ହୋଇଥାଆନ୍ତା। ଏଠି ଖେଳ ନାହିଁ, ଡାଳମାଙ୍କୁଡ଼ି, ମାଛମରା କି ସାପୁଆକେଳା ନାହିଁ। ଖାଲି ଭିଡିଓ ଗେମ୍, ଜିମ୍, ସୁଇମିଙ୍ଗ୍‌ପୁଲ, ଡିଜେ। ନହେଲେ ହୋମଓ୍ୱାର୍କ। ଗାଁରେ ରହିଲେ ଭାରି ମଜା। ତମେ ପିଲାଦିନେ ଡିଜେ ଦେଖିଥିଲ?

- ଡିଜେ କ'ଣରେ? ତା'ଠୁ ଆହୁରି ଭଲ-ପାଲା, ଦାସକାଠିଆ, ଧୂଡୁକୀ, ଗୋଟିପୁଅ ନାଚ। ତା'କୁ ଦେଖିବାକୁ ପିଲାଦିନେ କେତେ ଗାଁ, ସାଇ ବୁଲିଛି। ଚଇତା ଝିଅପିଲା ହୋଇ ନାଚିଲାବେଳେ ଭାରି ସୁନ୍ଦର ଲାଗେ। ସତେଯେମିତି ସତସତକା ଝିଅ ପିଲାଟେ। ସେମାନେ ଯୁଆଡ଼େ ନାଚିବାକୁ ଯାଆନ୍ତି, ଆମେ ସବୁ ସାଙ୍ଗମାନେ ସିଆଡ଼େ।

ଜେଜେ ସତ କହୁଥିବେ। ଡିଜେଠୁ ଭଲ ହୋଇଥିବ ସେ ନାଚ। ଗାଁରେ ନ ରହି ଜେଜେ ଆମ ସଙ୍ଗେ ବାଙ୍ଗାଲୋରରେ ରହି କିଛି ମଜା କରିପାରୁନାହାନ୍ତି। ଜେଜେମା ଗଲାପରେ ସେ ଆମ ପାଖରେ। ଗୋଡ଼ ଦିଟା କାମ କରିପାରୁନି ଠିକ୍ ଭାବରେ। ବାଡ଼ି ନ ଧରିଲେ ଚାଲି ପାରୁନାହାନ୍ତି। ସତରେ ସେ ଦୁଃଖୀ ଥିବେ। ଆମେ ସବୁ ସ୍କୁଲ ଗଲାପରେ ଆଉ ବାବା, ମା' ଅଫିସ୍ ଗଲାପରେ ସେ ଜଗୁଆଳୀ ହୋଇ ରହୁଛନ୍ତି ଦିନସାରା। ରାତିରେ କିଏ ଗପୁଛି ତାଙ୍କ ସଙ୍ଗେ। ଆମର ତ ଖାଲି ହୋମ୍‌ୱାର୍କ, ଟିଉସନରେ ବେଳ ଯାଉଛି। ଏଇ ରବିବାରଟା ଜେଜେ ଆମର ଦୋସ୍ତ ବନିଯାଆନ୍ତି। ବେଶି କୁହନ୍ତି ତାଙ୍କ ଗାଁ କଥା। ଆମକୁ ବି ଶୁଣିବାକୁ ଭଲ ଲାଗେ। ମନ ଭିତରେ ମଫସଲର ଏକ ସୁନ୍ଦର ଛବି ଆଙ୍କି ହୋଇଯାଏ। ବେଳେବେଳେ ଜେଜେ ମା' କଥା ପଚାରିଲେ ଚୁପ୍ ହୋଇଯାଆନ୍ତି। ବାବାଙ୍କ ତାଗିଦ୍, ସେକଥା ତାଙ୍କୁ କେହି ପଚାରିବେନି। ସେ କୁଆଡ଼େ ତାଙ୍କୁ ଭାରି ଭଲ ପାଉଥିଲେ। ଖୁବ୍ ଝଗଡ଼ା ବି କରୁଥିଲେ। ହେଲେ ସେକଥା ଶୁଣିବାକୁ ମନା। ଜେଜେ ଇମୋସନାଲ ହୋଇଯିବେ।

ସତରେ ପିଲାବେଳେ ଜେଜେବାପା କି ଜେଜେମା' ଥିଲେ କେତେ ଭଲ! ଆଉ ସମସ୍ତଙ୍କର ଖାଲି ତାଗିଦ୍। ଆମ ପାଇଁ ସିନା ଭଲ, ହେଲେଏତେ ସୁନ୍ଦର ଗାଁ, ସାଙ୍ଗ ସାଥୀ ଛାଡ଼ି, ଏ ଦୁଇବଖରିଆ ଘର ଭିତରେ ସେ କରନ୍ତି କଣ! ସେ ସବୁର ସମାଧାନ କରିବାର ବୟସ କିମ୍ବା ଶକ୍ତି ଆମ ପାଖରେ ନଥିଲା। ଆମେ ଖାଲି ଗପ ଶୁଣୁଥିଲୁ। ଜେଜେଙ୍କର ସବୁ ଗପ ଖାଲି ତାଙ୍କ ପିଲାବେଳର। ଆଉ କିଛି କହି ଆମକୁ ମଜାଇ ରଖିବାର ଶକ୍ତି ବୋଧହୁଏ ତାଙ୍କ ପାଖରେ ନଥିଲା। ଜେଜେଙ୍କର ଗୋଟେ ଗାଁ ଥିଲା, ଆଉ ଏବେବି ଅଛି। ବାସ୍ ସେତିକି ଛଡ଼ା ଆଉ କିଛି ଅଭିଜ୍ଞତା ଆମର ନଥିଲା।

ଛୋଟ ମନ ଭିତରେ ଏମିତି ଏକ ଗାଁକୁ ଦେଖି ଆସିବାର ଇଚ୍ଛା ତ ଥିଲା, ହେଲେ ସୁବିଧା ମିଳୁ ନଥିଲା। ବାବା ତ ସେଠାକୁ କେବେ ଯିବାକଥା କହି ନାହାନ୍ତି। ଏତେ ଦୂରରେ ନିଜ ପାଇଁ ଘରଟେ ବନାଇ ଜେଜେଙ୍କୁ ତାଙ୍କ ଅସହାୟତା ଯୋଗୁ ଟାଣିଆଣିଛନ୍ତି । କେବେ ସୁବିଧା ହେଲେ ନିଶ୍ଚୟ ଜେଜେଙ୍କ ଗାଁ ଦେଖି ଆସିବାର ସ୍ୱପ୍ନଟିଏ ମନ ଭିତରେ ମଳିନ ହୋଇଯାଉଥିଲା।

- ଜେଜେ ଚାଲିଗଲେଣି ଅନେକଦିନୁ। ତାଙ୍କର ଏକାକୀତ୍ୱକୁ ବୁଝିନେବାର ବୟସ ହେବାଯାଏ, ସେ ଅପେକ୍ଷା କରିନଥିଲେ।

ଜେଜେ ଗଲାପରେ ହିଁ ସୁଯୋଗ ମିଳିଥିଲା ତାଙ୍କ ଗାଁ ଦେଖି ନେବାର। ଆମେମାନେ ବଡ଼ ବି ହୋଇଯାଇଥିଲୁ। ମୋର ଇଞ୍ଜିନିୟରିଂ ଶେଷ ବର୍ଷ ଆଉ ରୁନୀ ମେଡିକାଲ ପଢ଼ିବା ଅପେକ୍ଷାରେ ଥିଲା। ବାବା, ମା, ଆଉ ଆମେ ଦୁଇଜଣ ଭୁବନେଶ୍ୱରରୁ

ଟାକ୍ସି କରି କେଜାଣି କେତେଦୂର ଯିବା ପରେ ଯେଉଁଠି ଅଟକିଗଲୁ, ସେଇଟା ଥିଲା ଜେଜେଙ୍କ ଗାଁ। ବାଃ, କେତେ ସୁନ୍ଦର। ପୋଖରୀ କଡ଼େ କଡ଼େ କଂକ୍ରିଟର ରାସ୍ତା। ଦୁଇପଟେ ଅଛକିଛି ଗଛ, ଖେଳପଡ଼ିଆ, ସ୍କୁଲଘର, ଯୁବକସଂଘ। ରୁନୀ କହିଲା, "ଜେଜେ ତ କହୁଥିଲେ ତାଙ୍କ ଗାଁ ରାସ୍ତାରେ ଧୂଳି ଉଡ଼େ, କାଦୁଅ ହୁଏ। ବର୍ଷାବେଳେ ସେମାନେ କାଗଜ ଡଙ୍ଗା ଭସାନ୍ତି। ଏଇଟା କଣ ତାଙ୍କ ଗାଁ ନୁହେଁ?" ଆମେ ଦୁଇଜଣ ପଛରେ ବସି ଦେଖୁଥିଲୁ ଗାଁର ଦୃଶ୍ୟ। ଶୁଣୁଥିଲୁ ବାବାଙ୍କ କଥା। ସେ କହିଦେଉଥିଲେ, କେଉଁଟା କପିଳେଶ୍ୱର ମନ୍ଦିର, କେଉଁଟା ବ୍ରାହ୍ମଣ ପୋଖରୀ ଆଉ କେଉଁଟା, ମନିଭାଇନା, ରଥି ସାହୁ ଘର। ସବୁ ଘର ତ ପକ୍କା । ଅଙ୍କାବଙ୍କା ଚକାଚକ୍ ରାସ୍ତା। ତା' କଡ଼ରେ ନଳକୂଅ। ଆମ ସହରଠୁ ବି ଭଲ। ଜେଜେ ତ କହୁଥିଲେ ଏଠି ବେଶିଲୋକ ଗରିବ, ଚାଷୀ, ମୂଲିଆ। ହେଲେ ବେଶ୍ ମଜାରେ ତ ଟୋକାମାନେ ତାସ ଖେଳୁଛନ୍ତି ବରଗଛ ମୂଳେ। ଶେଷରେ ଯେଉଁଠି ଆମେ ଅଟକିଗଲୁ ସେଇଟା ହିଁ ଜେଜେଙ୍କ ଘର। ଭଲ ଭାବରେ ନଜର ପକାଇଲୁ। ମନେହେଲା ଏ ଗାଁରେ ବୋଧହୁଏ ଜେଜେ ହିଁ ସବୁଠୁ ଗରିବ। ଚାଳ ଛପର ଘର। ଦାନ୍ତ ଦେଖାଇ ଖତେଇ ହେଉଥିବା ରଙ୍ଗ ଛଡ଼ା କାନ୍ଥ। ଅନେକ ଜାଗାରେ ସିମେଣ୍ଟ ଛାଡ଼ି ଯାଇଥିବା ବାରଣ୍ଡା। ଏଇଟା କଣ ଜେଜେଙ୍କ ସ୍ୱପ୍ନର ଘର! ରୁନୀ ମଜାରେ କହିଲା, "ଜେଜେ କଣ ନଟ ଦେଇଥିବା ମଣିଟା ହଜେଇ ଦେଇଛନ୍ତି କି?" ଘର ପାଖରେ ଦୁଇଟା ଗାଈ ବନ୍ଧାଯାଇ ଅପରିଷ୍କାର କରିଛନ୍ତି। ଇସ୍ କି ଗନ୍ଧ।

ଆମକୁ ଯିଏ ସ୍ୱାଗତ କଲା, ସିଏ ଥିଲା ଜେଜେଙ୍କ କୋଠିଆର ପୁଅ ନରି। ବେଶ୍ ବୟସ୍କ ଜଣାଯାଉଥିଲା। ଦେହରେ ମଇଳା ଲୁଗା, କାନ୍ଧରେ ଗାମୁଛା। କାଠ ଚଉକି ଦୁଇଟା ପକାଇଦେଇ ସେ ଭଲମନ୍ଦ ପଚାରିଲା।

ବାବା ବାରମ୍ବାର ଦୀର୍ଘ ନିଃଶ୍ୱାସ ନେଉଥିଲେ। ମା କହିଲେ, "ଏଠାକୁ ଆସିବା ଆଉ ସମ୍ଭବ ନୁହେଁ। କିଛି ତ ବ୍ୟବସ୍ଥା କରିବା।"

ବାଡ଼ିପଟ କୂଅ ପାଖକୁ ଆମେ ଉଠିଗଲୁ। ଜେଜେ କହିଥିବା ସବୁ ଜିନିଷ ମନେମନେ ଖୋଜିଲୁ। ଜେଜେ ଯେମିତି କହିଥିଲେ, ସେମିତି ଘର, ଗାଧୁଆ ଜାଗାରେ ବଡ଼ ପଥର କୁଣ୍ଡ, ନଡ଼ିଆଗଛ, ଗୁହାଳ ଘର ସବୁ ଅଛି, ହେଲେ ଦୁସ୍ଥ ଅବସ୍ଥାରେ।

ରୁନୀ କହିଲା, ଚାଲ ଦେଖିବା ନଈପଠା, ସୋରିଷ କ୍ଷେତ ଆଉ ଧୋବଣୀ ତୁଠ। ଆମ କଥା ଶୁଣି କୋଠିଆ ହସିଦେଲା। କହିଲା, "ସେ ସବୁ ବହୁତ ପୁରୁଣା କଥା ବାବୁମାନେ। ଆଉ ସେଗୁଡ଼ା ନାହିଁ। ନଈରେ ବନ୍ଧ ହୋଇଗଲାଣି। ଧାନବିଲ ସୋରିଷ କିଆରୀ ସବୁ ସରକାର ନେଇଗଲେ ବନ୍ଧ କରିବା ପାଇଁ। ତମ ଜେଜେ

କିଣିଥିବା ରାସ୍ତାଟା ପଡ଼ିଶା ଘର ମାଡ଼ିଯାଇ ପାଚେରି କରିଦେଲେ। ଆମ କଥା କିଏ ଶୁଣିବ, ସେ ତ' ସରପଞ୍ଚ ବାବୁ ବନିଗଲାଣି।"

– ଆଉ ସାପୁଆକେଳା, ଗୋଟିପୁଅ ନାଚ ସବୁ ଚାଲିଛିନା ?

ସେ ଫେଁ କରି ହସିଦେଲା କହିଲା, "ସେ ସବୁ ସ୍ୱପ୍ନ ହୋଇଗଲାଣି। ଏବେ ଗାଁ ସହର ହେବ ବୋଲି ଗୋଡ଼ କାଢୁଛି। ମଦ, ଚିକେନ ଦୋକାନ ବି ଖୋଲିଲାଣି। ମଣ୍ଡପରେ ତାସ ଖେଳ, କ୍ଲବରେ ମଦପିଆ ଚଲିଛି। ଆଉ କେଳାଙ୍କର ତ ଭେଳା ବୁଡ଼ିଗଲାଣି। ସରକାର ବାଡ଼େଇ ପିଟି ସାପଗୁଡ଼ା ନେଇ ଜଙ୍ଗଲରେ ଛାଡ଼ିଦେଲେ। ସାପ ଧରିଲେ ସେମାନେ ଜେଲ୍ ଯିବେ।"

ବାବା କହିଲେ, "ଆଉ ସେମାନେ କ'ଣ ବୁଝିବେ।"

ଆମେ ସବୁ ଅବହେଳିତ ଘରେ ବସିଥିଲୁ। କାନ୍ଥରେ ଟଙ୍ଗାହୋଇଥିଲା ଜେଜେ, ଜେଜେମା'ଙ୍କ କଳାଧଳା ରଙ୍ଗର ଫଟୋ। ଗୋଟେ ପାଖରେ ତାଙ୍କର ନନା ବୋଉ, ଆର ପାଖରେ ତାଙ୍କ ନାନୀ, ଛୋଟ ଝିଅଟେ ଲୁଗାପିନ୍ଧି କଣ୍ଢେଇ ପରି ଲାଗୁଛି। ତା ପାଖକୁ ବାବାଙ୍କର ଛୋଟବେଳର ଫଟ। ତାଙ୍କ ନାନୀର ହାତ ଧରି ଠିଆହୋଇଛନ୍ତି। ତା' ପାଖରେ ଜେଜେ ଜେଜେମା'ଙ୍କ ଗୋଡ଼ ଉପରେ ବସି ହସହସ ମୁହଁରେ ବସିଛନ୍ତି କୁନି ବାବା। ମନେହେଲା ଜେଜେ ଯେପରି ଫଟୋ ଭିତରୁ ବାହାରି ଆସି ଆମକୁ ସମସ୍ତଙ୍କ ସଙ୍ଗେ ପରିଚୟ କରାଇ ଦେଉଛନ୍ତି। କହୁଛନ୍ତି, "ଏଇ ଦେଖ ମୋ ପରିବାର। ମୋ ନାନୀ। ଏଇ ଲୁଗାକାନିରେ ମାଛ ଧରୁଥିଲା। ମୋ ଅଣ୍ଟାରେ ବାନ୍ଧିଦେଇ ମତେ ପହଁରା ଶିଖାଇଥିଲା। ଏଇ ମୋର ପରିବାର। ଏଇ ଆମର ଘର। ମନେହେଲା କେତେସବୁ ଅନ୍ତରଙ୍ଗ, ଆତ୍ମୀୟ ଲୋକମାନେ ଖୁବ୍ ସ୍ନେହରେ ଆମକୁ ଜଳଜଳ ହୋଇ ଚାହିଁଛନ୍ତି, ନିରୀହ ଭାବରେ। ବନ୍ଦୀ ହୋଇପଡ଼ିଛନ୍ତି ବନ୍ଦ ଘର ଭିତରେ। ଆମର ଅବହେଳାର ବନ୍ଦୀଶାଳାରେ।"

ମା କହିଲେ, "ଏ ଘରଟା ବିକ୍ରି କରଦେବା ନରି। ଆମର ତ ଏଠାକୁ କେବେ ଆସିବାର ନାହିଁ। ଆଉ ମୋ ପିଲାମାନଙ୍କୁ ତ ଦେଖୁଛୁ। ସେମାନେ କୁଆଡ଼େ ଚାକିରି କରିବେ କେ ଜାଣେ।"

ବାବା ଚୁପ୍ ହୋଇ ବସିଥିଲେ। ମା' କଥା କହୁଥିଲେ। ରୁନୀ ଏଯାଏଁ କିଛି କହୁନଥିଲା। ସେ ବି ବଡ଼ ହୋଇଗଲାଣି। ମୁଁ କହିଲି, "ଠିକ୍ କଥା ମା। ଜେଜେ ଏ ଘର ରଖି ଭୁଲ କରିଛନ୍ତି। ଆମକୁ କେତେ ହଇରାଣ ହେବାକୁ ପଡୁଛି। ହେଲେ ତମେ ସେ ଭୁଲ କରିବନି। ମୋର ତ ଆରବର୍ଷ ଆମେରିକା ଯିବାର ଅଛି। କେ ଜାଣେ ଆମର ବାଙ୍ଗାଲୋର ଘରର ଭବିଷ୍ୟତ କ'ଣ ହେବ!"

ବାବା ରୁନୀ ଆଡ଼କୁ କିଛି ସମୟ ଚାହିଁଲେ । ତାପରେ ବାହାରକୁ ଯାଇ କହିଲେ "ଟାକ୍‌ସି ବାହାର କର । ସଞ୍ଜ ଆଗରୁ ଭୁବନେଶ୍ୱର ପହଞ୍ଚିବାକୁ ହେବ ।"

ମା' ଚୁପ୍ ଥିଲେ । ଆମେ ସବୁ ବାହାରିଲୁ । ବାବା ଚୁପ୍‌ଚାପ୍ ନରି ହାତକୁ କେତେ ଟଙ୍କା ବଢ଼ାଇଦେଲେ । ତାକୁ କଣ କହିଲେ କେଜାଣି !!

■■

ସମ୍ମାନ

ଘଡ଼ିରେ ଆଠଟା ନ ବାଜୁଣୁ 'ରାୟ' ବାହାରିପଡ଼େ ଅଫିସକୁ। କଳାରଙ୍ଗର ପ୍ୟାଣ୍ଟ ଆଉ ଧଳାରଙ୍ଗର ହାଫ୍ ସାର୍ଟ ଖଣ୍ଡେ ପିନ୍ଧିଦେଇ, ଝୁଲାବ୍ୟାଗ୍‌ଟା କାନ୍ଧରେ ପକାଇଦିଏ। ପାଦରେ ଏକମାତ୍ର ଚମଡ଼ା ଚପଲ ହଳକ ଗଳାଇ ପକାଏ। କବାଟରେ ତାଲା ପକାଇଦେଇ ଦୁଇ ଚାରିଥର ଟଣାଟଣି କରି ପରଖିନିଏ। ତା'ପରେ ହାତଯୋଡ଼ି କେଉଁ ଅଦୃଶ୍ୟ ଭଗବାନଙ୍କ ଉଦ୍ଦେଶ୍ୟରେ ପ୍ରଣାମ କରି ବାହାରିପଡ଼େ। କେବେ ବି ପଛକୁ ଫେରି ଚାହେଁନି।

ରାୟ ବାହାରିଲାବେଳେ ଘଣ୍ଟାରେ ଠିକ୍ ଆଠଟା ବାଜୁଥାଏ। କେବେ ବି ସେ ଡେରିରେ ବାହାରିବାର ବୋଧହୁଏ ଜଗନ୍ନାଥ କଲୋନିରେ କେହି ଦେଖିନଥିବେ। ସେଥିପାଇଁ କେହିକେହି ତାକୁ ଦେଖି ନିଜର କାର୍ଯ୍ୟସୂଚୀ ସହିତ ସମୟକୁ ପରଖି ନିଅନ୍ତି। ସକାଳୁ ସେ କେତେବେଳେ ଉଠୁଥିବ କେଜାଣି। ତା କାନ୍ଧରେ ଥିବା ବ୍ୟାଗ୍‌ଟାରେ କିନ୍ତୁ ଦିନବେଳାର ଖାଇବା ଜିନିଷ ରହିଥିବାର ସୂଚନା ମିଳୁଥାଏ। ବାହାରକୁ ପାଦ ପକାଇଲାବେଳେ ତା'ର ଚେହେରା ବେଶ୍ ସତେଜ ଥାଏ। ମୁହଁରେ ଚେନାଏ ମଲ୍ଲିଫୁଲିଆ ହସ ଲାଗିରହିଥାଏ। ରାସ୍ତାରେ ଠିଆହୋଇ, ସେ ପୁରୁଣା ଲୁନାଗାଡ଼ିଟା ଉପରେ ହାତ ପକାଇଦେଇ ଏପଟ ସେପଟ ଚାହେଁ। କିଏ ତାକୁ ଅପେକ୍ଷା କରିନି ତ ! କାହାର ତା'ପାଖରେ କିଛି କାମ ନାହିଁ ତ ! ଥିଲେ ଭଲ, ଆଉ ନଥିଲେ, ସେ ଆଶ୍ୱସ୍ତିରେ ନିଃଶ୍ୱାସ ମାରେ। କଲୋନିରେ ସବୁ କିଛି, ଠିକ୍‌ଠାକ୍ ଚାଲିଛି, ସମସ୍ତେ ଭଲରେ ଅଛନ୍ତି ବୋଲି ସେ ଭାବିନିଏ। ସେ କିଛି ସମୟ ପୁରୁଣା ଲୁନା ଗାଡ଼ିଟାକୁ ଷ୍ଟାର୍ଟ କରୁକରୁ ଥକିପଡ଼େ। ଚେଷ୍ଟାରେ ଅବହେଳା ନକରି କିକ୍ ମାରିଚାଲେ। ହାଣ୍ଡେଲ୍‌କୁ

ଧରି କିଛିବାଟ ଧାଇଁଯାଏ। କେହି ତା ଆଡ଼କୁ ଚାହିଁ କିଛି କହିବା ଆଗରୁ, ସେ କହେ "ଗାଡ଼ିଟା ବୁଢ଼ା ହେଲାଣି ପରା। ମାଲିକଠୁ କିଛି ଅଧିକ ଶକ୍ତି ଚାହୁଁଛି।" କେହି ନୂଆ ଗାଡ଼ି କିଣିବା କଥା କହିଲେ, ମୁହଁରୁ ଝାଳ ପୋଛିଦେଇ ଅଳ୍ପ ହସିଦିଏ।

ରାୟର ଏପରି ସମସ୍ୟା ସହିତ ଜଗନ୍ନାଥ କଲୋନିର ଅଧିକାଂଶ ଲୋକେ ବେଶ୍ ପରିଚିତ ହୋଇସାରିବା ପରେ ସେ ବିଷୟରେ ଆଉ କେହି ଅଧିକା କହିବାର ଆବଶ୍ୟକତା ମନେକରନ୍ତି ନାହିଁ। ବରଂ କାହାର କିଛି କାମ ଥିଲେ ଠିକ୍ ସମୟରେ ତା ପାଖରେ ହାଜର ହୋଇଯାଆନ୍ତି। କାଗଜ ଚିଠା ଭିତରେ ଟଙ୍କା ରଖିଦେଇ, ତା ହାତକୁ ବଢ଼ାଇ ଦିଅନ୍ତି। ରାୟ ନିର୍ଦ୍ୱନ୍ଦରେ ବିନା କିଛି ପ୍ରହସନରେ ପକେଟରେ ପୂରାଇଦେଇ କହେ "ଅଫିସ୍‌ରେ ଦେଖିନେବି।"

ସେମାନେ ଠିକ୍ ବୁଝିଯାଆନ୍ତି ଯେ, ଦରକାରୀ ଜିନିଷଟା ସଞ୍ଜ ପରେ ତାଙ୍କ ପାଖରେ ପହଞ୍ଚିଯିବ। କିଛି ମହିଳା (ଯେଉଁମାନଙ୍କ ଘରେ ପୁରୁଷ ସଭ୍ୟ ଉପସ୍ଥିତ ନଥାନ୍ତି) କିଛି ବୟସ୍କ, ଆଉ କିଛି ଅଳସୁଆ ବ୍ୟକ୍ତି ବି ଠିକ୍ ସମୟରେ ଅପେକ୍ଷା କରିଥାଆନ୍ତି। ରାୟ ସେମାନଙ୍କର ସହଯୋଗୀ, ହିତାକାଂକ୍ଷୀ, ସାହାଯ୍ୟକାରୀ ଭାଇ ବନିଯାଏ। କାହାକୁ କିଛି ପ୍ରଶ୍ନ ନଥାଏ, କାହାର ଧନ୍ୟବାଦକୁ ବି ଆଶା ନଥାଏ ତା'ର। ବରଂ ସେମାନଙ୍କ ପାଇଁ କିଛି ସମୟ ବାହାର କରି, ସେ ଘରୁ ଗୋଡ଼ କାଢ଼ିଥାଏ। ସତେ ଯେପରି ସେମାନଙ୍କର କାମ କରିବା ତା'ର ଦାୟିତ୍ୱ।

ଜଗନ୍ନାଥ କଲୋନିର ଅଧିକ ବୟସ୍କ ବ୍ୟକ୍ତିମାନଙ୍କର ସେ ହିଁ ସାହସ। ପିଲାମାନଙ୍କଠାରୁ ଦୂରରେ ଥାଇ ବି କୌଣସି ବିଶେଷ ଅସୁବିଧା ସେମାନଙ୍କର ହୁଏନା । ରାୟ ଉପରେ ତାଙ୍କର ଭରସା ଥାଏ। ରାତିଅଧରେ ଫୋନ୍‌ରେ ଡାକିଦେଲେ ସେ ଆସି ହାଜର ହୋଇଯାଏ। ଏପ୍ରକାର ଲୋକଙ୍କ ଆବଶ୍ୟକତା ପାଇଁ ଗୋଟେ ଅଧିକ ବ୍ୟାଗ୍ ତା'ର ଝୁଲାମୁଣିରେ ଥାଏ। ଫେରିଲାବେଳେ ଲୁନାର ହାଣ୍ଡେଲ୍ ପଛପଟେ ଓଜନଦାର ବ୍ୟାଗମାନଙ୍କୁ ଦେଖିଲେ, ମନେହୁଏ ସତେ ଯେପରି ତା'ର ପରିବାରଟା ଖୁବ୍ ବଡ଼। ଘରର ଆବଶ୍ୟକତା ବି ଅନେକ। କହିବାକୁ ଗଲେ ତା ଯୋଗୁ ହିଁ କଲୋନିର ଲୋକମାନେ ସୁସ୍ଥିରେ ଥାଆନ୍ତି। ବଡ଼କାମ ହେଉ ଅବା ଛୋଟ, ଭଲରେ ହେଉ ବା ଅସୁବିଧା ସମୟରେ, ରାୟ ତ ଅଛି, ଚିନ୍ତା କ'ଣ? ସେମାନେ ଅନ୍ତର ଭିତରୁ ତା'ର ଦୀର୍ଘ ଜୀବନ କାମନା କରନ୍ତି, ଆଶୀର୍ବାଦ ଦିଅନ୍ତି। ହେଲେ ଦ୍ୱିତୀୟଟିକୁ ହିଁ ସେ ଆନନ୍ଦରେ ଗ୍ରହଣ କରି ମୁଣ୍ଡ ନୁଆଁଏ।

କଳାରଙ୍ଗର ବାଙ୍ଗରା ମଣିଷଟିକୁ ଦୂରରୁ ଦେଖିଲେ ବି ଚିହ୍ନି ହୋଇଯାଏ। ସବୁବେଳେ ସେଇ କଳାଧଳା ରଙ୍ଗର ପୋଷାକ, ରଙ୍ଗ କରା ଯାଉନଥିବା ଘନ ଚୂଳ,

ନାକତଳେ ପ୍ରଜାପତିଆ ନିଶ ଆଉ ସଦା ହସହସ ମୁଖ, ଆଉ କାହାର ହୋଇପାରେ ! ବୟସରେ ତା'ଠାରୁ ବଡ଼ ହେଉ ଅବା ସାନ, ସମସ୍ତଙ୍କୁ ସେ ହାତ ଯୋଡ଼େ। କିଏ କ'ଣ କହେ, ସେଥିପ୍ରତି ତା'ର ଧ୍ୟାନ ନଥାଏ। ଏ ସବୁ ସତ୍ତ୍ୱେ ବି କେହି କେହି ତା'କୁ ଥଟ୍ଟା କରନ୍ତି, ମଜା ଉଡ଼ାନ୍ତି, ବୋକା ଅପଦାର୍ଥ କୁହନ୍ତି। ତା'ର ସେଥିରେ ସମ୍ମତି ଥାଏ। ମନ ଖରାପ କରେନି ବରଂ ଭାବିନିଏ, ତା'ର ଏଥିରେ ଦୋଷ କଣ। ଦେହ ଆଉ ମୁଣ୍ଡଟା ତ ସେ ନିଜେ ତିଆରି କରିନି। ତେଣୁ ଲଜ୍ଜିତ ହେବାରେ କ'ଣ ଅଛି। ଲୋକମାନେ ଯାହା ଅନୁଭବ କଲେ ତାହା କହିଲେ। ମନରୁ ଫାନ୍ଦି କରି ତ କହୁ ନାହାନ୍ତି। ତାଙ୍କର ଭୁଲ କଣ ?

ସଞ୍ଜ ପରେ ଘରକୁ ଫେରି, ସେ କଲୋନି ଭିତରେ ଟିକେ ବୁଲିଆସେ। ବୁଢ଼ା ଲୋକମାନଙ୍କ ଘରେ ତାଙ୍କ ଜିନିଷ ଥିଲେ, ଦେଇଦିଏ। କାହା ସଙ୍ଗେ ଦେଖାହେଲେ ଦେହପା କଥା ପଚାରେ। ଛୋଟପିଲାଙ୍କ ଓଠରେ ହାତ ମାରି ଦେଉଦେଉ ମା'ମାନଙ୍କ ମୁହଁକୁ ଚାହିଁ ଅପ୍ରସ୍ତୁତ ହୋଇଯାଏ। କିଏ କ'ଣ ଭାବୁଥିବ କେଜାଣି। ତା'ର ହାତ ପାପୁଲିର ଅଦୃଶ୍ୟ ମଇଳାକୁ ପରଖିବାକୁ ଚେଷ୍ଟାକରେ। ତା ପାଖରେ କ'ଣ ଅସୁବିଧା ଥାଏ କେଜାଣି। ଖୁବ୍ ଛୋଟ ପିଲାଗୁଡ଼ା ତା ମୁହଁକୁ ଚାହିଁ କାନ୍ଦିଉଠନ୍ତି। ଧାଇଁଯାଆନ୍ତ ମା' ପାଖକୁ। ରାୟ ସଚେତନ ହୋଇ ଫେରିଆସେ। ସେଥିପାଇଁ ବୋଧହୁଏ ଭଗବାନ ତାକୁ ପିଲାଟିଏ ଦେଇନାହାଁନ୍ତି ?

ରାୟର କିଛି ପିଲାପିଲି କାହିଁକି ନାହିଁ, ସେକଥା ସେ ଜାଣେନା କିମ୍ବା ସେ ବିଷୟରେ ଜାଣିବା ପାଇଁ କୌଣସି ଡାକ୍ତରଙ୍କ ପାଖକୁ ଯିବାକୁ ସେ ଚାହିଁନଥିଲା। ହିତାକାଂକ୍ଷୀଙ୍କ ଉପଦେଶକୁ ସେ ହସରେ ଉଡ଼ାଇ ଦେଉଥିଲା। କହୁଥିଲା, "ଆଜିର ଯୁଗରେ ନିଜର ପିଲା ଥିଲେ ନଥିଲେ କଣ ଫରକ ପଡୁଛି ? ଭଗବାନ ନ ଦେଲେ ନାହିଁ। କିଛି ତ ଭଲ ଭାବିଥିବେ ମୋ ବିଷୟରେ। ତା'ଛଡ଼ା ବୁଢ଼ା ବୟସରେ, ଆଜିକାଲି କିଏ କାହା ପାଖରେ ରହୁଛି। ସମସ୍ତେ ତ ଏକୁଟିଆ ହୋଇଯାଇଛନ୍ତି। ନିଜେ ନିଜକଥା ବୁଝିବାକୁ ପଡ଼ିବ। କୋଉ ପିଲା କାହାର କିଛି କରି ପାରିବେନି। ସେ କଥା ତ ମୋର ଆଖି ଦେଖୁଛି।"

ସମସ୍ତେ ବୋକା କହିଲେ ବି, ସେ ନିଜ ସ୍ତ୍ରୀ ପାଖରେ ଚାଲାକ ବନିଯାଏ। ତାକୁ ବୁଝାଇଦିଏ। କହେ, "ଯଦି ଡାକ୍ତର କହିବେ ତୋ'ର କି ମୋର କିଛି ଖରାପ ଅଛି, ତେବେ କ'ଣ ହେବ ? ତୋର ଅସୁବିଧା ଥିଲେ, ମୋ ମନରେ କିଛି ଭାବନା ଆସିପାରେ। ଆଉ ମୋର ଥିଲେ, ତୁ କିଛି ଭାବିପାରୁ। ତା ଅପେକ୍ଷା କିଛି ନ ଜାଣି, ରହିବା ଭଲ। ଜଞ୍ଜାଳ ନ ଦେବାରେ ଈଶ୍ୱରଙ୍କର କିଛି ଆଶୀର୍ବାଦ ରହିଛି।"

ସରର ମା' ମନ କିଛି ବୁଝେନା। ସେ କହେ, "ବୁଢ଼ା ହେଲେ ରୋଗବାଗ ତ ହେବ। ସେତେବେଳେ କାହାର ସାହାରା ନେବା?"

ରାୟ ଉପରକୁ ହାତ ଟେକିଦିଏ। କହେ, "ସେଠି ଜଣେ ଆମ ପାଇଁ ବସିଛି। ତାଙ୍କଠୁ ବଡ଼ ବୁଝିବାବାଲା କିଏ ଅଛି? ମୁଁ ସିନା ପୂଜାପାଠ କରୁନି। ତୁ ତ କରୁଛୁ। ସେ ଆମ କଥା ବିଚାର କରିବେନି?"

ସତରେ କିଛି ଚିନ୍ତା ନଥିଲା। ହେଲେ ବାର୍ଦ୍ଧକ୍ୟ ଆସିବା ଆଗରୁ ଅଚାନକ ତା ଆଖି ଆଗରେ ସର ଚାଲିଗଲା। ସେ ଏକୁଟିଆ ପଡ଼ିଗଲା। କେହି ସାନ୍ତ୍ୱନା ଦେବାକୁ ନଥିଲେ। ରାୟ କିଛିଦିନ ମନ ଖରାପ କରିଥିଲା। ମୁହଁରୁ ହସ ଲିଭିଯାଇଥିଲା। ହେଲେ ନିଜେ ନିଜକୁ ବୁଝାଇଦେଲା। କେହି ଜଣେ ତ ଆଗ ଯିବାର ଥିଲା। ସେ ଚାଲିଗଲା, ବରଂ ଭଲ ହେଲା। ସ୍ତ୍ରୀ ଲୋକଟା ଭାରି ହଇରାଣ ହୋଇଥାଆନ୍ତା। ଏବେ ସେ ପୂରା ନିଧଡ଼କ। ସେଇଦିନୁ ସେ ହାଣ୍ଡି ଚୂଲି ଧରିଲା। ସକାଳୁ ଉଠି ଚୂଡ଼ା ଚକଟି ଖାଇଲା। ଖେଚେଡ଼ି କରି ଟିଫିନ୍‌ରେ ଭରିଲା। ଆଉ ଘରଟାକୁ ଯାଥାଶୀଘ୍ର ଛାଡ଼ିଦେଇ ଅଫିସ୍ ବାହାରିଗଲା। ସାରା କଲୋନିର ଲୋକମାନଙ୍କ ଦୁଃଖସୁଖରେ ସାମିଲ ହୋଇଗଲା।

କାହା ମନକଥା ଅବଶ୍ୟ ବୁଝିବା କଷ୍ଟକର। ସେହିଦୃଷ୍ଟିରୁ ତା'ମନରେ କ'ଣ ଥାଏ, ତା'କୁ ହିଁ ଜଣା। ହେଲେ କେବେକେବେ କଲୋନି ଲୋକେ ବେଶିଟିକେ ସ୍ୱାର୍ଥପର ମନେହୁଅନ୍ତି। କାମ ଥିଲାବେଳେ ରାୟ ମନେପଡ଼େ ଆଉ କାମ ନଥିଲେ ତାକୁ କେହି ପଚାରନ୍ତିନି। ଏପରିକି ନିରୋଳା ମୁହୂର୍ତ୍ତରେ ତା' ସଙ୍ଗେ ଟିକେ ଦୁଃଖସୁଖ ବାଣ୍ଟିବା ପାଇଁ କାହାର ଦେଖା ମିଳେନି। ସେ କ'ଣ ଖାଏ ନଖାଏ, ବାହାରେ ବେଶି ସମୟ ବିତାଇବାକୁ କାହିଁକି ଭଲପାଏ, ସେ ବିଷୟରେ କଥା ହେବା ତ ଦୂର କଥା, ତା'ର ଭାବନାକୁ ବୁଝି ସମବେଦନା ବି ଟିକେ ମିଳେନି। ରାୟର ସେଥିରେ କିଛି ଚିନ୍ତା କରିବାର ନଥାଏ। ସେ ନିଜର ଏକାକୀତ୍ୱକୁ ଗ୍ରହଣ କରିନେଇ, ଭବିଷ୍ୟତକୁ ଆଖି ବୁଜିଦିଏ। କେବେକେବେ କଲୋନିର ଗୋଟେ ମୁଣ୍ଡରେ ରହୁଥିବା ତା'ଠାରୁ କମ୍‌ବୟସ୍କ କାଳିଆ ସଙ୍ଗେ ବସି ଗପକରେ। ଚା' ବିସ୍କୁଟ୍ ଖାଏ। ତା'ସାଙ୍ଗେ କଥା ହେଲାବେଳେ ସେ ବେଶ୍ ଖୋଲା ଆଉ ଭାବପ୍ରବଣ ହୋଇଯାଏ। ଠିକାଦାର ପାଖେ କାମ କରୁଥିବା କାଳିଆଟା ତା'ର ଅନ୍ତରଙ୍ଗ ଦୋସ୍ତ ବନିଯାଏ। ତା'ର ବାଚାଳତାକୁ ମନଦେଇ ଶୁଣେ, ଯାହା ଅନ୍ୟ କାହା ଆଗରେ କହିବାର ସୁଯୋଗ ନଥାଏ। କେହିକେହି ସେମାନଙ୍କର ଦୋସ୍ତିକୁ ନେଇ ମଜା ଉଡ଼ାନ୍ତି। ସେଥିପାଇଁ ସେ ପରବାଏ କରେନି। ରାଗ ଅଭିମାନ ବି କରେନି। କାଳିଆ ହାଲିଆ ହୋଇ ସଞ୍ଜ ପରେ ଘରକୁ

ଫେରେ। ରାୟ ସେଇବାଟ ଦେଇ ଆସିଲାବେଳେ ଡାକଟାଏ ମାରିଦିଏ। କାହା ଘରେ କିଛି ଜିନିଷ ଦେବାର ନଥିଲେ, କିଛି ସମୟ ତା ପାଖରେ ଅଟକିଯାଏ। କାମ ଥିଲେ କଥା ପଦେ ଫିଙ୍ଗିଦେଇ, ସେ ଚାଲିଆସେ। ସତେ ଯେପରି ତା ପରିବାରର କେହି ଅପେକ୍ଷା କରିଛି। କାଳିଆ କେବେକେବେ ତାକୁ ଚେତାଇଦିଏ। କହେ, "ତତେ କିଏ ପଚାରୁଛି କହିଲୁ? ସ୍ୱାର୍ଥ ଅଛି ବୋଲି ତୋ ପାଖରେ ହାବୁଡ଼ି ଯାଉଛନ୍ତି। ତୋ'ର ସେମାନଙ୍କ ପାଇଁ କାହିଁକି ଏତେ ଚିନ୍ତା। ଘରେ ରହ। ଆରାମ କର। ରୋଷେଇ କରି ଖାଇପିଇ ମଜାକର। ଭଗବାନ ତତେ ତ କିଛି ବୋଝ ଦେଇନାହାନ୍ତି। ତୁ କାହିଁକି ଅନ୍ୟର ବୋଝକୁ ମୁଣ୍ଡରେ ଧରିଛୁ?"

କାଳିଆ କଥାରେ ସେ ହସିଦିଏ। କ'ଣ ଜାଣେ ଛୋଟପିଲାଟା। କାହାର ମନ ବୁଝିବାର ବୟସ ତା'ର ହୋଇନି। ସାରା କଲୋନିକୁ ନିଜର ବନାଇଦେଇ ସେ କ'ଣ ସୁଖ ପାଉନି। ସେ ବି ନିଜର ସ୍ୱାର୍ଥରେ ଅଛି।

ସବୁଦିନ ଘରକୁ ଫେରୁଫେରୁ ରାତି ହୋଇଯାଇଥାଏ। ପୁଣି ସେଇ ରୋଷେଇ ଚିନ୍ତା। ରାନ୍ଧିବାକୁ ଇଚ୍ଛା ହୁଏନା। ମନ ଚାହେଁ କିଏ କିଛି ରାନ୍ଧି ଦେଇ ଦିଅନ୍ତା କି। ସେତେବେଳେ ସରକଥା ମନେପଡ଼େ। ଆଖିରୁ ଦୁଇଧାର ଲୁହ ଗଡ଼ିଆସେ। ମନେହୁଏ ସେ ଯେପରି ତା ହୃଦୟରୁ ଖଣ୍ଡେ ଅଂଶ ନେଇ ଚାଲିଯାଇଛି। ଘର ଭିତରଟା ଖାଲିଖାଲି ଲାଗୁଛି। ସତରେ ସେ ତା'ପାଇଁ କିଛି କରିପାରିଲାନି। କଷ୍ଟ ପାଇପାଇ ସେ ଚାଲିଗଲା। ବଡ଼ ଡାକ୍ତରଖାନାକୁ ନେଇଥିଲେ ଅବା କଣ ହୋଇଥାଆନ୍ତା। ସବୁକଥା ତ ସେ ଲୁଚାଇଲା। ରୋଗ ବଢ଼ିଗଲାପରେ ଆଉ କିଛି କରିବାର ନଥିଲା। ଏମିତିକି ସେ ଅଫିସ୍‌ରୁ ଫେରିଲାଯାଏ ବି ସେ ଅପେକ୍ଷା କଲାନି।

ସର ବେଳେବେଳେ ତା'ଉପରେ ରାଗୁଥିଲା। ସେ କହୁଥିଲା, ନିଜର ପୁଅଝିଅ ନହେଲା ନାହିଁ। ପିଲାଟାଏ ନିଜର କରି ରଖିଥିଲେ କ'ଣ ହୋଇନଥାନ୍ତା। ରାୟ ସେଥିରେ ମୁଣ୍ଡ ପୂରାଇଲାନି। ସବୁ ଭଗବାନଙ୍କ ଇଚ୍ଛା କହି ଟାଳିଦେଲା। ସେଥିପାଇଁ ତ ଏବେ ନିଧଡ଼କ ହୋଇ ବୁଲୁଛି, କିଛି ଚିନ୍ତାନାହିଁ। ବେଳେବେଳେ ବେଶି କାମ ପଡ଼ିଗଲେ ତା'ର ହାତ, ଗୋଡ଼ଗୁଡ଼ା କଟ୍‌କଟ୍ ହୋଇ ବିନ୍ଧେ। କାହାର କୋମଳ ହାତର ସ୍ପର୍ଶକୁ ଆଶା କରେ। ସେତେବେଳେ ସରକଥା ବେଶି ମନେପଡ଼େ। ସେ ସରର ଠାକୁରଙ୍କ ପାଖେ ମୁଣ୍ଡ ନୁଆଁଏ। ରୋଷେଇ ଘରକୁ ନିରୀହ ଦୃଷ୍ଟିରେ ଚାହିଁରହେ। ଯେତେସବୁ ଖାଲି ଡବାଗୁଡ଼ା ତା ଆଡ଼କୁ ଚାହିଁ ରହିଥାଏ। ନିଜ ପାଇଁ ଚୂଡ଼ା କି ମୁଢ଼ିଗଣ୍ଡେ ଆଣିବାକୁ ମନେପଡ଼େନି। ଅନ୍ୟର କାମ ଭିତରେ ନିଜକଥା ଭୁଲି ହୋଇଯାଏ। ପାଣିଟିକେ ପିଇଦେଇ ସେ ଶୋଇପଡ଼େ।

ସକାଳୁ ଉଠିଲେ ପୁଣି କଲୋନି ଲୋକଙ୍କ ଚିନ୍ତା। ବାହାରେ ଥାଇ କେହିକେହି ଡାକ ଛାଡ଼ନ୍ତି, "ରାୟ ଗଲାବେଳେ ଟିକେ ଶୁଣିଯିବ।" ମହାନ୍ତି ମଉସାଙ୍କର ମାସିକିଆ ଔଷଧ ଆସିବାର ଥାଏ। ଛୋଟ ପିଲାଟାଏ ଧରି ଏକୁଟିଆ ରହୁଥିବା ରୋଜୀର କେତେ ବରାଦ ଥିବ। ପାଢ଼ୀବାବୁ, ପଣ୍ଡାବାବୁ ଆଉ ଜେନାବାବୁଙ୍କର କେଜାଣି କେତେ କାମ। ସବୁ ଦାୟିତ୍ୱ ରାୟର। ଏମିତି କେତେ କାମପାଇଁ ସକାଳଟା ଅପେକ୍ଷା କରିଥାଏ । ଗଲାବେଳେ କାଳିଆ ବାହାରି ଯାଇଥାଏ ଠିକାଦାରର କାମକୁ। ବାଟରେ ଦେଖାହେଲେ ଲୁନା ପଛରେ ବସିପଡ଼େ। ହଲିହଲି ଆଗକୁ ଗଲାବେଳେ, ତା'କୁ ଖୁବ୍ ଭଲଲାଗେ। ହେଲେ ସେ' ବି ବାଟସାରା ଗାଳି କରେ, ଠିକ୍ ସର ପରି। ନିଜକଥା ବୁଝିବାକୁ ତାଗିଦ୍ କରେ। କହେ, "ଏ କଲୋନି ଲୋକମାନଙ୍କୁ ତୁ ଅଳସୁଆ ବନାଇ ଦେଲୁଣି ରାୟଭାଇ । ଅଳସୁଆ ଲୋକଙ୍କ କାମ କରିବାରେ କିଛି ମାନବିକତା ନଥାଏ। ସେମାନେ ତୋ'ର ସରଳତାର ଫାଇଦା ନେଉଛନ୍ତି। ଭାଉଜ ବଞ୍ଚିଥିଲେ ତତେ ସାବାଡ଼ କରିଦିଅନ୍ତା।"

କାଳିଆ କଥାରେ ସେ କିଛି ଖରାପ୍ ଭାବେନା। ବରଂ ତା କଥାକୁ ଏ କାନରେ ପୂରାଇ ସେ କାନରେ ବାହାର କରିଦିଏ।

ଦୀନବନ୍ଧୁ ରାୟ, ଅନ୍ୟମାନଙ୍କ ଅଭାବ ଅସୁବିଧାକୁ ମୁଣ୍ଡାଇ ଧରୁଧରୁ କେବେକେବେ ଥକିପଡ଼େ। ତେବେ ବି କେହିକେହି କୁହନ୍ତି, "ରାୟଟା ପାଗଳଟାଏ। ନିଜର ସମୟ କଟୁନି ବୋଲି ଅନ୍ୟ କାମରେ ଲାଗିଥାଏ। ନିହାତି ପାପୀ, ନାସ୍ତିକଟାଏ। ପୁଣ୍ୟପର୍ବରେ ବି ମନ୍ଦିର ଯାଏନି।" ଯଦି ତା'କୁ କିଏ ସେ ବିଷୟରେ ପଚାରେ ସେ କହେ, "ଠାକୁରଙ୍କ ପାଖରେ ମୋର କ'ଣ କାମ। କିଛି ତ ମାଗିବାକୁ ନାହିଁ, ଯିବି କାହିଁକି ? ମୋର ତ କିଛି ଦୁଃଖ ନାହିଁ। ସେଇଟା ଖାଲି ଦୁଃଖୀ, ମାଗନ୍ତାଙ୍କ ଜାଗା। ବିଚରା ଲୋକମାନଙ୍କର କିଛି କଷ୍ଟ, ଅଭାବ କିମ୍ବା ଆଶା ଥାଏ ବୋଲି ଯାଆନ୍ତି ସିନା, ହେଲେ, ଠାକୁର ପୂରଣ କରନ୍ତି ନା ନାହିଁ କେଜାଣି !"

ରାୟ ସେମିତି ଜ୍ଞାନୀ ଭାବରେ ଗଣାଯାଏନି ଯେ, କିଏ ତା' ଭାବନାର ଗୁରୁତ୍ୱ ଦେବ। ବେଶି ପାଠଶାଠ ନାହିଁ, ତା' କଥାର ଗୋଟେ ମୂଲ୍ୟ କଣ ? ତେଣୁ ସେ ଅନେକ ସମୟରେ ଶୂନ୍ୟ ସାଙ୍ଗରେ ଗପ କରେ। କେହି କେହି ତା ଘର ଭିତରୁ କିଛି ଶବ୍ଦ ଶୁଣନ୍ତି। ବେଶି ରାତିହେଲେ ସେ କୁଆଡ଼େ କାହା ସଙ୍ଗେ କଥା ହେଉଥାଏ। କେବେକେବେ ଜୋରରେ ତ କେବେ କୋମଳ ସ୍ୱରରେ। ମନେହୁଏ କେହି ଯେପରି ତା' ଘରେ ଉପସ୍ଥିତ ଅଛି। ରାୟ କିନ୍ତୁ କେବେ ଘର ଭିତରକୁ କାହାକୁ ଆସିବାକୁ ଦିଏନି। ସେଇଟା ତା' ନିଜ ଘର। ସଦାବେଳେ ଦୁଆର ବନ୍ଦ। କେହି ଡାକିଲେ

ବାହାରକୁ ଚାଲିଆସି ପଡ଼ିଆରେ ଥିବା ସିମେଣ୍ଟ୍ ବେଞ୍ଚ ଉପରେ ବସି କଥାହୁଏ। ତା ପରିବାରରେ ଆଉ କିଏ ଥାଏ ସେକଥା ବି କାହାକୁ ଜଣା ନଥାଏ। ସେ ତ କଲୋନି ଛାଡ଼ି କୁଆଡ଼େ ଯାଏନି କିମ୍ବା ତା' ଘରକୁ କେହି କେବେ ଆସନ୍ତିନି। ଘରଟା ସଦାବେଳେ ବନ୍ଦ। କଣ ସବୁ ସମ୍ପତ୍ତି ଲୁଚାଇ ରଖିଛି କେଜାଣି!

କେହି କେହି କୁହନ୍ତି, "ଲୋକଟା କୁଆଡ଼େ ବଙ୍ଗାଳି ରିଫ୍ୟୁଜି। ବଙ୍ଗଳା ଦେଶରୁ ଚାଲିଆସିଛି। ଏଠି ପ୍ରାଇଭେଟ୍ ଅଫିସ୍‌ରେ ପିଅନ ଚାକିରି ଖଣ୍ଡେ କୌଣସି ପ୍ରକାରେ ହାତେଇ ନେଇଛି।" ସତ କି ମିଛ କେଜାଣି, ହେଲେ ସେ କେବେ ଓଡ଼ିଆ ବ୍ୟତୀତ ଅନ୍ୟ କେଉଁ ଭାଷାରେ କଥା ହେବାର କେହି ଶୁଣିନାହାନ୍ତି। ସେ ଯାହାହେଉ, କାହାର କ'ଣ ଯାଏ ଆସେ। ଲୋକଟା ତ ବେଶ୍ କାମରେ ଆସେ। ସମସ୍ତଙ୍କ କଥା ମାନିନିଏ। ଭଲମନ୍ଦରେ ପାଖରେ ଠିଆହୁଏ। ଦେହ ଖରାପ ଥିଲେ ନିଜର ଲୋକ ପରି ସେବା କରେ। ଯାହା କହିଲେ ବି କରିଦିଏ। ଏମିତି ମଣିଷଟେ କେଉଁଠି ମିଳିବ? ପିଲାଠୁ ବୁଢ଼ାଯାଏ ସମସ୍ତେ ତା'ର ନିଜର।

କଲୋନିରେ ନୂଆକରି ଗଢ଼ାଯାଇଥିବା ଯୁବକ ସଙ୍ଘରେ ବି ସେ ଟୋକା ପରି କାମ କରେ। ଗଣେଶ ପୂଜା, ସରସ୍ୱତୀ ପୂଜା, ନୂଆବର୍ଷ, ମେଲୋଡି, ଡ୍ୟାନ୍ସ ପାର୍ଟିରେ ସେ ହାତ ବଢ଼ାଏ। ବଜାର ଯାଏ, ଚଉକି ପକାଏ, ଚା, ଜଳଖିଆ ଆଣେ। କିଏ କଣ କହେ, ସେଥିରେ ତା'ର କ'ଣ ଯାଏ ଆସେ। ଯାହା କିଛି ମନର କଥା କାଳିଆ ଆଗରେ କହେ। ତା ସଙ୍ଗେ କିଛି ସମୟ ନ ବିତାଇଲେ ତାକୁ ଭଲ ଲାଗେନା। ରାତିରେ ଶରତ ଦୋକାନରୁ ପରିବା ଦି'ଟା ଆଣି ଘରକୁ ଆସେ। ପଇସା ନଥିଲେ ବାକି ମାଗେ। କେବେକେବେ ମିଳେ ତ କେଉଁଦିନ ସେ ମୁହଁ ମୋଡ଼ିଦିଏ। କିଛି ନ ଭାବି ସେ ଚାଲିଆସେ। ଦିନେ ଦିନେ ଉପାସ ରହିଲେ ଦେହକୁ ଭଲ ବୋଲି ନିଜକୁ ବୁଝାଇଦିଏ।

- ଜଗନ୍ନାଥ କଲୋନି ଭିତରକୁ ପଶୁପଶୁ, ବାଁ କଡ଼ରେ ଥାଏ ଗୋଟେ ସରକାରୀ ଜାଗା। କେବେକେବେ ସେଠି ପିଲାମାନେ ଫୁଟ୍‌ବଲ ତ କେବେ କ୍ରିକେଟ ଖେଳନ୍ତି। ସେଇଟା କଲେନି ଲୋକମାନଙ୍କର ନିଜର ଜାଗା ହୋଇଯାଇଥାଏ। କିନ୍ତୁ ହଠାତ୍ ଏମିତି ଗୋଟେ ପରିବର୍ତ୍ତନ ହେବ ବୋଲି କେହି ଭାବିନଥିଲେ। କିଛିଦିନ ଭିତରେ ସେଠି ଗୋଟେ ବିରାଟ ବଙ୍ଗଳା ମୁଣ୍ଡ ଟେକିଲା। ଲୋକମାନେ ଫୁସ୍‌ଫାସ୍ ହେଲେ। କହିଲେ ସେଇଟା କୁଆଡ଼େ କେଉଁ ବଡ଼ ଅଫିସରଙ୍କର ଘର। ସରକାରୀ ଜାଗାକୁ ସେ ହାତେଇ ନେଇଛନ୍ତି। ଘରଟା ବି ଦେଖିଲା ଭଳି। ଆଗରେ ସୁନ୍ଦର ଫାଟକ। ଭିତରେ

ସୁନ୍ଦର ବଗିଚା। ବଡ଼ବଡ଼ ଗାଡ଼ି ରଖିବା ପରି ଜାଗା। ଆଉ ସବୁ କ'ଣ ଅଛି କେଜାଣି। କିଛିଦିନ ପରେ ଗେଟ୍ ଆଗରେ ଲେଖାଗଲା, ଦେବବ୍ରତ ରାୟ, ଆଇ.ଏ.ଏସ୍। ଏତେବଡ଼ ଘର ଜଗନ୍ନାଥ କଲୋନିରେ କାହାର ନ ଥିଲା।

ବଙ୍ଗଳାର ଗୋଟେ ପାଖକୁ ରାସ୍ତାକଡ଼ରେ ଗଢ଼ିଉଠିଥିଲା କିଛି ଝୁମ୍ପୁଡ଼ି ଘର। କେଜାଣି କେତେଦିନୁ ସେଠି କିଛି ଶ୍ରମିକ ଶ୍ରେଣୀର ଲୋକମାନେ ରହିଆସୁଥିଲେ। ସେଇଠି ଥିଲା କାଳିଆର ବଖରିକିଆ କୁଡ଼ିଆ ଖଣ୍ଡେ। ସକାଳୁ ସଞ୍ଜଯାଏ ବସ୍ତିଟା ପ୍ରାୟ ଖାଲି ହୋଇଯାଉଥିଲା। ଯେ ଯାହାର କାମକୁ ଚାଲି ଯାଉଥିଲେ। ରାତିରେ ହିଁ କୋଳାହଳ ଜମୁଥିଲା। ସେମାନେ କୌଣସି ଅସାମାଜିକ କାମରେ ଲିପ୍ତ ନଥିଲେ, ବରଂ ସ୍ତ୍ରୀ ଲୋକମାନେ ଜଗନ୍ନାଥ କଲୋନିରେ ଘରୋଇ କାମ କରି ଗୁଜୁରାଣ ମେଣ୍ଟାଉଥିଲେ। ବେଶ୍ ଭଲ ସମ୍ପର୍କ ଥିଲା ସେମାନଙ୍କ ସହିତ। ଯେଉଁଦିନୁ ଏତେବଡ଼ ଘରଟାରେ ରହିବା ଲୋକ ସେମାନଙ୍କର ପଡ଼ୋଶୀ ବନିଗଲେ, ସେଇଦିନଠାରୁ ସେମାନଙ୍କ ମନରେ ଛନକା ପଶିଗଲା। ସତକୁ ସତ ଦିନେ ବିନା ନୋଟିସରେ ବୁଲ୍‌ଡୋଜରଟାଏ ଘରଗୁଡ଼ାକୁ ଟେକିନେଇ ପିଙ୍ଗିଦେଲା। ସରକାରୀ ଲୋକ କହିଲେ, "ସେଠି ଗୋଟେ ଭଲ ପାର୍କ ତିଆରି ହେବ। କଲୋନିର ପିଲାମାନେ ଖେଳିବେ।" କେହି କେହି କହିଲେ, "ଭଲକଥା, ଝୁମ୍ପୁଡ଼ିଗୁଡ଼ା କଲୋନିକୁ ଅସୁନ୍ଦର କରିଦେଉଥିଲା। ସରକାରୀ ଜାଗା ତ, ସେମାନଙ୍କର ପୈତୃକ ସମ୍ପତ୍ତି ନୁହେଁ।" ଆଉ କେହି କହିଲେ, "ଲୋକଗୁଡ଼ା ବିଚରା ଯିବେ କୁଆଡ଼େ?" ସେମାନେ ଅବଶ୍ୟ କିଛି ପରିମାଣରେ ଦୁଃଖୀ ଥିଲେ, ହେଲେ ପଦାକୁ ଗୋଡ଼ କାଢ଼ି କିଛି କହିବାର ସାହସ ତାଙ୍କ ପାଖରେ ନଥିଲା।

କାହାର କିଛି ପ୍ରତିରୋଧ କିମ୍ବା ହଟ୍ଟଗୋଳ ନଥିଲା। କିଛି ଅପ୍ରୀତିକର ପରିସ୍ଥିତି ଘଟିନଥିଲା। ସମସ୍ତଙ୍କ ଆଖି ଆଗରେ କିଛିଦିନ ପରେ ସାହେବଙ୍କ ପାଚେରିଟା ଘୁଞ୍ଚିଯାଇ ସବୁ ସରକାରୀ ଜାଗାକୁ ନିଜର କରିଦେଲା। କିଛିଦିନ ଆଗରୁ ଅବଶ୍ୟ ବଗିଚା ଭିତରେ ଏକ ବିରାଟ ପାର୍ଟି ହୋଇଥଲା। ଜଗନ୍ନାଥ କଲୋନି ଯୁବକସଂଘର କିଛି ବଛାବଛା ପିଲାମାନଙ୍କୁ ସେ ଭୋଜିକୁ ଡକାଯାଇଥିଲା। ସେମାନେ ରୁମାଲରେ ମୁହଁ ପୋଛୁପୋଛୁ ଭୋଜିର ତାରିଫ କରୁଥିଲେ।

ବିଚରା କାଳିଆଟା ଶିକାର ବନିଗଲା। କଷ୍ଟରେ ବନାଇଥିବା ଘରଟା ଉଜୁଡ଼ିଯିବା ପରେ, ବାସ ନ ଥିବାରୁ, ନିକଟରେ ସ୍ଥିର ହୋଇଥିବା ତା ବାହାଘରଟା ଭାଙ୍ଗିଗଲା। ସେ ଚାଲିଗଲା ଠିକାଦାରର ଅଧାତୋଳା ହୋଇଥିବା ଘର ପାଖକୁ। ରାୟ ଏକା

ପଡ଼ିଗଲା। ସେଇବାଟ ଦେଇ ଅଫିସ ଗଲାବେଳେ ଅଭ୍ୟାସବଶତଃ ଅଟକି ଯାଉଥିଲା। ସାହେବଙ୍କ ଘର ଆଡ଼େ ଚାହିଁଦେଇ ଏକ ଦୀର୍ଘ ନିଃଶ୍ୱାସ ଫିଙ୍ଗିଦେଇ ଚାଲିଯାଉଥିଲା। ପୁରୁଣା ଲୁନା ଗାଡ଼ିଟା ଭାରି ହାଲକା ଲାଗୁଥିଲା ତାକୁ। କାହାର କଣ ଯାଉ ନଯାଉ, ତା'ର ମନେହେଲା, ସର ପରେ ଆଉଜଣେ କିଏ ଅନ୍ତରଙ୍ଗ ତା'ଠୁ ଦୂରେଇଗଲା। ସେ ଅଭାବକୁ ଭୁଲିଯିବା ପାଇଁ ତାକୁ ବେଶ୍ କିଛି ସମୟ ଲାଗିଥିଲା।

ପୁରୁଣା ଦିନଚର୍ଯ୍ୟାରେ ପରିବର୍ତ୍ତନ ହୋଇଗଲା। କଲୋନିର ସ୍ତ୍ରୀଲୋକମାନେ ଅଧିକ ଟଙ୍କା ବିନିମୟରେ ବି କାମବାଲୀ ପାଉନଥିଲେ। ରାୟର ଘରଘର ବୁଲିବା କାମ ବି ବଢ଼ିଗଲା। ସକାଳୁ ସକାଳୁ ତା' ପାଖକୁ ନଆସି କେହିକେହି ସେମାନଙ୍କ ଘରକୁ ଆସିବାକୁ ଅନୁରୋଧ କରୁଥିଲେ। ତେବେ ବି ରାୟର ହସ ଟିକକ ଲିଭି ଯାଇନଥିଲା। ସାରା କଲୋନିକି ନିଜ ଘର ବୋଲି ଭାବି ନେଇଥିବା ଲୋକର ହସକୁ ଛଡ଼ାଇ ନେବାର ଶକ୍ତି କାହା ପାଖରେ ନଥିଲା।

ଜଗନ୍ନାଥ କଲୋନିକୁ ନୂଆ ରାସ୍ତା ହେଲା। ବେଶ୍ ଓସାରିଆ କଂକ୍ରିଟ ରାସ୍ତା ହେବାକୁ ବେଶିଦିନ ଲାଗିଲାନି। ହେଲେ ସାହେବଙ୍କ ଘରଠୁ ଆଉ ଅଧିକ ବାଟ ଆଗେଇ ପାରିଲାନି। ଦୁଇ ଚାରିଥର ଫେରିଲା ପରେ କେହି ଲୋକ ଅବଶ୍ୟ ତାଙ୍କ ସଙ୍ଗେ ଦେଖା କରିଥିଲେ। ସେମାନଙ୍କୁ କମ୍‌ଦିନ ଭିତରେ ଭିତରକୁ ରାସ୍ତା ହେବାର ପ୍ରତିଶ୍ରୁତି ମିଳିଥିଲା। ସେଇ କିଛିଦିନକୁ ଅପେକ୍ଷା କରିବାକୁ ସେମାନେ ବାଧ୍ୟ ହେଉଥିଲେ। ସାହେବ୍ କିନ୍ତୁ ଯୁବକସଂଘକୁ କିଛି ଦାନ ଫିଙ୍ଗିଦେଇ, ସେମାନଙ୍କୁ ଚୁପ୍ କରାଇ ଦେଉଥିଲେ। ତା'ଛଡ଼ା ବିଭିନ୍ନ ପୂଜାପର୍ବରେ ତାଙ୍କ ଲୋକ କିଛି ଅର୍ଥ ଦେଇଯାଉଥିଲେ। କିଛି ବୟସ୍କ ବ୍ୟକ୍ତି ରାସ୍ତାକଡ଼ରେ କିମ୍ବା ପଡ଼ିଆରେ ବସି ତାଙ୍କ ବିରୁଦ୍ଧରେ ଚର୍ଚ୍ଚା କରି ସମୟ ବରବାଦ କରୁଥିଲେ। କେହି କେହି କାଦୁଅକୁ ନଯିବା ଲୋକେ ତାଙ୍କର ତାରିଫ୍ କରି କହୁଥିଲେ, "ସେ ଆସିବାଦିନୁ କଲୋନିର ମହତ୍ତ୍ୱ ବେଶ ବଢ଼ିଯାଇଛି। କିଛି ନାମଜାଦା ଲୋକ, ଅଫିସର, ପୋଲିସବାବୁ ଆସୁଛନ୍ତି। କେହିକେହି ବଦମାସ ଲୋକ ତାଙ୍କ ଭୟରେ କଲୋନି ଭିତରକୁ ଆସିବାକୁ ଭୟ କରୁଛନ୍ତି। ଅଟୋ, ଟାକ୍ସିବାଲା, ଆଗପରି ଅଧିକ ଟଙ୍କାଦାବି କରୁନାହାନ୍ତି।"

କେହି କେହି ସଂଘପିଲା ତାଙ୍କ ଘରକୁ ଯିବାକଥା କହି ଗର୍ବିତ ହେଉଥିଲେ ଏବଂ ତାଙ୍କର ବଡ଼ପଣ କଥା ଅନ୍ୟମାନଙ୍କୁ ଶୁଣାଉଥିଲେ। ସାହେବ ବି ଏତେବଡ଼ କଲୋନିର ଯୁବକମାନଙ୍କୁ ତାଙ୍କ ପ୍ରତି ବିମୁଖ ହେବାର ସୁଯୋଗ ଦେଉନଥିଲେ। ସେ ବୁଝିଥିଲେ ଆଜିକାଲି ଯୁଗରେ ସେମାନଙ୍କ ଶକ୍ତି କେତେ ବେଶି। ଯଦି କିଏ

କୋର୍ଟକଚେରିରେ ତାଙ୍କ ବିରୁଦ୍ଧରେ ପ୍ରଶ୍ନବାଚୀ ଠିଆ କରିଦିଏ, ତେବେ ସେ ହୁଏତ ଅଡୁଆରେ ପଡ଼ିଯାଇପାରନ୍ତି। ସେଥିପାଇଁ କିଛି ଆଗଚଲା ଯୁବକଙ୍କ ସହିତ ପଦେ ଦୁଇପଦ କଥାହୋଇ କିମ୍ବା କୌଣସି ବାହାନାରେ ଅର୍ଥ ଦେଇ ସେ ଚୁପ୍ କରାଇ ଦେଉଥିଲେ। ସେମାନେ ମଧ୍ୟ ନିଜକୁ କୃତାର୍ଥ ମନେକରୁଥିଲେ। ବୟସ୍କ ଲୋକଙ୍କ ଭଲ ପାଇବା ନ ପାଇବାରେ ତାଙ୍କର କିଛି ଫରକ ପଡୁନଥିଲା।

ଏ ସବୁ ପରିସ୍ଥିତି ଭିତରେ ସବୁବର୍ଷ ପରି କଲୋନିର ସଭାହେଲା। ଏଥର ସଭା କିନ୍ତୁ ଅଲଗା ପ୍ରକାରର ଥିଲା। ଅଧିକାଂଶ ଯୁବକ ଏଥିରେ ସାମିଲ ହେଲେ ଏବଂ କଲୋନିର ଭଲମନ୍ଦରେ ପ୍ରତ୍ୟକ୍ଷ ଭାବରେ ଜଡ଼ିତ ହେବାକୁ ଚାହିଁଲେ। ସେମାନେ ଦୃଢ଼ତାର ସହ କହିଲେ ଯେ, "ବୟସ୍କ ଲୋକଙ୍କ ଦ୍ୱାରା କିଛି ଉନ୍ନତି ହେବାର ସମ୍ଭାବନା ନାହିଁ। ସେମାନେ ସରକାରୀ ସୁବିଧାକୁ ହାତେଇବାରେ ଅସମର୍ଥ। କଲୋନିର ରାସ୍ତା ଏପର୍ଯ୍ୟନ୍ତ ହୋଇ ପାରିଲାନି, ଡ୍ରେନ କାମ ଅଧାହୋଇ ପଡ଼ିଛି। କମ୍ପ୍ୟୁଟର ସେଣ୍ଟର ନାହିଁ, ଇତ୍ୟାଦି ଇତ୍ୟାଦି ।"

ବୟସ୍କମାନେ ବି ତାଙ୍କ କଥାରେ ରାଜି ହୋଇଗଲେ। କଥାହେଲା ଏବର୍ଷ କଲୋନିରେ ଉତ୍ସବ ହେବ,ଏକ ପତ୍ରିକା ପ୍ରକାଶ ପାଇବ, ଭୋଜିହେବ। ସେଥିପାଇଁ କୌଣସି ଲୋକ ପ୍ରତିନିଧିଙ୍କୁ ଡକାହେବ। ତାଙ୍କ ଆଗରେ ଦାବି ଉପସ୍ଥାପନ କରାଯିବ। ତାଛଡ଼ା କଲୋନିର ଜଣେ ଭଲଲୋକଙ୍କୁ ସମ୍ମାନିତ କରାଯିବ। ଏ ମାସ ଭିତରେ ହିଁ ସବୁକାମ କରାଯିବ।

କଥାଟା ସମସ୍ତଙ୍କ ମନକୁ ପାଇଲା। ସର୍ବସମ୍ମତି କ୍ରମେ ଜଣେ ଉଦୀୟମାନ ଯୁବକକୁ ସଭାପତି କରାଗଲା। ଉତ୍ସବର ଦିନ ବି ଠିକ୍ କରାଗଲା।

ପଶ୍ନ ରହିଲା, କଲୋନିର ସବୁଠୁ ଭଲ ଲୋକଟି କିଏ ? କିଏ ସମ୍ମାନିତ ହେବ ?

କିଛି ସମୟ ଫୁସ୍‌ଫାସ୍ ଚାଲିଲା। କେହିକେହି ନିଜକୁ ସେହି ସ୍ଥାନରେ ରଖିବାକୁ ଚାହୁଁଥିଲେ ଏବଂ ଅନ୍ୟମାନଙ୍କୁ ପ୍ରବର୍ତ୍ତାଇବାକୁ ଚେଷ୍ଟା କରୁଥିଲେ।

କେହି ଜଣେ ବୟସ୍କା ମହିଳା ଠିଆ ହୋଇପଡ଼ିଲେ। କହିଲେ, "ଏ କଲୋନିରେ କେବଳ ଭଲ ତ ନୁହେଁ, ପରୋପକାରୀ, ସରଳ, ନିର୍ମାୟା ଲୋକ ରାୟ ବ୍ୟତୀତ ଆଉ କେହି ହୋଇନପାରେ। ସମସ୍ତଙ୍କ ଭଲମନ୍ଦ, ଦୁଃଖସୁଖରେ ସେ ହିଁ ଥାଏ। ତାକୁ ହିଁ ସମ୍ମାନିତ କରାଯାଉ। ଅଧିକାଂଶ ନାରୀ, ବୃଦ୍ଧମାନେ ନିର୍ଦ୍ୱନ୍ଦ୍ୱରେ ସମର୍ଥନ କଲେ। ନିଜ ଭିତରେ ଫୁସ୍‌ଫାସ୍ ହେଉଥିବା ବୟସ୍କ ଲୋକମାନେ ତାଳି ମାରିଲେ। ଠିକ୍ କଥା, ରାୟ ନଥିଲେ କଲୋନି ଅଚଳ ଥିଲାପରି ଲାଗେ। ସେ

ସମସ୍ତଙ୍କର ଆପଣାର। ତା'କୁ ହିଁ ସମ୍ମାନ ଦିଆଯାଉ। ତା ପ୍ରତି ସମର୍ଥନ ଏତେ ବେଶି ଥିଲା ଯେ, ଯେଉଁ କେତେଜଣ ଚାହୁଁନଥିଲେ, ସେମାନେ ନିରବ ରହିଲେ। ଆପାତତଃ କଥାଟା ଗ୍ରହଣ କରି ନିଆଗଲା ବେଲି ଧରାଗଲା।" ରାୟ କିନ୍ତୁ ସଭାରେ ନଥିଲା।

ଜଗନ୍ନାଥ କଲୋନିରେ ଉତ୍ସବ ହେବ। ସମସ୍ତଙ୍କ ମନରେ ଉଦ୍ଦୀପନା। ପିଲାଠୁ ବୁଢ଼ାଯାଏ ସମସ୍ତେ ଖୁସି ଥିଲେ। କଥା ହେଲା ଯୁବକସଂଘ ପରିସରରେ ସଭା ହେବ। ସେଥିପାଇଁ ଅତିଥି ଠିକ୍ କରିବାପାଇଁ କିଛି ଲୋକଙ୍କୁ ଦାୟିତ୍ୱ ଦିଆଗଲା।

କଥାଟା ଖୁବ୍ ଶୀଘ୍ର ରାୟ କାନରେ ପଡ଼ିଗଲା। ସମ୍ମାନ କିପରି ଦିଆଯାଏ ସେ ଅବଶ୍ୟ ଦେଖିଥିଲା। ହେଲେ ନିଜକୁ ସେ ସ୍ଥାନରେ ରଖିବାର ସ୍ୱପ୍ନ କେବେ ତା'ର ନଥିଲା। ଖବର ପାଇ ସେ ଖୁବ୍ ଖୁସି ହୋଇଯାଇଥିଲା। କବାଟ ବନ୍ଦକରି କିଛି ସମୟ ଆତ୍ମବିଭୋର ହୋଇଗଲା। ସରର ଫଟୋ ପାଖରେ ଠିଆ ହୋଇ ବାଚାଳ ପରି ଗପିଲା। କହିଲା, "ଆମ କଲୋନିର ଲୋକମାନଙ୍କର ମୋ ପ୍ରତି କେତେ ସ୍ନେହ ଦେଖିଲୁ? କେତେ ଭଲ ପାଆନ୍ତି ସେମାନେ। କଣ ଟିକେ କାମ କରିଦେଉଛି ବୋଲି କେତେବଡ଼ ପ୍ରତିଦାନ ମୋ ପାଇଁ ରଖିଦେଲେ। ମୁଁ କଣ କରୁଛି କି ତାଙ୍କର। ବାହାରକୁ ଯାଉଛି, ସେମାନଙ୍କର କିଛି ଦରକାରୀ ଜିନିଷ ନେଇଆସୁଛି। କାହାର ଦେହପା ଅବା ଅସୁବିଧା ହେଲେ, ଯିଏ ବି ସାହାଯ୍ୟ କରିବ। ମୋ ପରି ଗୋଟେ ସାମାନ୍ୟ ଲୋକପାଇଁ କେତେ ଶ୍ରଦ୍ଧା ତାଙ୍କର। ତୁ ଥିଲେ ବହୁତ ଖୁସି ହେଇଥାଆନ୍ତୁ।"

ସରଠୁ ସେ କଣ ଉତ୍ତର ପାଇଲା କେଜାଣି, ତୁରନ୍ତ ଲୁନାଧରି କାଳିଆ ପାଖକୁ ବାହାରିଲା। ଏତେ ଖୁଶି ଖବରଟା ତାକୁ ଜଣେଇବା ଦରକାର। କଲୋନିରୁ ଦୂରେଇଗଲା ବୋଲି ତାକୁ କଣ ସେ ଭୁଲିଯିବ!

କାଳିଆ କହିଲା, "ଭଲହେଲା ଏତେଦିନପରେ ତୋ'ପରି ଲୋକକୁ ସେମାନେ ବୁଝିପାରିଲେ। ମୁଁ କିନ୍ତୁ ସେଦିନ କାମ କରିବା ପାଇଁ ଯିବିନି। ଦେଖିବି ତୁ କେମିତି ଫୁଲମାଳ ଗଳାଇ ବସିଛୁ। କେମିତି ଦେଖାଯାଉଛୁ ଆଉ ସଭାରେ କଣ କହୁଛୁ।"

ରାୟ ଘବରେଇ ଗଲା। ସତକଥା ତ! ତାକୁ ସଭାରେ କିଛି କହିବାକୁ ହେବ। କଣ କହିବ ସିଏ? ତା ପାଟି ତ ଖନି ବାଜିଯିବ। ସଭା ତ ଦୂରକଥା। ଦୁଇ ତନିଜଣ ଲୋକଙ୍କ ଆଗରେ ବି ତା'ର ପାଟି ଫିଟେନି।

କାଳିଆ କହିଲା, "ତୁ ବ୍ୟସ୍ତ ହ'ନା। ମୋ ଆଗରେ ଦୁଇ ଚାରିପଦ କଥା ଜୋରରେ କହିବା ଅଭ୍ୟାସ କର। ଆଖି ବନ୍ଦ କରିଦେବୁ। ଆଗକୁ ଚାହିଁବୁନି। କହିବୁ, ଆପଣମାନଙ୍କୁ ଧନ୍ୟବାଦ। ହାତ ଯୋଡ଼ିଦେବୁ ନେତାମାନଙ୍କ ପରି। ମୁଁ ତାଳି ମାରିବା

ଆରମ୍ଭ କରିଦେବି। ମତେଦେଖି ସମସ୍ତେ ତାଳି ମାରିବେ। ମୁଁ କିନ୍ତୁ ତୋ ପାଇଁ ଗୋଟେ ବଡ଼ ଫୁଲମାଳ ନେବି। ବେକଠୁ ଆଣ୍ଠୁଯାଏ ଝୁଲୁଥିବ। ଗୋଲାପ ଫୁଲ ଲାଗିଥିବ। ତୋ ବେକରେ ମୁଁ ଗଳେଇବି।"

ରାୟ ଖୁବ୍‌ଶୀଘ୍ର ଘରକୁ ଆସି ଶୋଇପଡ଼ିଲା। ସେଇଦିନୁ କାହାକୁ କିଛି ନକହିଲେ ବି ସେ ଖାଲି ସ୍ୱପ୍ନ ଦେଖିଲା, ଅଜବ ସ୍ୱପ୍ନ।

ନିର୍ଦ୍ଧାରିତ ଦିନ ପାଖେଇ ଆସିଲା। ଯୁବକସଂଘର ଅଫିସ୍ ଚଳଚଞ୍ଚଳ ହୋଇ ଉଠିଲା। ସ୍ଥାନୀୟ ଏମଏଲଏ, ଯିଏକି ମନ୍ତ୍ରୀ ହୋଇଯାଇଥିଲେ, ସେ ଆସିବାକୁ ସମ୍ମତି ଦେଇଥିଲେ। ତାଙ୍କ ସାଙ୍ଗରେ ଆସିବେ ମ୍ୟୁନିସପାଲିଟି ଚେୟାରମ୍ୟାନ, ଆଉ କେତେ ତୁଙ୍ଗନେତା। ଏମିତି ବଡ଼ ଧରଣର ସଭା କେବେବି ହୋଇ ନଥିଲା। ସେମାନଙ୍କ ଆଗରେ କିଛି ଦାବି ଉପସ୍ଥାପନ କରିବାର ରିହର୍ସାଲ ଚାଲିଲା। ସମସ୍ତେ ଚଳଚଞ୍ଚଳ ଲାଗିଲେ। କେବଳ ମାନ୍ଦା ପଡ଼ିଯାଇଥିଲା ରାୟ। ସେ ଯେତିକି ବଡ଼ବଡ଼ ଲୋକଙ୍କ ନାଁ ଶୁଣୁଥିଲା, ସେତିକି ଅଧିକ ଛାନିଆଁ ହୋଇଯାଉଥିଲା। ନିଜ ଭିତରେ କେହି ଯେପରି ହାତୁଡ଼ି ପିଟୁଥିଲା। ଏମାନଙ୍କ ପାଖରେ ସେ ବସିବାର ସାହାସ କରିପାରିବ ତ ? ତାଙ୍କ ଆଗରେ କେମିତି ପାଟି ଖୋଲିବ। ଘର ଭିତରେ ଯେତେ ଅଭ୍ୟାସ କଲେ ବି ସବୁ ଭୁଲି ହୋଇଯାଉଥିଲା। କେବେକେବେ ମନ ଡାକୁଥିଲା, ସେମାନଙ୍କୁ ଯାଇ ମନା କରିଦେବ କିମ୍ବା ସେଦିନ କିଛି ଜରୁରୀ କାମର ବାହାନା ଦେଖାଇ ଖସିଯିବ। ହେଲେ ଲୋକମାନେ କଣ କହିବେ। ତା' ଯୋଗୁ କଲୋନିର ବଦନାମ ହେବ। ଏମିତି କିଛି ଭାବନା ଆଉ ଦୁର୍ଭାବନାକୁ ନେଇ, ନିଜକୁ ପ୍ରସ୍ତୁତ କରିବାକୁ ଚେଷ୍ଟାକଲା। ନିଜର ଖୁବ୍ ଭଲ ଦେଖାଯାଉଥିବା ପେଣ୍ଟ୍ ସାର୍ଟକୁ ସଫା କଲା। ଇସ୍ତ୍ରୀ କରି ସାଇତି ରଖିଲା। ପରଦିନ ବଜାର ଯାଇ ଭଲ ଜୋତାହଳେ କିଣିଆଣିଲା। କାଳିଆକୁ କାମ ସମୟରେ ବାରମ୍ବାର ହଇରାଣ କଲା। ଉତ୍ସବର ଦୁଇଦିନ ଆଗରୁ ଛୁଟି ନେବାପାଇଁ ଅଫିସରେ ଜଣାଇଦେଲା।

ଚାରିଆଡ଼େ ଟେଣ୍ଟ୍ ଟଙ୍ଗାଗଲା। ଲୋକ ଲଗାଇ ରାସ୍ତାଘାଟ ସଫା କରାଗଲା। କଲୋନି ସାରା ଲିଚୁ ଲାଇଟ ଝଲସି ଉଠିଲା। ଗୋଟେ ବିରାଟ ପୋଷ୍ଟର ମରାଗଲା। ମନ୍ତ୍ରୀଙ୍କ ନାମ ଆଉ ଫଟ ତଳକୁ, ଡି ରାୟ ନାମ ଦେଖି ତା'ର ମନ କୁଣ୍ଢେମୋଟ ହୋଇଗଲା।

ସବୁ ଲୋକ ଗୋଟିଏ ଜାଗାରେ ଗହଳି କଲେ। ରାୟକୁ ବାରମ୍ବାର ଡାକରା ପଡ଼ିଲା। କେଉଁଠୁ ଫୁଲତୋଡ଼ା ଆଣିବାକୁ ହେବ ତ କେଉଁଠୁ ଦରି, ତୋରଣ। ରୋଷେଇବାଲା ବି ଆସି ହାଣ୍ଡି, କଡ଼େଇ ରଖିଦେଲେ। ଆସନ୍ତାକାଲି ଉତ୍ସବ। ସମସ୍ତଙ୍କ

ମନରେ ଉଦ୍ଦୀପନା। ରାୟ ଆଉଟିକେ ଅଧିକ ମନଦେଇ କାମ କରୁଥିଲା। ଏ କଲୋନିଟା ତ ତା' ନିଜର। ଆଉ ଏଠିଥିବା ସବୁ ଲୋକମାନେ ତା'ର ଆତ୍ମୀୟ। ତାଙ୍କ ଆଗରେ ଦ୍ୱିଧା କରିବା କଣ ଦରକାର।

ନିର୍ଦ୍ଧାରିତ ସମୟ ଆଗରୁ କାଳିଆ ପହଞ୍ଚିଗଲା। ରାୟ ପେଣ୍ଟ୍ ସାର୍ଟ ପିନ୍ଧିଲା। ବାହାରକୁ ବାହାରିଲା ବେଳକୁ ସ୍ତ୍ରୀଲୋକ ଜଣେ ଠିଆ ହୋଇଛନ୍ତି। ଆଖି ତାଙ୍କର ଛଳଛଳ, ମନରେ ଅସ୍ଥିରତା। ସେ କହିଲେ, "ରାୟଭାଇ ଟିକେ ଶୀଘ୍ରଆସ। ୟା'ଙ୍କର ଦେହ କ'ଣ ହୋଇଯାଉଛି। ପାଟିରୁ ନାଳ ବାହାରୁଛି। ଗୋଡ଼ହାତ ଖାଡ଼ା ହେଇଯାଉଛି। କଲୋନି ଭିତରେ କେହି ନାହାନ୍ତି। ଯିଏ ଅଛନ୍ତି ବି ମୋ'କଥା ଶୁଣୁନାହାନ୍ତି। ସମସ୍ତେ ସଂଘ କାମରେ ବ୍ୟସ୍ତ।"

କୁଆଡ଼େ ଯିବ ରାୟ, କ'ଣ କରିବ? ତେଣେ ମିଟିଙ୍ଗ୍‌ର ସମୟ ହୋଇ ଆସିଲାଣି। ଅତିଥିମାନେ ଆସିବା ଆରମ୍ଭ କରିବେଣି।

କାଳିଆ କହିଲା, "କଣ କରିବା ରାୟଭାଇ, ମୋ ଦ୍ୱାରା ତ କିଛି ହେବନି?"

ରାୟ କିଛି ସମୟ ଭାବିଲା। ଲୁନାକୁ ବାହାରକଲା। କହିଲା, "ତୁ ତାଙ୍କ ସଙ୍ଗେ ଯା କାଳିଆ। ମୁଁ ଗୋଟେ ଗାଡ଼ି ଯୋଗାଡ଼ କରୁଛି।"

- ସମୟ ନାହିଁ, ମିଟିଙ୍ଗ ଆରମ୍ଭ ହୋଇଯିବ।

- ମାରଗୋଲି ସମ୍ମାନକୁ। ଜୀବନଟା ସମ୍ମାନକୁ ଅପେକ୍ଷା କରିବନି। ରାୟ ଆଗକୁ ଚାଲିଲା। ଖଣ୍ଡେ ଦୂରରେ ସାହେବଙ୍କ ଗାଡ଼ି ରଖାଯାଇଥିଲା। ତାଙ୍କୁ ଜଣେଇବ କି? କଲୋନିର ଲୋକ, ମନା କରିବେନି। ସେ ଡ୍ରାଇଭର ଆଗରେ ହାତଯୋଡ଼ି ସବୁକଥା କହିଲା। ଡ୍ରାଇଭର ଭିତରକୁ ଯାଇ ଫେରିଆସିଲା। କହିଲା, "ସାର୍ ବାହାରିଲେଣି। ତାଙ୍କର ସଭାକୁ ଯିବାର ଅଛି।"

ସଂଘ ଅଫିସ୍ ଯିବାକୁ ବେଳନାହିଁ। ବାଟରେ ଯାହାକୁ ଦେଖିଲା ସମସ୍ତେ ବ୍ୟସ୍ତ। କାହା ପାଖରେ କଥା ଶୁଣିବାକୁ ବି ସମୟର ଅଭାବ। ସଂଘର ଜଣେ କର୍ମକର୍ତ୍ତା ସଙ୍ଗେ ଦେଖାହେଲା। ସେ କହିଲେ "ତମେ ବୋକା ନା କଣ? ଦେଖୁନ, ଭିଆଇପିମାନେ ଆସିବା ଆରମ୍ଭ କଲେଣି। କାମ ସରୁ ଦେଖିବା।"

କେହି ଶୁଣୁନାହାନ୍ତି। ଏଠୁ ଗାଡ଼ି ପାଇବା ମୁସ୍କିଲ।

ରାୟ କହିଲା, ତୁ ଲୁନାରେ ବସ କାଳିଆ। ଏ ଗାଡ଼ିଟା ଧୋକା ଦେବନି। ମଝିରେ ରୋଗୀକୁ ଧରି କାଳିଆ ବସିପଡ଼ିଲା। ଧଡ଼୍‌ଧଡ଼୍ ହୋଇ, ଅବିବେକୀ ମଣିଷମାନଙ୍କ ଗହଳରୁ ଲୁନା ଆଗେଇ ଚାଲିଲା।

ଡାକ୍ତରଖାନାରେ ପହଞ୍ଚି କାଳିଆକୁ ଫେରାଇଦେଲା ରାୟ। କହିଲା,

"କଲୋନିର ସମ୍ମାନ ଅଛି। ସେମାନଙ୍କର ଭଲପାଇବାର ମୂଲ୍ୟ ଅଛି। ତୁ ଯା, ସବୁକଥା ଜଣାଇଦେବୁ। ମୁଁ କିଛି ବ୍ୟବସ୍ଥା କରି ପହଞ୍ଚିଯିବି।"

ଡାକ୍ତରଖାନାରେ ସବୁ ବ୍ୟବସ୍ଥା କରିସାରିଲା ବେଳକୁ ଖୁବ୍ ଡେରି ହୋଇଯାଇଥିଲା। ଭଦ୍ରମହିଳା ବି ପହଞ୍ଚି ଯାଇଥିଲେ। ରାୟ କହିଲା, "ଆପଣ ଥାଆନ୍ତୁ। ମୁଁ ଶୀଘ୍ର ଫେରିଆସିବି।"

ରାୟ ଖୁବ୍ ଜୋରରେ ଗାଡ଼ି ଚଲାଇଲା। କଲୋନି ଲୋକେ କେତେ ଅପ୍ରସ୍ତୁତ ହେଉଥିବେ। ସେ କ୍ଷମା ମାଗିନେବ। ଦୁଃଖ ପ୍ରକାଶ କରିବ। ସେ ଆହୁରି ଜୋରରେ ଗାଡ଼ି ଛୁଟାଇଲା।

କଲୋନିକୁ ଯାଇଥିବା ରାସ୍ତାକଡ଼ରେ କାଳିଆ ଠିଆ ହୋଇଥିଲା। ହାତ ଦେଖାଇ ତାକୁ ଅଟକାଇଦେଲା। ରାୟ କହିଲା, "କ'ଣ ହେଲା କାଳିଆ, ସଭା ସରିଗଲା ?"

କାଳିଆ ତା ପାଖରେ ଥିବା ବଡ ପ୍ୟାକେଟ୍‌ରୁ ଫୁଲମାଳ କାଢ଼ି, ତା' ବେକରେ ଝୁଲାଇଦେଲା। କେତେସବୁ ରଙ୍ଗବେରଙ୍ଗି ଫୁଲ, କେତେବଡ଼ ମାଳ, ବେକଠୁ ଆଣ୍ଠୁଯାଏ ଲମ୍ବା। ସେ କହିଲା, "ଚାଲ ରାୟଭାଇ, ଏ ସାଧାରଣ ସମ୍ମାନଟା ତୋ ପାଇଁ ଯୋଗ୍ୟ ନୁହେଁ। ତୁ' ତ ଯାଠୁ ଅନେକ ଉପରେ। ତତେ ଦେଖିବାର ଦୃଷ୍ଟି ତାଙ୍କ ପାଖରେ ନାହିଁ। ସେ ଚଉକିଟା ସାମାନ୍ୟ, ଡି ରାୟ ଆଇ.ଏ.ଏସ ପାଇଁ ଥିଲା। ଦେବବ୍ରତ ରାୟ ପାଇଁ। ଦୀନବନ୍ଧୁ ରାୟ ସାଙ୍ଗରେ ସେ କେଉଁଠି ସମାନ ହୋଇପାରିବ। ଅନେକ ଆଗରୁ ତୋ ନାଁ'ଟା ସେମାନେ ବଦଳାଇ ଦେଇଥିଲେ। ଚାଲ, ଆମେ ଡାକ୍ତରଖାନା ଯିବା। ବିଚରା ଭଦ୍ରମହିଳାଙ୍କର କେହି ସାହାରା ନାହିଁ।"

ରାୟ ଗାଡ଼ି ବୁଲାଉ ବୁଲାଉ କାଳିଆ ତା ପଛପଟେ ଧୂମ୍ କରି ବସିପଡ଼ିଲା। ଫୁଲମାଳ ଭିତରୁ ଏକ ମଧୁର ସୁଗନ୍ଧ ବାହାରି ରାସ୍ତାସାରା ବିଛାଡ଼ି ହୋଇଯାଉଥିଲା।

■

ଅକୁହା କାହାଣୀ

ସେ କାହିଁକି କେଜାଣି ମୋ ମନରେ ଏକ ଜାଗା ମାଡ଼ିବସିଲେ, କ'ଣ ତାଙ୍କଠି ବିଶେଷତ୍ୱ ଥିଲା ଜାଣେନା। ହେଲେ, ମୁଁ ତାଙ୍କ ଆଡ଼କୁ ଧୀରେଧୀରେ ଆକର୍ଷିତ ହୋଇଯାଉଥିଲି। କିଛିଦିନ ହେବ, ମୁଁ ତାଙ୍କୁ ଲକ୍ଷ୍ୟ କରୁଥିଲି। ତାଙ୍କର ଚାଲିଚଳନ, ବ୍ୟବହାରରେ ମୋତେ କିଛି ବ୍ୟତିକ୍ରମ ଥିଲା ପରି ଲାଗୁଥିଲା। କେତେବେଳେ ସେ ଗଛମୂଳେ ପଡ଼ିଥିବା ସିମେଣ୍ଟ ବେଞ୍ଚ ଉପରେ ତ କେତେବେଳେ ପାଚେରୀ ପାଖ ବେଢ଼ା ଉପରେ ଆଉ କେତେବେଳେ ସବୁଜ ଘାସପଡ଼ିଆ ଉପରେ, ଗୋଡ଼କୁ ଲମ୍ବାଇ ବସୁଥିଲେ। ବେଶଭୁଷା ଖୁବ୍ ସାଧାରଣ ଏବଂ ଅବ୍ୟବସ୍ଥିତ ଥିଲା। ପାଦରେ ହଳେ ପୁରୁଣା ଚମଡ଼ା ଚପଲ, ଇସ୍ତ୍ରୀ ନ ହୋଇଥିବା ଢିଲା ପେଣ୍ଟ, ସାର୍ଟ ଆଉ ମାଟିଆ ରଙ୍ଗର ଜାକେଟ୍ ସହିତ ମୁଣ୍ଡରେ ଥାଏ ଗୋଟେ ମଙ୍କିକ୍ୟାପ୍। ମୁହଁର ଅଳ୍ପ ଅଂଶ ଦେଖାଯାଇ ଅବଶିଷ୍ଟ ଲୁଚିଯାଇଥାଏ ଟୋପି ଭିତରେ। ଯେଉଁଠି ବସିଲେ ବି ତଳେ ଚପଲ ରଖି ସେ ଗୋଡ଼ ଦୁଇଟା ଲମ୍ବାଇ ଦେଉଥିଲେ ଆଉ ଅସ୍ଥିର ଅନୁଜ୍ଜ୍ୱଳ ଆଖିକୁ ଅନେକ ସମୟ ସ୍ଥିର ରଖୁଥିଲେ। କ'ଣ ଭାବୁଥିଲେ କେଜାଣି। ମନେ ହେଉଥିଲା କିଛି ଏକ ଦୁର୍ଭାବନା ଭିତରେ ବୁଡ଼ି ରହିଛନ୍ତି। ଅଧିକାଂଶ ସମୟରେ ତାଙ୍କ ସଙ୍ଗେ ଆଉ ଜଣେ ସ୍ତ୍ରୀ ଲୋକ ସାଥୀ ଦେଉଥିଲେ। ନିଶ୍ଚିତ ଭାବରେ ଧରି ନେଇଥିଲି ଯେ ସେ ତାଙ୍କର ପତ୍ନୀ। ତାଙ୍କର ହାତ ଧରି ଧୀରଗତିରେ ଚାଲୁଚାଲୁ ସେ ଗୋଟେପଟକୁ ଢଳି ପଡୁଥିଲେ। ବୟସ ଦୃଷ୍ଟିରୁ କିମ୍ବା ଅନ୍ୟ କିଛି କାରଣରୁ ହେଉ ସେ ବୋଧହୁଏ ନିଜର ପୃଥୁଳ ଶରୀରକୁ ବୁହାଇବାରେ ସମର୍ଥ ନ ଥିଲେ। ଅଥଚ ଚେଷ୍ଟା କରୁଥିଲେ ଅପେକ୍ଷାକୃତ ଅଧିକ ବୟସ୍କ ସ୍ୱାମୀଙ୍କୁ ସମ୍ଭାଳି ନେବା ପାଇଁ।

ପ୍ରତିଦିନ ସକାଳୁ ଏଭଳି ଏକ ଯୋଡ଼ି ସହିତ ମୋର ସାକ୍ଷାତ ହୁଏ। ଦୂରରୁ ସେମାନଙ୍କୁ ଲକ୍ଷ୍ୟ କଲେ ବି ପାଖକୁ ଗଲେ ମୁଁ ଟିକେ ଦୂରେଇ ଯିବାକୁ ଚେଷ୍ଟାକରେ।

ମୁଁ ରହୁଥିବା ଏକ ବଡ଼ ଆପାର୍ଟମେଣ୍ଟ ଭିତରେ ଅନେକ ବୟସ୍କ ଲୋକ ରହୁଥିଲେ ଏବଂ ସେମାନଙ୍କ ସହିତ ପ୍ରାୟ ସକାଳର ପ୍ରାତଃଭ୍ରମଣ ସମୟରେ ହିଁ ମୋର ଦେଖାହେଉଥିଲା। ଆଜିର ଯୁଗରେ ମୃତ୍ୟୁର ବୟସ ବଢ଼ି ଯିବାହେତୁ ବୁଢ଼ାବୁଢ଼ୀମାନଙ୍କର ସଂଖ୍ୟା ବଢ଼ି ଚାଲିବା ସଙ୍ଗେସଙ୍ଗେ ସେମାନଙ୍କ ଦାୟିତ୍ୱ ନେବା ପାଇଁ ବଢ଼ିଯାଉଥିଲା ବ୍ୟସ୍ତଜୀବନ ବିତାଉଥିବା ପିଲାମାନଙ୍କ ସମସ୍ୟା। ଏଭଳି ବଡ଼ବଡ଼ ସହରରେ ସେମାନେ ପିଲାମାନଙ୍କ ପାଖରେ ରହିବାକୁ ବାଧ୍ୟ ହେଉଥିଲା। ହେଲେ ଏତେ ବୟସାଧିକ୍ୟ ଲୋକମାନଙ୍କ ଭିତରୁ ଏପରି ଏକ ଦମ୍ପତିଙ୍କ ଉପରେ ଦୃଷ୍ଟି ଲାଖି ରହିବାର କାରଣ ଅଲଗା ଥିଲା। ମୋର ମନେହେଉଥିଲା ସେମାନଙ୍କ ଜୀବନଚର୍ଯ୍ୟାରେ କିଛି ବ୍ୟତିକ୍ରମ ହୁଏତ ରହିଛି।

ପ୍ରତିଦିନ ସକାଳୁ ଅଭ୍ୟାସବଶତଃ ମୁଁ ପ୍ରାତଃଭ୍ରମଣ ପାଇଁ ବାହାରିଆସେ। ଠିକ୍ ସେଇ ସମୟରେ ମୋର ଦୃଷ୍ଟିପଡ଼େ, ସେଇ ବୃଦ୍ଧ ଦମ୍ପତିଙ୍କ ଉପରେ। ଧୀର ପଦକ୍ଷେପରେ ସେମାନେ ବାହାରି ଆସୁଥାଆନ୍ତି ଅନ୍ୟ ଏକ ଅଟ୍ଟାଳିକା ପାଖରୁ। ବାଟରେ ଯାହା ଆଡ଼କୁ ନଜର ପଡ଼େ ବୃଦ୍ଧ ବ୍ୟକ୍ତି, ହାତ ଯୋଡ଼ି ନମସ୍ତେ କୁହନ୍ତି। ଛୋଟ ହେଉ କି ବଡ଼ ହେଉ ସିଆଡ଼କୁ ତାଙ୍କର ନଜର ନ ଥାଏ କିମ୍ବା ସେ ଥରେ ବି ତାଙ୍କ ଆଡ଼କୁ ଚାହିଁ ଦେଖିବାକୁ ଚେଷ୍ଟା କରନ୍ତିନି। କେହି କେହି ତାଙ୍କ ପ୍ରତି ହାତ ଉଠାନ୍ତି ତ କେହି ହେୟ ଜ୍ଞାନ କରି ଚାଲିଯାଆନ୍ତି ନିଜ ରାସ୍ତାରେ। ଆଉ କେହି ବାଟଭାଙ୍ଗି ଅନ୍ୟ ରାସ୍ତା ଦେଖି ନିଅନ୍ତି। ତାଙ୍କର ବ୍ୟବହାର ବୋଧହୁଏ ଅଶ୍ୱସ୍ତିକର ମନେହୁଏ ସେମାନଙ୍କର।

ମୁଁ କିଛି ଦୂରରେ ଥାଇ ତାଙ୍କୁ ଲକ୍ଷ୍ୟ କରେ। ମୋ ମନରେ ଅନେକ ପ୍ରଶ୍ନବାଚୀ ସୃଷ୍ଟି ହୁଏ। ଭଦ୍ରବ୍ୟକ୍ତି କ'ଣ ପ୍ରକୃତରେ ଅନ୍ୟମାନଙ୍କୁ ଶୁଭସକାଳ ମନାସି ହାତ ଯୋଡ଼ନ୍ତି ! ତାଙ୍କର ଏଭଳି ଆଚରଣକୁ ମୁଁ ଏକ ବ୍ୟତିକ୍ରମ ବୋଲି ଭାବିନେଉଥିଲି। ବାରମ୍ବାର ତାଙ୍କୁ ହେୟଜ୍ଞାନ କରୁଥିବା ଲୋକଙ୍କୁ ବିନା କାରଣରେ ହାତ ଯୋଡ଼ିବାର ଆବଶ୍ୟକତା କ'ଣ ଥାଇପାରେ। ନିଜ ଠାରୁ କମ୍ ବୟସର ବ୍ୟକ୍ତିଙ୍କୁ କାହିଁକି ସେ ସମ୍ମାନ ଜଣାନ୍ତି। ତାଙ୍କର କ'ଣ ମସ୍ତିଷ୍କ ବିକୃତି ଘଟିଛି ! ହୋଇପାରେ। ବୟସ ବଢ଼ିବା ସଙ୍ଗେ ସଙ୍ଗେ ଏପରି ହେବା ସ୍ୱାଭାବିକ। ମୋ' ପରି ଅନ୍ୟମାନଙ୍କର ବି ସମାନ ଧାରଣା ରହିଥିବାରୁ ସେମାନେ ହୁଏତ ତାଙ୍କ ପ୍ରତି ଗୁରୁତ୍ୱ ନଦେଇ ଚାଲିଯାଉଥିବେ।

ତାଙ୍କୁ ଯେତେ ଦେଖୁଥିଲି ମୋର କୌତୁହଳ ବଢ଼ି ବଢ଼ି ଚାଲିଥିଲା। କେବେ କେବେ ନିଜକୁ ପ୍ରଶ୍ନ କରୁଥିଲି। କ'ଣ ଦରକାର ଏକ ଅଜଣା ଲୋକ ବିଷୟରେ

ଏତେଟା ଆଗ୍ରହ ରଖିବାରେ । ମୁଁ ତ ଏଠି ଅଳ୍ପଦିନର ଅତିଥି । ଏତେ ବଡ଼ କଲୋନିର ସୌନ୍ଦର୍ଯ୍ୟ ଉପଭୋଗ କରିବା ପରିବର୍ତ୍ତେ ତାଙ୍କ କଥାରେ ଏତେ ଧ୍ୟାନ ଦେଉଛି କାହିଁକି ? ଯେତେ ତାଙ୍କଠୁ ଦୂରେଇ ଯିବାକୁ ଭାବୁଥିଲି ସେତେ ବେଶି ନିକଟତର ହୋଇଯାଉଥିଲି । ତାଙ୍କ ପ୍ରତି ମୋର କୌଣସି ନ୍ୟୁନ ଭାବନା ଆସୁନଥିଲା । ବରଂ ଅନୁସନ୍ଧିତ୍ସୁ ମନଟା ବେଶି ବେଶି ଆକର୍ଷିତ ହୋଇଯାଉଥିଲା । ତାଙ୍କର ପତ୍ନୀଙ୍କୁ ବି କୌଣସି ପ୍ରତିବାଦ କରିବାର ଦେଖୁନଥିଲି । ବରଂ ସେ ହସି ଦେଉଥିଲେ ଏବଂ ହାତଧରି ବେଞ୍ଚ ଉପରେ ବସାଇ ଦେବାରେ ସାହାଯ୍ୟ କରୁଥିଲେ । ସେଥିପାଇଁ ବୋଧହୁଏ ମୁଁ ବି କେବେ କେବେ ଭାବୁଥିଲି ତାଙ୍କର ମସ୍ତିଷ୍କଜନିତ କୌଣସି ରୋଗ ହୁଏତ ଥାଇପାରେ ।

କେବେ କେବେ ମନେହେଉଥିଲା, ସେମାନଙ୍କ ପାଖରେ ବସି କିଛି କଥା ହୁଅନ୍ତି । ମାତ୍ର କେହି ବନ୍ଧୁ କିମ୍ବା ପରିଚିତ ବ୍ୟକ୍ତି ପାଖରେ କେବେ ବସି ସେ କଥା ହେବାର ଦେଖିନଥିଲି । ସେ କ'ଣ ଏକ ଅସାମାଜିକ ଜୀବନ ଜିଇଁବାକୁ ପସନ୍ଦ କରନ୍ତି ନା ତାଙ୍କ ସଙ୍ଗେ କେହି ମିଶାମିଶି କରିବା ସେ ଚାହାଁନ୍ତିନି ତାହା ମୁଁ ବୁଝିପାରେନା । ଅନାହୁତ ଭାବରେ କିଛି ଜାଣିବାର ପ୍ରୟାସ କରିବା ନିହାତି ଅଭଦ୍ରାମୀ ହୋଇପାରେ । ସେଥିପାଇଁ ମୁଁ ନିଜର ଆଗ୍ରହକୁ ଦମନ କରିଦିଏ ।

ସେ ଅଧିକାଂଶ ସମୟ ଚୁପ୍ ଥାଆନ୍ତି । ଖୁବ୍ କମ୍ ସମୟ ପତ୍ନୀଙ୍କ ସହିତ ବାର୍ତ୍ତାଳାପ କରନ୍ତି ଧୀରସ୍ୱରରେ । କ'ଣ କଥା ହେଉଥିବେ ସେମାନେ ? ବିତିଯାଇଥିବା ଜୀବନର ରଙ୍ଗିନ୍ ଛବି କଥା, ନାତିନାତୁଣୀଙ୍କ କଥା ନା ନିଜର ଭଲମନ୍ଦ କଥା । ତାଙ୍କ ଭାବନାରେ ହୁଏତ ଥିବ ବିଗତଦିନର ଅନେକ ଆବେଗପୂର୍ଣ୍ଣ ଘଟଣାମାନେ । ବିଶ୍ୱାସ, ଅବିଶ୍ୱାସ, ବିଦ୍ରୋହ ଆଉ ଜୀବନ ଯୁଦ୍ଧରେ ଜୟପରାଜୟର ବିଷୟବସ୍ତୁ । ଅତୀତକୁ ହାତ ବଢ଼ାଇଲେ ବି ଧରି ହେଉନଥିବ । ଭବିଷ୍ୟତଟା ଓଜନଦାର ଧାଗୁଆ ଖଣ୍ଡା ବନି, ତାଙ୍କୁ ଆନ୍ଦୋଳିତ କରୁଥିବ । ତା ଭିତରେ ଅସହାୟ ହୋଇଯାଉଥିବେ ସେମାନେ ।

ତାଙ୍କ କଥା କିଛି ବି ଶୁଣାଯାଏନା । ଖଣ୍ଡେ ଦୂରରୁ ଲକ୍ଷ୍ୟ କଲେ ବି କିଛି ଜାଣିହୁଏନା । ଯାହାହେଉ ପଛେ ସେସବୁ ନିଶ୍ଚୟ ସମ୍ବେଦନା ପୂର୍ଣ୍ଣ ହୋଇଥିବ । ଏ ବୟସରେ ଧରି ହେଉନଥିବା ଘଟଣାମାନେ ନିଶ୍ଚୟ ତାଙ୍କୁ ଦୁଃଖ ଦେଉଥିବ ।

ଦିନକୁ ଦିନ ସେମାନେ ମୋର ଅବୁଝା ମନ ଭିତରେ ଅସ୍ଥିରତା ବଢ଼ାଇ ଚାଲିଥାଆନ୍ତି । ଏ ଅଜଣା କଲୋନି ଭିତରେ କିଛି ଜାଣିବାର ସୁଯୋଗ ନଥାଏ । ମୁଁ କିଛି ନା କିଛି ବାଟ ଖୋଜି ଚାଲିଥାଏ ।

ସେଦିନ ଥାଏ ଏମିତି ଏକ ଶୀତ ସକାଳ । ଚଲାରାସ୍ତାରେ ଯାଉଯାଉ ଥକିପଡ଼ି

ବେଞ୍ଚ ଉପରେ ବସିପଡ଼ିଥାଏ। ଅନ୍ୟମନସ୍କ ଥାଏ ବୋଧହୁଏ। ହଠାତ୍ ଦେଖିଲି ଭଦ୍ରବ୍ୟକ୍ତି ହାତଯୋଡ଼ି ଠିଆ ହୋଇଛନ୍ତି ମୋ ଆଗରେ। ମୋ ଆଡ଼କୁ ଚାହିଁ ବୃଦ୍ଧା ଅଳ୍ପ ହସି ଦେଉଛନ୍ତି। ମୁଁ ଅପ୍ରସ୍ତୁତ ହୋଇଗଲି। ଅନୁଭବ କଲି ଯେ, ସେ ପ୍ରତିଦିନ ବସୁଥିବା ବେଞ୍ଚଟି ମୁଁ ଅଧିକାର କରି ନେଇଛି। ସେଥିପାଇଁ ସେମାନେ ପ୍ରଶ୍ନିଳ ଦୃଷ୍ଟିରେ ଠିଆହୋଇ ରହିଛନ୍ତି। ମୁଁ ଉଠି ପଡୁପଡୁ ଭଦ୍ରବ୍ୟକ୍ତି ହାତ ଟେକିଦେଲେ। ଇଂରାଜୀରେ କହିଲେ, "ବସନ୍ତୁ ଆଜ୍ଞା. ଆମର କିଛି ସମସ୍ୟା ହେବନି।"

ଏଇ ଦୁଇପଦ କଥାରେ କ'ଣ ଥିଲା କେଜାଣି, ସେ ଯେ ମାନସିକ ସ୍ତରରେ ଅନୁପଯୁକ୍ତ ନୁହନ୍ତି, ସେକଥା ମୁଁ ଜାଣିନେଲି। ଭାବିଲି ଏଇଠି ବରଂ କିଛି ସମୟ ବସି ତାଙ୍କ ସଙ୍ଗେ ବନ୍ଧୁତା କରିବାର ସୁଯୋଗ ସୃଷ୍ଟି କରିବି ଆଉ ମୋ ମନର କୌତୁହଳକୁ ବୁଝିନେବି। ମୁଁ ଗୋଟେପଟକୁ ଘୁଞ୍ଚିଗଲି। ଦୁଇଜଣଯାକ କିଛି ଚିନ୍ତା ନ କରି ବସିପଡ଼ିଲେ। ବୃଦ୍ଧ ପେଲି ହେଉଥିଲେ ଆଉ ମଝିରେ ମଝିରେ ଖୁଁ ଖୁଁ କାଶୁଥିଲେ। ମୋ ଆଡ଼କୁ ସେ ଆଦୌ ଦୃଷ୍ଟି ନଦେଇ, ପରସ୍ପର ଉପରେ ହାତରଖି ଚୁପ୍ ଚାପ୍ ବସିରହିଲେ। ମୋର ମନେହେଲା ପ୍ରକୃତରେ ସେମାନେ ଅସାମାଜିକ ଏବଂ ଆତ୍ମକୈନ୍ଦ୍ରିକ। ସାଧାରଣ ଭଦ୍ରାମି ବି ତାଙ୍କ ପାଖରେ ନାହିଁ। ନ ହେଲେ କିଛିତ ମୋ ବିଷୟରେ ପଚାରି ପାରିଥାଆନ୍ତେ। କିଛି ସମୟ ପରେ ଭାବିଥିଲି ଉଠି ଚାଲିଯିବି ବୋଲି। ହେଲେ ଏକ ଅହେତୁକ ଆଗ୍ରହ ମୋତେ ଟାଣି ଧରିଲା। ମୁଁ ନିରବତା ଭାଙ୍ଗି ତାଙ୍କ ଉଦ୍ଦେଶ୍ୟରେ ନମସ୍କାର ଜଣାଇଲି।

ସେ ଏତେବଡ଼ ଆଖିକରି ମତେ ଚାହିଁ ରହିଲେ, ଯେପରି କିଛି ଅଘଟଣ ଘଟିଯାଇଛି। ଅଳ୍ପ ହସିଦେଇ ନିରବ ରହିଲେ। କିଛି ଆବଶ୍ୟକତା ନ ଥିଲେ ବି କଥା ଆରମ୍ଭ କରିବାକୁ ଯାଇ କହିଲି, "ମୁଁ ରଜତ ମିଶ୍ର। ଓଡ଼ିଶାରୁ ଆସିଛି। ଏଠି ମୋର ଝିଅ ଜୋଇଁ ରୁହନ୍ତି, ଇ' ବ୍ଲକରେ।"

ମୁଣ୍ଡ ହଲାଇ ସେ ଚୁପ୍ ରହିଲେ। ଯେପରି ମୋ କଥା ଶୁଣିବାରେ ତାଙ୍କର କୌଣସି ଆଗ୍ରହ ନାହିଁ। ବୃଦ୍ଧାଜଣକ କହିଲେ, ଏବେ ନୂଆ ଆସିଛ, ଦେଖୁଛି। ଆମେ ଅନେକ ଦିନରୁ ପୁଅଘରେ ଅଛୁ। ଗୁଜୁରାଟରୁ ଆସିଛୁ। ଭଦ୍ରମହିଳା ହିନ୍ଦୀରେ ଅଳ୍ପ ଉତ୍ତର ଦେଇ ଚୁପ୍ ରହିଲେ। ବାସ୍ ଏତିକି କଥା। ଆଉ ବା କ'ଣ କହିବି। ସେମାନେ ତ ନିଜ ଭାବନାରେ ବ୍ୟସ୍ତ। ଉଠିଯିବିକି ଏଥର। ପୁଣି କଥା ଆରମ୍ଭ କଲି। କହିଲି, "ଭଲହେଲା, ମୋର ବି ଏଠାରେ କେହି ପରିଚିତ ଲୋକ ନ ଥିଲେ। ଆପଣଙ୍କ ସଙ୍ଗେ ପରିଚୟ ତ ହୋଇଗଲା। ସବୁଦିନ ସକାଳେ ଦେଖା ହୁଏତ। କଥାହେଲେ ଭଲ ଲାଗିବ।"

ଭଦ୍ରବ୍ୟକ୍ତି ଏଥର ଉଠିପଡ଼ିଲେ। ତାଙ୍କ ପାଖରୁ ଏକ ଶଁ ଶଁ ଶବ୍ଦ ବାରି ହୋଇ ପଡୁଥିଲା। କିଛି ନ କହି ସେ ଆଗକୁ ବଢ଼ି ଚାଲିଲେ। ଭଦ୍ର ମହିଳା ମୋ ଆଡ଼କୁ ସାମାନ୍ୟ ଦୃଷ୍ଟି ନ ଦେଇ ତାଙ୍କ ପଛେ ପଛେ ଚାଲିଗଲେ।

ମୁଁ ନିଜକୁ ଦୋଷୀ ମନେକଲି। ତାଙ୍କର ବ୍ୟକ୍ତିଗତ କଥା ପଚାରି ଦେବା ପାଇଁ ହେଉ କିମ୍ବା ଏକାନ୍ତ ସମୟରେ ବାଧା ଉପୁଜାଇବା ପାଇଁ ହେଉ, ମୁଁ ଯେ ତାଙ୍କୁ ଭଲ ଲାଗିନଥିଲି, ତାହା ତାଙ୍କ ବ୍ୟବହାରରୁ ବୁଝି ହେଉଥିଲା।

ସେମାନେ ଆଗେ ଆଗେ ଚାଲିଗଲେ, ମୋ ମନରେ ଅଧିକ ପ୍ରଶ୍ନବାଚୀ ସୃଷ୍ଟି କରି।

ତା'ପରଦିନ ପୁଣି ଦେଖା। ସେମିତି ନମସ୍କାର ପ୍ରତି ନମସ୍କାର ସହିତ ନିରବତା। ସତେ ଯେପରି ମୋର ତାଙ୍କ ସଙ୍ଗେ ପରିଚୟ ହୋଇନି। ଦିନ ବିତିଯିବା ସଙ୍ଗେସଙ୍ଗେ ନିଜର ଆଗ୍ରହକୁ ଦମନ କରିସାରିଥିଲି। ହେଲେ ଅଚାନକ ଏକ ଦୁର୍ଘଟଣା ଘଟିଗଲା। ଦେଖିଲି ଭଦ୍ର ମହିଳା ଚଲାରାସ୍ତାରେ ପଡ଼ଇ ରହିଛନ୍ତି। ଚେଷ୍ଟା କରି ବି ଉଠି ପାରୁନାହାନ୍ତି। ପାଖକୁ ଯାଇ, ହାତଧରି ଉଠାଇ ବସାଇ ଦେଉଦେଉ ପଚାରିଲି, "ଠିକ୍ ଅଛନ୍ତି ତ ମ୍ୟାଡାମ୍ ?"

- ହୁଁ। ହଠାତ୍ ମୁଣ୍ଡ ବୁଲାଇଦେଲା। ଡାଇବେଟିସ ଅଛିତ। କିଛି ସମୟ ପରେ ଠିକ୍ ହୋଇଯିବ।

- ସାର୍ ଆଜି ଆସିନାହାନ୍ତି କି ?

- ନା, ତାଙ୍କର ଶ୍ୱାସଟା ବଢ଼ିଯାଇଛି।

- ଆପଣ ଏକା ଏକା ଆସୁଥିଲେ କାହିଁକି ?

ସେ ଦୀର୍ଘଶ୍ୱାସ ନେଲେ। କହିଲେ, "କଣ କରିବି ଘରେ ବସି ବସି। ବାହାରେ ବରଂ ଭଲ ଲାଗୁଛି। ଦିନ ସାରା କଟାଇ ଦେବାକୁ ଇଚ୍ଛା ହେଉଛି। ହେଲେ-"

- ଏ ବୟସରେ କାହିଁକି ଏତେ ଆସୁଛନ୍ତି ମାଉସୀ। ଘରେ ପିଲାମାନଙ୍କ ପାଖରେ ରୁହନ୍ତୁ।

କିଛି ସମୟ ସେ କିଛି ଉତ୍ତର ଦେଲେନି ? ତାପରେ ଦୀର୍ଘଶ୍ୱାସ ନେଇ କହିଲେ, "ଘର କ'ଣ ସମସ୍ତଙ୍କର ଥାଏ। ଚାରିଟା କାନ୍ଥ ମିଶିଲେ କ'ଣ ଘର ବନିଯାଏ।"

ମୁଁ ଚମକି ପଡ଼ିଲି। ସେତିକି କଥାରେ ଅନେକ କିଛି ସେ କହିଦେଲେ।

- ଚାଲନ୍ତୁ, ଆପଣଙ୍କୁ ମୁଁ ଛାଡ଼ିଦେଇ ଆସିବି।

ଉଁ ହୁଁ। ବରଂ ଏଇଠି ବସ। ସେ ତ ପାଖରେ ନାହାନ୍ତି ଯେ ଉଠି ଚାଲିଯିବେ। ମୁଁ ଜାଣେ ତମେ ଖୁବ୍ ଖରାପ ଭାବିଥିବ। ହେଲେ କ'ଣ କରିବି। ପରିସ୍ଥିତି ସେମିତି।

କାହା ସଙ୍ଗେ ମିଶିଲେ, କ'ଣ କେତେବେଳେ ପାଟିରୁ ବାହାରିଯିବ। ସେଥିରେ ନିଜର ହିଁ କ୍ଷତି। ମନ ଭିତରେ କେତେ କଥା ବା ରହିପାରିବ। ଖାଲି ନିଜେ ନିଜେ ହିଁ କଷ୍ଟ ପାଇବାକୁ ପଡୁଛି।

- ଆପଣ ତ ପୁଅ ପାଖରେ ଭଲରେ ଥିବେ ?

- ଭଲ ! ସେ ପୁଣି କିପରି ଜିନିଷ। ତାହା ତ ଭାଗ୍ୟ ଆମଠୁ ଛଡ଼ାଇ ନେଇଛି ଅନେକ ଦିନରୁ। ବୋହୂ ପାଖରେ ପଡ଼ି ରହିଛୁ।

- ପୁଅ କେଉଁଠି ?

କିଛି ସମୟ ସେ ସ୍ଥିର ହୋଇଗଲେ। ଉପରକୁ ହାତ ଉଠାଇ ଦେଉଦେଉ ତାଙ୍କର ଆଖି ଛଳଛଳ ହୋଇଗଲା।

ମୁଁ ସବୁ କିଛି ବୁଝିଗଲି। ନିରବ ରହିଲି। ଏମିତି ଏକ ପରିସ୍ଥିତିରେ କିଛି କହିବାକୁ ଭାଷା ଥାଏ କି ?

ବୃଦ୍ଧା କିନ୍ତୁ ଉଠିଲେନି। ଭିତରେ ବୋଧହୁଏ ସ୍ଥିର ହେବାକୁ ଚେଷ୍ଟା କରୁଥିଲେ।

- ଆପଣଙ୍କର ଆଉ କେହି ନାହିଁ ?

- ଥିଲେ ବୋହୂ ପାଖରେ କାହିଁକି ରହି ଥାଆନ୍ତୁ। ଅହମ୍ମଦାବାଦରେ ଆମର ଘର ଥିଲା। ସେଠି ପଡ଼ି ରହିଥାଆନ୍ତୁ। କ'ଣ ମିଳୁଛି ଆମକୁ ଏଠି। ନାତୁଣୀଟା ଅଛି। ସେ ତ ସ୍କୁଲରେ। ବୋହୂ କେତେବେଳେ ଫେରେ ତା'ର ଠିକଣା ନଥାଏ। କି ଚାକିରି କରିଛି କେଜାଣି। ଆମକୁ କ'ଣ କିଏ କିଛି କହୁଛି। ସେ ବି କରଛଡ଼ା ଦେଉଛି। ହେଲେ ଆମେ ଏ ବୟସରେ ଯିବୁ କୁଆଡ଼େ। ଘର ତ ବିକ୍ରି କରିଦେଲୁ ଏଠି ରହିବୁ ବୋଲି। ଯାହା କିଛି ଟଙ୍କା ଥିଲା, ପୁଅ ବିଜିନେସରେ ଲଗାଇଥିଲା।

- ମଉସାଙ୍କ ଚାକିରି ନଥିଲା କି ?

ଭଦ୍ରମହିଳା ଏପଟ ସେପଟ ଚାହିଁଲେ। ଚୁପ୍‌ଚାପ୍ ଉଠିଗଲେ। ଆଉ କିଛି କଥା ବଢ଼ାଇବାକୁ ଚାହିଁଲେନି।

- କିଛି ଅକୁହା କଥା ଘଟିଛି ବୋଧହୁଏ ତାଙ୍କ ଜୀବନରେ। ସେଥିପାଇଁ ସେ କାହା ସହିତ ମିଶି ପାରୁନାହାନ୍ତି କିମ୍ବା ମିଶିବାକୁ ଭୟ କରୁଛନ୍ତି। ଏମାନଙ୍କୁ ଅସାମାଜିକ ଭାବିବା ହୁଏତ ଭୁଲ ହୋଇପାରେ। ବରଂ ଜୀବନ ଯୁଦ୍ଧରେ ବାରମ୍ବାର ପରାଜିତ ହେଉଥିବା ଜଣେ ଜଣେ ଭୀରୁ ସୈନିକ। ହାରିବା ତ ଏମାନଙ୍କ ଭାଗ୍ୟରେ ଲେଖାଅଛି।

ଏ କଲୋନି ଭିତରେ ସନ୍ଧ୍ୟାଟା ଖୁବ୍ ମନୋରମ। ଚାରିପଟେ ଅନେକ ରଙ୍ଗର ଫୁଲଗଛ। ମଣିଷ ତିଆରି କରିଥିବା ଝରଣା, ତା'ର କୁଲୁକୁଲୁ ଶବ୍ଦ ଆଉ

ତା' ଭିତରେ ଛୋଟ ଛୋଟ ଫାଉଣ୍ଟେନ୍‌କୁ ଦେଖିଲେ ମନ ଭରିଯାଏ। ଏପରି ଏକ ପରିବେଶ ଭିତରେ ମୁଁ ଏକାନ୍ତ ଜାଗା ଦେଖି ଚୁପ୍ ଚାପ୍ ବସିଥିଲି। ବାହାରେ ଅଳ୍ପ ଥଣ୍ଡା ପଡ଼ିଥିଲା। ଜହ୍ନ ଧାଉଁଥିଲା ବାଦଲ ପଛରେ। କଲୋନିଟା ଅଳ୍ପ ଅନ୍ଧାର ଆଲୁଅ ଭିତରେ ଲୁଚକାଳି ଖେଳୁଥିଲା। ହଠାତ୍ ମନେହେଲା କେହିଜଣେ ଚାପାସ୍ୱରରେ କାନ୍ଦୁଛନ୍ତି। ଭଲ ଭାବରେ ଲକ୍ଷ୍ୟ କଲି। ମନେହେଲା ସେଇ ବୃଦ୍ଧାଜଣକ ଏକା ଏକା ବସିଛନ୍ତି। ଏପରି ଅବସ୍ଥାରେ ତାଙ୍କୁ କେବେ ମୁଁ ଦେଖିନଥିଲି। ଯେତେଯେତେ ତାଙ୍କର ମୁଁ ନିକଟତର ହେଉଥିଲି ସେତିକି କୌତୁହଳ ବଢ଼ିବଢ଼ି ଚାଲିଥିଲା। ଆଜି ସକାଳେ ତ ସେମାନେ ଖୁସି ମନରେ ବୁଲୁଥିଲେ, ସେଇ ଗୋଟାଏ ଭଙ୍ଗୀରେ। ହାତଯୋଡ଼ି ନମସ୍ତେ କହୁଥିଲେ ସମସ୍ତଙ୍କୁ। ସଞ୍ଜବେଳକୁ କଣ ହୋଇଗଲା। ପାଖକୁ ଯାଇ ପଚାରିବି କି ? ମନେହେଲା ବେକାରରେ ତାଙ୍କକଥାରେ ମୁଁ ମୁଣ୍ଡ ପୂରାଉଛି। ସ୍ୱାର୍ଥକୈନ୍ଦ୍ରିକ ଏ ସହରରେ କେହି କାହା କଥାରେ ଦୃଷ୍ଟିଦେବା ଉଚିତ୍ ମନେ କରୁନଥିଲେ ବି ମୁଁ ଏକ ବ୍ୟତିକ୍ରମ ଥିଲି। ସେମାନଙ୍କର କିଛି ଦୁଃଖ ହୁଏତ ନିଜ ଭିତରେ ରହି କେବଳ ଅସ୍ଥିରତା ସୃଷ୍ଟି କରିଚାଲିଛି। କାହାକୁ କହିଦେବାକୁ ସେମାନେ ଉପଯୁକ୍ତ ଲୋକଟିଏ ଖୋଜି ପାଉନଥିବେ।

ଏକ ଅଜଣା ଶକ୍ତି ମୋତେ ଅନାହୁତ ଭାବରେ ତାଙ୍କ ଆଡ଼କୁ ଟାଣିନେଲା। କିଛି ଗଛର ଗହଳି ଭିତରେ ଲୁଚି ଲୁଚି ବସିଥିଲେ ସେଇ ମହିଳା। ମୁଁ କିଛି ସମୟ ନିରୀକ୍ଷଣ କରି ହାତ ଯୋଡ଼ିଲି। ମୋତେ ଚାହିଁଦେଇ ସେ ଚିହ୍ନିଗଲେ। ହଠାତ୍ ନିଜକୁ ନିୟନ୍ତ୍ରଣ କରିନେଲେ। ଯେପରି କିଛି ହୋଇନି ତାଙ୍କର।

ପଚାରିଲି, "କେମିତି ଅଛନ୍ତି ମାଉସୀ। ସାର୍‌ଙ୍କର ଦେହ ଭଲ ଅଛି ତ ?"

ସେ ନିରବ ରହିଲେ। ଅନୁଭବ କଲି, ମୁଁ ଯେପରି ତାଙ୍କର ଅଜଣା ସମସ୍ୟା ଭିତରେ ଆଉ ଏକ ସମସ୍ୟା ବନିଯାଇଛି। ତାଙ୍କର ସ୍ୱାଧୀନ ଚାଲିଚଳନରେ ଏକ ପ୍ରତିରୋଧକାରୀ ମଣିଷଟିଏ ହୋଇ ଦେଖାଦେଇଛି। ଆଉ ଥରେ ତାଙ୍କ ଆଗକୁ ନ ଆସିବାର ପ୍ରତିଜ୍ଞା କରି ମୁଁ ଫେରି ଆସୁଥିଲି।

ସେ ହଠାତ୍ ପଛପଟରୁ ଡାକିଲେ। ଅପେକ୍ଷାକୃତ ଦୃଢ଼ କଣ୍ଠରେ କହିଲେ, "କ'ଣ ଜାଣିବାକୁ ଚାହୁଁଛ ତମେ ? କାହିଁକି ମୁଣ୍ଡ ପୂରାଉଛ ଆମ କଥାରେ ? ବେକାରରେ କଷ୍ଟ ପାଇବ। ତମର ବୁଝିବା ଉଚିତ୍ ଯେ, କିଛି କଥା ଜୀବନରେ ଘଟେ, ଯାହା କୁହାଯାଇ ପାରେନା। ଆମେମାନେ ବୃଦ୍ଧ ଅପାହିଜ। ଆମର ସାହା ଭରସା କେହି ନାହିଁ। ଆମ ପରି ତ ଅନେକ ଲୋକ ଅଛନ୍ତି। ଏଥିରେ ବିଚିତ୍ର କ'ଣ ? ତେବେ ତମେ ଆମ ପାଇଁ ଅପରିଚିତ। କାହିଁକି ତମକୁ ଆମେ ସବୁକଥା କହିବୁ ?

ଦୟାକରି ଆମ କଥାରେ ମୁଣ୍ଡ ପୂରାଅନି। ଏମିତି ନହେଉ ଯେ, ତମ ପାଇଁ ଆମେ ପଦାକୁ ଆସିବା ବନ୍ଦ କରିଦେବୁ।"

ନିଜକୁ ଅପମାନିତ ବୋଧକଲି। ମୁଁ ଯିବା ଆଗରୁ ସେ ଉଠିପଡ଼ିଲେ। କିଛି ଦୂରରେ ବସିଥିବା ବୃଦ୍ଧଙ୍କୁ ସାଙ୍ଗରେ ଧରି ଚାଲିଗଲେ।

ସତରେ ମୁଁ ଏକ ଅଜବ ମଣିଷ। ଯେଉଁ କଥା ମୁଣ୍ଡରେ ପଶିଥିବ, ତା'ର ଶେଷପର୍ଯ୍ୟନ୍ତ ନ ଯାଇ ଚୁପ୍ ରହିପାରେନି। ସେମାନେ ଗଲାପରେ ଏକ ନିରୋଳା ଜାଗା ଦେଖି ମୁଁ ବସିପଡ଼ିଲି। ଏଠି କିଛିସମୟ ବସି ଅନ୍ୟ ଚନ୍ତା କରିବାକୁ ସ୍ଥିର କଲି।

କେତେ ସମୟ ଗଡ଼ି ଯାଇଥିଲା କେଜାଣି। ଜହ୍ନ ଲୁଚକାଳି ଖେଳୁଥିଲା କଳା ବାଦଲ ଭିତରେ। ଖଣ୍ଡେ ଦୂରରୁ ଛିଟିକି ଆସୁଥିବା ବିଜୁଳି ଆଲୁଅଟା କେତେକାଂଶରେ ଅନ୍ଧାରକୁ ଦୂର କରିବାକୁ ଚେଷ୍ଟା କରୁଥିଲା। ମୁଁ କେତେ ସମୟ ଅନ୍ୟମନସ୍କ ଥିଲି କେଜାଣି।

ହଠାତ୍ ଦେଖିଲି କେହି ଜଣେ ମୋ ଆଗରେ ଠିଆ ହୋଇଛନ୍ତି। ତାଙ୍କର ଖୁଁ ଖୁଁ କାଶରେ ମୋର ଧ୍ୟାନ ଭାଙ୍ଗିଲା। ସେଇ ବୃଦ୍ଧଜଣକ ମୋ ଆଗରେ ଠିଆ ହୋଇଥିଲେ। ବୋଧହୁଏ ମୋତେ କିଛି ଅପ୍ରିୟ କଥା କହି ସାବଧାନ କରିପାରନ୍ତି। ସେ ସବୁ ଶୁଣିବା ଆଗରୁ ମୁଁ ଉଠିପଡ଼ିଲି। ହେଲେ ସେ ସେଇ ଚିରାଚରିତ ଢଙ୍ଗରେ ମୋ ଆଡକୁ ଚାହିଁ ସେ ହାତ ଯୋଡ଼ିଲେ। କହିଲେ, "ବସନ୍ତୁ ଆଜ୍ଞା। ଆପଣ କ'ଣ ଜଣେ ଲେଖକ ନା ସାମ୍ବାଦିକ ?"

- କେମିତି ଜାଣିଲେ ?

- ଦେଖନ୍ତୁ। ମୁଁ ନିତିନ୍ ପଟେଲ। ଆଇପିଏସ ଅଫିସର ଥିଲି। କେତେଦିନ କ୍ରାଇମ୍‌ବ୍ରାଞ୍ଚରେ ରହିଥିଲି। ଲୋକ ଚିହ୍ନିବାରେ ମୋର ଭୁଲ ହୁଏନା। ଆଇନକାନୁନ୍ ବି ମତେ ଭଲଭାବରେ ଜଣା। ସେ ବିଷୟରେ ଆପଣ ଯଦି କିଛି କହିବାକୁ ଚାହୁଁଥିବେ, ତେବେ ତା'ର ଆବଶ୍ୟକତା ନାହିଁ। ଆପଣ ଏବେ ସମ୍ବେଦନା କଥା କହିପାରନ୍ତି। ମାତ୍ର ସେ ସବୁ ବିଷୟ ମୁଁ ଅନେକ ଦିନରୁ ଭୁଲିଗଲିଣି। ମୋର ପତ୍ନୀଙ୍କର ବ୍ୟବହାରରେ ଯଦି ଆପଣ ଆହତ ହୋଇଥିବେ ତେବେ ମୁଁ ଦୁଃଖିତ। ଆପଣ ଆଉ ମୋ ଭିତରେ ସମ୍ପର୍କର ଦୂରତ୍ୱ ବହୁତ ବେଶି। ଚିହ୍ନା ବି ଆଦୌ ନାହିଁ। ହେଲେ ମଣିଷପଣିଆର ଗନ୍ଧ ମୁଁ ଦେଖିପାରୁଛି ଅନେକ ଦିନପରେ। ମୋର ପତ୍ନୀ ଏକ ମାନସିକ ଯନ୍ତ୍ରଣା ଭିତରେ ଅଛନ୍ତି। ବୟସାଧିକ ଆଉ ରୋଗ ଆମର ସମସ୍ୟାକୁ ଆହୁରି ବଢ଼ାଇ ଦେଇଛି। ମୁଁ ହଠାତ୍ ଚାଲିଗଲେ, ସେ କରିବେ କ'ଣ ? କୁଆଡ଼େ ଯିବେ, ସେ ଚିନ୍ତା ତାଙ୍କୁ ଆକ୍ରାନ୍ତ କରୁଥିବ।

ଅନେକ ସମୟରେ ନିରବତା ଅନେକ କଥା କହୁଥାଏ। ତାଙ୍କର ନିରବତାର ଭାଷା ମୁଁ ବୁଝିପାରୁଛି। ହେଲେ କିଛି କରିପାରିବାର ସାମର୍ଥ୍ୟ ମୋର ନାହିଁ। ବର୍ତ୍ତମାନ ସମୟ ଆଗରେ କେବଳ ମୁଣ୍ଡ ନୁଆଁଇ ଦେଉଛି।

ଭଦ୍ରଲୋକ ଏଥର ଖୁଁ ଖୁଁ କାଶିଲେ କିଛି ସମୟ। ମୁଁ ହାତଧରି ତାଙ୍କୁ ବସାଇଦେଲି। କହିଲି, "ଥାଉ ଅଜ୍ଞା। ଆପଣଙ୍କ ବ୍ୟକ୍ତିଗତ କଥା ମୋର ଜାଣିବା ଅନୁଚିତ୍। ଯଦି କୌତୁହଳବଶତଃ କିଛି ଜାଣିବାର ଆଗ୍ରହ ରଖିଥାଏ, ସେଥିପାଇଁ କ୍ଷମା ମାଗୁଛି।"

କିଛି ନ କହି ପାରୁଥବା ଲୋକର ଦୁଃଖ ହିଁ ଅଧିକ ଥାଏ। ନ କହିଲେ ଦୁଃଖ ବଢ଼ିବଢ଼ି ଚାଲେ। ମୋର ବର୍ତ୍ତମାନର ଅବସ୍ଥା ଠିକ୍ ସେହିପରି। ପୁଅ ବିଦେଶରେ ଥିଲା। ଭାରତକୁ ଫେରିଆସିଥିଲା କେବଳ ଆମପାଇଁ। ସେଇଠୁ ହିଁ ଦୁଃଖର ଆରମ୍ଭ। ବୋହୂ ଥିଲା ଗୃହିଣୀ। ବେଶି ପାଠ ପଢ଼ିନି। ବି.ଏ. ପାସ। ଭଲଘରର ଝିଅ। କିନ୍ତୁ ଗୁଜୁରାଟୀ ନୁହେଁ। ତାଙ୍କ ବାପା ସେଠି ଚାକିରି କରୁଥିଲେ। ଝିଅଟି ଭଲ ଲାଗିଲା। ବାହାଘର କରିଦେଲି। ସେମାନେ ବାହାଘର ପରେ ବିଦେଶ ଚାଲିଗଲେ। ସେଥିରେ ମୋର କିଛି ସମସ୍ୟା ନଥିଲା। ଅହମ୍ମଦାବାଦରେ ମୋର ବିରାଟ ବଙ୍ଗଳା। ପ୍ରଚୁର ସମ୍ମାନ, ଧନ ସମ୍ପତ୍ତି। କିଛି ଅପ୍ରାପ୍ୟ ନଥିଲା। ଭୟଙ୍କର ଗର୍ବ, ଅହଂଭାବ ଥିଲା ମୋ' ଭିତରେ। ସତକଥା କହିବାକୁ ଗଲେ, ସାଧାରଣ ଲୋକଙ୍କୁ ମୁଁ ଖାତିର କରୁନଥିଲି। ସେମାନେ ମୋ ଆଗରେ ହେୟ ଥିଲେ।

ପୁଣିଥରେ ସେଇ ଖୁଁ ଖୁଁ କାଶ ଆଉ ପେଲିହେବାର ଶବ୍ଦ। ମୁଁ କହିଲି, "ଥାଉ ସାର୍ ପରେ କଥାହେବା।"

ସେ କିଛି ସମୟ ଆଖି ବନ୍ଦ କଲେ। କହିଲେ, "ଶୁଣନ୍ତୁ ଆଜ୍ଞା।ଏଥର ହିଁ ଆରମ୍ଭ ହେଲା କିଛି ଅକୁହା କଥା। ଆପଣଙ୍କ ସଙ୍ଗେ ଆଉ କେବେ ଦେଖା ନ ହୋଇପାରେ। ଏଠିକାର ଜଣେ ଅଜଣା ଲୋକ ଆଗରେ ମୁଁ ସ୍ୱୀକାରୋକ୍ତି କରୁଛି। ମୁଁ ନିତିନ୍ ପଟେଲ, ଆଇପିଏସ ଅଫିସର। ସେତେବେଳର ନଜରରେ ଦେଖିଥିଲେ ମୁଁ କାହିଁକି ବା ଆପଣଙ୍କ ସଙ୍ଗେ କଥା ହୋଇଥାଆନ୍ତି। ଏବେ ପରିବର୍ତ୍ତିତ ସମୟ ମୋର ଦୃଷ୍ଟି ବଦଳାଇ ଦେଇଛି। ଏ ବଦଳିବା ପଛରେ ଯେଉଁ ଯନ୍ତ୍ରଣା ରହିଛି, ତାହା କେବଳ ଅନୁଭବୀ ହିଁ ବୁଝିପାରିବ।"

ମୁଁ ନିରବ ଥିଲି। ସେ କିନ୍ତୁ ପ୍ରଗଳ୍ଭ ହେବାକୁ ଚାହୁଁଥିଲେ ବି ପାରୁନଥିଲେ। କେବଳ ମଝିରେ ମଝିରେ ପେଲିହେବାର ଶୁଁ ଶୁଁ ଶବ୍ଦ ଶୁଣାଯାଉଥିଲା।

କିଛି ସମୟ ସହାସ ସଞ୍ଚୟ କରି ସେ କହିଲେ "କରପ୍ସନ୍ କେସ୍‌ରେ ମୋତେ ଜେଲ୍ ଦଣ୍ଡ ହୋଇଥିଲା ଆଠବର୍ଷ।"

ଏତିକି ମାତ୍ର କହିଦେବାକୁ ସେ କେତେ କଷ୍ଟ ପାଇଥିଲେ ତାହା ମୁଁ ବୁଝିପାରିଲି। ସେଥିପାଇଁ ତ ଏତେଦିନର ବ୍ୟବଧାନ, ତାଙ୍କ ପାଇଁ ଗର୍ଭଯନ୍ତ୍ରଣା ଥିଲା ଏତିକିମାତ୍ର କହିସାରିଲା ପରେ ସେ ଥକିପଡ଼ିଲେ। କିଛି ସମୟ ନିର୍ବାକ ହୋଇ ବସିରହିଲେ। ମନେହେଲା ଯେପରି ଏହା ତାଙ୍କ ଜୀବନର ଶେଷ ସ୍ୱୀକାରୋକ୍ତି। ମୁଁ ବି କିଛି ଏକ ଚିନ୍ତା କରିନଥିବା ଘଟଣାକୁ ଗ୍ରହଣ କରିନେବା ପାଇଁ ନିରବ ହୋଇଗଲି। ତାଙ୍କୁ ଦେଖି ଯେଉଁ ଧାରଣା ମୋ ଭିତରେ ହୋଇଥଲା, ତା'କୁ ପରିବର୍ତ୍ତନ କରିଦେବା ପାଇଁ ସମୟ ଲାଗୁଥିଲା।

କିଛି ସମୟ ନିରବରେ ହିଁ କଟିଲା। ତାପରେ ଏକ ଦୀର୍ଘ ନିଃଶ୍ୱାସ ନେଇ ସେ କହିଲେ, "ମୋ ନାଁରେ ଯେଉଁ ଅପରାଧିକ ମାମଲା ଥିଲା, ତାହା ଖୁବ୍ ଗୁରୁତର। ଏକ ନାବାଳିକାର ବଳାତ୍କାରୀକୁ ଖସାଇ ଦେବାକୁ ମୁଁ ଦଶଲକ୍ଷ ଟଙ୍କା ଲାଞ୍ଚ ନେଇଥିଲି। କଥାଟା ଭାବିଲେ ଏବେ ବି ମୁଣ୍ଡ ଘୂରାଇଦିଏ ମୋର। ଇସ୍, ଟଙ୍କା ପାଇଁ କେତେ ନୀଚ ସ୍ତରକୁ ଚାଲିଯାଇପାରିଲି ! ମୋର ପତ୍ନୀ ବି ସେକଥା ଜାଣିନଥିଲେ। କେହି ଚିନ୍ତା କରିନଥିଲେ। ଭାବିଥିଲି କଥାଟା ଲୁଚି ରହିଯିବ। କେହି ଜାଣିବେନି। ହେଲେ ପାପ ସାତତାଳ ପଙ୍କରୁ ଫୁଟିଉଠେ। ମୁଁ ବା ଲୁଚିଯିବି କିପରି। ମୋ ପରି ଜଣେ ଦକ୍ଷ କ୍ରାଇମବ୍ରାଞ୍ଚ ଅଫିସରକୁ ଧରାଇଦେବା ପାଇଁ ସବୁକଥା ରେକର୍ଡିଂ କରାଯାଇଥିଲା, ଜଣେ ଅସହିଷ୍ଣୁ କର୍ମଚାରୀ ମାଧ୍ୟମରେ। ମୁଁ ଖସିପାରିଲିନି। ଯେଉଁମାନଙ୍କୁ ଜେଲରେ ପୂରାଇବାକୁ ଗୁଇନ୍ଦାଗିରି କରୁଥିଲି, ସେମାନଙ୍କ ଜାଲରେ ଧରାପଡ଼ିଗଲି। ମୋ ଘର ତଲାସି ନିଆଗଲା। ଧରାପଡ଼ିଲା ଅନେକ ଆୟ ବହିର୍ଭୂତ କଳାଟଙ୍କା। ବହୁତ ବଡ଼ ବଡ଼ ଓକିଲ ଲଢ଼ିଲେ ମୋ ପାଇଁ, ହେଲେ ହାରିଗଲି। ଖାଲି ଜେଲ୍ ଯାଇଥିଲେ ଚଳିଥାନ୍ତା। ଟିକେ ସମ୍ମାନ ହାନି ହୋଇଥିଲେ ବି ଲୋକ ଭୁଲିଯାଇଥାଆନ୍ତେ କିଛିଦିନ ପରେ। ହେଲେ ସରକାରୀ ନିୟମ ଅନୁସାରେ ମୋର ସମ୍ପତ୍ତି ବାଜ୍ୟାପ୍ତି କରାଗଲା। ବଙ୍ଗଳା, ବ୍ୟାଙ୍କବାଲାନ୍ସ, ସବୁ ହରାଇଲି। ଜେଲ୍ ଗଲାବେଳେ ମୋର ପତ୍ନୀଙ୍କୁ ବି ସାନ୍ତ୍ୱନା ଦେବାକୁ ମୋ ପାଖରେ ଭାଷା ନଥିଲା। କହିପାରନଥିଲି ଯେ ମୁଁ ନିର୍ଦ୍ଦୋଷ ବୋଲି। ହେଲେ ସେ ମତେ ବିଶ୍ୱାସ କରିଥିଲେ। ମୋର ଅହଂକାର, ଗର୍ବ ହିଁ ମତେ ଅନ୍ୟମାନଙ୍କର ଶତ୍ରୁ କରିଦେଇଛି, ସେଇ ବିଶ୍ୱାସକୁ ନେଇ ସେ ବଞ୍ଚିଥିଲେ, ସହରରେ ଥିବା ଅନ୍ୟ ଏକ ଛୋଟ ଘରେ। ତାଙ୍କ ପାଖକୁ ଆତ୍ମୀୟମାନେ ଆସିବା ବନ୍ଦ କରିଦେଇଥିଲେ। ଅପବାଦ ଭିତରେ ବଞ୍ଚିବା ଯେ କେତେ କଷ୍ଟକର ତାହା ଜାଣିଲେ ବି ମୁଁ ଅସହାୟ, ନିରୁପାୟ ଥିଲି। ହେଲେ ମୋ' ଉପରେ ଥିବା ବିଶ୍ୱାସ ହିଁ ତାଙ୍କୁ ଜିଇଁବାର ଶକ୍ତି ଦେଇଥିଲା।"

ଏଭଳି ସମୟରେ ପୁଅ ବି ନାଚାର ଥିଲା। କ'ଣ ବା କରିପାରିବ ସିଏ। ଆଗରେ ବିଦେଶରେ ତା'ର ଉଜ୍ଜ୍ୱଳ ଭବିଷ୍ୟତ ଆଉ ପଛରେ ଆମେମାନେ ଗୋଟେ ଗୋଟେ ଓଜନଦାର ବିରାଟ ବୋଝ। ସେ ଚାହିଁଥିଲେ ଅନ୍ୟ କେତେ ପିଲାଙ୍କ ପରି ଆଖି ବନ୍ଦ କରିଦେଇ ପାରିଥାଆନ୍ତା। ହେଲେ କାହିଁକି ସେ ସେପରି କଲାନି, ତା'କୁ ଜଣା। ମୁଁ ବି ଚାହୁଁଥିଲି ସେ ସମ୍ମାନର ସହିତ ବଞ୍ଚୁ । ମାତ୍ର ସେ ଚାକିରି ଛାଡ଼ି ବାଙ୍ଗାଲୋର ଚାଲିଆସିଲା। ମା'କୁ ସାଙ୍ଗରେ ନେଇଗଲା। ସେଠି କେହି ଚିହ୍ନିବେନି। କିଛି ଜାଣିବାକୁ ଚାହିଁବେନି। ପୁଣି ଏକ ସାଧାରଣ ଜୀବନ ଜିଇଁପାରିବେ ସେମାନେ। ମୋର ସେଇ ଛୋଟ ଘରଟା ଯାହା ପତ୍ନୀଙ୍କ ନାମରେ ଥିଲା, ତାକୁ ବିକ୍ରି କରିଦେଲା। ଯାହାକିଛି ବିଦେଶୀ ମୁଦ୍ରା ଥିଲା ସେଥିରେ ଏଠି ଘରଟାଏ କିଣିଦେଲା, ତା' ସ୍ତ୍ରୀ ଆଉ ନିଜ ନାମରେ। ବାସ୍ ପୁଣି ସାଧାରଣ ହୋଇଗଲା ଜୀବନଧାରା। ଏଥର ପରିବାର ନାମରୁ ଉଠିଗଲା ଦୁର୍ନୀତିଗ୍ରସ୍ତ ଆଇପିଏସ ଅଫିସର୍‌ର ନାମ। ମୁଁ ନିରବରେ ପଡ଼ିରହିଲି ବନ୍ଦୀ ଘରେ, ଏକ ସାଧାରଣ କଏଦୀ ଭାବରେ। ବାହାର ଦୁନିଆ ସହିତ ମୋର ସମ୍ପର୍କ ନଥିଲା । ଜୀବନସ୍ରୋତରେ ଲୁଚିଗଲା ମୋର କଏଦୀ ଜୀବନ, ଏକ ଦକ୍ଷ ଅହଂକାରୀ ପୋଲିସ ଅଫିସର। ରହିଗଲା ଏକ ଦୁର୍ଦ୍ଧାନ୍ତ ଲାଞ୍ଚଖୋର ଅମଣିଷଟାଏ।

ମୁଁ ଜେଲରୁ ମୁକୁଳିଲାବେଳକୁ ମୋ ପାଖରେ କିଛି ନଥିଲା। ନା ଥିଲା ଘର, ସମ୍ମାନ, ବ୍ୟାଙ୍କବାଲାନ୍ସ ନା କେଉଁ ନିକଟ ସମ୍ପର୍କୀୟଙ୍କ ସହାନୁଭୂତି। କେବଳ ଥିଲା ଗୋଟେ ଲଫାପା, ଜେଲରଙ୍କ ପାଖରେ। ମୋର ପତ୍ନୀ ଲେଖିଥିଲେ, କାହାକୁ କିଛି ନ ଜଣାଇ ଏଇ ଠିକଣାରେ ଚାଲିଆସ। ସେଠି ଆମର ରହିବାର ସମସ୍ତ ରାସ୍ତା ବନ୍ଦ ହୋଇଯାଇଛି। ବଞ୍ଚିବା ପାଇଁ କେବଳ ଧନର ଆବଶ୍ୟକତା ନଥାଏ। ବେଶି ଦରକାର ଥାଏ ଆତ୍ମସମ୍ମାନର। ଏଠି କେହି ଚିହ୍ନିବେନି ଜାଣିବେନି। ଏକ ଅପରିଚିତର ଜୀବନ ବରଂ ଭଲ। ସାଧାରଣ ଲୋକଟିଏ ବନି ଆମେ ବଞ୍ଚିବା। ହଟାଇଦେବା ଆମର ପୁରୁଣା ପଦପଦବୀ ଆଉ ଯୋଗ୍ୟତାକୁ। ପୁଅ ବି ସେୟା ଚହୁଁଛି। ତା'ର ଅବଶିଷ୍ଟ ଜୀବନ ପଡ଼ିଛି। ତୁମର ବଦ୍‌ନାମକୁ ନେଇ ସେ ସମ୍ମାନର ସହ ଚଳିବ କେମିତି ? ନା ତୁମକୁ ଛାଡ଼ିପାରିବ ନା ଧରି ପାରିବ। ଆଶା କରେ ମୋ କଥା ଉଚିତ୍ ମନେହେବ।

ଠିକ୍ କଥା। ମୁଁ ଚାଲିଆସିଲି ବାଙ୍ଗାଲୋର। ପରିଚୟ ଗୋପନ ରହିଲା। ଏକ ଅତି ସାଧାରଣ ମଣିଷ ବନିଗଲି। ଯେଉଁ ପଦବୀରେ ଥିଲାବେଳେ ମଣିଷ ମାନୁନଥିଲି, ଖାତିରି କରୁନଥିଲି ସାଧାରଣ ଲୋକଙ୍କୁ, ଯେଉଁମାନଙ୍କୁ ଅସମ୍ମାନ କରି ମୁହଁ ବୁଲାଇ ଦେଉଥିଲି, ସେଇମାନଙ୍କ ଆଗରେ ହାତଯୋଡ଼ି ପ୍ରାୟଶ୍ଚିତ କରୁଛି। କିଏ ମୁହଁ ମୋଡୁ କିମ୍ବା ହାତଟେକୁ ମତେ କିଛି ଫରକ ପଡୁନଥିଲା। ଜାଣେନା ପାପ, ପୁଣ୍ୟ, ଧର୍ମ,

ଅଧର୍ମର ଫଳ କାହାପାଇଁ ଥାଏ ନା ନାହିଁ। ହେଲେ ମୁଁ କିନ୍ତୁ ଜାଣିଜାଣି ତାହା ଭୋଗୁଛି । ଆରଜନ୍ମ ଯଦି ଥାଏ ତା' ପାଇଁ ପ୍ରାୟଶ୍ଚିତ କରୁଛି। ଆଉ ଯଦି ନଥାଏ, ମନକୁ ସାନ୍ତ୍ୱନା ତ ମିଳିଯାଉଛି,ମଣିଷର ପୂର୍ବ ଅଭିଶାପରୁ ମୁକ୍ତି ପାଇଁ।

ସେ ହାଲିଆ ହୋଇଗଲେ ବୋଧହୁଏ। କିଛି ସମୟ ପେଲିହେଲେ। ଖୁବ୍ ବେଶି ଇମୋସନାଲ ହୋଇଗଲେ। ମୁଁ କହିଲି, "ଉଠନ୍ତୁ ସାର୍। ଆଉ କିଛି ଜାଣିବାର ସ୍ପୃହା ନାହିଁ। ଆପଣ ଅସୁସ୍ଥ। ବିଶ୍ୱାସ କରନ୍ତୁ, ମୁଁ ଆପଣଙ୍କୁ ମୋ ଭିତରେ ଲୁଚାଇ ରଖିବି।"

ସେ ଏଥର ହସିଦେଲେ। କହିଲେ, "ମୁଁ ଏତେ ବୋକା ନୁହେଁ ଭାଇ। ବୟସ ମତେ ଅନେକ ଶିକ୍ଷା ଦେଇସାରିଛି। କାହିଁକି ତମ ପରି ଅଜଣା ଲୋକକୁ ବିଶ୍ୱାସ କରି ମୋର ଏଠିକାର ରହଣିର ଉଦ୍ଦେଶ୍ୟ ଭିତରେ ପ୍ରଶ୍ନବାଚୀ ଆଙ୍କି ଦେଇଥାଆନ୍ତି। ମଣିଷ ତ ଭଗବାନ ହୋଇପାରିବନି। ବିଶ୍ୱାସ ତ ଆଜି ଯୁଗରେ ହଜିଲା ଦୁର୍ମୂଲ୍ୟ ପଦାର୍ଥ ହୋଇଯାଇଛି, ଯେମିତି ଏଇ ମୋର ନିଜର ଲୋକମାନେ। ମୋର ଯତ୍କିଞ୍ଚିତ ସମ୍ପତ୍ତି ବିନିମୟରେ ପୁଅ ବିଜିନେସ କଲା। ସଫ୍ଟଓୟାର ବିଜିନେସ। ହେଲେ ସେଥିରେ ବାରମ୍ବାର ବିଫଳ ହେଲାପରେ ନିଜ ଉପରେ ବିଶ୍ୱାସ ତୁଟିଗଲା। ବୋହୂର ବି କିଛି ସହାୟତା ନଥିଲା। ସେ ଅନିଚ୍ଛା ସତ୍ତ୍ୱେ କେଉଁଠି ଶିକ୍ଷକତା କଲା। ହେଲେ ଆଗରୁ ଚାକଚକ୍ୟ ଜୀବନରେ ଥିବା ଝିଅଟା କେବଳ ନିଜକୁ ଧିକ୍କାର କଲା। ଧିକ୍କାର କଲା ଆମକୁ। ବାହାର ଲୋକଙ୍କ ଅପେକ୍ଷା ତା' ନଜରରେ ଆମେ ନଗଣ୍ୟ, ନୀଚ, ଆସାମୀ ହୋଇ ରହିଲୁ। ନିଜ ଜାଗାରେ ଥିଲେ ପଡ଼ୋଶୀମାନଙ୍କ ସଙ୍ଗେ ତ କେବେକେବେ ଦେଖା ହୋଇଥାଆନ୍ତା। ହେଲେ ଏଠି ସବୁବେଳେ ଦେଖୁଥିବା ନିଜର ଲୋକଟାର ଆକ୍ଷେପ, ଅସହ୍ୟ ଥିଲା। ଅନେକ ସମୟରେ ଆମେ ବାହାରେ ବସୁଥିଲୁ। ଦୁଃଖସୁଖ ହେବା ପାଇଁ ବି ଆମ ପାଖରେ କଥା ନଥିଲା। ନିଜ ପାଖରେ କେବଳ ପ୍ରହସନ କରି ଚାଲିଥିଲୁ।

ବୃଦ୍ଧ ଏଥର ଆଖିରୁ ଲୁହ ଝରାଇଲେ। ଦରଦୀ କଣ୍ଠରେ କହିଲେ, "ପୁଅ ତ ବାର୍ଦ୍ଧକ୍ୟରେ ବାପା ମାଙ୍କ ସାହାରା ହୁଏ। ହେଲେ ତା ବି ଭାଗ୍ୟରେ ନଥିଲା। ଏବେ ଖାଲି ବୋହୂ ଆଉ ତା'ର ପୁରୁଷବନ୍ଧୁ।"

ଆପଣ ତ ଚାହିଁଲେ -

-ହଁ କିଛି ଆଇନଗତ ସହାୟତା ନେଇପାରନ୍ତୁ। ହେଲେ ଆମର ବୟସ ଦେଖୁଛ। ଚାଲିବାକୁ ଅସମର୍ଥ ବୁଢ଼ାବୁଢ଼ୀ ଦୁଇଟା ଯିବୁ କୁଆଡ଼େ? ତା'ଛଡ଼ା ପୁଣି ଆମର ପୂର୍ବ ପରିଚୟକୁ ଫେରିଗଲେ କ'ଣ ମିଳିବ ଆମକୁ। ବରଂ ଆମର ଉପସ୍ଥିତି, ବୋହୂର ଭବିଷ୍ୟତ ତଥା ଆମର ବର୍ତ୍ତମାନକୁ ନଷ୍ଟ ନ କରୁ।

ଏତେସବୁ ଘଟଣା ପରେ ବି ଛଳନା ଆଉ ମିଥ୍ୟାର ଆଶ୍ରୟ ନେଇ ନିରବତାକୁ ଆପଣେଇ ନେଇଛି ନିତିନ୍ ପଟେଲ। ସେଥିପାଇଁ ଆଜି ବି ଲୁଚିରହିଛି ଜଣକର ବିଶ୍ୱାସର ପରିଧି ଭିତରେ।

- ହଁ ବାକି ରହିଲା ତୁମ କଥା। ଜଣେନା ତୁମେ କିଏ। ହେଲେ ଯିଏ ହୁଅ, ଏଠି ତ ଆମେ ରହିବୁନି, ଆସନ୍ତାକାଲି ଠାରୁ। ତମକୁ ଆମର ନୂତନ ଠିକଣା କହିବିନି। ନିତିନ ପଟେଲ ଆଇପିଏସର ନୂଆ ପରିଚୟର ଠିକଣା। ତମେ ଯାହା ଚିନ୍ତାକଲେ କରିପାର। ବିଶ୍ୱାସ ଅବିଶ୍ୱାସର ପ୍ରଶ୍ନ ଉଠୁନି ଯେତେବେଳେ ତମେ ନିଜ ଭାବନାର ଈଶ୍ୱର ବନିଯାଇପାର।

ବୃଦ୍ଧ ନିତିନ ପଟେଲ ଏଥର ଉଠିଲେ। ମୋ ଆଡ଼କୁ ଚାହିଁ ହାତ ଯୋଡ଼ିଲେ। ତାପରେ, ପୁଣି ସେଇ ଧୀର ପଦକ୍ଷେପ। ଖୁଁ ଖୁଁ କାଶ ଆଉ ପେଲିହେବାର ଶବ୍ଦ ଧୀରେ ଧୀରେ ଲୁଚି ଯାଉଥିଲା। ବାଦଲ ଉହାଡ଼ରେ ପୁଣିଥରେ ଜହ୍ନ ଲୁଚି ଯାଉଥିଲା ।

■

ଏକ ମଣିଷ ସମ୍ପର୍କରେ

କିଛିଦିନ ଆଗରୁ କେଜାଣି କେମିତି ହଠାତ୍ ସେ ମୋ' ମନ ଭିତରକୁ ଚାଲି ଆସିଥିଲା। ଏମିତି ଭାବରେ ଆସିଲା ଯେ ଆଉ ଯିବାର ନାଁ ଧରିଲାନି। ବଡ଼ ଅଦ୍ଭୁତ ଲୋକଟାଏ। ଆଗରୁ ଯେତେଥର ଆସେ ସେତେ ନୂଆନୂଆ କଥା, ନୂଆ ଭାବନାକୁ ମୁଣ୍ଡରେ ଲଦିଦେଇ ଚାଲିଯାଏ। ଅଥଚ ନିଜେ ଥାଏ, ଗୋଟେ ହାଲ୍‌କା ବେଲୁନ ପରି। ଅନେକ ଦିନହେବ ତା କଥା ମୁଁ ଭୁଲିଯାଇଥିଲି। କଷ୍ଟେମଷ୍ଟେ ହଟାଇ ଦେଇଥିଲି ମୋ ମନ ଭିତରୁ। ହେଲେ ପୁଣିଥରେ, ସେ କେମିତି ଧସେଇ ପଶିଆସିଲା କେଜାଣି।

ମୁଁ କହୁଛି ମଳୟ ଦାଶ କଥା। ଅନେକ ବର୍ଷ ତଳର ମୋର ପୁରୁଣା ବନ୍ଧୁ। କେତେ ବର୍ଷ ହେଲାଣି, ମୁଁ ଅବସର ନେଇ ସେ ସହର ଛାଡ଼ିଦେଲିଣି। ଦୂରେଇ ଆସିଲିଣି ତା ସ୍ମୃତିରୁ। କିନ୍ତୁ ବିନା କିଛି କାରଣରେ ସେ କାହିଁକି ମୋ ଭାବନା ଭିତରକୁ ହଠାତ୍ ପଶିଆସିଲା ସେ କଥା ମୁଁ ବୁଝିପାରିଲିନି। ସତକଥା କହିବାକୁ ଗଲେ ତା'କଥା ଲେଖିବାର କ'ଣ ବା ଆବଶ୍ୟକତା ଥିଲା। ସେ ତ ସେମିତି କିଛି ଗୁରୁତ୍ୱପୂର୍ଣ୍ଣ କିମ୍ବା ଅସାଧାରଣ ବ୍ୟକ୍ତିଟିଏ ନଥିଲା। ବରଂ କେହିକେହି ତା'କୁ ପାଗଳ ବୋଲି କହୁଥିଲେ। ତା ସଙ୍ଗେ ଆନ୍ତରିକତା ନଥିଲା ଅନେକ ସହକର୍ମୀଙ୍କର। କିଛି ସମୟ ପାଇଁ ଦେଖାହେଲେ ମୁଣ୍ଡଟାକୁ ଘାଣ୍ଟିଚକଟି ଦେଉଥିଲା। ନଷ୍ଟ କରିଦେଉଥିଲା ମୋର ସାଧାରଣ ଧାରାବାହିକ ଜୀବନକୁ।

ସେଦିନ ବୋଧହୁଏ ଝିପିଝିପି ବର୍ଷା ହେଉଥିଲା। ଥଣ୍ଡା ପବନ ଦେହକୁ ଥରାଇ ଦେଉଥିଲା। ବର୍ଷା ପବନ ଭିତରେ ଲଢ଼େଇ ଚାଲିଥିଲା ବେଶ୍ କିଛି ସମୟ। ମୁଁ କୌଣସି କାରଣରୁ ଛୁଟି ନେଇଥିଲି। ହଠାତ୍ ଗେଟ୍ ଖୋଲି ପଶିଆସିଥିଲା ମଳୟ

ଦାଶ । ଧଳାରଙ୍ଗର ବଜାଜ ସ୍କୁଟରକୁ ଷ୍ଟାଣ୍ଡ ଲଗାଇଦେଲା ଗେଟ୍ ଆଗରେ । ଦେହରେ ବର୍ଷାତି, ମୁଣ୍ଡରେ ଧଳାରଙ୍ଗର ହେଲ୍‌ମେଟ୍ । ପାହାଚ ପାଖରେ ଠିଆହୋଇ ଡାକ ଛାଡ଼ିଲା । ମୁଁ ଜାଣେ ସେ ଭିତରକୁ ଆସିବନି । ସେମିତି ସମୟ କିମ୍ବା ସ୍ଥିରତା ତା ପାଖରେ ନଥିବ । ସେମିତି ବର୍ଷାରେ ଠିଆହୋଇ ସେ ବିନା କିଛି ଉପକ୍ରମଣିକାରେ କହିଲା, "ଶୁଣ ମୁଁ ଆଜି ରେଜିଗ୍‌ନେସନ୍ ଦେଇଦେଇଛି । ତୋ ଅଫିସରେ ରଖିଦେଇ ଆସିଛି । ଦେଖିନେବୁ । ଗୋଟେ କପି ତତେ ଦେବାକୁ ଆସିଲି । ଯାହା ଲେଖିଛି ସେଇଟା ମୋର ଶେଷ କଥା । କିଛି ଉପଦେଶ ଶୁଣାଇବୁନି । ବେଶି ଚିନ୍ତା କଲେ ଅସୁବିଧା । ମୋର ଆଉ ଚାକିରି ଦରକାର ନାହିଁ । ରେଜିଗ୍‌ନେସନ୍ ରଖିଲେ ରଖ, ନହେଲେ ନାହିଁ । ମୁଁ ଚାଲିଲି ।"

ସତରେ ସେ ଚାଲିଗଲା, ଯେମିତି ଆସିଥିଲା, ଅଚାନକ କାଳବୈଶାଖୀ ପରି । ମୁଁ ଜାଣେ ସେ ଆଦୌ ମୋ' କଥା ଶୁଣିବନି । ଯାହା ଭାବିବ ତୁରନ୍ତ ସେ କାମ କରିଦେବ । ତାକୁ ବୁଝାଇବା ଏକ ଅପଚେଷ୍ଟା ।

ମଳୟ ଦାଶ ମୋର ବନ୍ଧୁ । ଖାଲି ବନ୍ଧୁ କହିଲେ ବୋଧହୁଏ ଭୁଲ ହେବ । ଖୁବ୍ ପିଲାଦିନର ସାଙ୍ଗ, ପଢ଼ାସାଥୀ । ଏବେ ମୋର ଅଧୀନରେ କାମ କରୁଥିବା ଜଣେ ସହକର୍ମୀ, ଏକ ପ୍ରାଇଭେଟ୍ କମ୍ପାନୀରେ । ସେଥିପାଇଁ ଆନ୍ତରିକତା, ଆତ୍ମୀୟତାକୁ କେବେ କେବେ ଭିନ୍ନ ଏକ ନିକିତିରେ ମାପିଚୁପି ଚଳିବାକୁ ପଡ଼େ । ଅବଶ୍ୟ କାମ ବ୍ୟତୀତ ପାରିବାରିକ ତଥା ଭାବନାର ଅଭିବ୍ୟକ୍ତି କରିବାରେ କିଛି ବାଧା ନଥାଏ ।

ସେଦିନ ମଳୟ ପ୍ରତି ମୋର ଦୟା ଆସିଯାଇଥିଲା । କିଛି ସମୟ ତା ବିଷୟରେ ଚିନ୍ତା କଲି । ତା'ର ରେଜିଗ୍‌ନେସନ କାଗଜକୁ ଭଲଭାବରେ ଦେଖିଲି । ଖୁବ୍ କମ୍ ଅଭିବ୍ୟକ୍ତି ଥିଲା ସେଥିରେ । ମଳୟ ଦାଶର ସ୍ତ୍ରୀ ଏଇ କିଛିଦିନ ତଳେ ଚାଲିଯାଇଥିଲେ । ମଳୟ କିଛି ଦିନ ହେବ ଚୁପ୍‌ଚାପ୍ ରହୁଥିଲା । ମୋର ଅବଶ୍ୟ ତା ସଙ୍ଗେ ଅନ୍ତରଙ୍ଗ ଆଳାପ କରିବାର ବ୍ୟବଧାନ ବଢ଼ିଯାଇଥିଲା । ଅଫିସରେ ସେ ସବୁର ସୁଯୋଗ ସୃଷ୍ଟି କରିବାକୁ ମୁଁ ଚାହୁଁ ନଥିଲି । ସେ ମଧ୍ୟ କେବେ ମୋ'ଠାରୁ କିଛି ଅଧିକ ଆଶା କରୁନଥିଲା । ବରଂ ତା'ର ବାରମ୍ବାର କାର୍ଯ୍ୟରେ ଅବହେଳା ପାଇଁ କିମ୍ବା ଅନୁପସ୍ଥିତ ପାଇଁ ମୋତେ କିଛି ଅପ୍ରିୟ କାର୍ଯ୍ୟ କରିବାକୁ ପଡୁଥିଲା ।

ଅନେକ ବର୍ଷ ସେ ପଦୋନ୍ନତିରୁ ବଞ୍ଚିତ ହୋଇଥିଲେ ବି ଦିନେ ମୋ' ଆଗରେ ମୁହଁ ଖୋଲି ନଥିଲା । ମୁଁ ଜାଣେ ତା'କୁ ହୁଏତ ଅନେକ ସମସ୍ୟାର ବୋଝକୁ ଏକା ଏକା ମୁଣ୍ଡାଇବାକୁ ପଡ଼ିଥାଇପାରେ । କିଛି ପାରିବାରିକ ବିବଶତା ତା'କୁ ବିବ୍ରତ କରୁଥାଇପାରେ । ହେଲେ ବାହାରେ ତ ସେ କିଛି ଜଣାପଡୁନଥିଲା । ଦୁନିଆର ସମସ୍ତ

କଷ୍ଟକୁ ବେଲୁନ ପରି ଉଡ଼ାଇ ଦେଉଥିଲା ମହାଶୂନ୍ୟକୁ। ଏପରିକି ତା' ସ୍ତ୍ରୀର ମୃତ୍ୟୁ ଦିନ ବି ଅଧିକ ଦୁଃଖୀ ଥିଲା ପରି ମନେ ହେଉନଥିଲା। ଅଜବ ମଣିଷଟାଏ ଥିଲା ମଳୟ।

ସେଦିନ ସାନ୍ତ୍ୱନା ଦେବାପାଇଁ ମୁଁ ତାକୁ ଡାକିଥିଲି ଅଫିସକୁ। ବେଶ ଭଲ ସୁଯୋଗଟାଏ ଥିଲା ମୋ ପାଖରେ, ତା'ର ବ୍ୟଥାକୁ ବୁଝିନେବା ପାଇଁ। ମୋ ଟେବୁଲ ଆରପଟେ ବସି ବି ସେ ସ୍ଥିର ଥିଲା। କିଛି ସମୟ ପାଇଁ ମୁଁ ଭୁଲିଯାଇଥିଲି ତା' ମୋ' ଭିତରେ ଥିବା ମଣିଷକୃତ ବ୍ୟବଧାନକୁ।

ମଳୟ କହିଲା, "ଦୁଃଖ କାହିଁକି କରିବି ଭାଇ। ଦୁନିଆରେ ତ ସମସ୍ତଙ୍କୁ କେବେ ବି ଯିବାର ଅଛି। ବରଂ ମୁଁ ଖୁସି। ଏଥର ବନ୍ଧନମୁକ୍ତ ହୋଇଗଲି, ଦୀର୍ଘ ପଚିଶ ବର୍ଷର ଭଲପାଇବାର ଶୃଙ୍ଖଳରୁ। ମଳୟ ଦାଶର ଅସ୍ତିତ୍ୱ କାହା ହୃଦୟରେ ରହିବନି। ମୋ ବାପା ତ ମତେ ଅମଣିଷର ଛାପଦେଇ ଚାଲିଗଲେ। ମୋ ଚାରିପଟର ଲୋକଗୁଡ଼ା ବି ସେଇକଥା କହିଲେ। ମୁଁ କୁଆଡ଼େ ସମସ୍ୟାମାନଙ୍କ ଠାରୁ ଦୂରେଇ ରହେ। ମୁଁ ପଳାତକ, ଭୟାଳୁ। ଆରେ ସମସ୍ୟାଠୁ ଦୂରେଇ ରହିଲେ ମଣିଷ ପରା ସନ୍ନ୍ୟାସୀ ବନିଯାଏ। ମୋର ତ ସନ୍ନ୍ୟାସୀ ହେବାରେ ଇଚ୍ଛା ନଥିଲା। ବୋକା ଲୋକଗୁଡ଼ା ସତରେ। ହେଲେ ଯିଏ ଯାହା କହୁ, ମୁଁ ତ ଜଣକ ପାଖରେ ଖାଣ୍ଟି ମଣିଷଟିଏ ଥିଲି। ମୋ କଥା ମାନିନେବାରେ ସେ ଆଦୌ ଦ୍ୱିଧାବୋଧ କରୁନଥିଲା। ଏବେ ତ ମୁଁ, ଭାଗାବଣ୍ଡ, ପାଗଳ ଆଦି କେତେ କଣ ବନିଯିବିନା! ତା ପାଇଁ ଦିନେ ମୁଁ ସବୁକିଛି ଛାଡ଼ି ଦେଇଥିଲି ବୋଲି ମୋ ମନରେ ଗର୍ବ ଥିଲା ବୋଧହୁଏ। ହେଲେ ଆଜି ସେ ମୋ ପାଇଁ ଜୀବନକୁ ବି ବାଜି ଲଗେଇଦେଲା।"

ମୁଁ ଦୀର୍ଘଶ୍ୱାସ ନେଲି। ଅନେକଦିନ ତଳର କିଛି ଘଟଣା ମୋର ମନେପଡ଼ି ଯାଉଥିଲା। ଚାକିରି କରିବାର ବେଶି କିଛିଦିନ ଗଡ଼ିଯାଇନଥିଲା ମଳୟ ସଙ୍ଗେ ବେଶ୍ ଘନିଷ୍ଠତା ଥିଲା। ସେ ଅନ୍ୟ ଜାଗାରେ ରହୁଥିଲେ ବି । ଆମେ ଅନେକ ସମୟରେ ମିଶୁଥିଲୁ। ବେଶ୍ କିଛି ମଉଜ କରୁଥିଲୁ। ମଳୟ ପ୍ରେମ କରୁଥିଲା, ସେ ଭଡ଼ାଘରେ ରହୁଥିବା ଖ୍ରୀଷ୍ଟିୟାନ ମାଲିକର ଝିଅ ସହିତ। ଅନେକଥର ସେ ତା ବିଷୟରେ କହୁଥିଲେ ବି ଖୁବ୍ କିଛି ଗୋପନ ରଖିଥିଲା। ମୁଁ ବି ଏତେ କଥା ଜାଣିପାରି ନଥାନ୍ତି ଯଦି ହଠାତ୍ ଦିନେ ଗାଁରୁ ତା ବାପା ଆସି ପହଞ୍ଚି ଯାଇନଥାନ୍ତେ।

ସେଦିନ ରବିବାର ଥିଲା। ବେଶ୍ ଆନନ୍ଦର ଦିନ। ଅଫିସ୍‌ର ଦାୟିତ୍ୱ ନାହିଁ। ସେଇ ଗୋଟିଏ ଦିନ ହିଁ ମୁଁ ମନଭରି ଶୋଇଥାଏ। ଘରେ ରୋଷେଇ କରୁଥିବା କାମବାଲୀ ଡେରିରେ ଆସେ। ଏମିତି ଏକ ଦିନରେ, ସକାଳୁ ସକାଳୁ ମଳୟ ପହଞ୍ଚିଯାଇ

ମତେ ଆଶ୍ଚର୍ଯ୍ୟ କରିଦେଲା। ମୁଁ କିଛି କହିବା ଆଗରୁ ମଳୟ ମୋ କଥା ବୁଝି ପାରିଲା। କହିଲା, "ତତେ ପରେ ସବୁ କହିବି ଲିଟୁ। ମଣିଷଗୁଡ଼ା ଗୋଟେ ଜାତୀୟ ପ୍ରାଣୀ ହେଲେବି, ଜଣେ ଆଉଜଣକୁ ଅଲଗା ଭାବେ କାହିଁକି କେଜାଣି। ପଶୁପକ୍ଷୀ ପରି ଗୋଟେ ରୂପରେ ରହିପାରୁଥିଲେ ଭଲ ହୋଇଥାଆନ୍ତା। ତାଙ୍କ ପରି ବୁଦ୍ଧିଆ ବି ହୋଇଥିଲେ ଏତେସବୁ ଗଣ୍ଡଗୋଳ ହୁଅନ୍ତାନି।"

ମଳୟ କଥା ଶୁଣି ମୁଁ ହତବାକ୍ ହୋଇଗଲି। ପଶୁପକ୍ଷୀଙ୍କୁ ମଣିଷଠୁ ବୁଦ୍ଧିଆ କହୁଥିବା ଲୋକଟା ନିଜେ ନିର୍ବୁଦ୍ଧିଆ ନୁହେଁ ତ! ତାକୁ କିଛି ଶୁଣାଇବା ବେକାର ବୋଲି ଜାଣି ବି ମୁଁ କହିଲି, "ମଣିଷ ତ ଭଗବାନଙ୍କ ସୃଷ୍ଟିରେ ସବୁଠୁ ମହତ୍ ପ୍ରାଣୀ। ତା ସଙ୍ଗେ ପଶୁ ପକ୍ଷୀଙ୍କୁ ତୁଳନା କରିପାରୁଛୁ କିପରି!"

ମଳୟ ଏଥର ଠୋ' ଠୋ' ହସିଲା। କହିଲା, "ତୁ ବି ସେମାନଙ୍କ ପରି ଗୋଟେ ପାଗଳ। ଆରେ ମଣିଷକୁ ଶ୍ରେଷ୍ଠ ବୋଲି କହିଲା କିଏ କହ ତ? ଭଗବାନ ତ କହିପାରିବେନି। ତାଙ୍କ ନାଁ ନେଇ ସେ ନିଜେ ନିଜର ଢେଣ୍ଡୁରା ପିଟୁଛି। କହିଲୁ ଦେଖି, କେଉଁ ଗୁଣଟା ତା'ର ଭଲ। ସେ କ'ଣ କୁକୁରଠାରୁ ଅଧିକ ବିଶ୍ୱାସୀ? ଯେତେ କୂଟନୀତି ସବୁ ତା' ପାଖରେ। ସେ କ'ଣ ପକ୍ଷୀମାନଙ୍କଠାରୁ ଅଧିକ ଖୁସି। ଯେତେ ସବୁ ଦୁଃଖ, ଯନ୍ତ୍ରଣା ତା' ପାଖରେ। ମଣିଷ ସବୁଠୁ ବଡ଼ ନିମକହରାମ୍। ପଶୁପକ୍ଷୀ, କୀଟପତଙ୍ଗମାନେ ସେମାନଙ୍କର କ୍ଷତି ନ କରିବା ଯାଏ ଆକ୍ରମଣ କରନ୍ତିନି। ମଣିଷ ତ ବିନା କାରଣରେ ଅନ୍ୟର କ୍ଷତି କରେ। ମଣିଷ ସ୍ୱାର୍ଥପର, ଲୋଭୀ, କୁଚକ୍ରୀ। ଅନ୍ୟ ପ୍ରାଣୀଙ୍କ ପାଖରେ କିଛି ଖରାପ ଗୁଣ ଥାଇପାରେ। ହେଲେ ମଣିଷ ପାଖରେ ସବୁଗୁଡ଼ା ଭରପୂର ହୋଇରହିଛି। ତା'ଛଡ଼ା ଗୋଟେ ସାମୂହିକ ଖରାପ ଗୁଣ ବି ଅଛି। ଏଇଟା ଆଉ କାହା ପାଖରେ ଆଦୌ ନାହିଁ। ତାହା ହେଲା ଧର୍ମାନ୍ଧତା। ଆରେ ପ୍ରକୃତ ଧର୍ମ କଣ ତୁ ଜାଣୁ? ସେଇଟା ତ କର୍ମ ଆଉ ମଣିଷପଣିଆ। ଆଉ ପୁଣି ଗୋଟେ ଧର୍ମ କ'ଣ। ସେସବୁ କୁଆଡ଼େ ଭଗବାନଙ୍କ ନିକଟତର ହେବାକୁ ଗୋଟେ ଗୋଟେ ରାସ୍ତା ବୋଲି ପଣ୍ଡିତମାନେ କୁହନ୍ତି। ତେବେ ଯିଏ ଯୋଉ ଧର୍ମର ହେଲେ କ'ଣ ହେଲା। ବଜାରକୁ ଯିବାକୁ ହେଲେ କେତେ ରାସ୍ତା ପଡ଼ିଛି। ପହଞ୍ଚିବା ତ ସେଇ ଗୋଟେ ଜାଗାରେ। ଯିଏ ଯୋଉ ବାଟେ ଯାଉ, ଲଢ଼େଇ କରିବା କାହିଁକି? ରାସ୍ତା ବଦଳିଲେ ତ କାହାର ରକ୍ତ, ଅଙ୍ଗପ୍ରତ୍ୟଙ୍ଗ ବଦଳି ଯାଉନି। ସେଥିପାଇଁ ନିଜ ନିଜ ଭିତରେ ଲଢ଼େଇ କରିବାଟା କ'ଣ ଶ୍ରେଷ୍ଠତ୍ୱ।"

ମଳୟକୁ କିଛି ବୁଝାଇ ଲାଭ ନାହି। ମୁଁ ଜାଣେ ସେ ଯାହା ବୁଝିଥିବ, ସେଇଟା ତା' ପାଇଁ ଠିକ୍। ତେବେ ଏସବୁ ପ୍ରବଚନ ଦେବାପାଇଁ ସେ କ'ଣ ମୋ ପାଖକୁ

ଆସିଥିଲା। ମୁଁ କହିଲି, "ସେସବୁ ବିଷୟରେ କହିବା ପାଇଁ ମୋର ଦକ୍ଷତା ନାହିଁ। ହେଲେ ହଠାତ୍ ତୋ'ର କଣ ଦରକାର ପଡ଼ିଲା ?"

କିଛି ଉପକ୍ରମଣିକା ନକରି କହିଲା, ଲିଟୁ, ଗୋଟେ ସାହାଯ୍ୟ ଦରକାର। ଆଜି ଦିନଟେ ତୋ ପାଖରେ ବାପାଙ୍କୁ ରଖିପାରିବୁ? ଟିକେ ତ ଅସୁବିଧା ହେବ। ତେବେ ବି ତୁ ସମ୍ଭାଳିନେ।

ମୋର ଅରାଜି ହେବାର ବାଟ ନ ଥିଲେ ବି କଥାଟା କେମିତି ବେଖାପ ଜଣାଗଲା। ମଳୟର ତ ଘର ଅଛି। ନିଜେ ରୋଷେଇ କରିବାରେ ଓସ୍ତାଦ। ତା ପାଖରେ ଅସୁବିଧା କ'ଣ!

ସେ କହିଲା, "ବିନା ଖବରରେ ବାପା ଆସି ପହଞ୍ଚି ଯାଇଛନ୍ତି। ମୋ ବାହାଘର କଥା ପଚାରିବା ପାଇଁ।"

- ଅସୁବିଧା କଣ ? ତୁ କଣ ବ୍ୟାଚେଲର ରହିବୁ?

- ଆରେ ନା। ମୁଁ ବାହା ହୋଇସାରିଛି।

ମୁଁ ଚମକି ପଡ଼ିଲି। ମଳୟ ବାହା ହେଲା କେତେବେଳେ! ଏ ସହରରେ ତା ପୁରୁଣା ବନ୍ଧୁ ହୋଇ ବି ମୁଁ ଜାଣିପାରିଲିନି।

- ଆରେ ଭାଇ ଏମିତି ସେମିତି ବାହାଘର ନୁହେଁ। ମତେ ସେ ଭଲ ଲାଗିଲା ଆଉ ମୁଁ ତାକୁ। ମନରେ ବିଶ୍ୱାସ ଥିଲେ ହେଲା। ସାଙ୍ଗ ହୋଇ ରହିଗଲୁ।

ଏଥର ବୁଝିଗଲି ସମସ୍ୟା କ'ଣ। ସେଥିପାଇଁ ସକାଳୁ ସକାଳୁ ମତେ ଜ୍ଞାନ ଶୁଣାଉଥିଲା।

- ତୁ କଣ ଖ୍ରୀଷ୍ଟିୟାନ ବନିଗଲୁ ?

- ମୁଁ କ'ଣ ଥିଲି ଆଉ କ'ଣ ହେଲି ସେକଥା ବୁଝିପାରୁନି। ମୁଁ ମଳୟ ଦାଶ ଥିଲି, ଏବେ ବି ଅଛି। ସେମିତି ମଣିଷଟେ, ସେଇ ରକ୍ତ, ସେଇ ବାପା, ମା, ଗାଁ ଗଣ୍ଡା, ଚାକିରି। ସେଇ ପରିଚୟ। କିଛି ତ ବଦଳି ଯାଇନି। ଖାଲି ମୋ ପାଖରେ ଲିପି ବୋଲି ଝିଅଟାଏ ଯୋଡ଼ି ହୋଇଗଲା। ଆଉ ଜଣେ ମତେ ଭଲପାଉଥିବା ନାରୀଟିଏ। ତା ଦେହରେ କେଉଁଠି କ'ଣ ଛାପା ମରାଯାଇଛି କହତ ? ଭଲପାଇବା ଭିତରେ ପୁଣି ଗୋଟେ ଧର୍ମ କେଉଁଠୁ ଆସିଲା ? ଆମେ ପଶୁପକ୍ଷୀଙ୍କୁ ଭଲ ପାଇପାରିବା, ସେଥିରେ କିଛି ଦ୍ୱନ୍ଦ୍ୱ ନାହିଁ। ଅଥଚ ନିଜ ଭିତରେ ଏତେ ଫରକ କାହିଁକି ?

- ହେଲେ ଧର୍ମ -

- ଧେତ୍ ପୁଣି ସେଇ ଅମଣିଷ କଥା। ମତେ ଖୁବ୍ ଭଲପାଉଥିବା ଝିଅଟେ ପାଇଲି। କ୍ଷତି କ'ଣ ହେଲା ? ନିଜ ପସନ୍ଦର ଚାକିରି ପାଇଁ ଗାଁ ଛାଡ଼ି ସହରକୁ ଆସିଲେ

ତ କିଛି ହେଲାନି। ଭଲ ପୋଷାକ ପାଇଁ ଗୋଟେ ଦୋକାନ ଛାଡ଼ି ଆଉ ଗୋଟେ ଦୋକାନକୁ ତ ଯିବାରେ ବାଧା ନାହିଁ। ତେବେ ଆଉ ଗୋଟେ ତଥାକଥିତ ଧର୍ମର ଝିଅକୁ ଭଲ ପାଇଲେ ଭୁଲର ହିଲା କେଉଁଠି ? ମୋ ପାଇଁ ଲିପି ଭଲ, ବାସ।

- ତୋ ପରିବାର - ?

- ସେଇଠି ତ ଭୁଲ ବୁଝାମଣା। କୋଉଦିନ ମୁଁ ମନାକଲି ବାପାଙ୍କ କଥା ବୁଝିବିନି ବୋଲି। ଲିପି ବି ସେଥିପାଇଁ ପ୍ରସ୍ତୁତ। ମୁଁ କର୍ତ୍ତବ୍ୟ କରିବାରେ ହେଳା କରିବିନି। ହେଲେ ମଝିରେ ଗୋଟେ ସର୍ତ୍ତ ଆସିଲା କୁଆଡୁ? ଲିପି କ'ଣ କେବଳ ଏଇଥିପାଇଁ ଖରାପ ଯେ ତା'ର ଧର୍ମ ଅଲଗା। ମଣିଷମାନେ କେମିତି ଶ୍ରେଷ୍ଠ ପ୍ରାଣୀ କହତ ? ଯେଉଁଠି ପୁଅ ଅପେକ୍ଷା ଧର୍ମ ବଡ଼। ଭଲ ପାଇବା ଭିତରେ ଅନେକ ସର୍ତ୍ତ। ଧର୍ମକୁ ନିକିତିରେ ରଖି, ସବୁକିଛି ମାନବିକତାକୁ ଓଜନ କରାଯାଏ, ସେଠି ମହତ୍‌ପଣିଆ ରହିଲା କେଉଁଠି ? ଭାଇ, ମୁଁ ତ ଗୋଟେ କଥା ବୁଝେ। ସବୁ ମଣିଷ ସମାନ। ମଣିଷତ୍ୱ ତା'ର ଏକମାତ୍ର ଧର୍ମ।

- ହେଲେ ଏ ସବୁ ଆଜି ଶୁଣେଇବା କ'ଣ ଦରକାର ?

- ଦରକାର ଅଛି ନହେଲେ ତୁ ବୁଝିପାରି ନଥାନ୍ତୁ। ବାପା ଲିପିକୁ ଦେଖି ଖପ୍ପା।

- ତୁ ବୁଝାଇ ଦେଉନୁ।

- ସେ ମୋ କଥା ଶୁଣିବାକୁ ଚେଷ୍ଟା କଲେ ତ। ପୁଅର ଭାବନାର କିଛି ଗୁରୁତ୍ୱ ନାହିଁ। ଲିପି କେଉଁ ଧର୍ମରେ ଥିଲା ସେଇଟାର ଗୁରୁତ୍ୱ ବେଶି। କହୁଛନ୍ତି, "ଏଠୁ ଚାକିରି ଛାଡ଼ି ଚାଲିଯିବା ପାଇଁ। ଗାଁରେ ଚାଷବାସ କଥା ବୁଝି ରହିବି ପଛେ, ଏଠାକୁ ଆସିବିନି। ଲିପି ହାତରୁ ସେ ପାଣି ପିଇବେନି। ପଇତା ମାରା ହୋଇଯିବ। ବିଧର୍ମୀ ବନିଯିବେ। କ'ଣ କରିବି କହ ? ସେଇଥିପାଇଁ ତୋ ପାଖକୁ ଆସିଲି। ଦେଖ ଭାଇ, ଲିପିକୁ ଛାଡ଼ିବା ତ ଦୂରକଥା। ସେକଥା ଭାବିଲେ ବି, ମୁଁ ବଞ୍ଚି ପାରିବିନି। ତୁ ଟିକେ ବାପାଙ୍କୁ ବୁଝାସୁଝା କର। ତୋ ଘରେ ଆଜି ସଞ୍ଜବେଳଯାଏ ରଖିନେ। ରାତି ଗାଡ଼ିରେ ସେ ଚାଲିଯିବେ।"

ବଡ଼ ଦ୍ୱନ୍ଦ୍ୱରେ ପଡ଼ିଗଲି। ମଳୟକୁ ଭୁଲ କହିବାକୁ ମୋ ଭିତରେ କେହି ଜଣେ ବାଧା ଦେଲା। ତେବେ ସେ ବିଷୟରେ ହୁଏତ ତାକୁ ଆଗରୁ ଜଣାଇବାର ଥିଲା। ଲିପି କଥା ଚିନ୍ତା କଲେ ପୁରୁଣା ଭାବନାଗୁଡ଼ା ଠିକ୍ ଲାଗୁନଥିଲା। ବିଚାରୀ କେବଳ ବିଶ୍ୱାସକୁ ସାଙ୍ଗରେ ଧରି ସବୁ କିଛି ଛାଡ଼ିଦେଇଛି। ମଳୟ ତାକୁ ଧୋକାଦେବା କ'ଣ ଉଚିତ୍ ହେବ।

ମୋ କଥା ବୋଧହୁଏ ମଳୟ ବୁଝିପାରିଲା। କହିଲା, "ଛାଡ଼ ସେକଥା। ତୋ'ର ତ ଅନୁଭବ ନାହିଁ, ତୁ ବୁଝିପାରିବୁନି। କେତେ ଜିନିଷକୁ ଜଣାଇଦେଲେ, ରାସ୍ତାରେ ଅନେକ ଅଘଟଣର ସମ୍ଭାବନା ଥାଏ। ବାପା ମୋ ପାଖକୁ ଆସିବା ନ ଆସିବା ତାଙ୍କର ଇଚ୍ଛା। ହେଲେ ମୋ କର୍ତ୍ତବ୍ୟରୁ ମତେ ବଞ୍ଚିତ ନ କରନ୍ତୁ। ଥରେ ମୋ ଆଡ଼କୁ ଚାହାଁନ୍ତୁ ଗୋଟିଏ ଦୃଷ୍ଟିରେ।"

– ଲିପି ତ ଚାହିଁଥିଲେ ଧର୍ମ ବଦଳେଇ ପାରିଥାଆନ୍ତା।

– ଓଃ ,ଏତେ ସ୍ୱାର୍ଥପର ମୁଁ ହୋଇପାରିବିନି। ସେ ଯଦି ମତେ ସେଇ କଥା କହି ଥାଆନ୍ତା ? ବିନା କିଛି ସର୍ତ୍ତରେ ସେ ଆସିଛି ଯେତେବେଳେ ମୁଁ କେମିତି ତା ଉପରେ ସ୍ୱାର୍ଥକୁ ଲଦି ଦେଇପାରିବି। ଆମର ଭଲପାଇବାକୁ ଅସମ୍ମାନ କରିବି। ଆମେ ଯେମିତି ଅଛୁ ସେମିତି ରହିବୁ। ମଳୟ ଆଉ ଲିପି ହୋଇ। ଆମ ପାଖରେ କିଛି ସର୍ତ୍ତ ନ ରହୁ।

ମଳୟ ଆଗରେ ମୋର ସବୁ ଯୁକ୍ତି ହାର ମାନିଯାଉଥିଲା। ତା'ର ବାପାଙ୍କୁ ଅବଶ୍ୟ ମୁଁ ବୁଝାଇବାରେ ଅକ୍ଷମ ଥିଲି। କିନ୍ତୁ ଦିନସାରା ଉପବାସ ରହି, ଯେତେବେଳେ ସେ ଘରକୁ ଫେରିଯାଉଥିଲେ, ସେତେବେଳେ ଦୂରରୁ ଦୁଇଟି ଦରଦୀ ଦୃଷ୍ଟିର ମର୍ମକଥାକୁ ପଢ଼ିନେବାରେ ମୋର ଅସୁବିଧା ହେଉ ନଥିଲା, ଯାହା ଆଡ଼କୁ ଥରେ ବି ନଜର ପଡ଼ିନଥିଲା ତାଙ୍କର। ସେଦିନ ମଳୟ ଆଉ ଲିପିର ଭାବନା ମୋର ବିବେକର ନିକିତିରେ ବାପାଙ୍କ ତୁଳନାରେ ଖୁବ୍ ଓଜନଦାର ଲାଗିଥିଲା।

ମଳୟ ତା' ବାପାଙ୍କର ବଡ଼ପୁଅ ଏବଂ ରୋଜଗାରିଆ ବି। ସେଥିପାଇଁ ତା ଉପରେ ସେମାନେ କିଛି ଆଶା ରଖିବାଟା ସ୍ୱାଭାବିକ୍।

ଏବେ ତ ଅନେକ ଦିନ ବିତିଗଲାଣି। ଦେହ, ମନ ସବୁକିଛି ଧିମେଇ ପଡ଼ିଲେଣି । ବାପା ମା'ମାନେ ବି ବଦଳିଗଲେଣି ପରିସ୍ଥିତି ଭିତରେ। ମଣିଷର ଭାବନା ବି ବଦଳିଗଲାଣି। ଯାହା ସେତେବେଳେ ମଳୟ ଦାଶ ପାଇଁ ଅପରାଧ ଥିଲା, ଏବେ ସେ ସବୁ ସ୍ୱୀକୃତି ପାଇଲାଣି ସମାଜ ଭିତରେ। ହେଲେ ତେବେ ବି ମଣିଷ ମନରେ କେଉଁଠି କେଉଁଠି ସେଇ ଗୋଟିଏ ଭାବନା ମୁଣ୍ଡଟେକି ରହିଛି, ପୁରୁଣା ବରଗଛଟିଏ ପରି। କେଉଁ ଏକ ଅଜଣା ସୀମାରେଖାକୁ ଡେଇଁ ଆରପଟକୁ ଚାଲିଯାଇ ପାରୁନି। ଫେରିଆସୁଛି ଚୁମ୍ବକର ସମଧର୍ମୀ ଅଂଶଠାରୁ, ପଛକୁ ପଛକୁ। ସେଇ ଧର୍ମୀୟ ଭାବନାକୁ ତର୍ଜମା କରିବାକୁ କାହାର ଇଚ୍ଛା ନାହିଁ। ସେ ସମୟରେ ଯିଏ ସେଥିରୁ ମୁକ୍ତ ଥିଲା, ଯିଏ ମଣିଷ ଉଚିତ୍ ରୂପକୁ ଚିହ୍ନାଇ ଦେବାକୁ ଚାହିଁଥିଲା, ସେ ଥିଲା ମଳୟ ଦାଶ।

ସେଦିନ ବି ମୁଣ୍ଡ ଟେକିଟେକି ସୂର୍ଯ୍ୟ ସେମିତି ଧାଉଁଥିଲେ ଅସରନ୍ତି ରାସ୍ତାରେ।

ଦିନରାତିମାନେ ଗଡ଼ିଗଡ଼ି ମାସ ବର୍ଷ ବନିଯାଉଥିଲେ। ମଳୟ ସଙ୍ଗେ ମୋର ବେଶି ଦେଖା ହେଉନଥିଲା। କେବେ କେମିତି ଆଖିରେ ପଡ଼ିଲେ ସେ ହାତଟେକି ଚାଲିଯାଉଥିଲା। ବଡ଼ ଅଦ୍ଭୁତ ଥିଲା ତା'ର ଚରିତ୍ର। ଅଥଚ ନିଜ ଭିତରେ ଯୁକ୍ତି କଲେ ସେ ଆଦୌ ଭୁଲ ଜଣା ଯାଉନଥିଲା। ଶୁଣିଥିଲି ସେ କୁଆଡ଼େ ଅନେକ ସମୟରେ ଅନାଥାଶ୍ରମ କିମ୍ବା ଆଦିବାସୀ ବସ୍ତିକୁ ଯାଉଥିଲା। ସେଇଠି ସମୟ ବିତାଉଥିଲା। ଦରମାର ବେଶ୍ କିଛି ଅଂଶ ତାଙ୍କ ପାଇଁ ଖର୍ଚ୍ଚ କରିଦେଉଥିଲା। ଲିପି ସହିତ କେମିତି ଅଛି ତା'ର ସମ୍ପର୍କ? ଜାଣିବାକୁ ଇଚ୍ଛା ଥିଲେ ବି କେଜାଣି କାହିଁକି ମୁଁ ପଛାଇ ଯାଉଥିଲି। ତା ସହିତ ମୋର ବ୍ୟବଧାନ ବଢ଼ି ବଢ଼ି ଚାଲିଥିଲା। ମୁଁ ପ୍ରମୋସନ ପାଇ ଶିଡ଼ି ପରେ ଶିଡ଼ି ଚଢ଼ି ଚାଲିଥିଲାବେଳେ ମଳୟ ସ୍ଥିର ହୋଇ ରହିଯାଇଥିଲା, ନିଜର ପରିବାର ଆଉ ଭାବନା ଭିତରେ। ମୁଁ ତ ଏକ ସାଧାରଣ ମଣିଷ ଥିଲି। ତେଣୁ ମତେ ମଳୟର ଚରିତ୍ର ପାଗଳାମି ପରି ଲାଗୁଥିଲା। ମୋ' ପାଇଁ ଜୀବନଧାରା ସାଧାରଣ, ଏକ ଧାରାବାହିକତା ଥିଲା ନିଶ୍ଚୟ। ଜୀବନରେ ପିଲାମାନଙ୍କ ଗହଣରେ ସମୟକାଟି, ଖାଲି ସ୍ୱାର୍ଥପରଟିଏ ବନିଯିବା କ'ଣ ମଣିଷତ୍ୱ ହୋଇପାରେ? ଆଜିର ଚିନ୍ତାଧାରାରେ ମଳୟ ସତରେ ଏକ ଭିନ୍ନ ମଣିଷ ଥିଲା।

କେବେ କେବେ ସେ ମୋ ପାଖକୁ ଝଡ଼ପରି ପଶି ଆସି ଚକିତ କରି ଦେଉଥିଲା। ମୋର ମୁଣ୍ଡ ଭିତରର ତନ୍ତ୍ରୀମାନଙ୍କୁ ଏପଟ ସେପଟ କରିଦେଉଥିଲା। ହଠାତ୍ ଦିନେ ଏକ ବ୍ୟସ୍ତ ସମୟରେ ସେ କବାଟ ଠେଲି ମୋ ଅଫିସ ଭିତରକୁ ପଶି ଆସିଲା। ମୋ ହାତକୁ ଗୋଟେ କାଗଜ ବଢ଼ାଇ ଦେଇ କହିଲା, "ଦୁଇଟା ଇନକ୍ରିମେଣ୍ଟ ପାଇଁ ଆସିଛି। ସରକାରୀ ନିୟମ ଅଛି। କାଗଜପତ୍ର ଦେଖିନେବୁ।"

ମୁଁ ତା' ମୁହଁକୁ ଚାହିଁଲି।

ସେ କହିଲା, "ମୁଁ ପରିବାର ନିୟନ୍ତ୍ରଣ ଅପରେସନ୍ କରିଦେଇଛି।"

ହଠାତ୍ ମୁଁ ଚମକି ପଡ଼ିଲି, "କହିଲି ତୋ'ର ତ ପିଲାପିଲି ନାହାନ୍ତି! ତୁ-"

- କିଏ କହିଲା। ଅନାଥାଶ୍ରମରୁ ଝିଅଟାଏ ଆଣିଛି। ଜନ୍ମ ନ କଲେ କ'ଣ ପିଲାପିଲି ହୋଇପାରିବନି? କେହି ଜଣେ ନିରାଶ୍ରୟ ତ ଆଶ୍ରା ପାଇଯିବ।

- ବଡ଼ ଅଦ୍ଭୁତ ପିଲା! ଲିପିର ସମ୍ମତି ନେଇଛୁ?

ମଳୟ ହସିଦେଲା କହିଲା, "ତା'ର ବିନା ସମ୍ମତିରେ ମୁଁ ପାଦେ ବି ଆଗକୁ ବଢ଼ିପାରିବିନି।"

- କିନ୍ତୁ ପରିବାର ନିୟନ୍ତ୍ରଣ କରିବା କ'ଣ ଦରକାର ଥିଲା?

- ବୋକା। ନିହାତି ବୋକା ତୁ। କେହି ଭାବିପାରେ ଝିଅକୁ ରଖିବାରେ

ଆମର ଅନ୍ୟ କିଛି ଉଦ୍ଦେଶ୍ୟ ଥାଇପାରେ। ଆମର ସନ୍ତାନ ହେଲେ ତା'କୁ ଅବହେଳା କରିପାରୁ। ଖାଲି କାଗଜପତ୍ରରେ ଲେଖିଦେଲେ ହୁଏନି। ଅସଲ କାମ କରି ଆମେ ଦେଖାଇଦେଲୁ। ଆଉ କଛି ଦ୍ୱନ୍ଦ୍ୱ ନଥିବ, ଆଶଙ୍କା ନଥିବ। ଆଉ ବିଶେଷ କିଛି ସେ କହିନଥିଲା କିମ୍ବା ଉପଦେଶ ଶୁଣିବାରେ ତା'ର ଧୈର୍ଯ୍ୟ ନଥିଲା। କାଗଜ କିଛି ଫିଙ୍ଗିଦେଇ ଯେମିତି ଆସିଥିଲା ସେମିତି ଝଡ଼ବେଗରେ ଚାଲିଗଲା।

ମୁଁ ଭାବି ପାରୁନଥିଲି ମଳୟ ମୋ ପାଇଁ ଏକ ଧୂଳିଝଡ଼ ନା ଜଳଭରା ବାଦଲ। ସେଥିପାଇଁ ଜାଣିଶୁଣି ତା'ଠାରୁ କିଛି ଦୂରତ୍ୱ ରଖୁଥିଲି। ସେ ଉପସ୍ଥିତ ଥିଲାବେଳେ କାମରେ ଅବହେଳା କରୁନଥିଲା। ଅଥଚ କିଛି ନ ଜଣାଇ ଅନେକଦିନ ଅନୁପସ୍ଥିତ ରହିବାରେ ତାର ଦ୍ୱିଧା ନ ଥିଲା। ମନେହେଉଥିଲା ତା ପାଇଁ ଯେପରି ଚାକିରିଟା ଖୁବ୍ ଗୌଣ। ବାହାର ଦୁନିଆରେ ତା'ର ଅନେକ କାମ। ତା'ଠୁ କନିଷ୍ଠ ଥିବା ପିଲାମାନେ ପ୍ରମୋସନ ପାଇଚାଲିଥିଲେ। ସେଥିରେ ତା'ର ଦୁଃଖ ନଥିଲା। ବରଂ କେହି କେହି କହୁଥିଲେ ସେ କୁଆଡ଼େ ଖୁସି ହେଉଥିଲା। କହୁଥିଲା, "ଦାୟିତ୍ୱ ବଢ଼ିଲେ ବେଶି ସମୟ ଦେବାକୁ ହେବ କମ୍ପାନୀ ପାଇଁ। ଯାହା କିଛି ଦରମା ମିଳୁଛି ସେତିକି ଯଥେଷ୍ଟ। ଅଧିକରେ ଆଶା ବେଶି, ଦୁଃଖ ବେଶି। କମ୍ପାନୀର ତ ଘର ଖଣ୍ଡେ ମିଳିଯାଇଛି, ଖାଇବାକୁ ଗଣ୍ଡେ ମିଳିପାରୁଛି। ଆଉ ଯାହା ବଳୁଛି ସେ ସବୁ ଅନ୍ୟମାନଙ୍କ ପାଇଁ।"

ଲିପିଟା କେମତି ଝିଅ କେଜାଣି। ଗୋଟେ ଅଦ୍ଭୁତ ଲୋକ ସଙ୍ଗେ ପାଦ ମିଳାଇ ଚାଲିପାରୁଛି କିପରି! କେବେ ଥରେ ତା'ଘରକୁ ଯିବାକୁ ଇଚ୍ଛା ହେଲେ ବି ମତେ ଭୟ ଲାଗୁଥିଲା। ଗୁଡ଼ାଏ ମାନସିକ ବୋଝକୁ ଅଯଥାରେ ଧରି ଆଣିବାକୁ ମୋର ମାନସିକତା ନଥିଲା।

ଗୋଟେ ସହରରେ ରହୁଥିବା ହେତୁ କେବଳ ଭେଟ ହେଲେ ହିଁ, ମୁଁ ସ୍ୱାର୍ଥପର ଭାବରେ ବନ୍ଧୁ ପାଲଟିଯାଏ। ଯେଉଁଦିନ ତା ସଙ୍ଗେ ଲିପିକୁ ଦେଖେ ନିଜର ଅନ୍ତଃଦୃଷ୍ଟିରେ ଚାହିଁରହେ। ଗୋରା ତକତକ ସୁନ୍ଦର ଝିଅଟି ମତେ ଅନନ୍ୟ ଜଣାପଡ଼େ, ଯିଏ ମଳୟ ପରି ଲୋକ ସଙ୍ଗେ ରହି ଖୁସି ମନାଇପାରୁଛି। ତା'ର ହସ ହସ ମୁହଁରେ କୌଣସି ବିରକ୍ତି କିମ୍ବା ଦୁର୍ଭାବନା ଥିଲା ପରି ମନେହୁଏନା। ଛୋଟ ଝିଅଟିର ହାତଧରି ସେମାନେ ଚାଲିଚାଲି ଯାଉଥାଆନ୍ତି। ମନେହୁଏ ଖୁବ୍ ଆନନ୍ଦରେ ରହୁଥିବା ଏକ ସ୍ୱର୍ଗୀୟ ପରିବାର। ଆମ ପରି ଜଞ୍ଜାଳରେ ଆକ୍ରାବାକ୍ରା ଜୀବନକୁ ସେ ଉଡ଼ାଇ ଦେଇଥିବା ଏକ ମୃଦୁ ମଳୟ।

ଯେତେ ଦୂରେଇଗଲେ ବି ମଳୟ ବିଷୟରେ କିଛି ନା କିଛି ଉଡ଼ା ଖବର ମୋ ପାଖରେ ପହଞ୍ଚୁଥାଏ। କିଛି ବି ଅବାସ୍ତବ କଥା କେବଳ ମଳୟ ଦାଶ ପାଖରେ ହିଁ

ସମ୍ଭବ। ପ୍ରକୃତରେ ସେ କ'ଣ, କେଉଁ ଧର୍ମର! ଅନେକ ଆଗରୁ ତା' ବାପାଙ୍କର ଅଭିଯୋଗ ଥିଲା, ସେ ଝିଅ ଚକ୍କରରେ ପଡ଼ି ଧର୍ମ ହରେଇଛି। ଅନେକ ଦିନ ପରେ ମୁଁ ବି ବୁଝି ପାରୁନଥିଲି ଯେ ସେ କେଉଁ ଧର୍ମ ହରାଇଛି ଆଉ ପାଇଛି କ'ଣ? କିଛି ସହକର୍ମୀ କୁଆଡ଼େ ତାକୁ ଅନ୍ୟ କେଉଁ ସହରରେ ମସଜିଦ୍‌ରେ ଦେଖିଥିଲେ। ତେବେ ପ୍ରକୃତରେ ସେ କ'ଣ?

ଦିନେ କୌଣସି ଏକ କାମରେ ବାହାରକୁ ଯାଇଥିବା ସମୟରେ ରାସ୍ତାକଡ଼ରେ ତା' ସଙ୍ଗେ ଦେଖା ହୋଇଗଲା। ପ୍ରଚୁର ଖରାରେ ଜଳୁଥିଲା ସହରଟା। ଆଦିବାସୀ ଶ୍ରମିକମାନେ ସକାଳୁଆ କାମସାରି ଦିନ ଦୁଇଟାବେଳକୁ ଘରକୁ ଫେରୁଥିଲେ। ଦେଖିଲି ନଈକୂଳର ରାସ୍ତା ପାଖରେ ଗୁଡ଼ାଏ ଲୋକ ଜମିଛନ୍ତି। କୌତୁହଳବଶତଃ ଚାହିଁଦେଲି। ଗେରୁଆ ଧୋତି, ସାର୍ଟପିନ୍ଧା ଲଣ୍ଡାମୁଣ୍ଡିଆ ଲୋକ ଜଣେ ସର୍ବତ ଏବଂ କିଛି ଖାଇବା ଜିନିଷ ବାଣ୍ଟୁଛନ୍ତି। ପାଖରେ ଜଣେ ମହିଳା। ଲୋକମାନେ ଖୁସିରେ କେହିକେହି ପାଦ ଛୁଇଁ ଦେଉଛନ୍ତି। କିଏ ଏହି ମହାମାନବ! ବଡ଼କଷ୍ଟରେ ମଳୟକୁ ଚିହ୍ନିନେଲି। ଲଣ୍ଡାମୁଣ୍ଡରେ ଏକ ବୌଦ୍ଧ ସନ୍ନ୍ୟାସୀ ପରି ଲାଗୁଥିଲା। ପାଖରେ ସାହାଯ୍ୟ କରୁଥିବା ମହିଳା ନିଶ୍ଚୟ ଲିପି ଥିଲା। ପାଖକୁ ଯାଇ ପଚାରିବାକୁ ଇଚ୍ଛା ଥିଲା। ଦହି ସର୍ବତ କଥା ତ ବୁଝିଗଲି। ହେଲେ ଏ ପୋଷାକ କାହିଁକି! ମଳୟ କ'ଣ ବୌଦ୍ଧ ଧର୍ମ ପସନ୍ଦ କଲା ନା ସେଥିରେ ଥିବା ନିୟମ ସହିତ ମଣିଷତ୍ୱକୁ ଓଜନ କରିବାକୁ ଚେଷ୍ଟା କରୁଛି? ସେଦିନ କିଛି ନ କହି ଫେରିଆସିଲି। ପରେ ସେ କଥା ଜାଣିବାକୁ ଚେଷ୍ଟା କରି ବିଫଳ ହେଲି। ଅନେକ ଦିନ ହେବ ସେ ଛୁଟିରେ ଥିବାର ଜାଣିପାରିଲି।

ବାସ ଏମିତି ଏକ ଚରିତ୍ର ଥିଲା ମଳୟ ଦାଶ। ପାଖରେ ଥାଇ ବି ଦୂରେଇ ଗଲାପରି ଲଗୁଥିଲା ଆଉ ଦୂରରେ ଥିଲେ ପାଖକୁ ଚାଲିଆସୁଥିଲା। ତାକୁ ବୁଝିବା ମୋ ପାଇଁ ଆଦୌ ସହଜ ଥିଲା। ମୁଁ ଜାଣେ ସେ କେବେବି କାହା ଉପରେ ବୋଝ ବନିବନି କିମ୍ବା କାହାର ଚିନ୍ତାଧାରାରେ ଅସୁବିଧା ସୃଷ୍ଟି କରିବନି। ସେଥିପାଇଁ ଏକମାତ୍ର ଝିଅ ଦୁବାଇ ଚାଲିଯିବାରେ ସେ ଆଦୌ ଅସନ୍ତୁଷ୍ଟ କିମ୍ବା ଦୁଃଖିତ ନଥିଲା। ବରଂ ମନମୁତାବକ ରାସ୍ତା ବାଛିନେବାକୁ କହିଥିଲା। ତା'ର ଏକମାତ୍ର ସାଥୀ, ଅନ୍ତରଙ୍ଗ ବନ୍ଧୁ ଥିଲା ଲିପି। ସବୁକିଛି କଥାରେ, ଭାବନାରେ ସହଯୋଗର ହାତଟିଏ ବଢ଼ାଇ ଦେଉଥିଲା। କେବଳ ଚାକିରି ସମୟ ବ୍ୟତୀତ ସବୁବେଳେ ସାଙ୍ଗରେ ରହୁଥିଲା। ଏପରି ଏକ ଲୋକର ସମାନ ଚିନ୍ତାଧାରାରେ ଥିବା କେହି ବି ମଣିଷ ସାଧାରଣ ହୋଇନପାରେ।

ଦିନ ଗଡ଼ିଯାଉଥିଲା ବୟସକୁ ସାଙ୍ଗରେ ନେଇ। ଚାକିରି ସରିସରି ଆସୁଥିଲା।

ଆୟୁଷ ହାତରୁ ଖସିଖସି ଯାଉଥିଲା ସମୟ। ମନ ଖୋଜୁଥିଲା ଏକ ଅବଶିଷ୍ଟ ସ୍ଥିର ଜୀବନ। ଏମିତି ସବୁ ସାଧାରଣ ଭାବନାରୁ କିନ୍ତୁ ସେ ମୁକ୍ତ ଥିଲା। ତା ପାଇଁ ଜୀବନଟା ଥିଲା ଏକ ହାଲକା ଫୁଟବଲ, ବର୍ତ୍ତମାନର ଖେଳପଡ଼ିଆ ଭିତରେ। ବାସ୍ ଯେମିତି ପାରୁଛ ସେମିତି କିକ୍ ମାରିଲେ ହେଲା। ଆମ ପରି ମଳୟର କିଛି ଚିନ୍ତା ନ ଥିବ, ତାହା ମୁଁ ଭାବିନେଇଥିଲି।

ଏକ ଦୁଃଖଦ ଖବର ପାଇ ଦିନେ ମୁଁ ଡାକ୍ତରଖାନାରେ ପହଞ୍ଚିଲି। ମଳୟ ବସିଥିଲା ଚୁପ୍‌ଚାପ୍। କ'ଣ ଭାବୁଥିଲା କେଜାଣି। ସବୁ ମଣିଷ ପରି ତା'ର କିଛି ଅଭାବବୋଧ ଅଛି, ସେ କଥା ଯେତେ ଅସ୍ୱୀକାର କଲେ ବି, ମୁଁ ବିଶ୍ୱାସ କରୁନଥିଲି। ଶୁଣିଲି ଲିପିକୁ କ୍ୟାନସର, ଶେଷ ପର୍ଯ୍ୟାୟରେ। ବଞ୍ଚିବାର ଆଶା କମ୍। ଦୁଃଖ କରିବି ନା ଗାଳି କରିବି ବୁଝିପାରିଲିନି। ଆଜିଯାଏ ମଳୟ କରୁଥିଲା କ'ଣ ? ଏତେ ଗୁରୁତର ହେବା ଆଗରୁ କିଛି ତ ଜଣାଥିବ ତା'କୁ। ଏକାଦିନକରେ ତ ଏଭଳି ଅବସ୍ଥା ଆସିଯାଇ ନଥିବ।

ସେଦିନ ପ୍ରଥମ କରି ପଢ଼ିନେଲି, ମଳୟର ଅସ୍ଥିର ମନକୁ। ସେ କହିଲା, "ଶେଷରେ ଲିପି ମୋ ସହିତ ପ୍ରହସନ କଲା ଲିଟୁ। ମୋ' ପରି ଲୋକକୁ ଧୋକ୍କା ଦେଲା। ମୋର ଦୁଃଖ ଦେଖିବାକୁ ଚାହିଁଲାନି। ଭଲକଥା। ଏଥରତ ଖେଳ ସରିଯିବାର ବେଳ।" ମଳୟ ହସିଦେଲା। କହିଲା, "ଠିକ୍ କଥା। ଦିନେନା ଦିନେ ତ ଯିବାକୁ ପଡ଼ିବ। ସେଥିପାଇଁ ଅନୁଶୋଚନା କାହିଁକି। ଏଥର ମୁଁ ମୋ ବାଟ ଧରିବି। ମୋ' ପାଇଁ ଚିନ୍ତା କରିବାକୁ କେହି ନଥିବେ। ମୁଁ କାହାକୁ କଷ୍ଟ ଦେବିନି।"

ଲିପି ଚାଲିଗଲା ପରେ ମଳୟ କାହାକୁ କିଛି ନ କହି କେଉଁ ନିର୍ଜନ ସ୍ଥାନରେ ତାକୁ ପୋତିଦେଲା।

ଏତେଦିନ ପରେ କେଜାଣି କାହିଁକି ତା ଉପରେ ଏକ ଅଧିକାର ଜାହିର କରିବାକୁ ଇଚ୍ଛା ହେଲା। ନିଜ ଆସନର ଛଳନାମୟ ପରିଧିରୁ ମୁକ୍ତିପାଇ ତା'ର ପୁରୁଣା ବନ୍ଧୁଟିଏ ବନିଯିବାକୁ ମନ ଡାକିଲା। ସେ ଅଲଗା ଏକ ଦୃଷ୍ଟିରେ ମୋ ଆଡ଼କୁ ଚାହିଁଲା। ସତେ ଯେପରି ମୁ କେଉଁ ଅଜଣା ଲୋକଟାଏ । ମୋର ବି ମନେହେଉଥିଲା, ମୁଁ ଏକ ଅଲଗା ମଳୟ ଦାଶ ପାଖକୁ ଚାଲିଆସିଛି। କିଛି ଧରାପଡ଼ି ଯାଉଥିବା ଭାବନାକୁ ଲୁଚାଇ ଦେଉ ଦେଉ ପ୍ରହସନ କରୁଥିଲା, ଜୀବନକୁ ବାଜିଲଗାଇ ଦେଇଥିବା ଖେଳୁଆଡ଼ଟାଏ।

ମୁଁ କହିଲି, କେମିତି ଅଛୁ ମଳୟ ?

ସେ ନିରସ ହସଟାଏ ଫିଙ୍ଗିଦେଲା ମୋ ଆଡ଼କୁ। କହିଲା, "ଲିପିଟା ଏତେ

ସ୍ୱାର୍ଥପର ବୋଲି ମୁଁ ଜାଣି ନଥିଲି। ସେ ମତେ ଖୁବ୍ ଭଲ ପାଉଥିଲା ବୋଲି ଭାବିଥିଲି। ସବୁ କିଛି ତ ଛାଡ଼ିଦେଲି କେବଳ ସେଇ ଟିକକ ପାଇଁ। କେତେବଡ଼ ଜିନିଷଟେ ମୋ'ଠୁ ଲୁଚାଇ ରଖିଥିଲା। ସମସ୍ତଙ୍କ ପରି ସେ ବି ମୋର ଧନକୁ ଓଜନ କରିଦେଲା ଭଲପାଇବାର ନିକିତିରେ। ମୁଁ କୁଆଡ଼େ ତା' ପାଇଁ ବହୁତ ତ୍ୟାଗ କରିଛି। ଆଉ ଅଧିକ କଷ୍ଟ କରିବାକୁ ସେ ଚାହିଁଲାନି। ସତ କହିଲୁ, କ'ଣ ବା ମୁଁ କରିଥିଲି। ସେ ବି ତ ବିନା ଦ୍ୱନ୍ଦ୍ୱରେ ପରିବାରକୁ ଛାଡ଼ିଦେଲା। କେବଳ ବିଶ୍ୱାସ ଆଉ ଭଲପାଇବା ଟିକକ ଆମର ଅମୂଲ୍ୟ ସମ୍ପତ୍ତି ଥିଲା। ସେ ଭଲପାଇବା ଭିତରକୁ ଆମେ କାହାକୁ ଆସିବାକୁ ଦେଇନଥିଲୁ। ଶେଷରେ, ଦେଖ୍ ତ କେତେ ପ୍ରହସନ କରି ସେ ଚାଲିଗଲା। ବୁଝିପାରିଲାନି ତା' ବ୍ୟତୀତ ପ୍ରକୃତରେ ମୁଁ ନିଃସ୍ୱ ହୋଇଯିବି ବୋଲି। ମୁଁ ତ ଜୀବନରେ ଖାଲି ଖେଳି ଚାଲିଲି। ହେଲେ ସେ' ତ ମୋର ପ୍ରକୃତ ବଳ ଆଉ ସାହସ ଥିଲା। ଏଥର କ'ଣ ମୁଁ ସତରେ ହାରିଯିବି ?"

ମଳୟର ଏକ ଭିନ୍ନ ରୂପ ସେଦିନ ମତେ ଦେଖାଗଲା। ସେ ମହାନତା ମୁଁ ପ୍ରଥମ ଥର ପାଇଁ ଅନୁଭବ କଲି। ମନେହେଲା ସେ କିଛି ଭୁଲ କରିନି ଜୀବନରେ। ଏକ ଅପ୍ରାକୃତିକ ପାହାଚରେ ନ ଚଢ଼ି ସତ୍ୟକୁ ଧରି ରଖିଥିଲା। ଜୀବନର ଅସଲ ସ୍ୱାଦକୁ ଅନୁଭବ କରୁଥିଲା ମଣିଷଟିଏ ହୋଇ। ତାକୁ କିଛି ବି ଉପଦେଶ ଦେବାର ଯୋଗ୍ୟତା ମୋର ନଥିଲା। ମୁଁ ଜାଣିଥିଲି ସେ କେବଳ ନିଜର ହୃଦୟର କଥା ହିଁ ଶୁଣିବ। ଅମଣିଷମାନେ ତା'ର କିଛି କରିପାରିବେନି।

ମୁଁ ଚୁପ୍‌ଚାପ୍ ଫେରି ଅସିଥିଲି।

- ମଳୟ ତ୍ୟାଗପତ୍ରରେ ଅଳ୍ପକିଛି ଲେଖିଥିଲା ହେଲେ, ତା'ର ଅଲିଖିତ ଧାଡ଼ିମାନଙ୍କୁ ପଢ଼ିବାରେ ମୋର ଆଦୌ ଅସୁବିଧା ହେଉ ନଥିଲା।

ଜାଣେନା କୁଆଡ଼େ ଚାଲିଗଲା ସିଏ। କେଉଁ ମଣିଷ କିମ୍ବା ସେମାନଙ୍କର ପ୍ରକୃତ ଭଗବାନଙ୍କର ସନ୍ଧାନରେ ??

■

ବିଜୁଳି ଆଲୁଅ

ରିକ୍ସାର ଚକରେ ଚାବି ପକାଇଦେଇ ସନିଆ ଟିକିଏ ଠିଆ ହୋଇରହିଲା। କାନ୍ଧ ଉପରୁ ଡୋରିଆ ଗାମୁଛାଟା ବାହାର କରି ଝାଳ ପୋଛି ଆଣିଲା। ଓଃ ! ବହୁତ ପରିଶ୍ରମ ହୋଇଗଲା ଆଜି। ପଇସା ବି ଭଲ ରୋଜଗାର ହୋଇଛି। ମନ ମୁତାବକ ଭଡ଼ା ମିଳିଛି। ଆଜି ସେ ଆରାମରେ ଖାଇସାରି ବିଶ୍ରାମ ନେବ। ଝାଳୁଆ ଗାମୁଛାକୁ ଥରେ ରିକ୍ସାର ସିଟ୍ ଉପରେ ବୁଲାଇ ଆଣୁ ଆଣୁ ସେ ଚମକି ପଡ଼ିଲା। କିଛି ଏକ ଜିନିଷ ବେଶ୍ ଚକ୍ ଚକ୍ ମାରୁଥିଲା ଖରା ଧାସରେ। କ'ଣ ହୋଇପାରେ ଏପରି ପଦାର୍ଥ। କିଏ ରଖିଲା ସିଟ୍ ଉପରେ। କିଛି ଏକ ଆକର୍ଷଣୀୟ ଜିନିଷ ପରି ମନେହେଲା ତା'ର। ସେ ଝାଳୁଆ ହାତରେ ସେଇଟାକୁ ଟେକି ଆଣୁ ଆଣୁ ତା'ର ଆଖି ଖୋସି ହୋଇଗଲା। ବେଶ୍ ଓଜନଦାର ସୁନାହାରଟାଏ। ଆଉଥରେ ସେ ଏପଟ ସେପଟ କରି ଦେଖିଲା। ହଳଦୀରଙ୍ଗର ସୁନ୍ଦର ଲାଗୁଥିବା ହାରଟା ତା ଆଖିରେ ଆହୁରି ଅଧିକ ଝଲସି ଉଠିଲା। ସେ ଚାରିଆଡ଼କୁ ଚାହିଁଲା କେହି ତାକୁ ଦେଖୁ ନାହାନ୍ତି ତ। କାହା ଆଖିରେ ପଡ଼ିଗଲେ କଥା ସରିଲା । କିଏ କେତେ କ'ଣ କହିବେ। କେତେ ଉପଦେଶ କିମ୍ବା ଗାଳି କରିବେ। କ'ଣ ମିଳିବ ଏତେ କଥାରୁ।

ସନିଆ ଅନୁଭବ କଲା ସେ ଯେପରି ଅନ୍ୟ ଏକ ମଣିଷ ବନିଯାଇଛି। ତା' ମନଟା ପୂରାପୂରି ବଦଳି ଯାଇଛି। ଏକ ପ୍ରଲୋଭନର ବଳୟ ଭିତରେ ସେ ଘୂରି ବୁଲୁଛି। ଜିନିଷଟା କାହାର, ଏଠାକୁ କିପରି ଆସିଲା, ସେକଥା ଚିନ୍ତା ନକରି ନିଜ ସ୍ୱାର୍ଥକୁ ନେଇ ଭାବି ଚାଲିଲା। ପୁଣି ଥରେ ଚାରି ଆଡ଼କୁ ଚାହିଁଲା। ଖୁବ୍ ହାଲକା ଭାବରେ ଗାମୁଛାରେ ଗୁଡ଼ାଇ ହାତରେ ଧରିଲା । ମନେହେଲା ରିକ୍ସା ରଖିଥିବା

ଜାଗାଠାରୁ ତା'ର ଝୁମ୍ପୁଡ଼ି ଘରର ଦୂରତା ବଢିଯାଇଛି ଯେପରି। ଏ ଭିତରେ ଯଦି କିଏ କ'ଣ ପଚାରିଦିଏ ! ଗାମୁଛାରୁ ହାରଟା ଯଦି ଖସିପଡ଼େ କିମ୍ବା ଅଚାନକ କେହି ଜଣେ ବାବୁ ଆସି ତା ହାତକୁ ଧରି ପକାଏ। ଅନେକ ଆଶଙ୍କାରେ ସେ ଘୂରି ବୁଲୁ ବୁଲୁ ସନ୍ତର୍ପଣରେ ଗାମୁଛାକୁ ଧରି ଜୋରରେ ପାଦ ପକାଇଲା।

ଘରେ ପହଞ୍ଚିସାରି ସେ ଗୋଟେ ଦୀର୍ଘ ନିଃଶ୍ୱାସ ନେଲା। କାହାକୁ କିଛି ନ କହି ସେ ଖଟିଆ ଉପରେ ବସିପଡ଼ିଲା। ଅନୁଭବ କଲା ତା'ର ଛାତିଟା ଯେପରି ଖୁବ୍ ଜୋର୍‌ରେ ଥରି ଉଠୁଛି। ସେ ଅଣନିଃଶ୍ୱାସୀ ଅନୁଭବ କରୁଛି। କ'ଣ ହେଲା କି ତା'ର। କ'ଣ ପରିବର୍ତ୍ତନ ହୋଇଗଲା। କାହିଁକି ସେ ଭୟରେ ଥରି ଉଠୁଛି। ସେ ତ କିଛି ଚୋରି କରିନି। ଡକାୟତି କରିନି। ଏତେ ଭୟ କାହିଁକି ! ସେ ଲକ୍ଷ୍ୟ କଲା ତା'ର ସାଧାରଣ ଦିନଚର୍ଯ୍ୟା ଯେମିତି ବଦଳି ଯାଇଛି। ଆଗପରି ସେ ଗୋଡ଼ହାତ ଲମ୍ୱାଇ ଶାନ୍ତିରେ ଶୋଇପାରୁନି। ସନିଆ ଏଥର ଆଖି ବୁଜିଲା। ସେଇ ବୁଜା ଆଖି ଭିତରେ ଚକମକିଆ ହାରଟା ଝଲସି ଉଠି ତା'କୁ ବିବ୍ରତ କଲା। ଓଃ ବଡ଼ ଅଜବ ଅନୁଭୂତି। ସୁମତୀ ସେପଟେ ରୋଷେଇରେ ବ୍ୟସ୍ତ ଅଛି। ଝିଅ ରୁମୀ ଏପଟସେପଟ ଲଟରପଟର ହେଉଛି। ସେ କାହାକୁ କିଛି କହିଲାନି। ଚୁପ୍‌ଚାପ୍ ଉଠିଆସି ଟ୍ରଙ୍କ୍ ଖୋଲିଲା। ତା' ଭିତରେ ଅତ୍ୟନ୍ତ ସନ୍ତର୍ପଣରେ ଗାମୁଛା ସହ ହାରକୁ ରଖିଦେଲା। ତା'ପରେ ଖଟିଆରେ ଲୋଟିପଡ଼ି ସ୍ୱପ୍ନ ଦେଖିଲା। କେତେ ଦାମ୍ ହେବ ସେଇ ସୁନାହାରଟା। ତା'ର କିଛି ଧାରଣା ନାହିଁ। ଜୀବନରେ କେବେ ତ ସେ ସୁନା କିଣିନି। ତେବେ ବି ଯାହା ଶୁଣିଛି, ସେଇଟା ଖୁବ୍ ଗୁଡ଼ାଏ ଟଙ୍କା ହେବ। ଏତେ ଟଙ୍କା ସେ ଜୀବନରେ ଦେଖିନଥିବ। ସେ ଏଥର ମନେ ମନେ ବଡ଼ଲୋକ ବନିଗଲା। ସୁମତୀ ପାଇଁ ନୂଆ ଶାଢ଼ି କିଣିଲା। ଝିଅ ପାଇଁ ପୋଷାକ, ପୁଅ ପାଇଁ ଘଣ୍ଟା। ଆଉ ସମସ୍ତଙ୍କ ପାଇଁ ନୂଆଘର। ଝୁମ୍ପୁଡ଼ିଟା ଭାଙ୍ଗିଦେଇ ଗୋଟେ ନୂଆ ଆଜ୍‌ବେଷ୍ଟସ୍ ଘର ବନେଇଲା। ଖଟିଆ ବଦଳରେ ଗୋଟେ ନୂଆ ଖଟ କିଣିଲା। ଗଦି ପକେଇଲା। ବାସ୍ ଏଥର ଆରାମ। ତା' ଜୀବନରେ ଭଗବାନ ଗୋଟେ ପରିବର୍ତ୍ତନ ଆଣି ଦେଇଛନ୍ତି ଯେତେବେଳେ, ସେ ତାକୁ ହାତଛଡ଼ା କରିବ କେମିତି। ଠାକୁର ତାକୁ ବୋଧହୁଏ ଭଲରେ ରଖିବାକୁ ଚାହାନ୍ତି। ସୁମୀ ତ ତାଙ୍କୁ ସବୁଦିନ ପୂଜା କରେ। ଅନେକ ଦିନ ପରେ ସେ ତା'ର ଡାକ ଶୁଣିଛନ୍ତି। ଧନ୍ୟବାଦ, ଠାକୁର। ତୁମର ଦୟାପାଇଁ ଶହେ ମୁଣ୍ଡିଆ ମାରୁଛି।

ସନିଆ ଭାବିଲା ଏମିତି ଗୋଟେ କଥା ସେ କ'ଣ ଲୁଚାଇ ରଖିପାରିବ। ଯେଉଁ ଦିନ ହେଲେ ସୁମତୀ ନିଶ୍ଚୟ ଜାଣିଯିବ। ତେବେ ତା ଆଗରୁ ଗୁପ୍ତ କଥାଟାଏ

ଭିତରେ ରଖି ସେ କାହିଁକି କଷ୍ଟ ପାଉଥିବ। ସୁମତୀ ଭାରି ଭଲ। ସ୍ତ୍ରୀ ଲୋକ ହୋଇ ବି କାହା ଆଗରେ କହି ବୁଲିବନି। ତା'କୁ କହିବା ଆଗରୁ ସେ ଭଲମନ୍ଦ ବିଚାର କଲା। ଯଦି ସେ ଭାବିବ କେଉଁଠୁ ଚୋରି କରିଛି ବୋଲି। କେଉଁ ଭଡ଼ାବାଲାକୁ ଏକୁଟିଆ ପାଇ ତା' ବେକରୁ ଟାଣି ଆଣିଛି ବୋଲି। ତା' ବି ଭାବିପାରେ। ଡେରି ହେଲେ ସନ୍ଦେହ ଆହୁରି ବଢ଼ିଯିବ। ତା' ଆଗରୁ ଏବେ ଚୁପ୍‌ଚାପ୍ କହିଦେବା ଭଲ। ସୁମତୀକୁ ଏକୁଟିଆ ପାଇଲେ ସେ କହିଦେବ। ସେ ତା ପରି ଖୁସି ହୋଇଯାଇପାରେ। କିନ୍ତୁ ଯଦି କିଛି ଅଘଟଣ ଘଟେ। ସତରେ ଯଦି ପୋଲିସ ଆସି ତାକୁ ଧରିନିଏ। ତା ଘରକୁ ଖୋଜି ହାରକୁ ବାହାର କରିନିଏ। ଅସମ୍ଭବ ନୁହେଁ। ଆଜିକାଲି ପୋଲିସମାନେ ଚାଲାକ ହୋଇଗଲେଣି। କେଉଁଠୁ କେଉଁଠୁ ସୁରାକ ପାଇଯାଉଛନ୍ତି। ସେତେବେଳେ ତ ଯେ କେହି ତା'କୁ ଚୋର ବୋଲି ଭାବିବେ। ସୁମତୀ ବି ଅବିଶ୍ୱାସ କରିବ।

ସେ ନିଜକୁ ନିଜେ ସାନ୍ତ୍ୱନା ଦେଲା। ଏ ସହରରେ ହଜାରେ ରିକ୍ସାବାଲା ଭିତରୁ ତା'କୁ ଚିହ୍ନିବ କିଏ। ମଟରଗାଡ଼ି ଭଳି ନା ତା ରିକ୍ସାର ନମ୍ବର ଅଛି ଯେ, କିଏ ଖୋଜି ବାହାର କରିବ। କିଛି ହେବନି ତା'ର। ଏ ହାରର ମାଲିକ ଏବେ ସେ ନିଜେ। ନିଜେ ସନାତନ ରିକ୍ସାବାଲା। ସେ ସୁମତୀକୁ ଡାକି ଆଜି କହିବ। ମନରେ କାହିଁକି ସନ୍ଦେହ ରଖିବାକୁ ଯିବ।

ସନିଆ ଖଟିଆରୁ ଧଡ଼୍‌ପଡ଼୍ ଉଠି ପଡ଼ିଲା। ସେପଟେ ସୁମତୀ ଖୁବ୍ ବ୍ୟସ୍ତ ଥିଲା ପରି ଲାଗିଲା। ନା ଏବେ ଡାକିବନି। ଝିଅଟା ପାଖରେ ଅଛି। କେଉଁଠି ଭଟଭଟ ହୋଇ କହିଦେବ ତ କଥା ସରିଲା। ତେବେ ସେ ନିଜ ଆଗ୍ରହକୁ ଦମନ କରି ନପାରି ସୁମତୀକୁ ଡାକିଲା।

ସୁମତୀ ସେପଟୁ ପାଟି କରି କହିଲା, "ଏବେ ଶୁଣି ପାରିବିନି। ତୁ ଖାଇ ସାରି ଜଲଦି ରିକ୍ସା ନେଇ ଯିବୁ। ଦୀନନାଥ ଦୋକାନିର ପରା ଭଡ଼ା ଅଛି। ମାଲ୍ ବୁହାଇବୁ। ସେ ଲୋକଟା ଭଲ ପଇସା ଦବ।"

– ହୁଁ ଆଜି ସେ ମାଲ୍ ବୁହାଇବା କାମ କରିପାରିବନି। ଅସଲ ମାଲ୍ ତ ସେ ପାଇଯାଇଛି। ତା'ର ମନ ସ୍ଥିର ନାହିଁ। ଏତେ ଟଙ୍କାର ମାଲିକ ସେ ବନିଯାଇଛି ଯେତେବେଳେ, ଆଜିର ଭଡ଼ାଟା ହାତଛଡ଼ା ହୋଇ ଯାଉ। ସନିଆ ଥକି ପଡ଼ିଥିବାର ବାହାନା ଦେଖାଇ ଦେଲା। ସୁମତୀକୁ କହିଲା "ତୋ ସଙ୍ଗେ କଥା ଅଛି, କାମସାରି ଆସିବୁ। ମୋର ଭଡ଼ା ନେବାର ନାହିଁ।"

ସୁମତୀ ତା କଥାରେ ଧ୍ୟାନ ଦେଉନଥିଲା ସିନା, ହେଲେ ସେ ଭଡ଼ା ନ ନେବା କଥା ଶୁଣି କହିଲା, "କାଲିକି କଣ ଉପାସ ରହିବାର ଅଛି କି? ପୁଅଟାକୁ ତ

କୋଉ କୁଳରେ ଲଗେଇଲୁନି। ଏବେ ଅଳସୁଆମି କଲେ କେମିତି ହେବ।" ସେ ତା ଦେହରେ ହାତ ମାରି ଦେଖିଲା ଅଳ୍ପ ତାତି ଅଛି। ଆରେ ଜର ହେବନା କଣ। ବାଡ଼ିପୋଡ଼ା ଜରଟା ଏ ଅଦିନରେ କାହିଁକି ଆସୁଥିଲା।

- ଆଲୋ ଜରଫର କିଛି ହେବନି। ତତେ ଗୋଟେ ଜିନିଷ ଦେଖେଇବି ବୋଲି ଡାକୁଥିଲି। ସେଇଟା ଦେଖିଲେ ତତେ ବି ତାତି ଆସିଯିବ। ସନିଆ ଚାରିଆଡ଼କୁ ଅନେଇଲା। ରୁମୀ ପରଘରକୁ ବାସନ ମାଜିବାକୁ ଚାଲିଯାଇଛି। ପୁଅଟା ତ ଲଫଙ୍ଗା। ବେକାରିଆ ଟୋକାଙ୍କ ସାଙ୍ଗେ ମିଶି ଟଙ୍ଗଟଙ୍ଗ ହୋଇ ବୁଲୁଛି। ଛତରାଙ୍କ ସଙ୍ଗେ ବସି ତାସ ଖେଳୁଛି। ତା'ର ରିକ୍ସା ଚଲେଇବାରେ ମନ ନାହିଁ। ସ୍କୁଲ ଘର ତ ମାଡ଼ିଲାନି। କହୁଛି ଅଟୋ ଚଲେଇବ, ନହେଲେ ଦୋକାନ କରିବ। ସେ କାହା କଥାରେ ନାହିଁ। ଆଉ ଟିକେ ବଡ଼ହେଲେ ବଳେ ବୁଝିବ। ତା'ର କେବଳ ଖାଇବା ବେଳେ ଦେଖା। ଏବେ ଆସିବାର ନାହିଁ। ସନିଆ ଧଡ୍‌ଧାଡ୍ ଖଟିଆ ଉପରୁ ଉଠିପଡି, ସୁମୀର ଦୁଇ ହାତ ଧରି ବସାଇଦେଲା। କହିଲା, "ତତେ ଗୋଟେ ଅପୂର୍ବ ଜିନିଷ ଦେଖେଇବି। ହେଲେ କାହାକୁ କିଛି କହିବୁନି। ଭାରି ବିପଦ।"

ସୁମତୀ ଆଁ କରି ଚାହିଁ ରହିଲା।

ସନିଆ ବାହାର କବାଟ ବନ୍ଦ କରିଦେଲା। ଟ୍ରଙ୍କ୍ ଖୋଲି ଜିନିଷଟାକୁ ଉଠାଇ ଆଣି କହିଲା, ଦେଖ!

- ଏଇଟା କ'ଣ ବା? କୋଉଠୁ ପାଇଲୁ?

- ସୁନାହାର। ଦେଖ କେତେ ଓଜନ। ଗୁଡ଼ାଏ ଟଙ୍କା ହେବ।

- କୋଉଠୁ ଆଣିଲୁ। ଚୋରି କରିନୁ ତ?

- ଆଲୋ ହେ, ମୁଁ କଣ ତତେ ଚୋର ପରି ଲାଗୁଛି। ଜଣେ ବାବୁଆଣୀ ବେକରୁ ଗଳି ପଡ଼ିଛି। ଭଗବାନ ମୋ ଭାଗ୍ୟରେ ଜୁଟାଇ ଦେଇଛନ୍ତି।

- ଦେଖ୍‌ତ ଅସଲି ସୁନା ନା ରୋଲ୍‌ଗୋଲ୍‌ଟା ବା। ସୁମତୀ ନିଜର ଅନଭିଜ୍ଞ ଆଖିରେ ପରଖି ଦେଖିଲା। କହିଲା, "ସତରେ ସୁନାପରି ଲାଗୁଛି ତ। ତେବେ ବି ଜିନିଷଟା ପରଖିଲେ ଜଣାପଡ଼ିବ।"

- ନା ବା, ସେ ବାବୁଆଣୀ ପରା ସୁନା ଦୋକାନକୁ ଯାଇଥିଲା। ସେଇଠୁ ବାବୁ ସାଙ୍ଗରେ ମୋ ରିକ୍ସାରେ ବସିଲା।

- ସେ ତ ତତେ ଚିହ୍ନିଥିବ?

- ହୁଁ! ସେଇଟା ମୋ ଜାଗା ନୁହେଁ। ଭଡ଼ାନେଇ ଯାଇଥିଲି। ଏ ସହରର କେତେ ରିକ୍ସାବାଲା ଭିତରେ ମତେ ଜାଣିବ କେମିତି? ମୁଁ କେଉଁଠି ରହେ ତାକୁ କି ଜଣା।

– ହେଲେ ବି ମତେ ଡର ଲାଗୁଛି। ଟ୍ରଙ୍କ୍‌ରେ ଆଉଗୋଟେ ବଡ଼ ତାଲା ପକେଇ ଦେ। ବଜାରରୁ ବଡ଼ ତାଲାଟେ କିଣିଆଣ। ହେଲେ ଦେଖ୍, ଆମେ ଗରିବ ଗୁଡ଼ା ସମସ୍ତଙ୍କ ନଜରରେ ଛୋଟ। କୋଉ ପୋଲିସ ଫୋଲିସ ଯେମିତି ନାଟ ନକରନ୍ତି। ଚୋରି ନ କରି ବି ସବୁଦିନ ପାଇଁ ଚୋର ବନିଯିବୁ। ମୋ ପିଲାମାନେ କାହା ଆଗରେ ମୁହଁ ଦେଖେଇ ପାରିବେନି। କାମ ମିଳିବନି ଆମକୁ।

ସେଦିନ ସେତିକିରେ କଥା ସରିଲା। ହେଲେ ସୁମତୀକୁ ରାତିସାରା ନିଦ ଆସିଲାନି। ସେ ଖାଲି କଡ଼ ଲେଉଟାଇ ଅପ୍ରସ୍ତୁତ ମନେକଲା। ସନିଆର ଅବସ୍ଥା ବି ସେଇଆ। ଏକୁଟିଆ ଖଟିଆଟା ଉପରେ ଛଟପଟ ହେଲା। ତଳେ ସୁମତୀ ପାଖରେ ରୁମୀ କିନ୍ତୁ ଆରାମରେ ଶୋଇଥିଲା। ସେପଟେ ଦାଣ୍ଡପଟରେ ପୁଅର ଖର ନିଃଶ୍ୱାସ ବାରି ହୋଇପଡୁଥିଲା। ଖାଲି ଦୁଇଟି ଲୋକର ଆଖିରୁ ନିଦ ହଜି ଯାଇଥିଲା।

କେତେ ଡେରିରେ ସକାଳ ଆସିଲା କେଜାଣି। ସନିଆ ନାଲି ଚା' ମୁନ୍ଦେ ପକାଇଦେଇ, ରିକ୍ସା ଧରି ବାହାରିଲା। ସୁମତୀ କହିଲା, "ଆସିଲାବେଳେ ତାଲା ଆଣିବା କଥା ଭୁଲିବୁନି।"

ସେଦିନ କ'ଣ ହେଲା କେଜାଣି। ସନିଆଁକୁ ବେଶି ଭଡ଼ା ମିଳିଲାନି। ଦେହ ମୁଣ୍ଡ ବି ବେକାରଟାରେ ଥକି ପଡ଼ିଲେ। ଯାହା କିଛି ରୋଜଗାରରେ ସେ ଘରର ସଉଦା କିଛି ଆଣିଲା। ଷ୍ଟେସନାରୀ ଦୋକାନରୁ ବାକିରେ ଗୋଟେ ବଡ଼ ତାଲା ଆଣିଲା। ଜଲଦି ଜଲଦି ଘରକୁ ଚାଲି ଆସିଲା। ମନେହେଲା କିଛି ଏକ ଆକର୍ଷଣ ତା'କୁ ଟାଣି ନେଇ ଯାଉଛି। ଘରର କବାଟ ଭିତରପଟୁ ବନ୍ଦ ଥିଲା। ଅବେଳରେ ସୁମତୀ କବାଟ ବନ୍ଦ ରଖିଛି କାହିଁକି। ରୁମୀ ତ କାମରୁ ଫେରି ନଥିବ। ସେ ଭିତରେ ଥାଇ କରୁଛି କ'ଣ। ତା'କୁ ଚୋରର ଭୟ ଲାଗିଛି କି! କେତେ ସମୟ କବାଟ ବାଡ଼େଇଲାପରେ ସୁମତୀ କବାଟ ଖୋଲିଲା। ତାକୁ ଦେଖି ସନିଆର ଆଖି ଖୋସି ହୋଇଗଲା। ଗାଧୋଇ ପାଧୋଇ ସାରି ସୁମତୀ ଟ୍ରଙ୍କ୍‌ରୁ ଭଲ ଶାଢ଼ିଟେ ବାହାର କରି ପିନ୍ଧିଛି। ମୁଣ୍ଡ କୁଣ୍ଡାଇଛି ବେଶ୍ ଯତ୍ନରେ। ପରୀ ପରି ଦେଖାଯାଉଛି। କୁଆଡ଼େ ଯିବକି ସୁମୀ। ସନିଆ ଚାରିଆଡ଼କୁ ଚାହିଁଲା। କେହି କୁଆଡ଼େ ନାହିଁ। ସେ ସୁମତୀର ହାତ ଧରିପକେଇ କହିଲା, "କେତେ ସୁନ୍ଦର ଲାଗୁଛୁ ଲୋ ସୁମୀ। କୁଆଡ଼େ ରଖିଥିଲୁ ଏ ରୂପକୁ।" ତା'ର ଝାଳୁଆ ଦେହରେ ତାକୁ ଟାଣି ଧରୁଧରୁ ସେ ଖସିଗଲା। କହିଲା, "ସତରେ ଭଲ ଲାଗୁଛି ନା କଣ? ଦେଖ ତ ମୋ ଦେହକୁ କେମିତି ମାନୁଛି ଏ ହାରଟା।"

ସନିଆଁ ଏ ଯାଏ ଲକ୍ଷ୍ୟ କରିନଥିଲା। ଦେଖିଲା ତା ବେକରେ ହଳଦୀରଙ୍ଗର ହାରଟା ଚମକି ଉଠୁଛି। ଠିକ୍ ଦେବୀ ପରି ଲାଗୁଛି। କେତେ ସୁନ୍ଦର ଲାଗୁଛି ସତରେ।

ସନିଆ ହଠାତ୍ ସ୍ୱପ୍ନ ଦେଖିବା ଆରମ୍ଭ କଲା। ସୁମୀକୁ ଏମିତି ବେଶରେ ଦେଖି ସେ ନିଜେ ଭଲ ପେଣ୍ଟ ସାର୍ଟ ଗଳାଇଦେଲା। ଗୋଟେ ରିକ୍ସା ଡାକି ବଜାର ବୁଲିବାକୁ ବାହାରିଲା। ସୁମୀଟା କେତେ ସୁନ୍ଦର। ଅଳ୍ପ ସଫା ଦେହଟାରେ ହାରଟା ପିନ୍ଧିଲେ ତା'ର ସୁନ୍ଦରତା ଆହୁରି ବଢ଼ିଯାଉଛି। କିଏ କହିବ ସେ ରିକ୍ସାବାଲାର ସ୍ତ୍ରୀ ବୋଲି। ସନିଆ ଆଉଟିକେ ତା' ପାଖକୁ ଲାଗି ଆସୁ ଆସୁ ସ୍ୱପ୍ନ ଭାଙ୍ଗିଗଲା। ସେ ବାସ୍ତବତା ଭିତରକୁ ଫେରିଆସିଲା।

ସନିଆ କହିଲା, "ସେ ହାରଟା ରଖିଦେ ସୁମୀ। ବାହାରେ ହାର ପିନ୍ଧିବାର ଭାଗ୍ୟ ଆମର ନାହିଁ। ବାହାରକୁ ପିନ୍ଧିଗଲେ ବି ସତ ହାର ବୋଲି କେହି ଭାବିବେନି। କହିବେ ନକଲିଟା ବୋଲି। କାରଣ ତୁ'ତ ଧନୀ ଘରର ନୁହେଁ, ଗୋଟେ ରିକ୍ସାବାଲାର ସ୍ତ୍ରୀ। ରିକ୍ସାବାଲାର ସ୍ତ୍ରୀ କ'ଣ କେବେ ସୁନାହାର ପିନ୍ଧିପାରେ। ଯଦି ପିନ୍ଧେ ତେବେ ନିଶ୍ଚୟ ଚୋରି ମାଲ୍ ହୋଇଥିବ। ଲୋକ ସନ୍ଦେହ କରିବେ। ଦରକାର ହେଲେ ପୋଲିସ ବାଲା ବି ହଇରାଣ କରିବେ। କିଛି ଉତ୍ତର ଦେଲେ କେହି ଶୁଣିବେନି।"

ସୁମତୀର ମନ ଭାଙ୍ଗିଗଲା। ହେଲେ ସନିଆ ଲକ୍ଷ୍ୟ କଲା ତା' ମନ ଭିତରେ ଯେମିତି ହାରଟା ଚକ୍‌ଚକ୍ କରୁଛି। ସେ କହିଲା, "ତୁ ଯାହା କହ ପଛେ ମୋର ସେ ହାରଟାରେ ଲୋଭ ଆସିଯାଇଛି। ମୁଁ ଯେମିତି ବି ତା'କୁ ପିନ୍ଧିବି। ପରେ ସୁମୀ ତା'ର ଶାଶୁଘରକୁ ପିନ୍ଧିଯିବ।"

ସନିଆ ହସିଦେଲା। ସୁମତୀଟା ସବୁ ମା'ମାନଙ୍କପରି ଗୋଟେ ଏତେ ବଡ଼ ମନ ଧରି ବସିଛି। ସେ ଭାବୁଛି, ରୁମୀ କେଉଁ ଏକ ବଡ଼ ଲୋକଘରେ ବାହାହେବ। ନିଜ ପାଦତଳର ମାଟି ପରଖିବାକୁ ତା'ର ଦୃଷ୍ଟି ନାହିଁ। ସେ କହିଲା, "ହଉ ଦେଖିବା, ଏବେ ରଖିଦେ। ତାକୁ ବିକି ଭାଙ୍ଗି ବରଂ ରୁମୀ ପାଇଁ ଭଲ ଜୋଇଁଟେ ମିଳିଲେ ବାହାଘର କରିଦେବା। ଝିଅ ବଡ଼ ହେଲାଣି। ହାତରେ ଟଙ୍କାଟେ ନାହିଁ। ଠିକ୍ ସମୟରେ ଭଗବାନ ଆମକୁ କିଛି ଦେଇଛନ୍ତି। ଏଥର ରୁମୀର ବାହାଘର କଥା ଚିନ୍ତା କର।"

ସୁମତୀ ବୁଝିଗଲା। ଭଲ ହେଲା। ସେଯାଏ ତ ହାରଟା ତା'ର। ସେ କହିଲା, "ଶୁଣ୍ ତୁ ମୋ ଉପରେ ରାଗିବୁନି। ହାର କଥା ମୁଁ ରୁମୀକୁ କହିଦେଇଛି। ସେ ଆମ ଝିଅ। କାହା ଆଗରେ କହିବ କାହିଁକି। ହାରଟା ତା'ର ହେବ କହିବାରୁ ଭାରି ଖୁସି ହେଲା। ଏତେ ଖୁସି କେବେ ତା'ଠି ମୁଁ ଦେଖି ନଥିଲି। ଭାବୁଛି ଏଥର ତାକୁ ପର ଘରେ ବାସନ ମାଜିବାକୁ ଛାଡ଼ିବିନି। ଭଲମନ୍ଦ ଅଛି। ସେ ବରଂ ଘରକାମ କରୁ। ମୁଁ ତା କାମ ସମ୍ଭାଳିନେବି।"

ସନିଆର ମନକୁ କଥାଟା ପାଇଲା। କହିଲା, "ଏଥର ତା ପାଇଁ ବରଘର ଖୋଜିବା।"

ହାର ଆସିବାର ଦ୍ୱିତୀୟ ଦିନ ହୋଇଗଲା। ତେବେ ବି କିଛି ବିପଦ ଆସିଲାନି। ନା ଆସିଲେ କେହି ପଚାରିବା ଲୋକ, ନା ଆସିଲେ ପୋଲିସବାଲା। ଟ୍ରଙ୍କ୍‌ରେ ବଡ଼ ତାଲାଟେ ପଡ଼ି ଚାବି ଝୁଲିଲା ସୁମତୀର ଅଣ୍ଟାରେ। ସେଦିନ ରାତିରେ ବି ସନିଆକୁ ନିଦ ଆସିଲାନି। ମନରେ ଅନେକ ସ୍ୱପ୍ନ ଆଉ ଆଶଙ୍କାମାନେ କଡ଼ ଲେଉଟାଇଲେ। ତଳେ ସେଇ ଅବସ୍ଥା। ସୁମତୀ ଆଖିରେ ବି ନିଦ ନ ଥିଲା। ସେଦିନ କିନ୍ତୁ ଆଉ ଜଣେ ଲୋକର ବି ନିଦ ହଜିଯାଇଥିଲା। ସେ ଥିଲା ରୁମୀ। କାହାକୁ କିଛି ନ କହିଲେ ବି ଆଖିରେ ଅସୁମାରି ସ୍ୱପ୍ନ ଆଉ ଆଶାମାନେ ବିଜୁଳି ମାରିଲା ପରି ଚମକାଇ ଦେଉଥିଲେ ତା'ର ଛୋଟ ମନକୁ। ସେ ବି ସାରା ରାତି ଅପ୍ରସ୍ତୁତ ହେଉଥିଲା। ଜଣେ କିନ୍ତୁ ଆରାମରେ ଶୋଇଥିଲା। ସେ ଥିଲା ସାନପୁଅ ରିଙ୍କୁ। ବୟସରେ ରୁମୀ ଠାରୁ ସାନ ହେଲେବି ବେଶ୍ ସମଝଦାର।

ସକାଳୁ ଯେ ଯାହା କାମରେ ବାହାରିଲେ। ସନିଆ ଜାଣି ଜାଣି ନିଜ ରିକ୍ସାକୁ ସୁନା ଦୋକାନ ଆଡ଼େ ବୁଲାଇ ଆଣିଲା। ଦେଖାଯାଉ, କିଏ ତା'କୁ କଣ ପଚାରୁଛି ନା ନାହିଁ। ଯେତେ ଏପଟସେପଟ ହେଲେ ବି କେହି ତାକୁ ଆଡ଼ ଆଖିରେ ଚାହିଁଲେନି। ସେ ବୁଝିଗଲା ଯେ ତା'ର ଧରାପଡ଼ିବାର ସମସ୍ୟା ଆଦୌ ନାହିଁ। ହାରଟା ଏଥର ତା' ସମ୍ପତ୍ତି ହୋଇଯିବ। ସେଦିନ ଯାହାକିଛି ଭଡ଼ା ମିଳିଲା, ତାକୁ ଧରି ସଞ୍ଜବେଳକୁ ଯେତେବେଳେ ସେ ଫେରିଲା ଘର ଭିତରେ ଗୋଟେ ବୈଠକ ଚାଲିଥିଲା। ସୁମୀ, ପୁଅ ଓ ଝିଅ ମିଶି କିଛି ଏକ ଗୁରୁତ୍ୱପୂର୍ଣ୍ଣ କଥା ହେଉଥିବାର ଜଣାଗଲା। ସନିଆକୁ ଦେଖି ସେମାନେ କଥା ବନ୍ଦ କରିଦେଲେ। କିଛି ଅଘଟଣ ଘଟିଲା କି! ସନିଆ ମନରେ ଛନକା ପଶିଲା। ତେବେ ବି ସେ କିଛି ନ କହି ଚୁପ୍‌ଚାପ୍ ଖଟିଆ ଉପରେ ଗଡ଼ିପଡ଼ିଲା। କିଛି ସମୟ ପରେ ସୁମୀ କହିଲା, କଥାଟା କାହିଁକି ନିଜ ଭିତରେ ଗୁପ୍ତ ରଖିବା ଯେ। ରିଙ୍କୁ ତ ଆମରି ପୁଅ। କୋଉ ପର ହୋଇଛି କି। ସେ କହୁଛି, ହାରଟା ବିକ୍ରି କରିଦିଅ। ଅଧାଟଙ୍କା ରୁମୀ ପାଇଁ ରଖି ଆଉ ଅଧା ତାକୁ ଦେଲେ, ସେ କେବିନ ପକାଇ ପାନ ଦୋକାନ କରିବ। ବେକାରଟାରେ ବାରଡାଙ୍ଗୁଆ ପରି ବୁଲୁଛି। ରିକ୍ସା ଚଲେଇବାକୁ ତ ମନା କରୁଛି। ଏମିତି କିଛି ରୋଜଗାର ତ କରିବ। କ'ଣ ଭୁଲ କହୁଛି କହିଲ। ହେଲେ ସତ କଥା, ମୁଁ କିଛିଦିନ ତାକୁ ପିନ୍ଧିବି ବୋଲି କହିଦେଇଛି।

ଓଃ କଥା ସରିଲା। ଗୋଟେ ଲୋକରୁ ଚାରି ଲୋକ କାନରେ ପଡ଼ିଲାଣି। ଏଥର ବାହାର ଲୋକ ବି ଜାଣିଯିବେ। ହେଲା ଏବେ କଥାଟା ସେତିକିରେ ଥାଉ।

କାହାର କିଛି ଉପଦେଶ ଦେବା ଦରକାର ନାହିଁ। ପୁଅ ଏତେବଡ଼ ହୋଇଯାଇନି ଯେ, ଟଙ୍କା ତା' ହାତକୁ ବଢ଼େଇଦବ। ସବୁ କୁଆଡ଼େ ଉଭାନ କରିଦବ। ରୁମୀର ବି ସେଇ କଥା। ତା'କୁ ଲୋଭ ଗ୍ରାସ କରିସାରିଛି। ସବୁ ଟଙ୍କା ତା ପାଇଁ ଖର୍ଚ୍ଚ ହେବ। ନିଜ ଭବିଷ୍ୟତ ପାଇଁ ସେ ବେଶ୍ ସଚେତନ। ହେଲେ ରିଙ୍କୁ ଜିଦି କରି କଳିଗୋଳ ଆରମ୍ଭ କରିଦେଲାଣି। ଏତେ ଗୁଡ଼େ ଟଙ୍କା ଆସିବ, ଆଉ ସେ ପାଇବନି, ତା ସେ ସହ୍ୟ କରିପାରିବନି। ଘରେ ଚାରିଜଣଙ୍କ ଦୃଷ୍ଟି ଅଲଗା। ସୁମତୀର ଲୋଭ, ରୁମୀ, ରିଙ୍କୁର ବି ସେଥିରେ ଆଖି ଆଉ ତା' ନିଜର ନୂଆ ଘରଟେ କରିବାର ଆଶା। ବିଚରା ସନିଆ ଏକ ନିର୍ଜୀବ ପଦାର୍ଥକୁ ନେଇ ଦ୍ୱନ୍ଦ୍ୱରେ ପଡ଼ିଗଲା। କହିଲା, "ଏବେ କିଛି କରାଯାଇ ପାରିବନି। ଦୁଇଦିନ ହୋଇଛି। ଜାଣେନା ସେଇଟା ମୋ ପାଖରେ ରହିବ ନା ନାହିଁ। ତ'ାକୁ ନେଇ ସମସ୍ତଙ୍କ ଭିତରେ ଏତେ ଲୋଭ କାହିଁକି?" ସେଦିନ ସନିଆର ଶାନ୍ତ ଘରଟା ଅଶାନ୍ତିରେ ଭରିଗଲା। ରିଙ୍କୁ ଝଗଡ଼ା କଲା ରୁମୀ ସାଥୀରେ। ସନିଆ ଉପରେ ବି ବର୍ଷିଲା। ବାପ ହୋଇ କିଛି କର୍ତ୍ତବ୍ୟ କରୁନି ବୋଲି ଦୋଷଦେଲା। ସୁମତୀ କେତେବେଳେ ସନିଆକୁ ତ କେତେବେଳେ ପିଲାମାନଙ୍କୁ ଗାଳି କଲା। ସେଦିନ ଘରେ ଭାତ ରନ୍ଧାଗଲାନି। ସମସ୍ତେ ଉପାସରେ ଶୋଇବାର ବାହାନା କଲେ।

ତିନିଦିନ ହୋଇଛି ଅଥଚ ଘରେ କାହାକୁ ନିଦ ନାହିଁ। ଗତକାଲି ଶାନ୍ତିରେ ଶୋଇଥିବା ରିଙ୍କୁଟା ବି ବାରମ୍ବାର କଡ଼ ଲେଉଟାଉଛି। ଘରେ ସମସ୍ତେ ଅସ୍ଥିର। ସବୁର କାରଣ ଗୋଟେ।

ପରଦିନ ସକାଳୁ ସକାଳୁ ରିଙ୍କୁ ବାହାରିଗଲା କୁଆଡ଼େ କେଜାଣି। ରୁମୀ ବି କାମକୁ ଚାଲିଗଲା। ସନିଆ ବିଚରା କରିବ କଣ। ସୁମୀକୁ କହିଲା, ଟ୍ରଙ୍କ୍ ଖୋଲ। ସେ ହାରଟା ବାହାର କର। ଆଉ ବେଶିଦିନ ରହିଲେ ଘରକଥା ପଦାରେ ପଡ଼ିଯିବ। ସବୁ ସ୍ୱପ୍ନ ଭାଙ୍ଗିଯିବ। ସେଇଟା ମୁଁ ବିକ୍ରି କରିଦିଏ।

ସୁମତୀ କିଛି କହିଲାନି। ସନିଆ ଗାମୁଛାରେ ହାରଟା ଗୁଡ଼ାଇ ରିକ୍ସାର ସିଟ ତଳେ ରଖିଦେଲା। ଗହଣା ଦେକାନ ଖୋଲୁ ଖୋଲୁ ସନିଆ ଯାଇ ହାଜର। ଦୋକାନରେ ପଶୁ ପଶୁ ତା'ର ଆଖି ଖୋସି ହୋଇଗଲା। ଏତେବଡ଼ ଗହଣା ଦୋକାନ ପୁଣି ଥାଇପାରେ। ସବୁଆଡ଼ ଚକ୍‌ମକ୍ ହୋଇ ଝଲସୁଛି। ଗରାଖ ବି ବେଶ୍ କିଛି ଆସି ଗଲେଣି। ସନିଆ ତ ଆଗରୁ ଗହଣା ଦୋକାନ ଦେଖିନଥିଲା। ଭାବିଲା ଏଠାକୁ ଯେଉଁମାନେ ଆସୁଛନ୍ତି, କେତେ ବଡ଼ଲୋକ ସେମାନେ। ଭଗବାନ ତାଙ୍କ ଉପରେ ସବୁ ଆଶିଷ ଅଜାଡ଼ି ଦେଇଛନ୍ତି। ସେ' ତ ସାମାନ୍ୟ ରିକ୍ସାବାଲା। ଏ ଦୋକାନରେ ପାଦ ପକାଇବାର ଯୋଗ୍ୟତା ତା'ର ନାହିଁ। ହଠାତ୍ କାହା ଡାକରେ ସେ ଚମକି

ପଡ଼ିଲା। କେହି ଜଣେ ତାକୁ ଜାଣିଥିବା ବାବୁ କହିଲେ, "ହେ ରିକ୍ସାବାଲା, ତୋର ଭିତରେ କଣ କାମ। ଯା ବାହାରକୁ ଯା।"

ସନିଆର ପାଟି ଖନି ବାଜିଗଲା। ସେ ଥମଥମ ହୋଇ କହିଲା, "ବାବୁ ଗହଣା।"

- କ'ଣ ଗହଣା କିଣିବୁ? ସେପଟକୁ ଚାଲିଯା। ରୂପା ଦୋକାନ ଅଛି। ଏପଟେ ଖାଲି ସୁନା ଜିନିଷ।

- ନାଇଁ ବାବୁ, ସୁନା ହାରଟାଏ ବିକ୍ରି କରିବାର ଥିଲା।

- ସୁନାହାର? କୋଉଠୁ ପାଇଲୁ। ଦେଖା ତ। ଅସଲି ନା ନକଲି।

ସନିଆ ଗାମୁଛା ଭିତରୁ ବାହାର କଲାବେଳେ କେଜାଣି କାହିଁକି ତା'ର ଗୋଟେ ହାତ ଥରି ଉଠିଲା। ବାବୁଜଣକ ହାରକୁ ପରଖୁ ପରଖୁ ତା' ମୁହଁକୁ ଚାହିଁଲେ। କହିଲେ "ଏତେ ଓଜନ ହାରଟା କୋଉଠୁ ଆଣିଲୁ। ଚୋରିମାଲ୍ ନୁହେଁ ତ। ରସିଦ ରଖିଛୁ?"

- ନାଇଁ ଆଜ୍ଞା।

- ମୋର ଭାରି ସନ୍ଦେହ ହେଉଛି। ଯା ସେପଟେ ନାଁ, ଗାଁ ଲେଖିବୁ। ପୋଲିସକୁ ଜଣାଇବାକୁ ପଡ଼ିବ।

ସନିଆର ମୁଣ୍ଡ ଘୁରାଇଦେଲା। ମହରଗରୁ ଯାଇ କାନ୍ତାରରେ ପଡ଼ିଗଲା ଯେମିତି। ଶେଷକୁ କ'ଣ ଏୟା ହେବାର ଥିଲା। ଥାନାକୁ ଗଲେ ହାଜତ ଯିବ। ତାକୁ ବି ଜେଲ ଯିବାକୁ ପଡ଼ିବ।

ସେ କିଛି ନ କହି ଚୁପ୍ ଚାପ୍ ଖସିଆସିଲା। ରିକ୍ସାକୁ ଜୋରରେ ଚଲାଇ, ଯେତେ ଶୀଘ୍ର ସେ ସ୍ଥାନ ଛାଡ଼ିଦେଲା। କେଜାଣି ବଦମାସ୍ ଲୋକଟା ପଛରେ କାହାକୁ ପଠାଇଥିବ କି କ'ଣ। ଖଣ୍ଡେ ଦୂରରେ ଗଛ ଛାଇରେ ରିକ୍ସାକୁ ରଖି, କେତେ କ'ଣ ଚିନ୍ତା କଲା। ଏ ହାରଟା କି ଯୋଗରେ ପାଇଥିଲା କେଜାଣି। ସବୁ କିଛି ଶାନ୍ତି ଗୋଟେଇ ପୋଟେଇ ନେଇଗଲା। କେତେସବୁ ବିପଦ ମୁଣ୍ଡରେ ପଡୁଛି। ସେ ଏପରି ହାର ରଖିବାର ଯୋଗ୍ୟ ନୁହେଁ। କେଜାଣି ଆହୁରି କେତେ ବିପଦ ଆସିଯିବ। ସନିଆ ମନେ ପକାଇଲା ସେଦିନ ଯେଉଁ ବାବୁଆଣୀଙ୍କୁ ଆଣିଥିଲା ତାଙ୍କୁ ଛାଡ଼ିଥିବା ଘରର ଠିକଣା।

ସେଦିନ ଘରକୁ ଖାଇବାକୁ ଫେରିନଥିଲା ସନିଆଁ। ଅଥଚ ଆସିଲାବେଳେ ଝିଅ ପାଇଁ ଭଲ ଫ୍ରକ, ସୁମତୀ ପାଇଁ ଭଲ ଲୁଗା ଆଉ ପୁଅ ପାଇଁ ପୋଷାକ କିଣିଲା।

ରାତିରେ ସମସ୍ତଙ୍କୁ ବସାଇ ସବୁ ବାଣ୍ଟିଦେଲା। କହିଲା, "ମୋର ସଚ୍ଚୋଟପଣିଆର ପୁରସ୍କାର।"

ସେଦିନ ଆଉ କାହା ଆଖିରେ ନିଦ ଥିଲା କି ନଥିଲା, ସିଆଡ଼କୁ ତା'ର ଧ୍ୟାନ ନଥିଲା। ସେ କିନ୍ତୁ ଆରାମରେ ଖଟିଆ ଉପରେ ଶୋଇ ଘୁଙ୍ଗୁଡ଼ି ମାରୁଥିଲା। ■

ମୂଲ୍ୟ

ଗାଡ଼ି ଚାଲୁଥିଲା ଖୁବ୍ ଜୋରରେ। ଆଗପଟ କାଚ ଉପରେ ଓ୍ୱାଇପର୍ ବି ଅବିଶ୍ରାନ୍ତ ଭାବରେ ଧାଉଁଥିଲା। ଜମି ଯାଉଥିବା ପାଣିକୁ ନିମିଷକରେ ସଫା କରିଦେଉଥିଲା। କେବେ କେବେ ଆକାଶରୁ ବିଜୁଳିର ଝଲକଟାଏ ଭିତରକୁ ପଶିଆସି ଦେହ ଆଉ ମନକୁ ଥରାଇ ଦେଉଥିଲା। କାର୍ ଦ୍ରୁତଗତିରେ ରାସ୍ତା ଉପର ପାଣିକୁ କାଟି ଆଗେଇ ଚାଲିଥିଲା। ପଛପଟ ସିଟ୍‌ରେ ବାବୁଲ୍ ଅନେକବେଳୁ ଢୁଳାଇ ପଡ଼ିଥିଲା। ସେ ହୁଏତ ବର୍ଷା ବିଜୁଳିକୁ ଦେଖି ଡରି ଯାଇଥାଆନ୍ତା। ଏତେବାଟ ଜର୍ଣ୍ଣି କରି ସେ ହାଲିଆ ହୋଇଯାଇଥିଲା। ତନିଷା ନିଜର ଭୟକୁ ଚାପି ରଖି ବି ଧରାପଡ଼ି ଯାଉଥିଲେ। ପ୍ରିୟାଂଶୁ କିନ୍ତୁ ଅବିଚଳିତ ଥିଲେ। ବେଳେବେଳେ ତନିଷାଙ୍କ ଆଡ଼କୁ ଚାହିଁଦେଇ କହୁଥିଲେ, "ଏମିତି ଜଙ୍ଗଲି ପାହାଡ଼ି ରାସ୍ତାରେ ବର୍ଷାବେଳର ଜର୍ଣ୍ଣିଟା ଖୁବ୍ ରୋମାଞ୍ଚକର ନା ?"

ତନିଷା ଯେ ଏଭଳି ପରିବର୍ତ୍ତିତ ପାଗକୁ ଉପଭୋଗ ନ କରୁଥିଲେ ସେକଥା ନୁହେଁ, କିନ୍ତୁ ସେ ସବୁ ସତ୍ତ୍ୱେ ତାଙ୍କ ମନରେ ଏକ ଅଜଣା ଭୟ ବି ଆସିଯାଉଥିଲା। ସେ ଯଥାସାଧ୍ୟ ପ୍ରିୟାଂଶୁଙ୍କ ଠାରୁ ଦୂରରେ ରହି ତାଗିଦ୍ କରୁଥିଲେ, "ଟିକେ ଧୀରେ ଧୀରେ ଗାଡ଼ି ଚଲାଅ ପ୍ରିୟ, ତୁମେ ଭାରତୀୟ ରାସ୍ତା ଉପରେ ଆଉ ଅଭ୍ୟସ୍ତ ନାହଁ। ଏ ପାହାଡ଼ି ରାସ୍ତାମାନେ ବେଳେବେଳେ ଧୋକାଦେବା କଥା ମୁଁ ଶୁଣିଛି। ବେଶି ଦୁଃସାହସ କରିବା ଠିକ୍ ନୁହେଁ। ତମର ତ ସେମିତି କିଛି ଜରୁରୀ କାମ ତ ନଥିଲା। ସେମାନଙ୍କ ସାଙ୍ଗରେ ଆସିଥିଲେ କ'ଣ କ୍ଷତି ହୋଇଥାଆନ୍ତା ?"

ତନିଷାଙ୍କର କଥାର କିଛି ମୂଲ୍ୟ ନ ଥିଲା ପରିବର୍ତ୍ତିତ ପରିସ୍ଥିତିରେ। ପ୍ରିୟାଂଶୁ

ଅବଶ୍ୟ ଖୁବ୍ ସାବଧାନ ଥିଲେ। ଅନ୍ୟ କିଛି ଚିନ୍ତା ନ କରି ପରିବେଶକୁ ଉପଭୋଗ କରୁଥିଲେ। କେବେକେବେ ବର୍ଷାର ପ୍ରକୋପ କମିଲା ବେଳକୁ ନିକଟରେ ଥିବା କୌଣସି ଲୋକକୁ ଦେଖିଲେ ଲକ୍ଷ୍ୟସ୍ଥଳ ବିଷୟରେ ପଚାରି ନେଉଥିଲେ। ବାଟ ଭୁଲିଗଲେ ଭାରି ଅସୁବିଧା। ମଝିରେ ମଝିରେ ଅନନ୍ୟାର ଫୋନ୍ ଆସୁଥିଲା। ଖୁବ୍ ଭଲ ଶୁଣା ନ ଗଲେ ବି ତା'ର ବ୍ୟସ୍ତତା ଅନୁମାନ କରି ହେଉଥିଲା। ସେମାନେ ଅନେକ ଆଗରୁ ପହଞ୍ଚି ସାରିଥିଲେ ଏବଂ ତାଙ୍କ ପରି ନୂଆ ଲୋକ ପ୍ରତିକୂଳ ପାଗରେ ଏପରି ରାସ୍ତାରେ ଆସୁଥିବାରୁ ଅପ୍ରସ୍ତୁତ ହେଉଥିଲେ। ତା'ର ବିବାହ ବାର୍ଷିକ ପାଇଁ ଏମିତି ଏକ ଜାଗା ଠିକ୍ କରିଥିବାରୁ ସେ ତ ପ୍ରଥମରୁ ଖୁସି ନଥିଲା ଏବଂ ସେଥିପାଇଁ ସମ୍ମତି ଦେଇଥିବାରୁ ନିଜକୁ ଦୋଷୀ ମନେ କରୁଥିଲା। କ'ଣ କ୍ଷତି ହେଉଥିଲା ସହରର କେଉଁ ଷ୍ଟାର୍ ହୋଟେଲରେ ସେଲିବ୍ରେଟ୍ କରିଥିଲେ। ହେଲେ ଶୀତେଶ କାହା କଥା ଶୁଣିବା ଲୋକ ନଥିଲେ। ତାଙ୍କର ଅଜବ ଇଚ୍ଛା। ଏବର୍ଷ ସେଲିବ୍ରେଟ୍ ହେବ ଜଙ୍ଗଲ ଭିତରେ, ଗେଷ୍ଟହାଉସରେ। କୋଳାହଳଶୂନ୍ୟ ଜାଗା। ପ୍ରାକୃତିକ ସୌନ୍ଦର୍ଯ୍ୟରେ ଭରପୂର୍। ନଈକୂଳର ଶୋଭା ଖୁବ୍ ମନୋରମ। ଏମିତି ଜାଗାରେ ସମୟ କଟିଲେ ଖୁବ୍ ଶାନ୍ତି ଲାଗିବ। ଏ ସହରଗୁଡ଼ା ଗୁଡ଼େ ପରିପାଟୀରେ ସଜେଇ ହୋଇ ସେଲିବ୍ରିଟି ପରି ଲାଗନ୍ତି ସିନା, ହେଲେ ଅସଲି ସୌନ୍ଦର୍ଯ୍ୟ ହିଁ ଏଇଠି। ନାଚୁରାଲ ବିଉଟି।

ଅବଶ୍ୟ ଠିକ୍ କଥା। ଅନନ୍ୟାକୁ ବ ଏମିତି ଜାଗା ଖୁବ୍ ଭଲ ଲାଗେ। ତେବେ ବିଶେଷ କିଛି ଲୋକଙ୍କୁ ଆମନ୍ତ୍ରଣ କରିହୁଏନି। ସେ ଶୀତେଶଙ୍କ କଥାରେ ରାଜି ହୋଇନଥାନ୍ତେ। ହେଲେ ଯୋଗକୁ ସାନ ଭଉଣୀ ତନିଷା ଆଉ ଅନିଷା ଆସି ହାଜର। ତନିଷା ଆସିଥିଲା ଲାସ୍‌ଭେଗାସ୍‌ରୁ। ଆଉ ଅନିଷା ତା'ର ୟୁରୋପିୟାନ ସ୍ୱାମୀ ଲଏଡ୍ସଙ୍କୁ ଧରି ଇଣ୍ଡିଆ ବୁଲିବାକୁ ଆସିଗଲା। ତିନି ଭଉଣୀଙ୍କର ଅନେକ ଦିନ ପରେ ଏକାଠି ହେବାର ସୁଯୋଗ ଆସିଗଲା। ଠିକ୍‌ବେଳରେ ତା'ର ବିବାହ ବାର୍ଷିକ। ବେଶ୍ ଜମିଗଲା। ଶୀତେଶ ଜଙ୍ଗଲ ବିଭାଗର ବଡ଼ ଅଫିସର। ଜଙ୍ଗଲି ମନୋବୃତ୍ତି। ସେ କହିଲେ, "ଏଥର ସେଲିବ୍ରସେନ୍‌ଟା ଜମିବ, ଏମିତି ଏକ ନିରୋଳା ଗେଷ୍ଟହାଉସରେ। ଆଉ କାହାକୁ ଜଣାଇବା ଦରକାର ନାହିଁ।"

ଭଲ କଥା। ଅନନ୍ୟା ବି ବୁଝିଗଲା। ଏକାନ୍ତରେ ତିନି ଭଉଣୀ ମଜା କରିବେ। ଖୁବ୍ ମନଖୋଲା ଗପ କରିବେ। ଏମିତି ସୁଯୋଗ ମିଳିବ କେଉଁଠି ? ଭିଣୋଇମାନେ ତ କେତେ ବଡ଼ ବଡ଼ ସହର ଦେଖିଥିବେ। ବଡ଼ ବଡ଼ ହୋଟେଲରେ ପାର୍ଟି କରିଥିବେ। ଏ ଜାଗାଟା ସେମାନଙ୍କୁ ନିଶ୍ଚୟ ଭଲଲାଗିବ।

ସବୁକିଛି ଆରେଞ୍ଜମେଣ୍ଟ୍ ହୋଇଗଲା। ଶୀତେଶଙ୍କ ପାଇଁ କ'ଣ ବା ଅସମ୍ଭବ।

ସମସ୍ତଙ୍କ ପ୍ରିୟ ଖାଦ୍ୟର ତାଲିକା କରାଗଲା। ଅନିଷାକୁ ଧରି ସେ ଆଗତୁରା ଚାଲି ଆସିଲେ। ଗେଷ୍ଟହାଉସର ସମସ୍ତ କର୍ମଚାରୀ ଲାଗିପଡ଼ିଲେ ପ୍ରସ୍ତୁତିରେ। ଅନିଷାର ସ୍ୱାମୀ ଲଏଡ୍ସ ଭାରି ଖୁସ। ସେ ମନଭରି ଉପଭୋଗ କରୁଥିଲେ। ଭାରତର ପ୍ରକୃତ ସୌନ୍ଦର୍ଯ୍ୟ ହିଁ ଜଙ୍ଗଲରେ, ନଦୀକୂଳରେ। ଏଠାର ଶାନ୍ତ ପରିବେଶ ତାଙ୍କୁ ଖୁବ୍ ଭଲ ଲାଗୁଥିଲା। ହେଲେ ପ୍ରିୟାଂଶୁ ଭାରତୀୟ ଲୋକ। ସେ ଏସବୁ ଦେଖିଛନ୍ତି। ତାଙ୍କର କିଛି କାମଥିବାରୁ ସେ ଡେରିରେ ଆସିବେ ବୋଲି ଅଟକିଗଲେ। କହିଲେ, "ମତେ ସେଠି ପହଞ୍ଚିବାରେ ଅସୁବିଧା ହେବନି। ମୁଁ ସ୍ପୋର୍ଟ୍ସମ୍ୟାନ୍ ଥିଲି। ପାଠପଢ଼ା ତ ଏଇଠି। ଚାରିଆଡ଼େ ବହୁତ ବୁଲିଛି। ଆଦିବାସୀ ଭାଷା ବି କିଛି କିଛି ଜଣା।" ସେ ରାଉରକେଲାର ଛାତ୍ର। ତାଙ୍କ ଉପରେ ଭରସା ଥିଲା। ସେଥିପାଇଁ ତାଙ୍କ କଥାରେ ରାଜି ହୋଇଗଲେ ଶୀତେଶ। ହେଲେ ଏତିକି ବେଳକୁ ବର୍ଷା ଆସିଯିବ ବୋଲି କିଏ ଭାବିଥିଲା। ଏତେ ବର୍ଷା ଯେ ଗଛଡାଳ ନଇଁ ପଡୁଥିଲା। କେବେ କେବେ ଭାଙ୍ଗି ପଡୁଥିଲା। ବଡ଼ବଡ଼ ଟୋପା ପତ୍ର ଗହଳରୁ ପଡ଼ିଲାବେଳେ ଅଜବ ଶବ୍ଦ ହେଉଥିଲା। ତା ସାଙ୍ଗକୁ ଘଡ଼ଘଡ଼ି। ଫୋନ ବି ଅଚଳ।

ତନିଷାଙ୍କର ଏମିତି ଏକ ପାଗରେ ଆଗକୁ ବଢ଼ିବାକୁ ଇଚ୍ଛା ହେଉନଥିଲା। ତାଙ୍କୁ ଏକ ଅଜଣା ଭୟ ମାଡ଼ି ବସିଥିଲା, ଯାହା ସେ ଠିକ୍ ଭାବରେ ବ୍ୟକ୍ତ କରିପାରୁନଥିଲା। ହୁଏତ ତାଙ୍କ କଥାରେ ପ୍ରିୟାଂଶୁଙ୍କର ମନୋବଳ ଭାଙ୍ଗିଯାଇପାରେ। ସେ ପଛକୁ ଚାହିଁ ଦେଖିଲେ,ବାବୁଲ୍ ଆରାମରେ ଢୁଳାଇ ପଡ଼ିଛି। ପିଲାଟା ହୁଏତ ଡରିଯାଇପାରେ। ସେ ତାକୁ ଡିଷ୍ଟର୍ବ କରିବାକୁ ଚାହିଁଲାନି। ସେ କହିଲେ, "ବାଟରେ ସୁବିଧା ଦେଖି କେଉଁଠି ରହିଯାଅ ପ୍ରିୟାଂଶୁ। ବେକାରରେ ଦୁଃସାହସ କରନା। କେଉଁଠି ଗଛ, ଡାଳ ଉପରେ ପଡ଼ିଗଲେ ଅସୁବିଧା।" ହେଲେ କେଉଁଠି ବି ରହିବାକୁ ସୁବିଧା ନଥିଲା। ବାଟଘାଟ ପୂରା ଶୂନ୍‌ଶାନ୍। କଦବା କେଉଁଠି ଚାଳଘର କିଛି ଦେଖା ଯାଉଥିଲେ ବି ତାହା ରହିବା ଉପଯୋଗୀ ନଥିଲା। ଆଗପଟରୁ କେବେ କେବେ ଗାଡ଼ିଟାଏ ସାଇଁକରି ପାଣି ଛିଞ୍ଚିଦେଇ ଚାଲିଯାଉଥିଲା। ସେମାନେ ଅଭ୍ୟସ୍ତ ଥିଲେ। ରାସ୍ତାର ଖାଲଢିପ ଜଣା ପଡୁନଥିଲା। ମୋବାଇଲ ଲାଗୁନଥିଲା ଅନନ୍ୟା ପାଖକୁ। ଏମିତି ପରିସ୍ଥିତିରେ ବର୍ଷାକୁ ଉପଭୋଗ କରିବା ତ ଦୂରକଥା ଆଖି ଖୋଲି ଦେଖି ପାରୁନଥିଲେ ତନିଷା। ପ୍ରିୟାଂଶୁ ସାବଧାନ ହୋଇଯାଉଥିଲେ। ଯେତେ ବାହାସ୍ଫୋଟ ମାରିଲେ ବି ଭିତରେ ଅନେକ ଭୟ ଥିଲା, ଯାହା ସେ ଜଣାଇବାକୁ ଚାହୁଁନଥିଲେ।

ହଠାତ୍ ଖଣ୍ଡେ ଦୂରରେ ଦେଖାଗଲା ଛକ ରାସ୍ତାଟାଏ। କୁଆଡୁ ସବୁ ଅଜଣା ରାସ୍ତାମାନେ ଏକାଠି ହୋଇଯାଇଥିଲେ। ସେଇଠି ଦେଖାଗଲା କିଛି ଦୋକାନ। ବାସ୍

ଭଲ ଜାଗା। ଏଠି କିଛି ସମୟ ଅପେକ୍ଷା କରାଯାଇପାରେ। ରାସ୍ତା ପଚାରି ହେବ, କିଛି ସମୟ ବିଶ୍ରାମ ବି କରିହେବ।

ଗାଡ଼ି ପହଞ୍ଚୁ ପହଞ୍ଚୁ ତନିଷା ଓହ୍ଲାଇ ପଡ଼ିଲେ। କହିଲେ, "ତମେ ଆସ ପ୍ରିୟାଂଶୁ। ବାବୁଲ୍‌କୁ ଡିଷ୍ଟର୍ବ କରନି। ସେ ବରଂ ଶୋଇଥାଉ। ଭାରତୀୟ ପରିବେଶ ସହିତ ସେ ପରିଚିତ ନୁହେଁ।"

ବାରଣ୍ଡା ଉପରକୁ ଛିଟା ମାଡ଼ି ଆସୁଥିଲେ ବି ଉପରେ ଛାତ ଥିଲା। ବେଶି ଲୋକଙ୍କ ଗହଳି ବି ନ ଥିଲା। ନିକଟସ୍ଥ ଗୁଡ଼ିଆ ଦୋକାନରୁ ଛଣାଛଣିର ବାସ୍ନା ଭାସି ଆସୁଥିଲା। କିଛି ଲୋକ ଭିତରେ ବସି ଖାଇବାର ମଜା ନେଉଥିଲେ। ଆଉ ଗୋଟେ ଦୁଇଟା ଦୋକାନ ଥିଲେ ବି ଖୁବ୍ ନିରବ ଥିଲେ। ଛକ ଜାଗାରେ ଗାଡ଼ି ଆସିଲେ ହିଁ ଏଠି ବ୍ୟବସାୟ ଚାଲେ। ତା'ଛଡ଼ା ପାଖରେ ଗୋଟେ ଛୋଟ ହାଟ। କିଛି ସ୍ଥାନୀୟ ଲୋକେ ଆସୁଥିବେ। କିଛି ଆଦିବାସୀ ଲୋକେ ପସରା ଖୋଲିଥିବେ। ହେଲେ ହାଟ ସମୟ ସରିଗଲାଣି ବୋଧହୁଏ। ବର୍ଷା ଯୋଗୁ ସବୁ କିଛି ନିରବ।

ପ୍ରିୟାଂଶୁ କହିଲେ, "ଏଠି ଭଲ ଆଦିବାସୀ ପଦାର୍ଥ ମିଳୁଥିବ। ଚାଲ ଦେଖିନେବା। ବିଦେଶୀ ଲୋକମାନେ ଖୁବ୍ ପସନ୍ଦ କରିବେ।"

ତନିଷାଙ୍କର ଭୟ ଛାଡ଼ିଯାଇଥିଲା। ସେ ଷ୍ଟେସନାରୀ ଦୋକାନରେ କିଛି ଜିନିଷ ଦେଖୁଥିଲେ ଏବଂ ହାତ ତିଆରି କିଛି ଜିନିଷ କିଣିଥିଲେ।

ପ୍ରିୟାଂଶୁ ବୁଝିନେଲେ, ସେ ପହଞ୍ଚିବା ସ୍ଥାନ ଏଠୁ ମାତ୍ର ଦଶ କିଲୋମିଟର ରାସ୍ତା। ବେଶି ସମୟ ଲାଗିବନି। ଆଉ ଭୟ ନାହିଁ। ଏଠି ବରଂ ବର୍ଷା କମିଲା ପର୍ଯ୍ୟନ୍ତ ଅପେକ୍ଷା କରାଯାଇପାରେ। ତନିଷା କହିଲେ, "ଭଲ କରି ରାସ୍ତା ବୁଝିନିଅ। ହୁଏତ ଆଗରେ ପଚାରିବାକୁ ଆଉ କେହି ଲୋକ ନ ମିଳିପାରନ୍ତି।" ସେମାନଙ୍କ କଥା ଭଲଭାବରେ ବୁଝି ନେଉଥିବା ଦୋକାନୀ କହିଲା, "ସେ ଜାଗାଟାରେ ସଦାବେଳେ ବାବୁମାନେ ଆଆନ୍ତି ସାର୍, ମାତ୍ର ଆଜିର କଥା ଅଲଗା। ବର୍ଷାପାଗରେ କାହାର ଦେଖାନାହିଁ। ନଈକୂଳର ଗେଷ୍ଟହାଉସ୍‌କୁ ଟିକେ ବଙ୍କାଟଙ୍କା ରାସ୍ତା ପଡ଼ିବ। ଆପଣ ଚାହିଁଲେ, ସେଠି ଠିଆହୋଇଥିବା ବୁଢ଼ାକୁ ସାଙ୍ଗରେ ନେଇଯାଇପାରନ୍ତି। ସେ ହାଟକୁ ମହୁଲ ବିକିବାକୁ ଆସିଥିଲା। ସେଇ ଜାଗାକୁ ଚାଲିଚାଲି ଯିବ। ବର୍ଷା ଛାଡ଼ିବାକୁ ଅପେକ୍ଷା କରିଛି କି କଣ।"

କିଛି ଦୂରରେ ବୁଢ଼ା ଲୋକଟାଏ ଝଙ୍କା ଗଛମୂଳରେ ଠିଆ ହୋଇଥିଲା। ଆଣ୍ଠୁ ଉପରକୁ ମଇଳା ଲୁଗାକୁ ଟେକିଦେଇ କଛା ମାରିଦେଇଥିଲା। ଅଣ୍ଟା ଚାରିପଟେ ରଙ୍ଗ ଛାଡ଼ିଯାଇଥିବା ଗାମୁଛାଟେ ଗୁଡ଼ାଇ ଦେଇଥିଲା। ଦେହଟା ପୂରାପୂରି କଳା ଆଉ ଫୁଙ୍ଗୁଳା।

ଛାତି ଉପରେ ଥିବା ଧଳାଧଳା ଲୋମମାନେ ବର୍ଷା ପାଣିଲାଗି ଚକ୍‌ଚକ୍ କରୁଥିଲେ। ମୁଣ୍ଡରେ ଥିଲା ଗୋଟାଏ ପୁରୁଣା ଝାମ୍ପି, ଯାହା କିଞ୍ଚିତ ପରିମାଣରେ ଦେହର ଉପର ଅଂଶକୁ ଓଦା ହେବାରୁ ରକ୍ଷା କରୁଥିଲା। ଗୋଡ଼ ଦୁଇଟା ଠେଙ୍ଗାପରି। ପାଦଟା ଖାଲି। କିଛି ପରିମାଣରେ ଭିଜାମାଟି ଗୋଡ଼ ଉପରେ ଲେସି ହୋଇ ବିକୃତ ଦେଖାଯାଉଥିଲା। ବେଳେବେଳେ ପ୍ରବଳ ଥଣ୍ଡାରେ ପାଦଟା ଧୀରେ ଧୀରେ ଥରି ଉଠୁଥିଲା। ସେ ଆକାଶକୁ ବାରମ୍ବାର ଚାହିଁ ବିବ୍ରତ ଥିଲା ପରି ଜଣାପଡୁଥିଲା।

ତନିଷା କହିଲେ, "ବୁଢ଼ାକୁ ବାଟ ପଚାରି ଚାଲିଆସ।"

- ଲୋକଟା ଉପରକୁ ଆସୁନି କାହିଁକି ?

ଦୋକାନୀ କହିଲା, "ଏମାନେ ଆଦିବାସୀ ଲୋକ। ବାହାର ଲୋକଙ୍କ ସହିତ ମିଶିପାରନ୍ତିନି। ତାଙ୍କ କାମ ସରିଗଲେ ଦୋକାନରୁ କିଛି ଦରକାରୀ ଜିନିଷ ନେଇ ଚାଲିଯାଆନ୍ତି। ମୂଳଚାଲ କରନ୍ତିନି। ଭାରି ସରଳିଆ ଲୋକଗୁଡ଼ା।"

ପ୍ରିୟାଂଶୁ ବୁଢ଼ାକୁ ପାଖକୁ ଆସିବାକୁ ଇସାରା କରି ପଚାରିଲେ, "କୁଆଡ଼େ ଯିବ ମଉସା ? ଉପରକୁ ଉଠିଆସ। ବର୍ଷାରେ ଥଣ୍ଡା ଧରିନେବ।"

ସେ ଥରେ ତାଙ୍କ ମୁହଁକୁ ଚାହିଁଦେଇ ଚୁପ୍ ରହିଲା।

- ଆମେ ସବୁ ନଈକୂଳ ଗେଷ୍ଟହାଉସକୁ ଯିବୁ। ବାଟ କହିପାରିବ ?

ବୁଢ଼ା କ'ଣ ସବୁ ଅବୁଝା ଭାଷାରେ କହିଲା, ଜାଣି ହେଲାନି।

ଆମ ସାଙ୍ଗ ଗାଡ଼ିରେ ବସିଯିବ ?

ତନିଷା କହିଲେ, "ଛି ଛି, ଲୋକଟାକୁ ଦେଖୁଛ କେତେ ଅପରିଷ୍କାର। ଦେହସାରା ଓଦା। ସେଥିରେ ପୁଣି ମୁଣ୍ଡରେ ଗୋଟେ ଏତେବଡ଼ ଟୋପି (ଝାମ୍ପି)। ମୁଁ ତାକୁ ଗାଡ଼ିରେ ନେଇପାରିବିନି। ଆମେ ଆରାମରେ ଯାଇପାରିବା। ଅସୁବିଧା ହେଲେ ଶୀତେଶଭାଇ ଲୋକ ପଠାଇବେ। ସେ ଜଙ୍ଗଲି ଗନ୍ଧିଆ ଲୋକ ଆମ ସାଙ୍ଗେ ଯିବନି। ପଛପଟେ ବାବୁଲ୍ ବସିଛି। ତାକୁ ଭଲ ଲାଗିବନି। ଧୂଳିମଳିରେ ଇନ୍‌ଫେକ୍ସନ ହେବ। ବାହାଦୂରୀ ଦେଖାଇ ଏତେବାଟ ଆସିଲ, ଶେଷ ଶେଷବେଳକୁ କାହାର ସାହାଯ୍ୟ କ'ଣ ଦରକାର ?"

- ଧୀରେ କୁହ ତନିଷା। ସିଏ କଣ ଭାବିବ।

- ଭାବୁଥାଉ, ତମେ ଚାଲିଲ। ଆମର ଏଠି ରହିବା ଆବଶ୍ୟକ ନାହିଁ।

ତନିଷା ଅବଶ୍ୟ ଠିକ୍ କହୁଛନ୍ତି। କିନ୍ତୁ ବର୍ଷା ତ ଛାଡ଼ିବାର ନାଁ ଧରୁନି। ଟିକେ ଆଗକୁ ରାସ୍ତା ଭଲନାହିଁ। ଫୋନ୍ ବି ଲାଗୁନି।

କେହି ଜଣେ କହିଲା, "ଆପଣ ଯାଆନ୍ତୁ ଆଜ୍ଞା। ସେଠି ପହଞ୍ଚିଗଲେ ବର୍ଷା

ପାଗଟା ଖୁବ୍ ଭଲ ଲାଗିବ। ଭାରି ସୁନ୍ଦର ଜାଗା। ବର୍ଷାଭିଜା ଜଙ୍ଗଲ ଆଉ କୁଳୁକୁଳୁ ବହିଯାଉଥିବା ନଈର ଦୃଶ୍ୟ ଖୁବ୍ ସୁନ୍ଦର। ସହରରେ ଏମିତି ଜାଗା କେଉଁଠି ମିଳିବ? ସେଇଥିପାଇଁ ତ ବାବୁମାନେ ଏଠାକୁ ଧାଇଁ ଆସନ୍ତି। କିଏ ହନିମୁନ୍ ପାଇଁ ତ ଆଉ କିଏ ବଣଭୋଜି କରିବା ପାଇଁ।"

ପ୍ରିୟାଂଶୁ ହସିଦେଲେ। କହିଲେ, "ଚାଲ ତନିଷା, ସେମାନେ ବି ବ୍ୟସ୍ତ ହେଉଥିବେ।"

ସେମାନେ ଗାଡ଼ି ଭିତରକୁ ପଶିଗଲେ। ଶବ୍ଦ କମିଗଲେ ବି, ଗଛପତ୍ର ସଙ୍ଗେ ବର୍ଷାର ଖେଳ ବେଶ୍ ଦେଖି ହେଉଥିଲା ତନିଷା ହିନ୍ଦୀ ରୋମାଣ୍ଟିକ୍ ଗୀତ ଲଗାଇଲେ। ଗାଡ଼ି ଆଗକୁ ଚାଲିଲା।

ରାସ୍ତା ସେମିତି ଖରାପ ନଥିଲା। ତେବେ ବି ସାବଧାନ ହୋଇ ଚଲାଇବାକୁ ପଡୁଥିଲା। କେତେବାଟ ସେମାନେ ଆଗକୁ ଚାଲି ଯାଇଥିଲେ କେଜାଣି। ବାଟସାରା ଖାଲି ସେଇ ଅପରିଷ୍କାର ବୁଢ଼ା ଆଉ ତା'ମୁଣ୍ଡରେ ଥିବା ଟୋପି କଥା କହି ତନିଷା ହସୁଥିଲେ।

ପ୍ରୟାଂଶୁ କହିଲେ, "ଏସବୁ ଝାମ୍ପିଗୁଡ଼ା ଆଗେ ବହୁତ ବ୍ୟବହାର ହେଉଥିଲା। ଆମ ଜମିରେ କାମ କଲାବେଳେ ମୂଲିଆମାନେ ପିନ୍ଧୁଥିଲେ। ପବନରେ ଉଡ଼ିଯିବାର ସମ୍ଭାବନା ନଥିଲା କିମ୍ବା କାମରେ କୌଣସି ଅସୁବିଧା କରୁନଥିଲା। ମୁଣ୍ଡଟା ବି ଉପରକୁ ଉଠିଥିବା ଗୋଜିଆ ଅଂଶ ଭିତରେ ବେଶ୍ ସୁରକ୍ଷିତ ରହୁଥିଲା। ଆଜିକାଲି ସେ ସବୁ ଦେଖିବାକୁ ମିଳୁନି।"

ତନିଷା କହିଲେ, "ଏ ଟୋପିଟା ଉପରେ ଭଲ କଭର ପକାଇ ବିଦେଶ ନେଇଗଲେ, ସେମାନେ ଖୁବ୍ ପସନ୍ଦ କରିବେ। ବେଶ୍ ସ୍ମାର୍ଟ ଆଉ ବିଉଟିଫୁଲ୍ କହିବେ।"

କଥାରେ କଥାରେ ମଜା ଚାଲିଥିଲା। ବାବୁଲ୍ ଆଡ଼େ କାହାର ଧ୍ୟାନ ନଥିଲା। ହଠାତ୍ ଖାଲ ଭିତରେ କଚାଡ଼ି ହୋଇ ଉଠିଗଲା କାରଟା। ତନିଷା ପଛକୁ ଚାହିଁଲେ। ବାବୁଲ୍‌ର କିଛି ହୋଇନି ତ। ହଠାତ୍ ଚମକିପଡ଼ି ଚିତ୍କାର କରି ଉଠିଲେ। ବାବୁଲ କାହିଁ? କୁଆଡ଼େ ଗଲା ବାବୁଲ୍?

ପ୍ରିୟାଂଶୁ ଅଟକିଗଲେ। କୁଆଡ଼େ ଗଲା? ତମେ କେମିତି ନଜର ରଖିନ?

- ସେ'ତ ଢୁଲାଇ ପଡ଼ିଥିଲା ଦୋକାନ ପାଖରେ।

- ସେ ଆମ ସଙ୍ଗେ ପଦାକୁ ବାହାରି ନ ଥିଲା ତ?

- ଓଃ ମୋ ମୁଣ୍ଡରେ କିଛି ପଶୁନି। ତମେ ବି କେମିତି ଲୋକ କେଜାଣି।

ପିଲାଟା ଉପରେ ଧ୍ୟାନ ଦେଇନ। ତମେ ଏବେ ପଛକୁ ଗାଡ଼ି ଫେରାଅ। କେଉଁଠି ଖସି ପଡ଼ିନି ତ? କୁଆଡ଼େ ଗଲା ବାବୁଲ୍! ତନିଷା ରୀତିମତ କାନ୍ଦିବା ଆରମ୍ଭ କରିଦେଲେ। ସବୁ ମଜା, ଉପଭୋଗ କୁଆଡ଼େ ଉଭେଇଗଲା। ପ୍ରିୟାଂଶୁ ଯେତେ ସାନ୍ତ୍ୱନା ଦେଲେ ବି ତନିଷା ପାଗଳ ପରି ହେଉଥିଲେ। କେଉଁଠି ପଡ଼ିଗଲା କି ଆଉ। ତମ ପିକ୍‌ନିକ୍ ବନ୍ଦ କର। ଚାଲ ସେଇ ଦୋକାନ ପାଖକୁ। ଆଜିକାଲି ପିଲାମାନଙ୍କୁ ନେଇ କେତେ କଥା ଶୁଣାଯାଉଛି। ହେ ଭଗବାନ!

ଚାରିଆଡ଼େ ଚାହିଁ ଚାହିଁ ପଛକୁ ଗାଡ଼ି ଫେରାଇଲେ ପ୍ରିୟାଂଶୁ। କେଉଁଠି କେଉଁଠି ତନିଷା ଓହ୍ଲାଇପଡ଼ି ବର୍ଷାରେ ଭିଜି ଭିଜି ଡାକ ଛାଡୁଥିଲେ। ଓଃ ଜଙ୍ଗଲ ଜାଗା। କିଛି ଭୟଙ୍କର ଜନ୍ତୁ ବି ଥିବେ। ସେଥିରେ ପୁଣି ବର୍ଷା। ବାବୁଲ୍ ଦେହରେ ପାଣି ବାଜିଲେ ଜ୍ୱର ହେବ। କଣ କରୁଥିବ ପିଲାଟା। କେଉଁଠି ଥିବ।

- ତମେ ବ୍ୟସ୍ତ ହୁଅନି ତନିଷା। ସେ ନିଶ୍ଚୟ ସେଇ ଦୋକାନ ପାଖରେ ଆମକୁ ନ ଦେଖି ଓହ୍ଲାଇ ପଡ଼ିଥିବ। ସେମାନେ ଅଟକାଇଥିବେ ତା'କୁ। ଆମେ ଆସିଥିବା ଜାଗାର ଠିକଣା ବି ସେମାନଙ୍କୁ ଜଣାଅଛି। କିଛି ହେବନି ତା'ର।

ତମେ କିଛି ଜାଣିନ। ଆଜିକାଲି କେହି ସରଳ ନୁହନ୍ତି। ଏମାନେ ପିଲାମାନଙ୍କୁ ପାଇଲେ କେତେ ସବୁ ଦୁଷ୍କର୍ମ କରନ୍ତି। ସବୁଆଡ଼େ ଦଲାଲ ବୁଲୁଛନ୍ତି। ତା'ଛଡ଼ା ପିଲାଟା ଯଦି ଆମକୁ ଖୋଜି ଖୋଜି କୁଆଡ଼େ ଚାଲିଯାଇଥିବ!

ଆଉ ଟିକେ ଜୋରରେ ଗାଡ଼ି ଚାଲିଲା।

ହଠାତ୍ ଖଣ୍ଡେ ଦୂରରେ ଲୋକଟେ ଦେଖାଗଲା। ଧୂମ୍ ବର୍ଷାରେ ଭିଜିଭିଜି ଆସୁଥିଲା। ତାକୁ ପଚରା ଯାଇପାରେ। ତମେ ଗାଡ଼ି ଅଟକାଅ। ସେଇ ବୁଢ଼ାଲୋକଟା ପରି ମନେହେଉଛି। ହେଲେ ଦୁଇହାତ ଭିତରେ କିଛି ଲୁଚାଇଥିଲା ପରି ଲାଗୁଛି। ଦେଖତ, ଲୋକଟାକୁ ପଚାର।

ଗାଡ଼ି ଅଟକିଗଲା। ସେମାନେ ଦେଖିଲେ ସେଇ ଅପରିଷ୍କାର ବୁଢ଼ାଟା ଧରିଛି ବାବୁଲ୍‌କୁ। ତା ମୁଣ୍ଡ ଉପରେ ସେଇ ଝାମ୍ପିଟା ରଖି ଦେଇଛି। ଦେହରେ ଗୁଡ଼ାଇ ଦେଇଛି ତା ଅଣ୍ଟାରେ ବନ୍ଧା ହୋଇଥିବା ମଇଳା ଗାମୁଛାକୁ। ବୁଢ଼ାର ଦେହ ମୁଣ୍ଡରୁ ପାଣି ଧାର ଧାର ବୋହି ଆସୁଛି। ସେ ଭିଜୁଥିଲା ପ୍ରଚଣ୍ଡ ବର୍ଷାରେ। ଦୁଇଜଣଙ୍କ ଭିତରେ ଏକ ଅଦ୍ଭୁତ ବାର୍ତ୍ତାଳାପ ଚାଲିଥିଲା। ବାବୁଲ୍ ଇଂରାଜି କହୁଥିଲା ଆଉ ବୁଢ଼ା କହୁଥିଲା ଆଦିବାସୀ ଭାଷାରେ। କେହି କାହାର ଭାଷା ବୁଝିବା ସମ୍ଭବ ନ ଥିଲେବି, ସେମାନେ ପରସ୍ପରକୁ ବୁଝିଯାଉଥିଲେ। ତନିଷା ତା ପାଖରୁ ବାବୁଲ୍‌କୁ ଟାଣି ଆଣିଲେ ଗାଡ଼ି ପାଖକୁ। ଦେହରୁ ଗାମୁଛାକୁ ବାହାର କରି ବୁଢ଼ା ଉପରକୁ ଫିଙ୍ଗିଦେଲେ। ଖଣ୍ଡିଆ

ଝାମ୍ପିଟା ତା' ମୁଣ୍ଡ ଉପରୁ ଉଠାଇଆଣି ପକାଇଦେଲେ। ତା ଦେହରେ ଟୋପେ ବି ପାଣି ପଡ଼ି ନଥିଲା।

ବୁଢ଼ା ତାଙ୍କ ଆଡ଼କୁ ଚାହିଁ ତାଚ୍ଛଲ୍ୟ ଭାବରେ ହସିଦେଲା। ଯାହାର ଅର୍ଥ ପ୍ରିୟାଂଶୁଙ୍କର ଅବୁଝା ନ ଥଲା।

ବାବୁଲ୍ ଏତେ ବାଟ ତା ସଙ୍ଗରେ ଆସି ଆଦୌ କାନ୍ଦୁନଥିଲା, ବରଂ ସେ ଟୋପିଟା ହାତ ବଢ଼େଇ ମାଗୁଥିଲା। ବୁଢ଼ା ତା' ହାତକୁ ବଢ଼ାଇ ଦେବା ଆଗରୁ କାର୍‌ର କବାଟ ବନ୍ଦ ହୋଇ ସାରିଥିଲା।

ତନିଷା ସମ୍ପୂର୍ଣ୍ଣ ଓଦା। ଶାଢ଼ିଟା ବିପର୍ଯ୍ୟସ୍ତ ଦେହ ଉପରେ। ସେ ପଛ ସିଟରେ ବାବୁଲ୍ ଠାରୁ ଦୂରେଇ ବସିଲେ।

ବୁଢ଼ା ଅବୁଝା ଭାଷାରେ କଣ ସବୁ କହୁଥିଲା, କାହାର ଶୁଣିବାକୁ ବେଳ ନଥିଲା।

ପ୍ରିୟାଂଶୁ କହିଲେ, "ବୁଢ଼ାକୁ ସାଙ୍ଗରେ ନେବାକି ? ଏତେବାଟ ବର୍ଷାରେ ଚାଲିକରି ଯିବ।"

– ଛି। କେମିତି ଲୋକ ତମେ କେଜାଣି। ଟିକେ କମନ୍‌ସେନ୍ସ ନାହିଁ। ତା'କୁ ଶହେଟଙ୍କା ଦେଇଦିଅ। ସେ ତା'କାମର ମୂଲ୍ୟ ପାଇଯିବ। ସେଇଟା ଖୁବ୍ ବଡ଼ ତା ପାଇଁ। ହାଟରୁ ଆଣିଥିବା ଟଙ୍କା ଏତେ ନଥିବ।

ପ୍ରିୟାଂଶୁ ଶହେଟଙ୍କିଆ ନୋଟ ଖଣ୍ଡେ ବାହାର କରି ବଢ଼ାଇଦେଲେ।

ବୁଢ଼ା କ୍ଷଣେ ତାଙ୍କୁ ତାଚ୍ଛଲ୍ୟ ଭାବରେ ଅନାଇ ରହିଲା। ବାବୁଲ୍‌କୁ ଥରେ ଚାହିଁଦେଇ ଟିକେ ହସିଦେଲା। ଆଉ ବାଟ ଭାଙ୍ଗି ଚୁପ୍‌ଚାପ୍ ଚାଲିଗଲା।

■

କରୋନା ଓ ଦାଦନ

ନିତେଇ ତା'ର ହାଡୁଆ ହାତଟା ସର ଉପରେ ପକାଇଦେଇ କହିଲା, "ଆଉ ଟିକିଏ ଜୋରରେ ପାଦପକା ସର, ଅଳ୍ପବାଟ ପରେ ଗାଁଟାଏ ପଡ଼ିବ। ଦେଖୁନୁ, ସେଇ ପାହାଡ଼ ପାଖରେ ଚାଳଘର କିଛି ଦେଖାଯାଉଛି। ସେଇଠି ପାଣିମୁନ୍ଦେ ତ ନିଶ୍ଚୟ ମିଳିଯିବ। କାହାକୁ ଖାଇବାକୁ ଗଣ୍ଡେ ମାଗିଲେ ବି ଦେଇଦେବେ। ଟିକେ କଷ୍ଟ କର। ଏତିକିବାଟରୁ ହାଲିଆ ହୋଇଗଲେ କେମିତି ହେବ। କେ'ଜାଣେ ଆଉ କେତେଦିନ ଏମିତି ଚାଲିବାକୁ ପଡ଼ିବ।"

ସର ନିରୀହ ଆଖିରେ ନିତାଇ ଆଡ଼କୁ ଚାହିଁଲା। ତା'ର ଢଳଢଳ ଆଖିର ଅକୁହା କଥାକୁ ନିତେଇ ବୁଝିଯାଉଥିଲେ ବି ଅବୁଝା ପରି ନିଜ ଭିତରେ ଚାପି ରଖିଲା। ସରର ଦୟନୀୟ ଆଖିକୁ ଚାହିଁଦେଇ ନିଜର ଅଧୈର୍ଯ୍ୟପଣିଆକୁ ଦେଖାଇଦେବାକୁ ଚାହିଁଲାନି। ମନ ଭିତରୁ ଉଠିଆସୁଥିବା ଅଶାନ୍ତ ବାତ୍ୟାକୁ ଦୃଢ଼ ଭାବରେ ଦବାଇ ଦେଇ କିଏ ଯେପରି ଚେତାଇ ଦେଉଥିଲା, ତୁ ପରା ମରଦ ପିଲାଟାଏ, ଏ ସମୟରେ କାନ୍ଦିପାରିବୁ କିପରି ? ପୁଅପିଲାମାନେ କେହି ନ ଥିଲାବେଳେ ମନଭରି ଲୁହ ଢାଳନ୍ତି ସିନା, ହେଲେ ଅନ୍ୟ ଆଗରେ ଆଖିକୁ, ସ୍ୱରକୁ ଶୁଖାଇ ଦିଅନ୍ତି।

ନିତେଇ କୋମଳ ସ୍ୱରରେ କହିଲା, "ତୁ ଚାଲିପାରିବୁନି ଯଦି ମୋ ପଠିରେ ଲାଉ ହୋଇପଡ଼। ଦେଖୁନୁ କେତେ ଶକ୍ତି ଅଛି ମୋ' ଦେହରେ। ଆଗରେ ଗାଁ ଆସିଗଲେ, ସେଇଠି ରାତିଟା ବିଶ୍ରାମ ନେବା। ସକାଳୁ ପୁଣି ତୋ' ଦେହରେ ବଳ ଆସିଯିବ।"

ସର କିନ୍ତୁ ତା କଥାରେ ଧ୍ୟାନ ଦେଲାନି। ତା'ର ଗୋଡ଼ର ବଳ ଅପେକ୍ଷା ମନର ବଳ ତ ଭାଙ୍ଗିଯାଇଛି। ଯେତେ ଚେଷ୍ଟା କଲେ ବି ସେ ଭୁଲିପାରୁନି। କୋହ

ଉପରେ କୋହ ଆସିଯାଉଛି। ସେ କିଛି ଉତ୍ତର ନ ଦେଇ ତଳେ ବସିପଡ଼ିଲା। ଆଉ କଣ୍ଠ ଫଟାଇ ମନଇଚ୍ଛା କାନ୍ଦିଲା।

ନିତେଇ ଆକାଶକୁ ଚାହିଁଲା। ଆଉ କିଛି ସମୟ ପରେ ସୂର୍ଯ୍ୟ ବୁଡ଼ିଯିବେ। ମୁହଁସଞ୍ଜ ହେଲେ ବି ବାଟ ଦେଖାଯିବ। ରବି, ହରି, ଅରୁଆ ଆଦି ତାକୁ ଛାଡ଼ି ଚାଲିଗଲେଣି। ସେ ଏକୁଟିଆ ପଡ଼ିଯାଇଛି ଏ ଅଜଣା ରାସ୍ତାରେ। ସ୍ୱାର୍ଥପର ଲୋକଗୁଡ଼ା, ଅସୁବିଧାବେଳେ ବି ମୁହଁକୁ ଚାହିଁଲେନି। ତା' ଦୁଃଖରେ ସାହା ହେବା ତ ଦୂରକଥା, ନିଜ ବାଟ ନିଜେ ଦେଖିନେଲେ। ସେମାନଙ୍କୁ ଦୋଷ ଦେଇ ଲାଭ କ'ଣ। ପରିସ୍ଥିତି ବି ସେମିତି ହୋଇଛି। ଗାଡ଼ିମଟର ଚାଲୁନି, ଖାଦ୍ୟ ନାହିଁ, ସାହାଯ୍ୟ ମିଳିବାର ପ୍ରଶ୍ନ ଉଠୁନି। ଏ ସମୟରେ ନିଜ ପାଦ ହିଁ ଭରସା। ହେଲେ ସେଇମାନଙ୍କ କଥାରେ ପଡ଼ି ତ ସେ ବାହାରି ଆସିଥିଲା। ଅସଲବେଳକୁ ସେମାନେ ଖସିଗଲେ।

ଏମିତି ଭାବରେ ଘରୁ ବାହାରି ଆସିବା ଛଡ଼ା ନିତେଇ ପାଖରେ କିଛି ଉପାୟ ନଥିଲା। ଯେଉଁ ଧାଡ଼ି ଧାଡ଼ି ଘରଗୁଡ଼ା ହସଖେଳରେ ବେଶ୍ ପୂରି ଉଠୁଥିଲା, ହଠାତ୍ କ'ଣ ହେଲା କେଜାଣି, ସବୁକିଛି ଫିକା ପଡ଼ିଗଲା। ଲୋକଗୁଡ଼ା ଅଚାନକ ଚୁପ୍ ହୋଇଗଲେ। ଘରେ ଥାଇ ବି ପଦାକୁ ବାହାରିଲେନି। କେହି କାହା ସଙ୍ଗେ କଥାହେବାକୁ ଡରିଲେ। ନିତେଇ ଯେଉଁ ମାଲିକ ପାଖରେ କାମ କରୁଥିଲା, ସେ କିଛି ନ ଜଣାଇ ଫାଟକରେ ତାଲା ପକାଇଦେଲା। କହିଦେଲା ଯେ, କାଲିଠୁ କାମ ବନ୍ଦ। ନିତେଇର ମୁଣ୍ଡରେ ଚଡ଼କ ପଡ଼ିଲା। ଗତମାସର ଦରମା ବି ମିଳିନି। କହିବ ବା କାହାକୁ। ମାଲିକ ସଙ୍ଗେ ତା' ପରି ମଳିମୁଣ୍ଡିଆ ଲୋକ କ'ଣ କଥା ହୋଇପାରିବ। ସେ ବି ସହର ଛାଡ଼ି କେଉଁଆଡ଼େ ଗାଏବ।

ନିତେଇ ମନେମନେ ଭାବିଲା, କେଉଁଦିନ ହେଲେ ତ କାରଖାନା ଖୋଲିବ। ନ ହେଲେ ମାଲିକର ଲମ୍ବା କାରରୁ ଧୂଆଁ ବାହାରିବ କିପରି? ତା'ର ପିଲାମାନେ ଦାମୀ ପୋଷାକ ପିନ୍ଧି ହୋଟେଲ କ୍ଲବ ଯିବେ କିପରି? କେତେଟା ଦିନ ଅପେକ୍ଷା କରିଗଲେ ସବୁ ଠିକ୍ ହୋଇଯିବ। ତା'ଛଡ଼ା ସରର ତ ରୋଜଗାର ଅଛି। ବାବୁମାନଙ୍କ ଘରେ କାମକରି ଭଲ ପଇସା ପାଉଛି। ମାସକୁ ମାସ କିଛି ଟଙ୍କା ରଖିବା ସାଙ୍ଗେ ସାଙ୍ଗେ ଘରକୁ କିଛି ପଠାଇ ପାରୁଛି। କିଛିଦିନ ଚଳିଯିବାରେ ଅସୁବିଧା ହେବନି। ସେମାନେ ନ ଥିଲେ ମାଲିକର କାରଖାନା ଚାଲିବ କିପରି? ସେତେବେଳକୁ ବଳେ ଖୋଜା ପଡ଼ିବନି। ତା'ଛଡ଼ା ତା'ପରି ଦାଦନମାନଙ୍କ ଭାଗ୍ୟରେ ସେଇଆ ଲେଖାଅଛି। ଗୁଡ଼ାଏ ପାଠପଢ଼ି ସେ କୋଉ ଅଫିସର ଚାକିରି କରିଛି କି?

ନିତେଇ କିଛି ଆଶା ରଖି ସେଦିନ ଘରକୁ ଫେରିଲା। ଭାବିଲା ମା'କୁ ଫୋନ

କରି କହିଦେବ, କିଛିଦିନ ସେ କଷ୍ଟେ ମଷ୍ଟେ ଚଳିଯାଉ। ବାଡ଼ିର ପନିପରିବା ବିକି ଗୁଜୁରାଣ ମେଣ୍ଟାଉ। କାରଖାନା ଖୋଲିଗଲେ ସେ ପୁଣି ଟଙ୍କା ପଠାଇବ। ହେଲେ ସେଦିନ ସଞ୍ଜ ନ ହେଉଣୁ ତା'ର ଭାବନା ବଦଳିଗଲା। ଏତେ ସଅଳ ସରକୁ କାମରୁ ଫେରିବାର ଦେଖି ତା' ମନରେ ଛନକା ପଶିଲା। କିଛି ଅଘଟଣ ଘଟିଲା କି!

ସରର ସତେଜ ଦେଖାଯାଉଥିବା ମୁହଁଟା ଫିକା ପଡ଼ିଯାଇଥିଲା। ନିତେଇ ଆଡ଼କୁ ଦୃଷ୍ଟି ନ ଦେଇ ସେ ସପଖଣ୍ଡେ ବିଛାଇଦେଇ ବସିପଡ଼ିଲା। ଆଣ୍ଠୁ ଦୁଇଟା ଉପରକୁ ଟେକିଦେଇ, ମୁହଁକୁ ତଳକୁ କରିଦେଲା। ନିତେଇ ତା' ପାଖକୁ ଲାଗିଗଲା। ଛୋଟ ପିଲାଟା ତା ଗୋଡ଼କୁ ଧରି ଲସର ପସର ହେଉଥିଲା।

- କ'ଣ ହେଲାକି ସର, ଏମିତି ଶୁଖିଲା ମୁହଁ କରି ବସିପଡ଼ିଲୁ ଯେ? ବାବୁଘର କିଛି କହିଲେ କି?

ସର ଲମ୍ବା ନିଃଶ୍ୱାସଟାଏ ନେଇ କହିଲା, "ବାବୁଘର କମ ବନ୍ଦ କରିଦେଲେ। ସେମାନେ ଆଉ ଆୟା ରଖିବେନି।"

- ନ ରଖନ୍ତୁ। ଏ ସହରରେ କ'ଣ ବାବୁଙ୍କର କମି ଅଛି। ଆଉ କାହାଘର ଦେଖିବା। ଆମେ ନଥିଲେ ଏ ବାବୁଆଣୀମାନେ ଦଣ୍ଡେ ଚଳିପାରିବେ ନା? ତାଙ୍କର ଶୌକିନ ଦେହ ମଳିନ ପଡ଼ିଯିବନି। ଘରପୋଛା, ବାସନମଜା ତାଙ୍କ ଦ୍ୱାରା ହୋଇପାରିବନି।

- ସବୁ ହୋଇପାରିବ। ଆଗ ବଞ୍ଚିଲେ ତ ତାପରେ ଯୋଉକଥା କରିବେନା। ତୁ କ'ଣ ଜାଣିନୁ, ଏ ସହରକୁ କରୋନା ଭୂତ ମାଡ଼ିବସିଛି। ରାସ୍ତାଘାଟରେ ଖେଳି ବୁଲିଲାଣି। କାହାକୁ ଛୁଇଁଦେଲେ ବି ତା' ପାଖକୁ ଡେଇଁପଡୁଛି। କାହା ପାଖରେ ଲୁଚିଛପି ଅଛି, କିଛି ଜଣାପଡୁନି। ତା ପାଇଁ କୁଆଡ଼େ ଔଷଧ ନାହିଁ। ଲୋକଗୁଡ଼ା ମରିଯାଉଛନ୍ତି, ଛଟପଟ ହୋଇ। କୋଉ ବିଦେଶରୁ ଚାଲିଆସିଛି ଏ ରୋଗଟା। ଡରିମରି ସେମାନେ କାହାକୁ ଘରେ ପୂରାଉ ନାହାନ୍ତି। ଖାଲି ମୁଁ ନୁହେଁ, ସବୁ ଆୟାମାନଙ୍କର ଅବସ୍ଥା ସେଇଆ। ଆଉ ଆମକୁ କାମ ମିଳିବନି। ରୋଗ ମୂଳପୋଛ ହେଲେ, ତା'ପରେ ଯୋଉ କଥା। ବାବୁ କହିଲେ, "ଏ ରୋଗଟା କୁଆଡ଼େ ବସ୍ତିମାନଙ୍କରେ ବେଶି ଅଛି। ଆମ ପାଇଁ ସେମାନେ ବେଶି ରୋଗର ଶିକାର ହୋଇଯାଉଛନ୍ତି। କିଛି ଟଙ୍କା ବି ଧରେଇଦେଲେ। ଯେତେ ନେହୁରା ହେଲେ ବି ଶୁଣିଲେନି। ଏ ବାବୁମାନଙ୍କ ଜୀବନଟା ଆମଠୁ ବେଶି ଅମୂଲ୍ୟ। କେହି କେହି କହିଲେ, ତତେ ଏବେ ଦୟାକରି ହେବନି ସର। ପାଖପଡ଼ିଶା ଲୋକମାନେ ଘେରିଯିବେ। କ'ଣ କରିବା ଏଥର? ଆମ ବସ୍ତିର ସମସ୍ତଙ୍କ ଅବସ୍ଥା ତ ସେମିତି।"

- ତୁ ଚିନ୍ତା କରନା। ଆମ ପାଖରେ ଯାହା ଟଙ୍କା ଅଛି କିଛିଦିନ ଚଳିଯିବ। ତା'ପରେ ସବୁକିଛି ଠିକ୍ ହୋଇଯିବନି।

ସରକୁ ଯେମିତି ବୁଝେଇଲା ବି ନିଜେ ବୁଝିପାରିଲାନି ନିତେଇ। ସେ ଚୁପ୍‌ଚାପ୍ ପଦାକୁ ବାହାରି ଆସିଲା। ବସ୍ତି ଭିତରଟାରେ ଖାଲି ମେଳିମେଳି। କାହା ମୁହଁରେ କପଡ଼ାଟାଏ ତ, କାହାର ଗାମୁଛାଟାଏ ବନ୍ଧାଯାଇଛି। ବିଲୁଆ ବିଚାର ଚାଲିଛି ସେମାନଙ୍କ ଭିତରେ।

ନିତେଇ ଭାବିଲା, ଏମାନେ ସବୁ ବେକାରରେ ଚିନ୍ତା କରୁଛନ୍ତି। କେତେ ବଡ଼ବଡ଼ ରୋଗ ଭଲ ହୋଇଯାଉଛି, ଏଇଟା କେତେକେରେ କେତେ। କିଛିଦିନ କଷ୍ଟ କରିବାକୁ କେହି ପ୍ରସ୍ତୁତ ନାହାନ୍ତି। ସମସ୍ତଙ୍କ ପାଖେ କିଛି ନା କିଛି ଟଙ୍କା ତ ନିଶ୍ଚୟ ଥିବ।

ହରି କହିଲା, "ବୁଝିଲୁ ନିତେଇ, ମନେମନେ ଗୁଡ଼ ଖାଉଥା। ତୁ କ'ଣ ଜାଣୁ ଦେଶ ବିଷୟରେ। ଲୋକସବୁ ପଟାଳି ପଡ଼ିଗଲେଣି। ଦିନକୁ ଦିନ ହଜାର ହଜାର ଲୋକ ଡାକ୍ତରଖାନାରେ ପଶୁଛନ୍ତି। ସରକାର କହୁଛନ୍ତି, ଦୂରରେ ରୁହ, ଘରେ ରୁହ। ଆରେ ବସ୍ତିର ଘରଗୁଡ଼ା କ'ଣ ବଙ୍ଗଳା ପରି ହୋଇଛି କି ? ତା'ଛଡ଼ା କାହା ପାଖରେ ଟଙ୍କା ଥିଲେ କ'ଣ ହେବ। ଦୋକାନ ବଜାର ତ ବନ୍ଦ। କିଣିବୁ କୋଉଠୁ ? ବାହାରକୁ ଗଲେ ପୋଲିସର ଠେଙ୍ଗାମାଡ଼। ଚୁପ୍‌ଚାପ୍ ଘରେ ବସ। ଉପରବାଲା ଭରସା।"

ସେଦିନ ଅନେକ କଥା ଶୁଣି ନିତେଇ ଫେରିଆସିଲା। ଭାବିଲା, ସତକଥା ତ, ଏବେ କରାଯିବ କ'ଣ। ସର ନିଜ ଭିତରେ ମନ ସ୍ଥିର କରିସାରିଥିଲା। କହିଲା, "ଆମଘରେ ତ ଚାଉଳଗଣ୍ଡେ ଅଛି। କିଛିଦିନ ଚାଲିଯିବ। ବଳେ ସରକାର ଆମକଥା ବୁଝିବେନିକି। ନହେଲେ ଭୋଟ ମିଳିବ କେମିତି ? ଆମେ ଅଛେ ବୋଲି ତାଙ୍କ ଚଉକି ଅଛି।

କିଛିଦିନ ଗଡ଼ିଗଲା। ବାହାରେ ବି ଦିନକୁଦିନ କୋଳାହଳ କମିଗଲା। ବୁଲାକୁକୁର ଗୁଡ଼ା ବି କୁଆଡ଼େ ଅନ୍ତର୍ଦ୍ଧାନ ହୋଇଗଲେ। ପିଲାଙ୍କର ଧାଁ ଦଉଡ଼, କୋଳାହଳ କମିଗଲା। ସହରଟା ଅଚାନକ ଶାନ୍ତ ପଡ଼ିଗଲା। ଯେଉଁଠି ଗାଡ଼ିମଟର ଗହଳି ଭିତରେ ଖାଲି ଜାଗାଟିକେ ଦେଖିବାକୁ ମିଳୁନଥିଲା, ଚାରିଆଡ଼େ ପେଁ ପାଁ ଶବ୍ଦରେ କାନ ଫାଟିପଡୁଥିଲା, ସେଇ ରାସ୍ତାଟା ଉପରକୁ ଆଁ କରି ଚାହିଁରହିଛି। ସୋରଶବ୍ଦ ନାହିଁ। ଆକାଶଟା ଧୂଆଁଳିଆ ନ ହୋଇ ନିର୍ମଳ ହୋଇଯାଇଛି। ଗହଳି ରାସ୍ତାରେ କେତେ ରକମର ଚଢ଼େଇମାନେ ବସି ନିର୍ଭୟରେ ଖେଳି ବୁଲୁଛନ୍ତି। ଗଛପତ୍ରମାନେ ବହଳିଆ ପାଉଁଶକୁ ଝାଡ଼ି, ସଫାହୋଇ ଦୋହଲି ଦୋହଲି ଗୀତ ଗାଉଛନ୍ତି। ସଞ୍ଜପରେ ଆକାଶରେ ତାରାମାନେ ବି ଆଖିମିଟିକା ମାରୁଛନ୍ତି। ନିତେଇ ଭାବିଲା, ସତରେ କେତେ ସୁନ୍ଦର ଏଇ ପୃଥିବୀ, କେତେ କୋମଳ ତା'ର ପବନର ସ୍ପର୍ଶ ଆଉ ତା'ର ନିର୍ଜନତା। ସେ ସରକୁ ଡାକି ଦେଖାଇଲା। କହିଲା, "ଦେଖ,ଏଇ ଆମର ବାସସ୍ଥାନର ଅସଲ ରୂପ।"

ସର ହସିଦେଲା। କହିଲା, "କଣ ମିଳିବ ଏ ରୂପରୁ, ଯାହାକୁ ଦେଖିବାକୁ ଲୋକ ନ ଥିବେ। ସମସ୍ତେ ତ ଚାରିକାନ୍ଥ ଭିତରେ ବନ୍ଦୀ ହୋଇଯାଇଛନ୍ତି।"

କିଛିଦିନ ପାଇଁ ଅବଶ୍ୟ ନିତେଇର ଚିନ୍ତା ନଥିଲା, ହେଲେ ଯେଉଁଦିନ ବାଉଁଶଘେରରେ ବସ୍ତିଟାକୁ ପୋଲିସମାନେ ଆସି ବନ୍ଦ କରିଦେଲେ, ସେଦିନ ତା'ର ଚେତା ପଶିଲା। ଡାକବାଜି ଯନ୍ତ୍ରରେ କୁହାଗଲା, ସେମାନଙ୍କ ପାଇଁ ବାହାର ଦୁନିଆ ବନ୍ଦ। କିଛି ବି ମିଳିବନି ବସ୍ତି ଭିତରେ। ଘେରା ଭିତରେ ଥାଇ ସେମାନେ ମୁଠାଏ ଖାଦ୍ୟ ପାଇଁ ଧାଡ଼ି ବାନ୍ଧିଲେ। ଖାଦ୍ୟ ପୁଡ଼ିଆଟାଏ ଧରି ଛତରଖିଆ ବନିଗଲେ। ସର ବି ସେମାନଙ୍କ ସଙ୍ଗେ ସାମିଲ ହେଲା। ନିତେଇ କେବେ ଭାବିନଥିଲା ତାକୁ ଦିନେ ଏମିତି ଭିକ ମାଗିବାକୁ ପଡ଼ିବ। ଖାଦ୍ୟ ପାଇଁ ହାତ ପାତିବାକୁ ହେବ। ତା'ର ଦେହରେ ବଳ ଥିଲାଯାଏ ଏ ସବୁ ଅସମ୍ଭବ ଲାଗୁଥିଲା। ହେଲେ ସବୁ ବଳ ଏବେ ଶକ୍ତିହୀନ ହୋଇଗଲା। କିଛି ମୂଲ୍ୟ ନାହିଁ ତା'ର। ସେମାନେ ସିନା କଷ୍ଟରେ ରହିପାରିବେ, ହେଲେ ଛୋଟ ପିଲାଟା ବଞ୍ଚିବ କିପରି ? ସେ ତ ଅସୁବିଧା କଥା ବୁଝିବନି।

ଧୀରେଧୀରେ ରୋଗ ବ୍ୟାପିଗଲା। କମିବାର ନା ଧରିଲାନି। ଗଚ୍ଛିତ ଟଙ୍କା ସରିଗଲା। ଖାଦ୍ୟ ମିଳିବାର ଠିକଣା ରହିଲାନି। ବସ୍ତିରୁ ଅନେକ ଲୋକ ଖାଲି ହୋଇଗଲେ। କୁଆଡ଼େ ଗଲେ ସେମାନେ ?

ସର କହିଲା, "ଗୁଡ଼େ ଲୋକଙ୍କୁ ମୁଖାପିନ୍ଧା ଡାକ୍ତରମାନେ ଧରି ନେଇଗଲେଣି। ସେମାନେ ଡାକ୍ତରଖାନାରେ ଭାଗ୍ୟକୁ ଆଦରି ପଡ଼ିଛନ୍ତି। ବଞ୍ଚିବେ କି ମରିବେ ଠିକଣା ନାହିଁ। କାହାର ସ୍ତ୍ରୀ ଏକୁଟିଆ ଅଛି ତ କାହାର ପିଲାମାନେ। ଏ ଲୋକମାନେ ଆଉ ନିୟମ ମାନୁନାହାନ୍ତି। କାମ ତ ମିଳିବାର ଆଶା ନାହିଁ। ଏଠି ପଡ଼ିରହିବେ କାହିଁକି। ଲୁଚିଛପି କିଏ କିଏ ଘରମୁହାଁ ହେଲେଣି।"

- ଗାଡିମଟର ତ ନାହିଁ। ଗଲେ କିପରି ?

ଚାଲିଚାଲି ଯିବେ। ଆଗତ ବଞ୍ଚିବା ଦରକାର। ପଛରେ ନିୟମକାନୁନ। ଏଠି ରୋଗ ଭୋକ ଭିତରେ କାହିଁକି ପଡ଼ିରହିବେ। ପୋଲିସ ଉପରକୁ ବି ଲୋକେ ଟେକା ପଥର ଫିଙ୍ଗିଲେଣି।

ଆଉ କିଛିଦିନ ଗଡ଼ିଗଲା। ନିତେଇର ଅବସ୍ଥା ଆହୁରି ଶୋଚନୀୟ ହୋଇ ପଡ଼ିଲା। ପାଖଘର ଲୋକଙ୍କୁ ବି କରୋନା ମାଡ଼ିବସିଲା। କେତେବେଳେ ତା ଘରକୁ ଚାଲିଆସିବ କେ ଜାଣେ। ସେ କହିଲା, "ସର ତୁ ଘର ଭିତରେ ରହ। କବାଟ ବନ୍ଦ କରିଦେ।

- ଖାଇବା କ'ଣ ? ପିଲାଟା ବଞ୍ଚିବ କେମିତି ?

ନିତେଇ ପାଖରେ ଉତ୍ତର ନଥିଲା।

ଭଲକରି ମୁହଁରେ ଗାମୁଛା ବାନ୍ଧିଲା ନିତେଇ। କିଛି ତ କରିବାକୁ ହେବ।

କବାଟ ଖୋଲୁ ଖୋଲୁ ସେ ଚମକି ପଡ଼ିଲା। ଏ ଝୁମ୍ପୁଡ଼ି ଘରର ମାଲିକ ରଘୁଦାଦା। ମୁହଁରେ କଳାପଟି ବାନ୍ଧି ଠିଆହୋଇଛି। ହାତରେ ଲମ୍ବା ଠେଙ୍ଗାଟାଏ। ତା'ର ରୂପ ଦେଖି ନିତେଇ ଡରିଗଲା।

ରଘୁଦାଦା କର୍କଶ ସ୍ୱରରେ କହିଲା, ଘରଭଡ଼ାଟା ଦେଇଦେ ନିତେଇ। ନ ହେଲେ କାଲି ଖାଲିକର। ମୋର ବି ବଞ୍ଚିବା ଦରକାର। ତମକୁ ଆଉ କାମ ମିଳିବନି। ମୁଁ ମୋଫତରେ କାହାକୁ ରଖିପାରିବିନି। ଗାଁକୁ ଚାଲିଯା। ନହେଲେ ଗଛମୂଳକୁ। ଏ କରୋନାଟା ସବୁ ଦୟାମାୟା ଛଡ଼େଇ ନେଇଛି। କାଲି ଘର ନ ଛାଡ଼ିଲେ ମୋ ଲୋକ ଆସି ତୋ କଥା ବୁଝିବେ। ନିତେଇ, ରଘୁଦାଦାର ଗୋଡ଼ତଳେ ଲମ୍ବ ହୋଇ ପଡ଼ିଗଲା। କହିଲା, "ଏବେ ଖାଇବାକୁ ଦାନା ନାହିଁ ଦାଦା। ଟଙ୍କା କେଉଁଠୁ ଆଣିବି ? କାଲିଠୁ ଉପାସ ପଡ଼ିଛୁ। ଘରେ ପିଲାଟା ବି ଖାଇବାକୁ ପାଉନି। କିଛିଦିନ ଅପେକ୍ଷା କର। ମୁଁ କଥା ଦେଉଛି-"

ରଘୁଦାଦା କିଛି ଶୁଣିଲାନି। ଆସନ୍ତାକାଲିକୁ ଚେତାଇଦେଇ ଚାଲିଗଲା।

ନିତେଇ ମୁଣ୍ଡରେ ଚଡ଼କ ପଡ଼ିଲା। ସେ ଜାଣେ, ଏ ଦାଦାଟା କେତେ ଭୟଙ୍କର। ତା'ର ପାଟିକରି କାନ୍ଦିବାକୁ ଇଚ୍ଛା ହେଲା। ମନେମନେ ନିଜର ପାରିଲାପଣିଆକୁ ଗାଳିକଲା। ମନେହେଲା ସେ ଯେପରି ଖୁବ୍ ଦୁର୍ବଳ ହୋଇଯାଇଛି। ଆଖି ଆଗରେ କ୍ଷୁଧା, ନିରୀହତାକୁ ମାନିନେଉଛି ନିରୁପାୟ ଭାବରେ।

ସଞ୍ଜବେଳକୁ ହରି, ରବି, ଅରୁଆ ଆଦି ଆସି ପହଞ୍ଚିଗଲେ। କହିଲେ, "କାଲି ଆମେ ଘରକୁ ଯାଉଛୁ ନିତେଇ। ଅରୁଆର ଜିନିଷପତ୍ର ସବୁ ଫିଙ୍ଗିଦେଇଛି ଘରବାଲା। କାଲିଠୁ ସେ ବାରଣ୍ଡାରେ ପଡ଼ିଛି। ଆମ ଅବସ୍ଥା ବି ସେମିତି ହେବ। ଏଣେ ପେଟର ଚିନ୍ତା, ତେଣେ ଘରବାଲାର ଜୁଲମ। ତା' ସାଙ୍ଗେ କରୋନାର ଭୟ। ଆଜି ରାତିରେ ଆମେ ଘରକୁ ବାହାରିବୁ। ତୁ ଯିବୁ ତ ?"

- କେମିତି ?

- ଚାଲିଚାଲି।

- ଜାଣିଛୁ କେତେବାଟ। ବାରଶହ କିଲୋମିଟର।

- ଜାଣିବା ଦରକାର ନାହିଁ। ଏଠି ତ ବଞ୍ଚିବାର ନାହିଁ। ସେମିତି ତ ଜିଇଁବାର ଆଶା ଟିକେ ଅଛି। ଗୋଡ଼ରେ ବଳ ଅଛି। ଦେଖିବା କେତେ ତା'ର ଶକ୍ତି।

ସେଦିନ ନିତେଇ ଘରେ ବିଚାର ଚାଲିଲା। ସର କହିଲା, "ଆଉ କେତେଦିନ ଏମିତି ପଡ଼ିରହିବା। ଚାଲ ଆମେ ବି ତାଙ୍କ ସାଙ୍ଗେ ପଳେଇଯିବା।"

- ଛୋଟପିଲାଟା କ'ଣ କଷ୍ଟ ସହିପାରିବ ?

- ତା' କଥା ମୁଁ ବୁଝିବି। ଘରେ ଚୂଡ଼ା ଗଣ୍ଡେ ଅଛି। ବାଟରେ କୋଉଠି ପାଣି

ମୁନ୍ଦେ ମିଳିଯିବ। ମୋ ପାଖରେ କିଛି ଟଙ୍କା ବି ଅଛି। ଆମ ପାଖରେ ବଳ ଥାଉ ଥାଉ ଚାଲ ପଳେଇଯିବା। ଘର ମାଲିକ ଆଜି ନ ହେଲେ ବି କାଲି ବାହାର କରିଦେବ। ତା'ଛଡ଼ା ଏ ବସ୍ତିରେ କରୋନା ଯେମିତି ବ୍ୟାପିଲାଣି ଆମକୁ ଧରିପକେଇଲେ କରିବା କ'ଣ। ବରଂ ବାହାରିଗଲେ ଯେତେ ଦିନରେ ହେଉ ପଛେ ଘରେ ତ ପହଞ୍ଚିଯିବା।

ନିତେଇ ଅନେକ ଭାବିଲା। ନିଜ ଦେହକୁ ଚାହିଁଲା। ଏବେ ବି ତା'ଦେହରେ ଅନେକ ବଳ ଅଛି। ହରି, ରବିଠୁ ସେ ବେଶି ତାକତ ବାଲା। ଡର କାହିଁକି ? ସର ବି ସାହାସ ଦେଲା। କହିଲା, "ମୁଁ କେଉଁ ବୁଢ଼ୀ ହୋଇଗଲିଣି କି ? ପାଞ୍ଚ ପାଞ୍ଚଟା ଘରେ କାମ କରୁଛି। ତା'ଛଡ଼ା ଯାବତୀୟ ଘରକାମ।"

ସେଦିନ ରାତିରେ କିଛି ଜରୁରୀ ଜିନିଷ ବନ୍ଧାଗଲା। ବେଶି କିଛି ନେଲେ ଚାଲି ହେବନି। ଘରେ ଯାହା ଖାଇବା ଜିନିଷ ଥିଲା ସବୁ ଗୋଟେଇ ପୋଟେଇ ରଖିଲା। ରାତି ଅଧରେ ଅରୁଆ ଡାକ ଛାଡ଼ିଲା। କହିଲା, "ଅନ୍ଧାରରେ କେହି ଦେଖିବେନି। ଶୀଘ୍ର ବାହାରିପଡ଼।"

ନିତେଇ ମୁଣ୍ଡ ଉପରେ ଗଣ୍ଠିଲି ରଖିଲା। କିଛି ପାଣି ଆଉ ଗତକାଲି ସରକାରୀ ଲୋକେ ଦେଇଥିବା ବିସ୍କୁଟ ଦୁଧ। ସର ଗୋଟେ ପିନ୍ଧାଲୁଗାକୁ କେତେ ପରସ୍ତ କରି ଛୁଆଟାକୁ ପିଠି ପଟରେ ବାନ୍ଧିଦେଲା। ଆରମ୍ଭ ହେଲା ଏକ ଦୀର୍ଘପଥର ଯାତ୍ରା। ସାଙ୍ଗରେ ହରି, ରବି ଆଉ ଅରୁଆ। ଗୋଟେ ଗାଁର ଲୋକ ସେମାନେ। ପରସ୍ପରର ସାହା ଭରସା।

ସକାଳ ନ ହେଉଣୁ ସେମାନେ ସହର ପାର ହୋଇସାରିଥିଲେ। ଚଳଚଞ୍ଚଳ ସହରଟା ନିଘୋଡ଼ ନିଦରେ ଶୋଇପଡ଼ିଥିଲା। କେଉଁଠି ନ ଥିଲେ ପୋଲିସ କି କେଉଁ ସରକାରୀ ଲୋକ। ଗାଡ଼ିମଟର ଗୁଡ଼ା ତ କେଉଁଦିନୁ କୁମ୍ଭକର୍ଣ୍ଣ ନିଦରେ, ବାବୁମାନଙ୍କ ଗ୍ୟାରେଜରେ ବିଶ୍ରାମ ନେଇଥିଲେ। କେଉଁ ଜାଗା ଆସିଲା ଆଉ ଗଲା କିଛି ଜାଣି ହେଉନଥିଲା। ରାସ୍ତାଟା ପୂରାପୂରି ନିର୍ଜନ। ସେମାନେ ମାତ୍ର କେତେଜଣ ଲୋକ ଆଗକୁ ଆଗକୁ ଚାଲୁଥିଲେ। ସେମାନେ ପଛପଟର ରାସ୍ତାକୁ ଚାହୁଁନଥିଲେ। କେବଳ ଦେଖୁଥିଲେ ସାମ୍ନାରେ ଥିବା କଳା କିଚ୍‌କିଚ୍ ରାସ୍ତାକୁ। ଆଖି ପାଉନଥିଲା ତା'ର ଶେଷମୁଣ୍ଡକୁ। ଖରାର ତେଜ ବି ବଢ଼ି ଚାଲୁଥିଲା। ନିତେଇ କହିଲା, "ସର ମୁଣ୍ଡ ଉପରେ ଲୁଗାକାନିଟା ପକେଇଦେ।"

ସର ହସିଦେଲା। କହିଲା, "ଆମେ ପରା ଦାଦନ ଖଟିବା ଲୋକ। ଆମ ପାଇଁ ଖରାବର୍ଷାର କଷ୍ଟ କ'ଣ। ଦେଖୁନୁ ପିଲାଟା ବି କେମିତି ଚୁପ୍ ହୋଇ ଲସରପସର ହେଉଛି।"

ମଝିରେ ମଝିରେ ଅବଶ୍ୟ ସେମାନେ ବିଶ୍ରାମ ନେଉଥିଲେ। ଯେ ଯାହାର ଆଣିଥିବା ଖାଦ୍ୟ ଖାଉଥିଲେ। ସୁବିଧା ଦେଖି କେଉଁଠି ପାଣି ପିଉଥିଲେ।

ବାଟ ସରୁନଥିଲା। ଦୁଇଦିନ ବିତିଗଲା। ଏଥର ଗୋଡ଼ମାନେ ଅବଶ ହୋଇଆସିଲେ। ଖାଇବା ଜିନିଷ ବି ସରିଗଲା। ମଝିରେ ମଝିରେ କେଉଁ ମାଲ ବୋଝେଇ ଗାଡ଼ିଟାଏ ଶବ୍ଦକରି ଚାଲି ଯାଉଥିଲା। ସେଥିରେ ମଣିଷଗୁଡ଼ା ଖୁନ୍ଦାଖୁନ୍ଦି ହୋଇ ଏମିତି ବସିଥିଲେ, ଯେପରି ସେମାନେ ବି ଗୋଟେ ଗୋଟେ ମାଲଭରା ବସ୍ତା।

ରାତି ଆସୁଥିଲା କେଉଁ ଜଙ୍ଗଲ, ପଡ଼ିଆ କିମ୍ବା ପାହାଡ଼ ପାଖରେ। ସେମାନେ କିଛି ସମୟ ଗାମୁଛା ବିଛାଇ ଶୋଇ ପଡୁଥିଲେ। ପାହାନ୍ତା ପାହାନ୍ତାରୁ ବାଟ ଦିଶିଲେ ପୁଣି ଚାଲୁଥିଲେ। ଯେମିତି ହେଉ ପଛେ ଗାଁରେ ପହଞ୍ଚିବାକୁ ପଡ଼ିବ। ବାଟରେ ଅବଶ୍ୟ କିଛି ସହର ଗାଁ ଗଣ୍ଡା ଆସୁଥିଲା। ହେଲେ ସହରକୁ ତାଙ୍କର ଭାରି ଡର। ପୋଲିସବାଲା ଉଠାଇନେଇ କୁଆଡ଼େ ରଖିଦେବେ। କେଉଁଠି ତ ଦୋକାନ ବଜାର ଖୋଲା ନାହିଁ ପଇସା ଥିଲେ ବି କିଛି କାମକୁ ଆସିବନି। ତାଙ୍କ ପାଇଁ ଘରମାନଙ୍କର ବି କବାଟ ବନ୍ଦ। କାହାର ଦୟା ନାହିଁ। ସେମାନେ ଯେମିତି, କରୋନା ରୋଗକୁ ସାଙ୍ଗରେ ଧରି ଆସିଛନ୍ତି।

ସର ଚାରିଆଡ଼କୁ ଚାହିଁଲା। ପିଲାଟାକୁ ଭୋକ ଲାଗିଲାଣି। ପଛକଡ଼େ ଥାଇ କୁନ୍ଥାଉଛି। ସେ ସିନା ଉପାସ ରହିଯିବ। ପିଲାଟାକୁ ଦେବ କ'ଣ ? କାହା ପାଖରେ ଦୟା ନାହିଁ। କେଉଁଠି ଗାଁଗଣ୍ଡା ପଡ଼ିଲେ ବି ଭିତରକୁ ରାସ୍ତା ବନ୍ଦ। ସେ ନିତେଇ ମୁହଁକୁ ଚାହିଁଲା। ହେଲେ ତା ପାଖରେ ଉତ୍ତର ନଥିଲା। ପିଲାଟା ବେଳେବେଳେ କାନ୍ଦୁଥିଲା ଆଉ ଥକିପଡ଼ି ତୁନି ହୋଇଯାଉଥିଲା। ବାଟରେ ତୋଟାଟାଏ ଦେଖି ସେ ଲଥ କରି ବସିପଡ଼ିଲା। କହିଲା, "ଆଉ ଚାଲିହେବନି ନିତେଇ,ଏଇଠି ପାଖରେ ପାଣି ଅଛି। ଟିକେ ଥକା ମେଣ୍ଟାଇବା।"

ହରି, ରବି ପରସ୍ପରକୁ ଚାହିଁଲେ। ଅରୁଆ କହିଲା, "ତୁ ବସିଥା ନିତେଇ, ତୋ ମୁହଁକୁ ଚାହିଁଲେ ଆମେ ଘରେ ପହଞ୍ଚି ପାରିବୁନି। ତୁ ଯେମିତି ଆସୁଛୁ ଆସ।"

ସେମାନେ ବେଶ୍ ନିର୍ଦ୍ଦୟ ଭାବରେ ଚାଲିଗଲେ। ନିତେଇ ସର ପାଖରେ ବସିପଡ଼ିଲା। କହିଲା, "କ'ଣ ଖାଇବା ସର ?" ସର ନିରୀହ ଭାବରେ ତା ମୁହଁକୁ ଆଉ ପୁଅ ମୁହଁକୁ ଚାହିଁ ଲୁହ ଝରାଇଦେଲା।

ପଛରେ କିଛି ଲୋକ ଆସୁଥିବାର ଦେଖାଗଲା। ସେମାନେ ବି ତାଙ୍କ ପରି ଘରମୁହାଁ ଥିଲେ। ନିତେଇ ଦଉଡ଼ିଗଲା। ହାତପାତି କହିଲା, "ତମ ପାଖରେ କିଛି ଖାଇବାକୁ ଅଛି କି ଭାଇ ? ପିଲାଟା ଭୋକରେ ଆଉଟୁ ପାଉଟୁ ହେଉଛି।"

କେହି ତା ମୁହଁକୁ ଚାହିଁଲେନି। ତାଙ୍କ ବାଟରେ ଚାଲିଗଲେ।

ଚାରିଦିନ ବିତିଗଲାଣି। ଶରୀର ଅବଶ ହେଇଗଲାଣି। ସେ ଶୁଣିଥିଲ. ବାଟରେ କେଉଁଠି ସବୁ ଅନ୍ନଛତ୍ର ଖୋଲିଛି। କିନ୍ତୁ ତା ନଜରରେ ତ କିଛି ଆସିଲାନି।

କେତେ ସମୟ ପରେ ସେ ଉଠିପଡ଼ିଲା। କହିଲା, "ଏଠି ବସି ରହିଲେ କ'ଣ ହେବ। ଚାଲ, ଆଗରେ କିଛି ମିଳିପାରେ। କାହାକୁ ଦେଖିଲେ ହାତ ପାତିବା।"

କେତେ ବାଟ ଚାଲିସାରିଲା ପରେ ସଞ୍ଜ ଆସିଗଲା। ତେବେ ବି କିଛି ଗାଁ ଗଣ୍ଡା ଦେଖାଗଲାନି। ସେ ପଛକୁ ଚାହିଁ ଦେଖିଲା ରାକ୍ଷସର ଆଖିପରି ଦୁଇଟା ଆଲୁଅ ମାଡ଼ିଆସୁଛି। କିଛିଗୋଟେ ଗାଡ଼ି ଆସୁଛି କି କଣ। ସେ ରାସ୍ତା ମଝିରେ ଠିଆହୋଇ ପଡ଼ି ହାତ ଦେଖାଇଲା।

ଗାଡ଼ିଟା ଅଟକିଗଲା। ନିଶୁଆ ଡ୍ରାଇଭରଟାଏ ମୁହଁକାଢ଼ି ଚାହିଁଲା। ନିତେଇ କହିଲା "ଦୟାକର ବାବୁ, ଆମେ ମରିଯିବୁ। ଖଣ୍ଡେବାଟ ଗାଡ଼ିରେ ନେଇଯାଅ। ତାପରେ ବଳ ଆସଯିବ। ପିଲାଟା ବି ଖାଇନି କାଲିଠୁ।" ନିଶୁଆ ଡ୍ରାଇଭର କହିଲା "ଛତିଶଗଡ଼ ଯିବ। ହଜାର ଟଙ୍କା ନେବି। ବାଟରେ ପୋଲିସ ଦେଖିଲେ ମୋର ଅସୁବିଧା।"

- କେଉଁଠୁ ଆଣିବି ବାବୁ? ଗରିବ ମୂଲିଆ ଲୋକ। ପେଟରେ ଦାନା ପଡ଼ିନି।

- ମୁଁ ସେକଥା ଜାଣିନି। ଟଙ୍କା ଅଛି ତ ବସ। ନ ହେଲେ ମୁଁ ଚାଲିଲି।

ସର କହିଲା, "ମୋ ପାଖରେ ଟଙ୍କା ଅଛି। ସେ ସବୁ ତ କାମକୁ ଆସୁନି, ଦେଇଦେ ତାକୁ। ଏତିକି ନିଅ ବାବୁ। ତେଣିକି ତମ ଦୟା।"

ସେମାନେ ଗାଡ଼ି ପଛରେ ବସିଲେ। ଡ୍ରାଇଭର ଦୟାକରି ପିଲାଟାକୁ ଦୁଇଟା ବିସ୍କୁଟ ବଢ଼ାଇଦେଲା।

ଇସ୍ କି ଗନ୍ଧ। ନାକ ଫାଟି ପଡୁଛି। କ'ଣ ଥିଲା ଏଥିରେ କେଜାଣି। ସେମାନେ ନାକରେ ହାତ ଦେଇ ବସିଗଲେ। କିଛିଗୋଟେ ତ ଆଶ୍ୱାସନା ମିଳିଲା। ଗାଡ଼ି ଚାଲିଲା ଦ୍ରୁତବେଗରେ। ଥଣ୍ଡା ପବନରେ ନିଦ ଆସିଗଲା। ଆଖି ଖୋଲିଲା ବେଳକୁ ପୁଣି ଧୂ ଧୂ ଖରା। ବଢ଼ିଯାଉଛି ବେଳକୁ ବେଳ। ଅସହ୍ୟ ହୋଇଯାଉଛି। ପେଟ ଭିତରଟା ଡାକ ଛାଡୁଛି। ପିଲାଟା ବି ଧକେଇବା ଆରମ୍ଭ କଲାଣି। ସର କହିଲା ଆଉ କେତେ ସମୟ ଲାଗିବ?

- କିଏ ଜାଣେ।

- ମତେ ଭୋକ ଲାଗିଲାଣି ନିତେଇ। ପେଟ ଭିତରୁ କିଛି ଗୋଟେ ଉଠିଆସି ମୁଣ୍ଡକୁ ଚଢ଼ିଗଲାଣି। ଭୀଷଣ କଷ୍ଟ।

ନିତେଇ ନିଜର ଭୋକିଲା ପେଟକୁ ଚୁପ୍ ରହିବାକୁ କହି ତା ଆଡ଼କୁ ଅନାଇଲା। ନିଜର ପାରିଲାପଣିଆକୁ ଧିକ୍କାର କଲା ସିନା, ତା ପାଖରେ କିଛି ଉପାୟ ନଥିଲା।

ସର କହିଲା, "ଦୁଇଦିନ ହେବ ମୋ ପେଟରେ କିଛି ପଡ଼ିନିରେ। ଯାହାକିଛି ଆମ ପାଖରେ ଥିଲା ତମକୁ ଦେଇସାରି ନିଜେ ଉପାସ ରହୁଥିଲି।"

ନିତେଇ ତା ହାତକୁ ଧରି ପକେଇଲା। କହିଲା, "ଏବେ କରିବୁ କଣ ?"

ଉପରେ ନିର୍ଦ୍ଧୁମ ତାତି। ଦେହଟା ନିଆଁପରି ଜଳୁଛି। ପେଟ ଭିତରର ତାତି ତାଠୁ ବି ଅଧିକ। ତଣ୍ଟି ଶୁଖିଯାଉଛି। ପୁଅଟା ସବୁ ବୁଝିଲା ପରି ଶୋଇଯାଇଛି। ସର ପେଟରେ ଅସହ୍ୟ ଯନ୍ତ୍ରଣା। ମନେହେଉଛି ଏବେ ଯେପରି ପ୍ରାଣ ଚାଲିଯିବ। ଗୋଡ଼ହାତ ଛାଟିପିଟି ଲାଗୁଛି। ସର ପ୍ରାଣ ବିକଳରେ ଚାରିଆଡ଼କୁ ହାତ ବୁଲାଇ ଆଣିଲା।

ନିତେଇ ଆଗକୁ ଯାଇ ଡ୍ରାଇଭର ବାବୁକୁ ଡାକ ଛାଡ଼ିଲା। ଆଗପଟ ବାଡ଼କୁ ଜୋରରେ ପିଟିଲା। ପାଟିକରି କହିଲା, "କ'ଣ ଟିକେ ଦିଅ ବାବୁ। ସରର ପ୍ରାଣ ପଳେଇଯିବ। ଦୟାକର।" ହେଲେ ତା ପାଟି ପବନରେ, ଖରା ତାତିରେ ମିଳାଇଗଲା ସିନା, କାହାଠୁ କିଛି ଉତ୍ତର ଆସିଲାନି। ହଠାତ୍ ନଜର ପଡ଼ିଲା ଦୁଇଟା ପଚା ବାଇଗଣ ଗୋଟେ କଡ଼ରେ ପଡ଼ିଛି। ସେ ଖପ୍ କରି ମାଡ଼ିବସି ସର ହାତକୁ ବଢ଼ାଇଦେଲା।

କିଛି ବିଚାର ନକରି ସେ ସବୁକୁ ଗିଳି ପକେଇଲା ସର।

ଶାନ୍ତ ପଡ଼ିଗଲା କିଛି ସମୟ। ନିତେଇ ତା'ର ମୁଣ୍ଡ ଆଉଁସିଦେଲା। କହିଲା "ଆଉ କିଛି ସମୟ ଧୈର୍ଯ୍ୟ ଧର ସର। ତଳକୁ ଓହ୍ଲାଇ ପଡ଼ିଲେ କିଛି ବ୍ୟବସ୍ଥା ହୋଇଯିବ।"

କେଜାଣି କେତେ ସମୟ ପରେ ମାଲବୁହା ଗାଡ଼ିଟା ଅଟକିଗଲା, ଏକ ଜଙ୍ଗଲ ପାଖରେ। ନିଶୁଆ ଡ୍ରାଇଭରଟା ଆଦେଶ ଦେବା ଭଙ୍ଗୀରେ ସେମାନଙ୍କୁ ବାହାରି ଯିବାକୁ କହିଲା।

ଚାରିଆଡ଼କୁ ଚାହିଁ ଗାଡ଼ି ଷ୍ଟାର୍ଟକରି ଚାଲିଗଲା।

ନିତେଇ ବସିପଡ଼ିଲା ଗୋଟେ ଗଛ ମୂଳରେ। ପିଲାଟାର କ'ଣ ହେଲା କେଜାଣି ଅଚାନକ କାନ୍ଦି ଉଠିଲା। ଜମା ତୁନି ହେଲାନି।

ଜଙ୍ଗଲ ଭିତରେ ନିତେଇକୁ ଭୟ ଲାଗୁଥିଲେ ବି ଉପରକୁ ସାହସ ଥିଲା ପରି ଦେଖାଇହେଲା। ହେଲେ ପିଲାଟା ତ ବୁଝୁନି। ପାଖରେ ପାଣିଟୋପେ ବି ନାହିଁ। ସବୁଆଡ଼େ ଘଞ୍ଚ ଜଙ୍ଗଲ। ଶୂନଶାନ ରାସ୍ତା। ଯେତେ ବୁଝାଇଲେ ବି ପିଲାଟା ରାହାଧରି କାନ୍ଦୁଛି। ତା ପେଟରେ ବି ଭୋକ।

ନିତେଇ ସରକୁ ହଲାଇଦେଲା। କହିଲା, "ଦେଖ ତ ତୋ ଥନରେ କ୍ଷୀର ଥାଇପାରେ।" ସର ପିଲାଟାକୁ ନିଜ ନିଜ ଥନ ଉପରେ ଜାକିଦେଲା। ହେଲେ ଅନେକ ଦିନରୁ ଶୁଖିଯାଇଥିବା ଅମୃତର ଧାରା ଆଉ ନଥିଲା। ସେ ଖୁବ୍ ଜୋରରେ ଥନକୁ ଚାପି ଧରିଲା। ବିକଳରେ ଆଖିରୁ ଲୁହ ଝରାଇଲା। ଆଉ ନିରୀହ ଆଖିରେ ନିତେଇକୁ

ଚାହିଁ ରହିଲା। ହଠାତ୍ ପିଲାଟା ଚୁପ୍ ହୋଇଗଲା। ଏତେ ଝାଳବୁହା ଗରମରେ ବି ତା ଦେହଟା ଥଣ୍ଡା ପଡ଼ିଗଲା।

ସର କହିଲା, "ଦେଖ ତ କ'ଣ ହେଲା ମୋ ପୁଅର।"

ନିତେଇ ତା'କୋଳରୁ ପିଲାଟାକୁ ଟାଣି ଆଣିଲା। ଦେହ ମୁଣ୍ଡରେ ହାତ ବୁଲାଇ ଆଣିଲା। ହଲାଇଲା ଖୁବ୍ ଜୋରରେ। ପାଟିକରି କେତେ ଗେହ୍ଲାରେ ଡାକିଲା, ହେଲେ ପିଲାଟା ଆଦୌ ହଲ୍‌ଚଲ୍ ହେଲାନି, ଆଖିେ ଖାଲି ଚାହିଁଲାନି। ଦୀର୍ଘ ନିଃଶ୍ୱାସ ପକାଇ ସେ ସର ଆଡ଼କୁ ଚାହିଁଲା। କହିଲା, "ଚାଲ ସର ତାକୁ ଏଇଠି ଛାଡ଼ିଦେଇ ଯିବାକୁ ପଡ଼ିବ।"

ସର ଭୋ ଭୋ କରି କାନ୍ଦି ଉଠିଲା। ଏତେ କଷ୍ଟ ପରେ ଏଇଠି ହିଁ ସେ ସତରେ ହାରିଗଲା। ସବୁକିଛି ଅନ୍ତର୍ଦାହ, ବେଦନା ଏକାଠି ହୋଇ ତା ଉପରେ ଲଦି ହୋଇପଡ଼ିଲା। ସେ ପିଲାଟାକୁ ଜାବୁଡ଼ି ଧରି କହିଲା, "ତୁ ମିଛ କହୁଛୁ ନିତେଇ। ତା'ର କିଛି ହୋଇନି। ସେ ଦାଦନର ପିଲା। କଷ୍ଟ ତା'ର କିଛି କରିପାରିବନି। ଏବେ ପୁଣି ସେ ଉଠିପଡ଼ିବ। ହାଲିଆ ହୋଇ ଶୋଇପଡ଼ିଛି ମୋ ପୁଅ।

ନିତେଇ ସର ହାତରୁ ପିଲାକୁ ଟାଣିନେଲା। ବୋହି ଆସୁଥିବା ଲୁହକୁ ଲୁଚାଇଦେଇ କହିଲା, "ଆମ ପାଇଁ ଆଉ ପିଲା ଆସିଯିବେ ସର। ଚାଲ ଏଠୁ ପଳେଇବା। ଜଙ୍ଗଲରେ ଜୀବଜନ୍ତୁ ଥିବେ।"

ସେ ଥରେ ଆକାଶକୁ ଚାହିଁଲା। ଭଗବାନଙ୍କ ଉଦ୍ଦେଶ୍ୟରେ କ'ଣ କହିଲା କେଜାଣି। ସର ତା' ହାତକୁ ଟାଣି ଧରିଲେ ବି ପ୍ରଥମଥର ପାଇଁ ତା ଉପରେ ନିର୍ଦ୍ଦୟ ହୋଇଗଲା। ରାସ୍ତାର ଉଚ୍ଚସ୍ଥାନରୁ ଜଙ୍ଗଲ ଆଡ଼କୁ ଚାହିଁଲା। ଆଉ ଥରେ ଅତି ସ୍ନେହରେ ବଢ଼ାଇଥିବା ପୁଅର ମୁହଁକୁ।

ଫିଙ୍ଗି ହୋଇଯାଉଥିବା ପଥର ଖଣ୍ଡ ପରି, କେଜାଣି କେତେ ତଳକୁ ଛିଟିକି ପଡ଼ିଲା ଆଦରର କୁନିପୁଅ।

ସରର ଆଉ ଶକ୍ତି ନ ଥିଲା। ତେବେ ବି ସେ ଚାଲିଲା। ଝୁଣ୍ଟି ପଡୁଥିଲା ବାରମ୍ବାର। ଆଖିରେ ଲୁହ ନ ଥିଲା। ପେଟରେ ଭୋକ ନ ଥିଲା।

ସଞ୍ଜବେଳକୁ କେଉଁ ଅଜଣା ଗାଁ ପାଖରେ ସେମାନେ ପହଞ୍ଚିଗଲେ। ହେଲେ ସେଠି ବି ଏକା କଥା ଭିତରକୁ ଯିବା ମନା। ଲମ୍ବା ଲମ୍ବା ବାଉଁଶର ବନ୍ଧ। କ'ଣ ହୋଇଗଲା ଦେଶଟା। ସମସ୍ତଙ୍କୁ ନିର୍ଦ୍ଦୟ କରିଦେଲା। ଆଗନ୍ତୁକକୁ ଦେଖିଲେ ଦୟା କରବା ପରିବର୍ତ୍ତେ ଦୂରେଇଦେଲା ହୃଦୟହୀନ ମଣିଷ। ମାନବିକତା ରହିଲାନି। ସେଠି ଜଗିଥିବା ଲୋକଟା ଆଗରେ ସେ କେତେ ନେହୁରା ହେଲା। ହେଲେ ସେ ଶୁଣିଲାନି।

ନିତେଇ କହିଲା, "ଚାଲ ସର, ଏଠି ବି ମଣିଷପଣିଆ ହଜିଯାଇଛି।"

ପାଖରେଥିବା ପୋଖରୀରୁ ଗୋଳିଆ ପାଣି ପେଟେ ପିଇଲା ନିତେଇ। କହିଲା, "ଲୋକଟା ଆମ ଭାଷା ବୁଝୁଛି ଲୋ ସର। ଆମ ରାଜ୍ୟ ହୋଇଗଲାଣି କି କ'ଣ। ଆଉ ଟିକେ ସତାର କର। ଆମ ଲୋକମାନେ ପର କରିବେନି।"

ସରର ପାଟିରୁ କଥା ବାହାରିଲାନି। ସେ ଲଥ କରି ବସିପଡ଼ିଲା। କହିଲା, "ମୁଁ ଆଉ ପାରିବିନିରେ ନିତେଇ। ମୋ ପାଦ ଚଲୁନି। ମୁଣ୍ଡ ବୁଲାଇ ଦେଉଛି। ମୁଁ ଆଉ ବଞ୍ଚିବିନି। ତୁ ବରଂ ମତେ ଛାଡ଼ି ଚାଲିଯା।"

ନିତେଇ କହିଲ. "ତୁ ମୋର ବଳ ପରଖୁଛୁ ନା? ପୁଅକୁ ସିନା ଛାଡ଼ିଦେଲି। ତତେ ଛାଡ଼ି କୁଆଡ଼େ ଯିବି? ତୁ ତ ମୋ ଜୀବନରେ ଯୋଡ଼ି ହେଇଯାଇଛୁ। ତୁ ଚାଲିଗଲେ ମୁଁ ଆଉ ରହିଲି କେଉଁଠି?"

ନିତେଇ ଗଣ୍ଠିଲି ଭିତରୁ ଦୁଇଟା ଶାଢ଼ି ବାହାରକଲା। ମାଲିକ ମଜୁରି ଟଙ୍କା ବଢ଼ାଇଲା ଦିନ ସେ ତା'ପାଇଁ ବଡ଼ ଦୋକାନରୁ କିଣିଦେଇଥିଲା। ଚକ୍‌ଚକ୍ ମାରୁଥିବା ସେ ଦାମୀ ଶାଢ଼ିକୁ ସରର ଭାରି ଲୋଭ ହୋଇଥିଲା। ଘର ଛାଡ଼ିଲାବେଳେ ସେ ଗଣ୍ଠିଲିରେ ଧରି ଚାଲିଆସିଥିଲା। ସେଇ ଲୁଗାଦୁଇଟାକୁ ଥରେ ଚାହିଁ ଆଖି ବୁଜିଦେଲା ନିତେଇ। ଏକାଠି ଦୁଇଟାକୁ ବାନ୍ଧିଦେଇ ଦୋଳା କରିଦେଲା। ସରକୁ ଟେକିନେଇ ତା ଉପରେ ବସାଇଦେଇ ଗୋଟେପଟ ପେଟ ଉପରେ ବାନ୍ଧିଲା। ଆଉ ଗୋଟେପଟ କାନ୍ଧ ପାଖରେ ଗୁଡ଼ାଇଦେଇ ଆଗକୁ ବଢ଼ିଲା। ସେ ଜୋରରେ ଜୋରରେ ପାଦ ପକାଇଲା।

ଆଉ କେତେବାଟ ରହିଲା କେଜାଣି। ନିତେଇ ଗୋଟାଏ ନଜରରେ ଆଗକୁ ଚାଲିଲା। ଶୀଘ୍ର ଗାଁରେ ପହଞ୍ଚିବାକୁ ପଡ଼ିବ। ବାଟରେ ଆଉ କାହା ଆଡ଼କୁ ଚାହିଁଲାନି। ଅଖିଆ ପେଟରେ ତା'ର ଏତେ ବଳ କେଉଁଠୁ ଆସିଲା କେଜାଣି।

ସକାଳର ଝାପ୍ସା ଆଲୁଅରେ ତାକୁ ସବୁ ରାସ୍ତା ପରିଚିତ ଜଣାଗଲା। ଏ ସବୁ ଜାଗା ତ ତା'ର ଜଣାଶୁଣା। ସେ ରାସ୍ତାରୁ ଓହ୍ଲାଇ ପଡ଼ିଲା ଲମ୍ବିଯାଇଥିବା ବିଲର ହିଡ଼ ଉପରକୁ। ହିଡ଼ ପରେ ହିଡ଼, ତା'ପରେ ପଡ଼ିଆ, ଆମ୍ବତୋଟା ଡେଇଁ ନଈବନ୍ଧ ଉପରକୁ ଉଠିଗଲା ବେଳକୁ ତା ମନରେ ଶିହରଣ ଖେଳିଗଲା। ଏଇତ ତା ଗାଁ, ପ୍ରିୟ ଗାଁ। ନଈବନ୍ଧ କଡ଼ରେ ବାଉଁଶ ବଣ। ତା' ପାଖରେ ସଭା ପ୍ରଥମ ଘରଟା ହାଡୁ ଦାସର। ତା'ପରେ ଟିକେ ବାଙ୍କିଗଲେ ତା ଘରଟା ଆଗ ଆସିଯିବ।

ସେ ଟିକେ ଉଚ୍ଚକଣ୍ଠରେ କହିଲା, "ଆମ ଗାଁ ଆସିଗଲା ସର। ଏଥର ସବୁ କଷ୍ଟ ସରିଗଲା।"

ସେ ମନଖୁସିରେ ଥରେ ଗାଁ ଆଡ଼କୁ ଚାହିଁଲା। ଏଇ କେତେ ଦିନ ଭିତରେ ତା'ର ଚେହେରାଟା ବଦଳିଗଲା ପରି ଲାଗୁଛି।

ଆଗରୁ ଥରେ ସରକୁ ଧରି ଆସିଲାବେଳେ, କେତେଲୋକ ଜମି ଯାଇଥିଲେ। ମା' ଧାଇଁ ଆସିଥିଲା ବନ୍ଧ ଉପରକୁ। ତା ସାଙ୍ଗେସାଙ୍ଗେ ଦାଦା, ଖୁଡ଼ୀ ଆଉ ସାନ ଭଉଣୀ ରେବ। ସରକୁ ଦେଖି ସମସ୍ତଙ୍କର ଖୁସି କହିଲେ ନସରେ। ନିତେଇ ସହରରୁ ପିଲାମାନଙ୍କପାଇଁ ଚକୋଲେଟ ଆଣିଥିଲା ଆଉ ମା ଦାଦା, ଖୁଡ଼ୀ, ରେବ ପାଇଁ ଶାଢ଼ି।

ଏବେ କିନ୍ତୁ କେହି ଆସିନାହାନ୍ତି। ବଦଳି ଯାଇଛି ସବୁକିଛି। ନଈବନ୍ଧଟା ଶୂନ୍‌ଶାନ୍। କାହାର ସୋରଶବ୍ଦ ନାହିଁ। ସେ ସେଇଠି ଠିଆହୋଇ ଡାକ ଛାଡ଼ିଲା, ମା', ଦାଦା, ଖୁଡ଼ୀ, ରେବ-। ହେଲେ କେହି ଶୁଣିଲେନି। କିଏ ଜଣେ ତା ଆଡ଼କୁ ଚାହିଁଦେଇ ଗାଁ ଭିତରକୁ ଧାଇଁ ପଳେଇଲା। ଚାହୁଁ ଚାହୁଁ ଗାଁ ମୁରବୀ ରତି ଜେନା ପହଞ୍ଚିଗଲା। ବଡ଼ କର୍କଶ ସ୍ୱରରେ କହିଲା, "ତୁ ଭିତରକୁ ପଶିପାରିବୁନି ନିତେଇ। ସରକାରଙ୍କର ନିୟମ ଅଛି। ଆର ଗାଁ ସ୍କୁଲ ଘରେ ରହିବୁ କିଛିଦିନ। ତା ପରେ ଯୋଉକଥା। ଆରେ ତୋ ଘରେ କଣ ଅଛି ଯେ ଖାଇବୁ। ମା' ତ ଉଠି ପାରୁନି। ବରଂ ସେଇଠି ଖାଇବାକୁ ମିଳିବ।"

ମା ଖବର ପାଇ ବାଡ଼ିଖଣ୍ଡେ ଧରି ଚାଲି ଆସିଲା। କହିଲା, "ରୁହ ବାବୁମାନେ। ମୁଁ ଟିକେ ମୋ ନାତି ଆଉ ବୋହୂକୁ ଦୂରରୁ ବି ଦେଖିନିଏ।"

ନିତେଇ ଆଖିରୁ ଲୁହ ଝରିପଡ଼ିଲା। ନାତି କଥା ତ ସେ କହି ପାରିଲାନି, ହେଲେ ଡାକ ଛାଡ଼ିଲା, "ଉଠ ସର, ଦେଖ୍ ଆମ ଗାଁ ଆସିଗଲା ପରା। ଦେଖ୍ ମା ତତେ ଦେଖିବ ବୋଲି ଚାହିଁ ରହିଛି। ଏଥର ତ ଟିକେ ଠିଆହୋଇ ପଡ଼। ଏଠି ପାଣି ମିଳିବ, ଖାଇବାକୁ ବି ମିଳିବ।"

କାନ୍ଧ ଉପରୁ ଗଣ୍ଠିଲିଟା କାଢ଼ିଦେଇ, ସେ ଅତି ଯତ୍ନରେ ତଳେ ରଖିଦେଲା। ଉପରେ ଘୋଡ଼ା ହେଇଥିବା ଶାଢ଼ିର ଅଂଶକୁ ଆଡ଼େଇଦେଇ କହିଲା, ଉଠ୍ ସର- ଉଠ୍। ହେଲେ ଗଣ୍ଠିଲି ଭିତରୁ ଝାଉଁଳି ପଡ଼ିଥିବା ମୁଣ୍ଡଟାଏ ଗୋଟେ ପଟକୁ ଝୁଲିପଡ଼ିଲା। ଗଡ଼ିପଡ଼ିଲା ନଈବନ୍ଧର ପଥୁରିଆ ରାସ୍ତା ଉପରେ।

ନିତେଇ ଚିତ୍କାର କରିଉଠିଲା। ସତେ ଯେପରି ସାରା ଆକାଶଟା ତା ଉପରେ ଛିଣ୍ଡିପଡ଼ିଛି। ସେ ମୁଣ୍ଡରେ ହାତଦେଇ ବସିପଡ଼ିଲା। ଭୋକିଲା ଥକିପଡ଼ିଥିବା ଶରୀରର ସମସ୍ତ ବଳ ଖଟାଇ ଭୋ ଭୋ ରଡ଼ି ଛାଡ଼ିଲା। ହେଲେ ସରର କଅଁଳ ହାତଟିଏ ଲମ୍ବି ଆସିଲାନି, ତା'ର ବିପର୍ଯ୍ୟସ୍ତ ମନକୁ ବୁଝାଇ ଦେବାପାଇଁ, ଏକ ଭାଙ୍ଗିପଡ଼ିଥିବା ଦାଦନର ଶରୀରକୁ ଆଉଁସି ଦେବାପାଇଁ।

ଶେଷରାସ୍ତା

ରାସ୍ତାକଡ଼ରେ ସେ ଠିଆ ହୋଇ ରହିଥିଲେ। ବିଚଳିତ ଭାବରେ ଚାରିଆଡ଼କୁ ଚାହୁଁଥିଲେ। ଗୋଟେପାଦ ଆଗକୁ ବଢ଼ାଉ ବଢ଼ାଉ ପୁଣି ଫେରାଇ ଆଣୁଥିଲେ। କେବେ କେବେ ଖୁବ୍ ଅସ୍ଥିର ହୋଇ ଚାହିଁ ରହୁଥିଲେ ରାସ୍ତା ଆରପଟକୁ। ଦୀର୍ଘଶ୍ୱାସ ପକାଇ ଏପଟ ସେପଟ ଦେଖୁଥିଲେ।

ଟାଉନ୍ ବସ୍‌କୁ ଅପେକ୍ଷା କରୁ କରୁ ସୁକାନ୍ତଙ୍କର ଦୃଷ୍ଟି ପଡ଼ିଗଲା ତାଙ୍କ ଉପରେ। ଆଖି ଲାଖି ରହିଲା। ଲୋକ ଜଣକ ଏପରି ଅସ୍ଥିର ହେଉଛନ୍ତି କାହିଁକି ! କୁଆଡ଼େ ଯିବାକୁ ଚାହୁଁଛନ୍ତି କି ? କିଛି ଆବଶ୍ୟକ ଅଛି କି ? ତାଙ୍କୁ ଭଲଭାବରେ ଲକ୍ଷ୍ୟ କଲେ। ବୟସ ଅନେକ ଆଗକୁ ଗଡ଼ିଗଲାଣି। ଦେହକୁ ଅବିନ୍ୟସ୍ତ ଭାବରେ ପୋଷାକମାନେ ଆବୃତ କରିଛନ୍ତି। ମୁଣ୍ଡରେ ଅଳ୍ପ କିଛି ପକ୍ୱବାଳ ଫରଫର ହୋଇ ଏପଟ ସେପଟ ହେଉଛନ୍ତି। ଚର୍ମମାନେ ନିଜର ସ୍ଥିତିରୁ ତଳକୁ ଖସି ଆସିଛନ୍ତି। ହାତ ଦୁଇଟା କେବେ କେବେ ଥରିଉଠି ପୁଣି କିଛି ସମୟ ସ୍ଥିର ହୋଇଯାଉଛି। ଅସମର୍ଥ ଗୋଡ଼କୁ ସେ ଆଗକୁ ବଢ଼ାଇବାକୁ ସାହାସ କରି ପାରୁନାହାନ୍ତି। ଆଖିକୁ ଭଲ ଦେଖାଯାଉନି ବୋଧହୁଏ। ମଝିରେ ମଝିରେ ଖୁଁ ଖୁଁ ଶବ୍ଦ କରୁଛନ୍ତି। କିଛି ଲୋକ ତାଙ୍କ ଆଡ଼େ ନଜର ନ ଦେଇ ନିଜ ବାଟରେ ଚାଲିଯାଉଛନ୍ତି। ଆଉ କିଛି ଲୋକ ଚାହିଁଦେଇ ଆଖି ଫେରେଇ ନେଉଛନ୍ତି। ତାଙ୍କର ମନେହେଲା କିଛି ବୋଧହୁଏ ଆବଶ୍ୟକ ଅଛି ବୃଦ୍ଧଙ୍କର। ରାସ୍ତା ଆରପଟକୁ ପାର ହେବେ କି। କୁଆଡ଼େ ଯିବାର ଅଛିକି ତାଙ୍କୁ। ଅନାହୁତ ଭାବରେ ସେ କିଛି ପଚାରିବେ କି।

ବସ୍‌ଟା ଏପର୍ଯ୍ୟନ୍ତ ଆସିନି। ଏ ସମୟରେ ତାଙ୍କୁ କିଛି ସାହାଯ୍ୟ କରିବା ଉଚିତ୍

ହେବ। ସେ ତାଙ୍କ ପାଖକୁ ଚାଲିଆସିଲେ। ମନେହେଲା, ଏ ସହରୀ ଲୋକଗୁଡ଼ା କେବଳ ନିଜେ ହିଁ ଆଗକୁ ବଢ଼ିବା ଶିଖିଛନ୍ତି। ଧାଉଁଛନ୍ତି ଗାଡ଼ିମଟର ପରି। କୁଆଡ଼କୁ ନଜର ନାହିଁ। ଅନ୍ୟ କଥାରେ ମୁଣ୍ଡ ପୂରାଇବା ଦରକାର ଭାବୁ ନାହାନ୍ତି। କେହି କ'ଣ ସାହାଯ୍ୟ ଚାହୁଁଥିବ, ସେ ସବୁ ଜାଣିବା ଦରକାର ନାହିଁ। ଭୀଷଣ ଭାବରେ ଆତ୍ମକୈନ୍ଦ୍ରିକ। ସମୟ କମ୍, କାମ ବେଶି। ତା ଭିତରେ ଆକ୍ତାମାକ୍ତା ଜୀବନ। ଅଶାନ୍ତ, ଅସ୍ଥିର। ଯେ ଯାହା କାମକୁ ନେଇ ବ୍ୟସ୍ତ। ସମ୍ବେଦନାମାନେ ହଜିଯାଉଛନ୍ତି ପରିସ୍ଥିତି ଭିତରେ। ଗୁଡ଼ାଏ ଅନାତ୍ମୀୟ ଜୀବନ ଏକାଠି ରହୁଛନ୍ତି ଗୋଟାଏ ସହର ଭିତରେ।

ସୁକାନ୍ତଙ୍କର ବି ଖୁବ୍ ଜରୁରୀ କାମ ଥିଲା। ସେ ଆଗକୁ ଗୋଡ଼ ବଢ଼ାଉ ବଢ଼ାଉ ଅଟକିଗଲେ। ତାଙ୍କ ଭିତରୁ କେହି ଜଣେ ମଣିଷ ପଛରୁ ଟାଣି ଧରିଲା। ସେ ପାଖକୁ ଯାଇ ପଚାରିଲେ, କିଛି ଆବଶ୍ୟକ ଅଛି କି ଆଜ୍ଞା ? କୁଆଡ଼କୁ ଯିବାକୁ ଚାହାନ୍ତି ?

ବୃଦ୍ଧଙ୍କୁ ଠିକ୍ ଶୁଣାଗଲାନି ବୋଧହୁଏ। ସେ ନଜର ନ ପକେଇ ପୁଣି ଏପଟ ସେପଟ ଚାହିଁଲେ।

ସୁକାନ୍ତ ଆଉ ଟିକେ ବଡ଼ ପାଟିରେ ପଚାରିଲେ।

ବୃଦ୍ଧ ଏଥର ସ୍ଥିର ହୋଇଗଲେ। ଥରଥର ହାତରେ ଚଷମାକୁ ଟେକିଦେଇ ଚାହିଁଲେ ଅଳ୍ପ ସମୟ। ଯେପରି ଏମିତି ଏକ ଶବ୍ଦଟିଏ ଆଶା କରୁନଥିଲେ। ତେବେବି ଭଲ ଭାବରେ ଲକ୍ଷ୍ୟ କରି ମୁଣ୍ଡ ହଲାଇଲେ। କହିଲେ, "ବାବୁ ମୋର ଗୋଟେ କାମ କରି ଦେଇପାରିବେ ?" ଉତ୍ତରକୁ ଅପେକ୍ଷା ନ କରି ସେ ପଚିଶଟଙ୍କା ବାହାର କରି କହିଲେ, "ରାସ୍ତା ସେପଟରୁ ଗୋଟେ ପାଉଁରୁଟି ଆଣିପାରିବେ ?"

ସୁକାନ୍ତ ଘଡ଼ି ଦେଖିଲେ। ହାତରେ ସମୟ କମ୍। ତେବେ ବି ବୁଢ଼ା ଲୋକକୁ ସାହାଯ୍ୟ ନ କରି ଚାଲିଗଲେ ଭଲ ଲାଗିବନି। ତାଙ୍କ ହାତରୁ ଟଙ୍କାନେଇ ସେ ତରତର ହୋଇ ରାସ୍ତା ଆରପଟକୁ ଚାଲିଗଲେ। ବୃଦ୍ଧଜଣକ ରାସ୍ତାର ଗୋଟେ ପଟକୁ ଚାଲିଯାଇ ସେମିତି ଚାହିଁ ରହିଲେ।

କିଛି ସମୟ ପରେ ସୁକାନ୍ତ ଫେରିଆସି ପାଉଁରୁଟି ତାଙ୍କ ହାତକୁ ବଢ଼ାଇ ଦେଉ ଦେଉ ଆଉ କିଛି ଶବ୍ଦ ଶୁଣି ଅଟକିଗଲେ। ବୃଦ୍ଧ ଧନ୍ୟବାଦ୍ ଦେଇ କହିଲେ, "ଆଉ ଗୋଟେ କାମ ରହିଗଲା ଭାଇ। ଦୁଧ ପ୍ୟାକେଟ୍ ଗୋଟେ ଦରକାର ଥିଲା। ସେଇ ଦୋକାନରେ ମିଳିବ।"

ବଡ଼ ଅଡୁଆରେ ପଡ଼ିଗଲେ ସୁକାନ୍ତ। ତେଣେ ତାଙ୍କର କାମ ଅଛି। ଗୋଟେ ଟାଉନ ବସ ଚାଲିଗଲାଣି। ମନା ବି କରିହେଉନି। ହେଲେ ସେ ତ ଏକାଥରେ ଦୁଇଟାଯାକ କାମ କହିପାରିଥାଆନ୍ତେ। ବଡ଼ ଅଦ୍ଭୁତ ଲୋକ। ପୁଣିଥରେ ତାଙ୍କ ହାତରୁ

ଦୁଇଟା ଦଶଟଙ୍କିଆ ନୋଟ ନେଇ ରାସ୍ତା ପାର ହେବାକୁ ଚେଷ୍ଟା କଲେ। ସେତେବେଳେ ରାସ୍ତା ଏପରି ଗହଳି ଥିଲା ଯେ ତାଙ୍କୁ ଡେଇଁବାକୁ ଅନେକ ସମୟ ଲାଗିଗଲା। ଆରପଟ ଦୋକାନରେ ଦୁଧ ଶେଷ। ଓଃ, କରାଯିବ କଣ। ବୁଢ଼ାଲୋକକୁ ମନା କରିଦେବା କଣ ଠିକ୍ ହେବ। ହୁଏତ ତାଙ୍କର ନିହାତି ଆବଶ୍ୟକ ଥିବ। ଏ ଗହଳି ଭିତରେ ସେ ରାସ୍ତା ଡେଇଁ ଆସିବା ଅସମ୍ଭବ। ଆଖିକୁ ବି ଭଲ ଦେଖାଯାଉନି ବୋଧହୁଏ। ଯାହାହେଉ ଆସିଲେଣି ଯେତେବେଳେ, ସାହାଯ୍ୟ ନ କରି ଚାଲିଯିବା ପାଇଁ ବିବେକ ବାଧା ଦେଲା। ପଚାରି ବୁଝିଲେ, ଦୁଧ ଆଉ ଟିକେ ଦୂରରେ ମିଳିଯିବ। ସେ ତରତର ହୋଇ ଆଗକୁ ବଢ଼ିଲେ। ଭାବିଥିଲେ ପାଖରେ ମିଳିଯିବ ବୋଲି। ହେଲେ ଆଗକୁ ଆଗକୁ ବଢ଼ି କେତେବାଟ ଚାଲି ଆସିଲେଣି କେଜାଣି। ସମୟ ଗଡ଼ିଗଲାଣି ତାଙ୍କ ହାତରୁ। ଏବେ ତାଙ୍କ କାମ ହୋଇପାରିବା ସମ୍ଭବ ନୁହେଁ। ସେଠି ବି ଦୁଧ ଶେଷ। ଆରପଟ ଗଳିରେ ଥିବ ବୋଲି ଖବର ପାଇଲେ। ସେଠୁ ଦୁଧ ପ୍ୟାକେଟ୍‌ଟାଏ ଧରି ଫେରୁ ଫେରୁ ଖୁବ୍ ଡେରି ହୋଇଯାଇଥିଲା। ରାସ୍ତା ପାର ହୋଇ ଦେଖିଲା ବେଳକୁ ସେ କୁଆଡ଼େ ଚାଲିଯାଇଥିଲେ। ବୋଧହୁଏ ଅପେକ୍ଷା କରିବାର ଧୈର୍ଯ୍ୟ ହରାଇଥିଲେ। ଏବେ କରାଯିବ କ'ଣ। କେଉଁଠି ଖୋଜିବେ ତାଙ୍କୁ। କିଛି ନାଁ, ଗାଁ ତ ଜଣାନାହିଁ। ବୃଦ୍ଧଙ୍କର ଦୁଧ ପ୍ୟାକେଟଟା ଖୁବ୍ ଓଜନିଆ ଲାଗିଲା। ସେଇଟା ଧରି ସେ ଚାଲିଯାଇ ପାରିଲେନି। ଗୋଡ଼ ଆଗକୁ ବଢ଼ିଲାନି। ମନେହେଲା ଜୀବନର ଗୋଟାଏ ବଡ଼ ପାପର ବୋଝକୁ ଧରି ସେ ଠିଆହୋଇ ରହିଛନ୍ତି। ଯେତେ ସବୁ କାମ ଥିଲା, କିଛି ତ ହୋଇପାରିବନି। ସଞ୍ଜ ବି ହୋଇ ଆସିଲାଣି। କୁଆଡ଼େ ଯାଇଥିବେ ସିଏ। ଚାରିଆଡ଼କୁ ନଜର ପକାଇଲେ। ଦେଖିଲେ ଯେଉଁଠି ସେ ଠିଆ ହୋଇଥିଲେ ସେଇଠୁ ଗୋଟିଏ ମାତ୍ର ରାସ୍ତା ପଛକୁ ଫେରିଯାଇଛି। ସେଇବାଟେ ହିଁ ସେ ଯାଇଥିବେ। ଅଧିକ କିଛି ନ ଭାବି, ସେଇ ରାସ୍ତାରେ ଜୋରରେ ପାଦ ପକାଇଲେ। କିଛିବାଟ ଗଲାପରେ ହଠାତ୍ ନଜର ପଡ଼ିଲା, ସେଇ ଲୋକଜଣକ ବସିଛନ୍ତି ଗୋଟେ ଛୋଟ ପୋଲିଆ ଉପରେ। ଯାହାହେଉ, ମିଳିଗଲେ ଶେଷରେ। ପାଖରେ ପହଞ୍ଚି ଦୁଧ ପ୍ୟାକେଟ୍‌ଟା ଦେଉ ଦେଉ ପଚାରିଲେ, ଆପଣ ଚାଲି ଆସିଲେ କାହିଁକି ମଉସା ?

– ଆଉ କ'ଣ କରିଥାଆନ୍ତି ? କେତେ ସମୟ ଠିଆହୋଇ ରହିଥାଆନ୍ତି। ଭାବିଲି, ତମେବି ଠକି କରି ଚାଲିଗଲ।

– କି କଥା କହୁଛନ୍ତି ମଉସା।

– ସେ ଦୀର୍ଘଶ୍ୱାସ ନେଲେ। କହିଲେ, "କିଛି ନୂଆ କଥା ନୁହେଁ ଭାଇ,ଏ ସବୁ ଘଟଣା ଦେହସୁହା ହୋଇଗଲିଣି।"

- ଆପଣ ତ ଭୁଲ କଲେ ମଉସା। ଏକାଥରେ ଦୁଧ ଆଉ ରୁଟି ଆଣିବା କଥା କହି ପାରିଥାଆନ୍ତେ।

ବୃଦ୍ଧ ହସିଦେଲେ। କହିଲେ, "ଭୁଲି ନଥିଲି ଭାଇ। ଜାଣି ଜାଣି କହିଥଲି। ଏକାବେଳକେ ସବୁ ଟଙ୍କା ହରେଇବାର ସମ୍ଭାବନାକୁ ଚାହିଁନଥିଲି। ଅବିଶ୍ୱାସ କଲି। ପରିସ୍ଥିତି ମତେ ସେମିତି କରିଦେଇଛି। କେତେ ଅଜଣା ପିଲା ସାହାଯ୍ୟ କରିବା ବାହାନାରେ ଟଙ୍କାନେଇ ଚମ୍ପଟ୍ ମାରିଛନ୍ତି। ଅପେକ୍ଷା କରି କରି ମୁଁ ଥକି ପଡ଼ିଛି। କେହି କେହି ଖୁଚୁରା ନ ଥିଲେ ଶହେଟଙ୍କାର ଲୋଭକୁ ସମ୍ବରଣ କରି ପାରିନାହାନ୍ତି। ବୁଢ଼ା ଲୋକଟାର ଆବଶ୍ୟକ ଗୌଣ ହେଇଯାଏ ସେମାନଙ୍କ ପାଖରେ। ସେଦିନ ହୁଏତ କେହି ଜଣେ ଉପବାସ ରହିପାରେ ସେ ଭାବନା ତାଙ୍କର ନ ଥାଏ। ସେଥିପାଇଁ କାହା ଉପରେ ଭରସା ରହୁନି। ତେବେ ବି ସାହାଯ୍ୟ ମାଗିବା ବ୍ୟତିତ କିଛି ଉପାୟ ନଥାଏ। ସେଥିପାଇଁ ହାତରେ ଖୁଚୁରା ଧରି ଆସୁଛି। ତମକୁ ସେଇ ଦୃଷ୍ଟିରେ ରଖି, କିଛି ଟଙ୍କା ଦେଇ ପଠାଇଲି। ଭାବିଲି ଠକିଦେଲେ ଅନ୍ତତଃ ସେତିକି ତ ଯିବ। ତମେ ଭଲ ଲୋକ ଥିଲ। ତେଣୁ ଆଉ ଥରେ ଯିବାକୁ ଅନୁରୋଧ କଲି। କିଛି ଭାବିବନି। ହେଲେ ଦ୍ୱିତୀୟଥର କେତେ ସମୟ ଅପେକ୍ଷା କରିଥାଆନ୍ତି। ଭାବିଲି କିଛି ଟଙ୍କା ତ ବଞ୍ଚିଗଲା। ଖାଲି ରୁଟିରେ ରାତିଟା ଚଳିଯିବ।"

ଠିକ୍ କଥା। ମୁଁ ବୁଝିଯାଉଥିଲି ତାଙ୍କର ବିବଶତାକୁ। ଏଥର ହାତଯୋଡ଼ି ବିଦାୟ ନେବାକୁ ଉଦ୍ୟତ ହେଲି।

- ହେ ବାବୁ ଶୁଣ। କିଛି ଯଦି ନ ଭାବିବ,ଏଇ ଅଳ୍ପ ବାଟରେ ଗୋଟେ ବରଗଛ ପଡ଼ିବ, ସେଠି ମତେ ଛାଡ଼ିଦେଇ ପାରିବ ? ରାସ୍ତାରେ ଆଲୁଅ ନାହିଁ ତ, ଠିକ୍ ଭାବରେ ଦେଖିପାରୁନି। ପିଲାଗୁଡ଼ା କୁଆଡ଼କୁ ନିଘା ନ କରି ଗାଡ଼ି ଚଲାଉଛନ୍ତି। ଭୟ ଲାଗୁଛି ରାସ୍ତାରେ ଚାଲିବାକୁ।

ସମୟ ଅତିକ୍ରାନ୍ତ ହୋଇ ସାରିଥିଲା। ସୁକାନ୍ତ କହିଲେ, "ହଉ ଚାଲନ୍ତୁ। ଆପଣଙ୍କୁ ଘର ପାଖରେ ଛାଡ଼ିଦେବି।" ସେ ମୁଣ୍ଡଟେକି ଚାହିଁଲେ। ସତେ ଯେପରି କିଛି ଗୋଟେ ଭୁଲ କଥା ଶୁଣୁଛନ୍ତି। କହିଲେ, "ତମେ କାହିଁକି ମତେ ଘରେ ଛାଡ଼ିଦେବାକୁ କହୁଛ ? ତମକୁ ତ ମୁଁ ସେ ପ୍ରକାର ଅନୁରୋଧ କରିନି। ସବୁଦିନ କ'ଣ ତମେ ମତେ ସାହାଯ୍ୟ କରିପାରିବ। ମୋ ଜୀବନ ଭିତରେ ମତେ ହିଁ ଲଢ଼ିବାକୁ ହେବ। ଖୁଣ୍ଟରେ ଲାଇଟ୍ ଜଳୁନି। ମତେ ଦେଖାଯାଉନି ତ, ସେଥିପାଇଁ ଅନୁରୋଧ କରିଦେଲି। ସେଇଟା ମୋ ମନର ଦୁର୍ବଳତା ବୋଲି ଭାବିବନି। ଯେତିକି ସାହାଯ୍ୟ ଦରକାର ଥିଲା ପାଇଗଲି। ଏଥର ମୁଁ ଚାଲିଯାଇ ପାରିବି। ଧନ୍ୟବାଦ।"

ଏତେ ସାହାଯ୍ୟ କଲାପରେ କୃତଜ୍ଞ ହେବା ପରିବର୍ତ୍ତେ ସେ କଠୋର ଲାଗୁଥିଲେ।

ତାଙ୍କୁ ଏଡ଼ାଇଦେଇ ନିଜ ରାସ୍ତାରେ ଚାଲିଯିବା ଉଚିତ୍ ମନେହେଲେ ବି, ସୁକାନ୍ତ ନିଜ ଭିତରେ କିଛି ଜାଣିବାର ଆଗ୍ରହ ଅନୁଭବ କଲେ। ତାଙ୍କୁ ଗଛମୂଳରେ ଥିବା ଛୋଟ ମଣ୍ଡପ ଉପରେ ବସାଇ ଦେଉ ଦେଉ କହଲେ, "ଆପଣଙ୍କ ଘରେ ଆଉ କେହି ନାହାନ୍ତି ?"

- କେହି ଥିଲେ ତମକୁ କାହିଁକି ସାହାଯ୍ୟ ଭିକ୍ଷା କରିଥାଆନ୍ତି। ସେମିତି ଦେଖିବାକୁ ଗଲେ ମୁଁ ଏକା ନାହିଁ। ମୋର ପତ୍ନୀ ବି ଅଛନ୍ତି, ମାନସିକ ସହଯୋଗ ଦେବା ପାଇଁ। ସେ ମୋଠୁ ବୟସରେ ଅନେକ ସାନ। ହେଲେ ଓଜନ ଯଥେଷ୍ଟ ବେଶି। ମୁଣ୍ଡ ଠାରୁ ଗୋଡ଼ଯାଏ ରୋଗ ବି ମାଡ଼ି ବସିଛି । ଖାଲି ଖଟରେ ଶୋଇ ରହୁଛନ୍ତି। ଘରୁ ପଦାକୁ ବାହାରନ୍ତିନି। ତେବେ ବି ବଞ୍ଚିବାକୁ ଲଢ଼େଇ ଜାରି ରଖିଛନ୍ତି। କେବେ କେବେ ଘୁଷୁରି ଘୁଷୁରି ରୋଷେଇ କରବାକୁ ଚେଷ୍ଟା କରନ୍ତି। ଆମେ କେହି ବି କରି ନ ପାରିଲେ ପାଉଁରୁଟି ଦୁଧ ହିଁ ଭରସା। ସେଥିପାଇଁ କେବେ କେବେ ଦେଖିଚାହିଁ ବାହାରକୁ ଯିବାକୁ ପଡ଼େ। ଏ ଜାଗାଟା ବି ଏପରି ଯେ ପାଖରେ କିଛି ଦୋକାନ ନାହିଁ। ଯେତେ ସବୁ ବଜାର, ରାସ୍ତା ଆରପଟେ। ସେପଟକୁ ପାର ହେବାକୁ ଚେଷ୍ଟାକଲେ, ଗାଡ଼ି ମଟର ଅଟକିଯାଏ। ହର୍ଣ୍ଣ ବଜାଏ। ଡର ଲାଗେ। ଯଦି କିଛି ଅଘଟଣ ଘଟିଯାଏ, ବୁଢ଼ାବୁଢ଼ୀ ଦି'ଟା ଛଟପଟ ହୋଇ ମରିଯିବୁ। କେହି ଚାହିଁବେନି।

- ଆପଣଙ୍କ ପିଲାମାନେ ?

ବୃଦ୍ଧ ଦୀର୍ଘ ନିଃଶ୍ୱାସ ନେଲେ। କହିଲେ ଆମର ପ୍ରକୃତରେ ପିଲାପିଲି ନାହାନ୍ତି। ଯାହାକୁ ଭାବିଥିଲୁ ସେ ବି ରହିଲାନି।

- କିଛି ତ ବ୍ୟବସ୍ଥା କରିଥାଆନ୍ତେ ?

ଏବେ ତମେ ସେ ସବୁ ବୁଝିପାରିବନି। କ'ଣ କରିପାରିବି କହତ। ଯାହାକୁ ରଖିଲି, କିଛି ସ୍ୱାର୍ଥ ସାଧନ କରି କିମ୍ବା ନ କରି ପାରିବାରୁ ସେ ଚାଲିଗଲା। ଦରଦକୁ ଧନ ସଙ୍ଗରେ ତଉଲିବା ତ ଆଜିର ସଂସ୍କାର ବନିଯାଇଛି। ସମ୍ବେଦନା ଆସିବ କୁଆଡୁ।

- ହେଲେ ଏ ବୟସରେ ଚଳିବେ କିପରି ? ଟଙ୍କା ଦେଲେ କାମ କରିବା ଲୋକର ଅଭାବ ହେବନି।

ସେ ଏଥର ହସିଦେଲେ। କହିଲେ ଟଙ୍କା ସାଙ୍ଗରେ ସାମର୍ଥ୍ୟ ନଥିଲେ କିଛି ମିଳେନି। ମିଳେ କେବଳ ପ୍ରହସନ,ଠକାମି। ଆଜିର ବୁଢ଼ାବୁଢ଼ୀଙ୍କ ଭାଗ୍ୟରେ ସେ ସବୁ ଲେଖାଯାଇଛି। ମରିବା ଆଗରୁ ନିଜର ଆଖି, ଗୋଡ଼, ହାତ ଆଦି ବି ସାଙ୍ଗ ଛାଡ଼ି

ଦିଅନ୍ତି । ଅନ୍ୟମାନେ ସେମାନଙ୍କ ଠାରୁ ତ ଅଧିକ ନିଜର ନୁହନ୍ତି । ସେମିତି ସୁଯୋଗ ତ କେହି କେହି ଖୋଜି ବୁଲୁଥାଆନ୍ତି । ହାତ ସଫେଇ କରିପାର । ଆମେ କୁଆଡ଼କୁ ବା ଯାଇପାରିବୁ ଖୋଜିବାକୁ ।

ବୃଦ୍ଧଙ୍କ କଥା ସାଧାରଣ ଘଟଣା ପରି ମନେ ହେଉଥିଲେ ବି ତାଙ୍କର ଅସହାୟତା ବ୍ୟଥା ଦେଉଥଲା । ମନେ ହେଉଥିଲା ଏମତି ଦିନମାନେ କେଉଁ ରୂପରେ ସମସ୍ତଙ୍କ ଜୀବନରେ ଆସିବାର ଅଛି । ଅଥଚ ଆସିବା ଆଗରୁ ଭୟଭୀତ ଥିଲେ ବି କିଛି କରି ହୁଏନାହିଁ । ସୁକାନ୍ତ କହିଲେ, "ଆଜିକାଲି ଟଙ୍କା ଥିଲେ ସବୁକିଛି ସ୍ୱାଚ୍ଛନ୍ଦ୍ୟ ମିଳିଯିବ ମଉସା । ଆପଣ ତ ସେପରି ନଥିବା ଲୋକପରି ମନେ ହେଉନାହାନ୍ତି ।"

ବୃଦ୍ଧ ପୁଣିଥରେ ଚଷମାକୁ ଟିକେ ଉପରକୁ ଟେକିଦେଇ କିଛି ନିରୀକ୍ଷଣ କଲେ ।

ଲୋକଟା ଖୁବ୍ ସନ୍ଦେହୀ ପରି ମନେହେଲା । ବୁଢ଼ା ହେଲେ ସମସ୍ତେ ବୋଧହୁଏ ଏମିତି ହୋଇଯାଉଥିବେ ।

ତାଙ୍କର ଭାବନାକୁ ବୁଝି ପାରି ସେ କହିଲେ, "ମୁଁ ଏକ ନାମକରା କମ୍ପାନିର ଇଞ୍ଜିନିୟର ଥିଲି । ଦୀର୍ଘ ୩୫ ବର୍ଷ କାମକରି ଅବସର ନେଇଥିଲି । ସେତେବେଳେ ଖୁବ୍ ଟଙ୍କା ଥିଲା ମୋ ପାଖରେ । ମନରେ ଧନକୁ ନେଇ ଗର୍ବ ବି ଥିଲା । ଆଗାମୀ ସମୟକୁ ଡର ନଥିଲା । ତମ ପରି ଭାବୁଥିଲି ଟଙ୍କା ବିନିମୟରେ ସବୁକିଛି ମିଳିଯିବ । ମୋର ପେନ୍‌ସନ୍ ନଥିଲା । ଅର୍ଜିତ ଟଙ୍କାରୁ କିଛି ଡିପୋଜିଟ୍ କରି ସୁଧରେ ଆରାମରେ ଚଳିଗଲି କିଛିବର୍ଷ । ଖୁବ୍ ଗୁଡ଼ାଏ ଖର୍ଚ୍ଚକଲି । ଆବଶ୍ୟକତାଠୁ ବଡ଼ ଘର ବନାଇଦେଲି । ପିଲାପିଲି ନ ଥିଲେ ବି ଚିନ୍ତା ନଥିଲା । ନିଜକୁ ସାନ୍ତ୍ୱନା ଦେଉଥଲି । ଆଜିକାଲି ପିଲାମାନଙ୍କର ବାପ ମା'ଙ୍କ କଥା ବୁଝିବାକୁ ସମୟ କାହିଁ । ତେଣୁ ସେଥିପାଇଁ ବେକାରରେ ମନ ଖରାପ କରି ଲାଭ କ'ଣ ?

ଦୁଇଜଣ ଯାକ ମନ ସ୍ଥିରକରି ପାଳିତ ପୁତ୍ର ଗ୍ରହଣ କଲୁ । ତା ପାଇଁ ବେଶ୍ କିଛି ଖର୍ଚ୍ଚ କରି ମଣିଷ କଲୁ । ଆଉ ଯାହା କିଛି ରହିଲା ତା'ର ମୂଲ୍ୟ କମି କମି ଗଲା । ତା'ଛଡ଼ା ଚଳନ୍ତି ଲକ୍ଷ୍ମୀ କ'ଣ ରହିପାରନ୍ତି କି । କାହାର ନଜର ପଡ଼ିଯାଏ ତାଙ୍କ ଉପରେ । କେତେ ସବୁ ଖର୍ଚ୍ଚ ଆସିଯାଉଥିଲା । ଦେହ ବି ସାଥ ଦେଲାନି । ଉଭେଇଗଲା ଅଧିକାଂଶ ସମ୍ପତ୍ତି । ପତ୍ନୀ ବେମାର ପଡ଼ିଲେ । ଷ୍ଟ୍ରୋକ ହୋଇଗଲା । ପାଣି ପରି ଟଙ୍କା ଖର୍ଚ୍ଚହେଲା । କିଛି ପରିମାଣରେ ଭଲ ହେଲେ ସତ, ହେଲେ ଘର ବାହାରକୁ ଯିବା ସମ୍ଭବ ହେଲାନି । କଷ୍ଟକରି କେବେ କେବେ କଣ ଦି'ଟା ଫୁଟାଇ ଖାଇବାକୁ ପଡୁଛି । ଏ ବୁଢ଼ାମାନଙ୍କର ସବୁଠୁ ବଡ଼ ଶତ୍ରୁ କିଏ ଜାଣ ? ସେ ହେଉଛନ୍ତି ସ୍ୱୟଂ ଭଗବାନ । ଏ ବୟସରେ କିଛି ନ ଦେଖି ଗୁଡ଼େ ଅପାରଗତା ଭରି ଦିଅନ୍ତି । ଆହୁରି ଶତ୍ରୁ ହୁଏ ଏ କଳୁଷିତ ଲୋଲୁପ

ଦୃଷ୍ଟିରେ ଚହିଁ ରହିଥିବା ସମାଜ। ଯିଏ ଯେପରି ଭାବରେ ସ୍ୱାର୍ଥ ସାଧନ କରିପାରିଲା। ଦୁଇ ଦୁଇଥର ଡକାୟତିର ଶିକାର ବନିଯାଇଥିଲୁ ଆମେ। ଚୋରର କବାଟ ଭାଙ୍ଗିବା ଦରକାର ନଥିଲା। ଆଖିକୁ ତ ଦେଖାଯାଉନି କାହାର ନାଁ କହିଦେଲେ ହେଲା। ସେମାନେ ଥରେ ତ ଆମକୁ ବାନ୍ଧିଦେଲେ। ମୁହଁରେ ପଟି ଭିଡ଼ିଦେଲେ। ଆରେ ବାବା ସେ ସବୁ କଣ ଦରକାର। ବୁଢ଼ାବୁଢ଼ୀ ଦି'ଟା ତ ତାଙ୍କ ସଙ୍ଗେ ଲଢ଼େଇ କରିପାରିବୁନି। ଯାହା ଅଛି ନେଇଯାଅ। କିଛି ଦୟାମାୟା ନ ଦେଖାଇ ଯାହା ଥିଲା ସେମାନେ ନେଲେ। ପାଖ ଲୋକଗୁଡ଼ା ବି ମୂକ ପାଲଟିଗଲେ। ସ୍ଥବିର ହୋଇଗଲେ ଆମପରି। ଏଟିଏମ୍ ପାସ୍‌ୱାର୍ଡ ନେଇ ଟଙ୍କା ବି ଲୁଟିନେଲେ। ଯାଉ, ସବୁ ଯାଉ। ବୟସ ତ ଗଲା। ସୁଖ ତ ଗଲା। ଏ ସବୁ ଚାଲିଯାଉ।"

-ପୋଲିସରେ ଖବର ଦେଲେ? ଆଜିକାଲି ତ ବୟସ୍କ ଲୋକଙ୍କୁ ସହାୟତା ମିଳୁଛି।

- ହୁଁ, ସେ କଥା ଖାଲି ଶୁଣୁଛି। କେଜାଣି କାହାକୁ ମିଳୁଥିବ। ମୋ' ପରି ରାସ୍ତା ପାର ହୋଇ ପାରୁନଥିବା ଲୋକଟେ କାହା ପାଖକୁ ଦଉଡ଼ିବ। ଡକାୟତ ତ ମିଳିଲେନି, କେହି ଦୁଇପଦ ଭଲମନ୍ଦ ବୁଝିଲେନି ବି। କାଳେ କାହାକୁ ସାହାଯ୍ୟ ମାଗିବି, ସେ ଡର ରହିଲା କି କ'ଣ। ଯାହାକୁ ରଖିଲି ସେ ଚୋରି କଲେ। ଯିଏ ଘରକୁ ଆସିଲା ତା'ର ନଜର ଅଲଗା ଆଡ଼େ ରହିଲା। ସେଥିପାଇଁ ବିଶ୍ୱାସ ତୁଟିଯାଉଛି। ବିଶ୍ୱାସ ତୁଟିଲେ ଆତ୍ମବଳ ତୁଟିଯାଏ। ସେ ସବୁକୁ ତ ପରିସ୍ଥିତି ଆମଠୁ ଛଡ଼ାଇ ନେଇଛି।

- ସମସ୍ତେ ଖରାପ ଲୋକ ହେବେ କାହିଁକି ମଉସା।

- କେମିତି ଜାଣିବି କିଏ କ'ଣ? ହେଲେ ଭଲଲୋକଗୁଡ଼ା ଭାରି ଭୀରୁ। କାଦୁଅକୁ ଯିବେନି। ପାପୀମାନେ କିନ୍ତୁ ଖୁବ୍ ସାହାସୀ। ଆରେ ବାବା ସେ କ'ଣ ଫଳ ପାଇବ ପାଉ। ଏ ଜନ୍ମରେ କୁଆଡ଼େ ପାପ କରି ମଉଜ କଲେ, ଆରଜନ୍ମରେ ଦଣ୍ଡ ପାଇବ। ନହେଲେ ତା' ଆରଜନ୍ମରେ। ଆମର କ'ଣ ସେଥିରେ ଯାଏ ଆସେ।

- ସବୁ ଲୋକଙ୍କୁ ଅବିଶ୍ୱାସ କରିବା ଠିକ୍ ନୁହେଁ।

ଏତେ ପରୀକ୍ଷା ନିରୀକ୍ଷା କରିବାକୁ ବୟସ ନାହିଁ। ଅନୁଭବ ତ ତମର ନାହିଁ। ବୁଝିପାରିବନି। ବିଶ୍ୱାସ ଅବିଶ୍ୱାସ ଅନୁଭବୀର ଭିତରେ ରହିଯାଏ।

-ଆପଣଙ୍କ ପାଳିତ ପୁଅ ଆସେନି?

- ଆସିଥିଲା, ଟଙ୍କା ମାଗିବା ପାଇଁ, ମୋର ଫିକ୍ସ ଡିପୋଜିଟରୁ। ତା'ର ଦରକାର ଥିଲା। ସେ ଆମ କଥା ବୁଝିବ ବୋଲି ପ୍ରତିଶ୍ରୁତି ଦେଲା। କୁହ ତ କଣ କରିଥାଆନ୍ତି। ଏତେ ବୋକା ତ ନଥିଲି। ହେଲେ ଗୋଟେ କାହାକୁ ହରାଇବାର ଥିଲା। ଟଙ୍କା କିମ୍ବା

ପୁଅ। ସବୁ ସମ୍ପର୍କ ଭିତରେ ହିସାବନିକାସ। ଆରେ ବାବୁ ଏ ଦୁନିଆରେ ବଞ୍ଚିବାର ଧାରାରେ ବି ଫରକ ଅଛି। କାହା ପାଇଁ କିଛିଟା ସହଜ ତ କାହାପାଇଁ ଅନେକ ସମସ୍ୟା। ଅବସର ପରେ କାହାକୁ ଭତ୍ତା ମିଳେ ତ କାହାର ହାତ ଖାଲି କିମ୍ବା କିଏ ନିର୍ଦ୍ଧାରିତ ମୂଲ୍ୟ ଧରି ଶଙ୍କାଗ୍ରସ୍ତ ଭାବରେ ବଞ୍ଚୁଥାଆନ୍ତି। ଅଭାବ, ଚୋରି, ଡକାୟତି, ଶଠତା ସବୁ ତାଙ୍କ ଭାଗ୍ୟରେ ଲେଖାହୋଇଯାଏ। ଶାସନର ଦୃଷ୍ଟି ତ ଅଲଗା। ସେଥିରେ ସୁସ୍ଥ ସମାଜଟିଏ ମିଳିବ କେଉଁଠି ?

ବୃଦ୍ଧ ଅବଶ୍ୟ ଠିକ୍ କହୁଥିଲେ। ତେବେ ଏତେବଡ ଇଂଜିନିୟର ହୋଇ ଭବିଷ୍ୟତ କଥା ତ ଭାବିପାରିଥାଆନ୍ତେ। ଏପରି ଅବସ୍ଥା ବିଷୟରେ ନିଶ୍ଚୟ ତାଙ୍କର ଜ୍ଞାନ ଥିବ। ସହରରେ ରହି ଏପରି ପରିସ୍ଥିତି ସହିତ ସେ ନିଶ୍ଚିତ ପରିଚିତ ଥିବେ।

ସୁକାନ୍ତ କେଜାଣି କାହିଁକି ବକ୍ତବ୍ୟ ଶେଷ କରିବାକୁ ଚାହୁଁନଥିଲେ। ତେବେ ବି ଅନ୍ଧାର ଥିଲା, ଛୋଟିଆ ଗଳି ରାସ୍ତାଟା। କେବେ କେବେ ଧାବମାନ କିଛି ଗାଡ଼ିର କ୍ଷୀଣ ଅସ୍ଥାୟୀ ଆଲୋକ ତାଙ୍କ ଉପରେ ପଡ଼ି ଉଭେଇ ଯାଉଥିଲା। ନିଜ ଦୃଷ୍ଟିରେ ବୃଦ୍ଧଙ୍କର ଭାବନାକୁ ପରଖି ନେଉ ନେଉ ସେ କହିଲେ, ଏ ସବୁ ତ ସହରୀ ଜୀବନର ଆତ୍ମକଥା। ତେବେ ବି ଏପରି ଅନାତ୍ମୀୟ ପରିବେଶକୁ ଆପଣ ବାଛିନେଲେ କାହିଁକି ?

- କ'ଣ କରିଥାଆନ୍ତି ? ମୁଁ ତ ନିଜ ଭାବନା ଭିତରେ ସୀମିତ ନୁହେଁ। ମୋ ସାଙ୍ଗରେ ଯୋଡ଼ା ହୋଇଥିଲେ କିଛି ଆତ୍ମୀୟ ମଣିଷ ଆଉ ଅନାତ୍ମୀୟ କ୍ଲେଶ। ପୈତୃକ ଗାଁରେ ରହିବାକୁ ଇଚ୍ଛା ଥିଲା। ହେଲେ ଏ ରୋଗଗୁଡ଼ା କେଉଁଠି ରଖିଥାଆନ୍ତି। କେଉଁଠୁ ପାଇଥାଆନ୍ତି ଉପଚାର, ଅଭ୍ୟସ୍ତ ଜୀବନଶୈଳୀ। ସେଥିପାଇଁ ତ ଏତେ ଦୁଃଖ। ବୁଢ଼ୀଟା ମୋ'ଠୁ ଅନେକ ସାନ ହେଲେବି ରୋଗୀ ହୋଇଗଲା। ଜୀବନ ସାରା ଖଟିଲା ମୋ ପାଇଁ। ସ୍ନେହ ଦେଲା, ପ୍ରେମ ଦେଲା, ସୁଖ ଦେଲା। ଏବେ ରୋଗୀ ହୋଇଗଲା ବୋଲି ତା କଥା ଭାବିବିନି ? ତା ଛଡ଼ା ସବୁକିଛି ଦରକାରୀ ପଦାର୍ଥ ହାତ ପାଖରେ ମିଳିଯାଉଥିବାର ସୁଯୋଗ ଆଉ ଅଭ୍ୟସ୍ତ ଜୀବନ ବି ବାଟ ଓଗାଳିଲା। ଆଗକଥା କିଏ ଜାଣେ, କିଛି ବି ହୋଇପାରେ। ସେ ଭାବନାକୁ ନେଇ ଏ ଅଜଣା ଜାଗାକୁ ବାଛିନେଲି। ହେଲେ ସବୁକିଛି ବୋଝକୁ ମୁଣ୍ଡରେ ବୁହାଉ ବୁହାଉ ଥକି ପଡୁଛି। ଏ ଅପାରଗତାର ସମସ୍ତେ ସୁଯୋଗ ନେଉଛନ୍ତି। ଅନେକ ସମୟରେ ଇଚ୍ଛା ହୁଏ, ଏ ବୟସରେ ସ୍ଥବିର, ଜରାଗ୍ରସ୍ତ, ରୁଗ୍‌ଣ ଶରୀରକୁ ନେଇ ଆଉ କ'ଣ ବା ପାଇବାର ଅଛି। ଅଧିକ କିଛି ହେବା ଆଗରୁ ରାସ୍ତା ଭାଙ୍ଗିଦେବା ଭଲ। ହେଲେ କିଏ ଜଣେ ବାଟ ଓଗାଳୁଛି। ହାତକୁ ଟାଣି ଧରୁଛି। ମୋ ଛଡ଼ା କିଏବା ଅଛି ତା' ପାଇଁ। ମତେ ବଞ୍ଚିବାକୁ ପଡ଼ିବ। ଶେଷ ବୟସରେ ସ୍ୱାର୍ଥପର ହେବି କିପରି। କେହି ଚାହିଁବେନି ତା'କୁ। ସେ ଆଗ

ଚାଲିଗଲେ ଭଲ। ତା'ପରେ ମୋ କଥା ଭାବିବି। କେବେ କେବେ ମନରେ ଆସେ, କେହି ଯଦି ଆମ ପାଇଁ ନାହିଁ, ତେବେ ଗୋଟେ ରାସ୍ତା ହାତ ବଢ଼େଇ ଚାହିଁଛି। ତା ପାଇଁ ଏତେ ଆଇନକାନୁନ୍ କାହିଁକି ? କ'ଣ କରିବୁ ଆମେ ଅପାହିଜ ଲୋକଗୁଡ଼ା। ଘୁଷୁରିବା ଅପେକ୍ଷା ଯଦି ମରିବାକୁ ଚାହୁଁଛୁ, ତେବେ ପ୍ରତିବନ୍ଧକ କାହିଁକି। ଯଦି ପ୍ରତିବନ୍ଧକ ଅଛି, ତେବେ ବଞ୍ଚିବାର, ଉପଚାରର ବ୍ୟବସ୍ଥା କାହିଁ ?

ବୃଦ୍ଧଙ୍କ କଥା ଅପ୍ରିୟ ଲାଗୁଥିଲେ ଭାବିବାର ବିଷୟ ଥିଲା। ଏହା ହୁଏତ ଜଣେ ଉପାୟହୀନ ମଣିଷର ସ୍ୱୀକାରୋକ୍ତି। ଆଉ ବସିବାକୁ ଧୈର୍ଯ୍ୟ ନଥିଲା। ତେବେ ବି ଆଲୋକ ଆସିନଥିଲା। ଚାରିଆଡ଼େ ଅନ୍ଧାର, ଠିକ୍ ତାଙ୍କ ଜୀବନର ରାସ୍ତାପରି। ସୁକାନ୍ତ କହିଲେ, "ଚାଲନ୍ତୁ ମଉସା ଘରେ ଛାଡ଼ିଦେବି। ଆଲୁଅ କେତେବେଳେ ଆସିବ କେ ଜାଣେ।"

ସେ କହିଲେ, କାହିଁକି ତମେ ଯିବ। ତମର କିଛି କାମ ଥାଇପାରେ। ଯେତିକି କଲ ତାହା ହିଁ ଯଥେଷ୍ଟ।

- କେହି ଜଣେ ତ ଅପେକ୍ଷା କରିଥିବ ?

- ହୁଁ ! ସେତିକି ଟିକିଏ ଅଛି ବୋଲି ଅଟକି ଯାଉଛି ଜୀବନ। ସୁଗନ୍ଧ ପଶିଆସୁଛି ପୁରୁଣା କବାଟକୁ ଠେଲିଦେଇ। ତମେ ଯାଅ। ଆଲୁଅ ନିଶ୍ଚୟ ଆସିବ।

ସୁକାନ୍ତ ହସିଦେଲେ। ମନେହେଲା ବଞ୍ଚିବାର ଅସଲ ରୂପଟା କିଏ ଯେପରି ତାଙ୍କୁ କହିଦେଲା। ଆଉ ବୋଧହୁଏ କିଛି ସାହାଯ୍ୟ ଦରକାର ପଡ଼ିବନି। ସେ ଆଗକୁ ବଢ଼ିଲେ। ସାମ୍ନାପଟ ରାସ୍ତାରେ ଆଦୌ ଅନ୍ଧକାର ନଥିଲା।

■

ମୋକ୍ଷ

ଦୀପଙ୍କର ଫୋନ ଆସିବା ପରେ ହିଁ ମୋର ମନେପଡ଼ିଯାଇଥିଲା ତ୍ରିପାଠୀବାବୁଙ୍କ କଥା। ଅନେକ ଦିନ ପରେ ହଠାତ୍ ଆସି ସେ ମୋ ମୁଣ୍ଡରେ ସବାର ହୋଇଗଲେ। ପତଳା, ଡେଙ୍ଗା, ଗୋରା ଚେହେରା ସହିତ ଚନ୍ଦାମୁଣ୍ଡିଆ ଲୋକଟା ମୋର ସମସ୍ତ ସତ୍ତାକୁ ଆବୋରି ବସିଲା। ମନେହେଲା ସତେଯେମିତି ଏଇ କିଛି ସମୟ ଆଗରୁ, ଲନ୍‌ରେ କିମ୍ବା ପଡ଼ିଆର ସିମେଣ୍ଟ ବେଞ୍ଚ ଉପରେ ତାଙ୍କ ସହିତ ମୁଁ ବସିଛି। ସାଙ୍ଗରେ ଅଛନ୍ତି ଜେନାବାବୁ, ସାହୁବାବୁ, ପାଢ଼ୀବାବୁ ଆଦି କେତେକ ବୟସ୍କଲୋକ। କାହା କଥାକୁ ଧ୍ୟାନ ନ ଦେଇ ସେ ଅନର୍ଗଳ ଗପି ଚାଲିଛନ୍ତି। କାଲା ଆଗରେ ମୂଳା ଚୋବାଇଲା ପରି ସେ କହି ଚାଲିଛନ୍ତି ଗୀତା, ବେଦ ଆଉ ପୁରାଣ ଉପରେ। ସତେ ଯେପରି ଅଗାଧ ପାଣ୍ଡିତ୍ୟ ତାଙ୍କର, ଏ ସବୁ ଶାସ୍ତ୍ର ଉପରେ। କାହା କଥା ସେ ଶୁଣିବାକୁ ପ୍ରସ୍ତୁତ ନୁହେଁ କିମ୍ବା କାହାର ମତାମତ, ବିରୋଧାଭାସ ତାଙ୍କ ପାଇଁ ଗ୍ରହଣଯୋଗ୍ୟ ନୁହେଁ। ଗୀତାର ପ୍ରତ୍ୟେକ ଶ୍ଳୋକ ତାଙ୍କର କଣ୍ଠସ୍ଥ। କଥାରେ କଥାରେ ପଦେ ଶ୍ଳୋକ ବୋଲିଦେଇ, କାହାର ଆଗ୍ରହ ଥାଉ ବା ନ ଥାଉ ସେ ଶୁଣାଇ ଚାଲିଥାଆନ୍ତି। ଧର୍ମଶାସ୍ତ୍ରର ବିରୋଧାଭାସ କରିବା ତାଙ୍କ ମତରେ ନାସ୍ତିକର ଲକ୍ଷଣ। ସେପରି କଥା ଶୁଣିଲେ ସେ ହଠାତ୍ ରାଗିଯାଇ ସ୍ଥାନ ପରିତ୍ୟାଗ କରନ୍ତି। ସେଥିପାଇଁ ହୁଏତ ଆମେମାନେ ନିର୍ବିବାଦରେ ଶୁଣୁଥାଉ। ତାଙ୍କର ଉପର ଠାଉରିଆ ବିଶ୍ଳେଷଣ ଶୁଣିବାକୁ ବେଳେବେଳେ ଅବଶ୍ୟ ଭଲଲାଗେ।

ଆମ ସହିତ ଥିବା ଆସନ୍ନ ମୃତ୍ୟୁ ପାଇଁ ଭୟଭୀତ ହେଉଥିବା ଲୋକମାନେ, ମାନିନିଅନ୍ତି ଯେ, ଏ ସମୟରେ ସେ ସବୁ ଆଧ୍ୟାତ୍ମିକ କଥା ବିନା ଯୁକ୍ତିରେ ଶୁଣିବା

ଏବଂ ପଢ଼ିବା ନିହାତି ଆବଶ୍ୟକ। ବୋଧହୁଏ ଜୀବନର ଏତେଗୁଡ଼େ ଦିନ ଭଗବାନଙ୍କୁ ମନେପକେଇବାର ଆବଶ୍ୟକତା ଉପଲବ୍ଧି କରିନଥିବା ହେତୁ, ଭୟରେ ଶରଣ ନେଉଥାଆନ୍ତି। ହୁଏତ ସତ୍ୟ ହୋଇଥିଲେ ମୃତ୍ୟୁପରର ଜୀବନ ଭୟଙ୍କର ହୋଇପାରେ। କେହିକେହି ରୋଗଗ୍ରସ୍ତ ହୋଇ, କଷ୍ଟ ନ ପାଇବା ପାଇଁ କିଛି ଅଲୌକିକ ଶକ୍ତିର ଆଶାରେ, ଏଭଳି ସରଳପନ୍ଥା ହୁଏତ ଥାଇପାରେ, ତାହା ଭାବି ଜୀବନକୁ ସେ ରାସ୍ତାରେ ନେଇଯିବାକୁ ପ୍ରୟାସ କରନ୍ତି। ସେଥିପାଇଁ ହୁଏତ ତ୍ରିପାଠୀବାବୁଙ୍କ ସଙ୍ଗେ ଯୁକ୍ତି ନକରି ତାଙ୍କ କଥାକୁ ଗ୍ରହଣ କରିନିଅନ୍ତି।

ଏଯୁଗର ବ୍ୟତିକ୍ରମକୁ ସହ୍ୟ କରି ପାରୁନଥିବା, ତ୍ରିପାଠୀବାବୁଙ୍କ ସଙ୍ଗେ ମୋର କେବେ କେବେ ଅବଶ୍ୟ ଯୁକ୍ତି ହୁଏ। ନିଜର ମତବାଦକୁ ତାଙ୍କ ଉପରେ ଲଦିଦେବା ପାଇଁ ପ୍ରୟାସକରି ମୁଁ ଅସଫଳ ହୁଏ। ଜୀବନ, ମୃତ୍ୟୁ, ଦୁଃଖ, ବାର୍ଦ୍ଧକ୍ୟ ଉପରେ ଅଯଥା ଚିନ୍ତା ନକରି ବର୍ତ୍ତମାନକୁ ମାନିନେବା ଉଚିତ୍ ବୋଲି ପ୍ରତିପାଦନ କରିଥିବା, ମୋର ମତାମତକୁ ଶୁଣି ସେ କିଛି ସମୟ ସ୍ଥିର ହୋଇଯାଆନ୍ତି। ଚନ୍ଦାମୁଣ୍ଡକୁ ହଲାଇଦେଇ କୁହନ୍ତି, "ଠିକ୍‌କଥା, ହେଲେ ଏ ଯୁଗଟା ଆମକୁ ବର୍ତ୍ତମାନ ଉପରେ ସ୍ଥିର ହୋଇ ରହିବାକୁ ଦେଉଛି କେଉଁଠି। ଅତୀତଟା ଆମ ପାଇଁ ସବୁକିଛି। ଭବିଷ୍ୟତକୁ ନିରେଖି ଦେଖିଲେ ଭୟ ଲାଗେ। ଏ ଦୁଇଟାକୁ ନଜର ନ ପକାଇଲେ, ବଞ୍ଚିବା ପାଇଁ ସଂଘର୍ଷ କରିହେବ କିପରି ? ଏ ସବୁକୁ ସୂକ୍ଷ୍ମ ଭାବରେ ଦେଖିଲେ, ଭଗବତ ଚିନ୍ତା ହିଁ ମନକୁ ଆସେ। ଭଗବାନ ଯେପରି ସବୁ ଜଞ୍ଜାଳରୁ ମୁକ୍ତି ଦେଇ, ତାଙ୍କର ଆଶ୍ରା ନେବାକୁ କହୁଛନ୍ତି। ସେପରି ଆଶ୍ରା ନେଲେ ତ ବର୍ତ୍ତମାନ ଭିତରେ ସ୍ଥିର ହୋଇ ରହିପାରିବା। ଏ ଜନ୍ମ ତ ସରିସରି ଆସୁଛି। ଏଥର ପରଜନ୍ମ ନ ପାଇ ମୋକ୍ଷ ପାଇବାକଥା ଚିନ୍ତା କରିବା ଉଚିତ।"

ତ୍ରିପାଠୀବାବୁ ଇମୋସନାଲ ହୋଇଯାଆନ୍ତି। କଥା ବଦଳାଇ ନିଜ କଥା କୁହନ୍ତି। କୁହନ୍ତି, "କେଜାଣେ କେତେବେଳେ ଆରପୁରରୁ ଡାକରା ଆସିଯିବ। ଆସୁ, ତାକୁ ତ ମାନିନେବାକୁ ବାଧ୍ୟ। ହେଲେ ମୋର ଗୋଟାଏ ଛୋଟ ଆଶା ରହିଛି। ମୋର ମୃତ୍ୟୁ ପରେ ମୋ ପାଇଁ ଅନ୍ତତଃ ମନ୍ଦିରରେ ପ୍ରାର୍ଥନା କରାଯାଉ। ଭଗବାନ ହୁଏତ ଅନ୍ତରର ସେ ପ୍ରାର୍ଥନା ଶୁଣିବେ। ତାହାହିଁ ପିଲାମାନଙ୍କଠୁ ମୋର ଆଶା।"

ଚାକିରିରୁ ଅବସର ନେଲାପରେ ତ୍ରିପାଠୀବାବୁ ଆମ କଲୋନିରେ ଗୋଟେ ଛୋଟ ଘର କିଣି ରହୁଥଲେ। ଦୁଇ ପ୍ରାଣୀ ଖୁବ୍ ଖୁସିରେ ଥିଲେ। ଅଧିକାଂଶ ସମୟ ପୂଜାପାଠ, ଧ୍ୟାନ, ଯୋଗ ଭିତରେ ତାଙ୍କର ସମୟ କଟୁଥିଲା। ନିଜକୁ ସେ ଜଣେ ଆଧ୍ୟାତ୍ମିକବାଦୀ କହିବା ସଙ୍ଗେ ସଙ୍ଗେ ଅନ୍ୟ ଉପରେ ତାଙ୍କର ମତବାଦକୁ ଲଦି ଦେଉଥିଲେ।

ଏହା ତାଙ୍କର ସୁଗୁଣ କିମ୍ବା ଦୁର୍ଗୁଣ ଥିଲା ତାହା ସେ ଜାଣି ପାରୁନଥିଲେ, ହେଲେ ଜୀବନର ଅବଶିଷ୍ଟ ସମୟ ସେ କେବଳ ସେଇ ଚର୍ଚ୍ଚାରେ ରହିବାକୁ ପସନ୍ଦ କରୁଥିଲେ।

ତ୍ରିପାଠୀବାବୁଙ୍କ ପରିବାର ଖୁବ୍ ଛୋଟ ଥିଲା। ଏକମାତ୍ର ପୁଅ ବାଙ୍ଗାଲୋରରେ ଏକ ଭଲ ସଂସ୍ଥାରେ ଖୁବ୍ ଭଲ ଚାକିରି କରୁଥିଲା। ଅନେକ ଟଙ୍କା ରୋଜଗାର କରିବା ସହିତ ବେଶ୍ ଆରାମରେ ସସମ୍ମାନେ ରହୁଥିଲା। ଏକମାତ୍ର ଝିଅ ନିଜର ବିଦେଶୀ ସ୍ୱାମୀଙ୍କ ସହିତ ଲଣ୍ଡନରେ ଥିଲା। ସେମାନେ କେବେ କେମିତି ଭାରତ ଆସୁଥିଲେ। ଝିଅ ସହିତ ତା'ର ସ୍ୱାମୀକୁ ବାଧ୍ୟବାଧକତାରେ ଗ୍ରହଣ କରିସାରିଲା ପରେ ବି, ସେ ଅସନ୍ତୁଷ୍ଟ ଥିଲେ। କେବେକେବେ ତାଙ୍କର ଜୀବନଚର୍ଯ୍ୟାକୁ ନେଇ ପ୍ରଶ୍ନ କରୁଥିଲେ। ତେବେ ବି ଏକମାତ୍ର ନାତୁଣୀକୁ ନେଇ ବୁଲାଇ ଆଣିବାରେ ସେ ଆନନ୍ଦ ଅନୁଭବ କରୁଥିଲେ। ଝିଅ ଜୋଇଁ ସହିତ ଓଡ଼ିଶାର ବିଭିନ୍ନ ସ୍ଥାନ ବୁଲୁଥିଲେ। ହେଲେ ନିକଟସ୍ଥ ମନ୍ଦିର ପାଖକୁ ତାକୁ ନେଇଯିବାର କେହି ଦେଖି ନଥିଲେ, ଯଦିଓ ସେଥିପ୍ରତି କାହାର କୌଣସି ଆପତ୍ତି ନଥିଲା।

ତ୍ରିପାଠୀବାବୁଙ୍କ ଜୋଇଁ ଦେଖିବାକୁ ଖୁବ୍ ସୁନ୍ଦର ତଥା ମେଳାପୀ ଥିଲେ। ଏପରିକି ସେମାନଙ୍କୁ ନେଇ ତାଙ୍କର ଘର ଲଣ୍ଡନରେ କିଛିଦିନ ରହିବା ପାଇଁ ପ୍ରବର୍ତ୍ତାଇବାକୁ ଆମକୁ ଅନୁରୋଧ କରୁଥିଲେ। ହେଲେ ତ୍ରିପାଠୀବାବୁଙ୍କ ସହିତ ଅନେକ ଦିନ ମିଶିସାରିଲା ପରେ ତାଙ୍କୁ ଚିହ୍ନିବାରେ ଆମର ଅସୁବିଧା ନଥିଲା। ସେ ଯେ କିଛିଦିନ ସେଠି ଶାନ୍ତିରେ ରହିପାରିବେ ସେ ବିଶ୍ୱାସ ଆମର ନଥିଲା। ତେଣୁ ଅନୁରୋଧ କରିବାଟା ଏକ ବୃଥା ପ୍ରୟାସ ବୋଲି ଆମେ ଭାବି ନେଇଥିଲୁ। ଅଳ୍ପଦିନର ରହଣି ପାଇଁ ବି ସେ ଯିବାକୁ ପ୍ରସ୍ତୁତ ନ ଥିବାରୁ ତାଙ୍କର ପତ୍ନୀ ବି ସେ ସୁଯୋଗରୁ ବଞ୍ଚିତ ଥିଲେ।

କେବେକେବେ ସେ ତାଙ୍କ ପୁଅ ବିଷୟରେ ଆମ ଆଗରେ ଗପନ୍ତି। ତା କଥା କହିଲା ବେଳକୁ ସେ ବାରମ୍ବାର ଅନ୍ୟମନସ୍କ ହୋଇପଡ଼ନ୍ତି। ମନେହୁଏ, ପୁଅ ପାଇଁ, ତାଙ୍କ ଜୀବନରେ କିଛି ଅଭାବବୋଧ ରହିଯାଇଛି। ପୁଅ ତାଙ୍କର ଖୁବ୍ ଶାନ୍ତ, ସରଳ ଆଉ ବୁଦ୍ଧିମାନ ଥିଲା। ନିଜ ପ୍ରଚେଷ୍ଟାରେ ଅନେକ ପାଠ ପଢ଼ିଥିଲା। ଇଞ୍ଜିନିୟରିଂ ପରେ ଆଇଆଇଏମରୁ ଏମ୍‌ବିଏ କରି ବେଶ୍ ଉଚ୍ଚପଦସ୍ଥ ଚାକିରି ବି କଲା। ମାସକୁ ରୋଜଗାର ଅନେକ। ବାପା ଭାବରେ ତା ପାଇଁ ସେ ବିଶେଷ କିଛି କଷ୍ଟ କରିନାହାନ୍ତି। ବିନା କିଛି ସହାୟତାରେ ସେ ବେଶ୍ ଉପରକୁ ଉଠିପାରିଛି। ନିଜର ଗର୍ବ ଅହଂକାର ନାହିଁ। ଏପରିକି ତ୍ରିପାଠୀବାବୁ ତାଙ୍କ ନିଜ ପସନ୍ଦରେ ଏକ କୁଳୀନ ପରିବାରର ସାଧାରଣ ଝିଅ ସଙ୍ଗେ ତା'ର ବାହାଘର କରାଇଥିଲେ। ଝିଅର ଯୋଗ୍ୟତା ବି ସେମିତି ବେଶି

ନୁହେଁ। ସାଧାରଣ ବିଏ ପାସ। ବାପା ଏକ ସାଧାରଣ ସ୍କୁଲ ଶିକ୍ଷକ। ପରିବାରର ବ୍ୟବହାର, ଝିଅର ସୌନ୍ଦର୍ଯ୍ୟ ହିଁ ତାଙ୍କୁ ଆକର୍ଷିତ କରି ନେଇଥିଲା। ପୁଅର ତାଙ୍କ ବିଚାରରେ କିଛି ଆପତ୍ତି ନଥିଲା, ବରଂ ସେ ମନେ ମନେ ଚାକିରି ପ୍ରତି ଆଗ୍ରହ ନ ଥିବା ଝିଅ ଖୋଜୁଥିଲା। ନିଜର ତ ଏତେ ରୋଜଗାର, ଆଉ ଅଧିକ କଣ ଦରକାର। ଖୁବ୍ ନିରାଡ଼ମ୍ବର ଭାବରେ, ଶାସ୍ତ୍ର ମୁତାବକ ଭଲ ଦିନବାର ଦେଖି ବାହାଘର ହୋଇଗଲା। ତା'ପରଠୁ ସେମାନେ ଚାଲିଗଲେ ବାଙ୍ଗାଲୋର। କେଜାଣି କାହିଁକି ସେଇଦିନଠୁ ତାଙ୍କ ପରିବାରର ସଂହତି ଭିତରେ ଏକ ପରଦା ଟାଣିହୋଇଗଲା। କେବେ କେମିତି ଅବଶ୍ୟ ସେମାନେ ବାଙ୍ଗାଲୋର ଯାଉଥିଲେ ମାତ୍ର ସେଠି ରହଣି ଥିଲା ଖୁବ୍ ସୀମିତ।

ଆମ କଲୋନିରେ ରହୁଥିବା ଅଧିକାଂଶ ଲୋକ ହିଁ ବରିଷ୍ଠ ନାଗରିକ। ଭାରତର ବିଭିନ୍ନ ଜାଗାରୁ ପରସ୍ପର ଅଜଣା ଥିବା ଲୋକମାନେ ଅବସର ପରେ ଅବଶିଷ୍ଟ ଜୀବନ ପାଇଁ ଏକାଠି ରହିଥିଲେ। ତେଣୁ ସମୟକ୍ରମେ ସେମାନଙ୍କ ଭିତରେ ଆତ୍ମୀୟତା ବଢ଼ିବା ସ୍ୱାଭାବିକ। ଅନେକଙ୍କ ପିଲାମାନେ ବାହାରେ ନିଜକାମରେ ବ୍ୟସ୍ତ ରହୁଥିବା ହେତୁ, ବାପା ମା'ଙ୍କୁ ସମୟ ଦେଇ ପାରୁନଥିଲେ। ସେଥିପାଇଁ ନିଜ ନିଜ ଭିତରେ ସମ୍ପର୍କର ଡୋରିଟା ଦୃଢ଼ ହୋଇଯାଉଥିଲା।

କଲୋନି ଭିତରେ ବିରାଟ ଲନ୍, କ୍ଲବଘର ଆଉ ସୁନ୍ଦର ମନ୍ଦିର। ଅନେକ ସମୟରେ କିଛି ଲୋକମାନେ ଭୟ ଭକ୍ତି ପାଇଁ ହେଉପଛେ, ମନ୍ଦିରରେ ପୂଜାପାଠ କରି ଅଭୟ ମାଗନ୍ତି। ସଂଜବେଳେ ଏକାଠି ହୁଅନ୍ତି। ତ୍ରିପାଠୀବାବୁ ସେମାନଙ୍କ ଭିତରେ ସବୁଠୁ ଜ୍ଞାନୀ ତଥା ଭଗବତ ପ୍ରିୟ ଥିଲେ। ତେଣୁ କାଲା ଆଗରେ ମୂଳା ଚୋବାଇଲା ପରି ସେ କଣ୍ଠସ୍ଥ କରିଥିବା ଗୀତା ଆଉ ଭାଗବତର କେତେ କେତେ ଉଦାହରଣ ଦିଅନ୍ତି, ଯାହା ଇଛା ଥାଉ ବା ନଥାଉ କିଛି ପୁଣ୍ୟ ପାଇଁ କିମ୍ବା ତାଙ୍କୁ ସାଥୀ ଦେବାପାଇଁ ଅନ୍ୟମାନେ ଶୁଣୁଥାନ୍ତି।

ଆମ ଭିତରୁ କେହି କେହି ପିଲାମାନଙ୍କ ପାଖକୁ କେବେ କେମିତି ଯାଉଥିଲେ ବି, ତ୍ରିପାଠୀ ବାବୁଙ୍କର ସେଥିପ୍ରତି ଆଗ୍ରହ ନଥିଲା। ଝିଅର ବିଦେଶୀ ଚାଲିଚଳନରେ ସେ ଆଗରୁ ବୀତସ୍ପୃହ। ପୁଅ ପ୍ରତି ଭାବନା ବି ସେହିପରି। ସମୟ କ୍ରମେ ତା'ର କ୍ଲବ ହୋଟେଲ, ଏପରିକି କେବେକେବେ ପରିବାର ସହିତ ସାଙ୍ଗ ଗହଳରେ ସେ ମଦ୍ୟପାନ କରୁଥିବା ଖବର ତାଙ୍କ ପାଖରେ ଅଛପା ନଥିଲା। ଏତେ ସରଳ ପୁଅ ଆଉ ସାଧାରଣ ପରିବାର ବୋହୂର ଏପରି ପରିବର୍ତ୍ତନକୁ ସେ ପଥଭ୍ରଷ୍ଟର ଆଖ୍ୟା ଦେଇ ପସନ୍ଦ କରିପାରୁ ନଥିଲେ। ପୁଅ ଯେ ଏପରି ବଦଳି ଯାଇପାରେ ତାହା ତାଙ୍କ ପରି ସାଧାରଣ ଲୋକଟିଏ

ଭାବି ପାରିନଥିଲା। ସେଥିପାଇଁ ନିଜ ଘରେ ନିଜର ସାତ୍ତ୍ୱିକ ଭାବନା ଭିତରେ ସେ ରହିବାକୁ ଚାହୁଁଥିଲେ। ଅବଶ୍ୟ ତାଙ୍କର ମତାମତକୁ ଗୁରୁତ୍ୱ ନ ଦେଇ କେବେ କେବେ ତାଙ୍କର ସ୍ତ୍ରୀ ତାଙ୍କୁ ଛାଡ଼ି ପୁଅ ପାଖକୁ ଚାଲିଯାଉଥିଲେ। ସେଥିରେ ତ୍ରିପାଠୀବାବୁଙ୍କର କୌଣସି ଆପତ୍ତି ନଥିଲା। ନିଜେ ରୋଷେଇ କରି ଖାଇବାରେ କୌଣସି ଦ୍ୱିଧା ନଥିଲା ତାଙ୍କର। ବରଂ ଏକୁଟିଆ ଧ୍ୟାନ, ପଠନ ଭିତରେ ରହି ସେ ଆନନ୍ଦ ପାଉଥିଲେ।

ଏପରି ଆତ୍ମା, ପରମାତ୍ମାରେ ପ୍ରଗାଢ଼ ବିଶ୍ୱାସ ରଖୁଥିବା ଲୋକଟି କେବେ କେବେ ନିଜର ମନକଥା ବ୍ୟକ୍ତ କରିଦେଉଥିଲେ। ମନେହେଉଥିଲା ତାଙ୍କ ଭିତରେ ଯେପରି ଅନେକ ଅନାସ୍ଥା, ଅସହାୟତା ରହିଛି। ଜୀବନର ପରବର୍ତ୍ତୀ ସମୟକୁ ନେଇ ସେ ଖୁବ୍ ଚିନ୍ତିତ। ସେ କହୁଥିଲେ, "ଜାଣେନା, ମୋ ପାଇଁ ମୃତ୍ୟୁ କେବେ ଅଚାନକ ଆସି ପହଞ୍ଚିଯିବ। ହେଲେ ସତ କହୁଛି, ମୋର ସେଥିପାଇଁ ଆଦୌ ଭୟ ନାହିଁ। ଯାହା ନିଶ୍ଚିତ ଆସିବାର ଅଛି, ତା'କୁ ସ୍ୱାଗତ କରୁଛି। ବରଂ ଆଉ କିଛି ଦାୟିତ୍ୱ ନଥିବା ସଂସାରରୁ କଷ୍ଟ ପାଇବା ପୂର୍ବରୁ ଚାଲିଯିବା ଭଲ। କ'ଣ ବା ଅଛି ଆଉ ଏ ଜୀବନରେ। ପିଲାମାନେ ମଣିଷ ହୋଇ ସାରିଲେଣି। ନିଜ ନିଜର ପସନ୍ଦର ରାସ୍ତା ବାଛିନେଲେଣି। ପତ୍ନୀ ମୋ ଅପେକ୍ଷା ସେମାନଙ୍କ ପ୍ରତି ଅଧିକ ଆକର୍ଷିତ। ମୁଁ ଜାଣେ, କେବଳ ମୋ ଯୋଗୁ ବାଧ ହୋଇ ସେ ଏଠି ପଡ଼ିଛନ୍ତି। ନଚେତ ନାତିନାତୁଣୀ ଗହଣରେ ସମୟ ବିତାଇବାରେ ତାଙ୍କର ଆଗ୍ରହ ଅଧିକ। ଏ ଏକୁଟିଆ ଜୀବନରେ କ'ଣ ମିଳୁଛି ତାଙ୍କୁ। ପିଲାମାନେ ବି ଆମକୁ ପାଖରେ ରଖିବାକୁ ଅରାଜି ନାହାନ୍ତି। ହେଲେ ମୋ' ପରି ଗୁଡ଼ାଏ ନିୟମକାନୁନରେ ବନ୍ଧା ନୈଷ୍ଠିକ ଲୋକକୁ ସମ୍ଭାଳିବା ଖୁବ୍ କଷ୍ଟକର। ତାଙ୍କର ଫୋଲାଫାଙ୍କିଆ ଜୀବନରେ ମୁଁ ହୁଏତ ବାଧା ସୃଷ୍ଟି କରିବି। ମୁହଁ ଖୋଲି ନ କହିଲେ ବି, ନିଜ ଭିତରେ ଦୁଃଖ ପାଇବି। ତେଣୁ ଉଭୟେ କଷ୍ଟ ପାଇବା ଅପେକ୍ଷା ନିଜ ନିୟମରେ ନିଜେ ମନମୁତାବକ ରହିବିନି କାହିଁକି? ଜୀବନ ସେମାନଙ୍କର। ସେମାନଙ୍କର ବି ନିଜସ୍ୱ କିଛି ପସନ୍ଦ ରହିଛି। ମୋ ମନକୁ ପାଉ ନପାଉ, ତାଙ୍କର କ'ଣ ଯାଏ। ସେଥିପାଇଁ ତ ଏ ବୟସରେ ଏକୁଟିଆ ରହି ବିଚାରୀ ପତ୍ନୀକୁ ଦଣ୍ଡ ଦେଇଚାଲିଛି। ମୁଁ ନିରୁପାୟ। ସେଥିପାଇଁ ତ କଷ୍ଟ ପାଉଛି ନିଜ ଭିତରେ। ମୋ ଭିତରେ କେହି ଯେପରି ମୁକ୍ତି, ମୋକ୍ଷ ଆଉ ଅନାବିଳତାର ଭାବନାକୁ ଅଧିକ ଅଧିକ ଭରିଦେଉଛି। ଏ ସବୁ ଭିତରେ କିଛି ଚିନ୍ତା ମୋତେ ଗ୍ରାସ କରୁଛି। ମୋର ମୃତ୍ୟୁ ଜଗନ୍ନାଥଙ୍କ ଦ୍ୱାରରେ ହେଉ। କିଛି ନ କଲେ ବି ପିଲାମାନେ ମୋର ଆତ୍ମାର ସଦ୍‌ଗତି ପାଇଁ ପ୍ରାର୍ଥନା କରନ୍ତୁ, ଅନ୍ତତଃ ବର୍ଷକୁ ଥରେ। ମୋର ବିଶ୍ୱାସ ସେଥିରେ ମୁଁ ପରଜନ୍ମରେ ମୁକ୍ତି ପାଇବି।"

ଅନେକ ସମୟରେ ତ୍ରିପାଠୀବାବୁଙ୍କ କଥା ଶୁଣିଲେ ହସ ଲାଗେ। ଯଦିଓ ତାଙ୍କ ଆଗରେ ମୁହଁ ଖୋଲି କିଛି କହିହୁଏନା। ନିଜେ ବଞ୍ଚି ଥାଉଥାଉ କେତେ ଥର ମରି ଯାଉଛନ୍ତି ବିଚରା, ସନ୍ଦେହୀ ଲୋକଟିଏ। ବଞ୍ଚିଥିବା ସମୟରେ ଭଲରେ ଜୀଇଁ ପାରୁନଥିବା ଲୋକଟି ମୃତ୍ୟୁ ପରର ଅନିଶ୍ଚିତ ଚେତନାକୁ ନେଇ ବ୍ୟତିବ୍ୟସ୍ତ । ଅଯଥାରେ କେତେ କଷ୍ଟ ପାଉଛନ୍ତି। କିଏ ଜାଣେ କଣ ଅଛି ମୃତ୍ୟୁପରେ। ନ ଜାଣିଥିବା କଥା ଉପରେ ଗୁରୁତ୍ୱ ଦେଇ ,ବର୍ତ୍ତମାନ ବାରମ୍ବାର ଝୁଣ୍ଟି ପଡୁଥିବା ଲୋକଟି କେତେ ଦୟନୀୟ ସତରେ। କିଛି ଅଭାବ ନଥିଲେ ବି ସେ ପ୍ରକୃତରେ କେତେ ନିଃସ୍ୱ।

ତେବେ ବି ତାଙ୍କୁ ଆମେମାନେ କେବେ କେବେ ଶୁଣୁ। ନଚେତ୍ ତାଙ୍କ ଦୃଷ୍ଟିରେ ନାସ୍ତିକ ବନିଯାଇ ବନ୍ଧୁତ୍ୱ ହରାଇବାର ସମ୍ଭାବନା ଥାଏ। କେଜାଣି ସତ ହୋଇପାରିଥାଏ ତାଙ୍କର ଭାବନା। ଆସନ୍ନ ବାର୍ଦ୍ଧକ୍ୟ ଜୀବନରେ ଭଗବତ ବିଶ୍ୱାସ, ନିଜ ଉପରେ ଲଦିଦେବା ବ୍ୟତୀତ ଆଉ କିଛି ସାହାରା ନଥାଏ ବୋଧହୁଏ। ଶାସ୍ତ୍ରରେ ତ ଜ୍ଞାନ ଭରପୂର। ଆମେମାନେ ଅଜ୍ଞାନୀ ବନି ରହିବା ଅପେକ୍ଷା ଶୁଣି ଶୁଣି କିଛି ଭକ୍ତି ଜାଗ୍ରତ କଲେ କ୍ଷତି କ'ଣ। କେ'ଜାଣେ ହୁଏତ ସେ ଠିକ୍‌ମାର୍ଗରେ ଥିବେ।

କେବେକେବେ ଅବସର ନେଇ ବିନା କିଛି କାମରେ ବୟସ ଗଡ଼ାଉଥିବା ଲୋକମାନଙ୍କର ଏପରି ହୁଏ ଯେ, ସେମାନେ ଅଚାନକ ରୋଗଗ୍ରସ୍ତ ହୋଇପଡ଼ନ୍ତି। ଅଧିକ ବଶ୍ରାମ, ମୃତ୍ୟୁଚେତନା ଆଉ ଅଜଣା ରୋଗର ଆଶଙ୍କା ହିଁ ତାଙ୍କର ମନକୁ ଦୁର୍ବଳ କରିଦିଏ। କିଛି ନ ଥିଲେ ବି ରୋଗୀ ବନିଯାଆନ୍ତି ସେମାନେ। ଯେମିତି ଖୁବ୍ ସୁସ୍ଥ ଦେଖା ଯାଉଥିବା ତ୍ରିପାଠୀବାବୁ ଅଚାନକ ରୋଗୀ ବନିଗଲେ। କେବଳ ବେକାର ଭାବନାରେ ତାଙ୍କର ରକ୍ତଚାପ ବଢ଼ିଗଲା। ରକ୍ତଶର୍କରା ବି କମିବାର ନାଁ ଧରିଲାନି। ହଠାତ୍ ଦିନେ ଫାଳେ ଅଙ୍ଗ ଅଚଳ ହୋଇଗଲା। ଏଥର ସେ ଆଉ ପଦାକୁ ଆସିପାରିଲେନି। ନିଜର ଦିନଚର୍ଯ୍ୟା କରିବାକୁ ଅସମର୍ଥ ହୋଇଗଲେ। ବାଧ୍ୟହୋଇ ତାଙ୍କୁ ବାଙ୍ଗାଲୋର ଯିବାକୁ ପଡ଼ିଲା। ଆଉ କଣ ବା ଉପାୟ ଥିଲା ! କଲୋନି ଭିତରେ ତାଙ୍କର ଛୋଟଘରଟା ତାଲା ପଡ଼ିଲା ଯେ, ଆଉ କେବେ ଖୋଲିଲାନି। ତାଙ୍କର ଖବର ନେବା ବି ସମ୍ଭବ ହେଲାନି। କେହି କେବେ ତାଙ୍କ ଘରକୁ ଆସିବାର ଦେଖାଗଲାନି। ପୁଅର ଏ ଘର ପ୍ରତି କାହିଁକି ବା ଆକର୍ଷଣ ରହିବ। ତାଙ୍କର କଷ୍ଟ ଉପାର୍ଜିତ ଘରଟା ଦିନେ ଅଲୋଡ଼ା ହୋଇଯିବ, ସେ ଭାବନା ଆମର ନଥିଲା।

ଅନେକ ଦିନ ଦୂରେଇ ରହିବାରୁ ତାଙ୍କର ସ୍ମୃତି ଧୀରେ ଧୀରେ ମଳିନ ପଡ଼ିଗଲା। କିଛି ନୂଆ ବନ୍ଧୁ, ନୂଆ ଘଟଣା, ଭଲମନ୍ଦକୁ ନେଇ ଜୀବନ ଆଗେଇ ଚାଲିଥିଲା। ତେବେ ବି କେବେ କେବେ ତାଙ୍କ ଘରଟା ଆଖିରେ ପଡ଼ିଲେ, ହଠାତ୍ ସେ ମୋ

ଭିତରେ ଆବିର୍ଭାବ ହୋଇ ଠିଆ ହୋଇଯାଆନ୍ତି। ସେଇ ଦୀର୍ଘକାୟ ଚନ୍ଦାମୁଣ୍ଡିଆ ଲୋକଟା ପୁରୁଣା ରୂପରେ ହସି ହସି ସ୍ୱାଗତ କରେ। ଧର୍ମଚର୍ଚ୍ଚା କରେ। କିଛି ସମୟ ମୁଁ ଦୁର୍ବଳ ଅନୁଭବ କରେ। ତାଙ୍କର ପରବର୍ତ୍ତୀ ଛବି ଭିତରେ ନିଜର ଭବିଷ୍ୟତକୁ ଭାବି ଶିହରି ଉଠେ। ତ୍ରିପାଠୀବାବୁ ଅଦୃଶ୍ୟ ଭାବରେ କେତେ କ'ଣ ଚେତାଇ ଦିଅନ୍ତି। ତାଙ୍କ ଘରଠୁ ଜୋର ଯବରଦସ୍ତ ଦୃଷ୍ଟି ହଟାଇ ନେଇ, ଅବଶିଷ୍ଟ ବୟସ୍କମାନେ ଗପ କରୁ, ରାଜନୀତି ଠାରୁ ଆରମ୍ଭ କରି ଅର୍ଥନୀତି ପର୍ଯ୍ୟନ୍ତ।

କେବେ କେବେ ପୁଅ ଝିଅଙ୍କ ଡାକରା ଆସିଲେ ଯିବାକୁ ହୁଏ। ବାଙ୍ଗାଲୋର ଗଲାବେଳେ, ବେଳେବେଳେ ତ୍ରିପାଠୀବାବୁଙ୍କ କଥା ମନେପଡ଼େ। ଥରେ ତାଙ୍କ ସହିତ ଦେଖାହେଲେ ଖୁବ୍ ଖୁସି ହୁଅନ୍ତେ। ଜୀବନଦର୍ଶନ ଉପରେ କ'ଣ କୁହନ୍ତେ କେଜାଣି। ହେଲେ ଏତେ ବଡ଼ ସହରରେ ତାଙ୍କର ଠିକଣା ତ ଜାଣିବାର ଉପାୟ ନଥାଏ।

ଏମିତି କିଛି ଦିନଚର୍ଯ୍ୟା ଭିତରେ ହଠାତ୍ ଏକ ଫୋନ୍‌କଲ ପାଇ ମୁଁ ଚମକି ପଡ଼ିଲି। ନିଜକୁ ବିଶ୍ୱାସ କରିପାରିଲିନି। ଫୋନ୍ କରିଥିଲା ତ୍ରିପାଠୀବାବୁଙ୍କ ପୁଅ ଦୀପଙ୍କର। ଯଦିଓ ଆଗରୁ ତା'ସଙ୍ଗେ ସ୍ୱଳ୍ପ ସମୟ ପାଇଁ ଦେଖାହୋଇଛି, ତେବେ ବି ବନ୍ଧୁଙ୍କର ପୁଅ ହିସାବରେ ଖୁବ୍ ନିଜର ଲାଗିଲା। କିଛି ସମୟ ମୁଁ ନିରବ ରହିଲି। କାହିଁକି ଫୋନ୍ କରିଥାଇପାରେ ଦୀପଙ୍କର। ମୋ ପାଖକୁ ଫୋନ କରିବାର କାରଣ କ'ଣ ହୋଇପାରେ। ଭଗବାନ କରନ୍ତୁ, ସେ ତ୍ରିପାଠୀବାବୁଙ୍କୁ ଭଲରେ ରଖିଥାଉ। ଭଲ ହୋଇ ସେ ପୁଣି କଲୋନିକୁ ଫେରି ଆସନ୍ତୁ।

ହେଲେ କଥାଟା ଓଲଟା ଥିଲା। ଖବର ମିଳିଲା ତ୍ରିପାଠୀବାବୁଙ୍କର ଦେହାନ୍ତ ହୋଇସାରିଛି। ସେ କହିଲା, "ବାପା ବର୍ଷେ ଆଗରୁ ଚାଲିଗଲେଣି। ଆପଣଙ୍କୁ ଜଣାଇ ପାରିନଥିଲି। ଯଦିଓ ମୁଁ ଜାଣେ ଆପଣ ତାଙ୍କର ଘନିଷ୍ଠ ବନ୍ଧୁ। ପ୍ରକୃତରେ ଆପଣଙ୍କ ନମ୍ବର ମୋ ପାଖରେ ନ ଥିଲା। କିଛିଦିନ ତଳେ ଭୁବନେଶ୍ୱର ଯାଇଥିଲି। ସେ ଘରଟା ବିକ୍ରି କରିଦେଲି। ମା ଅବଶ୍ୟ ଚାହୁଁନଥିଲେ। ହେଲେ କ'ଣ ହେବ ସେ ଘର। କିଏ ରହିଥାଆନ୍ତା ସେଠି। ମା ଏକୁଟିଆ ସେଠି ରହି କ'ଣ କରିବେ। ଏତେ ଛୋଟ ଘରଟା ମୋର ରହି କ'ଣ ହେବ। ମୋର ସମୟ କାହିଁ ସିଆଡ଼େ ଯିବାପାଇଁ। ଆମେମାନେ ତ ଏଇଠି ଘର କରିଲୁଣି। କଣ ଦରକାର ହେବ ସେ ଘର। ତେଣୁ ବେଶି ପୁରୁଣା ହେବା ଆଗରୁ ବିକ୍ରି କରିଦେଲି। ଏବେ ଖବର ପାଇଲିଯେ, ଆପଣ ବାଙ୍ଗାଲୋରରେ ରହୁଛନ୍ତି। ଆପଣଙ୍କ ନମ୍ବରଟା ପାଇଗଲି। ଭଲ ହେଲା। ଆସିଛନ୍ତି ଯେତେବେଳେ ଆମ ପାଖକୁ ଆସିବେ। ମୁଁ ଗାଡ଼ି ପଠାଇଦେବି। ମା'ଙ୍କର ଭାରି ଇଚ୍ଛା, ଆପଣ ଆସନ୍ତୁ। କଥା କ'ଣ କି ଦୁଇଦିନ ପରେ ବାପାଙ୍କ ସ୍ମୃତିରେ ତାଙ୍କର ମୃତ୍ୟୁ ବାର୍ଷିକ ସେଲିବ୍ରେସନ କରିବି। ବାପା ଆମକୁ

କେତେ କଷ୍ଟରେ ମଣିଷ କରିଥିଲେ। ସେ କଥା ମତେ ଜଣା। ତେଣୁ ତାଙ୍କର ଶ୍ରାଦ୍ଧ ଏଇଠି ମୁଁ ସେଲିବ୍ରେଟ୍ କରୁଛି। ନିଶ୍ଚୟ ଆସିବେ। ଆମେମାନେ ଖୁସି ହେବୁ। ଝିଅ, ଜୋଇଁଙ୍କୁ ବି ସାଙ୍ଗରେ ଆଣିବେ। ମୁଁ ନିଜେ ଆପଣଙ୍କ ସାଙ୍ଗେ ଦେଖା କରିପାରୁନି। ସମୟ ଅଭାବ। ଠିକଣାଟା ହ୍ୱାଟ୍ସଆପରେ ପଠାଇଦିଅନ୍ତୁ। ମୋ ଡ୍ରାଇଭର ପହଞ୍ଚିଯିବ। କିଛି ଅସୁବିଧା ହେବନି।" ମୁଁ କିଛି ଉତ୍ତର ଦେବା ଆଗରୁ ସେ ଫୋନ ରଖିଦେଲା।

ସତରେ ଠିକ୍ ସଞ୍ଜବେଳକୁ ଗାଡ଼ି ଆସି ପହଞ୍ଚିଗଲା। ମୋର ବି ଯିବାକୁ ଆଗ୍ରହ ଥିଲା। ଯେତେହେଲେ ବି ତ୍ରିପାଠୀବାବୁ ମୋର ବନ୍ଧୁ। ତାଙ୍କର ଅବର୍ତ୍ତମାନରେ ହେଉପଛେ ମୋର ପହଞ୍ଚିବା ଉଚିତ୍। ତାଙ୍କର ଶେଷଇଚ୍ଛା ମୁତାବକ ପୁଅ ନିଶ୍ଚୟ କିଛି କରୁଥିବ। ତା' ଛଡ଼ା ଦୀପଙ୍କର ଘର ଦେଖିବା ସଙ୍ଗେସଙ୍ଗେ ବନ୍ଧୁପତ୍ନୀଙ୍କୁ ବି ସମବେଦନା ଜଣାଇବା ଉଚିତ୍।

ଗାଡ଼ିଟା ବୁଲାଇ ବୁଲାଇ ମତେ ଯେଉଁଠି ପହଞ୍ଚାଇଲା ତାହା ଥିଲା ଏକ ପଞ୍ଚତାରକା ହୋଟେଲ। ମୁଁ ଆଶ୍ଚର୍ଯ୍ୟ ହେଲି। ଏଠି କ'ଣ କିଛି ମନ୍ଦିର ଥାଇପାରେ। କେଜାଣି, ଆଜିକାଲି ହୋଟେଲରେ ବି ଛୋଟ ଛୋଟ ମନ୍ଦିର ହେଲାଣି। ତ୍ରିପାଠୀବାବୁଙ୍କ ପାଇଁ ହୁଏତ ସେଇଠି ଶ୍ରଦ୍ଧାଞ୍ଜଳି ଦିଆଯାଉଥିବ।

ଗେଟ୍ ପାଖରେ ତାଙ୍କର ପୁଅ ବୋହୂ ଠିଆ ହୋଇଥିଲେ। ମୁଁ ସେମାନଙ୍କୁ ଚିହ୍ନିନେଲି। ବେଶ୍ ଭଲ ବ୍ୟକ୍ତିତ୍ୱ ଥିବା ହୃଷ୍ଟପୃଷ୍ଟ କିଶୋରଟିଏ। କୋର୍ଟ ଟାଇ ଆଦି ପରିଧାନ ଭିତରେ ଖୁବ୍ ଭଲ ଦେଖାଯାଉଛି। ପାଖରେ ଆଧୁନିକ ପରିପାଟୀ ଭିତରେ ଲହଙ୍ଗା ପିନ୍ଧି ଯିଏ ଠିଆ ହୋଇଥିଲା ନିଶ୍ଚିତ ଭାବରେ ସେ ତା'ର ସ୍ତ୍ରୀ। ମୋତେ ଦେଖି ସେମାନେ ସସମ୍ମାନେ ହାତ ଯୋଡ଼ିଲେ। ବାଟ କଢ଼େଇ ଏକ ବିରାଟ ସୁସଜ୍ଜିତ ହଲ୍‌କୁ ନେଇଗଲେ। ଯେଉଁଠି ତ୍ରିପାଠୀବାବୁଙ୍କର ହସ ହସ ବିରାଟ ଫଟୋଟାଏ ରଖାଯାଇଥିଲା। ବେକରେ ଗୋଲାପ ଫୁଲର ମାଳଟାଏ ପଡ଼ିଥିଲା। ପାଖରେ ଶ୍ରଦ୍ଧାଞ୍ଜଳି ପାଇଁ କିଛି ଫୁଲ ଉଦ୍ଦିଷ୍ଟ ଥିଲା। ମୁଁ କିଛି ସମୟ ତାଙ୍କର ଫଟୋକୁ ଚାହିଁ ରହିଲି। ତ୍ରିପାଠୀବାବୁଙ୍କର ଏପରି ରୂପ ତ ମୁଁ କେବେ ଦେଖିନଥିଲି। ତାଙ୍କର ଏତେ ପରିବର୍ତ୍ତନ କେବେ ହେଲା ! ଜୀବନରେ କିରାନୀ ଚାକିରି କରି ଅବସର ନେଇଥିବା ସାଧାସିଧା ଲୋକଟିର, ଏପରି ବ୍ୟକ୍ତିତ୍ୱ ସହିତ ମୋର ପରିଚୟ ନଥିଲା। ସେ ତ ଅନେକ ଥର କୁହନ୍ତି କୋର୍ଟସୁଟ ପିନ୍ଧା ବିଦେଶୀ ଠାଣି ତାଙ୍କର ପସନ୍ଦ ନୁହେଁ ବୋଲି। କୁର୍ତ୍ତା ପଞ୍ଜାବୀ ଭଲ, ତ ସିଏ ଭଲ। ମୁଁ ଫଟୋକୁ ଭଲ ଭାବରେ ଚାହିଁଲି। ଚନ୍ଦାମୁଣ୍ଡରେ ଅଳ୍ପ ବାଳକୁ କଳାକରି ସାହେବୀ ଢ଼ଙ୍ଗରେ ଚଉକି ଉପରେ ବସିଛନ୍ତି ତ୍ରିପାଠୀ ସାହେବ।

ମୋର ସମସ୍ତ ସଂଶୟକୁ ଦୂରକରି ଦୀପଙ୍କର କହିଲା, "ବାପାଙ୍କର ଫଟୋଟା

ଏଡିଟ୍ କରାଯାଇଛି ଅଙ୍କଲ। ଏବେକାର ଫଟୋରେ ସେ ଅଦୌ ଭଲ ଦେଖା ଯାଉନଥିଲେ। ଆଜିକାଲି ଯୁଗ ବଦଳିଗଲାଣି। ସବୁକ୍ଷେତ୍ରରେ ସ୍ମାର୍ଟ ଦେଖାଯିବା ଉଚିତ। ଫାଇଭ୍‌ଷ୍ଟାର ହୋଟେଲରେ ତାଙ୍କର ମେମୋରି ପାଇଁ ସେଲିବ୍ରେସନ କରାଯାଉଛି। କେତେ ବଡ଼ ବଡ଼ ଲୋକ ଆସିବେ। ଆଜିକାଲି ଆତ୍ମସମ୍ମାନ ବି ଦେଖିବାକୁ ପଡୁଛି।"

ମୁଁ ମନେମନେ କହିଲି, "ହୁଁ ଠିକ୍ କଥା। ଫାଇଭ୍ ଷ୍ଟାର ହୋଟେଲ ତ ସେ କେବେ ସ୍ୱଦେହରେ ଦେଖିନଥିବେ। ଅନ୍ତତଃ ମଲାପରେ ତ ଦେଖିନେଲେ। ଷ୍ଟାର ହୋଟେଲରେ ଷ୍ଟାର ପରି ଦେଖାଯାଉଥିବା ବାପା ବି ହେବା ଉଚିତ୍। ଭଲକଥା, ଏଭଳି ଭାଗ୍ୟ ତାଙ୍କର ଥିଲା ବୋଲି ସେ ଭାବିନଥିବେ। ସ୍ୱର୍ଗଲୋକରେ ସେ ଆନନ୍ଦ ପାଉଥିବେ। ମନ୍ଦିରରେ ପାଣି ଢାଳିଥିଲେ କ'ଣ ମିଳ ଥାଆନ୍ତା। ଏମିତି ଭଲରେ ମୋକ୍ଷ ପାଇଗଲେ।"

ଦୀପଙ୍କର ମତେ ଭିତର ଡାଇନିଂକୁ ହାତ ଦେଖାଇ ଚାଲିଗଲା। ମୁଁ ଯିବା ନ ଯିବାର ଦ୍ୱନ୍ଦ୍ୱ ଭିତରେ, ଭିତରକୁ ଗଲି। ମନେହେଲା କେହିଜଣେ ସମ୍ଭ୍ରାନ୍ତ ବ୍ୟକ୍ତି ବାହାଘର ଭୋଜି ଦେଉଛନ୍ତି। କେତେ ପ୍ରକାରର ବ୍ୟଞ୍ଜନ। ଚିକେନ୍, ଚିଙ୍ଗୁଡ଼ି, କଙ୍କଡ଼ା ଆଦି ଯେତେସବୁ ଅଖାଦ୍ୟ। ଗୋଟେ ପଟେ କେହି ଜଣେ ସୁନ୍ଦରୀ ତରୁଣୀ ହସି ହସି ମଦ୍ୟ ପରିବେଷଣ କରୁଛନ୍ତି। କେତେଲୋକ ମଦ୍ୟପାତ୍ର ଧରି ପରସ୍ପର ଭିତରେ ଆଳାପରେ ବ୍ୟସ୍ତ। ଯାହାହେଉ ଜୀବନରେ ଆମିଷ ଦେଖିନଥିବା, ମଦ୍ୟ ପାଖ ମାଡ଼ିନଥିବା ତ୍ରିପାଠୀବାବୁ, ଶେଷରେ ଏ ସବୁର ମଜା ଅଦେହରେ ତ ଦେଖିନେଲେ।

ସେଦିନ ମୋର କିଛି ଖାଇବାକୁ ଇଚ୍ଛା ନ ଥିଲା। ଚାରିଆଡ଼େ ପୁଣିଥରେ ଚାହିଁଲି। ସମସ୍ତେ ମସ୍ତି କରୁଛନ୍ତି। ହାଲକା ମ୍ୟୁଜିକ୍ ବାଜୁଛି। କେତେସବୁ ଚାକଚକ୍ୟ ଦେଖାଯାଉଥିବା ନରନାରୀ ଏକାଠି ହୋଇଛନ୍ତି। ବେଶ୍ ହସଖୁସିର ଜୁଆର। ହସି ହସି ସମସ୍ତେ ଖୁସି ମନାଉଛନ୍ତି। ପାର୍ଟିର କାରଣଟା ସେମାନଙ୍କ ପାଇଁ ଗୌଣ।

ପୁଣିଥରେ ମୁଁ ଚାରିଆଡ଼କୁ ଚାହିଁଲି। ଜଣକୁ ଖୋଜୁଥିଲି ଗହଳି ଭିତରେ। ହେଲେ ତାଙ୍କର କେଉଁଠି ଦେଖା ନଥିଲା। କାହାକୁ ପଚାରିବାର ବି ସୁଯୋଗ ନଥିଲା ମୋ ପାଖରେ। କେଉଁଆଡ଼େ ଗଲେ ତ୍ରିପାଠୀ ବାବୁଙ୍କ ପତ୍ନୀ! ମୁଁ ଚୁପ୍‌ଚାପ୍ ଗହଳିରୁ ଖସି ଆସିଲି। ତ୍ରିପାଠୀବାବୁଙ୍କ ଫଟୋକୁ ଭଲ ଭାବରେ ଆଉଥରେ ଦେଖିନେଲି। ମନେହେଲା କେହି ଜଣେ ଅଚିହ୍ନା ବ୍ୟକ୍ତି ତା' ଭିତରେ ଥାଇ ହସୁଛନ୍ତି। ମୁଁ ବୋଧହୁଏ ଭୁଲରେ ଅନ୍ୟ କାହାର ଉତ୍ସବକୁ ଚାଲିଆସିଛି। ଏଥର ମତେ ଫେରିଯିବାକୁ ପଡ଼ିବ।

■

ଶେଷପଦ କଥା

ନରେଶ ଆକାଶ ଆଡ଼କୁ ଚାହିଁଲେ। ସୂର୍ଯ୍ୟ ଅନେକ ବେଳୁ ଲୁଚି ଗଲେଣି ଦିଗ୍‌ବଳୟ ପଛପଟେ। ଅନ୍ଧାର କାୟା ବିସ୍ତାର କରିବା ଆରମ୍ଭ କଲାଣି। ଛୋଟ ଛୋଟ ତାରାମାନେ କେଉଁଠୁ ବାହାରିଆସି ପରସ୍ପର ଆଡ଼କୁ ଚାହିଁ ଆଖିମିଟିକା ମାରିଲେଣି। ଆଜି କେଉଁ ତିଥି ହେବ କେଜାଣି। ଚେନାଏ ଜହ୍ନ ଉଇଁ ଆସିଲାଣି ମନ୍ଦିର ଚୂଡ଼ା ପାଖରୁ। ଏ ସବୁ ଭିତରେ ମନ୍ଦିରଟା ବୀରଦର୍ପରେ ଧ୍ୱଜା ଉଡ଼ାଇ ନିଜର ଅସ୍ତିତ୍ୱ ଜାହିର କରୁଛି। ବେଢ଼ା ଚାରିପଟେ କଛି ଅପ୍ରାକୃତିକ ଆଲୋକ ବିଛାଡ଼ି ହୋଇପଡିଛି। ଘଣ୍ଟି ବାଜୁଛି ଠାକୁରଙ୍କ ପାଖରେ। ଆଉ ତା ସଙ୍ଗେ ସଙ୍ଗେ ଶୁଣାଯାଉଛି ନିତିଦିନିଆ ମନ୍ତ୍ରଧ୍ୱନି।

ନରେଶ କିଛି ସମୟ ଆଖିବୁଜି ଏ ପରିବେଶକୁ ଅନୁଭବେଇ ନେଲେ। ଏକ ଆଧ୍ୟାତ୍ମିକ ବାତାବରଣ ତାଙ୍କ ମନକୁ ଶାନ୍ତ କରିଦେଉଥିଲା। କିଛି ସମୟ ପରେ ସେ ଚାରିଆଡ଼କୁ ନଜର ପକାଇଲେ। ସାମ୍ନାରେ ଥିବା ମଣ୍ଡପ ଉପରେ ଅବଶ ଗୋଡ଼କୁ ଲମ୍ୱାଇ ଦେଉ ଦେଉ ଦୀର୍ଘଶ୍ୱାସ ନେଲେ। ଆଉ କିଛି ସମୟ ତାଙ୍କୁ ଅପେକ୍ଷା କରିବାକୁ ହେବ। ଆଜି ସେ ନିଶ୍ଚୟ କହିଦେବେ, ଅନେକ ଦିନରୁ ଅନ୍ତର ଭିତରେ ଗଚ୍ଛିତ ଥିବା କଥାକୁ। କିଛି ବି ଘଟି ଯାଇପାରେ ପର ମୁହୂର୍ତ୍ତରେ। କିଛି ବି ଭାବନା ରୂପ ନେଇପାରେ। ହେଲେ ଏକ ମିଥ୍ୟା, ପ୍ରହେଳିକା ଭିତରେ ସେ ରହିପାରିବେନି।

ଚାହୁଁ ଚାହୁଁ କେତେ ବର୍ଷ ବିତିଗଲାଣି କେଜାଣି। ତା'ର ହିସାବ ରଖିବା ଦରକାର ପଡ଼ିନି। ସ୍ଥବିର ହୋଇଯାଇଛି ଶରୀର, ଅବଶ ହୋଇପଡ଼ିଛି ମନ। ଜୀବନଟା ଏମିତି ବିତିଗଲା ବିନା କିଛି ଲକ୍ଷ୍ୟରେ। ସବୁ କିଛି ତ ପରଦା ଉପର ଛବି ପରି ଲାଗୁଛି। ମନେହେଉଛି, ତାଙ୍କର ପିଲାବେଳ, କିଶୋର ଜୀବନ, ତାଙ୍କରି ଆଗରେ

ଧାଇଁ ଧାଇଁ ଚାଲିଗଲା। କେତେ ଘଟଣା ଅଘଟଣ ଅତୀତ ହୋଇଗଲା। ଅଥଚ ସେ ସ୍ଥିର ହୋଇ ରହିଗଲେ ବୟସର ପଦଧ୍ୱନିକୁ ଦେଖି ଦେଖି।

କେବେ କେବେ ସେମାନେ ସବୁ ସ୍ୱପ୍ନ ହୋଇ, ବାଟ ଓଗାଳି ଠିଆ ହୋଇଯାଉଛନ୍ତି। ମନେହେଉଛି ଏଇ ଯେମିତି ସେ କଲେଜରୁ ବାହାର, ଗେଟ ପାଖରେ ଅପେକ୍ଷା କରିଛନ୍ତି। କେହି ଜଣେ ଆସିବ ଏଇବାଟେ। ସେ ଆସିବାରେ ଡେରି କରୁଛି। ଧୈର୍ଯ୍ୟଚ୍ୟୁତି ଘଟୁଛି ତାଙ୍କର। ଦଳଦଳ ହୋଇ ଝିଅମାନେ ବାହାରି ଆସିଲେଣି। ଅଥଚ ସିଏ ଆସୁନି ! କ'ଣ କରୁଛି ଏତେ ସମୟ। ଧୀରେ ଧୀରେ ପତଳା ହୋଇଯାଉଛି ପରିସର। ତେବେବି ଦେଖାଯାଉନି। ସେ ବି ଚାଲିଯାଇ ପାରୁନାହାନ୍ତି।

ହଠାତ୍ ସବୁ ଭାବନାରେ ଭଙ୍ଗା ପଡ଼ିଯାଏ। ଖଣ୍ଡେ ଦୂରରୁ କାହାର ଝଲକଟିଏ ଦେଖା ଯାଏ। ଶୁଭ୍ରବସ୍ତ୍ରରେ ଆଚ୍ଛାଦିତ ଶରୀର, ସ୍ୱଚ୍ଛ ପବିତ୍ର ମୁଖମଣ୍ଡଳ, ହସ ହସ ମୁହଁ। ସତେ ଯେପରି ଦେବୀ ଦୁର୍ଗା ମନ୍ଦିର ଭିତରୁ ପଦାକୁ ବାହାରି ଆସୁଛନ୍ତି। କ୍ଷଣେ ନିର୍ନିମେଷ ନୟନରେ ଚାହିଁ ରୁହନ୍ତି ନରେଶ।

ଦୃଶ୍ୟମାନ ଛବି ଅନ୍ୟ ଏକ କିଶୋରୀରେ ରୂପାନ୍ତରିତ ହୋଇଯାଏ। ବାହାରି ଆସେ କଲେଜ ଫାଟକ ଆରପଟୁ। ଆଖି ନଚାଇ କହେ, "ମୁଁ ଜାଣେ ନରେଶ ତମେ ମତେ ଅପେକ୍ଷା କରିଥିବ। କ'ଣ କରିବି, ସାଙ୍ଗମାନେ ଛାଡ଼ିଲେ ତ। ତାଙ୍କ ଗହଳିରୁ ଚାଲି ଆସିବାକୁ ଲାଜ ଲାଗିଲା। କେଜାଣି କେତେ କଥା ଲଗେଇ ଜୁଟେଇ କହିବେ। ଟିକେ ଡେରି ହୋଇଗଲା। ଲୁଚିଛପି ଚାଲି ଆସିଛି।"

ତାକୁ ଦେଖିଲେ ଭୁଲି ହୋଇଯାଏ ସବୁକିଛି। ଅପେକ୍ଷା କରିବାର ବିରକ୍ତିବୋଧ ଉଭେଇଯାଏ। ତାପରେ ଦୁଇଜଣଯାକ ଚାଲିଯାଆନ୍ତି ନିକଟରେଥିବା ପାର୍କକୁ। ଏକ ନିର୍ଜନ ଜାଗାରେ ବସିପଡ଼ନ୍ତି। ସୂର୍ଯ୍ୟ ମୁଣ୍ଡ ଉପରୁ ଅଳ୍ପ ତଳକୁ ଖସିଆସି କେଉଁ ଗଛ ଉହାଡ଼ରେ ଲୁଚି ପଡ଼ନ୍ତି। ସେମାନେ କଣ କଥା ହୁଅନ୍ତି କେଜାଣି। ଭାବିଲେ ବି ମନେପଡ଼େନି। କି କଥା, କଣ ତା'ର ଗୁରୁତ୍ୱ କିଛି ଜଣାନଥାଏ। ହେଲେ ଆଳାପ ଚାଲିଥାଏ ଅସୁମାରି।

ସମୟ ଗଡ଼ିଯାଏ। ଜାଣିଜାଣି କେହି ଘଣ୍ଟା ଆଡ଼କୁ ନଜର ପକାନ୍ତିନି। ଭୋକ ହୁଏନି। ତେବେବି ଟିଫିନ୍ ବାକ୍ସ ଖୋଲାଯାଏ। କିଛି ସମୟ ପରେ ସମୟ ସଚେତନତା ଅଚାନକ ଜଗାଇ ଦିଏ। ଏଥର ଫେରିବାକୁ ହେବ କଲେଜକୁ।

ପୁଣିଥରେ ସବୁ ଭାବନାରେ ଭଙ୍ଗା ପଡ଼ିଯାଏ। ମନ୍ଦିରର କୋଳାହଳ ଥମିଯାଇଥାଏ। ବନ୍ଦ ହୋଇ ସାରିଥାଏ ମନ୍ତ୍ରପାଠ। ଉଠିପଡ଼ି ଟିକେ ଆଗକୁ ବଢ଼ିଯାଆନ୍ତି। ତାଙ୍କ ମୁହଁରେ କ୍ଷୀଣ ହସଟିଏ ଝଲସିଉଠେ। ସେ ନିରେଖି ନିରେଖି ଦେଖନ୍ତି। ଧୀର

ପଦେକ୍ଷପରେ ଚାଲିଯାଉଥାଏ ନମିତା। ହାତରେ ଭୋଗ ଡାଲା। ନରେଶ ଆଉଟିକେ ଆଗେଇ ଯାଆନ୍ତି। ତାଙ୍କ ଆଖିରେ ଦେଖାଦିଏ ସେଇ ପୁରୁଣା ନମିତା। ଭୋଗଡାଲା ବଦଳିଯାଏ କେତେଖଣ୍ଡ ବହି ଆଉ ନୋଟଖାତାର ରୂପରେ। ପାଚିଲା କେଶ ସବୁ କଳା ହୋଇଯାଏ। ଦେଖାଦିଏ ତନ୍ୱୀ ନମିତା। ମନେମନେ ସେ କେତେକଥା ପଚାରି ଦିଅନ୍ତି। କିଛି ସମୟ ସ୍ଥିର ହୋଇଯାଏ ସମୟ। ଅତିକ୍ରାନ୍ତ ବୟସର ଭାବନା ମନ ଭିତରୁ କଥା ପଦାକୁ ବାହାରି ପାରେନା। ଅଟକିଯାଏ କେଜାଣି କେଉଁଠି। ଅତୀତଟା ଫେରିଆସେ କେଉଁ ଅଜଣା ମୁଲକରୁ। ପୁଣି ଦୀର୍ଘଶ୍ୱାସ ହୋଇ ଫେରିଯାଏ। ନମିତା ନ ଥାଏ। ନରେଶ ଫେରିଆସନ୍ତି ମଣ୍ଡପ ପାଖକୁ। କ'ଣ ଭାବନ୍ତି କେଜାଣି। ଏତେ ବୟସ୍କ ଲୋକଟିଏ ହୋଇ ଟିକେ ବି ସାହାସ ନାହିଁ ତାଙ୍କର। ସେ ଆକାଶକୁ ଚାହାଁନ୍ତି। କ'ଣ ଥାଏ ମନ ଭିତରେ ନିଜେ ବି ବୁଝିପାରନ୍ତିନି। ମନେହୁଏ କେହି ଜଣେ ହୁଏତ ଆସିବ ବସିପଡ଼ିବ ଏଇ ମଣ୍ଡପ ଉପରେ। ଅନେକ ପ୍ରଶ୍ନର ବୋଝକୁ ଅଜାଡ଼ିଦେବ। ସେମାନେ ପୁଣି କଥାହେବେ। ଘଣ୍ଟା ଘଣ୍ଟା।

ମନ୍ଦିର ଖାଲି ହୋଇଯାଉଥାଏ। ମନ ହାଲୁକା ହୋଇପାରେନା। ପୁଣି କିଛି ଆବେଗ ରହିଯାଏ। ତେବେବି ଫେରିବାକୁ ହୁଏ ତଥାକଥିତ ଘରକୁ।

ଘରେ ପହଞ୍ଚି ସାରି କିଛିସମୟ ଖଟ ଉପରେ ଗଡ଼ିପଡ଼ନ୍ତି ନରେଶ। ପୋଷାକ ବଦଳାଇବା ପାଇଁ ବି ଇଚ୍ଛା ହୁଏନା। ସେମିତି ସେଇ ଗୋଟିଏ ଭାବନାକୁ ଧରି ରଖିଥାଆନ୍ତି ମନ ଭିତରେ। ଅତୀତର ସୁନ୍ଦର ସମୟ ଭିତରୁ ବର୍ତ୍ତମାନର ରୁକ୍ଷତାକୁ ଫେରି ଆସିବାକୁ ମନ ଡାକେନା। ସମୟର ଗତିଟା ଯଦି ପଛକୁ ବହି ଯାଆନ୍ତା ତେବେ କିଛିନା କିଛି ବଦଳାଇ ଦେଇପାରନ୍ତେ ଘଟଣାମାନଙ୍କୁ। ସେଇ କିଶୋର ଜୀବନ, ସେଇ କଲେଜ, ସେଇ ପାଠପଢ଼ା, ତାଗିଦ ,ଘଟଣା, ଅଘଟଣ, ସବୁକିଛି ଫେରି ଆସନ୍ତା ହାତପାହାନ୍ତାକୁ। ସେ ଯୁବକ ହୋଇ ଧାଉଁ ଥାଆନ୍ତେ। ଶୀତ, ଖରା, ବର୍ଷା ସବୁକିଛି ସମାନ ହୋଇଯାଆନ୍ତା ତାଙ୍କ ପାଇଁ। କଲେଜ ନ ଥିଲେବି ଆଉକିଛି ବାହାନା କରି ଘରୁ ବାହାରି ପଡ଼ନ୍ତେ। କାହାକୁ ଭୟ କରନ୍ତେନି। ବର୍ଷା, ଘଡ଼ଘଡ଼ି ତ ଦୂରରକଥା। ବାପାଙ୍କର ନାଲିଆଖିକୁ ପଛରେ ପକାଇ ଦିଅନ୍ତେ କେବଳ ଗୋଟିଏ ଚିନ୍ତାରେ। ନମିତା ସଙ୍ଗେ ମିଶିବା ହିଁ ମୂଳଲକ୍ଷ୍ୟ।

କେତେ ବେକାର ଭାବନା ତାଙ୍କର। ନମିତା କ'ଣ ଏତେ ବର୍ଷାରେ ଆସିଥିବ। ତାଙ୍କ ଘରେ କ'ଣ ତାକୁ ଛାଡ଼ିଥିବେ। ସେ କଲେଜ ଭିତରକୁ ଯାଆନ୍ତି। ଦେହସାରା ଓଦା। ଶୀତରେ ଥୁରୁଥୁରୁ ଶରୀର। ତେବେ ବି କଷ୍ଟନାହିଁ। ଆଖି ଖୋଜୁଥାଏ ଅନ୍ୟ କିଛି। ଦେହର ଉତ୍ତାପରେ ପୋଷାକ ଶୁଖିଶୁଖି ଆସେ। ତେବେ ବି ଧୈର୍ଯ୍ୟଚ୍ୟୁତି ହୁଏନା।

ସମୟ ଗଡ଼ିଚାଲେ। ଅଚାନକ ନମିତା ଆସି ପହଞ୍ଚିଯାଏ। ବର୍ଷା ପବନକୁ ତା'ର ବି ଭୟ ନାହିଁ। ଘରୁ କ'ଣ କହି ଆସିଥାଏ କେଜାଣି। ପଚାରିବାର ଆବଶ୍ୟକ ପଡ଼େନି। ବର୍ଷାତିକୁ ଖୋଲି ଦେଉ ଦେଉ ଚମକିପଡ଼େ। କେଜାଣି କେଉଁ ବାଟଦେଇ ବର୍ଷାଟା ଛୁଇଁ ଦେଇଛି ତା'ର ଦେହକୁ। ତାକୁ ଦେଖି ନରେଶ ହସି ଦିଅନ୍ତି। ନମିତା ଆଖି ନଚାଇ କହେ, ଏତେ ବାଟରୁ ଅଯଥାରେ ଆସିବା କଣ ଦରକାର ଥିଲା ଯେ। ଏତେ ବର୍ଷାରେ କିଏ କ'ଣ ଘରୁ ବାହାରେ? ଦେହ ଖରାପ ହୋଇଗଲେ?

ତା' ଆଡ଼କୁ ଚାହିଁଦେଇ ନରେଶ ଆଖି ନଚାଇ ଦିଅନ୍ତି। କୁହନ୍ତି, ତମେ ବି ତ ଓଦା ହୋଇଯାଇଛ। ଆଜି କ୍ଲାସ ଯିବାନି। ଚାଲ କ୍ୟାଣ୍ଟିନରେ ଗରମ ଚା' ପିଇବା। ଦେହ ଉଷୁମ ଲାଗିବ। ଦେଖ ତ ତମ ଦେହଟା କେମିତି ଅଧିକ ସୁନ୍ଦର ଲାଗୁଛି। ଚାଲ ଏଠୁ ଶୀଘ୍ର ଚାଲିଯିବା। କାହାର ନଜର ପଡ଼ିଲେ ଭଲ ଲାଗିବନି। ସେମାନେ ଦୁଇଜଣ ଉଭୟଙ୍କୁ ଆକ୍ଷେପ କରନ୍ତି। ଆଉ ପୁଣିଥରେ ଗୋଟେ ଛତା ଭିତରେ ଅଧା ଭିଜିଭିଜି ଆଗେଇ ଚାଲନ୍ତି। କେଉଁ ଆଡ଼େ ଯାଆନ୍ତି ଠିକ୍ ନଥାଏ। ଦେହରେ ଦେହ ବାଜେ। ଜଣକର ଉତ୍ତାପ ଆଉ ଜଣକ ଦେହକୁ ଚାଲି ଯାଉ ଯାଉ ପୁଣି ଅଟକିଯାଏ। କିଛି କଥା ନଥାଏ। ଖାଲି ବର୍ଷାର ରିମ୍‌ଝିମ୍ ଶବ୍ଦ। ଗଛପତ୍ରର ଗୀତ । ରାସ୍ତା କେଉଁଠି ସରେ କେଜାଣି। ମନ ଭିତରେ କିନ୍ତୁ କଥାବର୍ତ୍ତା ଚାଲିଥାଏ।

କାହାର ଖଟ୍‌ଖଟ୍ ଶବ୍ଦରେ ଧ୍ୟାନ ଭାଙ୍ଗେ।

- ସାର୍ ଖାଇବାକୁ ଆଣିଛି। ଘରସାରା ଅନ୍ଧାର। ଫେରିଯିବି ବୋଲି ଭାବିଥିଲି।

ଆରେ ସତତ। କେତେ ରାତିହେଲାଣି। ଭୋକ ବି ଲାଗୁନି। ପୋଷାକ ବଦଳା ଯାଇନି। କେଉଁଠି ଥିଲେ ସିଏ? ନିଜ ଭାବନାରେ ନିଜେ ହସି ଦିଅନ୍ତି। ଭାବନା ଆଉ ସଚେତନତା ଭିତରେ ଅର୍ଦ୍ଧଶତକ ସମୟର ବ୍ୟବଧାନ।

- କୁଆଡ଼େ ଯାଇଥିଲେ କି ସାର୍?

- ଉଁ, କଲେଜକୁ। ଓଃ, ନା, ଶୋଇପଡ଼ିଥିଲି। ଟେବୁଲ ଉପରେ ରଖିଦେ। ନରେଶ ପ୍ରକୃତିସ୍ଥ ହୁଅନ୍ତି। ଫେରି ଆସନ୍ତି ନିଜ ଭିତରକୁ। ଆସନ୍ତାକାଲି ଡାକ୍ତରଖାନା ଯିବାକୁ ହେବ। ସୁଗାର ବଢ଼ିଯାଇଛି। ପ୍ରେସରଟା ବି କଥା ମାନୁନି। ଆର୍ଥରାଇଟିସ୍ ସମସ୍ୟା। ଆଣ୍ଠୁରେ ଯନ୍ତ୍ରଣା। ରାତିରେ ନିଦ ଆସୁନି। ଶୋଇବା ବଟିକା ସରିଗଲାଣି।

ଚାରିଆଡ଼େ ଆଲୁଅ ଜଳାନ୍ତି ନରେଶ। ପ୍ୟାଣ୍ଟ, ସାର୍ଟ ବଦଳାନ୍ତି। ସମୟଟା ଖୁବ୍ ଲମ୍ବା ଜଣାଯାଏ।

ଘୁଷୁରି ଘୁଷୁରି ସମୟ ଚାଲିଯାଏ କିଛି ନିତିଦିନିଆ କାମ ଭିତରେ। କେବେ କେବେ ମନେହୁଏ, ସେ ଯେପରି ଅତିକ୍ରାନ୍ତ ବୟସର ବ୍ୟକ୍ତିଟିଏ ନୁହେଁ। ମନ ଭିତରକୁ

ପଶି ଆସୁଛି ସେଇ ଉଦ୍ଦାମତା। କେହି ରୋକିବାକୁ ନାହିଁ। ତାଗିଦ୍ କରିବାକୁ ନାହିଁ। ନିଜେ ନିଜ ମନର ମାଲିକ। ଦିନ ସାରା ଖାଲି ଭାବନା। ସେଇ ପୁରୁଣା ଭାବନା, ଏକ ନୂଆ ରୂପରେ।

ନମିତା ବୁଢ଼ୀ ହେଇଗଲାଣି। ରୂପ ବଦଳିଗଲାଣି। ତାଙ୍କର ଘନ ଲମ୍ବା ବାଳ ଛୋଟ ହୋଇଗଲାଣି। ଧଳା ପଡ଼ିଗଲାଣି ଅର୍ଦ୍ଧାଧିକ। ହୁଏତ ବଦଳି ଯାଇଥିବ ମନ। ଉଦ୍ଦାମତା। ବର୍ଷାନ୍ତର ପରେ ଅବୁଝା ମନଟା ଶାନ୍ତ ପଡ଼ିଯାଇଥିବ। ପରିବାର, ଆତ୍ମୀୟତା ଭିତରେ ମଳିନ ପଡ଼ିଯାଇଥିବ ଅତୀତ। ଏକ ନୂତନ ବନ୍ଧନରୁ ମୁକ୍ତି ପାଇ ପାରୁନଥିବ ଚିନ୍ତାଧାରା। ଅଥଚ ନରେଶ ବୁଝି ପାରନ୍ତିନି ତାଙ୍କ ମନ ଭିତରେ ଏତେ ଅସ୍ଥିରତା କାହିଁକି। କଣ ଚାହାନ୍ତି ସିଏ, ଏ ଅତିକ୍ରାନ୍ତ ବୟସରେ। ନମିତା ସଙ୍ଗେ ଦେଖାହେଲା ପରେ ଏମିତି ପରିବର୍ତ୍ତନ କାହିଁକି !

କେଜାଣି କେଉଁ କାମରେ ଆସିଥିଲାବେଳେ ଅଚାନକ ସେ ଦେଖାଦେଇଥିଲା। ସେଇ ବୟାସାଧିକ ମହିଳାର ପରିବର୍ତ୍ତିତ ରୂପକୁ ଦେଖି ବି ସେ ଠିକ୍ ଚିହ୍ନି ନେଇଥିଲେ। ନିଜ ଭିତରେ ଥିବା ପୁରୁଣା ଛବି ସହିତ ମିଳାଇ ଦେଖିଲେ। ଆଜିଯାଏ ତାଙ୍କ ମନରେ ଯେଉଁ ଚପଳ କିଶୋରୀଟିଏ, ସୁନ୍ଦର ରୂପରେ ଆଙ୍କି ହୋଇ ରହିଥିଲା, ସମୟ ସାଙ୍ଗରେ ଯାହାର ରୂପର ପରିବର୍ତ୍ତନ ହେଉ ନଥିଲା, ହଠାତ୍ ତା'ର ରୂପାନ୍ତର ହୋଇଗଲା। ନରେଶ ଅଟକିଗଲେ। ଆଖି ଲାଖି ରହିଲା ତା'ରି ଛବି ଭିତରେ। କେତେଗୁଡ଼େ ଦିନ ବିତିଗଲାଣି ସତରେ। ନମିତାର ପରିବର୍ତ୍ତିତ ଅଥଚ ଅନ୍ୟ ଏକ ସୁନ୍ଦର ରୂପରେ ସେ ମୁଗ୍ଧ ହୋଇଥିଲେ। ଧୀର ପଦକ୍ଷେପରେ ସ୍ଥିର ଦୃଷ୍ଟିରେ ସେ ଆଗେଇ ଚାଲିଥିଲା ଭଗବାନଙ୍କର ଆଶିଷ ପାଇଁ। କ'ଣ ଅଭାବ ତାର ? କ'ଣ ପାଇଁ ଆସିଛି ସିଏ ଏ ଅଭାବୀ ଲୋକଙ୍କର ଈଶ୍ୱରଙ୍କ ପାଖକୁ। ପଚାରି ବୁଝିନେବେ କି ? ତାକୁ ଦେଖି ଗୋଡ଼ ଆଗକୁ ବଢ଼ିନଥିଲା ନରେଶଙ୍କର। ଅନେକ ନୂଆ ପୁରୁଣା ପ୍ରଶ୍ନମାନେ ମୁଣ୍ଡ ଭିତରେ ଗହଳି ଲଗାଇ ବାକ୍‌ରୁଦ୍ଧ କରିଦେଉଥିଲେ। ସେ କେବଳ ଚାହିଁ ରହିଥିଲେ। ଏଇ ସେଇ ନମିତା, ଯାହା ପାଇଁ ଜୀବନଟା ବି ବାଜି ଲଗାଇ ଦେଇଥିଲେ। ସେ ତ ବିସ୍ମୃତି ଭିତରେ ଲୀନ ହେବାର ନୁହେଁ। କିଶୋର ଆଉ ବାର୍ଦ୍ଧକ୍ୟର ମଝିରାସ୍ତାରେ ବିସ୍ତାରି ହୋଇ ସେ ରହିଯାଇଛି। ଧାଇଁ ଚାଲିଛି ଏକ ଲକ୍ଷ୍ୟହୀନ ରାସ୍ତା ଉପରେ। ପାଖକୁ ଚାଲିଆସୁଛି ଅଥଚ ଧରିହେଉନି। ଏତେଦିନ ପରେ ତା' ସହିତ ସାକ୍ଷାତ। ଅଥଚ କିଛି କହିପାରୁ ନାହାନ୍ତି କାହିଁକି ?

- ଦିନ ଗଡ଼ିଯାଏ। ସଞ୍ଜହେବା ଆଗରୁ ନରେଶ ବାହାରି ପଡ଼ନ୍ତି। ଦର୍ପଣ ଆଗରେ ଠିଆହୋଇ ନିଜକୁ ଦେଖନ୍ତି ବାରମ୍ବାର। ସତେ ଯେପରି ଆଜିଯାଏ ନିଜ

ରୂପକୁ ଦେଖିନଥିଲେ। ଭଲ ପୋଷାକ ବାହାର କରି ଦେହରେ ଗଳାନ୍ତି। ଅବିନ୍ୟସ୍ତ, ଝୋଟବିଡ଼ା ପରି ବାଳକୁ ସଜାଡ଼ି ଦିଅନ୍ତି। ଏଥର ସେ ଅନ୍ୟ ଏକ କଲେଜକୁ ବାହାରିବେ। ସାଇକେଲରେ ନୁହେଁ, ଅଟୋରିକ୍ସାରେ। ନମିତା ଆସିଥିବ।

ମନ୍ଦିରର ଘଣ୍ଟି ବାଜିବା ଆଗରୁ ନରେଶ ପହଞ୍ଚିଯାଆନ୍ତି। ଧୀରେଧୀରେ ଫାଟକ ଅତିକ୍ରମ କରି ଚାଲିଯାଆନ୍ତି ଆଗରେ ଥିବା ମଣ୍ଡପ ପାଖକୁ। ବାସ୍, ଏଇଠି ହିଁ ଠିକ୍ ଜାଗା। ସମସ୍ତଙ୍କ ଭିତରୁ ନମିତାକୁ ଦେଖିହେବ।

ମନ୍ଦିରରେ ଘଣ୍ଟାଘଣ୍ଟିର ଧ୍ୱନି ଶୁଣାଯାଏ। ଆଳତୀ ହୁଏ ଅନେକ ସମୟ। ଦୀପ ଘୁରିବୁଲେ ଏପଟ ସେପଟ। ତା ସଙ୍ଗେ ସଙ୍ଗେ ଶୁଣାଯାଏ ହୁଳହୁଳି। ଠାକୁରଙ୍କ ନିକଟରେ ମଗ୍ନ ହୋଇ ଯାଆନ୍ତି ଭକ୍ତମାନେ। ନରେଶଙ୍କର ମନ କିନ୍ତୁ ସେଠି ନଥାଏ। କିଛି ମାଗିବାର ନଥାଏ ତାଙ୍କର ଭଗବାନଙ୍କୁ। ସେ କେବଳ ବସି ରହିଥାଆନ୍ତି ଧୈର୍ଯ୍ୟହରା ନହୋଇ। ଯେମିତି ଚାହିଁ ରହୁଥିଲେ କଲେଜ ଗେଟ୍ ପାଖରେ।

ଆଳତୀ ସରିଯାଏ। ନରେଶ ସଚେତନ ହୋଇଯାଆନ୍ତି। ଆବେଗ ଭରିଯାଏ ମନ ଭିତରେ। ସେ ମଣ୍ଡପ ଉପରୁ ଓହ୍ଲାଇ ଆସନ୍ତି। ଆଜି ସେ ନମିତା ସଙ୍ଗେ କଥା ହେବେ। କେତେ ଦିନ ଆଉ ଅପେକ୍ଷା କରିବେ? ପଚାରିବେ ତା'ର ଭଲମନ୍ଦ କଥା। ତା'ର ବର୍ତ୍ତମାନର ଜୀବନ କଥା। ତା କଥାରୁ ବୁଝିପାରିବେ କେତେ ଖୁସି ଅଛି ସିଏ। କିଛି କହୁ ବା ନକହୁ, ବୁଝିହୋଇଯିବ ଅନ୍ତରର କଥା। ତା'ର କିଛି ଅଭାବବୋଧ ରହିଚି କି? ସେ କ'ଣ ମନେରଖିଛି ପୁରୁଣାଦିନକୁ। ତାଙ୍କ ଉପରେ ଏବେ ବି ରାଗ କିମ୍ବା ଅଭିମାନ ରହିଛି। ଅନେକ କଥା ତାଙ୍କର କହିବାର ଅଛି। ଯାହା ଏବେ ବି ମନ ଭିତରେ ଚାପିହୋଇ କେବଳ କଷ୍ଟ ଦେଉଛି।

ସେ ଆଉ କିଛିବାଟ ଆଗକୁ ବଢ଼ିଲେ। କ'ଣ କହିବ ନମିତା। କି ଉତ୍ତର ଦେବ!

ସେଇ ଗୋଟିଏ ଦୃଶ୍ୟ। କିଛି ବି ବଦଳିନି ନମିତା। ସେମିତି ସଭା ପଛରେ ଆସିବାର ପୁରୁଣା ଅଭ୍ୟାସ ତା'ର ଏବେ ବି ରହିଛି। ଧୀରେ ଧୀରେ ସେ ଚାଲି ଆସୁଛି। କୁଆଡ଼କୁ ନଜର ନାହିଁ। ସେମିତି ହାତରେ ଭୋଗଥାଳି। ନରେଶ ଅଟକି ଯାଆନ୍ତି। ପାଦ ଆଗକୁ ବଢ଼ିପାରେନା। ପାଟିରୁ କଥା ବାହାରେନି। ସେ କେବଳ ଖଣ୍ଡେ ଦୂରରୁ ଚାହିଁ ରୁହନ୍ତି। ସେ ଆଗେଇଯାଏ ନିଜ ବାଟରେ। କିଛି ସମୟ ସେ ଅଟକି ଯାଆନ୍ତି। ତା'ର ଶେଷ ଛବି ହଜିଗଲା ପରେ, ସଭାଶେଷ ବ୍ୟକ୍ତିଟି ହୋଇ ସେ ଫେରିଆସନ୍ତି।

– ପୁଣି ସେଇ ଘର, ସେଇ ବିରକ୍ତିକର ପରିବେଶ। ଚାରିଆଡ଼େ ଖାଲି ଖାଁ ଖାଁ। ନରେଶ ଗୋଡ଼ ଲମ୍ବାଇଦେଇ ଆଖି ବୁଜନ୍ତି। ତାଙ୍କୁ ଦେଖାଯାଏ ଅନ୍ୟ ଏକ

ଦୁନିଆ। ଯେଉଁ ଦୁନିଆରେ ସେ ରହିବେ ବୋଲି କେତେ ବର୍ଷ ଆଗରୁ ଭାବିଥିଲେ। ସେ ସବୁ ରୂପାନ୍ତର ହୋଇ ତାଙ୍କ ଆଗରେ ଦେଖାଦିଏ। ସେଠି ସେ ଏକୁଟିଆ ନୁହେଁ ସାଙ୍ଗରେ ଥାଏ ସୁନ୍ଦରୀ ଝିଅଟିଏ। ଚଳଚଞ୍ଚଳ। ମନ ଆନନ୍ଦରେ ଭରିଯାଏ। ଆଗରେ ଦେଖାଦିଏ ଏକ କଳ୍ପିତ ସଂସାର। ତାଙ୍କ ପାଖଦେଇ ନମିତା ଏପଟସେପଟ ହୁଏ। ତା'ଦେହର ମଧୁର ବାସ୍ନା ଘରସାରା ବିଛାଡ଼ି ହୋଇଯାଏ। ନରେଶ ମନଭରି ଆଘ୍ରାଣ କରନ୍ତି।

ନମି ଆସିଥିଲେ କେମିତି ହୋଇଥାଆନ୍ତା ସଂସାର। ଏକ ଅଜଣା କଳ୍ପିତ ପରିବାରଟିଏ ଦେଖାଦିଏ ତାଙ୍କ ଆଗରେ। କିଛି ମୁହଁ ଦେଖା ଯାଉନଥିବା ପୁଅ, ଝିଅ, ନାତି, ନାତୁଣୀଙ୍କ ଗହଣରେ ଭରିଯାଏ ସଂସାର। ବ୍ୟସ୍ତବିବ୍ରତ ନମିତା ଏପଟ ସେପଟ ହୁଏ।

ପୁଣି ଭାବନା ବଦଳେ। କେମିତି ହୋଇଥାନ୍ତା ପୁଅଝିଅଙ୍କର ମୁହଁ। ତାଙ୍କ ପରି ନା ନମିତା ପରି। କିଛି ବି ଦେଖା ଯାଏନା। ଖାଲି ବାୟବିୟ ଛବିମାନେ ହଠାତ୍ ଆସି ଉଭେଇ ଯାଆନ୍ତି। ତେବେ ବି ଭଲଲାଗେ ଏମିତି ଏକ ସଂସାର କଥା ଭାବିବାକୁ। ଟିଭି ବନ୍ଦ ଥାଏ। ପୋଷାକ ବଦଳାଇବାର ସ୍ପୃହା ଆସେନି। ଘରଟା ସେମିତି ଅସଜଡ଼ା, ଅବ୍ୟବସ୍ଥିତ।

- ପୁଣି ସେଇ ଠକ୍‌ଠକ୍ ଶବ୍ଦ। ଧ୍ୟାନ ଭାଙ୍ଗିଯାଏ। ପିଲାଟା ଖାଇବାକୁ ଆଣିଲା ବୋଧହୁଏ। ନରେଶ ଦୁଆର ଖୋଲନ୍ତି। ଖାଇବାକୁ ମନ ଲାଗେନି। ମନ ହୁଏ ପୁଣିଥରେ ଧାଇଁଯିବା ପାଇଁ ମନ୍ଦିର ପାଖକୁ।। ଭାବନା ସେମିତି ରହିଯାଏ। ଏଥର ତାଙ୍କୁ ଭୋକ ଲାଗେ। ଗୋଡ଼ ଆଗକୁ ବଢ଼ିଯାଏ। ପୁଣି ସେଇ ନିତିଦିନିଆ କାମ।

ସକାଳୁ ଉଠୁ ଉଠୁ କେତେଟା ବଜିଥାଏ କେଜାଣି। ବାହାରପଟୁ କବାଟ ବନ୍ଦ କରି ସେ ବାହାରି ପଡ଼ନ୍ତି। କହା ସଙ୍ଗେ ଗପିବାକୁ ଇଚ୍ଛା ହୁଏନି। ଚାଲି ଚାଲି କେତେବାଟ ଆଗେଇ ଯାଆନ୍ତି। ଦୂରରେ ଥିବା ପାର୍କର ଗୋଟେ ନିର୍ଜନ ଜାଗା ଦେଖି ବସିପଡ଼ନ୍ତି। ଏକା ଏକା କଥା ହୁଅନ୍ତି। କେତେ ସମୟ ଗଡ଼ିଯାଏ। ସୂର୍ଯ୍ୟ ବେଶ୍ କିଛିବାଟ ଉପରକୁ ଉଠିଲାପରେ ସେ ଫେରିଆସନ୍ତି। ଜଳଖିଆର ସମୟ ଗଡ଼ିଯାଏ। ଘରକୁ ଗଲେ ରୋଷେଇ କରିବାକୁ ପଡ଼ିବ।

ଡେରିରେ ହେଉପଛେ ସଞ୍ଜ ଆସିବାର ସୂଚନା ମିଳିଯାଏ। ଏଇ ସମୟକୁ ଅପେକ୍ଷା ଥାଏ ତାଙ୍କର। ଦେହରେ ପୋଷାକ ଗଳାନ୍ତି। ଦର୍ପଣ ଆଗରେ କିଛି ସମୟ ବିତିଯାଏ। ଲକ୍ଷ୍ୟସ୍ଥଳକୁ ବାହାରି ପଡ଼ନ୍ତି, ଯେପରି ପହଞ୍ଚିବାରେ ବିଳମ୍ବ ନ ହୁଏ। ପୁଣି ସେଇ ମଣ୍ଡପ। ସବୁଦିନ ପରି ପ୍ରତୀକ୍ଷା, ମନ୍ଦିରର ଘଣ୍ଟାଘଣ୍ଟି ଆଳତୀ।

କ'ଣ ଭାବିବ ନମିତା। ତାଙ୍କର ଏଠାକୁ ଆସିବାଟା ସେ କିଭଳି ଦୃଷ୍ଟିରେ ଦେଖିବ। କେଉଁଦିନ ଯଦି କିଛି ଅଘଟଣ ଘଟିଯାଏ। କିଛି ଅପ୍ରିୟ କଥା କହିଦିଏ ନମିତା। ବୟସର ଗୁରୁତ୍ୱ କଥା ସୂଚାଇଦିଏ କିମ୍ବା ଏଠାକୁ ଆସିବା ବନ୍ଦ କରିଦିଏ !

ଠିକ୍ କଥା। ନମିତାର ସଂସାର ଅଛି। ତା'ର ଭଲପାଇବା ଅନ୍ୟ ଦିଗରେ ବିସ୍ତାରିତ।ଏକ ମୃତ ଅତୀତର ମୂଲ୍ୟ ତା ପାଖରେ ନ ଥାଇପାରେ। ଇସ୍ କି ଅଶିଷ୍ଟାଚାର କଥା ଏ ପରିଣତ ବୟସରେ। ନରେଶ ନିଜ ଭାବନାକୁ ତର୍ଜମା କରନ୍ତି। କାହିଁକି ସେ ଏଠାକୁ ଆସୁଛନ୍ତି। କି ଅକୁହା କଥା ରହିଛି। କ'ଣ ବାକି ରହିଛି ଶୁଣିବା ପାଇଁ। ହେଲେ ତାଙ୍କର ମନରେ ଅନେକ ଅବ୍ୟକ୍ତ କଥା ରହିଯାଇଛି। ଥରେ ଖାଲି କଥା ହୋଇଗଲେ ସେ ଆଉ ଆସିବେନି।

ଏଇ ତ, ସେଇ ଛବି। ସେମିତି ଧୀର ଧୀର ଚାଲି। ଏକାଗ୍ର ଚିତ୍ତ।

ମନ ଭିତରର ବ୍ୟଥା, ଅଟକି ଯାଉଥିବା କଥାର ନିଶବ୍ଦ ଉଚ୍ଚାରଣ, ସବୁକିଛି ସ୍ଥିର ହୋଇଯାଏ। ମନର ଭାଷା କେହି ଜଣେ ବୁଝିପାରନ୍ତା କି! ସେ ଆଖିରେ କ'ଣ ବକ୍ତବ୍ୟ ଥାଏ କିଛି ଜାଣି ହୁଏନି। ନିରବରେ ସିଏ ଅପସରି ଯାଏ। ପଛକୁ ଫେରି ଚାହେଁନି।

ନରେଶ ଫେରିଆସନ୍ତି କିଛି ଅବ୍ୟକ୍ତ ଶବ୍ଦକୁ ସାଙ୍ଗରେ ଧରି।

- ବଦଳିଯାଏ ଦିନଚର୍ଯ୍ୟା। ସବୁବେଳେ ଖାଲି ଗୋଟିଏ ଭାବନା। ଆଉ ଯେପରି କିଛି ସମସ୍ୟା ନଥାଏ। ବାର୍ଦ୍ଧକ୍ୟଜନିତ ରୋଗ, ବିଶାଦ, ଅବଶୋଷ ଆଦି ଉଭେଇଯାଏ। ମନେହୁଏ ଅତୀତଟା ଫେରିଆସିଛି ଯେପରି। କେତେଦିନ ଏମିତି ଚାଲିଥବ ? କ'ଣ ଆଉ ମିଳିବାର ଅଛି ? କିଛିବି ବୁଝି ହୁଏନା। ଅଜବ ଚିନ୍ତାସବୁ ପେଡ଼ିପୁଟୁଳା ଧରି ଠକ୍ ଠକ୍ କରେ ଚେତନାର ଦ୍ୱାରରେ। ମନେପଡ଼େ କଲେଜ ଜୀବନର ଶେଷଦିନ କଥା। ଫଳାଫଳ ବାହାରି ସାରିଥାଏ। ଏଥର ଅନ୍ୟ ରାସ୍ତା ଧରି ଆଗେଇ ଯିବାର ବେଳ। ଆଗରେ ଭବିଷ୍ୟତ, ପଛରେ ଆକର୍ଷଣ। ସବୁକିଛି ଏକ କରିବାକୁ ହେବ। ନମିତା ମନରେ ଆବେଗ। ସେ ତାଙ୍କଠାରୁ ଦୂରେଇ ଯିବା ପାଇଁ ପ୍ରସ୍ତୁତ ନୁହେଁ। ବାପା ମା ଅନ୍ୟ କେଉଁ ଭାବନାରେ ବ୍ୟସ୍ତ। ଆଉ ଅଧିକ ଦିନ ଧରି ରଖିପାରିବେନି ଝିଅକୁ। ସେତେବେଳର ଯୁଗ ଅଲଗା। ବିଚାରୀ କରିବ କଣ ? ନରେଶ ବା କ'ଣ କରିପାରିବେ। ଚାକିରି ଖଣ୍ଡେ ତ ଆବଶ୍ୟକ। ଏବେ ତ କିଛି ନାହିଁ ତାଙ୍କ ପାଖରେ। କିପରି ସାମ୍ନା କରିବେ ନମିତାର ଭାବନାକୁ। କାହା ପାଖରେ କିଛି ଉପାୟ ନାହିଁ। ମନକୁ ଦୃଢ଼ କଲା ନମିତା। ତାଙ୍କ ହାତ ଉପରେ ହାତ ଥାପିଦେଲା। କହିଲା, "କିଛି ବି ହୋଇଯାଉ। ମୁଣ୍ଡ ନୁଆଁଇବିନି। ହେଲେ ତମେ ମତେ ହାର ମାନିବାକୁ ଦେବନି ତ ? କଥା ଦିଅ।"

ନରେଶ ହାତ ବଢ଼ାଇଲେ। ଦୁଇଟି ହାତ ପାପୁଲି ମିଶିଗଲା। ମନେହେଲା ଯେପରି ଦୃଢ଼ସଂକଳ୍ପ ଗୋଟିଏ ମନରୁ ଆଉଗୋଟିଏ ମନକୁ ପ୍ରବାହିତ ହୋଇଯାଉଛି। ସେଦିନ ସେମାନେ ଅନେକ ସମୟ ବସିଥିଲେ। ହେଲେ କଥାବାର୍ତ୍ତା ଥିଲା ବହୁତ୍ କମ୍। କେହି ଫେରିବାକୁ ଚାହୁଁନଥିଲେ। ତେବେ ବି ଆସିବାକୁ ପଡ଼ିଲା। ଜଣକ ଆଖିରେ ଲୁହ। ଆଉଜଣକ ଆଖିରେ ଆଶ୍ୱାସନା।

କିଛିଦିନ ପରେ ନରେଶ ଦିଲ୍ଲୀ ଚାଲିଗଲେ। ଯିବା ଆଗରୁ ନମିତା ସଙ୍ଗେ ସାକ୍ଷାତ ହୋଇପାରିନଥିଲା।

-ଆରାମ ଚଉକି ଉପରେ ବସି ଘଣ୍ଟାକୁ ଚାହିଁଲେ ନରେଶ।ଏବେ ବି ସେମିତି ଟିକ୍‌ଟିକ୍ ଶବ୍ଦକରି ସମୟ ଗଡ଼ିଯାଉଛି ସମାନ ଗତିରେ। ସେତେବେଳେ ବି ସେମିତି ଗଡ଼ିଗଲା ଅନେକ ବିଶ୍ୱାସ, ଅବିଶ୍ୱାସ, ଘଟଣା, ଅଘଟଣ ଆଉ ଆବେଗକୁ ସାଙ୍ଗରେ ନେଇ।

ଦିନ ଗଡ଼ି ଚାଲୁଥିଲା। ମଝିରେ ମଝିରେ ଅବଶ୍ୟ ନରେଶ ଆସୁଥିଲେ। ଧାଇଁ ଯାଉଥିଲେ କଲେଜ ଗେଟ ପାଖକୁ। ପାର୍କକୁ ଆଉ ନମିତା ରହୁଥିବା ପୁରୁଣା ଘର ପାଖକୁ। କେହି ମିଳୁନଥିଲେ। କେହି ବି କହିପାରୁନଥିଲେ ତା'ର ଠିକଣା। ପୁଣି ଫେରିଯାଉଥିଲେ ନିଜ ବାଟରେ।

ତାଙ୍କୁ ଚାକିରି ମିଳିଗଲା। ତା'ପରେ ଖୁବ୍ ସାଧାରଣ ଚିରାଚରିତ ଘଟଣା। ଆଉ କିଛି ଭାବି ପାରିଲେନି ନରେଶ। ଚଉକି ଉପରୁ ଉଠିପଡ଼ିଲେ। ଏବେ ବି ରୋଷେଇ ଆରମ୍ଭ କରିନାହାନ୍ତି। ଭୋକ ବି ଲାଗୁନି। ଆଜି ଦିନଟା ସେମିତି କଟିଯାଉ। କବାଟ ଖୋଲିଲେ। ଥରେ ବାହାର ଆଡ଼େ ବୁଲି ଆସିବେ କି! ବାହାରେ ପ୍ରଚୁର ଗହଳି ଆଉ ଭିତରେ ଅତୀତ ଆଉ ବର୍ତ୍ତମାନର ଠେଲାପେଲା। କୁଆଡ଼େ ଯିବେ ସିଏ। କେଉଁଠି ବି ଶାନ୍ତି ନାହିଁ। କବାଟ ବନ୍ଦ କରି ଖଟ ଉପରେ ଗଡ଼ି ପଡ଼ିଲେ।

- ମା' ତ ଆଗରୁ ଚାଲିଯାଇଥିଲେ। ଘରେ ଯୌଥ ପରିବାର। ସେମାନଙ୍କର ଆଶା ଅନେକ। ତାଙ୍କୁ ନେଇ ଅନେକ ଚିନ୍ତା। କ'ଣ କରିବେ ସିଏ। କୁଆଡ଼େ ଗଲା ନମିତା। କ'ଣ କରୁଥିବ। ଏତେଦିନ କ'ଣ ଚାହିଁ ବସିଥିବ। ହୁଏତ ତା'ର ବାହାଘର କରିସାରିଥିବେ ସେମାନେ। ହେ ଭଗବାନ! କେହି ଯଦି କହିପାରନ୍ତା ତା'ର ଠିକଣା।

ବାପା ହଠାତ୍ ଚଳିଗଲେ। ସେ ଏକା ପଡ଼ିଗଲେ ଜୀବନରେ। କିଛି ବନ୍ଧନ ରହିଲାନି। ଘରକୁ ଯିବା କମିଗଲା। ତେବେ ବି ନିଜର ଚିନ୍ତାକୁ ବ୍ୟକ୍ତ କରିଥିଲେ ପରିବାରର ଅନ୍ୟ ସଦସ୍ୟମାନଙ୍କ ଆଗରେ। ହେଲେ ଶେଷରେ ସେ ଯାହା ଶୁଣିଲେ ତାହା କେବେ ବି କଳ୍ପନା କରିପାରି ନଥିଲେ। ଅନେକ ଦିନ ଆଗରୁ ନମିତା ଧାଇଁ

ଆସିଥିଲା ତାଙ୍କ ଘରକୁ। ସମସ୍ତଙ୍କ ଆଗରେ ନେହୁରା ହେଲା। ପଚାରିଥିଲା ତାଙ୍କର ଠିକଣା। ନିର୍ଲଜ ଭାବରେ ସବୁ କଥା କହିଲା। କିଛିଦିନ ମାତ୍ର ବାକି ଅଛି ତା ବାହାଘର। ହାତ ଯୋଡ଼ିଲା, ନରେଶଙ୍କ ସଙ୍ଗେ କଥାହେବାର ସୁଯୋଗ ମାଗିଲା। ହେଲେ କେହି କିଛି କହିଲେନି। ବାପା ଚାଲିଗଲା ପରେ, ନରେଶ ଘର ସଙ୍ଗେ ସମ୍ପର୍କ ରଖିନି ବୋଲି ଜଣାଇଦେଲେ। କେତେକାଂଶରେ ଅବଶ୍ୟ ଠିକ୍ ଥିଲେ ସେମାନେ। ଏକ ଅଜଣା ଝିଅକୁ ଘରେ ରଖି ବିପଦରେ ପଡ଼ିବାକୁ ଚାହିଁଲେନି। ସବୁ କିଛି ଅଜଣା ରହିଗଲା। ଫେରିଯାଇଥିଲା ନିରୁପାୟ ନମିତା।

ତା' ପରେ କ'ଣ ହୋଇଥିବ ଭାବିହେଉନଥିଲା। ବାହାଘର, ଆତ୍ମହତ୍ୟା ନା ଆଉକିଛି ! ନରେଶ ଅନେକ ଦିନପରେ ଖବର ପାଇଲେ ବି କିଛି ଉପାୟ ନଥିଲା।

- ବେଳ ଗଡ଼ିଯାଇଥିଲା। ଏଥର ସଞ୍ଜ ଆସିଯିବ। ହଠାତ୍ ଏକ ଉତ୍ତେଜନା ଅନୁଭବ କଲେ ନରେଶ। କିଛି ଜାଣିବାର ଆଗ୍ରହ ମନରେ ଜାଗି ଉଠିଲା। ଏବେଯାଏ କେବଳ ନିଜ ଚିନ୍ତା ହିଁ କରୁଥିଲେ । ଆଉ ଜଣଙ୍କର ଭାବନା ମନକୁ ଆସୁନଥିଲା। ସେ ବାହାରକୁ ବାହାରିଲେ। ପାଦରେ ଚପଲ, ଦେହରେ ଭଲ ପୋଷାକ। ଦର୍ପଣରେ ନିଜକୁ ଦେଖିବା ଆଗରୁ ଭଲକରି ମୁହଁକୁ ସଫା କରିନେଲେ। ଯେପରି ସାରା ଦିନ ଦୁଶ୍ଚିନ୍ତାର ପ୍ରତିଫଳନ ମୁହଁରୁ ଲିଭିଯିବ।

ପୁଣି ସେଇ ମନ୍ଦିର। ବାଃ ସୁନ୍ଦର ପରିବେଶ। ଆଗେ କଲେଜରେ ଘଣ୍ଟି ବାଜିଲେ ମନ ଚହଲି ଉଠୁଥିଲା। ଏବେ ବି ସେଇ ଭାବନା। ସେଇ ଉତ୍ତେଜନା, ଆବେଗ। ନରେଶ ଆଗତୁରା ଉଠିପଡ଼ିଲେ। ସବୁଦିନେ ନମିତା ଆଗେଇ ଯାଉଛି। ଅଥଚ ସେ କିଛି କହି ପାରୁନାହାନ୍ତି। ଆଜି କିନ୍ତୁ ସେ କହିବେ। ନରେଶ ଆହୁରି ଆଗକୁ ବଢ଼ିଲେ। ଏଇତ ଆସୁଛି ନମିତା। ଆଗକୁ ଆଗକୁ ଚାଲି ଆସୁଛି। ନରେଶ ଅଟକିଗଲେ। ନିରବତା ଅନେକ କିଛି କହିଦେଉଥଲା। ପାଟିରୁ ପଦେ ବି କଥା ହୋଇ ବାହାରି ପାରିଲାନି। ସତେଯେପରି କିଛି ବି କହିବାକୁ ନଥିଲା। କିଛି ଆବେଗ ନ ଥିଲା ଏକ ନିର୍ବିକାର ମଣିଷଟିଏ କେବଳ ଫେରିଯିବାକୁ ହିଁ ଆସିଥିଲା।

ନମିତା ଅପସରି ଗଲା ଆଖି ସାମ୍ନାରୁ।

ସେମିତି ତ ସବୁଦିନ ଦେଖା। କିଛି ଘଟଣା ନାହିଁ। ବକ୍ତବ୍ୟ ନାହିଁ କିମ୍ବା ଶୁଣିବାକୁ କେହି ନାହିଁ। ଖାଲି ଅତିକ୍ରାନ୍ତ ବୟସର ଗୁଡ଼ାଏ ସମ୍ଭ୍ରମତା। ଏ ବୟସରେ ଏପରି ପ୍ରେମର ସ୍ଥାନ ନଥାଏ। ଥାଏ ଖାଲି ମୃତ୍ୟୁ ଚେତନା, ତପସ୍ୟା, ଜନ୍ମାନ୍ତରର ଚିନ୍ତା। ତାହା ହୁଏତ ଥାଇପାରେ ନମିତା ପାଖରେ। ଅତୀତ ତା' ପାଇଁ ମୃତ।

ନରେଶ ଫେରି ଆସିଲେ। ସରିଗଲା ସେଦିନର ଶେଷଦୃଶ୍ୟ।

ଆଉ ମନ୍ଦିର ଯିବେନି। କ'ଣ ମିଳିବ ସେଠି। କିଛି କଥା ଅକୁହା ରହିଯାଉ। ତା' ଜୀବନକୁ ନେଇ ଭଲରେ ଥାଉ ନମିତା। ନରେଶ ଆଉ ସିଆଡ଼େ ଯିବେନି। ପୂର୍ବ ପରି ରହିବେ। ସେ ରୋଷେଇ ଆରମ୍ଭ କଲେ ଅଭ୍ୟସ୍ତ ହାତରେ। ଆଜି ଭଲରେ ଖାଇବେ। ଅନେକଦିନ ହେବ ଭୋକ ନଥିଲା ତାଙ୍କୁ। ମନଟା ହଜିଯାଇଥିଲା ଏକ ଅଜଣା ବାଟରେ। ନିଜ ଭିତରକୁ ସେ ଫେରିବାକୁ ଚେଷ୍ଟାକଲେ। ଚାକରାଣୀକୁ ତାଗିଦ୍ କଲେ, ଘର ଅପରିଷ୍କାର ହୋଇପଡ଼ିଛି। ନିଜକୁ ତାଗିଦ୍ କଲେ, ଔଷଧ ନଖାଇଲେ ରୋଗ ବଢ଼ିଯିବ। ବଢ଼ିଯିବ ବ୍ଲଡପ୍ରେସର, ଡାଇବେଟିସ, ଆହୁରି କେତେକଣ। ଭଲରେ ଗାଧୋଇଲେ। ନିଜେ ବାଢ଼ିଆଣିଲେ ଖାଦ୍ୟସାମଗ୍ରୀ। ଇସ୍ ଏ ସବୁ କଣ ସେ ନିଜେ ରୋଷେଇ କରିଛନ୍ତି ? ଏମିତି ତ କେବେ ହୁଏନି। କେତେ ଅରୁଚିକର। ବିରକ୍ତରେ ଉଠିପଡ଼ିଲେ ଟେବୁଲ ଉପରୁ। ସବୁକିଛି ବଦଳି ଯାଇଛି। କିଛିଦିନ ହେବ ସ୍ୱାର୍ଥପରତା ତାଙ୍କ ଭିତରେ ଦେଖାଦେଇଛି। ସେ ଏକ ଅପ୍ରାସଙ୍ଗିକ ଭାବନାର ବଶବର୍ତ୍ତୀ ହୋଇ ଶାନ୍ତିଭଙ୍ଗ କରୁଛନ୍ତି। ନିଜେ ଭଲପାଉଥିବା ନମିତାର ଜୀବନରେ ବ୍ୟାଘାତ ସୃଷ୍ଟି କରିବାକୁ ଯାଉଛନ୍ତି। ନମିତା ଭଲରେ ଥାଉ। ହେଲେ ଯେପର୍ଯ୍ୟନ୍ତ ତାଙ୍କୁ ପଳାତକ ବୋଲି ଭାବି ନେଇଥିବ, ତା' ମନରେ ଧରି ରଖିଥିବା ଭାବନାରୁ ମୁକ୍ତି ପାଇବନି। ହୃଦୟର କେଉଁ କୋଣରେ ଏକ ପ୍ରଶ୍ନବାଚୀ ହୋଇରହିଥିବା ଏକ ବିଚିତ୍ର ଭାବନା ବେଳେବେଳେ ତାକୁ ବିବ୍ରତ କରୁଥିବ। ନିଜ ଭଲପାଇବାର ମୂଲ୍ୟାଙ୍କନ କରି ପାରୁନଥିବ। କେହି ଜଣେ ଖଳନାୟକ ବେଳେବେଳେ ଅବଚେତନ ମନଭିତରେ ପଶି ଆସୁଥିବ। ଆଉ ତ କିଛି ପାଇବାର ନାହିଁ। ତେବେ ସେ ଚିନ୍ତାରୁ ତାକୁ କାହିଁକି ସେ ମୁକ୍ତ କରିପାରିବେନି। ସତକଥାକୁ ପ୍ରକାଶକରି କାହିଁକି ନିଜକୁ ଦୋଷମୁକ୍ତ କରିନଦେବେ। ସେ ସେମିତି କିଶୋରୀ ନମିତାକୁ ହୃଦୟରେ ବସାଇ ରଖିବେ। ଜୀବନର ଏକୁଟିଆପଣକୁ ଦୂର କରିଦେବେ। ନମିତା କେବେ ବୃଦ୍ଧା ହେଇପାରେନା। ସେ ସେମିତି ଚଞ୍ଚଳ, ଚପଳ ଆଉ ଭଲପାଇବାର ଉଜ୍ଜ୍ୱଳ ଜୀବନ୍ତ ଛବିଟିଏ।

ଖୁବ୍ ଚଞ୍ଚଳ ବାହାରି ପଡ଼ିଲେ ନରେଶ। ଆଜି ତାଙ୍କର ଶେଷଦିନ। ବିଦାୟ ଦେଇଦେବେ ସମସ୍ତ ଆବେଗକୁ, ଦୁର୍ବଳତାକୁ। କେବଳ ପ୍ରେମକୁ ଧରି ଫେରିଆସିବେ। ଆଜି ସେ କହିଦେବେ ଶେଷପଦ କଥା।

ନରେଶ ମନ୍ଦିର ଭିତରକୁ ଗଲେ। ହାତ ଯୋଡ଼ିଲେ ଭଗବାନଙ୍କ ଆଗରେ। ଦେଖିଲେ ଧୀରସ୍ଥିର ଭାବରେ ଏକାଗ୍ର ଚିତ୍ତରେ ନମିତା ଠିଆ ହୋଇ ରହିଛି। ମୁଦ୍ରିତ ଚକ୍ଷୁ, ଯୋଡ଼ହସ୍ତ। ମଜ୍ଜିଯାଇଛି ଭକ୍ତିଭାବରେ। ମନେହେଉଛି, ଏକ ଅଦୃଶ୍ୟ ଶକ୍ତି ଆଗରେ ନିଜକୁ ସମର୍ପି ଦେଇଥିବା ଏକ ଶାନ୍ତ, ସରଳ ନାରୀ। ସେ ହଜାଇ ଦେଇଛି

ନିଜକୁ ସର୍ବଶକ୍ତିମାନଙ୍କ ପାଖରେ। ଏଭଳି ନାରୀ ପାଖରେ ଗ୍ଲାନି, ଅବସୋସ କିଛି ଥାଇନପାରେ। ହେ ଭଗବାନ ସବୁକିଛି ମିଳିଯାଉ ନମିତାକୁ। ସେ ଶାନ୍ତିରେ ଥାଉ। ଧୀରେ ଧୀରେ ପଛକୁ ଫେରିଆସିଲେ ନରେଶ ।

ପାହାଚରୁ ଓହ୍ଲାଇ ଚାଲିଆସୁଥିଲେ। ହଠାତ୍ ଦେଖିଲେ କେହିଜଣେ ସ୍ଥିର ଭାବରେ ଠିଆ ହୋଇରହିଛି ତାଙ୍କ ଆଗରେ। ଆଗକୁ ବଢୁନି। କିଛି କଥା ବି କହୁନି। ଶୁଭ୍ର ବସନ,ଶାନ୍ତ ମୂର୍ତ୍ତି।

ସେ ଚାହିଁ ରହିଲେ କିଛି ସମୟ। ଦୁଇଟି ନିର୍ବିକାର ମନ କେବଳ ନିରବରେ ଅନାଇ ରହିଥିଲେ ପରସ୍ପର ଆଡ଼କୁ। କେତେ କଥା ପଚାରି ଦେଉଥଲେ। କେତେ ପ୍ରଶ୍ନ, କେତେ ଉତ୍ତରର ନିରବ ପ୍ରତିଫଳନ। ମନ୍ଦିରର ଗହଳି କମି କମି ଯାଉଥିଲା। ଶାନ୍ତ ପଡ଼ିଯାଉଥିଲା ପରିବେଶ।

ହଠାତ୍ ପାଟି ଖୋଲିଗଲା। ଅସ୍ପଷ୍ଟ ସ୍ୱରରେ ନରେଶ କହିଲେ, 'କେମିତି ଅଛୁ ନମି ?'

ସେ ଲକ୍ଷ୍ୟ କଲେ ତା'ର ଚଷମା ତଳେ ଯେପରି କିଛି ଅଶ୍ରୁ ଅଟକିଯାଇଛି। କିଛି ଉତ୍ତର ନାହିଁ। କେବଳ ଏକ ଦୀର୍ଘଶ୍ୱାସ। ନମିତା ଅପସରିଗଲା ଧୀରେଧୀରେ। ନରେଶ ଚାହିଁ ରହିଥିଲେ ତା'ର ଅପସରି ଯାଉଥିବା ଛବିକୁ। ବଡ଼ପାଟିରେ କହୁଥିଲେ ଦେଖ୍ ନମି, ମୋ କଥାରୁ ଏବେ ବି ମୁଁ ଓହରି ଯାଇନି। ମୁଁ କେବେବି ପଳାତକ ନୁହେଁ। ତତେ ଦେଇଥିବା ପ୍ରତିଶ୍ରୁତି ମୋ ପାଇଁ ଅମୂଲ୍ୟ। ମୋ କଥା ଶୁଣିପାରୁଛୁ ନା ନମି। ଦେଖ ମୋର ପ୍ରତୀକ୍ଷାର ସମୟ ଏବେବି ଅସମାପ୍ତ।

ହେଲେ ନରେଶଙ୍କର ସେ ଶବ୍ଦ କେଉଁ ସ୍ଥରରେ ଥିଲା କେଜାଣି। କିଛି ବି ଶୁଣା ଯାଉନଥିଲା କାହାକୁ। ନମିତା ବି ସେଠି ନଥିଲା, ତେବେ ବି ତାର ଅଦୃଶ୍ୟ ଶରୀରକୁ ନରେଶ ଅନୁଭବେଇ ନେଉଥିଲେ।

■

BLACK EAGLE BOOKS

www.blackeaglebooks.org
info@blackeaglebooks.org

Black Eagle Books, an independent publisher, was founded as a nonprofit organization in April, 2019. It is our mission to connect and engage the Indian diaspora and the world at large with the best of works of world literature published on a collaborative platform, with special emphasis on foregrounding Contemporary Classics and New Writing.

www.ingramcontent.com/pod-product-compliance
Lightning Source LLC
Chambersburg PA
CBHW050337110726
47899CB00007B/2539
9781645601777